dtv

Ein junges Mädchen verbrennt sich vor Wallanders Augen. Kurz darauf schlägt ein Serienkiller mit einer Reihe brutaler Morde zu. Wallander steht vor einer der kompliziertesten Ermittlungen seiner Laufbahn: Welche Verbindung gibt es zwischen den Opfern, einem pensionierten Justizminister, einem bekannten Kunsthändler, einem kleinen Hehler und einem Finanzhai? Warum hat der Täter sie alle auf so grausame Weise ermordet? Noch ahnt Wallander weder, welche Rolle er selbst in den rituellen Handlungen des Mörders spielt, noch welches Entsetzen ihn mit der Enthüllung von dessen Identität erwartet. – »Mankell schafft es, trotz der Abscheulichkeiten der Verbrechen [...], den Impuls der Rachegelüste zu neutralisieren. Und statt des Schwelgens in gräßlichen Blutbädern das Verlangen des Lesers nach Erklärung zu wecken.« (Ingeborg Sperl im ›Standard‹)

*Henning Mankell,* geboren 1948 in Härjedalen, ist einer der angesehensten und meistgelesenen schwedischen Schriftsteller. Er lebt als Theaterregisseur und Autor abwechselnd in Maputo/ Mosambik und in Schweden. Mit Kurt Wallander schuf er einen der weltweit beliebtesten Kommissare. Auf deutsch sind von Mankell bislang erschienen: ›Mörder ohne Gesicht‹, ›Hunde von Riga‹, ›Die weiße Löwin‹, ›Der Mann, der lächelte‹, ›Die falsche Fährte‹, ›Die fünfte Frau‹, ›Mittsommermord‹, ›Die Brandmauer‹, ›Die Rückkehr des Tanzlehrers‹ und ›Vor dem Frost‹, Kriminalromane. Außerdem: ›Der Chronist der Winde‹, ›Die rote Antilope‹ und ›Tea-Bag‹, Romane; die Erzählungen ›Wallanders erster Fall‹ sowie das Theaterstück ›Butterfly Blues‹. (Bibliographische Hinweise zu den Büchern finden Sie am Schluß dieses Bandes.)

# Henning Mankell

# Die falsche Fährte

Roman

Aus dem Schwedischen von
Wolfgang Butt

Deutscher Taschenbuch Verlag

Kurt Wallanders Fälle in chronologischer Folge:

Ungekürzte Ausgabe
April 2001
8. Auflage September 2003
Deutscher Taschenbuch Verlag GmbH & Co. KG,
München
www.dtv.de
© 1995 Henning Mankell
Titel der schwedischen Originalausgabe:
›Villospår‹ (Ordfront Verlag, Stockholm 1996)
© 1999 der deutschsprachigen Ausgabe:
Paul Zsolnay Verlag, Wien
Umschlagkonzept: Balk & Brumshagen
Umschlaggestaltung unter Verwendung des Gemäldes ›La peste à Rome‹
von Elle Jules Delaunay (© Photo RMN/Gérard Blot)
Satz: KCS GmbH, Buchholz/Hamburg
Gesetzt aus der Aldus 9,5/11,25· (QuarkXPress)
Druck und Bindung: Druckerei C. H. Beck, Nördlingen
Gedruckt auf säurefreiem, chlorfrei gebleichtem Papier
Printed in Germany · ISBN 3-423-20420-6

*Vorbemerkung des Übersetzers*

Der mit den schwedischen Verhältnissen vertraute Leser wird in der vorliegenden Übersetzung das in Schweden durchgängig gebrauchte Du als Anredeform vermissen. Es wurde, soweit es sich nicht um ein kollegiales oder freundschaftliches Du handelt, durch das den deutschen Gepflogenheiten entsprechende Sie ersetzt, auch wenn damit ein Stück schwedischer Authentizität des Textes verlorengeht.

*Für Jon*

Vergebens werd ich biegen, werd ich rütteln
das alte, unerbittlich harte Gitter
– es will sich dehnen nicht, es will nicht brechen
denn in mir selbst geschmiedet und genietet ist das Gitter,
und erst wenn ich zerbrech, zerbricht das Gitter
*Aus: ›En ghasel‹ von Gustaf Fröding*

# Dominikanische Republik

*1978*

# Prolog

Kurz vor der Morgendämmerung erwachte Pedro Santana davon, daß die Petroleumlampe angefangen hatte zu blaken.

Als er die Augen aufschlug, wußte er zuerst nicht, wo er war. Er war aus einem Traum gerissen worden, den er nicht verlieren wollte. Er hatte sich durch eine sonderbare Felslandschaft bewegt, wo die Luft sehr dünn war und er das Gefühl hatte, daß alle Erinnerungen im Begriff waren, ihn zu verlassen. Die blakende Petroleumlampe war als der entfernte Geruch von vulkanischer Asche in sein Bewußtsein gedrungen. Aber plötzlich war auch noch etwas anderes da: ein Laut von einem gepeinigten, keuchenden Menschen. Da war der Traum geborsten, und er mußte wieder in den dunklen Raum zurückkehren, in dem er jetzt schon sechs Tage und Nächte verbracht hatte, ohne mehr als dann und wann ein paar Minuten zu schlafen.

Die Petroleumlampe war erloschen. Um ihn her war nichts als Dunkelheit. Er saß vollkommen reglos. Die Nacht war sehr warm. Das Hemd klebte an seinem verschwitzten Körper. Er merkte, daß er roch. Es war lange her, daß er die Energie aufgebracht hatte, sich zu waschen.

Dann hörte er das Keuchen wieder. Er erhob sich vorsichtig vom Erdboden und tastete mit den Händen nach dem Plastikkanister mit Petroleum, der an der Tür stehen mußte. Es hatte geregnet, während er schlief, dachte er, als er sich im Dunkeln vortastete. Der Boden unter seinen Füßen war feucht. Von weitem hörte er einen Hahn krähen. Er wußte, daß es der Hahn von Ramirez war. Er war immer der erste Hahn im Dorf, der vor der Morgendämmerung krähte. Der Hahn war wie ein ungeduldiger Mensch. Ein Mensch wie die, die in der Stadt lebten, die ständig so viel zu tun zu haben glaubten, daß sie nie für etwas anderes Zeit hatten als für die Pflege ihrer eigenen Eile. Es war nicht wie hier im Dorf, wo alles so langsam ging, wie das Leben eigentlich war. Warum sollten die Menschen laufen, wenn die Pflanzen, von denen sie lebten, so langsam wuchsen?

Seine Hand stieß an den Petroleumkanister. Er zog den Stofflappen heraus, der in der Öffnung steckte, und wandte sich um. Das Keuchen, das ihn in der Dunkelheit umgab, wurde immer unregelmäßiger. Er fand die Lampe, zog den Korken heraus und füllte vorsichtig Petroleum ein. Zugleich versuchte er sich zu erinnern, wo er die Streichhölzer hingelegt hatte. Die Schachtel war fast leer, fiel ihm ein. Aber es müßten noch zwei oder drei Streichhölzer da sein. Er stellte den Plastikkanister ab und tastete mit den Händen über den Fußboden. Fast sofort stieß er gegen die Streichholzschachtel. Er riß ein Streichholz an, zog den Glaszylinder hoch und sah, wie der Docht zu brennen begann.

Dann drehte er sich um. Er tat es voller Furcht, weil er das, was ihn erwartete, nicht sehen wollte.

Die Frau, die im Bett an der Wand lag, würde sterben. Er wußte jetzt, daß es so war, auch wenn er sich bis zuletzt eingeredet hatte, daß die Krise bald überstanden wäre. Seinen letzten Fluchtversuch hatte er im Traum unternommen. Jetzt gab es kein Entkommen mehr.

Ein Mensch konnte dem Tod nie entkommen. Weder seinem eigenen noch dem, der einen seiner Nächsten erwartete.

Er hockte sich neben das Bett. Die Petroleumlampe warf unruhige Schatten an die Wände. Er sah ihr Gesicht an. Sie war noch jung. Obwohl ihr Gesicht bleich und eingefallen war, war sie schön. *Das letzte, was meine Frau verläßt, ist die Schönheit*, dachte er und spürte, wie ihm Tränen in die Augen traten. Er fühlte ihre Stirn. Das Fieber war wieder gestiegen.

Er warf einen Blick durch das kaputte Fenster, das mit einem Stück Pappe ausgebessert worden war. Noch keine Dämmerung. Ramirez' Hahn war noch immer der einzige, der krähte. *Wenn nur erst die Dämmerung käme*, dachte er. *Sie wird in der Nacht sterben. Nicht am Tag. Wenn sie es nur schafft weiterzuatmen, bis die Dämmerung kommt. Dann wird sie mich noch nicht allein lassen.*

Plötzlich schlug sie die Augen auf. Er ergriff ihre Hand und versuchte zu lächeln.

»Wo ist das Kind?« fragte sie mit einer Stimme, die so schwach war, daß er die Worte kaum verstand.

»Sie schläft bei meiner Schwester und ihrer Familie«, antwortete er. »Es ist das Beste so.«

Sie schien sich bei seiner Antwort zu entspannen. »Wie lange habe ich geschlafen?«

»Viele Stunden.«

»Hast du die ganze Zeit hier gesessen? Du mußt ausruhen. In ein paar Tagen brauche ich nicht mehr hier zu liegen.«

»Ich habe geschlafen«, erwiderte er. »Bald bist du wieder gesund.«

Er fragte sich, ob sie merkte, daß er log. Er fragte sich, ob sie wußte, daß sie nie wieder aufstehen würde. Belogen sie sich in ihrer Verzweiflung gegenseitig? Um das Unausweichliche erträglicher zu machen?

»Ich bin so müde«, sagte sie.

»Du mußt schlafen, um gesund zu werden«, sagte er und wandte den Kopf ab, damit sie nicht sähe, wie schwer es ihm fiel, sich zu beherrschen.

Kurz darauf drang das erste Morgenlicht ins Haus. Sie war in die Bewußtlosigkeit zurückgesunken. Er saß auf dem Boden neben ihrem Bett. Er war so müde, daß er seine Gedanken nicht mehr unter Kontrolle zu halten vermochte. Sie wanderten frei durch seinen Kopf, ohne daß er sie lenken konnte.


Als er Dolores zum erstenmal traf, war er einundzwanzig Jahre alt. Mit seinem Bruder war er den langen Weg nach Santiago de los Treinta Caballeros gelaufen, um den Karneval anzusehen. Juan, der zwei Jahre älter war, hatte die Stadt schon früher besucht. Aber für Pedro war es das erste Mal. Sie hatten drei Tage gebraucht für den Weg. Dann und wann hatten sie ein paar Kilometer auf einem Ochsenkarren mitfahren dürfen. Aber den größten Teil des Wegs waren sie gegangen. Einmal hatten sie auch versucht, schwarz in einem überlasteten Bus mitzufahren, der auf dem Weg in die Stadt war. Aber man hatte sie entdeckt, als sie an einer Haltestelle auf das Busdach klettern wollten, um sich zwischen Koffern und verschnürten Bündeln zu verstecken. Der Fahrer hatte sie weggejagt und beschimpft. Er hatte geschrien, daß es so arme Menschen gar nicht geben dürfe, die nicht einmal Geld für Busfahrkarten hatten.

»Ein Mann, der einen Bus fährt, muß sehr reich sein«, hatte Pedro gesagt, als sie auf der staubigen Straße weitergingen, die sich durch endlose Zuckerplantagen schlängelte.

»Du bist dumm«, erwiderte Juan. »Das Geld für die Fahrkarten bekommt der, der den Bus besitzt. Nicht der, der ihn fährt.«

»Wer ist das?« fragte Pedro.

»Woher soll ich das wissen?« erwiderte Juan. »Aber wenn ich in die Stadt komme, zeige ich dir die Häuser, in denen sie wohnen.«

Schließlich waren sie am Ziel. Es war ein Tag im Februar, und die ganze Stadt war im wildesten Karnevalsrausch. Sprachlos hatte Pedro all die farbenfrohen Kostüme betrachtet, an deren Säume glitzernde Spiegel genäht waren. Die Gesichtsmasken, die Teufeln oder verschiedenen Tieren ähnelten, hatten Pedro anfangs erschreckt. Es war, als schwinge die ganze Stadt im Takt mit Tausenden von Trommeln und Gitarren. Der erfahrene Juan hatte ihn durch die Straßen und Gassen der Stadt gelotst. Nachts schliefen sie auf Bänken im Parque Duarte. Die ganze Zeit war Pedro besorgt, Juan könnte im Menschengewimmel verschwinden. Er fühlte sich wie ein Kind, das Angst hat, Vater oder Mutter zu verlieren. Aber er ließ sich nichts anmerken. Er wollte nicht, daß Juan ihn auslache.

Und doch geschah es. Es war der dritte Abend, der ihr letzter sein sollte. Sie waren auf der Calle del Sol, der größten Straße der Stadt, als Juan plötzlich zwischen den verkleideten, tanzenden Menschen verschwunden war. Sie hatten keinen Treffpunkt vereinbart für den Fall, daß sie getrennt würden. Er hatte bis tief in die Nacht nach Juan gesucht, ohne ihn zu finden. Auch auf den Bänken im Park, wo sie die vorherigen Nächte geschlafen hatten, fand er ihn nicht. Im Morgengrauen hatte Pedro sich an eine der Statuen auf der Plaza de Cultura gesetzt. Er hatte Wasser aus einem Brunnen getrunken, um seinen Durst zu löschen. Aber er hatte kein Geld, um sich etwas zu essen zu kaufen. Er dachte, das einzige, was er tun könne, sei, den Weg wiederzufinden, der nach Hause führte. Wenn er nur aus der Stadt herauskäme, würde er sich in eine der vielen Bananenplantagen schleichen und sich satt essen.

Plötzlich hatte er gemerkt, daß jemand sich neben ihn setzte. Es war ein Mädchen in seinem Alter. Er dachte sofort, daß es das schönste Mädchen war, das er je gesehen hatte. Als sie ihn entdeckte, senkte er verlegen den Blick. Heimlich hatte er zugesehen, wie sie ihre Sandalen auszog und ihre wunden Füße rieb.

So hatte er Dolores getroffen. Hinterher sprachen sie oft darüber, daß Juans Verschwinden und ihre wunden Füße sie zusammengeführt hatten.

Sie hatten am Brunnen gesessen und angefangen, miteinander zu reden.

Es zeigte sich, daß auch Dolores auf einem kurzen Besuch in der Stadt war. Sie hatte eine Stellung als Haushilfe gesucht und war in den reichen Vierteln von Haus zu Haus gegangen, doch ohne Erfolg. Wie Pedro war sie das Kind eines *campesino*, und ihr Dorf lag nicht weit von Pedros Dorf entfernt. Sie gingen gemeinsam aus der Stadt hinaus, plünderten Bananenbäume, um sich satt zu essen, und gingen immer langsamer, je näher sie ihrem Dorf kamen.

Zwei Jahre später, im Mai, noch bevor die Regenzeit begann, hatten sie geheiratet und waren in Pedros Dorf gezogen, wo er von einem seiner Onkel ein kleines Haus bekommen hatte. Pedro arbeitete auf einer Zuckerrohrplantage, während Dolores Gemüse anbaute, das sie an die Aufkäufer abgab, die vorbeikamen. Sie waren arm, aber jung und glücklich.

Nur eine Sache war nicht, wie sie sein sollte. Nach drei Jahren war Dolores noch immer nicht schwanger. Sie sprachen nie darüber. Aber Pedro spürte, daß Dolores immer unruhiger wurde. Ohne sein Wissen hatte sie auch heimlich die *curiositas* an der Grenze zu Haiti besucht und Hilfe gesucht, doch hatte sich nichts verändert.

Es dauerte acht Jahre. Aber eines Abends, als Pedro von der Zuckerrohrplantage zurückkehrte, kam sie ihm entgegen und erzählte, daß sie schwanger war. Am Ende des achten Jahres ihrer

Ehe brachte Dolores eine Tochter zur Welt. Als Pedro sein Kind zum erstenmal erblickte, sah er sofort, daß es die Schönheit seiner Mutter geerbt hatte. An jenem Abend ging Pedro in die Dorfkirche und opferte einen Goldschmuck, den er von seiner Mutter bekommen hatte, als sie noch lebte. Er opferte ihn der Jungfrau Maria und dachte, daß sogar sie, mit ihrem in Windeln gewickelten Kind, an Dolores und ihre neugeborene Tochter erinnerte. Danach ging er nach Hause und sang auf dem Weg so laut und kräftig, daß die Menschen, denen er begegnete, ihn ansahen und sich fragten, ob er zuviel von dem vergorenen Zuckerrohrsaft getrunken habe.

Dolores schlief. Sie atmete immer heftiger und bewegte sich unruhig.

»Du kannst nicht sterben«, flüsterte Pedro und merkte, daß er seine Verzweiflung nicht mehr kontrollieren konnte. »Du kannst nicht sterben und mich und unsere Tochter allein lassen.«

Zwei Stunden später war alles vorbei. Für einen kurzen Augenblick wurde ihr Atem ganz ruhig. Sie schlug die Augen auf und sah ihn an. »Du mußt unsere Tochter taufen lassen«, sagte sie. »Du mußt sie taufen lassen, und du mußt für sie sorgen.«

»Bald geht es dir wieder besser«, sagte er. »Wir gehen zusammen in die Kirche und lassen sie taufen.«

»Ich bin nicht mehr da«, sagte sie und schloß die Augen.

Dann war sie nicht mehr.

Zwei Wochen später verließ Pedro mit seiner Tochter in einem Korb auf dem Rücken das Dorf. Sein Bruder Juan begleitete ihn auf dem ersten Wegstück. »Weißt du, was du tust?« fragte er.

»Ich tue nur das, was notwendig ist«, antwortete Pedro.

»Warum mußt du in die Stadt gehen, um deine Tochter taufen zu lassen? Warum kannst du sie nicht hier im Dorf taufen lassen? Diese Kirche hat für dich und mich getaugt. Und für unsere Eltern vor uns.«

Pedro blieb stehen und sah seinen Bruder an. »Acht Jahre haben wir auf ein Kind gewartet. Als schließlich unsere Tochter kam, wurde Dolores krank. Keiner konnte ihr helfen. Keine Doktoren, keine Mediziner. Sie war noch nicht dreißig. Und sie mußte sterben. Weil wir arm sind. Weil wir voll sind von den Krankheiten der Armut. Ich habe Dolores damals getroffen, als du beim Karneval verschwunden bist. Jetzt will ich zu der großen Kathedrale zurückkehren, die an dem Platz liegt, wo wir uns begegnet sind. Meine Tochter soll in der größten Kirche getauft werden, die es hier im Land gibt. Das ist das mindeste, was ich für Dolores tun kann.«

Er wartete Juans Antwort nicht ab, sondern wandte sich um und ging weiter. Als er spät am Abend das Dorf erreichte, aus dem Dolores einst gekommen war, blieb er im Haus ihrer Mutter. Noch einmal erklärte er, wohin er unterwegs war. Die alte Frau schüttelte besorgt den Kopf. »Deine Trauer treibt dich in den Wahnsinn«, sagte sie. »Denk lieber daran, daß es deiner Tochter nicht guttut, den langen Weg nach Santiago auf deinem Rücken geschüttelt zu werden.«

Pedro antwortete nicht. Früh am nächsten Morgen setzte er seine Wanderung fort. Die ganze Zeit sprach er mit dem Kind, das im Korb auf seinem Rücken hing. Er erzählte alles, was er von Dolores wußte. Wenn er nichts mehr zu sagen hatte, fing er wieder von vorn an.


Er kam an einem Nachmittag in die Stadt, als schwere Regenwolken sich am Horizont auftürmten. Vor dem großen Portal der Kathedrale *Santiago Apóstol* setzte er sich nieder, um zu warten. Dann und wann gab er seiner Tochter von dem Essen, das er von zu Hause mitgenommen hatte. Er betrachtete all die schwarzgekleideten Priester, die an ihm vorübergingen. Entweder fand er sie zu jung, oder sie hatten es zu eilig, um würdig zu sein, seine Tochter zu taufen. Er wartete viele Stunden. Schließlich sah er einen alten Priester mit langsamen Schritten über den Platz auf die Kathedrale zukommen. Da stand er auf, nahm seinen Basthut ab und hielt ihm seine Tochter hin. Der alte Priester hörte geduldig seine Geschichte an. Dann nickte er. »Ich werde deine Tochter taufen«, sagte er. »Du bist weit gegangen für etwas, an das du glaubst. Das ist in unserer Zeit etwas sehr Seltenes. Menschen gehen kaum noch lange Wege für ihren Glauben. Deshalb sieht die Welt auch so aus, wie sie aussieht.«

Pedro folgte dem Priester in die dunkle Kathedrale. Er dachte, daß Dolores in seiner Nähe sei. Ihr Geist schwebte um sie und folgte ihren Schritten zum Taufbecken.

Der alte Priester lehnte seinen Stock an eine der Säulen. »Wie soll das Mädchen heißen?« fragte er.

»Wie seine Mutter«, antwortete Pedro. »Sie soll Dolores heißen. Ich will, daß sie auch den Namen Maria bekommt, Dolores Maria Santana.«

Nach der Taufe trat Pedro auf den Platz hinaus und setzte sich an die Statue, wo er zehn Jahre zuvor Dolores begegnet war. Seine Tochter schlief im Korb. Er saß ganz still, tief versunken in sich selbst.


Ich, Pedro Santana, bin ein einfacher Mann. Von meinen Vorvätern habe ich nichts anderes geerbt als Armut und ununterbrochenes Elend. Dann durfte ich auch meine Ehefrau nicht behalten. Aber ich verspreche dir, Dolores, daß unsere Tochter ein anderes Leben bekommen soll. Ich werde alles für sie tun, damit ihr ein Leben wie unseres erspart bleibt. Ich verspreche dir, daß deine Tochter ein Mensch werden wird, der ein langes und glückliches und würdiges Leben führt.


Am gleichen Abend ließ Pedro die Stadt hinter sich. Mit seiner Tochter Dolores Maria kehrte er in sein Dorf zurück. Das war am neunten Mai 1978.

Dolores Maria Santana, so innig geliebt von ihrem Vater, war acht Monate alt.

# Schonen

*21.–24. Juni 1994*

# 1

Früh im Morgengrauen begann er seine Verwandlung.

Er hatte alles sorgfältig geplant, damit nichts mißlang. Er würde den ganzen Tag brauchen und wollte nicht riskieren, in Zeitnot zu geraten. Er nahm den ersten Pinsel und hielt ihn vor sich. Vom Tonbandgerät, das auf dem Fußboden stand, hörte er das vorbereitete Band mit den Trommeln. Er sah sein Gesicht im Spiegel an. Dann zog er die ersten schwarzen Striche über seine Stirn. Er spürte, daß seine Hand ruhig war. Also war er nicht nervös. Obwohl dies das erste Mal war, daß er seine Kriegsbemalung im Ernst anlegte. Bis zu diesem Augenblick war es eine Art von Flucht gewesen, seine Methode, sich gegen die Kränkungen, denen er ständig ausgesetzt war, zu schützen; jetzt machte er wirklich die große Verwandlung durch. Mit jedem Strich, den er auf sein Gesicht malte, schien er sein altes Leben weiter hinter sich zu lassen. Es gab kein Zurück mehr. Von diesem Abend an war das Spiel ein für allemal vorbei, und er würde in den Krieg hinausgehen, in dem Menschen richtig sterben mußten.

Das Licht im Zimmer war sehr stark. Er hatte die Spiegel sorgfältig ausgerichtet, damit sie kein Licht zurückwarfen. Als er die Tür hinter sich verschlossen hatte, kontrollierte er ein letztes Mal, ob er nichts vergessen hatte. Doch alles war an seinem Platz. Die gut gereinigten Pinsel, die kleinen Porzellantassen mit Farben, Handtücher und Wasser. Neben der kleinen Drehbank lagen seine Waffen aufgereiht auf einem schwarzen Tuch: die drei Äxte, die Messer von unterschiedlicher Länge, die Spraydosen. Er dachte, daß dies der einzige Beschluß war, den er noch nicht gefaßt hatte. Bevor es Abend wurde, müßte er wählen, welche dieser Waffen er mitnehmen wollte. Er konnte nicht alle mitnehmen. Er wußte jedoch, daß die Entscheidung sich von selbst ergeben würde, wenn er erst seine Verwandlung begonnen hatte.

Bevor er sich an die Bank setzte und sein Gesicht zu bemalen begann, fühlte er mit den Fingerspitzen über die Schneiden der Äxte und Messer. Schärfer konnten sie nicht werden. Er konnte der Versuchung nicht widerstehen, mit einem der Messer ein bißchen mehr gegen die Fingerspitze zu drücken. Er blutete sofort. Er wischte den Finger und die Schneide des Messers an einem Handtuch ab. Dann setzte er sich vor die Spiegel.

Die ersten Striche auf der Stirn sollten schwarz sein. Es war, als schnitte er zwei tiefe Kerben, öffnete sein Gehirn und leerte alle Erinnerungen und Gedanken aus, die ihm bisher durch das Leben gefolgt waren, die ihn gequält und gedemütigt hatten. Später würde er mit den roten und weißen Strichen weitermachen, mit den Ringen, den Vierecken, und zum Schluß den schlangenartigen Ornamenten auf den Wangen. Von seiner weißen Haut würde nichts mehr zu sehen sein. Und dann würde die Verwandlung abgeschlossen sein. Was vorher gewesen war, würde verschwunden sein. Er war in Gestalt eines Tiers wiederauferstanden, und er würde nie mehr wie ein Mensch sprechen. Er dachte, daß er nicht einmal zögern würde, sich die Zunge abzuschneiden, wenn es notwendig würde.

Die Verwandlung nahm seinen ganzen Tag in Anspruch. Kurz nach sechs am Abend war er fertig. Da hatte er auch beschlossen, die größte der drei Äxte mitzunehmen. Er steckte den Schaft in den dicken Ledergürtel, den er umgelegt hatte. Da steckten schon die beiden Messer in ihren Scheiden. Er blickte sich im Zimmer um. Er hatte nichts vergessen. Die Spraydose hatte er in die Innentaschen der Lederjacke gesteckt.

Ein letztes Mal betrachtete er sein Gesicht im Spiegel. Er erschauderte. Dann zog er vorsichtig den Motorradhelm über den Kopf, löschte das Licht und verließ das Zimmer, barfuß, wie er gekommen war.

\*

Fünf Minuten nach neun stellte Gustaf Wetterstedt den Ton des Fernsehers leise und rief seine Mutter an. Es war eine feste Gewohnheit. Seit er vor mehr als fünfundzwanzig Jahren als Justizminister abgetreten war und alle politischen Ämter niedergelegt hatte, verfolgte er die Nachrichtensendungen im Fernsehen mit Unlust und Widerwillen. Er konnte sich nicht damit abfinden, daß er nicht mehr selbst beteiligt war. In den vielen Jahren als Minister und Persönlichkeit im Zentrum der Öffentlichkeit war er mindestens einmal pro Woche im Fernsehen zu sehen gewesen. Er hatte dafür gesorgt, daß jeder Auftritt von einer Sekretärin auf Video aufgenommen wurde. Jetzt standen die Kassetten in seinem Arbeitszimmer und bedeckten eine ganze Wand. Es kam vor, daß er sie sich von neuem ansah. Es war für ihn eine Quelle ständiger Befriedigung, zu merken, daß er in den vielen Jahren als Justizminister nicht einmal angesichts einer unerwarteten oder verfänglichen Frage seitens eines böswilligen Journalisten die Fassung verloren hatte. Mit einem Gefühl ungehemmter Verachtung konnte er sich noch immer daran erinnern, wie manche seiner Kollegen sich vor den Fernsehjournalisten gefürchtet hatten. Allzuoft hatten sie auch angefangen zu stammeln und sich in Widersprüche verwickelt, die sie hinterher nie mehr ausräumen konnten. Aber ihm war das nie passiert. Er war ein Mensch, den niemand in eine Falle locken konnte. Die Journalisten hatten ihn nie besiegt. Sie waren auch seinen Geheimnissen nie auf die Spur gekommen.

Er hatte den Fernseher um neun Uhr eingeschaltet, um die einleitende Nachrichtenübersicht zu sehen. Dann hatte er den Ton abgestellt. Er zog das Telefon zu sich und rief seine Mutter an. Sie war sehr jung gewesen, als sie ihn geboren hatte. Jetzt war sie vierundneunzig Jahre alt, klar im Kopf, voller unverbrauchter Energie. Sie wohnte allein in einer großen Wohnung in der Stockholmer Innenstadt. Jedesmal, wenn er den Hörer abnahm und die Nummer wählte, hoffte er, sie würde nicht abnehmen. Weil er selbst über siebzig war, hatte er angefangen zu befürchten, sie könnte ihn überleben. Nichts wünschte er sich mehr, als daß sie stürbe. Dann wäre er allein übrig. Er müßte sie nicht mehr anrufen, er würde bald sogar vergessen haben, wie sie aussah.

Es klingelte am anderen Ende. Während er wartete, betrachtete er den tonlosen Nachrichtensprecher. Nach dem vierten Klingeln begann er zu hoffen, daß sie endlich gestorben sei. Dann hörte er ihre Stimme. Er machte seine Stimme weich, als er mit ihr sprach. Er fragte, wie es ihr gehe, wie ihr Tag gewesen sei. Wo er nun einsehen mußte, daß sie noch immer lebte, wollte er das Gespräch so kurz wie möglich halten.

Er beendete das Gespräch und blieb mit der Hand auf dem Telefonhörer sitzen. Sie stirbt nicht, dachte er. Sie stirbt nicht, es sei denn, ich schlage sie tot.

Er blieb in dem stillen Zimmer sitzen. Nur das Rauschen des Meeres war zu hören und ein einsames Moped, das in der Nähe vorüberfuhr. Er erhob sich vom Sofa und trat an das große Erkerfenster, das aufs Meer hinausging. Die Dämmerung war schön und sehr stimmungsvoll. Der Strand unterhalb seines Hauses war leer und verlassen. Die Menschen hocken vor ihren Fernsehapparaten, dachte er. Früher saßen sie einmal da und sahen, wie ich den Nachrichtenreportern an die Kehle ging. Ich war Justizminister. Ich hätte Ministerpräsident sein sollen. Aber ich bin es nie geworden.

Er zog die Gardinen vor und achtete sorgfältig darauf, daß kein Spalt offenblieb. Obwohl er versuchte, in seinem Haus unmittelbar östlich von Ystad so anonym wie möglich zu leben, kam es vor, daß Neugierige ihn beobachteten. Obwohl fünfundzwanzig Jahre seit seinem Abschied vergangen waren, war er noch nicht ganz vergessen. Er ging in die Küche und goß sich aus einer Thermoskanne eine Tasse Kaffee ein. Er hatte die Kanne Ende der sechziger Jahre bei einem offiziellen Besuch in Italien gekauft. Er erinnerte sich vage daran, daß es darum gegangen war, die Intensivierung der Bemühungen zu diskutieren, die Ausbreitung des Terrorismus in Europa zu verhindern. Überall in seinem Haus fanden sich Erinnerungen an das Leben, das er einst geführt hatte. Er hatte schon oft daran gedacht, alles wegzuwerfen. Doch am Ende war ihm selbst diese Anstrengung sinnlos vorgekommen.

Mit der Kaffeetasse ging er zurück zum Sofa. Er blieb im Dunkeln sitzen und dachte an den vergangenen Tag. Am Vormittag hatte er Besuch von einer Journalistin von einer der großen Monatszeitungen gehabt, die an einer Reportageserie über Prominente und ihr Pensionärsdasein arbeitete. Warum sie beschlossen hatte, ihn zu besuchen, war ihm nicht klargeworden. Sie wurde von einem Fotografen begleitet, und sie machten draußen am

Strand und im Haus Bilder. Er hatte sich vorher dafür entschieden, als ein älterer, von Milde und Versöhnlichkeit geprägter Mann aufzutreten. Er hatte sein jetziges Leben als sehr glücklich dargestellt. Er lebe in größter Abgeschiedenheit, um meditieren zu können, und mit gespielter Verlegenheit hatte er sich entlocken lassen, daß er darüber nachdenke, ob er vielleicht seine Memoiren schreiben solle. Die Journalistin, die um die Vierzig war, zeigte sich beeindruckt und war voll untertänigen Respekts. Hinterher hatte er sie und den Fotografen zu ihrem Wagen begleitet und ihnen nachgewinkt, als sie fuhren.

Mit Genugtuung dachte er daran, daß er während des ganzen Interviews vermieden hatte, ein einziges wahres Wort zu sagen. Das war auch eins der wenigen Dinge, die ihn noch interessierten. Zu betrügen, ohne entlarvt zu werden. Schein und Illusionen zu verbreiten. Nach seinen vielen Jahren als Politiker hatte er eingesehen, daß alles, was am Ende übrigblieb, die Lüge war. Die Wahrheit, verkleidet als Lüge, oder die Lüge, verkleidet als Wahrheit.

Langsam trank er seinen Kaffee. Das Gefühl des Wohlbehagens nahm zu. Die Abende und die Nächte waren seine beste Zeit. Da verflüchtigten sich die Gedanken, die Gedanken an all das, was einmal gewesen, und alles, was verlorengegangen war. Das Wichtigste hatte ihm indessen keiner rauben können. Sein letztes Geheimnis, das niemand außer ihm selbst kannte.

Manchmal konnte er an sich selbst wie an ein Bild in einem Spiegel denken, der zugleich konvex und konkav war. Als Mensch hatte er die gleiche Doppeldeutigkeit. Niemand hatte jemals etwas anderes gesehen als die Oberfläche, den tüchtigen Juristen, den geachteten Justizminister, den sanften Pensionär, der am schonischen Strand entlangstreifte. Niemand hatte ahnen können, daß er sein eigener Doppelgänger war. Er hatte Königen und Präsidenten die Hand geschüttelt, er hatte sich mit einem Lächeln verneigt, aber in seinem Kopf hatte er gedacht, *wenn ihr wüßtet, wer ich eigentlich bin und was ich von euch denke.* Wenn er vor den Fernsehkameras stand, hatte er stets den Gedanken – *wenn ihr nur wüßtet, wer ich bin und was ich von euch denke* – im äußersten Winkel seines Bewußtseins gehabt. Aber niemand hatte das jemals wahrgenommen. Sein Geheimnis: daß er die Partei, die er vertrat, die Ansichten, die er verteidigte, die meisten Menschen, denen er begegnete, haßte und verachtete. Sein Geheimnis würde verborgen bleiben bis zu seinem Tod. Er hatte die Welt durchschaut, ihre ganze Erbärmlichkeit und die Sinnlosigkeit des Daseins erkannt. Aber niemand wußte um seine Einsicht, und so würde es bleiben. Er hatte nie das Bedürfnis verspürt, das, was er gesehen und begriffen hatte, anderen mitzuteilen.

Er verspürte ein wachsendes Wohlgefühl angesichts dessen, was ihn erwartete. Am nächsten Abend würden seine Freunde um kurz nach neun in dem schwarzen Mercedes mit den getönten Spiegelfenstern zu seinem Haus kommen. Sie würden direkt in seine Garage fahren, und er würde ihren Besuch im Wohnzimmer hinter vorgezogenen Gardinen erwarten, genau wie jetzt. Seine Erwartung steigerte sich sofort, als er sich vorstellte, wie das Mädchen, das sie diesmal lieferten, aussehen würde. Er hatte bemängelt, daß es in der letzten Zeit allzu viele Blondinen gewesen waren. Einige waren auch zu alt, über zwanzig. Jetzt wünschte er sich eine jüngere, am liebsten ein Mischlingsmädchen. Seine Freunde würden im Keller warten, wo er einen Fernsehapparat aufgestellt hatte, während er das Mädchen in sein Schlafzimmer mitnahm. Vor dem Morgengrauen wären sie wieder fort, und er würde schon wieder von dem Mädchen phantasieren, mit dem sie in der Woche danach kommen sollten. Der Gedanke an den morgigen Tag erregte ihn so, daß er vom Sofa aufstand und in sein Arbeitszimmer ging. Bevor er das Licht anmachte, zog er die Gardinen vor. Einen kurzen Augenblick meinte er, unten am Strand den Schatten eines Menschen zu erkennen. Er nahm die Brille ab und blinzelte. Es kam vor, daß späte Nachtwanderer sich genau unterhalb seines Grundstücks aufhielten. Bei verschiedenen Gelegenheiten hatte er sich auch genötigt gesehen, die Polizei in Ystad anzurufen und sich über Jugendliche zu beschweren, die am Strand Feuer machten und lärmten. Er hatte ein gutes Verhältnis zur Polizei in Ystad. Sie kamen immer sofort und verjagten die Ruhestörer. Häufig dachte er daran, daß er sich nie hatte vorstellen können, welche Kenntnisse und Kontakte er dadurch bekommen sollte, daß er Justizminister war. Er hatte nicht nur gelernt, die spezielle Mentalität zu verstehen, die bei der schwedischen Polizei herrschte. Er hatte sich auch an strategischen Punkten in der schwedischen Rechtsmaschinerie methodisch Freunde geschaffen. Doch ebenso wichtig waren all die Kontakte, die er in der kriminellen Unterwelt bekommen hatte. Es gab intelligente Verbrecher, sowohl einzelne Individuen als auch Führer großer Verbrechersyndikate, die er sich zu Freunden gemacht hatte. Auch wenn sich in den fünfundzwanzig Jahren seit seinem Abschied vieles verändert haben mochte, hatte er noch immer viel Freude an seinen alten Kontakten. Nicht zuletzt an den Freunden, die dafür sorgten, daß er jede Woche Besuch von einem Mädchen im passenden Alter bekam.

Der Schatten am Strand war Einbildung gewesen. Er zog die Gardine zurecht und schloß eins der Fächer des Schreibtischs auf, den er von seinem Vater geerbt hatte, dem gefürchteten Jura-Professor. Er holte eine wertvolle und schön verzierte Mappe hervor und schlug sie auf dem Schreibtisch vor sich auf. Langsam, fast andächtig blätterte er sich durch seine Sammlung pornografischer Bilder aus den frühesten Jahren der Fotokunst. Sein ältestes Bild war eine Rarität, eine Daguerreotypie aus dem Jahre 1855, die er in Paris gekauft hatte. Das Bild stellte eine nackte Frau dar, die einen Hund umarmte. Seine Sammlung war in der exklusiven, doch der Umwelt unbekannten Schar von Männern, die sein Interesse teilten, wohlbekannt. Seine Sammlung von Bildern von Lecadre aus den 1890er Jahren wurde nur von der eines greisen Stahlwerksmagnaten aus dem Ruhrgebiet übertroffen. Langsam blätterte er die plastikverschweißten Seiten des Albums durch. Am längsten verweilte er bei den Seiten, auf denen die Modelle jung waren und man an ihren Augen sehen konnte, daß sie unter dem Einfluß von Drogen standen. Er hatte es oft bereut, daß er selbst nicht schon früher angefangen hatte, sich dem Fotografieren zu widmen. Hätte er das getan, könnte er heute im Besitz einer einzigartigen Sammlung sein.

Nachdem er das Album durchgeblättert hatte, verschloß er es wieder im Schreibtisch. Seinen Freunden hatte er das Versprechen abgenommen, nach seinem Tod die Bilder einem Antiquitätenhändler in Paris anzubieten, der auf derartige Verkaufsaufträge spezialisiert war. Das Geld sollte dem Fonds für junge Juristen zugute kommen, den er bereits eingerichtet hatte, der jedoch erst bei seinem Tod der Öffentlichkeit präsentiert werden sollte.

Er knipste die Schreibtischlampe aus und blieb in dem dunklen Zimmer sitzen. Das Rauschen vom Meer war sehr schwach. Wieder glaubte er, ein Moped in der Nähe vorüberfahren zu hören. Es fiel ihm immer noch schwer, sich seinen eigenen Tod vorzustellen, obwohl er schon über siebzig war. Bei zwei Gelegenheiten hatte er auf Reisen in die USA die Erlaubnis erwirkt, anonym bei Hinrichtungen anwesend zu sein, das eine Mal bei einer Hinrichtung auf dem elektrischen Stuhl, das andere Mal in der schon damals sehr seltenen Gaskammer. Es war ein sonderbar lustbetontes Erlebnis gewesen. Doch seinen eigenen Tod konnte er sich nicht vorstellen. Er verließ das Arbeitszimmer und goß sich an der Hausbar im Wohnzimmer ein Glas Likör ein. Die Uhr ging bereits auf Mitternacht zu. Ein kurzer Spaziergang zum Meer hinunter war das einzige, was er noch vor sich hatte, bevor er zu Bett gehen würde. Er zog im Flur eine Jacke an, stieg in seine abgetragenen Holzschuhe und verließ das Haus.

Draußen war es windstill. Sein Haus lag so einsam, daß er keine Lichter von Nachbarn sehen konnte. In einiger Entfernung sausten die Autos auf der Straße nach Kåseberga vorüber. Er folgte dem Pfad durch den Garten hinunter zu der verschlossenen Pforte, die zum Strand führte. Zu seiner Verärgerung entdeckte er, daß die Lampe, die auf einem Mast neben der Pforte befestigt war, defekt war. Der Strand erwartete ihn. Er suchte seine Schlüssel und schloß die Pforte auf. Er ging das kurze Stück zum Strand hinunter und stellte sich direkt an die Wasserlinie. Das Meer war ruhig. Weit draußen am Horizont sah er die Lichter eines Schiffes, das nach Westen fuhr. Er knüpfte den Hosenschlitz auf und pinkelte ins Wasser, während er gleichzeitig von dem Besuch phantasierte, den er am folgenden Tag bekommen würde.

Ohne etwas gehört zu haben, wußte er plötzlich, daß jemand hinter ihm stand. Er erstarrte und spürte, wie die Angst ihn überfiel. Dann drehte er sich ruckartig um.

Der Mann, der dort stand, ähnelte einem Tier. Abgesehen von einer kurzen Hose war er nackt. Mit einem plötzlichen, hysterischen Entsetzen blickte er in das Gesicht des Mannes. Er konnte nicht erkennen, ob es entstellt oder hinter einer Maske verborgen war. In der einen Hand hielt der Mann eine Axt. Verwirrt dachte er, daß die Hand um den Axtschaft sehr klein war, daß der Mann ihn an einen Zwerg erinnerte.

Dann schrie er auf und begann wegzulaufen, zurück zur Gartenpforte.

Er starb im selben Moment, in dem die Schneide der Axt sein Rückgrat in zwei Teile spaltete, gerade unterhalb der Schultern. Er merkte auch nicht mehr, wie der Mann, der vielleicht ein Tier war, niederkniete, einen Schnitt über seine Stirn zog und mit einem einzigen mächtigen Ruck den größeren Teil der Kopfhaut und des Haars von seinem Schädel riß.

Die Uhr hatte gerade Mitternacht überschritten.

Es war Dienstag, der 21. Juni.

Ein einsames Moped startete irgendwo in der Nähe. Kurz darauf verklang das Motorgeräusch.

Alles war wieder sehr still.

## 2

Gegen zwölf Uhr am 21. Juni verschwand Kurt Wallander aus dem Polizeipräsidium in Ystad. Damit niemand merkte, daß er sich entfernte, verließ er seinen Arbeitsplatz durch den Garageneingang. Dann setzte er sich in seinen Wagen und fuhr zum Hafen hinunter. Weil es ein heißer Tag war, hatte er sein Jackett über dem Schreibtischstuhl hängen lassen. Für diejenigen, die ihn während der nächsten Stunden suchten, war dies ein Zeichen, daß er trotz allem noch im Hause sein mußte. Wallander parkte am Theater. Dann ging er auf die innere Pier hinaus und setzte sich auf die Bank neben der rotgestrichenen Baracke des Seenotrettungsdienstes. Er hatte einen seiner Kollegblocks mitgenommen. Als er anfangen wollte zu schreiben, bemerkte er, daß er vergessen hatte, einen Bleistift einzustecken. Sein erster verärgerter Impuls war, den Schreibblock ins Hafenbecken zu werfen und alles zu vergessen. Doch er sah ein, daß das unmöglich war. Seine Kollegen würden ihm das nicht verzeihen.

Sie hatten ihn ungeachtet seiner Proteste dazu ausersehen, in ihrem Namen eine Rede zu halten, wenn sie um drei Uhr Björk verabschieden würden, der an diesem Tag als Polizeipräsident von Ystad abtrat.

Wallander hatte noch nie zuvor eine Rede gehalten. Am nächsten war er einer Rede bei den unzähligen Pressekonferenzen gekommen, die er anläßlich verschiedener Verbrechensermittlungen hatte abhalten müssen.

Aber wie dankte man einem Polizeipräsidenten, der aufhörte? Wofür dankte man eigentlich? Gab es überhaupt etwas, wofür sie dankbar sein mußten? Am liebsten hätte Wallander über seine Besorgnis und seine Ängste angesichts anscheinend planloser Umorganisierungen und Kürzungen gesprochen, die die Polizei in immer größerem Umfang betrafen.

Er hatte das Präsidium verlassen, um in Ruhe darüber nachzu-denken, was er sagen wollte. Am Tag zuvor hatte er bis tief in die Nacht an seinem Küchentisch gesessen, ohne daß ihm eine Er-leuchtung gekommen war. Doch jetzt mußte er sich etwas einfal-len lassen. In knapp drei Stunden würden sie zusammenkommen und Björk, der am folgenden Tag in Malmö als Chef des Auslän-derkommissariats der Provinzverwaltung anfangen würde, ihr Geschenk überreichen. Er stand auf und ging die Pier entlang zum Hafencafé. Die Fischkutter wiegten sich in ihrer Vertäuung. Wal-lander erinnerte sich zerstreut daran, wie er vor sieben Jahren da-beigewesen war, als eine Leiche aus dem Hafenbecken gefischt wurde. Doch er wies das Erinnerungsbild von sich. Die Rede an Björk war im Augenblick wichtiger. Eine der Kellnerinnen lieh ihm einen Bleistift. Er setzte sich mit einer Tasse Kaffee an einen Tisch im Freien und zwang sich, ein paar Stichworte für seine Re-de an Björk niederzuschreiben. Um ein Uhr hatte er eine halbe Seite zusammen. Mürrisch betrachtete er das Resultat. Aber er wußte, daß er es nicht besser konnte. Er winkte der Kellnerin, die kam und ihm nachschenkte.

»Der Sommer läßt auf sich warten«, sagte er.

»Wenn er überhaupt noch kommt«, antwortete die Kellnerin.

Abgesehen von der unmöglichen Rede für Björk war Wallan-der in guter Stimmung. In ein paar Wochen würde er Urlaub ma-chen. Es gab vieles, worüber er sich freuen konnte. Der Winter war lang und nervenaufreibend gewesen. Er spürte, daß er wirklich Er-holung nötig hatte.


Sie versammelten sich um drei in der Kantine des Polizeipräsidi-ums, und Wallander hielt seine Rede für Björk. Danach überreich-te Svedberg eine neue Angelrute, Ann-Britt Höglund einen Blu-menstrauß. Wallander war es gelungen, seine dürftige Rede da-durch aufzubessern, daß er, einer Augenblickseingebung folgend, einige Episoden über gemeinsame Erlebnisse mit Björk erzählte. Es weckte große Heiterkeit, als er daran erinnerte, daß sie einmal in eine Jauchegrube gefallen waren, als ein Baugerüst zusammen-brach. Nachher tranken sie Kaffee und aßen Torte. Björk hatte in seiner Dankesrede seiner Nachfolgerin Glück gewünscht. Sie hieß Lisa Holgersson und kam aus einem der größeren Polizeidistrikte in Småland. Sie würde nach der Sommerpause ihren Dienst antreten. Bis auf weiteres war Hansson stellvertretender Polizeipräsident in Ystad. Als die Zeremonie vorbei und Wallander in sein Zimmer zurückgekehrt war, klopfte Martinsson an seine halboffene Tür. »Das war eine schöne Rede«, sagte er. »Ich wußte gar nicht, daß du so etwas kannst.«

»Das kann ich auch nicht«, erwiderte Wallander. »Es war eine sehr schlechte Rede. Das weißt du genausogut wie ich.«

Martinsson hatte sich vorsichtig in Wallanders wackeligen Besucherstuhl gesetzt. »Ich frage mich, wie es mit einem weiblichen Chef gehen wird«, sagte er.

»Warum sollte es nicht gutgehen?« antwortete Wallander. »Die ganzen Kürzungen sind viel schlimmer.«

»Genau deshalb bin ich gekommen. Es gehen Gerüchte um, daß die Dienstbereitschaft in Ystad in den Nächten auf Sonntag und Montag gestrichen werden soll.«

Wallander betrachtete Martinsson ungläubig. »Das geht natürlich nicht«, sagte er. »Wer soll denn dann die Arrestanten bewachen, die wir vielleicht haben?«

»Das Gerücht sagt, daß diese Aufgabe privaten Wachgesellschaften übertragen werden soll.«

»Wachgesellschaften?«

»Das habe ich gehört.«

Wallander schüttelte den Kopf. Martinsson stand auf.

»Ich dachte, du solltest davon wissen«, sagte er. »Begreifst du, was mit der Polizei passiert?«

»Nein«, sagte Wallander. »Und das kannst du als eine ebenso aufrichtige wie erschöpfende Antwort ansehen.«

Martinsson zögerte noch, den Raum zu verlassen.

»Ist noch etwas?«

Martinsson zog ein Stück Papier aus der Tasche. »Wie du weißt, ist Fußball-Weltmeisterschaft. 2:2 gegen Kamerun. Du hattest 5:0 für Kamerun getippt. Damit bist du letzter.«

»Wie kann man denn letzter werden? Entweder tippt man richtig oder falsch!«

»Wir führen eine Statistik, die zeigt, wie wir im Verhältnis zueinander stehen.«

»Herrgott! Und wozu soll das gut sein?«

»Einer der Ordnungspolizisten hat als einziger 2:2 getippt«, sagte Martinsson und überhörte Wallanders Frage. »Jetzt geht es um das nächste Spiel. Schweden gegen Rußland.«

Wallander war gänzlich uninteressiert an Fußball. Dagegen war er verschiedentlich zu Handballspielen der Mannschaft von Ystad gegangen, die zeitweilig zu den besten in Schweden gehörte. In der letzten Zeit hatte er doch nicht umhin gekonnt zu bemerken, wie die ganze Nation ihre gesammelte Aufmerksamkeit auf eine einzige Sache richtete: die Fußball-Weltmeisterschaft. Er konnte weder den Fernseher einschalten noch eine Zeitung aufschlagen, ohne auf endlose Spekulationen über das mögliche Abschneiden der schwedischen Mannschaft zu stoßen. Zugleich hatte er eingesehen, daß er sich dem internen Tippwettbewerb der Polizei nicht einfach entziehen konnte. Das würde man als Arroganz auslegen. Er zog das Portemonnaie aus der Gesäßtasche.

»Was kostet es?«

»Einhundert Kronen. Wie beim letzten Mal.«

Er reichte Martinsson den Schein, und Martinsson machte ein Kreuz auf seiner Liste.

»Und jetzt soll ich das Ergebnis tippen?«

»Schweden gegen Rußland. Wie geht es aus?«

»4:4.«

»So viele Tore fallen im Fußball sehr selten«, sagte Martinsson verwundert. »Das ist eher ein Eishockey-Resultat.«

»Dann sagen wir, 3:1 für Rußland. Geht das?«

Martinsson schrieb. »Wir können vielleicht das Brasilienspiel gleich mitnehmen«, fuhr er fort.

»3:0 für Brasilien«, sagte Wallander schnell.

»Du hast keine besonders hohen Erwartungen an Schweden«, sagte Martinsson.

»Jedenfalls nicht im Fußball«, sagte Wallander und gab ihm noch einen Hunderter.

Als Martinsson gegangen war, dachte Wallander nach über das, was er gehört hatte. Doch dann wischte er die Gedanken irritiert beiseite. Er würde noch früh genug erfahren, was daran stimmte und was nicht. Es war halb fünf geworden. Wallander griff zu einer Aktenmappe mit dem Ermittlungsmaterial über die organisierte Ausfuhr gestohlener Autos in die früheren Oststaaten. Er beschäftigte sich bereits seit mehreren Monaten mit dieser Ermittlung. Bisher hatte die Polizei erst Teile der weitverzweigten Aktivitäten aufgedeckt, und er ahnte, daß die Ermittlung ihn noch viele Monate verfolgen würde. Während seines Urlaubs würde Svedberg die Verantwortung übernehmen, und Wallander vermutete stark, daß in seiner Abwesenheit sehr wenig geschehen würde.

Ann-Britt Höglund klopfte und kam herein. Sie hatte eine schwarze Baseballmütze auf dem Kopf. »Wie sehe ich aus?« fragte sie.

»Wie eine Touristin«, antwortete Wallander.

»So sollen die neuen Uniformmützen der Polizei sein. Du mußt dir noch das Wort Polizei oberhalb des Schirms vorstellen. Ich habe Bilder gesehen.«

»So eine kommt mir nie auf den Kopf«, sagte Wallander. »Man sollte vielleicht froh sein, daß man nicht mehr zur Ordnungspolizei gehört.«

»Eines Tages entdecken wir vielleicht, daß Björk ein ausgezeichneter Chef war«, sagte sie. »Ich fand gut, was du gesagt hast.«

»Ich weiß, daß es keine gute Rede war«, sagte Wallander und merkte, daß seine Irritation wuchs. »Aber ihr seid selbst schuld, weil ihr so wenig Urteilsvermögen hattet, mich auszuwählen.«

Ann-Britt Höglund stand am Fenster und blickte hinaus. Wallander dachte, daß es ihr in sehr kurzer Zeit gelungen war, dem Ruf gerecht zu werden, der ihr vorausgeeilt war, als sie im Jahr zuvor nach Ystad kam. Auf der Polizeihochschule hatte sie großartige Anlagen für die polizeiliche Arbeit offenbart, und die hatten sich anschließend weiterentwickelt. Zu einem Teil hatte sie das Vakuum ausfüllen können, das Wallander empfunden hatte, nachdem Rydberg vor einigen Jahren gestorben war. Rydberg war der Polizeibeamte, von dem Wallander das meiste von dem, was er konnte, gelernt hatte. Manchmal dachte er, daß es jetzt seine Aufgabe war, Ann-Britt Höglund auf die gleiche Art und Weise anzuleiten.

»Was machen die Autos?« fragte sie.

»Sie werden gestohlen«, antwortete Wallander. »Diese Organisation scheint unglaublich verzweigt zu sein.«

»Meinst du, wir können sie hochnehmen?«

»Wir kriegen sie«, erwiderte Wallander. »Früher oder später. Dann gibt es ein paar Monate Pause. Und danach fängt es wieder von vorne an.«

»Aber es hört nie auf?«

»Es hört nie auf. Ystad liegt, wo es liegt. Zweihundert Kilometer von hier, jenseits der Ostsee, gibt es eine unendliche Anzahl von Menschen, die haben wollen, was wir haben. Das Problem ist nur, daß sie nicht das Geld haben, dafür zu bezahlen.«

»Ich frage mich, wieviel Diebesgut mit jeder Fähre ausgeführt wird«, sagte sie nachdenklich.

»Es ist wohl besser, wenn wir es nicht wissen«, antwortete Wallander.

Sie holten sich beide Kaffee. Ann-Britt Höglund würde schon in dieser Woche ihren Urlaub antreten. Wallander wußte, daß sie ihn in Ystad verbringen würde, weil ihr Mann, der als Monteur ständig in der ganzen Welt herumreiste, sich in Saudi-Arabien befand.

»Was machst du selbst?« fragte sie, als sie angefangen hatten, über die bevorstehenden Ferien zu sprechen.

»Ich fahre nach Skagen«, sagte Wallander.

»Mit der Frau aus Riga?« fragte Ann-Britt Höglund mit einem Lächeln.

Wallander legte erstaunt die Stirn in Falten. »Wieso weißt du etwas von ihr?«

»Das tun doch alle. Ist dir das nicht klar? Man könnte sagen, daß es sich um das Resultat einer ständigen internen Ermittlung unter uns Polizisten handelt.«

Wallander war wirklich überrascht. Er hatte nie jemandem von Baiba erzählt, die er bei einer Ermittlung vor einigen Jahren kennengelernt hatte. Sie war die Witwe eines ermordeten lettischen Polizisten. Weihnachten vor nun bald anderthalb Jahren war sie in Ystad gewesen. Zu Ostern hatte Wallander sie in Riga besucht. Aber er hatte nie von ihr gesprochen. Er hatte sie keinem seiner

Kollegen vorgestellt. Jetzt fragte er sich plötzlich, warum er es nicht getan hatte. Auch wenn ihr Verhältnis immer noch auf tönernen Füßen stand, hatte sie ihn aus der Melancholie herausgeholt, die sein Leben nach der Scheidung von Mona beherrscht hatte. »Ja«, sagte er. »Wir fahren zusammen nach Dänemark. Für den Rest des Sommers werde ich mich um meinen Vater kümmern.«

»Und Linda?«

»Sie hat vor einer Woche angerufen und gesagt, sie wolle einen Theaterkursus in Visby besuchen.«

»Ich dachte, sie wollte Polsterei lernen?«

»Das habe ich auch geglaubt. Aber jetzt hat sie sich in den Kopf gesetzt, zusammen mit einer Freundin eine Art Theateraufführung zu machen.«

»Das klingt doch spannend?«

Wallander nickte zweifelnd. »Ich hoffe, sie kommt im Juli her«, sagte er. »Ich habe sie lange nicht gesehen.«

Sie trennten sich vor Wallanders Tür. »Komm und besuch mich im Sommer«, sagte sie. »Mit oder ohne Frau aus Riga. Mit oder ohne Tochter.«

»Sie heißt Baiba«, sagte Wallander. Er versprach, sie zu besuchen.

Anschließend saß Wallander eine gute Stunde über die Papiere auf seinem Tisch gebeugt. Vergeblich rief er zweimal bei der Polizei in Göteborg an, um mit einem Kommissar zu sprechen, der dort oben an der gleichen Ermittlung arbeitete. Um Viertel vor sechs klappte er die Mappe zu und stand auf. Er hatte beschlossen, an diesem Abend auswärts zu essen. Er drückte seinen Bauch und stellte fest, daß er weiter abnahm. Baiba hatte darüber geklagt, daß er zu dick sei. Danach hatte er keine Probleme damit gehabt, weniger zu essen. Ein paarmal hatte er sich auch in einen Trainingsanzug gequält und gejoggt, obgleich er es langweilig fand.

Er zog die Jacke an und nahm sich vor, am selben Abend einen Brief an Baiba zu schreiben. Als er den Raum verlassen wollte, klingelte das Telefon. Er zögerte einen Moment lang, doch dann ging er zum Schreibtisch und nahm den Hörer ab.

Es war Martinsson. »Gute Rede, die du gehalten hast«, sagte er. »Björk wirkte aufrichtig gerührt.«

»Das hast du schon gesagt«, entgegnete Wallander. »Was willst du? Ich bin auf dem Weg nach Hause.«

»Ich habe gerade einen Anruf bekommen, der ein bißchen sonderbar war. Ich wollte mal hören, was du dazu meinst.«

Wallander wartete ungeduldig auf die Fortsetzung.

»Ein Bauer von einem Hof in der Nähe von Marsvinsholm hat angerufen. Er behauptete, eine Frau führe sich sonderbar in seinem Rapsfeld auf.«

»Ist das alles?«

»Ja.«

»Eine Frau, die sich sonderbar in einem Rapsfeld aufführt? Was hat sie denn gemacht?«

»Wenn ich ihn richtig verstanden habe, hat sie nichts gemacht. Er fand es komisch, daß sie sich überhaupt draußen im Raps aufhielt.«

Wallander brauchte nicht nachzudenken, bevor er antwortete.

»Schick eine Streife hin. Das ist deren Sache.«

»Das Problem ist, daß im Moment alle im Einsatz sind. Wir hatten fast gleichzeitig zwei Verkehrsunfälle. Einen bei der Einfahrt nach Svarte. Den anderen vor dem Continental.«

»Ernste?«

»Keine schwereren Personenschäden. Aber es ist offenbar ein schreckliches Durcheinander.«

»Sie können doch nach Marsvinsholm rausfahren, wenn sie wieder frei sind?«

»Dieser Bauer wirkte beunruhigt. Ich weiß nicht, wie ich es besser ausdrücken soll. Wenn ich nicht meine Kinder abholen müßte, würde ich selbst hinfahren.«

»Dann fahre ich wohl hin«, sagte Wallander. »Wir treffen uns im Flur, dann kannst du mir den Namen und die Wegbeschreibung geben.«

Ein paar Minuten später verließ Wallander in seinem Wagen das Präsidium. Er bog nach links ab und nahm im Kreisverkehr die Straße in Richtung Malmö. Auf dem Beifahrersitz lag der Zettel, den Martinsson geschrieben hatte. Der Bauer hieß Salomonsson, und Wallander kannte den Weg. Als er auf die E 65 kam, kurbelte er das Seitenfenster herunter. Die gelben Rapsfelder wogten zu beiden Seiten der Straße. Er konnte sich nicht erinnern, wann es ihm zuletzt so gutgegangen war wie jetzt. Er schob eine Kassette mit *Figaros Hochzeit* ein, auf der Barbara Hendricks die Susanna sang, und dachte an Baiba, die er bald in Kopenhagen treffen würde. Bei der Abfahrt nach Marsvinsholm bog er nach links ab, fuhr am Schloß und der Schloßkirche vorbei und bog noch einmal nach links ab. Er warf einen Blick auf Martinssons Wegbeschreibung und bog auf eine schmale Straße ein, die direkt zwischen die Äcker hinausführte. In der Ferne konnte er das Meer erkennen.

Salomonssons Haus war ein gut gepflegtes altes schonisches Langhaus. Wallander stieg aus dem Wagen und blickte sich um. Wohin er auch sah, erstreckten sich die gelben Rapsfelder. Im selben Moment wurde die Tür des Hauses geöffnet. Der Mann, der auf der Treppe stand, war sehr alt. Er hatte ein Fernglas in der Hand. Wallander dachte, daß er sich das Ganze sicher eingebildet hatte. Es kam nur zu oft vor, daß einsame alte Menschen auf dem Land von ihren Phantasien dazu verleitet wurden, die Polizei anzurufen.

»Kurt Wallander von der Polizei in Ystad«, stellte er sich vor.

Der Mann auf der Treppe war unrasiert, und seine Füße steckten in kaputten Holzschuhen.

»Edvin Salomonsson«, sagte der Mann und streckte seine magere Hand aus.

»Erzählen Sie mal, was passiert ist«, sagte Wallander.

Der Mann zeigte auf das Rapsfeld rechts von seinem Haus. »Ich habe sie heute morgen entdeckt. Ich werde früh wach. Schon um fünf Uhr war sie da. Erst glaubte ich, es wäre ein Reh. Dann sah ich durchs Fernglas, daß es eine Frau war.«

»Was tat sie?«

»Sie stand da.«

»Nichts sonst?«

»Sie stand da und starrte.«

»Starrte auf was?«

»Wie soll ich das wissen?«

Wallander seufzte innerlich. Wahrscheinlich hatte der alte Mann ein Reh gesehen. Dann war seine Phantasie mit ihm durchgegangen. »Sie wissen nicht, wer sie ist?« fragte er.

»Ich habe sie noch nie gesehen. Wenn ich wüßte, wer sie ist, hätte ich doch wohl nicht die Polizei angerufen?«

Wallander nickte. »Sie haben sie heute morgen früh zum erstenmal gesehen. Aber Sie haben erst am späten Nachmittag bei der Polizei angerufen?«

»Man will doch nicht unnötig Wirbel machen«, antwortete der Mann einfach. »Die Polizei hat wohl auch so genug zu tun.«

»Sie haben sie durchs Fernglas gesehen. Sie befand sich draußen im Rapsfeld, und Sie haben sie noch nie gesehen. Was taten Sie dann?«

»Ich habe mich angezogen und bin rausgegangen, um ihr zu sagen, daß sie verschwinden soll. Sie hat ja den Raps niedergetrampelt.«

»Und was geschah da?«

»Sie lief weg.«

»Lief weg?«

»Sie versteckte sich im Raps. Duckte sich, so daß ich sie nicht sehen konnte. Zuerst dachte ich, sie wäre abgehauen. Dann entdeckte ich sie wieder im Fernglas. Das passierte wieder und wieder. Am Schluß hatte ich es satt und habe Sie angerufen.«

»Wann haben Sie sie zuletzt gesehen?«

»Gerade bevor ich anrief.«

»Was tat sie da?«

»Sie stand da und starrte.«

Wallander warf einen Blick hinaus aufs Feld. Er sah nichts als den wogenden Raps.

»Der Polizist, mit dem Sie gesprochen haben, sagte, Sie hätten beunruhigt gewirkt.«

»Was macht ein Mensch in einem Rapsfeld? Da stimmt doch irgendwas nicht.«

Wallander wollte das Gespräch so schnell wie möglich beenden. Ihm war jetzt klar, daß der alte Mann sich etwas eingebildet hatte. Er nahm sich vor, am nächsten Morgen den Sozialdienst einzuschalten. »Da kann ich nicht viel machen«, sagte er. »Sie ist bestimmt schon verschwunden. Und es gibt keinen Grund mehr, sich Sorgen zu machen.«

»Sie ist aber nicht verschwunden. Ich kann sie sehen.«

Wallander drehte sich rasch um und blickte in die Richtung, in die Salomonsson zeigte.

Die Frau befand sich ungefähr fünfzig Meter entfernt im Rapsfeld. Ihr Haar war sehr dunkel. Es stach scharf gegen den gelben Raps ab.

»Ich rede mit ihr«, sagte Wallander. »Warten Sie hier.«

Er holte ein Paar Stiefel aus dem Kofferraum seines Wagens. Dann ging er mit einem Gefühl der Unwirklichkeit zum Rapsfeld hinüber. Die Frau stand vollkommen unbeweglich und betrachtete ihn. Als er näher kam, sah er, daß sie nicht nur dunkles Haar hatte, sondern auch dunkle Haut. Er blieb am Rand des Feldes stehen, hob eine Hand und versuchte, sie zu sich zu winken. Sie stand nach wie vor vollkommen unbeweglich. Obwohl sie noch immer weit von ihm entfernt war und der schwankende Raps von Zeit zu Zeit ihr Gesicht verdeckte, ahnte er, daß sie sehr schön war. Er rief ihr zu, sie solle zu ihm kommen. Als sie sich dennoch nicht rührte, tat er den ersten Schritt in den Raps. Sie verschwand sofort. Es ging so schnell, daß er an ein scheuendes Tier dachte. Gleichzeitig spürte er, daß er ärgerlich wurde. Er ging tiefer in das Rapsfeld hinein und spähte nach allen Seiten. Als er sie wieder entdeckte, hatte sie sich zur östlichen Ecke des Feldes hinbewegt. Damit sie ihm nicht wieder entkam, begann er zu laufen. Sie bewegte sich sehr schnell, und er merkte, daß ihm die Luft ausging. Als er sich ihr bis auf gut zwanzig Meter genähert hatte, befanden sie sich in der Mitte des Rapsfeldes. Er rief ihr zu stehenzubleiben.

»Polizei!« brüllte er. »Bleiben Sie stehen!«

Er begann, auf sie zuzugehen. Dann stoppte er abrupt. Alles ging jetzt sehr schnell. Plötzlich hob sie einen Plastikkanister über ihren Kopf und begann, eine farblose Flüssigkeit über ihr Haar, ihr Gesicht und ihren Körper zu gießen. Ihn durchfuhr der Gedanke, daß sie den die ganze Zeit getragen haben mußte. Er sah jetzt auch, daß sie sehr große Angst hatte.

Ihre Augen waren weit aufgerissen, und sie sah ihn ununterbrochen an.

»Polizei!« rief er. »Ich will nur mit Ihnen sprechen.«

Im gleichen Augenblick trieb ihm der Geruch von Benzin entgegen. Sie hatte plötzlich ein brennendes Feuerzeug in der Hand und hielt es an ihr Haar. Wallander schrie etwas, und im selben Moment loderte sie auf wie eine Fackel. Vor Schrecken gelähmt sah er, wie sie im Raps umhertaumelte, während das Feuer fauchend um ihren Körper aufflammte. Er konnte selbst hören, wie er schrie. Aber die brennende Frau war stumm. Hinterher konnte er sich nicht erinnern, sie überhaupt schreien gehört zu haben.

Als er versuchte, zu ihr zu laufen, explodierte das ganze Rapsfeld. Plötzlich war er von Rauch und Flammen umgeben. Er schlug die Hände vors Gesicht und lief, ohne zu wissen, in welche Richtung. Als er den Rand des Feldes erreichte, stolperte er und stürzte in den Graben. Er wandte sich um und sah sie noch ein letztes Mal, bevor sie fiel und aus seinem Blickfeld verschwand. Sie hatte die Arme in die Höhe gestreckt, als flehe sie um Gnade vor einer Waffe, die auf sie gerichtet war.

Das Rapsfeld brannte.

Irgendwo hinter sich hörte er Salomonsson brüllen.

Wallander erhob sich mit zitternden Beinen.

Dann wandte er sich ab und erbrach sich.

## 3

Später sollte sich Wallander an das brennende Mädchen im Rapsfeld erinnern, wie man sich mit äußerster Anstrengung an einen
entlegenen Alptraum erinnert, den man am liebsten vergessen
möchte. Obwohl er den ganzen Abend und bis tief in die Nacht
eine zumindest äußere Ruhe zu bewahren schien, konnte er sich
nachher an nichts als unwesentliche Einzelheiten erinnern. Martinsson, Hansson und vor allem Ann-Britt Höglund hatten sich
über diese Unberührtheit gewundert. Aber sie hatten nicht durch
den Abwehrschild hindurchsehen können, den er um sich errichtet hatte. In ihm herrschte ein Chaos wie in einem zusammenge-
stürzten Haus.

Kurz nach zwei Uhr in der Nacht kam er in seine Wohnung.
Und erst da, als er sich aufs Sofa gesetzt hatte, immer noch in seinen rußigen Kleidern und den lehmigen Stiefeln, brach seine Abwehr zusammen. Er hatte sich ein Glas Whisky eingeschenkt, die
Balkontüren standen offen und ließen die Sommernacht herein,
als er anfing zu weinen wie ein Kind.

Das Mädchen, das sich verbrannt hatte, war auch ein Kind gewesen. Sie hatte ihn an seine eigene Tochter Linda erinnert.

In all seinen Jahren als Polizist hatte er eine Abwehrbereitschaft entwickelt, wenn er an einen Ort kam, wo ein Mensch eines
gewaltsamen und plötzlichen Todes gestorben war. Er hatte Menschen gesehen, die sich erhängt hatten, sich Gewehrmündungen
in den Mund gedrückt, sich in Stücke gesprengt hatten. Irgendwie
hatte er gelernt, das, was er sah, zu ertragen und es dann beiseite
zu schieben. Doch das galt nicht für Fälle, in die Kinder oder Jugendliche verwickelt waren. Da war er genauso schutzlos wie in
seiner allerersten Zeit als Polizist. Er wußte, daß die meisten Polizisten auf die gleiche Art und Weise reagierten. Wenn Kinder oder
Jugendliche starben, gewaltsam, sinnlos, brach die Abwehr, die der

Gewöhnung entsprang, zusammen. So würde es auch bleiben, solange er als Polizist arbeitete.

Aber als der Abwehrschild zerbarst, hatte er die einleitende Phase der Ermittlung hinter sich gebracht, und sie war vorbildlich durchgeführt worden. Mit Resten von Erbrochenem um den Mund war er zu Salomonsson gelaufen, der ungläubig sein brennendes Rapsfeld betrachtete, und hatte gefragt, wo im Haus das Telefon sei. Da Salomonsson die Frage nicht verstanden oder sie vielleicht nicht einmal wahrgenommen zu haben schien, hatte er ihn beiseite geschoben und war ins Haus gelaufen. Dort schlug ihm der beißende Geruch des Lebens entgegen, das ein ungewaschener alter Mann führte, und im Flur hatte er das Telefon gefunden. Er hatte die 90 000 angerufen, und die Telefonistin, die das Gespräch annahm, behauptete später, er sei vollkommen ruhig gewesen, als er beschrieb, was geschehen sei, und die große Besetzung anforderte. Die Flammen von dem brennenden Feld hatten so hell durch die Fenster geblendet, als hätten starke Scheinwerfer die Beleuchtung dieses Sommerabends übernommen. Er hatte bei Martinsson zu Hause angerufen und zuerst mit seiner ältesten Tochter und danach mit seiner Frau gesprochen, bis Martinsson aus dem Garten hereingekommen war, wo er den Rasen mähte. So knapp wie möglich beschrieb er, was geschehen war, und bat Martinsson, auch Hansson und Ann-Britt Höglund anzurufen. Danach ging er in die Küche und wusch sich das Gesicht. Als er wieder auf den Hofplatz hinaustrat, stand Salomonsson genauso reglos an derselben Stelle wie vorher, wie gebannt von dem unbegreiflichen Schauspiel. Ein Auto mit einigen der nächsten Nachbarn kam angefahren. Aber Wallander brüllte ihnen entgegen, sich fernzuhalten. Er erlaubte ihnen nicht einmal, sich Salomonsson zu nähern. In der Ferne hatte er die Sirenen der Feuerwehr gehört, die fast immer als erste ankam. Kurz darauf trafen zwei Streifenwagen und ein Krankenwagen ein. Peter Edler war der Leiter des Löschzugs, ein Mann, zu dem Wallander das größte Vertrauen hatte.

»Was ist denn hier los?« fragte er.

»Das erklär ich dir später«, sagte Wallander. »Aber trampelt nicht draußen auf dem Feld herum. Da liegt ein toter Mensch.«

»Das Haus ist nicht bedroht«, sagte Edler. »Was wir tun können, ist eindämmen.«

Dann wandte er sich an Salomonsson und fragte, wie breit die Feldwege und die Gräben zwischen den Feldern seien. Einer der Sanitäter war inzwischen zu Wallander gekommen. Er war ihm schon früher begegnet, doch sein Name fiel ihm nicht ein.

»Gibt es Verletzte?« fragte er.

Wallander schüttelte den Kopf. »Nur eine Tote. Sie liegt draußen auf dem Rapsfeld.«

»Dann brauchen wir einen Leichenwagen«, sagte der Sanitäter sachlich. »Was ist denn passiert?«

Wallander sparte sich die Antwort. Statt dessen wandte er sich an Norén, den er von den Polizisten am besten kannte. »Auf dem Feld liegt eine tote Frau. Solange es brennt, können wir nichts anderes tun als absperren.«

Norén nickte. »Ist es ein Unglücksfall?« fragte er.

»Es ist wohl eher Selbstmord«, antwortete Wallander.

Ein paar Minuten später, ungefähr zur gleichen Zeit, als Martinsson eintraf, bekam er von Norén einen Pappbecher mit Kaffee. Er starrte auf seine Hand und fragte sich, wieso sie nicht zitterte. Kurz darauf kamen Hansson und Ann-Britt Höglund in Hanssons Wagen, und er berichtete den Kollegen, was geschehen war.

Immer wieder benutzte er denselben Ausdruck. *Sie brannte wie eine Fackel.*

»Das ist ja entsetzlich«, sagte Ann-Britt Höglund.

»Es war noch viel schlimmer«, sagte Wallander. »Überhaupt nichts tun zu können. Ich hoffe, daß keiner von euch das jemals erleben muß.«

Schweigend sahen sie den Feuerwehrleuten bei der Eindämmung des Brandes zu. Eine große Anzahl Schaulustiger hatte sich bereits eingefunden, wurde jedoch von den Polizisten auf Abstand gehalten.

»Wie sah sie aus?« fragte Martinsson. »Hast du sie aus der Nähe gesehen?«

Wallander nickte. »Jemand sollte mit dem Alten reden«, sagte er. »Er heißt Salomonsson.«

Hansson nahm Salomonsson mit in die Küche. Ann-Britt Höglund ging zu Peter Edler und sprach mit ihm. Das Feuer wurde bereits schwächer. Als sie zurückkam, sagte sie, daß es nicht mehr lange dauern werde. »Raps brennt schnell«, sagte sie. »Außerdem ist das Feld naß. Es hat gestern geregnet.«

»Sie war jung«, sagte Wallander. »Schwarzhaarig und dunkelhäutig. Sie trug eine gelbe Windjacke. Ich glaube, sie hatte Jeans an. An den Füßen, weiß ich nicht. Und sie hatte Angst.«

»Wovor hatte sie Angst?« fragte Martinsson.

Wallander überlegte, bevor er antwortete. »Sie hatte Angst vor mir. Ich bin nicht sicher, aber ich glaube, daß sie noch mehr Angst bekam, als ich ihr zurief, ich sei Polizist und sie solle stehenbleiben. Was sie außerdem fürchtete, weiß ich natürlich nicht.«

»Sie verstand also, was du gesagt hast?«

»Auf jeden Fall verstand sie das Wort Polizei. Da bin ich sicher.«

Vom Feuer war jetzt nur noch dicker Rauch übrig.

»Es war sonst niemand auf dem Feld?« fragte Ann-Britt Höglund. »Bist du sicher, daß sie allein war?«

»Nein«, sagte Wallander. »Sicher bin ich ganz und gar nicht. Aber ich habe niemanden außer ihr gesehen.«

Wer war sie? dachte Wallander. Woher kam sie? Warum hat sie sich angezündet? Wenn sie nun sterben wollte, warum wählte sie eine so selbstquälerische Art und Weise?

Hansson kam aus dem Haus zurück, wo er mit Salomonsson gesprochen hatte. »Wir sollten Menthol haben wie die Kollegen in den USA, um es unter die Nase zu streichen«, sagte er. »Pfui Teufel, ist das ein Gestank da drinnen. Alte Männer sollten ihre Ehefrauen nicht überleben.«

»Sag einem der Sanitäter, daß er ihn fragen soll, wie er sich fühlt«, sagte Wallander. »Er muß einen Schock haben.«

Martinsson ging, um Bescheid zu sagen. Peter Edler nahm den Helm ab und stellte sich neben Wallander. »Es ist bald vorbei«, sagte er. »Aber ich lasse über Nacht einen Wagen hier.«

»Wann können wir auf das Feld?« fragte Wallander.

»In weniger als einer Stunde. Der Rauch wird noch eine Weile hängenbleiben. Aber der Boden kühlt schon ab.«

Wallander führte Peter Edler ein Stück zur Seite.

»Was werde ich zu sehen bekommen?« fragte er. »Sie hat einen

Fünf-Liter-Kanister Benzin über sich ausgekippt. Und weil alles um sie her explodiert ist, muß sie schon vorher eine ganze Menge ausgegossen haben.«

»Es wird kein schöner Anblick sein«, antwortete Peter Edler ehrlich. »Es wird nicht viel übrig sein.«

Wallander sagte nichts mehr. Er wandte sich an Hansson.

»Wie wir es auch betrachten, wir wissen, daß es Selbstmord war«, sagte Hansson. »Wir haben den denkbar besten Zeugen: einen Polizeibeamten.«

»Was hat Salomonsson gesagt?«

»Daß er sie noch nie gesehen hat, bevor sie heute morgen um fünf da draußen aufgetaucht ist. Es gibt keinen Grund anzunehmen, daß er die Unwahrheit sagt.«

»Wir wissen mit anderen Worten nicht, wer sie ist«, sagte Wallander. »Und ebensowenig wissen wir, wovor sie auf der Flucht war.«

Hansson sah ihn erstaunt an. »Warum sollte sie auf der Flucht gewesen sein?« fragte er.

»Sie hatte Angst«, erwiderte Wallander. »Sie hat sich in einem Rapsfeld versteckt. Und als ein Polizist kam, hat sie es vorgezogen, sich selbst anzuzünden.«

»Was sie gedacht hat, wissen wir nicht. Wir haben schlichtweg keine Ahnung«, sagte Hansson. »Du kannst dir eingebildet haben, daß sie Angst hatte.«

»Nein. Ich habe in meinem Leben genug Angst gesehen, um zu wissen, wie sie aussieht.«

Einer der Sanitäter kam auf sie zu. »Wir nehmen den Alten mit ins Krankenhaus«, sagte er. »Er scheint schlecht dran zu sein.«

Wallander nickte.

Wenig später kam der Wagen der Kriminaltechniker. Wallander versuchte zu zeigen, wo in dem Rauch die Leiche liegen mußte.

»Du solltest vielleicht nach Hause fahren«, sagte Ann-Britt Höglund. »Du hast für heute genug gesehen.«

»Nein«, erwiderte Wallander. »Ich bleibe.«

Um halb neun hatte sich der Rauch verzogen, und Peter Edler gab Bescheid, daß sie jetzt auf das Feld gehen und ihre Untersuchung beginnen konnten. Obwohl der Sommerabend hell war, hatte Wallander Scheinwerfer aufstellen lassen.

»Da draußen kann etwas sein, was nicht nur ein toter Mensch ist«, sagte er. »Seht euch vor, wo ihr hintretet. Alle, die nicht unbedingt etwas dort zu tun haben, sollen sich fernhalten.«

Dann dachte er, daß er ganz und gar nicht tun wollte, was er tun mußte. Am liebsten wäre er davongefahren und hätte den anderen die Verantwortung überlassen.

Er ging allein aufs Feld. Die anderen standen hinter ihm und sahen zu. Er fürchtete sich vor dem, was er sehen würde, und hatte Angst, der Klumpen, der ihm im Magen saß, würde platzen.

Er ging direkt auf sie zu. Ihre Arme waren in der ausgestreckten Bewegung erstarrt, in der er sie von den fauchenden Flammen umgeben gesehen hatte, bevor sie starb. Die Haare, das Gesicht und ihre Kleidung waren verbrannt. Nur ein verkohlter Körper war übrig, von dem noch immer Angst und Verlassenheit ausgingen. Wallander wandte sich um und ging über die schwarzgebrannte Erde zurück. Einen kurzen Moment lang fürchtete er, ohnmächtig zu werden.

Die Kriminaltechniker machten sich im scharfen Licht der Scheinwerfer, in dem bereits die Nachtfalter schwärmten, an die Arbeit. Hansson hatte Salomonssons Küchenfenster geöffnet, um den abgestandenen Altmännergeruch herauszulassen. Sie zogen die Küchenstühle vor und setzten sich um den Tisch. Auf Ann-Britt Höglunds Vorschlag hin erlaubten sie sich, auf Salomonssons uraltem Herd Kaffee zu machen.

»Er hat nur Kochkaffee«, sagte sie, nachdem sie Schränke und Kästen durchsucht hatte. »Wollt ihr den?«

»Wenn er nur stark ist«, sagte Wallander.

An der Wand neben den alten Küchenschränken hing eine altertümliche Uhr. Wallander entdeckte plötzlich, daß sie stehengeblieben war. Er erinnerte sich, daß er schon einmal, bei Baiba in Riga, eine solche Uhr gesehen hatte und daß auch darauf die Zeiger stillgestanden hatten. Etwas bleibt stehen, dachte er. Als ob die Zeiger versuchten, die Geschehnisse, die noch nicht eingetroffen waren, dadurch zu beschwören, daß sie stehenblieben. Baibas Mann wurde in einer kalten Nacht im Hafen von Riga hingerichtet. Ein einsames Mädchen taucht wie eine Schiffbrüchige in einem Meer von Raps auf und nimmt Abschied vom Leben, indem sie sich den entsetzlichsten Schmerz zufügt, dem ein Mensch sich aussetzen kann.

Er dachte, daß sie sich selbst angezündet hatte, als sei sie ihr eigener Feind gewesen. Nicht ihm, dem Polizisten, der mit den Armen fuchtelte, hatte sie entkommen wollen.

Sich selbst hatte sie entkommen wollen.

Er wurde durch das Schweigen am Tisch aus seinen Gedanken gerissen. Sie sahen ihn an und erwarteten, daß er die Initiative ergriff. Durch das Fenster konnte er die Kriminaltechniker erkennen, die im Licht der Scheinwerfer um den toten Körper herumkrochen. Ein Blitzlicht flammte auf, danach noch eins.

»Hat jemand nach dem Leichenwagen telefoniert?« fragte Hansson plötzlich.

Wallander war es, als habe jemand mit einem Vorschlaghammer gegen seine Trommelfelle geschlagen. Hanssons ganz einfache und sachliche Frage brachte ihn zurück in die Wirklichkeit, vor der er am liebsten geflohen wäre.


Die Bilder flimmerten hinter seiner Stirn vorbei, durch die verwundbarsten Teile seines Gehirns. Er stellte sich vor, daß er durch den schönen schwedischen Sommer fuhr. Barbara Hendricks Stimme war stark und klar. Dann sieht er ein Mädchen in einem tiefen Rapsfeld scheuen wie ein ängstliches Tier. Von nirgendwoher kommt die Katastrophe. Etwas, was nicht geschehen sollte, geschieht.

Ein Leichenwagen ist unterwegs, um den Sommer abzuholen.


»Prytz weiß, was er tun muß«, sagte Martinsson, und jetzt fiel Wallander ein, daß das der Name des Krankenwagenfahrers war, auf den er vorhin nicht gekommen war.

Er sah ein, daß er etwas sagen mußte. »Was wissen wir?« begann er zögernd, als leiste jedes Wort ihm Widerstand. »Ein älterer alleinstehender Landwirt, der Frühaufsteher ist, entdeckt eine fremde Frau in seinem Rapsfeld. Er versucht, sie anzurufen, möchte, daß sie verschwindet, weil er nicht will, daß sie seinen Raps niedertrampelt. Sie versteckt sich, um wieder aufzutauchen, ein übers andere Mal. Spät am Nachmittag ruft er uns an. Ich fahre hier heraus, weil unsere Streifenwagen bei Verkehrsunfällen im Einsatz sind. Mir fällt es, um es genau so zu sagen, wie es war, schwer, ihn ernst zu nehmen. Ich beschließe, wieder wegzufahren und mit dem Sozialdienst Kontakt aufzunehmen, weil Salomonsson auf mich einen verwirrten Eindruck macht. Da taucht plötzlich die Frau im Raps wieder auf. Ich versuche, Kontakt mit ihr aufzunehmen, aber sie zieht sich zurück. Danach hebt sie einen Plastikkanister über den Kopf, übergießt sich mit Benzin und zündet sich mit einem Feuerzeug an. Den Rest kennen wir. Sie war allein, sie hatte einen Kanister mit Benzin, sie nahm sich das Leben.«

Er verstummte abrupt, als wisse er nicht mehr, was er sagen solle. Nach einer kurzen Pause fuhr er fort. »Wir wissen nicht, wer sie ist. Wir wissen nicht, warum sie sich selbst tötet. Ich bin in der Lage, eine recht gute Personenbeschreibung zu geben, aber das ist auch alles.«

Ann-Britt Höglund holte gesprungene Kaffeetassen aus einem Schrank. Martinsson ging hinaus auf den Hof und pinkelte. Als er zurückkam, fuhr Wallander fort mit seinem tastenden Versuch einer Zusammenfassung dessen, was sie wußten, und einer Entscheidung, was zu tun sei.

»Wir müssen herausfinden, wer sie war. Es ist eigentlich das einzige, was man von uns verlangen kann. Wir müssen die gesuchten Personen durchgehen. Ich erstelle ihre Personenbeschreibung. Weil ich glaube, daß sie dunkelhäutig war, sollten wir vielleicht von Anfang an besonderes Gewicht darauf legen, Flüchtlinge und Flüchtlingsquartiere zu kontrollieren. Dann müssen wir abwarten, was die Techniker herausfinden.«

»Wir wissen auf jeden Fall, daß es sich nicht um ein Verbrechen handelt«, sagte Hansson. »Unsere Aufgabe ist also herauszufinden, wer sie war.«

»Sie muß irgendwo hergekommen sein«, sagte Ann-Britt Höglund. »Ist sie zu Fuß gegangen? Ist sie mit dem Fahrrad gekom-

men? Ist sie mit dem Auto gefahren? Woher hatte sie die Benzinkanister? Das sind eine Menge Fragen.«

»Warum ausgerechnet hier?« fragte Martinsson. »Warum Salomonssons Rapsfeld? Dieser Hof liegt ein ganzes Stück von den
Hauptstraßen entfernt.«

Die Fragen blieben in der Luft hängen. Norén kam in die Küche und sagte, es seien einige Journalisten gekommen, die wissen
wollten, was passiert sei. Wallander spürte, daß er sich bewegen
mußte, und stand auf. »Ich rede mit ihnen«, sagte er.

»Sag es, wie es ist«, meinte Hansson.

»Was sollte ich denn sonst sagen?« fragte Wallander erstaunt.

Er ging auf den Hof hinaus und erkannte sogleich die beiden
Journalisten. Eine junge Frau von Ystads *Allehanda* und ein älterer Mann von *Arbetet*.

»Das sieht aus, als würde ein Film gedreht«, sagte die Frau und
zeigte auf die Scheinwerfer auf dem verbrannten Feld.

»So ist es aber nicht«, sagte Wallander.

Er berichtete, was geschehen war. Eine Frau war bei einem
Brand ums Leben gekommen. Ein Verdacht, daß es sich um ein
Verbrechen handelte, bestehe nicht. Weil sie noch nicht wußten,
wer die Frau war, wolle er bis auf weiteres nicht mehr sagen.

»Kann man Bilder machen?« fragte der Mann von *Arbetet*.

»Sie können so viele Bilder machen, wie Sie wollen. Aber von
hier aus. Niemand darf das Feld betreten.«

Die Journalisten gaben sich damit zufrieden und verschwanden
in ihren Autos. Als Wallander in die Küche zurückgehen wollte,
sah er, daß einer der Techniker, die auf dem Feld herumkrochen,
ihm winkte. Wallander ging ihm entgegen. Er versuchte, nicht zu
den Resten der Frau mit den hochgestreckten Armen hinzusehen.
Es war Sven Nyberg, ihr mürrischer, doch anerkannt tüchtiger
technischer Experte, der auf ihn zukam. Sie blieben am Rand des
von den Scheinwerfern beleuchteten Areals stehen. Ein schwacher
Wind vom Meer trieb über das niedergebrannte Rapsfeld.

»Ich glaube, wir haben etwas gefunden«, sagte Nyberg.

Er reichte Wallander einen kleinen Plastikbeutel. Wallander
trat näher an einen der Scheinwerfer heran. In dem Plastikbeutel
lag ein kleiner Goldschmuck.

»Es hat eine Inschrift«, sagte Nyberg. »Die Buchstaben D. M. S. Es ist ein Madonnenbild.«

»Warum ist es nicht geschmolzen?« fragte Wallander.

»Ein Brand in einem Feld erzeugt keine Hitze, die Schmuck schmelzen läßt«, antwortete Nyberg.

Wallander hörte, daß er erschöpft war. »Das ist genau, was wir brauchen«, sagte er. »Wir wissen nicht, wer sie ist, aber jetzt haben wir auf jeden Fall ein paar Buchstaben.«

»Wir können sie bald wegnehmen«, sagte Sven Nyberg und nickte zu dem dunklen Leichenwagen hinüber, der am Feldrand wartete.

»Wie sieht es aus?« fragte Wallander vorsichtig.

Nyberg zuckte mit den Schultern. »Vielleicht ergeben die Zähne etwas. Die Pathologen sind tüchtige Leute. Dann erfährst du vielleicht, wie alt sie war. Mit der neuen Gentechnik können sie dir wohl auch sagen, ob sie von schwedischen Eltern geboren wurde oder woandersher kam.«

»In der Küche gibt es Kaffee«, sagte Wallander.

»Lieber nicht«, sagte Nyberg. »Ich will hier so schnell wie möglich fertig werden. Morgen früh kämmen wir noch einmal das ganze Feld durch. Weil kein Verbrechen vorliegt, kann das bis dahin warten.«

Wallander kehrte in die Küche zurück. Er legte den Plastikbeutel mit dem Schmuck auf den Tisch. »Jetzt haben wir etwas, wonach wir gehen können. Einen Schmuck in Form eines Madonnenbildes. Mit einer Buchstabeninschrift: D. M. S. Ich schlage vor, daß ihr jetzt nach Hause fahrt. Ich bleibe noch eine Weile hier.«

»Wir sehen uns also morgen früh um neun«, sagte Hansson und stand auf.

»Ich frage mich, wer sie wohl war«, sagte Martinsson. »Obwohl kein Verbrechen vorliegt, ist es trotzdem wie ein Mord. Als hätte sie sich selbst ermordet.«

Wallander nickte. »Sich selbst zu ermorden und Selbstmord zu begehen ist nicht immer ein und dasselbe. Meinst du das?«

»Ja«, sagte Martinsson. »Aber das hat natürlich nichts zu bedeuten. Der schwedische Sommer ist zu kurz und zu schön, als daß so etwas hier passieren müßte.«

Sie trennten sich auf dem Hofplatz. Ann-Britt Höglund blieb noch einen Moment zurück. »Ich bin dankbar dafür, daß ich es nicht zu sehen brauchte«, sagte sie. »Ich glaube, ich weiß, wie du dich fühlst.«

Wallander antwortete nicht. »Wir sehen uns morgen«, sagte er.

Als die Wagen verschwunden waren, setzte er sich auf die Haustreppe. Die Scheinwerfer beleuchteten eine wüste Bühne, auf der ein Schauspiel stattfand, dessen einziger Zuschauer er war.

Wind war aufgekommen. Noch immer warteten sie auf die sommerliche Wärme. Die Luft war kalt. Wallander fröstelte. Er sehnte sich intensiv nach der Wärme. Hoffte, daß sie bald käme.

Nach einer Weile stand er auf, ging ins Haus und wusch die Kaffeetassen ab, die sie benutzt hatten.

# 4

Wallander fuhr im Schlaf zusammen. Er spürte, daß jemand sich anschickte, ihm den Fuß abzureißen. Als er die Augen aufschlug, sah er, daß er mit dem Fuß zwischen dem Bettgiebel am Fußende und dem kaputten Bettgestell festhing. Er mußte sich auf die Seite drehen, um sich zu befreien. Hinterher lag er vollkommen still. Das erste Dämmerlicht drang durch die nachlässig heruntergezogene Jalousie herein. Die Zeiger seiner Nachttischuhr standen auf halb fünf. Er hatte nur wenige Stunden geschlafen und war sehr müde. Wieder befand er sich draußen im Rapsfeld. Es kam ihm vor, als könne er das Mädchen jetzt viel deutlicher sehen. Sie hatte keine Angst vor *mir*, dachte er. Weder vor mir noch vor Salomonsson hat sie sich versteckt. Es war jemand anders.

Er stand auf und schleppte sich in die Küche. Während er darauf wartete, daß der Kaffee durchlief, ging er in das unaufgeräumte Wohnzimmer und sah nach dem Anrufbeantworter. Das rote Licht blinkte. Er drückte auf den Abspielknopf. Zuerst sprach seine Schwester Kristina zu ihm: »Ich möchte, daß du mich anrufst. Am besten in den nächsten Tagen.« Wallander dachte sogleich, daß der Anruf mit ihrem alten Vater zu tun hatte. Obwohl er inzwischen mit seiner Pflegerin verheiratet war und nicht mehr allein lebte, war er immer noch launisch, und seine Stimmungen waren unberechenbar. Danach kam eine durch Nebengeräusche schwer verständliche Anfrage von *Skånska Dagbladet*, ob er an einem Abonnement interessiert sei. Er wollte gerade in die Küche zurückgehen, als noch eine Mitteilung kam. »Hier ist Baiba, ich fahre ein paar Tage nach Tallinn. Am Samstag bin ich zurück.« Sofort wurde er von heftiger Eifersucht befallen, die er nicht zu kontrollieren vermochte. Warum wollte sie nach Tallinn? Sie hatte nichts davon erwähnt, als sie zuletzt miteinander gesprochen hatten. Er ging in die Küche, goß sich eine Tasse Kaffee ein und rief dann in Riga an, obwohl er wußte, daß sie sicher noch schlief. Doch das Klingeln blieb unbeantwortet. Er rief noch einmal an, mit dem gleichen Ergebnis. Seine Unruhe nahm zu. Sie konnte kaum um fünf Uhr morgens nach Tallinn gefahren sein. Warum war sie nicht zu Hause? Oder, wenn sie zu Hause war, warum nahm sie nicht ab? Er öffnete die Tür des Balkons, der auf die Mariagatan hinausging, und setzte sich mit der Kaffeetasse auf den einzigen Stuhl, der dort draußen Platz hatte. Wieder lief das Mädchen durch das Rapsfeld. Einen kurzen Augenblick fand er, daß sie Baiba ähnelte. Er zwang sich zu denken, daß seine Eifersucht unangemessen war. Er hatte nicht einmal ein Recht dazu, weil sie sich beide darauf geeinigt hatten, ihre fragile Beziehung nicht mit unnötigen Treueversprechen zu belasten. Er erinnerte sich, wie sie in der Nacht vor Weihnachten lange zusammengesessen und darüber gesprochen hatten, was sie eigentlich voneinander erwarteten. Wallander hätte am liebsten geheiratet. Aber als sie von ihrem Bedürfnis nach Freiheit sprach, hatte er ihr sogleich zugestimmt. Um sie nicht zu verlieren, war er bereit, ihr in allem zuzustimmen.

Obwohl es noch so früh am Morgen war, war die Luft schon warm. Der Himmel war klarblau. Er trank in langsamen Schlucken den Kaffee und versuchte, nicht an das Mädchen zu denken, das sich im gelben Raps verbrannt hatte. Zurück im Schlafzimmer, mußte er lange im Kleiderschrank suchen, bis es ihm gelang, ein sauberes Hemd zu finden. Bevor er ins Bad ging, sammelte er seine schmutzige Wäsche zusammen, die in der ganzen Wohnung verstreut herumlag. Sie ergab einen großen Berg in der Mitte des Wohnzimmers. Er mußte sich noch am selben Tag für einen Termin in der Waschküche eintragen.

Um Viertel vor sechs verließ er seine Wohnung. Er setzte sich in seinen Wagen und dachte daran, daß er spätestens Ende Juni zur technischen Überprüfung mußte. Ohne es geplant zu haben, lenkte er den Wagen aus der Stadt hinaus und hielt am Neuen Friedhof auf dem Kronoholmsvägen. Er ließ den Wagen stehen und spazierte langsam zwischen den Reihen niedriger Grabsteine umher. Dann und wann fiel sein Blick auf Namen, die er vage zu kennen meinte. Wenn er sein eigenes Geburtsjahr sah, wandte er sofort den Blick ab. Ein paar Jugendliche in blauen Arbeitsanzügen luden gerade einen Rasenmäher von einem Lastenmoped. Er kam zum Hain des Gedenkens und setzte sich auf eine der Bänke. Hier war er seit jenem windigen Herbsttag vor vier Jahren, als sie Rydbergs Asche ausgestreut hatten, nicht gewesen. Björk war damals dabei und einige von Rydbergs entfernten und anonymen Verwandten. Wie oft hatte er sich vorgenommen, einmal wieder hierherzukommen. Aber es war nie etwas daraus geworden. Bis jetzt.

Ein Grabstein wäre einfacher, dachte er. Auf dem Rydbergs Name eingemeißelt war. Das wäre ein Punkt, wo ich mich auf die Erinnerung konzentrieren könnte. In diesem Hain, wo die unsichtbaren Geister der Toten umherwehen, finde ich ihn nicht wieder.

Er merkte, daß es ihm schwerfiel, sich genau zu erinnern, wie Rydberg ausgesehen hatte. Er stirbt auch in mir langsam ab, dachte er. Bald ist auch die Erinnerung zu Staub zerfallen.

Er stand auf, von Unbehagen erfüllt. Das brennende Mädchen lief ununterbrochen in seinem Kopf. Er fuhr auf direktem Weg ins Polizeipräsidium, ging in sein Büro und schloß die Tür. Um halb acht zwang er sich, die Zusammenfassung über die Ermittlung mit den gestohlenen Autos abzuschließen, die er Svedberg übergeben wollte. Er legte die Mappen auf den Fußboden, damit sein Schreibtisch vollkommen leer war.

Er hob die Schreibunterlage an, um zu sehen, ob er dort Merkzettel vergessen hatte. Statt dessen fand er ein Rubbellos. Er rubbelte die Zahlen mit einem Lineal frei und sah, daß er fünfundzwanzig Kronen gewonnen hatte. Vom Flur her hörte er Martinssons Stimme, kurz darauf auch die von Ann-Britt Höglund. Er lehnte sich im Stuhl zurück, legte die Füße auf den Schreibtisch und schloß die Augen. Als er aufwachte, hatte er einen Krampf in einem Wadenmuskel. Er hatte höchstens zehn Minuten geschlafen. Im selben Augenblick klingelte das Telefon. Es war Per Åkeson von der Staatsanwaltschaft. Sie begrüßten sich und wechselten ein paar Worte über das Wetter. In den vielen Jahren, die sie schon zusammenarbeiteten, hatten sie langsam ein Verhältnis zueinander entwickelt, das keiner von ihnen ansprach, aber sie wußten beide, daß es Freundschaft war. Es kam häufig vor, daß sie sich nicht einig waren, ob eine Festnahme begründet oder eine Wiederverhaftung vertretbar war. Aber da war auch etwas anderes, ein Vertrauen, das tiefer reichte, auch wenn sie fast nie privat miteinander verkehrten.

»Ich lese hier in der Zeitung von einem Mädchen, das draußen bei Marsvinsholm auf einem Feld verbrannt ist«, sagte Per Åkeson. »Ist das etwas für mich?«

»Es war Selbstmord«, antwortete Wallander. »Abgesehen von einem alten Bauern namens Salomonsson war ich der einzige Zeuge.«

»Was um Himmels willen hast du denn da gemacht?«

»Salomonsson hatte angerufen. Normalerweise hätten wir einen Streifenwagen hingeschickt. Aber die waren im Einsatz.«

»Das Mädchen kann kein schöner Anblick gewesen sein.«

»Das ist milde ausgedrückt. Wir müssen uns darauf konzentrieren herauszufinden, wer sie war. Ich nehme an, daß draußen bei der Vermittlung schon die Telefone klingeln. Besorgte Personen, die nach verschwundenen Angehörigen fragen.«

»Aber du hast keinen Verdacht, daß ein Verbrechen vorliegt?«

Ohne zu verstehen, warum, zögerte Wallander mit der Antwort. »Nein«, sagte er dann. »Eindeutiger kann man sich kaum das Leben nehmen.«

»Du hörst dich nicht richtig überzeugt an?«

»Ich habe die Nacht schlecht geschlafen. Es war, wie du gesagt hast: ein gräßliches Erlebnis.«

Wallander spürte, daß Per Åkeson noch etwas sagen wollte.

»Es gibt noch einen anderen Grund dafür, daß ich dich anrufe. Aber ich möchte, daß es unter uns bleibt.«

»Ich bin nicht besonders klatschsüchtig.«

»Weißt du noch, daß ich dir vor etwa einem Jahr erzählt habe, ich wollte etwas anderes tun? Bevor es zu spät wird, bevor ich zu alt werde.«

Wallander überlegte. »Ich erinnere mich, daß du von Flüchtlingen und den Vereinten Nationen gesprochen hast. War es der Sudan?«

»Uganda. Und ich habe tatsächlich ein Angebot bekommen. Und mich entschieden, es anzunehmen. Ich werde von September an für ein Jahr beurlaubt sein.«

»Und was sagt deine Frau dazu?«

»Genau deshalb rufe ich dich an. Um moralische Unterstützung zu bekommen. Ich habe noch nicht mit ihr gesprochen.«

»Soll sie mitkommen?«

»Nein.«

»Dann vermute ich, daß sie ziemlich überrascht sein wird.«

»Hast du eine gute Idee, wie ich es ihr erklären kann?«

»Leider nicht. Aber ich glaube, du tust das Richtige. Das Leben muß doch noch mehr sein, als Leute ins Gefängnis zu bringen.«

»Ich erzähle dir, wie es weitergeht.«

Wallander hatte noch eine Frage. »Bedeutet das, daß Anette Brolin zurückkommt und dich vertritt?«

»Sie hat die Seite gewechselt und arbeitet jetzt als Anwältin in Stockholm. Warst du nicht ziemlich verschossen in sie?«

»Nein«, sagte Wallander. »Ich frage mich nur.«

Er legte auf. Ein heftiges, unerwartetes Gefühl von Neid überkam ihn. Er wäre selbst gern nach Uganda gegangen. Um etwas ganz anderes zu tun. Nichts konnte schlimmer sein als ein junger Mensch, der sich als benzingetränkte Fackel das Leben nimmt. Er beneidete Per Åkeson, der es mit dem Willen zum Aufbruch nicht bei Worten bewenden ließ.

Die frohe Stimmung vom Vortag war verschwunden. Er trat ans Fenster und blickte auf die Straße. Das Gras am alten Wasserturm war sehr grün. Wallander dachte an das vergangene Jahr, als er lange Zeit krankgeschrieben war, nachdem er einen Menschen getötet hatte. Jetzt fragte er sich, ob er eigentlich seine Depression jemals überwunden hatte. Ich sollte es machen wie Per Åkeson, dachte er. Es muß auch für mich ein Uganda geben. Für Baiba und mich.

Lange blieb er am Fenster stehen. Dann kehrte er an seinen Schreibtisch zurück und versuchte, seine Schwester Kristina zu erreichen. Er versuchte es mehrmals, aber immer ertönte das Besetztzeichen. Er holte einen Kollegblock aus der Schreibtischschublade. In der folgenden halben Stunde schrieb er einen Bericht über die Ereignisse des vergangenen Abends. Dann rief er die Pathologie in Malmö an, ohne jedoch einen Arzt zu erreichen, der etwas über die verbrannte Leiche sagen konnte. Um fünf vor neun

holte er sich eine Tasse Kaffee und ging in einen der Konferenz-
räume. Ann-Britt Höglund telefonierte, während Martinsson in
einem Katalog für Gartengeräte blätterte. Svedberg saß auf seinem gewohnten Platz und kratzte sich mit einem Bleistift im
Nacken. Eins der Fenster stand offen. Wallander blieb mit dem Gefühl, die Situation bereits früher erlebt zu haben, an der Tür stehen. Martinsson blickte von seinem Katalog auf und nickte, Svedberg grunzte etwas Unverständliches, und Ann-Britt Höglund
schien damit beschäftigt zu sein, einem ihrer Kinder geduldig etwas zu erklären. Hansson betrat den Raum. In einer Hand hielt er
eine Kaffeetasse, in der anderen den Plastikbeutel mit dem
Schmuck, den die Techniker auf dem Feld gefunden hatten.

»Schläfst du nie?« fragte Hansson.

Die Frage irritierte Wallander. »Wieso fragst du das?«

»Weißt du, wie du aussiehst?«

»Es ist spät geworden gestern. Ich bekomme den Schlaf, den ich
brauche.«

»Es sind diese Fußballspiele«, sagte Hansson. »Daß sie mitten
in der Nacht gesendet werden.«

»Ich gucke nicht«, sagte Wallander.

Hansson betrachtete ihn erstaunt. »Interessiert es dich nicht?
Ich dachte, alle säßen nachts auf und guckten.«

»Nicht besonders«, gab Wallander zu. »Aber mir ist inzwischen
klargeworden, daß es vielleicht ein bißchen ungewöhnlich ist. Soweit ich weiß, hat der Reichspolizeichef aber kein Rundschreiben
verschickt, daß es ein Dienstvergehen ist, die Spiele nicht zu sehen.«

»Es ist vielleicht das letzte Mal, daß man es erleben kann«, sagte Hansson finster.

»Was erleben kann?«

»Daß Schweden bei einer Weltmeisterschaft dabei ist. Ich hoffe nur, daß es nicht völlig in die Hose geht. Am meisten Sorgen
macht mir die Verteidigung.«

»Aha«, sagte Wallander höflich. Ann-Britt Höglund telefonierte noch immer.

»Ravelli«, fuhr Hansson fort.

Wallander wartete auf eine Fortsetzung, die allerdings nicht kam. Immerhin wußte er, daß Hansson von Schwedens Torwart sprach.

»Was ist mit ihm?«

»Er macht mir Sorgen.«

»Warum denn? Ist er krank?«

»Ich finde, er ist so unbeständig. Im Spiel gegen Kamerun war er nicht gut. Komische Abstöße, merkwürdiges Verhalten im Strafraum.«

»Das sind wir auch«, sagte Wallander. »Auch Polizisten können unbeständig sein.«

»Das kann man doch nicht vergleichen«, erwiderte Hansson. »Wir brauchen jedenfalls keine sekundenschnellen Entscheidungen zu fällen, ob wir rauslaufen oder auf der Torlinie bleiben.«

»Weiß der Teufel«, sagte Wallander. »Vielleicht gibt es eine Ähnlichkeit zwischen Polizisten, die ausrücken, und einem Torwart, der rausläuft.«

Hansson sah ihn verständnislos an, sagte aber nichts.

Das Gespräch schlief ein. Sie saßen um den Tisch und warteten darauf, daß Ann-Britt Höglund ihr Telefongespräch beendete. Svedberg, dem es schwerfiel, weibliche Polizisten zu akzeptieren, trommelte genervt mit dem Bleistift auf den Tisch, um zu verstehen zu geben, daß sie auf sie warteten. Wallander nahm sich vor, Svedberg in allernächster Zeit einmal zu sagen, daß er seine sinnlosen Demonstrationen aufgeben solle. Ann-Britt Höglund war eine gute Polizistin, in vieler Hinsicht entschieden tüchtiger als Svedberg.

Eine Fliege summte um seine Kaffeetasse. Sie warteten.

Ann-Britt Höglund beendete das Telefongespräch und setzte sich an den Tisch. »Eine Fahrradkette«, sagte sie. »Kindern fällt es schwer einzusehen, daß ihre Mütter Wichtigeres zu tun haben, als sofort nach Hause zu fahren und sie zu reparieren.«

»Tu es«, sagte Wallander plötzlich. »Wir können diese Besprechung ohne dich abhalten.«

Sie schüttelte den Kopf. »Ich kann sie nicht an etwas gewöhnen, was eigentlich nicht geht.«

Hansson legte den Plastikbeutel mit dem Schmuck vor sich auf den Tisch.

»Eine unbekannte Frau begeht Selbstmord«, sagte er. »Wir wissen, daß kein Verbrechen vorliegt. Wir müssen lediglich herausfinden, wer sie ist.«

Wallander hatte das Gefühl, daß Hansson sich auf einmal genauso anhörte wie Björk. Beinah hätte er einen Lachanfall bekommen, doch es gelang ihm, sich zu beherrschen. Er fing Ann-Britt Höglunds Blick auf. Sie schien das gleiche zu empfinden.

»Es kommen jetzt Anrufe rein«, sagte Martinsson. »Ich habe einen Mann abgestellt, alle Gespräche anzunehmen.«

»Ich gebe ihm eine Beschreibung«, sagte Wallander. »Im übrigen müssen wir uns auf Personen konzentrieren, die als vermißt gemeldet worden sind. Wenn sie nicht dabei ist, muß früher oder später jemand anfangen, sie zu vermissen.«

»Ich übernehme das«, sagte Martinsson.

»Der Schmuck«, sagte Hansson und öffnete den Plastikbeutel. »Ein Madonnenbild und die Initialen D. M. S. Auf mich wirkt es wie echtes Gold.«

»Es gibt ein Datenregister von Abkürzungen und Buchstabenkombinationen«, sagte Martinsson, der bei der Polizei von Ystad am besten über Computer Bescheid wußte. »Wir können die Kombination eingeben und sehen, ob wir eine Antwort bekommen.«

Wallander betrachtete den Schmuck. An der Kette und dem Anhänger waren noch Rußspuren.

»Er ist schön«, sagte er. »Aber die meisten Menschen in Schweden bevorzugen wohl Kreuze, wenn sie religiöse Symbole tragen? Madonnen sind eher in katholischen Ländern üblich.«

»Es hört sich an, als dächtest du an einen Flüchtling oder eine Einwanderin«, sagte Hansson.

»Ich denke nur daran, was der Schmuck darstellt«, antwortete Wallander. »Wie auch immer, es muß in der Beschreibung erwähnt werden. Der Mann, der die Gespräche annimmt, muß wissen, wie es aussieht.«

»Wollen wir es freigeben?« fragte Hansson.

Wallander schüttelte den Kopf. »Noch nicht. Ich will nicht, daß jemand unnötigerweise einen Schock bekommt.«

Svedberg begann plötzlich wild um sich zu schlagen und

sprang vom Tisch auf. Die anderen sahen ihn entgeistert an. Dann fiel Wallander ein, daß Svedberg panische Angst vor Wespen hatte. Erst als sie durchs Fenster verschwunden war, setzte Svedberg sich wieder an den Tisch.

»Es muß doch Medikamente gegen Wespenallergie geben«, sagte Hansson.

»Das hat nichts mit Allergie zu tun«, erwiderte Svedberg, »sondern damit, daß ich etwas gegen Wespen habe.«

Ann-Britt Höglund stand auf und schloß das Fenster. Wallander wunderte sich über Svedbergs Reaktion. Diese unbezwingbare Angst vor einem so kleinen Tier.

Er dachte an die Ereignisse vom Abend zuvor. Das einsame Mädchen im Rapsfeld. Etwas an Svedbergs Reaktion erinnerte ihn an das Geschehen, dessen Augenzeuge er geworden war, ohne eingreifen zu können. Eine Angst, die keinerlei Grenzen hatte. Er wußte, daß er nicht nachlassen würde, bevor er nicht wußte, was sie dazu gebracht hatte, sich selbst zu verbrennen. Ich lebe in einer Welt, in der junge Menschen sich das Leben nehmen, weil sie es nicht aushalten, dachte er. Wenn ich weiter Polizist sein soll, muß ich verstehen, warum.

Er fuhr zusammen, als Hansson etwas sagte, was er nicht mitbekam.

»Haben wir jetzt noch etwas zu besprechen?« wiederholte Hansson.

»Die Pathologie in Malmö übernehme ich«, sagte Wallander. »Hat jemand Kontakt mit Sven Nyberg gehabt? Wenn nicht, fahre ich hinaus und spreche mit ihnen.«

Die Sitzung war beendet. Wallander ging in sein Büro und holte seine Jacke. Einen Moment lang war er unschlüssig, ob er noch einmal versuchen sollte, seine Schwester zu erreichen. Oder Baiba in Riga. Aber er ließ es bleiben.

Er fuhr hinaus zu Salomonssons Hof bei Marsvinsholm. Einige Polizisten bauten gerade die Scheinwerferstative ab und rollten die Kabel auf. Das Haus schien verbarrikadiert zu sein. Er nahm sich vor, sich im Laufe des Tages nach Salomonssons Befinden zu erkundigen. Vielleicht war ihm noch dies oder jenes eingefallen, was er erzählen wollte.

Er trat auf das Feld hinaus. Die schwarzgebrannte Erde hob sich scharf vom umgebenden gelben Raps ab. Nyberg kniete im Lehm. In einiger Entfernung meinte Wallander noch zwei Polizisten zu erkennen, die die Randzonen des Brandgeländes absuchten. Nyberg nickte Wallander kurz zu. Der Schweiß lief ihm übers Gesicht.

»Wie läuft es?« fragte Wallander. »Habt ihr etwas gefunden?«

»Sie muß sehr viel Benzin bei sich gehabt haben«, antwortete Nyberg und stand auf. »Wir haben fünf halb geschmolzene Behälter gefunden. Vermutlich waren sie leer, als das Feuer ausbrach. Wenn man eine Linie zwischen den Stellen zieht, an denen wir sie gefunden haben, kann man sehen, daß sie sich sozusagen eingekreist hatte.«

Wallander verstand nicht gleich. »Wie meinst du das?«

Nyberg machte eine ausladende Armbewegung. »Ich meine nur, daß sie eine Festung um sich errichtet hatte. Sie hat das Benzin in einem weiten Kreis ausgegossen. Das war ihr Wallgraben, und es führte kein Eingang zur Festung hinein. Mitten darin war sie. Mit dem letzten Kanister, den sie für sich selbst aufgehoben hatte. Vielleicht war sie sowohl hysterisch als auch verzweifelt. Vielleicht war sie verrückt oder schwer krank. Ich weiß nicht. Aber sie tat es. Sie wußte, wozu sie sich entschieden hatte.«

Wallander nickte nachdenklich. »Kannst du etwas darüber sagen, wie sie hierhergekommen ist?«

»Ich habe einen Spürhund angefordert«, sagte Nyberg. »Aber der wird ihrer Spur nicht folgen können. Der Geruch des Benzins dringt in die Erde ein. Der Hund wird nur verwirrt. Ein Fahrrad haben wir nicht gefunden. Die Feldwege, die zur E 65 führen, haben auch nichts ergeben. Sie kann, was das betrifft, ebensogut mit dem Fallschirm auf diesem Feld gelandet sein.«

Er nahm eine Rolle Toilettenpapier aus einer seiner Untersuchungstaschen und wischte sich den Schweiß vom Gesicht.

»Was sagen die Ärzte?« fragte er.

»Nichts bisher«, antwortete Wallander. »Ich nehme an, daß sie keine leichte Aufgabe vor sich haben.«

Nyberg wurde plötzlich ernst. »Warum tut ein Mensch sich so etwas an?« sagte er. »Gibt es wirklich so schwerwiegende Gründe,

nicht leben zu wollen, daß man sich sogar noch damit verabschiedet, sich selbst so furchtbar zu quälen?«

»Das habe ich mich auch gefragt«, erwiderte Wallander.

Nyberg schüttelte den Kopf. »Was sind das eigentlich für Sachen?« fragte er.

Wallander schwieg. Er hatte absolut nichts zu sagen.

Er kehrte zu seinem Wagen zurück und rief im Präsidium an.
Ebba war am Apparat. Um ihrer mütterlichen Fürsorge zu entgehen, tat er, als habe er es eilig und sei enorm beschäftigt.

»Ich fahre ins Krankenhaus und rede mit dem Landwirt, dessen Rapsfeld verbrannt ist«, sagte er. »Ich komme heute nachmittag rein.«

Er fuhr zurück nach Ystad. In der Cafeteria des Krankenhauses
trank er Kaffee und aß ein belegtes Brot. Dann suchte er die Sta-
tion, in die Salomonsson zur Beobachtung eingeliefert worden
war. Er hielt eine Schwester an, stellte sich vor und nannte sein
Anliegen. Sie betrachtete ihn verständnislos. »Edvin Salomonsson?«

»Ob er Edvin hieß, weiß ich nicht mehr«, sagte Wallander. »Ist
er hier gestern im Zusammenhang mit dem Brand bei Marsvinsholm eingeliefert worden?«

Die Krankenschwester nickte.

»Ich möchte gern mit ihm sprechen«, sagte Wallander. »Wenn
er nicht allzu krank ist.«

»Er ist nicht krank«, sagte die Schwester. »Er ist tot.«

Wallander sah sie verständnislos an. »Tot?«

»Er ist heute morgen gestorben. Vermutlich war es ein Gehirn-
schlag. Er starb im Schlaf. Sie sprechen am besten mit einem der
Ärzte.«

»Das ist nicht nötig«, sagte Wallander. »Ich bin nur gekommen,
um zu hören, wie es ihm geht. Jetzt habe ich die Antwort.«

Wallander verließ das Krankenhaus und trat in das blendende
Sonnenlicht hinaus.

Auf einmal wußte er überhaupt nicht mehr, was er tun sollte.

# 5

Mit dem Gefühl, erst einmal schlafen zu müssen, um von neuem klar denken zu können, fuhr Wallander in seine Wohnung. Daß der alte Salomonsson gestorben war, konnte weder ihm noch jemand anderem angelastet werden. Die Person, die man zur Verantwortung hätte ziehen können, die sein Rapsfeld in Brand gesetzt und Salomonsson einen solchen Schock zugefügt hatte, daß er daran gestorben war, lebte nicht mehr. Es waren die Ereignisse an sich, die Tatsache, daß sie überhaupt geschehen waren, die Wallander beunruhigten und ihm Unwohlsein verursachten. Er zog den Telefonstecker heraus und legte sich mit einem Handtuch über dem Gesicht aufs Sofa im Wohnzimmer. Aber er fand keinen Schlaf. Nach einer halben Stunde gab er auf. Er schloß das Telefon wieder an, nahm den Hörer ab und wählte Lindas Nummer in Stockholm. Auf einem Zettel am Telefon hatte er eine ganze Reihe von durchgestrichenen Nummern. Linda zog häufig um, ihre Telefonnummer änderte sich ständig. Es klingelte am anderen Ende, aber niemand nahm ab. Dann wählte er die Nummer seiner Schwester. Sie meldete sich sofort. Sie sprachen nicht oft miteinander und fast nie über etwas anderes als ihren Vater. Wallander dachte manchmal, daß ihr Kontakt ganz einschlafen würde, wenn ihr Vater einmal nicht mehr lebte.

Sie wechselten die üblichen Höflichkeitsfloskeln, ohne sich im Grunde für die Antworten zu interessieren.

»Du hast angerufen«, sagte Wallander.

»Ich mache mir Sorgen um Papa«, antwortete sie.

»Ist etwas passiert? Ist er krank?«

»Ich weiß nicht. Wann hast du ihn denn zuletzt besucht?«

Wallander überlegte. »Vor ungefähr einer Woche«, sagte er und verspürte sofort ein schlechtes Gewissen.

»Kannst du ihn wirklich nicht öfter besuchen?«

Wallander hatte das Bedürfnis, sich zu verteidigen. »Ich arbeite fast Tag und Nacht. Die Polizei ist hoffnungslos unterbesetzt. Ich besuche ihn, sooft ich kann.«

Ihr Schweigen verriet ihm, daß sie ihm kein Wort glaubte. »Ich habe gestern mit Gertrud gesprochen«, fuhr sie fort, ohne Wallanders Erklärung zu kommentieren. »Ich hatte das Gefühl, daß sie ausweichend antwortete, als ich fragte, wie es Papa ginge.«

»Warum hätte sie das tun sollen?« fragte Wallander erstaunt.

»Ich weiß nicht. Aber deshalb rufe ich an.«

»Vor einer Woche war er genau wie immer«, sagte Wallander. »Er war wütend, weil ich es eilig hatte und nur so kurz blieb. Aber während ich bei ihm war, saß er da und malte an seinen Bildern und hatte so gut wie keine Zeit, sich mit mir zu unterhalten. Gertrud war fröhlich wie immer. Aber ich muß zugeben, daß ich nicht begreife, wie sie es mit ihm aushält.«

»Gertrud liebt ihn«, sagte sie. »Hier handelt es sich eben um Liebe, und da erträgt man vieles.«

Wallander verspürte das Bedürfnis, das Gespräch so schnell wie möglich zu beenden. Seine Schwester erinnerte ihn immer mehr an seine Mutter, je älter sie wurde. Wallander hatte nie eine besonders glückliche Beziehung zu seiner Mutter gehabt. In seiner Jugend war die Familie in zwei unsichtbare Lager gespalten gewesen, seine Schwester und seine Mutter gegen ihn und seinen Vater. Damals hatte er eine sehr enge Beziehung zu seinem Vater gehabt. Erst als er mit knapp zwanzig Jahren beschloß, Polizist zu werden, hatte sich ein Riß zwischen ihnen aufgetan. Sein Vater hatte Wallanders Wahl nie akzeptiert. Aber er konnte seinem Sohn weder erklären, warum er den Beruf, den er gewählt hatte, so verabscheute, noch was Wallander statt dessen hätte tun sollen. Als Wallander seine Ausbildung abgeschlossen hatte und als Streifenpolizist in Malmö anfing, hatte sich der Riß zu einem Abgrund erweitert. Ein paar Jahre später erkrankte seine Mutter an Krebs. Es ging sehr schnell. Nach Neujahr hatte sie die Diagnose bekommen, und bereits im Mai war sie tot. Seine Schwester Kristina verließ im selben Sommer ihr Zuhause und zog nach Stockholm, wo sie bei L M Ericsson Arbeit bekommen hatte. Sie heiratete, wurde geschieden, heiratete erneut. Wallander hatte ihren ersten Mann einmal getroffen, aber wie ihr jetziger Mann aussah, ahnte er nicht. Er wußte, daß Linda sie manchmal in Kärrtorp besuchte, aber ihren Kommentaren hatte er entnommen, daß diese Besuche nie sehr erfreulich verliefen. Wallander konnte sich vorstellen, daß der Riß aus ihrer Kindheit und Jugend weiterbestand. An dem Tag, an dem sein Vater starb, würde er unüberbrückbar werden.

»Ich besuche ihn noch heute abend«, sagte Wallander und dachte an den Berg Schmutzwäsche auf dem Fußboden.

»Ich möchte, daß du mich anrufst«, sagte sie.

Wallander versprach es.

Dann rief er Baiba in Riga an. Als sich jemand meldete, glaubte er zuerst, es sei Baiba. Dann hörte er, daß es ihre Putzhilfe war, die nur Lettisch sprach. Er legte schnell wieder auf. Im selben Moment klingelte es. Er zuckte zusammen, als habe er alles andere erwartet, nur nicht, daß jemand ihn anrief.

Er nahm den Hörer ab und erkannte Martinssons Stimme.

»Ich hoffe, ich störe nicht«, sagte Martinsson.

»Ich bin nur hier, um mein Hemd zu wechseln«, sagte Wallander und fragte sich, warum er stets das Bedürfnis hatte, sich zu entschuldigen, wenn er zu Hause war. »Gibt es was Neues?«

»Es ist eine Anzahl von Telefonaten eingegangen, wegen vermißter Personen«, sagte Martinsson. »Ann-Britt geht sie gerade durch.«

»Ich dachte in erster Linie an deine Computerdateien. Hast du etwas rausbekommen?«

»Unsere Rechner sind den ganzen Vormittag ausgefallen«, erwiderte Martinsson finster. »Ich habe eben in Stockholm angerufen. Jemand dort glaubt, daß wir in einer Stunde wieder online sind. Aber ganz überzeugt hörte er sich nicht an.«

»Wir jagen keine Verbrecher«, sagte Wallander. »Wir können warten.«

»Aus der Pathologie in Malmö hat jemand angerufen. Eine Frau. Sie hieß Malmström. Ich habe ihr versprochen, daß du dich meldest.«

»Warum konnte sie nicht mit dir reden?«

»Sie wollte mit dir sprechen. Ich nehme an, es hängt damit

zusammen, daß trotz allem du sie noch lebend gesehen hast und nicht ich.«

Wallander nahm einen Bleistift und notierte die Nummer. »Ich war da draußen«, sagte er. »Nyberg lag auf den Knien im Lehm und schwitzte. Er wartete auf einen Hund.«

»Er ist doch selbst wie ein Hund«, sagte Martinsson, ohne sich die Mühe zu machen, seine Abneigung gegen Nyberg zu verbergen.

»Er mag knurrig sein«, protestierte Wallander. »Aber er kann was.«

Gerade als er das Gespräch beenden wollte, fiel ihm Salomonsson ein. »Der Bauer ist gestorben«, sagte er.

»Wer?«

»Der Mann, in dessen Küche wir gestern abend Kaffee getrunken haben. Er hatte einen Schlaganfall und ist gestorben.«

»Wir sollten vielleicht den Kaffee wieder auffüllen«, sagte Martinsson düster.

Nach dem Gespräch ging Wallander in die Küche und trank Wasser. Lange blieb er untätig am Küchentisch sitzen. Es war zwei Uhr geworden, als er in Malmö anrief. Er mußte warten, bevor die Ärztin, die Malmström hieß, ans Telefon kam. An ihrer Stimme hörte er, daß sie sehr jung war. Wallander stellte sich vor und bedauerte, daß sich sein Rückruf verzögert habe.

»Sind neue Erkenntnisse aufgetaucht, die auf ein Verbrechen hindeuten?« fragte sie.

»Nein.«

»Das heißt, daß wir keine gerichtsmedizinische Untersuchung machen müssen«, sagte sie. »Das erleichtert alles. Sie hat sich mit Hilfe von Benzin verbrannt, das nicht bleifrei war.«

Wallander merkte, daß ihm übel wurde. Er meinte, den verbrannten Körper vor sich zu sehen, als läge der unmittelbar neben der Frau, mit der er sprach.

»Wir wissen nicht, wer sie ist«, sagte er. »Wir müssen soviel wie möglich wissen, damit die Personenbeschreibung deutlich wird.«

»Bei einem verbrannten Körper ist das immer schwierig«, sagte sie unberührt. »Die gesamte Haut ist verbrannt. Die Zahnuntersuchung ist noch nicht abgeschlossen. Aber sie hatte gute Zähne. Keine Füllungen. Sie war einsdreiundsechzig groß. Sie hatte nie Knochenbrüche.«

»Ich brauche ihr Alter«, sagte Wallander. »Das ist beinahe das Wichtigste.«

»Das dauert noch einen Tag. Wir gehen von ihren Zähnen aus.«

»Aber wenn Sie schätzen?«

»Lieber nicht.«

»Ich habe sie aus zwanzig Meter Entfernung gesehen«, sagte Wallander. »Ich glaube, sie war ungefähr siebzehn. Irre ich mich?«

Die Ärztin dachte nach, bevor sie antwortete. »Ich möchte immer noch nicht schätzen«, antwortete sie schließlich. »Aber ich glaube, daß sie jünger war.«

»Warum?«

»Darauf kann ich erst antworten, wenn ich mehr weiß. Aber es würde mich nicht wundern, wenn sich zeigte, daß sie erst fünfzehn war.«

»Kann eine Fünfzehnjährige sich wirklich aus freien Stücken selbst anzünden?« fragte Wallander. »Es fällt mir schwer, das zu glauben.«

»Vorige Woche habe ich die Reste eines siebenjährigen Mädchens zusammengesucht, das sich selbst in die Luft gesprengt hat«, antwortete die Ärztin. »Sie hat es sehr genau geplant. Sie hat sogar darauf geachtet, daß niemand sonst zu Schaden kam. Weil sie kaum schreiben konnte, hat sie eine Zeichnung als Abschiedsbrief hinterlassen. Ich habe von einem Vierjährigen gehört, der versucht hat, sich selbst die Augen auszustechen, weil er solche Angst vor seinem Vater hatte.«

»Das ist doch nicht möglich«, sagte Wallander. »Nicht hier in Schweden.«

»Gerade hier«, erwiderte sie. »In Schweden. Mitten in der Welt. Mitten im Sommer.«

Wallander spürte, wie ihm die Tränen in die Augen traten.

»Wenn Sie nicht wissen, wer sie ist, behalten wir sie hier«, fuhr sie fort.

»Ich habe eine Frage«, sagte Wallander. »Eine persönliche Frage. Es muß unerhört schmerzhaft sein, sich selbst zu verbrennen?«

»Das haben die Menschen zu allen Zeiten gewußt«, antwortete sie. »Deshalb hat man das Feuer auch als die schrecklichste Strafe und als schlimmste Qual gewählt, die man einem Menschen zufügen kann. Man hat Jeanne d'Arc verbrannt, man hat Hexen verbrannt. Zu allen Zeiten hat man Menschen der Folter durch Feuer ausgesetzt. Die Schmerzen sind schlimmer als alles, was man sich überhaupt vorstellen kann. Außerdem verliert man leider nicht so schnell das Bewußtsein, wie man sich wünschen würde. Es gibt einen Instinkt, vor den Flammen zu fliehen, der stärker ist als der Wille, den Qualen zu entgehen. Deshalb wird man von seinem Bewußtsein gezwungen, nicht ohnmächtig zu werden. Dann erreicht man eine Grenze. Für eine Weile werden die verbrannten Nerven betäubt. Es gibt Beispiele dafür, daß Menschen mit neunzig Prozent verbrannter Haut für einen kurzen Moment glaubten, unversehrt zu sein. Aber wenn die Betäubung nachläßt ... «

Sie beendete den Satz nicht.

»Sie brannte wie eine Fackel«, sagte Wallander.

»Das Beste, was man machen kann, ist, nicht daran zu denken«, sagte sie. »Der Tod kann wirklich eine Befreiung sein. Wie ungern wir das auch akzeptieren.«

Nach Abschluß des Gesprächs holte Wallander seine Jacke und verließ die Wohnung. Es war windig geworden. Eine Wolkenfront war von Norden herangezogen. Auf dem Weg ins Präsidium fuhr er bei der Kfz-Überwachung vorbei und holte sich einen Termin für die Überprüfung. Kurz nach drei Uhr kam er im Präsidium an. Er blieb in der Anmeldung stehen. Ebba hatte sich kürzlich bei einem Sturz im Bad eine Hand gebrochen. Er fragte, wie es ihr gehe.

»Mir ist klargeworden, daß ich langsam alt werde«, antwortete sie.

»Du wirst nie alt«, sagte Wallander.

»Das hast du nett gesagt«, erwiderte sie. »Aber es stimmt nicht.«

Auf dem Weg in sein Büro schaute Wallander zu Martinsson hinein, der vor seinem Bildschirm saß.

»Vor zwanzig Minuten sind sie wieder in Gang gekommen«,

sagte Martinsson. »Ich gebe gerade die Beschreibung ein, um zu sehen, ob sie auf vermißte Personen paßt.«

»Du kannst noch eingeben, daß sie einsdreiundsechzig groß und zwischen fünfzehn und siebzehn Jahre alt war.«

Martinsson blickte ihn verwundert an. »Fünfzehn? Das kann doch nicht möglich sein.«

»Man möchte gern, daß es nicht möglich ist«, sagte Wallander. »Aber bis auf weiteres müssen wir es als eine Möglichkeit betrachten. Gibt die Buchstabenkombination etwas her?«

»So weit bin ich noch nicht. Aber ich dachte, ich bleibe den Abend über hier.«

»Wir bemühen uns, einen Menschen zu identifizieren«, sagte Wallander. »Wir suchen keinen Verbrecher.«

»Bei mir ist sowieso keiner zu Hause«, sagte Martinsson. »Ich komme nicht gern nach Hause, wenn alles leer ist.«

Wallander verließ Martinsson und schaute bei Ann-Britt Höglund herein, deren Tür offenstand. Das Zimmer war leer. Er ging zurück zur Zentrale, wo alle Notrufe und Telefongespräche entgegengenommen wurden. An einem Tisch saß Ann-Britt Höglund zusammen mit einem Polizeiassistenten und ging einen Stapel Papiere durch.

»Haben wir etwas, was uns weiterbringt?« fragte er.

»Wir haben ein paar Hinweise, die wir genauer untersuchen müssen«, antwortete sie. »Ein Mädchen aus der Volkshochschule in Tomelilla ist seit zwei Tagen spurlos verschwunden.«

»Unser Mädchen ist einsdreiundsechzig groß«, sagte Wallander. »Sie hatte einwandfreie Zähne. Sie war zwischen fünfzehn und siebzehn.«

»So jung?« fragte sie erstaunt.

»Ja. So jung.«

»Dann ist es auf jeden Fall nicht das Mädchen aus Tomelilla«, sagte Ann-Britt Höglund und legte das Blatt, das sie in der Hand hielt, zur Seite. »Sie ist dreiundzwanzig und sehr groß.«

Sie suchte einen Moment in dem Papierstapel. »Wir haben noch eine. Ein sechzehnjähriges Mädchen, das Mari Lippmansson heißt. Sie wohnt hier in Ystad und arbeitet in einer Bäckerei. Sie ist seit drei Tagen nicht zur Arbeit erschienen. Es war der Bäcker, der angerufen hat. Er war wütend. Ihre Eltern kümmern sich offenbar überhaupt nicht um sie.«

»Sieh sie dir ein bißchen genauer an«, sagte Wallander, um ihr Mut zu machen.

Und doch wußte er, daß es nicht die Gesuchte war.

Er holte eine Tasse Kaffee und ging in sein Zimmer. Der Stapel mit den Akten über die Autodiebstähle lag auf dem Fußboden. Er dachte, daß er ihn bereits jetzt an Svedberg übergeben könnte. Gleichzeitig hoffte er, daß keine ernsten Verbrechen geschähen, bevor er seinen Urlaub antrat.

Um vier Uhr trafen sie sich im Konferenzraum. Nyberg war von dem verbrannten Feld hereingekommen, wo er seine Suche beendet hatte. Es wurde eine kurze Sitzung. Hansson hatte sich damit entschuldigt, daß er ein dringendes Rundschreiben der Reichspolizeibehörde durchlesen müsse.

»Wir machen es kurz«, sagte Wallander. »Morgen müssen wir alle anderen Fälle durchgehen, die nicht liegenbleiben dürfen.«

Er wandte sich an Nyberg, der ganz unten am Tisch saß. »Wie ist es mit dem Hund gegangen?«

»Wie ich gesagt habe«, antwortete Nyberg. »Er hat nichts gefunden. Wenn er überhaupt irgendeine Witterung aufgenommen hat, dann verschwand sie in dem Benzingeruch, der noch da hängt.«

Wallander dachte nach. »Ihr habt fünf oder sechs geschmolzene Benzinkanister gefunden«, sagte er. »Das bedeutet, daß sie mit irgendeinem Fahrzeug zu Salomonssons Rapsfeld gekommen ist. Sie kann das ganze Benzin nicht allein getragen haben. Wenn sie nicht von irgendwo ein paarmal gelaufen ist. Es gibt natürlich noch eine Möglichkeit. Daß sie nicht allein gekommen ist. Aber das erscheint gelinde gesagt unwahrscheinlich. Wer hilft einem jungen Mädchen, Selbstmord zu begehen?«

»Wir können ja versuchen, die Herkunft der Benzinkanister zu klären«, sagte Nyberg zweifelnd. »Aber ist das wirklich nötig?«

»Solange wir nicht wissen, wer sie ist, müssen wir nach verschiedenen Seiten Ausschau halten«, antwortete Wallander. »Irgendwoher muß sie ja gekommen sein. Irgendwie.«

»Hat jemand in Salomonssons Scheune nachgesehen?« fragte Ann-Britt Höglund. »Vielleicht kommen die Benzinkanister da her.«

Wallander nickte. »Jemand muß hinfahren«, sagte er.

Ann-Britt Höglund meldete sich selbst.

»Wir müssen auf Martinssons Ergebnis warten«, sagte Wallander zum Abschluß der Sitzung. »Wie auf die Arbeit der Pathologin in Malmö. Sie geben uns morgen ihr exaktes Alter durch.«

»Der Goldschmuck«, sagte Svedberg.

»Damit warten wir, bis wir wissen, was die Buchstabenkombination bedeuten kann«, sagte Wallander.

Er sah plötzlich etwas ein, was er vorher übersehen hatte. Hinter dem toten Mädchen standen andere Menschen. Die um sie trauern würden. In deren Köpfen sie für immer als lebende Fackel laufen würde, auf eine ganz andere Weise als in seinem.

In ihren Köpfen würde das Feuer seine Spuren hinterlassen. Für ihn würde es langsam verblassen wie ein böser Traum.


Sie brachen auf und gingen in verschiedene Richtungen auseinander. Svedberg folgte Wallander und nahm das Material über die Autodiebstähle mit. Wallander gab ihm eine kurze Übersicht. Als sie fertig waren, blieb Svedberg sitzen. Wallander merkte, daß er etwas auf dem Herzen hatte.

»Wir sollten uns vielleicht einmal treffen und miteinander reden«, sagte Svedberg zögernd, »über das, was mit der Polizei passiert.«

»Du denkst an die Einsparungen und daran, daß Wachgesellschaften die Bewachung von Arrestanten übernehmen sollen?«

Svedberg nickte lustlos. »Was bringt es denn, daß wir neue Uniformen bekommen, wenn wir unsere Arbeit nicht mehr ausführen können?«

»Ich glaube kaum, daß es hilft, wenn wir darüber sprechen«, antwortete Wallander ausweichend. »Wir haben eine Gewerkschaft, die dafür bezahlt wird, sich dieser Fragen anzunehmen.«

»Auf jeden Fall sollte man protestieren«, sagte Svedberg. »Man sollte den Leuten auf der Straße erzählen, was da passiert.«

»Ich frage mich, ob nicht jeder mit seinen eigenen Dingen genug zu tun hat«, erwiderte Wallander, während er gleichzeitig dachte, daß Svedberg vollkommen recht hatte. Es war auch seine Erfahrung, daß die Bürger bereit waren, sich für die Verteidigung und Erhaltung ihrer Polizeiwachen stark zu machen.

Svedberg stand auf. »Mehr war nicht«, sagte er.

»Organisiere ein Treffen«, sagte Wallander. »Ich verspreche dir, daß ich teilnehme. Aber warte bis zum Herbst.«

»Ich denk mal darüber nach«, sagte Svedberg und verließ das Zimmer mit den Autodiebstählen unter dem Arm.

Es war Viertel vor fünf geworden. Durch das Fenster sah Wallander, daß es bald anfangen würde zu regnen.

Er beschloß, eine Pizza zu essen, bevor er zu seinem Vater nach Löderup hinausfuhr. Er würde ihn heute einmal besuchen, ohne vorher anzurufen.

Auf dem Weg hinaus blieb er an der offenen Tür zu Martinssons Zimmer stehen, in dem Martinsson vor seinen Bildschirmen saß.

»Mach nicht zu lange«, sagte er.

»Noch habe ich nichts gefunden«, antwortete Martinsson.

»Dann bis morgen.«

Wallander ging zu seinem Wagen. Die ersten Regentropfen waren auf das Autoblech gefallen.

Er war gerade im Begriff, den Parkplatz zu verlassen, als Martinsson angelaufen kam und mit den Armen fuchtelte. Wir haben sie, war sein erster Gedanke. Das Gefühl verursachte ihm sofort einen Klumpen im Magen. Er kurbelte die Scheibe herunter. »Hast du sie gefunden?«

»Nein«, sagte Martinsson.

Dann erkannte Wallander an Martinssons Gesichtsausdruck, daß etwas Ernstes passiert war. Er stieg aus. »Was ist?«

»Gerade kam ein Anruf«, sagte Martinsson. »Sie haben eine Leiche am Strand drüben hinter Sandskogen gefunden.«

Scheiße, dachte Wallander. Nicht das noch. Nicht jetzt.

»Es scheint Mord zu sein«, fuhr Martinsson fort. »Es war ein Mann, der anrief. Er wirkte ungewöhnlich verläßlich, auch wenn er natürlich geschockt war.«

»Wir müssen hinfahren«, sagte Wallander. »Hol deine Jacke. Es gibt Regen.«

Martinsson rührte sich nicht. »Es hat den Anschein, als wüßte der, der da angerufen hat, wer der Ermordete ist.«

Wallander sah an Martinssons Gesicht, daß er das, was jetzt kam, fürchten mußte.

»Er hat gesagt, es wäre Wetterstedt. Der alte Justizminister.«

Wallander sah Martinsson unverwandt an. »Sag das noch einmal.«

»Er behauptete, es sei Gustaf Wetterstedt. Der Justizminister. Er sagte noch etwas. Er sagte, es sähe so aus, als sei er skalpiert worden.«

Sie starrten einander fassungslos an.

Es war zwei Minuten vor fünf, Mittwoch, der 22. Juni.

# 6

Als sie zum Strand kamen, war der Regen stärker geworden. Wallander hatte gewartet, während Martinsson seine Jacke holte. Unterwegs sprachen sie sehr wenig. Martinsson erklärte, wie sie fahren mußten. Sie bogen in einen kleinen Weg hinter den Tennisplätzen ein. Wallander fragte sich, was sie erwartete. Was er sich am allerwenigsten gewünscht hatte, war jetzt eingetreten. Wenn es stimmte, was der Mann, als er im Präsidium anrief, gesagt hatte, war Wallanders Urlaub in Gefahr. Hansson würde an ihn appellieren, seinen Urlaub zu verschieben, und er würde schließlich nachgeben. Seine Hoffnung, daß sein Schreibtisch bis Ende Juni von schwerwiegenden Fällen frei bliebe, würde sich nicht erfüllen.

Sie sahen die Sanddünen vor sich und hielten an. Ein Mann, der gewartet und ihren Wagen gehört haben mußte, kam ihnen entgegen. Wallander war erstaunt, daß er nicht älter als dreißig zu sein schien. Wenn der Tote Wetterstedt war, konnte dieser Mann nicht viel älter als zehn gewesen sein, als Wetterstedt von seinem Posten als Justizminister abgetreten und aus dem Bewußtsein der Menschen verschwunden war. Wallander war damals selbst ein junger Kriminalassistent gewesen. Im Wagen hatte er versucht, sich Wetterstedts Aussehen in Erinnerung zu rufen. Er war ein Mann mit kurzgeschnittenem Haar und randloser Brille gewesen. Wallander hatte sich vage an seine Stimme erinnert. Eine knatternde Stimme, stets selbstsicher, nie bereit, einen Fehler einzugestehen. So meinte er, sich an ihn erinnern zu können.

Der Mann, der ihnen entgegenkam, stellte sich als Göran Lindgren vor. Er trug kurze Hosen und einen dünnen Pulli. Wallanders erster Eindruck war, daß er sehr erschüttert war. Sie folgten ihm zum Strand hinunter. Jetzt, im Regen, war der Strand verlassen. Göran Lindgren führte sie zu einem großen Ruderboot, das kieloben dalag. Auf der anderen Seite war ein breiter Spalt zwischen dem Sand und dem Süllbord des Bootes.

»Da drunter liegt er«, sagte der Mann mit unsicherer Stimme.

Wallander und Martinsson sahen einander an, als hofften sie noch immer, daß alles nur Einbildung sei. Dann gingen sie auf die Knie und blickten unter das Boot. Das Licht war schwach, aber sie erkannten trotzdem ohne Schwierigkeit den Körper, der dort lag.

»Wir müssen das Boot umdrehen«, sagte Martinsson leise, als fürchte er, der Tote könne ihn hören.

»Nein«, antwortete Wallander. »Wir drehen überhaupt nichts um.« Dann stand er rasch auf und wandte sich an Göran Lindgren. »Ich nehme an, Sie haben eine Taschenlampe«, sagte er. »Sonst hätten Sie keine Details erkannt.«

Der Mann nickte verblüfft und holte eine Stablampe aus einer Plastiktüte, die neben dem Boot stand. Wallander beugte sich wieder hinunter und leuchtete unter das Boot.

»Pfui Teufel«, sagte Martinsson neben ihm.

Das Gesicht des Toten war voller Blut. Aber sie erkannten trotzdem, daß die Haut von der Stirn an bis auf die Schädeldecke abgerissen war und daß Göran Lindgren recht gehabt hatte. Unter dem Boot lag Wetterstedt. Sie standen auf. Wallander reichte die Taschenlampe zurück. »Woher wußten Sie, daß es Wetterstedt ist?« fragte er.

»Er wohnt doch hier«, sagte der Mann und zeigte auf eine Villa direkt links vom Boot. »Außerdem war er ja bekannt. Man erinnert sich an einen Politiker, der viel im Fernsehen gewesen ist.«

Wallander nickte skeptisch.

»Wir brauchen die volle Besetzung«, sagte er zu Martinsson. »Geh du und ruf an. Ich warte hier.«

Martinsson eilte davon. Der Regen nahm zu.

»Wann haben Sie ihn entdeckt?« fragte Wallander.

»Ich habe keine Uhr bei mir«, erwiderte Lindgren. »Aber es kann nicht länger als eine halbe Stunde her sein.«

»Von wo haben Sie angerufen?«

Lindgren zeigte auf die Plastiktüte. »Ich hab ein Handy.«

Wallander betrachtete ihn aufmerksam. »Er liegt unter einem umgedrehten Boot«, sagte er. »Von außen ist er nicht zu sehen.

Sie müssen sich hinuntergebeugt haben, um ihn sehen zu können?«

»Es ist mein Boot«, antwortete Lindgren einfach. »Oder genauer gesagt, das von meinem Vater. Ich mache öfter einen Spaziergang hier am Strand, wenn ich Feierabend habe. Weil es anfing zu regnen, wollte ich die Plastiktüte unter das Boot legen. Als ich damit gegen etwas stieß, habe ich mich runtergebeugt. Zuerst dachte ich, es sei ein Brett herausgefallen. Dann sah ich, was es war.«

»Noch geht es mich nichts an«, sagte Wallander. »Aber ich frage mich jedenfalls, warum Sie eine Taschenlampe bei sich haben.«

»Wir haben eine Hütte in Sandskogen«, gab Lindgren zurück. »Bei Myrgången. Da ist im Moment kein Licht, weil wir die Leitungen umlegen. Wir sind Elektriker, mein Vater und ich.«

Wallander nickte. »Sie müssen hier warten«, sagte er. »Wir werden alle diese Fragen nachher noch einmal stellen. Haben Sie etwas angefaßt?«

Lindgren schüttelte den Kopf.

»Hat ihn außer Ihnen noch jemand gesehen?«

»Nein.«

»Wann haben Sie oder Ihr Vater das Boot zuletzt umgedreht?«

Göran Lindgren überlegte. »Vor mehr als einer Woche.«

Wallander hatte keine weiteren Fragen. Er stand ganz still und dachte nach. Dann ging er in einem weiten Bogen hinauf zu Wetterstedts Haus. Die Gartenpforte war verschlossen. Er winkte Göran Lindgren zu sich. »Wohnen Sie hier in der Nähe?«

»Nein. Ich wohne in Åkesholm. Mein Wagen steht oben an der Straße.«

»Trotzdem wußten Sie, daß Wetterstedt in genau diesem Haus wohnte?«

»Er ging immer hier am Strand spazieren. Manchmal blieb er stehen und sah zu, wenn mein Vater und ich am Boot arbeiteten. Aber gesagt hat er nie etwas. Er machte ein bißchen auf vornehm, glaube ich.«

»War er verheiratet?«

»Mein Vater hat gesagt, er sei geschieden. Das hat er in einer Zeitschrift gelesen.«

Wallander nickte. »Gut«, sagte er. »Haben Sie kein Regenzeug in der Plastiktüte?«

»Das habe ich oben im Wagen.«

»Dann können Sie es holen. Haben Sie außer der Polizei sonst noch jemand angerufen?«

»Ich hatte vor, meinen Vater anzurufen. Es ist doch sein Boot.«

»Lassen Sie das erst mal«, sagte Wallander. »Lassen Sie das Telefon hier, holen Sie Ihr Regenzeug, und kommen Sie zurück.«

Göran Lindgren tat, was ihm gesagt wurde. Wallander ging zum Boot zurück. Er blieb davor stehen und versuchte sich vorzustellen, was geschehen war. Der erste Eindruck eines Tatorts war oft entscheidend. Später, während einer zumeist langwierigen Ermittlung, würde er immer wieder zu diesem ersten Eindruck zurückkehren.

Bestimmte Dinge konnte er bereits jetzt konstatieren. Es war ausgeschlossen, daß Wetterstedt unter dem Boot ermordet worden war. Er war dorthin gelegt worden. Versteckt worden. Da Wetterstedts Haus ganz in der Nähe lag, sprach vieles dafür, daß er dort getötet worden war. Außerdem sagte sich Wallander, daß der Täter nicht allein gewesen sein konnte. Sie mußten das Boot angehoben haben, um den Körper drunterzubekommen. Und es war ein Boot vom alten Typ, ein geklinkertes Holzboot. Es war schwer.

Dann dachte Wallander an die abgerissene Kopfhaut. Was für ein Wort hatte Martinsson gebraucht? Göran Lindgren hatte am Telefon gesagt, der Mann sei skalpiert worden. Wallander überlegte, ob es nicht auch andere Gründe für die Verletzungen am Kopf geben konnte. Sie wußten noch nicht, wie Wetterstedt gestorben war. Es war eine abwegige Vorstellung, daß jemand ihm vorsätzlich die Kopfhaut abgerissen haben sollte.

Dennoch gab es eine Unstimmigkeit in dem Bild. Wallander verspürte ein Unwohlsein. Die abgerissene Kopfhaut beunruhigte ihn.

Im gleichen Augenblick trafen nacheinander die Polizeiautos ein. Martinsson hatte klugerweise veranlaßt, daß keine Sirenen und kein Blaulicht eingeschaltet wurden. Wallander trat zehn Meter vom Boot zurück, damit sie den Sand nicht unnötig zertrampelten.

»Unter dem Boot liegt ein Toter«, sagte er, als die Polizisten sich um ihn versammelt hatten. »Vermutlich ist es Gustaf Wetterstedt, der vor zig Jahren unser oberster Vorgesetzter war. Diejenigen, die so alt sind wie ich, erinnern sich jedenfalls an die Zeit, als er Justizminister war. Er lebte hier als Pensionär. Und jetzt ist er tot. Wir müssen davon ausgehen, daß er ermordet worden ist. Wir sperren als erstes ab.«

»Ein Glück, daß das Spiel nicht heute nacht stattfindet«, sagte Martinsson.

»Der das hier getan hat, interessiert sich vielleicht auch für Fußball«, entgegnete Wallander.

Es irritierte ihn, ständig an die Weltmeisterschaft erinnert zu werden. Aber er vermied es, Martinsson das merken zu lassen.

»Nyberg ist unterwegs«, sagte Martinsson.

»Wir werden hier die ganze Nacht zu tun haben«, sagte Wallander. »Also fangen wir am besten gleich an.«

Svedberg und Ann-Britt Höglund waren in einem der ersten Wagen. Kurz danach tauchte auch Hansson auf. Göran Lindgren war in einem gelben Regenanzug zurückgekommen. Er mußte wiederholen, wie er den Toten gefunden hatte, während Svedberg Notizen machte. Da es inzwischen heftig regnete, stellten sie sich in den Schutz eines Baums auf einer Düne. Wallander bat Lindgren, noch zu warten. Weil er das Boot noch nicht umdrehen wollte, hatte der hinzugerufene Arzt eine Vertiefung im Sand graben müssen, um so weit unter das Boot zu gelangen, daß er feststellen konnte, daß Wetterstedt wirklich tot war.

»Er soll geschieden sein«, sagte Wallander. »Aber wir brauchen eine Bestätigung. Ein paar von euch müssen hierbleiben. Ann-Britt und ich gehen in sein Haus.«

»Schlüssel«, sagte Svedberg.

Martinsson ging zum Boot hinunter, legte sich auf den Bauch und streckte die Hand aus. Nach einigen Minuten hatte er ein Schlüsselbund aus Wetterstedts Jackentasche gezogen. An seiner Kleidung haftete nasser Sand, als er Wallander die Schlüssel gab.

»Wir müssen ein Regendach aufstellen«, sagte Wallander gereizt. »Warum ist Nyberg noch nicht hier? Warum geht alles so langsam?«

»Er kommt«, sagte Svedberg. »Es ist Mittwochabend, und da ist er meistens in der Sauna.«

Mit Ann-Britt Höglund ging Wallander zu Wetterstedts Haus hinauf.

»Ich erinnere mich an ihn von der Polizeihochschule«, sagte sie plötzlich. »Jemand hatte ein Foto von ihm an die Wand gepinnt und es als Zielscheibe für Darts benutzt.«

»Er war bei der Polizei nie beliebt«, sagte Wallander. »Zu seiner Zeit merkten wir, daß etwas Neues im Anzug war. Eine schleichende Veränderung. Rückblickend kommt es mir so vor, als wäre uns plötzlich eine Kapuze über den Kopf gezogen worden. Damals war es beinah eine Schande, Polizist zu sein. Es war eine Zeit, in der man sich mehr Sorgen um das Wohlbefinden der Gefangenen machte als um die ständig wachsende Kriminalität.«

»Ich erinnere mich nicht mehr gut«, sagte Ann-Britt Höglund. »Aber war er nicht in einen Skandal verwickelt?«

»Es gingen viele Gerüchte um. Über verschiedene Geschichten. Aber es wurde nie etwas bewiesen. Ich habe von ein paar Polizisten in Stockholm gehört, die damals sehr aufgebracht waren.«

»Die Zeit hat ihn vielleicht eingeholt«, sagte sie.

Wallander sah sie verwundert an, sagte aber nichts.

Sie waren bei der Gartenpforte in der Mauer angelangt, die Wetterstedts Garten vom Strand trennte.

»Ich bin schon einmal hier gewesen«, sagte sie plötzlich. »Er rief häufig die Polizei an und beklagte sich über Jugendliche, die im Sommer nachts am Strand saßen und sangen. Einer von diesen Jugendlichen schrieb einen Leserbrief an Ystads *Allehanda* und beschwerte sich. Und Björk bat mich, hierher zu fahren und es mir anzusehen.«

»Was anzusehen?«

»Weiß ich auch nicht. Aber du weißt ja, wie empfindlich Björk auf Kritik reagierte.«

»Das war eine seiner besten Seiten. Er hat uns jedenfalls in Schutz genommen. Das machte nicht jeder.«

Sie fanden den richtigen Schlüssel und schlossen auf. Wallander merkte sich, daß die Lampe am Tor nicht funktionierte. Der Garten, den sie betraten, war gut gepflegt. Kein Blättchen lag auf dem Rasen. Es gab einen kleinen Springbrunnen mit einem Wasserspiel. Zwei kleine nackte Gipskinder besprühten sich gegenseitig mit einem Wasserstrahl aus ihren Mündern. In einer Laube stand eine Hollywoodschaukel. Auf einer mit Fliesen belegten Steinplatte standen ein Marmortisch und eine Stuhlgruppe.

»Gepflegt und teuer«, sagte Ann-Britt Höglund. »Was kostet wohl so ein Marmortisch?«

Wallander antwortete nicht, weil er es nicht wußte. Sie gingen zum Haus hinauf. Er stellte sich vor, daß die Villa Anfang des Jahrhunderts gebaut worden war. Sie folgten dem mit Steinplatten belegten Gartenweg und gelangten auf die Vorderseite des Hauses. Wallander klingelte. Erst danach suchte er den richtigen Schlüssel und schloß auf. Im Flur brannte Licht. Wallander rief in das Schweigen hinein. Aber es war niemand da.

»Wetterstedt wurde nicht unter dem Boot getötet«, sagte Wallander. »Er kann natürlich am Strand überfallen worden sein. Aber ich glaube trotzdem, daß es hier im Haus war.«

»Warum?«

»Ich weiß nicht«, sagte er. »Nur so ein Gefühl.«

Sie gingen langsam durch das Haus, vom Keller bis zum Dachboden, ohne etwas anderes als die Lichtschalter anzurühren. Es war ein oberflächlicher Durchgang, aber für Wallander war er dennoch wichtig. Bis vor kurzem hatte der Mann, der jetzt tot am Strand lag, in diesem Haus gelebt. Im besten Fall konnten sie Spuren entdecken, die verrieten, wie diese plötzliche Leere entstanden war. Nirgendwo sahen sie Zeichen der kleinsten Unordnung. Wallanders Blicke suchten nach einem denkbaren Ort des Verbrechens. Schon an der Haustür hatte er nach Spuren eines Einbruchs gesucht. Als sie im Flur standen und in das Schweigen hineinlauschten, hatte Wallander Ann-Britt Höglund gesagt, daß sie die Schuhe ausziehen solle. Jetzt tappten sie lautlos durch das große Haus, das mit jedem ihrer Schritte größer zu werden schien. Wallander bemerkte, daß seine Begleiterin ebensosehr auf ihn blickte wie auf die Gegenstände in den Zimmern. Er erinnerte sich daran, daß er es als junger und unerfahrener Kriminalbeamter bei Rydberg ebenso gemacht hatte. Statt dies als Aufmunterung und als Bekräftigung ihres Respekts vor seinem Wissen und seiner Erfahrung zu empfinden, bedrückte es ihn. Die Wachablösung ist schon auf dem Weg, dachte er und ahnte bereits die abschüssige Bahn, die ihn erwartete. Er erinnerte sich an den Tag vor bald zwei Jahren, an dem sie sich zum erstenmal begegnet waren. Er hatte gedacht, daß sie eine blasse und alles andere als attraktive junge Frau war, die die Polizeihochschule mit den besten Zeugnissen absolviert hatte. Doch ihre ersten Worte an ihn waren gewesen, daß sie glaube, er werde ihr all das beibringen, was das isolierte Schulmilieu über die unberechenbare Wirklichkeit nie erzählen konnte. Es sollte umgekehrt sein, dachte er hastig, während er eine undeutliche Lithographie betrachtete, deren Motiv er nicht erkennen konnte. Unmerklich war der Übergang bereits geschehen. Ich lerne mehr von ihrer Art, mich anzusehen, als sie von meinem immer mehr versiegenden Polizeigespür.

Sie blieben an einem Fenster im Obergeschoß stehen, von wo sie auf den Strand hinausblicken konnten. Scheinwerfer waren schon an Ort und Stelle, Nyberg, der endlich gekommen war, gestikulierte wütend und dirigierte eine Kunststoffplane, die schräg über dem Ruderboot hing. Die äußere Absperrung wurde von Polizisten in langen Mänteln bewacht. Es regnete jetzt sehr heftig, und außerhalb der Absperrung befanden sich nur wenige Personen.

»Ich fange an zu glauben, daß ich mich geirrt habe«, sagte Wallander, während er beobachtete, wie die Kunststoffabdeckung endlich so stand, wie sie sollte. »Es gibt hier keine Spuren, die darauf hinweisen, daß Wetterstedt im Haus getötet worden ist.«

»Der Mörder kann Ordnung gemacht haben«, wandte Ann-Britt Höglund ein.

»Das erfahren wir, wenn Nyberg das Haus gründlich untersucht hat«, sagte Wallander. »Sagen wir lieber, daß ich meinem Gefühl ein Gegengefühl entgegenstelle. Ich glaube jetzt doch, daß es draußen geschehen ist.«

Schweigend kehrten sie ins Erdgeschoß zurück.

»Es lag keine Post hinter der Tür«, sagte sie. »Das Haus ist umzäunt. Es muß einen Briefkasten geben.«

»Das machen wir später«, sagte er.

Er betrat das große Wohnzimmer und stellte sich in die Mitte.

Sie blieb an der Tür stehen und betrachtete ihn, als erwarte sie eine improvisierte Vorlesung.

»Ich frage mich immer, was ich nicht sehe«, sagte Wallander. »Aber hier wirkt alles so offensichtlich. Ein alleinstehender Mann wohnt in einem Haus, in dem alles seinen bestimmten Platz hat, keine unbezahlten Rechnungen, und wo die Einsamkeit wie alter Zigarrenrauch an den Wänden klebt. Das einzige, was aus dem Rahmen fällt, ist die Tatsache, daß der fragliche Mann jetzt tot unter Göran Lindgrens Ruderboot am Strand liegt.«

Er korrigierte sich. »Doch, eine Sache fällt aus dem Rahmen. Daß die Lampe an der Gartenpforte kaputt ist.«

»Die kann doch kaputtgegangen sein«, sagte sie erstaunt.

»Ja, aber es fällt trotz allem aus dem Rahmen.«

Es klopfte an der Tür. Als Wallander öffnete, stand Hansson draußen im Regen, und das Wasser rann ihm übers Gesicht.

»Weder Nyberg noch der Arzt kommen weiter, wenn wir das Boot nicht umdrehen«, sagte er.

»Dreht es um. Ich komme bald.«

Hansson verschwand wieder im Regen.

»Wir müssen anfangen, nach seiner Familie zu suchen«, sagte er. »Er muß ein Telefonbuch haben.«

»Eins ist merkwürdig«, sagte sie. »Überall finden sich Erinnerungen an ein langes Leben mit vielen Reisen und unzähligen Begegnungen mit Menschen. Aber es gibt keine Familienfotos.«

Wallander blickte sich im Wohnzimmer um, in das sie zurückgekehrt waren: Sie hatte recht. Es wurmte ihn, daß er nicht selbst darauf gekommen war.

»Vielleicht wollte er nicht an sein Alter erinnert werden«, sagte er, ohne selbst ganz überzeugt zu sein.

»Eine Frau könnte nie in einem Haus ohne Fotos ihrer Familie leben«, sagte sie. »Vielleicht bin ich deshalb darauf gekommen.«

Auf einem Tisch neben dem Sofa stand ein Telefon.

»In seinem Arbeitszimmer war auch ein Telefon«, sagte er. »Such du dort, dann fange ich hier an.«

Wallander ging neben dem niedrigen Telefontisch in die Hocke. Beim Telefon lag die Fernbedienung des Fernsehers. Er konnte telefonieren und gleichzeitig fernsehen, dachte er. Genau wie er selbst. Wir leben in einer Welt, in der die Menschen es kaum aushalten, wenn sie nicht gleichzeitig das Fernsehen und das Telefon kontrollieren. Er blätterte die Telefonbücher durch, ohne irgendwelche privaten Notizen zu finden. Dann zog er vorsichtig zwei Schubladen eines Sekretärs auf, der hinter dem Telefontisch stand. In der einen lag ein Briefmarkenalbum, in der anderen waren Klebstofftuben und eine Schachtel mit Serviettenringen. Als er auf dem Weg ins Arbeitszimmer war, klingelte das Telefon. Er fuhr zusammen. Ann-Britt Höglund tauchte sofort in der Tür auf. Wallander setzte sich vorsichtig in eine Ecke des Sofas und nahm den Hörer ab.

»Hallo«, sagte eine Frau. »Gustaf? Warum rufst du nicht an?«

»Wer spricht da?« fragte Wallander.

Die Stimme der Frau wurde plötzlich sehr bestimmt. »Hier ist Gustaf Wetterstedts Mutter«, sagte sie. »Mit wem spreche ich?«

»Mein Name ist Kurt Wallander. Ich bin Polizeibeamter hier in Ystad.«

Er konnte die Frau atmen hören. Sie mußte sehr alt sein, wenn sie Wetterstedts Mutter war. Er schnitt eine Grimasse zu Ann-Britt Höglund hinüber, die ihn ansah.

»Ist etwas passiert?« fragte die Frau.

Wallander wußte nicht, wie er reagieren sollte. Es widersprach allen geschriebenen und ungeschriebenen Bestimmungen, einen nahen Angehörigen am Telefon von einem plötzlichen Todesfall in Kenntnis zu setzen. Gleichzeitig hatte er bereits gesagt, daß er Polizist war.

»Hallo?« fragte die Frau. »Sind Sie noch da?«

Wallander antwortete nicht. Hilflos starrte er Ann-Britt Höglund an.

Dann tat er etwas, von dem er später nie sagen konnte, ob es zu verantworten war oder nicht.

Er legte den Hörer auf.

»Wer war das?« fragte Ann-Britt Höglund.

Wallander schüttelte nur den Kopf, ohne zu antworten.

Dann nahm er den Hörer wieder ab und rief das Polizeipräsidium in Stockholm an.

# 7

Kurz nach neun Uhr klingelte Gustaf Wetterstedts Telefon erneut. Da hatten die Kollegen in Stockholm auf Wallanders Veranlassung Wetterstedts Mutter die Nachricht vom Tod ihres Sohns überbracht. Der Anrufende stellte sich als Kriminalinspektor Hans Vikander von der Polizeistation Östermalm vor.

»Sie ist unterrichtet«, sagte er. »Weil sie so alt ist, habe ich einen Pastor mitgenommen. Aber ich muß sagen, daß sie es trotz ihrer vierundneunzig Jahre mit Fassung aufgenommen hat.«

»Vielleicht gerade deshalb«, meinte Wallander.

»Wir versuchen, Wetterstedts zwei Kinder zu erreichen«, fuhr Hans Vikander fort. »Der Sohn arbeitet bei der UNO in New York. Die Tochter ist jünger und wohnt in Uppsala. Wir nehmen an, daß wir sie im Laufe des Abends erreichen.«

»Und seine geschiedene Frau?« sagte Wallander.

»Welche von ihnen?« fragte Vikander. »Er war dreimal verheiratet.«

»Dann alle drei. Wir nehmen später selbst Kontakt zu ihnen auf.«

»Ich hab was, das dich vielleicht interessiert«, fuhr Vikander fort. »Als wir mit der Mutter sprachen, erzählte sie, daß ihr Sohn jeden Abend anrief, pünktlich um neun Uhr.«

Wallander blickte auf seine Uhr. Es war drei Minuten nach neun.

»Er hat gestern nicht angerufen«, sagte Vikander. »Sie wartete bis halb zehn, dann rief sie selbst an. Aber es nahm niemand ab, obwohl sie sagte, sie hätte es mindestens fünfzehnmal läuten lassen.«

»Und den Abend davor?«

»Daran konnte sie sich nicht mit Bestimmtheit erinnern. Sie ist immerhin vierundneunzig. Sie sagte, ihr Kurzzeitgedächtnis sei ziemlich schlecht.«

»Hat sie sonst noch etwas gesagt?«

»Es war ein bißchen schwer für mich zu wissen, wonach ich fragen sollte.«

»Wir werden noch einmal mit ihr sprechen müssen«, sagte Wallander. »Weil sie dich schon kennt, wäre es gut, wenn du das übernehmen könntest.«

»Ich gehe in der zweiten Juliwoche in Urlaub«, antwortete Hans Vikander. »Aber bis dahin ist es kein Problem.«

Als Wallander das Gespräch beendete, kam Ann-Britt Höglund in den Flur, nachdem sie beim Briefkasten gewesen war.

»Zeitungen von gestern und heute«, sagte sie. »Eine Telefonrechnung. Keine private Post. Er kann nicht besonders lange unter dem Boot da gelegen haben.«

Wallander erhob sich vom Sofa. »Geh das Haus noch einmal durch«, sagte er. »Achte darauf, ob du Hinweise finden kannst, daß etwas gestohlen wurde. Ich gehe runter und seh ihn mir an.«

Als Wallander im strömenden Regen durch den Garten lief, fiel ihm ein, daß er seinen Vater hätte besuchen sollen. Mit einer Grimasse kehrte er zum Haus zurück. »Tu mir einen Gefallen«, sagte er zu Ann-Britt Höglund, als er wieder in den Flur trat. »Ruf meinen Vater an, grüß ihn von mir und sag ihm, daß ich durch einen sehr dringenden Fall verhindert bin. Wenn er fragt, wer du bist, kannst du sagen, du seist die neue Polizeipräsidentin.«

Sie nickte und lächelte. Wallander gab ihr die Nummer. Dann trat er wieder hinaus in den Regen.

Der von starken Scheinwerfern beleuchtete Tatort machte einen gespenstischen Eindruck. Mit einem Gefühl großen Widerwillens trat Wallander unter die aufgespannte Regenplane. Gustaf Wetterstedts Körper lag auf dem Rücken auf einer Plastikfolie. Der Arzt leuchtete gerade mit einer Taschenlampe in seinen Hals. Er unterbrach die Arbeit, als er sah, daß Wallander gekommen war. »Wie geht es dir?« fragte er.

Erst da erkannte Wallander ihn. Es war der Arzt, der ihn eines Nachts vor einigen Jahren in der Ambulanz des Krankenhauses behandelt hatte, als Wallander glaubte, er habe einen Herzinfarkt.

»Abgesehen von dem hier geht's mir gut«, sagte Wallander. »Ich hatte keinen Rückfall.«

»Hast du meine Ratschläge befolgt?«

»Bestimmt nicht«, murmelte Wallander ausweichend.

Er betrachtete den Toten und dachte, daß er noch im Tod den gleichen Eindruck machte wie einst auf dem Fernsehschirm. Sein Gesicht hatte etwas Herrisches und Abweisendes, obwohl es mit getrocknetem Blut bedeckt war. Wallander beugte sich vor und betrachtete die Wunde auf der Stirn, die sich zur Schädeldecke hinzog. Die Haut und das Haar waren abgerissen.

»Wodurch ist er gestorben?« fragte Wallander.

»Durch einen kräftigen Schlag gegen das Rückgrat«, antwortete der Arzt. »Die Wirkung muß unmittelbar tödlich gewesen sein. Das Rückgrat ist direkt unterhalb der Schulterblätter durchtrennt. Er muß tot gewesen sein, bevor er noch auf dem Boden auftraf.«

»Bist du sicher, daß es draußen geschah?«

»Ich glaube, ja. Der Schlag ins Rückgrat muß von jemand gekommen sein, der sich hinter ihm befand. Mit aller Wahrscheinlichkeit hat die Wucht des Schlags bewirkt, daß er nach vorn fiel. Er hat Sand im Mund und in den Augen. Wahrscheinlich ist es hier in der Nähe passiert.«

Wallander zeigte auf Wetterstedts verunstalteten Kopf. »Wie erklärst du dir das?« fragte er.

Der Arzt zuckte die Schultern. »Der Schnitt in der Stirn stammt von einem scharfen Messer«, sagte er. »Oder vielleicht von einer Rasierklinge. Die Haut und das Haar scheinen abgerissen worden zu sein. Ob das geschah, bevor er den Schlag ins Rückgrat bekam, kann ich noch nicht sagen. Das ist Sache des Pathologen in Malmö.«

»Malmström bekommt viel Arbeit«, sagte Wallander.

»Wer?«

»Gestern haben wir die Überreste eines Mädchens hingeschickt, das sich selbst verbrannt hat. Und jetzt kommen wir mit einem Mann, der skalpiert worden ist. Ich habe mit einer Pathologin gesprochen. Sie heißt Malmström.«

»Es gibt mehrere da. Malmström kenne ich nicht.«

Wallander hockte sich neben die Leiche. »Sag mir deine Meinung«, sagte er zu dem Arzt. »Wie ist es vor sich gegangen?«

»Derjenige, der ihm den Schlag in den Rücken versetzt hat,

wußte, was er wollte«, antwortete der Arzt. »Ein Scharfrichter hätte es nicht besser machen können. Aber daß er skalpiert worden ist, läßt auf einen Verrückten schließen.«

»Oder einen Indianer«, sagte Wallander nachdenklich. Er richtete sich auf und spürte, wie es in den Knien zuckte. Die Zeit, wo er sich ungestraft niederhocken konnte, war seit langem vorbei.

»Ich bin hier fertig«, sagte der Arzt. »Ich habe Malmö schon informiert, daß wir ihn bringen.«

Wallander antwortete nicht. Er hatte ein Detail an Wetterstedts Kleidung entdeckt, das sein Interesse weckte. Der Hosenschlitz war offen.

»Hast du seine Kleidung berührt?« fragte er.

»Nur auf der Rückseite um die Stelle, wo der Schlag getroffen hat«, sagte der Arzt.

Wallander nickte. Er spürte, wie das Unwohlsein ihn wieder überkam. »Darf ich dich um etwas bitten«, sagte er. »Kannst du in seinem Hosenschlitz nachsehen, ob Wetterstedt noch hat, was da drin sein sollte.«

Der Arzt blickte Wallander verwundert an.

»Wenn jemand ihm die halbe Kopfhaut abreißt, dann kann er auch andere Dinge abreißen«, verdeutlichte Wallander.

Der Arzt nickte und zog sich ein Paar Plastikhandschuhe über. Dann griff er vorsichtig hinein.

»Was da sein soll, scheint da zu sein«, sagte er.

Wallander nickte.

Wetterstedts Leiche wurde fortgebracht. Wallander wandte sich an Nyberg, der neben dem Boot kniete, das jetzt auf dem Kiel lag.

»Wie kommst du voran?« fragte Wallander.

»Ich weiß nicht«, sagte Nyberg. »Bei diesem Regen verschwinden alle Spuren.«

»Trotzdem müßt ihr morgen graben«, sagte Wallander und erzählte, was der Arzt gesagt hatte. Nyberg nickte.

»Um das Boot herum«, sagte Wallander. »Dann in einem Bereich von der Gartenpforte bis hinunter zum Wasser.«

Nyberg zeigte auf einen Koffer mit aufgeschlagenem Deckel. Darin lagen ein paar Plastikbeutel. »Ich habe nur eine Schachtel Streichhölzer in den Taschen gefunden«, sagte er.

»Das Schlüsselbund hast du. Aber die Kleider sind von bester Qualität. Von den Holzschuhen abgesehen.«

»Das Haus scheint unberührt zu sein«, sagte Wallander. »Trotzdem wäre ich froh, wenn du es dir noch heute abend ansehen könntest.«

»Ich kann nicht an zwei Stellen gleichzeitig sein«, entgegnete Nyberg gereizt. »Wenn wir hier draußen irgendwelche Spuren sichern sollen, müssen wir das tun, bevor alles verregnet.«

Wallander wollte gerade zu Wetterstedts Haus zurückgehen, als er sah, daß Göran Lindgren immer noch wartete. Wallander trat zu ihm. Er sah, daß Lindgren fror.

»Sie können jetzt nach Hause fahren«, sagte er.

»Darf ich meinen Vater anrufen und es ihm erzählen?«

»Das dürfen Sie.«

»Was ist eigentlich passiert?« fragte Göran Lindgren.

»Das wissen wir noch nicht.«

Außerhalb der Absperrung stand noch immer eine Schar Neugieriger und verfolgte die Arbeit der Polizei. Ein paar ältere Menschen, ein junger Mann mit Hund, ein Junge mit einem Moped. Wallander dachte mit Grausen an die kommenden Tage. Ein ehemaliger Justizminister, dem das Rückgrat zerschlagen und der außerdem skalpiert worden war, das war eine Neuigkeit, nach der sich Presse, Radio und Fernsehen die Finger leckten. Das einzig Positive an der Situation war, daß das Mädchen, das sich in Salomonssons Rapsfeld verbrannt hatte, vermutlich davon verschont blieb, auf den Titelseiten der Zeitungen zu landen.

Er mußte pinkeln. Er ging hinunter ans Wasser und öffnete den Hosenschlitz. Vielleicht ist es so einfach, dachte er. Gustaf Wetterstedts Schlitz war offen, weil er dastand und pißte, als er überfallen wurde.

Er ging wieder zum Haus hinauf. Aber plötzlich zögerte er. Er hatte das Gefühl, etwas übersehen zu haben. Dann kam er darauf. Er ging zu Nyberg zurück. »Weißt du, wo Svedberg ist?« fragte er.

»Ich glaube, er ist unterwegs, um mehr Plastikfolie und am besten auch ein paar große Abdeckplanen zu beschaffen. Wir müssen den Sand hier abdecken, wenn der Regen nicht alle Spuren verwischen soll.«

»Ich will mit ihm sprechen, wenn er zurückkommt«, sagte Wallander. »Wo sind Martinsson und Hansson?«

»Ich glaube, Martinsson ist zum Essen gefahren«, erwiderte Nyberg sauer. »Aber wer hat verdammt noch mal Zeit zu essen?«

»Wir können dir was holen lassen«, sagte Wallander. »Wo ist Hansson?«

»Er wollte einen der Staatsanwälte informieren. Und zu essen will ich nichts.«

Wallander kehrte zum Haus zurück. Als er seine durchnäßte Jacke aufgehängt und die Stiefel ausgezogen hatte, fühlte er sich hungrig. Ann-Britt Höglund saß in Wetterstedts Arbeitszimmer und sah seinen Schreibtisch durch. Wallander ging in die Küche und machte Licht. Er dachte daran, wie sie in Salomonssons Küche gesessen und Kaffee getrunken hatten. Jetzt war Salomonsson tot. Verglichen mit der Küche des alten Bauern befand Wallander sich hier in einer vollkommen anderen Welt. Glänzende Kupfertöpfe hingen an den Wänden. Mitten in der Küche stand ein offener Grill mit einem Rauchabzug durch einen alten Backofen. Er öffnete den Kühlschrank und holte Käse und Bier heraus. Knäckebrot fand er in einem der Schränke. Er setzte sich an den Küchentisch und aß, ohne einen einzigen Gedanken zuzulassen. Als Svedberg in den Flur trat, hatte er seine Mahlzeit beendet.

»Nyberg sagte, du wolltest mich sprechen?«

»Klappt es mit den Planen?«

»Wir sind gerade dabei abzudecken, so gut es geht. Martinsson hat beim Meteorologischen Institut angerufen und gefragt, wie lange es noch regnen wird. Es wird die ganze Nacht so weitergehen. Dann wird es ein paar Stunden trocken sein, bevor die nächste Regenfront da ist. Und außerdem kriegen wir einen ordentlichen Sommersturm.«

Auf dem Küchenfußboden um Svedbergs Stiefel hatte sich eine Wasserpfütze gebildet. Aber Wallander fand es nicht der Mühe wert, ihm zu sagen, er solle sich die Schuhe ausziehen. Dem Geheimnis von Gustaf Wetterstedts Tod würden sie kaum in seiner Küche auf die Spur kommen.

Svedberg setzte sich und trocknete sich die Haare mit einem Taschentuch.

»Ich habe eine vage Erinnerung daran, daß du mir einmal erzählt hast, du hättest dich als Junge für Indianer interessiert«, begann Wallander. »Oder irre ich mich da?«

Svedberg betrachtete ihn verwundert. »Das stimmt«, sagte er. »Ich habe viel über Indianer gelesen. Aus den Filmen habe ich mir nie etwas gemacht, die haben ja doch nie die Wahrheit gezeigt. Aber ich habe mit einem Indianerkenner korrespondiert, der sich Uncas nannte. Er hat einmal ein Quiz im Fernsehen gewonnen. Ich glaube, da war ich noch nicht einmal geboren. Ich habe viel von ihm gelernt.«

»Du wunderst dich wahrscheinlich, warum ich frage«, meinte Wallander.

»Eigentlich nicht«, gab Svedberg zurück. »Wetterstedt ist schließlich skalpiert worden.«

Wallander betrachtete ihn aufmerksam. »Ist er?«

»Wenn Skalpieren eine Kunst ist, dann war dies hier nahezu vollendet. Ein Schnitt mit einem scharfen Messer über die Stirn. Dann zwei Schnitte an den Schläfen, um zum Reißen anpacken zu können.«

»Er starb von einem Schlag ins Rückgrat«, sagte Wallander. »Unmittelbar unter den Schultern.«

Svedberg zuckte die Achseln. »Die Indianer schlugen nach dem Kopf«, sagte er. »Es ist schwer, nach dem Rückgrat zu schlagen. Du mußt die Axt schräg halten. Besonders schwer ist es natürlich, wenn sich die Person, die man töten will, in Bewegung befindet.«

»Aber wenn sie stillsteht?«

»Es ist auf jeden Fall nicht besonders indianisch. Es ist überhaupt nicht indianisch, Menschen von hinten zu ermorden. Oder überhaupt jemanden zu ermorden.«

Wallander stützte die Stirn in die Hand.

»Warum fragst du eigentlich?« sagte Svedberg. »Wetterstedt ist ja wohl kaum von einem Indianer erschlagen worden.«

»Wer skalpiert sonst?« fragte Wallander.

»Ein Verrückter«, antwortete Svedberg. »Ein Mensch, der so etwas tut, kann nicht ganz dicht sein. Wir sollten ihn so schnell wie möglich zu fassen kriegen.«

»Ich weiß«, sagte Wallander.

Svedberg stand auf und verschwand. Wallander holte einen Scheuerlappen und wischte den Fußboden sauber. Dann ging er zu Ann-Britt Höglund hinein. Es war kurz vor halb elf.

»Dein Vater klang nicht besonders fröhlich«, sagte sie, als er hinter ihr stand. »Aber ich glaube, er war vor allem verärgert, weil du ihn nicht früher angerufen hast.«

»Da hat er auch recht«, erwiderte Wallander. »Was hast du gefunden?«

»Erstaunlich wenig. Auf den ersten Blick scheint nichts gestohlen worden zu sein. Kein Schrank ist aufgebrochen. Ich glaube, er muß eine Haushilfe gehabt haben, um dieses große Haus in Ordnung zu halten.«

»Warum glaubst du das?«

»Aus zwei Gründen. Erstens, weil man den Unterschied sieht, wie ein Mann und wie eine Frau putzt. Frag mich nicht, warum. Es ist einfach so.«

»Und zweitens?«

»Ich habe ein Notizbuch gefunden, in dem ›Putze‹ steht und dann eine Uhrzeit. Zweimal im Monat.«

»Hat er wirklich Putze geschrieben?«

»Ein altes schönes und verächtliches Wort.«

»Kannst du sehen, wann sie zuletzt hier war?«

»Letzten Donnerstag.«

»Das erklärt, warum alles so ordentlich wirkt.«

Wallander sank in einen Besucherstuhl vor dem Schreibtisch.

»Wie sieht es da draußen aus?« fragte sie.

»Ein Schlag mit einer Axt ins Rückgrat. Unmittelbar tödlich. Der Mörder reißt ihm den Skalp ab und verschwindet.«

»Vorhin sagtest du, du glaubtest, es seien mindestens zwei gewesen?«

»Ich weiß. Aber im Augenblick weiß ich nur, daß mir das Ganze überhaupt nicht gefällt. Warum erschlägt jemand einen Menschen, der zwanzig Jahre lang isoliert gelebt hat? Und warum skalpiert er ihn?«

Sie schwiegen. Wallander dachte an das brennende Mädchen. An den Mann, der skalpiert worden war. Und an den Regen, der fiel. Er versuchte, die unschönen Bilder zu vertreiben, indem er

sich erinnerte, wie er und Baiba sich in Lee hinter einer der Sanddünen bei Skagen verkrochen hatten. Doch das Mädchen mit den
brennenden Haaren lief weiter. Und Wetterstedt lag auf einer
Bahre, die nach Malmö unterwegs war.

Er schob die Gedanken von sich und sah Ann-Britt Höglund an.
»Gib mir eine Übersicht«, sagte er. »Was denkst du? Was ist passiert? Beschreib es mir. Ohne Vorbehalte.«

»Er ist rausgegangen«, sagte sie. »Ein Spaziergang zum Strand.
Um jemanden zu treffen. Oder nur, um sich zu bewegen. Aber er
hatte nur einen kurzen Spaziergang im Sinn.«

»Warum?«

»Die Holzschuhe. Alt und ausgelatscht. Unbequem. Aber pas-
send für einen kurzen Aufenthalt im Freien.«

»Und weiter?«

»Es geschah am Abend. Was hat der Arzt über die Zeit gesagt?«

»Er wußte es noch nicht. Mach weiter. Warum am Abend?«

»Das Risiko, entdeckt zu werden, ist am Tag zu groß. In dieser
Jahreszeit ist der Strand nie ganz leer.«

»Und weiter?«

»Es gibt kein offensichtliches Motiv. Aber ich glaube, man kann
ahnen, daß der Mörder einen Plan hatte.«

»Warum?«

»Er nimmt sich Zeit, die Leiche zu verstecken.«

»Warum tut er das?«

»Um die Entdeckung zu verzögern. Weil er Zeit haben will zu
entkommen.«

»Aber niemand hat ihn gesehen. Und warum sagst du, daß es
ein Er ist?«

»Eine Frau schlägt kaum jemandem das Rückgrat durch. Eine
verzweifelte Frau kann ihrem Mann eine Axt in den Kopf schlagen. Aber sie skalpiert ihn nicht. Es war ein Mann.«

»Was wissen wir von dem Mörder?«

»Nichts. Wenn du nicht etwas weißt, was ich nicht weiß.«

Wallander schüttelte den Kopf. »Du hast ungefähr alles gesagt,
was wir wissen«, sagte er. »Ich glaube, wir sollten jetzt Nyberg
und seinen Leuten das Haus überlassen.«

»Die Sache hier wird einen Riesenwirbel auslösen«, sagte sie.

»Ja«, antwortete Wallander. »Morgen geht es los. Du kannst froh sein, daß du in Urlaub gehst.«

»Hansson hat mich schon gefragt, ob ich ihn verschieben kann. Und ich habe ja gesagt.«

»Fahr jetzt nach Hause«, meinte Wallander. »Ich werde den anderen sagen, daß wir uns morgen früh schon um sieben Uhr treffen, um die weitere Ermittlung zu planen.«

Als Wallander allein im Haus war, ging er noch einmal durch alle Zimmer. Sie mußten sich so schnell wie möglich ein Bild von Gustaf Wetterstedt machen. Sie kannten eine seiner Gewohnheiten, nämlich daß er jeden Abend zu einer bestimmten Uhrzeit seine Mutter angerufen hatte. Aber was war mit den Gewohnheiten, die sie nicht kannten? Wallander ging in die Küche zurück und suchte in einer der Küchenschubladen ein Stück Papier. Dann machte er sich eine Liste von Stichworten für die einleitende Sitzung der Ermittlungsgruppe am folgenden Tag. Ein paar Minuten später kam Nyberg herein. Er zog seinen triefenden Regenanzug aus. »Wonach sollen wir suchen?« fragte er.

»Nach einem Tatort, den es nicht gibt«, antwortete Wallander. »Ich will ausschließen können, daß er hier im Haus getötet worden ist. Ich möchte, daß du das Haus untersuchst, wie du es immer tust.«

Nyberg nickte und verließ die Küche. Kurz danach hörte Wallander, wie er mit einem seiner Mitarbeiter meckerte. Wallander dachte, daß er nach Hause gehen und ein paar Stunden schlafen sollte. Dann beschloß er, noch einen Rundgang durchs ganze Haus zu machen. Er begann mit dem Keller. Nach einer Stunde befand er sich im Obergeschoß. Er trat in Wetterstedts großes Schlafzimmer. Öffnete den Kleiderschrank, zog die Anzüge auseinander und suchte auf dem Boden. Aus dem Untergeschoß konnte er Nybergs gereizte Stimme hören. Als er den Kleiderschrank gerade wieder schließen wollte, sah er eine kleine Tasche in einer Ecke. Er nahm sie, setzte sich auf die Bettkante und öffnete sie. Ein Fotoapparat war darin. Wallander vermutete, daß es kein besonders teurer war. Er war ungefähr von dem Typ wie der, den Linda sich vor einem Jahr gekauft hatte, und es war ein Film darin. Sechs Bilder von 36 waren belichtet. Er steckte den Apparat wieder in die Tasche und ging zu Nyberg hinunter. »In dieser Tasche ist ein Fotoapparat«, sagte er. »Ich möchte, daß du die Bilder so schnell wie möglich entwickelst.«

Gegen Mitternacht verließ er Wetterstedts Haus. Der starke Regen hielt noch immer an.

Er fuhr auf direktem Weg nach Hause.

Als er in seine Wohnung kam, setzte er sich in die Küche. Er fragte sich, was wohl auf den Bildern zu sehen wäre.

Der Regen schlug an die Fensterscheiben.

Plötzlich spürte er eine schleichende Angst.

Etwas war geschehen. Aber er ahnte jetzt, daß es nur der Anfang von etwas viel Größerem war.

# 8

Am Donnerstagmorgen, es war der 23. Juni, herrschte alles andere als Mittsommerstimmung im Polizeipräsidium von Ystad. Wallander war schon um halb drei in der Nacht von einem Journalisten von *Dagens Nyheter* geweckt worden, der von der Polizei auf
Östermalm einen Tip wegen Gustaf Wetterstedts Tod bekommen
hatte. Als es ihm endlich gelungen war, wieder einzuschlafen, hatte *Expressen* angerufen. Auch Hansson war während der Nacht
geweckt worden. Als sie sich kurz nach sieben im Konferenzraum
versammelten, waren alle hohläugig und müde. Sogar Nyberg
war erschienen, obwohl er bis fünf Uhr morgens mit der Untersuchung von Wetterstedts Haus beschäftigt gewesen war. Auf
dem Weg in den Konferenzraum hatte Hansson Wallander beiseite genommen und ihm gesagt, er müsse das Ganze leiten. »Ich
glaube, Björk wußte, daß dies hier passieren würde«, fügte Hansson hinzu. »Deshalb hat er aufgehört.«

»Er hat nicht aufgehört«, korrigierte Wallander. »Er ist beför-
dert worden. Außerdem besaß er nichts weniger als die Fähigkeit,
in die Zukunft zu sehen. Er hatte genug Sorgen mit dem, was täglich um ihn her geschah.«

Doch Wallander hatte schon geahnt, daß die Verantwortung
für die Ermittlung im Fall Wetterstedt bei ihm landen würde. Ihr
erstes großes Problem war, daß sie während des Sommers unterbesetzt waren. Er dachte voller Dankbarkeit an Ann-Britt Höglund, die sich bereit erklärt hatte, ihren Urlaub zu verschieben.
Aber was würde mit seinem eigenen Urlaub geschehen? Er wollte in zwei Wochen zusammen mit Baiba auf dem Weg nach Skagen sein.

Er setzte sich an den Tisch und sah in die müden Gesichter, die
ihn umgaben. Es regnete noch immer, obwohl es sich aufgehellt
hatte. Vor ihm auf dem Tisch lag ein Stapel mit Telefonnotizen, die

er in der Anmeldung bekommen hatte. Er schob ihn beiseite und klopfte mit einem Bleistift auf den Tisch. »Wir sollten jetzt anfangen«, sagte er. »Das denkbar Schlimmste ist eingetreten. Wir haben einen Mordfall in der Urlaubszeit. Wir müssen versuchen, uns zu organisieren, so gut es geht. Außerdem steht Mittsommer bevor, womit die Ordnungspolizei gebunden wäre. Aber es trifft auch immer etwas ein, was der Kriminalabteilung Kummer macht. Das müssen wir bei der Planung der Ermittlungen im Hinterkopf behalten.«

Keiner sagte etwas. Wallander wandte sich an Nyberg und fragte nach dem Stand der technischen Untersuchung.

»Wenn es nur ein paar Stunden aufhören würde zu regnen«, sagte Nyberg. »Wenn wir den Tatort finden wollen, müssen wir die oberste Sandschicht abtragen. Aber das ist fast unmöglich, bevor der Sand getrocknet ist. Sonst kriegen wir nur Klumpen.«

»Ich habe eben den Meteorologen in Sturup angerufen«, sagte Martinsson. »Er rechnet damit, daß der Regen hier in Ystad kurz nach acht aufhört. Aber gegen Nachmittag gibt es Sturm. Und dann kommt mehr Regen. Danach soll es aufklaren.«

»Immerhin etwas«, sagte Wallander. »Es ist in der Regel einfacher für uns, wenn wir am Abend vor Mittsommer schlechtes Wetter haben.«

»Diesmal hilft uns auch der Fußball«, sagte Nyberg. »Ich glaube zwar nicht, daß die Leute weniger saufen, aber sie werden vor den Fernsehern sitzen bleiben.«

»Und was passiert, wenn Schweden gegen Rußland verliert?« fragte Wallander.

»Das tun sie nicht«, erwiderte Nyberg mit Nachdruck. »Wir gewinnen.«

Wallander merkte erst jetzt, daß Nyberg Fußballfan war.

»Ich hoffe, du hast recht«, meinte er.

»Ansonsten haben wir im Umkreis des Boots nichts von Interesse gefunden«, fuhr Nyberg fort. »Wir haben auch die Strandpartie zwischen Wetterstedts Garten und dem Boot bis hin zum Wasser untersucht und eine Reihe von Gegenständen gefunden, aber kaum etwas, das uns interessieren könnte. Vielleicht mit einer Ausnahme.«

Er legte einen seiner Plastikbeutel auf den Tisch. »Einer der Polizisten, die die Absperrungen gezogen haben, hat das hier gefunden. Es ist eine Spraydose. So eine, wie sie Frauen empfohlen werden, um sich zu verteidigen, wenn sie überfallen werden.«

»Sind die bei uns nicht verboten?« fragte Ann-Britt Höglund.

»Doch«, antwortete Nyberg. »Aber sie lag trotzdem da. Im Sand, unmittelbar außerhalb der Absperrung. Wir werden sie auf Fingerabdrücke untersuchen. Vielleicht bringt das was.«

Nyberg steckte den Plastikbeutel in seine Tasche zurück.

»Schafft es ein Mann allein, dieses Boot umzudrehen?« fragte Wallander.

»Nur wenn es sich um eine Person mit außergewöhnlichen Kräften handelt«, antwortete Nyberg.

»Das bedeutet, daß es zwei waren«, sagte Wallander.

»Der Mörder kann doch den Sand beim Boot weggeschaufelt haben«, sagte Nyberg. »Und hat ihn zurückgeschaufelt, nachdem er Wetterstedt daruntergeschoben hat.«

»Das ist natürlich möglich«, sagte Wallander. »Aber klingt das plausibel?«

Keiner am Tisch gab einen Kommentar ab.

»Nichts deutet darauf hin, daß der Mord im Haus begangen wurde«, fuhr Nyberg fort. »Wir haben weder Blutspuren noch andere Anzeichen für ein Verbrechen gefunden. Es ist auch niemand ins Haus eingebrochen. Ob etwas gestohlen worden ist, kann ich nicht sagen. Aber es wirkt nicht so.«

»Hast du sonst etwas Bemerkenswertes gefunden?« fragte Wallander.

»Ich finde, das ganze Haus ist bemerkenswert«, sagte Nyberg. »Wetterstedt muß sehr viel Geld gehabt haben.«

Wallander fand, daß der Augenblick für eine Zusammenfassung gekommen war.

»Das Wichtigste ist im Moment der Zeitpunkt des Mordes. Der Arzt meinte, es müsse am Strand passiert sein. Er hat Sand in den Augen und im Mund des Opfers gefunden. Aber wir müssen abwarten, was die Gerichtsmediziner sagen. Weil wir keine Spur oder ein eindeutiges Tatmotiv haben, werden wir auf breiter Front vorgehen. Wir müssen uns ein Bild von Wetterstedts Person machen. Mit wem verkehrte er? Was für Gewohnheiten hatte er? Wir müssen eine Charakterskizze erstellen, herausfinden, wie sein Leben aussah. Wir kommen auch nicht um die Tatsache herum, daß er vor zwanzig Jahren eine prominente Persönlichkeit war. Justizminister. Bei gewissen Leuten war er sehr populär, von anderen wurde er gehaßt. Er war ständig von Gerüchten wegen verschiedener Skandale umgeben. Ist vielleicht ein Rachemotiv mit im Spiel? Er ist niedergeschlagen worden, und er ist skalpiert worden. Hat es so etwas schon einmal gegeben? Können wir Ähnlichkeiten mit früheren Mordfällen feststellen? Martinsson soll seine Computer heißlaufen lassen. Außerdem hatte Wetterstedt eine Haushilfe, mit der wir noch heute sprechen müssen.«

»Seine Partei«, sagte Ann-Britt Höglund.

Wallander nickte. »Darauf wollte ich gerade kommen. Hatte er noch irgendwelche politischen Funktionen? Verkehrte er mit alten Parteifreunden? Das müssen wir klären. Gibt es irgend etwas im Hintergrund, was auf ein denkbares Motiv deuten könnte?«

»Seit die Nachricht raus ist, haben schon zwei Personen angerufen und sich zu dem Mord bekannt«, sagte Svedberg. »Der eine rief aus irgendeiner Telefonzelle in Malmö an. Er war so betrunken, daß er kaum zu verstehen war. Wir haben die Kollegen in Malmö gebeten, ihn zu verhören. Der andere Anrufer sitzt in Österåker ein. Sein letzter Freigang war im Februar. Aber ganz offensichtlich bringt Gustaf Wetterstedt noch immer die Gemüter in Wallung.«

»Diejenigen von uns, die lange genug dabei sind, wissen, daß das auch für die Polizei zutrifft«, sagte Wallander. »In seiner Amtszeit als Justizminister sind viele Dinge passiert, die keiner von uns vergessen hat. Von allen Justizministern und Reichspolizeichefs, die gekommen und gegangen sind, hat Wetterstedt uns am wenigsten in Schutz genommen.«

Sie gingen die verschiedenen Arbeitsaufgaben durch und verteilten sie. Wallander wollte selbst Wetterstedts Haushilfe vernehmen. Am Nachmittag um vier Uhr würden sie sich wieder treffen.

»Wir haben noch zwei Dinge«, sagte Wallander. »Das erste: Wir werden eine Invasion von Fotografen und Journalisten erleben. Diese Geschichte ist ein gefundenes Fressen für die Massenmedien. Wir werden Schlagzeilen wie *Der Skalpmörder* und *Der Skalpmord* zu lesen bekommen. Es wäre also am besten, schon heute eine Pressekonferenz abzuhalten. Ich würde sie am liebsten nicht selbst übernehmen.«

»Das geht nicht«, sagte Svedberg. »Dafür bist du zuständig. Auch wenn du keine Lust hast, du bist doch der, der das am besten macht.«

»Aber ich will nicht allein sein«, sagte Wallander. »Ich will Hansson dabeihaben. Und Ann-Britt. Sagen wir, um ein Uhr?«

Sie wollten schon aufbrechen, als Wallander sie bat, noch zu bleiben. »Wir können die Nachforschung nach dem Mädchen, das sich im Rapsfeld verbrannt hat, nicht ganz schleifen lassen«, sagte er.

»Meinst du, daß da ein Zusammenhang besteht?« fragte Hansson verwundert.

»Natürlich nicht«, antwortete Wallander. »Wir müssen nur neben der Sache mit Wetterstedt versuchen herauszufinden, wer sie war.«

»Unsere Anfrage bei der Datenbank hat nichts ergeben«, sagte Martinsson. »Auch die Buchstabenkombination nicht. Aber ich verspreche dir, daß ich dranbleibe.«

»Jemand muß sie doch vermissen«, sagte Wallander. »Ein junges Mädchen. Ich finde das sonderbar.«

»Es ist Sommer«, sagte Svedberg. »Viele junge Leute sind unterwegs. Da kann es Wochen dauern, bis man anfängt, eine Person zu vermissen.«

»Da hast du natürlich recht«, gab Wallander zu. »Also üben wir uns in Geduld.«

Um Viertel vor acht beendeten sie die Sitzung. Wallander hatte auf das Tempo gedrängt, weil sie alle Hände voll zu tun hatten. Als er in sein Zimmer kam, ging er hastig seine Telefonnotizen durch. Nichts schien dringend zu sein. Er nahm einen Schreibblock aus einer Schublade und schrieb Gustaf Wetterstedts Namen ganz oben auf das erste Blatt.

Dann lehnte er sich im Stuhl zurück und schloß die Augen. *Was erzählt mir sein Tod? Wer schlägt ihn mit einer Axt nieder und skalpiert ihn?*

Er lehnte sich wieder über den Schreibtisch und schrieb: *Nichts deutet auf Raubmord hin, auch wenn dies noch nicht ganz ausgeschlossen werden kann. Es ist auch kein zufälliger Mord, es sei denn, er ist von einem Wahnsinnigen verübt worden. Der Mörder hat sich die Zeit genommen, den Leichnam zu verstecken. Bleibt das Rachemotiv. Wer hat Veranlassung, sich an Gustaf Wetterstedt zu rächen, indem er ihn umbringt?*

Er legte den Stift fort und las mit wachsender Unzufriedenheit das Geschriebene durch.

Es ist zu früh, dachte er. Ich ziehe unmögliche Schlußfolgerungen. Ich muß mehr wissen.

Er stand auf und verließ das Zimmer. Als er aus dem Polizeipräsidium ins Freie trat, hatte es aufgehört zu regnen. Der Meteorologe vom Flugplatz Sturup hatte recht gehabt. Wallander fuhr auf direktem Wege hinaus zu Wetterstedts Villa.


Die Absperrung am Strand bestand noch. Nyberg war schon an der Arbeit. Mit seinen Mitarbeitern schlug er die Planen zurück, die Teile des Strands bedeckten. Wieder hatten sich viele Zuschauer außerhalb der Absperrung eingefunden. Wallander schloß die Haustür mit Wetterstedts Schlüssel auf und ging direkt ins Arbeitszimmer. Methodisch setzte er die Suche fort, die Ann-Britt Höglund am Abend zuvor begonnen hatte. Er brauchte eine knappe halbe Stunde, um den Namen der Frau zu finden, die Wetterstedt als Putze bezeichnet hatte. Sie hieß Sara Björklund und wohnte am Styrbordsgången, gleich hinter den großen Kaufhäusern an der westlichen Einfahrt zur Stadt. Er nahm das Telefon vom Schreibtisch und wählte die Nummer. Nachdem es achtmal geklingelt hatte, nahm am anderen Ende jemand ab. Wallander hörte eine rauhe Männerstimme.

»Ich möchte mit Sara Björklund sprechen«, sagte Wallander.

»Sie ist nicht zu Hause«, antwortete der Mann.

»Wo kann ich sie erreichen?«

»Wer spricht denn da?«

»Kurt Wallander von der Polizei in Ystad.«

Am anderen Ende blieb es lange still.

»Sind Sie noch da?« fragte Wallander, ohne seine Ungeduld zu verhehlen.

»Hat es mit Wetterstedt zu tun?« fragte der Mann. »Sara Björklund ist meine Frau.«

»Ich muß mit ihr sprechen.«

»Sie ist in Malmö. Sie kommt erst heute nachmittag zurück.«

»Um welche Zeit kann ich sie erreichen? Können Sie etwas genauer sein?«

»Um fünf ist sie sicher wieder zu Hause.«

»Dann komme ich um fünf zu Ihnen«, sagte Wallander und beendete das Gespräch.

Er verließ das Haus und ging zu Nyberg hinunter. Hinter der Absperrung standen die Zuschauer dicht gedrängt.

»Was gefunden?« fragte er.

Nyberg stand da mit einem Eimer in der Hand.

»Nichts. Aber wenn er hier getötet wurde und in den Sand gefallen ist, muß Blut da sein. Vielleicht nicht vom Rücken. Aber vom Kopf. Menschen haben kräftige Adern auf der Stirn.«

Wallander nickte. »Wo habt ihr die Spraydose gefunden?« fragte er dann.

Nyberg zeigte auf einen Punkt jenseits der Absperrung.

»Ich bezweifle, daß sie etwas hiermit zu tun hat«, meinte Wallander.

»Ich auch«, sagte Nyberg.

Wallander war schon auf dem Weg zu seinem Wagen, als ihm noch etwas einfiel. »Mir ist aufgefallen, daß die Lampe bei der Gartenpforte nicht geht«, sagte er. »Kannst du sie dir einmal ansehen?«

»Und was soll ich da machen?« fragte Nyberg verwundert. »Soll ich die Birne wechseln?«

»Ich will nur wissen, warum sie nicht brennt«, sagte Wallander. »Das ist alles.«

Er fuhr zum Präsidium zurück. Der Himmel war grau, aber es regnete nicht.

»Es rufen dauernd Journalisten an«, sagte Ebba, als er bei der Anmeldung vorbeikam.

»Um ein Uhr sind sie willkommen«, erwiderte Wallander. »Wo ist Ann-Britt?«

»Sie ist vor einer Weile fortgegangen. Sie hat nicht gesagt, wohin.«

»Und Hansson?«

»Ich glaube, er ist bei Per Åkeson. Soll ich ihn rufen?«

»Wir müssen die Pressekonferenz vorbereiten. Sorg dafür, daß mehr Stühle in den Konferenzraum gestellt werden. Es werden eine Menge Leute kommen.«

Wallander ging in sein Zimmer und begann sich darauf vorzubereiten, was er der Presse sagen wollte. Nach etwa einer halben Stunde klopfte Ann-Britt Höglund an seine Tür. »Ich bin zu Salomonssons Hof hinausgefahren«, sagte sie. »Ich glaube, ich habe das Problem gelöst, woher das Mädchen das ganze Benzin hatte.«

»Salomonsson hatte ein Benzinlager in seinem Stall?«

Sie nickte bekräftigend.

»Damit wäre das gelöst«, sagte Wallander. »Das bedeutet, daß sie zu Fuß zum Rapsfeld gekommen sein kann. Sie muß nicht mit einem Auto oder Fahrrad gekommen sein.«

»Meinst du, Salomonsson hat sie gekannt?«

Wallander überlegte, bevor er antwortete. »Nein«, sagte er dann. »Salomonsson hat nicht gelogen. Er hatte sie noch nie gesehen.«

»Das Mädchen kommt also zu Fuß irgendwoher. Sie geht in Salomonssons Stall und findet eine Anzahl Benzinkanister. Fünf davon nimmt sie mit ins Rapsfeld. Dann zündet sie sich selbst an.«

»Ungefähr so«, sagte Wallander. »Aber selbst wenn es uns gelingt herauszubekommen, wer sie war, werden wir nie die vollständige Wahrheit erfahren.«

Sie holten Kaffee und besprachen, was sie auf der Pressekonferenz sagen wollten. Es war fast elf, als Hansson sich ihnen anschloß. »Ich habe mit Per Åkeson gesprochen«, sagte er. »Er sagte, er wolle den Reichsstaatsanwalt einschalten.«

Wallander blickte erstaunt von seinen Papieren auf. »Warum das?«

»Gustaf Wetterstedt war einmal eine wichtige Persönlichkeit. Vor zehn Jahren wurde der Ministerpräsident ermordet. Jetzt finden wir einen Justizminister, erschlagen. Ich nehme an, er will klären, ob die Ermittlungen in diesem Mordfall auf irgendeine besondere Art und Weise durchgeführt werden sollen.«

»Wenn er noch Justizminister gewesen wäre, hätte ich das verstanden«, sagte Wallander. »Aber jetzt war er ein Pensionär, der seit langem alle öffentlichen Ämter abgegeben hatte.«

»Du solltest selbst mit Åkeson reden. Ich gebe nur wieder, was er gesagt hat.«

Um ein Uhr setzten sie sich auf das kleine Podium an der einen Schmalseite des Konferenzraums. Sie wollten versuchen, das Treffen mit der Presse so kurz wie möglich zu machen. Am wichtigsten war, allzu wilde und unbegründete Spekulationen zu verhindern. Sie hatten deshalb auch beschlossen, die Art und Weise, wie Wetterstedt getötet worden war, bewußt in der Schwebe zu lassen. Den Skalp würden sie gar nicht erwähnen.

Der Raum war brechend voll. Die überregionalen Zeitungen hatten den Mord an Gustaf Wetterstedt zu einer wichtigen Angelegenheit erklärt. Wallander zählte drei verschiedene Fernsehkameras, als er über die Versammlung blickte.


Als das Ganze überstanden und der letzte Journalist verschwunden war, konnte Wallander konstatieren, daß alles ungewöhnlich gut verlaufen war. Sie waren in ihren Antworten so knapp wie möglich gewesen und hatten wiederholt darauf hingewiesen, daß ermittlungstechnische Gründe eine größere Offenheit oder ein Eingehen auf Details unmöglich machten. Schließlich hatten die Journalisten eingesehen, daß sie die unsichtbare Mauer, die Wallander um sich und seine Kollegen errichtet hatte, nicht durchdringen konnten. Nachdem die Journalisten den Raum verlassen hatten, gab er lediglich dem lokalen Radio ein Interview, während Ann-Britt Höglund vor eine der Fernsehkameras trat. Er sah sie an und war froh, ausnahmsweise einmal nicht derjenige sein zu müssen, der im Rampenlicht stand.

Kurz vor Ende der Pressekonferenz hatte Per Åkeson unbemerkt den Raum betreten und sich in die letzte Reihe gestellt. Jetzt wartete er auf Wallander.

»Ich habe gehört, daß du den Reichsstaatsanwalt anrufen wolltest«, sagte Wallander. »Hat er irgendwelche Direktiven gegeben?«

»Er will unterrichtet werden«, antwortete Per Åkeson. »Genau so, wie du mich auf dem laufenden hältst.«

»Du bekommst jeden Tag eine Zusammenfassung«, versprach Wallander. »Und natürlich, wenn wir einen Durchbruch erzielen.«

»Du hast noch nichts Entscheidendes vorzuweisen?«

»Nichts.«


Die Gruppe traf sich um vier Uhr zu einem kurzen Austausch. Wallander wußte, daß jetzt die Zeit für Arbeit, nicht für Berichte war. Deshalb ließ er nur einmal das Wort reihum gehen, bevor er sie wieder an ihre Aufgaben schickte. Sie beschlossen, sich am nächsten Tag um acht Uhr zu treffen, falls nicht vorher etwas eintraf, was die Ermittlung dramatisch veränderte.

Kurz vor fünf verließ Wallander das Präsidium und fuhr zum Styrbordsgången hinaus, wo Sara Björklund wohnte. Es war ein Teil der Stadt, in den er fast nie kam. Er parkte seinen Wagen und trat durch die Gartentür. Die Haustür wurde schon geöffnet, bevor er das Haus erreichte. Die Frau in der Tür war jünger, als er sie sich vorgestellt hatte. Er schätzte sie auf dreißig. Für Wetterstedt war sie eine Putze gewesen. Er fragte sich, ob sie wußte, wie Wetterstedt sie genannt hatte.

»Guten Tag«, sagte er. »Ich habe heute vormittag angerufen. Sara Björklund?«

»Ich kenne Sie«, sagte sie und nickte.

Sie bat ihn einzutreten. Im Wohnzimmer hatte sie einen Teller mit Gebäck und Kaffee in einer Thermoskanne bereitgestellt. Aus dem Obergeschoß konnte Wallander einen Mann hören, der ein paar lärmende Kinder zurechtwies. Wallander setzte sich und sah sich um. Es war, als erwarte er, eines der Bilder seines Vaters an einer Wand hängen zu sehen. Es war eigentlich das einzige, was fehlte, fuhr es ihm durch den Kopf. Der alte Fischer war da, die Zigeunerin und das weinende Kind. Nur die Landschaft seines Vaters fehlte. Mit oder ohne Auerhahn.

»Möchten Sie Kaffee?« fragte sie.

»Ja, danke«, sagte Wallander.

Er zog einen kleinen Notizblock und einen Stift aus der Tasche.

»Sie haben also gehört, daß Gustaf Wetterstedt getötet worden ist«, begann er.

»Es ist schrecklich«, sagte sie. »Wer kann das getan haben?«

»Das fragen wir uns auch.«

»Lag er wirklich am Strand? Unter diesem häßlichen Boot? Das man vom Obergeschoß aus sehen kann?«

»Ja«, sagte Wallander. »Aber fangen wir von vorn an. Sie haben für Wetterstedt geputzt?«

»Ja.«

»Seit wann?«

»Seit drei Jahren. Ich wurde arbeitslos. Das Haus hier kostet Geld. Ich mußte putzen gehen. Ich habe die Arbeit durch eine Annonce in der Zeitung gefunden.«

»Wie oft waren Sie bei ihm?«

»Zweimal im Monat. Jeden zweiten Donnerstag.«

Wallander notierte. »Immer donnerstags?«

»Immer.«

»Hatten Sie einen eigenen Schlüssel?«

»Nein. Den hätte er mir nie gegeben.«

»Warum nicht?«

»Wenn ich in seinem Haus war, überwachte er jeden Schritt, den ich tat. Es war schrecklich anstrengend. Aber er bezahlte ja gut.«

»Sie haben nie etwas Besonderes bemerkt?«

»Was hätte das sein sollen?«

»War nie jemand anderes da?«

»Nie.«

»Hatte er keine Abendgesellschaften?«

»Nicht, soweit ich weiß. Es war nie Geschirr abzuwaschen, wenn ich kam.«

Wallander überlegte, bevor er fortfuhr. »Wie würden Sie ihn als Mensch beschreiben?«

Die Antwort kam schnell und bestimmt. »Er war das, was man hochgestochen zu nennen pflegt.«

»Was meinen Sie damit?«

»Daß er mich herablassend behandelte. Für ihn war ich nichts anderes als eine unbedeutende Putzfrau. Obwohl er einmal die Partei vertreten hat, die angeblich unsere Interessen wahrnimmt. Die Interessen der Putzfrauen.«

»Wissen Sie, daß er Sie in seinem Kalender Putze nannte?«

»Das wundert mich gar nicht.«

»Aber Sie sind geblieben?«

»Ich habe ja schon gesagt, daß er gut bezahlte.«

»Versuchen Sie, sich an Ihren letzten Besuch zu erinnern. Sie waren vorige Woche da?«

»Alles war genau wie immer. Ich habe versucht nachzudenken. Aber er war genau wie immer.«

»In diesen drei Jahren passierte also nichts Außergewöhnliches?«

Er merkte sofort, daß sie mit der Antwort zögerte, und wartete mit gespannter Aufmerksamkeit.

»Einmal, voriges Jahr«, begann sie tastend. »Im November. Ich weiß nicht, wieso, aber ich hatte mich im Tag geirrt. Ich kam an einem Freitagmorgen statt am Donnerstag. Gerade in dem Moment fuhr ein großer schwarzer Wagen aus der Garage. Ein Wagen mit Fenstern, durch die man nicht hineinsehen kann. Dann klingelte ich an der Haustür wie gewöhnlich. Es dauerte lange, bis er kam und aufmachte. Als er mich sah, wurde er richtig wütend. Dann schlug er die Tür wieder zu. Ich glaubte, er würde mich feuern. Aber als ich beim nächsten Mal wiederkam, sagte er nichts. Er tat, als sei gar nichts gewesen.«

Wallander wartete auf eine Fortsetzung, die nicht kam.

»War das alles?«

»Ja.«

»Ein großer schwarzer Wagen mit undurchsichtigen Scheiben, der seine Garage verließ?«

»Ja.«

Wallander sah ein, daß er im Moment nicht weiterkam. Er trank seinen Kaffee aus und stand auf. »Wenn Ihnen noch etwas einfällt, wäre ich dankbar, wenn Sie mich anrufen würden«, sagte er, als sie sich trennten.

Er fuhr zurück in die Stadt.

Ein großer schwarzer Wagen, dachte er. Wer hat darin gesessen? Das muß ich herausfinden.

Es war sechs Uhr. Ein kräftiger Wind hatte eingesetzt.

Gleichzeitig begann es wieder zu regnen.

## 9

Als Wallander zu Wetterstedts Haus zurückkehrte, waren Nyberg und seine Mitarbeiter vom Strand hereingekommen. Sie hatten Tonnen von Sand abgetragen, ohne den Tatort ausmachen zu können. Als der Regen einsetzte, hatte Nyberg sogleich beschlossen, die Planen wieder auszubreiten. Sie mußten abwarten, bis das Wetter sich besserte. Wallander kehrte mit dem Gefühl in das Haus zurück, daß Sara Björklunds Aussage vom falschen Tag und dem großen schwarzen Wagen ihnen geholfen hatte, ein zwar kleines, aber doch nicht unbedeutendes Loch in die Schale des perfekten Wetterstedt zu schlagen. Sie hatte etwas gesehen, das sie nicht hatte sehen sollen. Anders konnte sich Wallander weder Wetterstedts Wut erklären noch die Tatsache, daß er sie nachher nicht feuerte und sich auch nichts anmerken ließ.

Nyberg saß auf einem Stuhl in Wetterstedts Wohnzimmer und trank Kaffee. Wallander dachte, daß Nybergs Thermoskanne sehr alt sein mußte. Sie erinnerte ihn an die fünfziger Jahre. Nyberg hatte eine Zeitung auf den Stuhl gelegt, um den Bezug zu schonen.

»Wir haben deinen Tatort noch nicht gefunden«, sagte er. »Und jetzt kommen wir mal wieder nicht weiter, weil es angefangen hat zu regnen.«

»Ich hoffe, ihr habt die Planen gesichert«, sagte Wallander. »Der Wind wird immer stärker.«

»Die liegen, wo sie liegen«, entgegnete Nyberg.

»Ich dachte, ich sehe mir seinen Schreibtisch weiter an«, sagte Wallander.

»Hansson hat angerufen«, fuhr Nyberg fort. »Er hat mit Wetterstedts Kindern gesprochen.«

»Jetzt erst?« fragte Wallander. »Ich dachte, das hätte er schon längst getan.«

»Davon weiß ich nichts«, antwortete Nyberg. »Ich gebe nur wieder, was er gesagt hat.«

Wallander ging ins Arbeitszimmer und setzte sich an den Schreibtisch. Er richtete die Lampe so aus, daß sie ihr Licht möglichst breit streute. Dann zog er eine der Schubladen auf der linken Seite heraus. Darin lag eine Kopie der letzten Steuererklärung. Wallander legte sie vor sich auf den Tisch. Wetterstedt hatte ein Einkommen von fast einer Million Kronen versteuert. Die Einkünfte stammten hauptsächlich aus eigenen Ersparnissen von der Pension und aus Aktiengewinnen. Einer von der Wertpapierzentrale aufgestellten Übersicht zufolge hatte Wetterstedt hauptsächlich Aktien der traditionellen schwedischen Großindustrie besessen. Er hatte in Ericsson, Asea Brown Boveri, Volvo und Rottneros investiert. Außer diesen Einkünften waren ein Honorar vom Außenministerium und eins vom Buchverlag Tiden aufgeführt. Unter der Rubrik Vermögenswerte hatte Wetterstedt fünf Millionen eingetragen. Wallander merkte sich die Zahl. Er legte die Steuererklärung zurück und öffnete die nächste Schublade. Darin lag etwas, das wie ein Fotoalbum aussah. Jetzt kommen die Familienbilder, die Ann-Britt vermißt hat, dachte er. Er schlug die erste Seite auf. Mit zunehmender Verwunderung blätterte er weiter. Das Album war voller altertümlicher pornografischer Bilder, einige davon sehr freizügig. Wallander bemerkte, daß einzelne Seiten leichter aufklappten als andere. Wetterstedt hatte mit Vorliebe die Seiten aufgeschlagen, auf denen sehr junge Modelle zu sehen waren. Wallander hörte plötzlich die Haustür schlagen, dann kam Martinsson herein. Wallander nickte und zeigte auf das geöffnete Album.

»Die einen sammeln Briefmarken«, sagte Martinsson. »Andere offenbar so was.«

Wallander klappte das Album zu und legte es zurück in die Schreibtischschublade.

»Ein Anwalt Sjösten aus Malmö hat angerufen«, sagte Martinsson. »Er teilte uns mit, daß Wetterstedts Testament bei ihm liegt. Er hinterläßt ein ziemlich großes Vermögen. Ich fragte, ob es irgendwelche unerwarteten Erben gebe. Aber alles fällt den Erben der ersten Ordnung zu. Dann hat Wetterstedt noch eine Stiftung ins Leben gerufen, die Stipendien an junge Juristen vergeben soll. Aber auch das Geld hat er schon vor langem dort plaziert und versteuert.«

»Dann wissen wir das«, sagte Wallander. »Gustaf Wetterstedt war ein vermögender Mann. Aber wurde er nicht als Sohn eines armen Hafenarbeiters geboren?«

»Svedberg sitzt gerade an seinem Lebenslauf. Ich hörte, daß er einen alten Parteisekretär mit gutem Gedächtnis aufgetrieben hat, der einiges über Gustaf Wetterstedt zu sagen wußte. Aber ich wollte mit dir über das Mädchen aus dem Rapsfeld reden.«

»Hast du was herausgefunden?«

»Nein. Aber wir haben mehr als zweitausend Vorschläge bekommen, was die Buchstabenkombination bedeuten kann. Ein ziemlich langer Datenausdruck.«

Wallander überlegte. »Wir müssen bei Interpol anfragen«, sagte er. »Oder wie heißt das jetzt, Europol?«

»Richtig.«

»Schick ihnen eine Anfrage mit der Personenbeschreibung. Morgen können wir auch den Schmuck fotografieren. Das Madonnenbild. Selbst wenn alles andere von Wetterstedts Tod verdrängt wird, müssen wir versuchen, das Bild in die Zeitungen zu bekommen.«

»Ich habe den Schmuck einem Juwelier gezeigt. Er sagte, er sei aus reinem Gold.«

»Irgend jemand muß sie schließlich doch vermissen«, sagte Wallander. »Es kommt selten vor, daß jemand gar keine Angehörigen hat.«

Martinsson gähnte und fragte, ob Wallander irgendwelche Hilfe brauche.

»Heute abend nicht«, antwortete er.

Martinsson verließ das Haus. Wallander verbrachte noch eine Stunde mit der Durchsicht des Schreibtischs. Dann knipste er die Lampe aus und blieb im Dunkeln sitzen. Was für ein Mensch war Gustaf Wetterstedt gewesen?

Plötzlich kam ihm eine Idee. Er ging ins Wohnzimmer und suchte eine Nummer im Telefonbuch. Es war noch nicht neun. Er wählte die Nummer. Der Teilnehmer am anderen Ende meldete sich fast augenblicklich. Wallander nannte seinen Namen und fragte, ob er vorbeikommen könne. Dann suchte er Nyberg, der sich im Obergeschoß des Hauses aufhielt, und sagte ihm, er werde später am Abend wiederkommen. Draußen wehte ein kräftiger und böiger Wind. Der Regen schlug ihm ins Gesicht. Er lief zu seinem Wagen, um nicht durch und durch naß zu werden. In der Stadt hielt er vor einem Mietshaus in der Nähe der Österportschule.

Er klingelte an der Gegensprechanlage, und die Tür wurde geöffnet. Als er in den ersten Stock hinaufkam, stand Lars Magnusson in Strümpfen da und erwartete ihn. Aus der Wohnung klang schöne Klaviermusik.

»Das war nicht gerade gestern«, sagte Lars Magnusson, als er ihm die Hand reichte.

»Nein«, erwiderte Wallander. »Es muß mehr als fünf Jahre her sein, daß wir uns zuletzt gesehen haben.«

Vor langer Zeit war Lars Magnusson Journalist gewesen. Nach einer Reihe von Jahren bei *Expressen* war er der Großstadt überdrüssig geworden und in seine Geburtsstadt Ystad zurückgekehrt. Er und Wallander hatten sich kennengelernt, weil ihre Frauen befreundet waren. Vor allem ihr gemeinsames Interesse für die Oper hatte sie verbunden. Erst nach vielen Jahren, als er und Mona schon lange geschieden waren, hatte Wallander entdeckt, daß Lars Magnusson an schwerem Alkoholismus litt. Aber als es schließlich offenbar wurde, geschah es mit einem Knalleffekt. Zufällig war Wallander eines späten Abends noch im Präsidium, als eine Streife Lars Magnusson hereinschleppte. Er war so betrunken, daß er nicht aufrecht stehen konnte. In diesem Zustand war er Auto gefahren und im Fenster einer Bank gelandet. Er mußte später sechs Monate ins Gefängnis. Als er nach Ystad zurückgekommen war, hatte er seine journalistische Tätigkeit bereits aufgegeben. Seine Frau hatte danach die kinderlose Ehe verlassen. Er trank weiter, aber es gelang ihm in der Folgezeit, nicht mehr allzu weit über die Grenze zu gehen. Nach dem Ende seiner Journalistenlaufbahn hielt er sich damit über Wasser, für verschiedene Zeitungen Schachprobleme zu konstruieren. Was ihn davor bewahrte, sich zu Tode zu trinken, war der Umstand, daß er sich jeden Tag zwang, das erste Glas erst zu trinken, nachdem er mindestens ein Schachproblem konstruiert hatte. Jetzt, wo er ein Faxgerät hatte, brauchte er nicht einmal mehr zur Post zu gehen.

Wallander betrat die einfache Wohnung. Er roch, daß Lars Magnusson getrunken hatte. Auf dem Couchtisch stand eine Flasche Wodka. Aber kein Glas.

Lars Magnusson war ein paar Jahre älter als Wallander. Seine graue Haarmähne fiel über den schmutzigen Hemdkragen. Sein Gesicht war rot und aufgedunsen, doch seine Augen waren eigentümlich klar. Niemand hatte je Grund gehabt, an Lars Magnussons Intelligenz zu zweifeln. Es ging das Gerücht um, daß Bonniers einmal eine Gedichtsammlung von ihm zum Druck angenommen, er sie aber im letzten Augenblick zurückgezogen und den kleinen Vorschuß, den er vom Verlag hatte erwirken können, zurückbezahlt habe.

»Du kommst unerwartet«, sagte Lars Magnusson. »Setz dich. Was kann ich dir anbieten?«

»Nichts«, sagte Wallander und setzte sich auf die Couch, nachdem er einen Stapel Zeitungen zur Seite geschoben hatte.

Lars Magnusson nahm ungeniert einen Schluck aus der Flasche und setzte sich Wallander gegenüber. Die Klaviermusik hatte er leiser gestellt.

»Es ist lange her«, sagte Wallander. »Ich versuche, mich zu erinnern, wann es war.«

»Im Systembolaget«, erwiderte Lars Magnusson schnell. »Vor fast genau fünf Jahren. Du hast Wein gekauft und ich all das andere.«

Wallander nickte. Er erinnerte sich. »Dein Gedächtnis läßt nichts zu wünschen übrig«, sagte er.

»Das habe ich noch nicht kaputtgesoffen«, sagte Lars Magnusson. »Das spare ich mir bis zum Schluß auf.«

»Hast du nie daran gedacht aufzuhören?«

»Jeden Tag. Aber ich nehme nicht an, daß du deshalb gekommen bist. Um mich davon zu überzeugen, daß ich trocken werden sollte.«

»Du hast sicher in den Zeitungen gelesen, daß Gustaf Wetterstedt ermordet worden ist?«

»Ich habe es im Fernsehen gesehen.«

»Ich habe eine vage Erinnerung daran, daß du einmal von ihm erzählt hast. Von den Skandalen, die ihn umgaben. Die aber immer totgeschwiegen wurden.«

»Was der größte Skandal von allen war«, unterbrach Lars Magnusson.

»Ich versuche, mir ein Bild von ihm zu machen«, fuhr Wallander fort. »Ich dachte, du könntest mir helfen.«

»Die Frage ist nur, ob du die unbestätigten Gerüchte hören oder die Wahrheit wissen willst«, sagte Lars Magnusson. »Ich bin nicht sicher, ob ich das auseinanderhalten kann.«

»Es entstehen selten Gerüchte, ohne daß es eine Ursache gibt«, sagte Wallander.

Magnusson schob die Wodkaflasche beiseite, als habe er plötzlich entschieden, daß sie ihm zu nahe stand.

»Ich habe als fünfzehnjähriger Volontär bei einer Stockholmer Zeitung angefangen«, begann er. »Das war 1955, im Frühjahr. Sie hatten damals einen alten Nachtredakteur, der Ture Svanberg hieß. Er war ungefähr genauso versoffen, wie ich heute bin. Aber seine Arbeit erledigte er einwandfrei. Er war außerdem ein Genie im Formulieren verkaufsträchtiger Aushänger. Schlampig geschriebene Texte waren ihm ein Greuel. Ich kann mich noch erinnern, daß er wegen einer schlampig ausgeführten Reportage so in Rage geriet, daß er das Manuskript zerriß und die Stücke aufaß. Er mampfte das Papier in sich hinein. Dann sagte er: ›Das hier ist nur wert, auf eine Art herauszukommen, nämlich als Scheiße.‹ Ture Svanberg hat mir das Journalistenhandwerk beigebracht. Er sagte immer, daß es zwei Typen von Zeitungsschreibern gibt. ›Der eine Typ gräbt in der Erde nach der Wahrheit. Er steht unten in der Grube und schaufelt Erde heraus. Aber oben steht ein anderer Mann und schaufelt die Erde zurück. Er ist auch Journalist. Zwischen diesen beiden herrscht ein ewiger Zweikampf. Das Kräftemessen der dritten Staatsmacht um die Herrschaft, das nie endet. Du hast Journalisten, die entlarven und aufdecken wollen. Du hast andere Journalisten, die sich als Laufburschen der Macht betätigen und dazu beitragen, das, was eigentlich vor sich geht, zu verbergen.‹ Und so war es auch. Das habe ich bald gelernt, obwohl ich erst fünfzehn war. Die Männer der Macht halten sich immer symbolische Reinigungsfirmen und Beerdigungsinstitute. Es gibt genug Journalisten, die nicht zögern, ihre Seele zu verkaufen, um deren Interessen zu dienen. Die Erde zurückzuschaufeln. Die Skandale zu begraben. Den Schein zur Wahrheit zu erheben, die Illusion der reingewaschenen Gesellschaft aufrechtzuerhalten.«

Mit einer Grimasse zog er die Flasche zu sich heran und nahm einen Schluck. Wallander sah, wie er sich danach an den Bauch faßte.

»Gustaf Wetterstedt«, sagte er. »Was war da eigentlich?«

Lars Magnusson zog ein zerknautschtes Zigarettenpäckchen aus der Tasche seines Hemds. Er zündete sich eine Zigarette an und blies eine Rauchwolke aus. »Huren und Kunst«, sagte er. »Viele Jahre lang war es allgemein bekannt, daß der gute Gustaf sich jede Woche ein Mädchen in seine Wohnung in Vasastaden bringen ließ, eine Wohnung, von der seine Frau nichts wußte. Er hatte einen persönlichen Diener, der sich der Sache annahm. Ich hörte damals Gerüchte, daß er morphiumsüchtig sei und daß Wetterstedt das Morphium beschaffte. Er hatte viele Ärzte als Freunde. Daß er mit Huren schlief, war für die Zeitungen kein Thema. Er war weder der erste noch der letzte schwedische Minister, der das tat. Eine interessantere Frage wäre, ob wir über die Ausnahme oder über die Regel sprechen. Manchmal frage ich mich das. Aber eines Tages ging er zu weit. Eines der Straßenmädchen faßte Mut und zeigte ihn bei der Polizei wegen Mißhandlung an.«

»Wann war das?«

»Mitte der sechziger Jahre. Er hatte sie mit einem Ledergürtel geschlagen und mit einer Rasierklinge in die Füße geschnitten, hieß es in ihrer Anzeige. Wahrscheinlich war das letztere der Grund dafür, daß plötzlich die Hölle los war. Die Perversion begann interessant zu werden und einen Lesewert zu bekommen. Das Problem war nur, daß die Polizei eine Anzeige gegen den höchsten Beschützer der schwedischen Rechtssicherheit gleich nach dem König bekommen hatte, um die sich nach den ganzen Rechtsskandalen der fünfziger Jahre jedoch niemand kümmerte. Das Ganze wurde also totgeschwiegen. Die Anzeige verschwand.«

»Verschwand?«

»Sie löste sich buchstäblich in Luft auf.«

»Aber das Mädchen, das sie erstattet hatte? Was geschah mit ihr?«

»Sie wurde plötzlich die Inhaberin eines gutgehenden Bekleidungsgeschäfts in Västerås.«

Wallander schüttelte den Kopf. »Und woher weißt du das?«

»Ich kannte damals einen Journalisten, der Sten Lundberg hieß. Er nahm sich vor, in dieser Geschichte nachzubohren. Aber als es sich herumsprach, daß er im Begriff war, der Wahrheit auf die Spur zu kommen, wurde er aufs Altenteil gesetzt. Er erhielt praktisch Schreibverbot.«

»Und er hat das akzeptiert?«

»Er hatte keine Wahl. Er hatte leider eine Schwäche, die sich nicht verheimlichen ließ. Er spielte. Hatte hohe Schulden. Es gab Gerüchte, daß diese Spielschulden plötzlich verschwanden. Auf die gleiche Art und Weise wie die Anzeige der Hure wegen Mißhandlung. Das Spiel konnte wieder von vorn beginnen, und Gustaf Wetterstedt schickte erneut den Morphinisten nach Mädchen aus.«

»Du hast gesagt, es habe noch eine Sache gegeben.«

»Es gab Gerüchte, er sei in einen Teil der Kunstdiebstähle verwickelt, die während seiner Zeit als Justizminister in Schweden verübt wurden. Gemälde, die nie wiedergefunden wurden und die jetzt an den Wänden von Sammlern hängen, die nicht die Absicht haben, sie der Öffentlichkeit zu zeigen. Die Polizei hat einmal einen Hehler geschnappt, einen Zwischenhändler. Aus Versehen, muß man wohl leider sagen. Und der hat einen Eid darauf geschworen, daß Gustaf Wetterstedt in die Sache verwickelt war. Aber es konnte natürlich nie bewiesen werden. Es wurde begraben. Diejenigen, die den Dreck wieder in die Grube zurückschaufelten, waren in der Überzahl.«

»Kein schönes Bild, das du da malst«, sagte Wallander.

»Erinnerst du dich, was ich dich gefragt habe? Willst du die Wahrheit oder die Gerüchte? Denn das Gerücht über Gustaf Wetterstedt sagte, daß er ein tüchtiger Politiker, ein loyaler Parteigenosse, ein liebenswerter Mensch war. Gebildet und kenntnisreich. Das wird auch in seinem Nachruf stehen. Sofern nicht

eins der Mädchen, die er mißhandelt hat, sich entschließt auszu-
packen.«

»Wie kam es, daß er zurücktrat?«

»Ich glaube, er kam mit einem Teil der jüngeren Minister nicht
so gut zurecht. Schon gar nicht mit den Frauen. Es war ein umfas-
sender Generationswechsel damals. Ich glaube, er sah ein, daß seine Zeit vorbei war. Das war meine auch. Ich hörte auf, als Journalist zu arbeiten. Seit er nach Ystad kam, habe ich ihm keinen
einzigen Gedanken gewidmet. Nicht bis gerade eben.«

»Kannst du dir jemanden vorstellen, der so viele Jahre später
bereit wäre, ihn umzubringen?«

Lars Magnusson zuckte die Schultern. »Die Frage läßt sich unmöglich beantworten.«

Wallander hatte nur noch eine Frage. »Kannst du dich erinnern, jemals von einem Mord hierzulande gehört zu haben, bei
dem das Opfer skalpiert wurde?«

Magnusson bekam schmale Augen. Er betrachtete Wallander
plötzlich mit neu erwachtem Interesse. »Ist er das? Das haben sie
im Fernsehen nicht gesagt. Das hätten sie getan, wenn sie es gewußt hätten.«

»Das bleibt unter uns«, sagte Wallander und blickte Lars
Magnusson an, der nickte. »Wir wollten noch nicht, daß es an die
Öffentlichkeit kommt«, fuhr er fort. »Wir können uns ja immer
hinter sogenannten ermittlungstechnischen Gründen verschan-
zen. Der allgegenwärtigen Entschuldigung der Polizei für die Prä-
sentation halber Wahrheiten. Aber diesmal trifft es wirklich zu.«

»Ich glaube dir«, sagte Lars Magnusson. »Oder ich glaube dir
nicht. Es spielt auch keine Rolle, ich bin kein Journalist mehr. Aber
an einen Skalpmörder kann ich mich nicht erinnern. Der hätte
sich zweifellos auf einem Aushänger gut gemacht. Ture Svanberg
wäre hingerissen gewesen. Kriegst du es hin, daß nichts durch-
sickert?«

»Ich weiß nicht«, sagte Wallander aufrichtig. »Ich habe leider
eine Menge schlechter Erfahrungen.«

»Ich werde die Nachricht nicht verkaufen«, sagte Lars Magnusson.

Dann brachte er Wallander zur Tür.

»Wie zum Teufel hältst du es aus, Polizist zu sein?« sagte er, als Wallander schon durch die Tür gegangen war.

»Ich weiß es nicht«, erwiderte Wallander. »Aber wenn ich es eines Tages weiß, bekommst du Bescheid.«

Das Unwetter hatte zugenommen. Die Böen erreichten jetzt Sturmstärke. Wallander fuhr zurück zu Wetterstedts Haus. Einige von Nybergs Mitarbeitern sicherten im Obergeschoß Fingerabdrücke. Durch das Erkerfenster entdeckte Wallander Nyberg, der auf einer schwankenden Leiter am Lampenmast bei der Gartenpforte stand. Er mußte sich am Mast festklammern, damit der Wind die Leiter nicht umriß. Wallander beschloß, ihm zu helfen, als er sah, daß Nyberg wieder herunterstieg. Er ging ihm entgegen und traf ihn im Flur. »Das hätte Zeit gehabt«, sagte er. »Du hättest mitsamt der Leiter umgeweht werden können.«

»Wenn ich heruntergefallen wäre, hätte es schlecht ausgehen können«, sagte Nyberg gereizt. »Und natürlich hätte die Untersuchung der Lampe warten können. Und genausogut hätte es vergessen werden können und wäre nie gemacht worden. Doch weil du es warst, der mich gefragt hat, und ich einen gewissen Respekt vor deiner Kompetenz habe, habe ich mir die Lampe angesehen. Aber du kannst sicher sein, daß ich es nur getan habe, weil du mich gebeten hast.«

Wallander wunderte sich über Nybergs Eingeständnis. Aber er versuchte, es nicht zu zeigen. »Was hast du gefunden?« fragte er.

»Die Birne war nicht defekt«, sagte Nyberg. »Sie war herausgeschraubt.«

Wallander überlegte kurz, was das bedeutete. Dann handelte er sofort.

»Warte einen Augenblick«, sagte er, ging ins Wohnzimmer und rief Sara Björklund an. Sie nahm selbst ab.

»Ich bitte um Entschuldigung für die späte Störung«, begann er. »Aber ich brauche Antwort auf eine Frage. Wer hat in Wetterstedts Haus die Glühbirnen gewechselt?«

»Das machte er selbst.«

»Auch draußen?«

»Ich glaube schon. Er hat den Garten selbst gepflegt. Ich war wohl die einzige, die in sein Haus kam.«

Abgesehen von denen, die in dem schwarzen Wagen saßen, dachte Wallander.

»An der Gartenpforte steht ein Mast mit einer Lampe. Brannte die normalerweise?«

»Im Winterhalbjahr, wenn es dunkel war, hatte er sie immer an.«

»Das war alles«, sagte Wallander. »Danke für die Auskunft.«

»Schaffst du es, noch einmal die Leiter hinaufzuklettern?« fragte er Nyberg, als er wieder in den Flur zurückkam. »Ich möchte, daß du eine neue Birne einsetzt.«

»Die Reservebirnen liegen im Raum neben der Garage«, sagte Nyberg und zog seine Stiefel wieder an.

Sie traten wieder in das Unwetter hinaus. Wallander hielt die Leiter, während Nyberg hinaufkletterte und eine neue Birne einsetzte. Sie leuchtete sofort auf. Nyberg setzte die Glaskuppel wieder auf und stieg die Leiter hinunter. Sie gingen zum Strand.

»Der Unterschied ist groß«, sagte Wallander. »Das Licht reicht bis zum Wasser.«

»Sag, was du denkst«, forderte Nyberg ihn auf.

»Ich glaube, die Stelle, an der er ermordet wurde, liegt irgendwo in dem Bereich, den die Lampe beleuchtet«, sagte Wallander. »Wenn wir Glück haben, finden wir vielleicht Fingerabdrücke im Inneren der Kuppel.«

»Du meinst also, daß der Mörder das Ganze geplant und die Birne herausgeschraubt hat, weil es sonst zu hell war?«

»Ja«, antwortete Wallander. »Ungefähr so.«

Nyberg ging mit der Leiter in den Garten zurück. Wallander blieb noch stehen und spürte, wie der Regen ihm ins Gesicht schlug.

Die Absperrung war noch nicht aufgehoben. Ein Polizeiwagen stand oberhalb der äußersten Sanddünen. Abgesehen von einem Mann auf einem Moped waren keine Neugierigen da.

Wallander wandte sich um und ging zurück ins Haus.

## 10

Kurz nach sieben am Morgen stieg er in den Keller hinab, und der Fußboden fühlte sich kühl an unter seinen Füßen. Er stand ganz still und lauschte. Dann machte er die Tür hinter sich zu und schloß ab. Er hockte sich nieder und untersuchte die dünne Mehlschicht, die er auf dem Fußboden ausgestreut hatte. Niemand war in seine Welt eingedrungen. Im Mehlstaub waren keine Fußabdrücke. Dann untersuchte er die Mausefallen. Er hatte Glück gehabt. In allen vier Fallen hatte er eine Maus gefangen. In einem der Käfige saß die größte Maus, die er je gesehen hatte. *Gegen Ende seines Lebens hatte Geronimo von dem Pawnee-Krieger erzählt, den er einst in seiner Jugend besiegt hatte. Er hatte den Namen »Der Bär mit sechs Krallen«, weil er an seiner linken Hand sechs Finger hatte. Er war sein schlimmster Feind gewesen. Geronimo wäre damals beinah gestorben, obwohl er noch sehr jung war. Den sechsten Finger schlug er seinem Feind ab und legte ihn zum Trocknen in die Sonne. Dann trug er ihn viele Jahre lang in einem kleinen Lederbeutel an seinem Gürtel.* Er nahm sich vor, eine seiner Äxte an der großen Maus auszuprobieren. An den kleineren würde er untersuchen, welche Wirkung das Verteidigungsspray eigentlich hatte.

Aber bis dahin war noch viel Zeit. Zuerst würde er die große Verwandlung durchmachen. Er setzte sich vor die Spiegel, stellte sie so ein, daß sie keine Reflexe warfen, und betrachtete sein Gesicht. Auf der linken Wange hatte er eine kleine Schramme eingeritzt. Die Wunde war schon verheilt. Der erste Schritt zur endgültigen Verwandlung. *Der Schlag war perfekt gewesen. Es war wie das Spalten eines Holzklotzes, als er dem ersten Monster das Rückgrat zerschlug. In sich hatte er den Jubel aus der Geisterwelt vernommen. Er hatte das Monster auf den Rücken gewälzt und ihm den Skalp abgetrennt, ohne zu zögern. Jetzt lag er, wo er lie-*

gen sollte, in der Erde vergraben, und eine Haarsträhne ragte heraus.

Bald würde dort ein weiterer Skalp liegen.

Er betrachtete sein Gesicht und überlegte, ob er die neue Schramme neben die erste setzen sollte. Oder sollte er das Messer die andere Wange einweihen lassen? Eigentlich spielte es keine Rolle. Wenn er fertig war, würde sowieso sein ganzes Gesicht mit Schrammen bedeckt sein.

Er machte sich sorgfältig an die Vorbereitung. Aus dem Rucksack holte er seine Waffen, die Farben und die Pinsel. Zuletzt zog er das rote Buch hervor, in dem die Offenbarungen und die Aufgaben niedergeschrieben waren. Er legte es vorsichtig auf den Tisch zwischen sich und die Spiegel.

*Gestern abend hatte er den ersten Skalp eingegraben. Es gab eine Wache beim Krankenhausgelände. Aber er wußte, wo der Zaun umgestürzt war. Die geschlossene Abteilung mit Gittern vor den Fenstern und Türen lag am Rand des parkähnlichen Geländes. Als er seine Schwester besuchte, hatte er sich ausgerechnet, hinter welchem der Fenster sie nachts schlief. Ihr Fenster war vollkommen dunkel gewesen. Nur ein schwacher Lichtschein war aus dem schweren und bedrohlichen Haus nach außen gedrungen. Er hatte den Skalp vergraben und seiner Schwester zugeflüstert, daß er auf dem Weg sei. Er würde die Monster vernichten, eins nach dem anderen. Danach würde sie wieder in die Welt zurückkehren können.*

Er faßte sich an den Oberkörper. Obwohl es Sommer war, fror er in der Kälte, die sich im Keller hielt. Er schlug das rote Buch auf und überblätterte, was dort über den Mann stand, der Wetterstedt hieß, aber jetzt nicht mehr existierte. Auf der siebten Seite war der zweite Skalp beschrieben. Er las, was seine Schwester geschrieben hatte, und dachte, daß er diesmal die kleinste Axt benutzen würde.

Er schlug das Buch zu und betrachtete sein Gesicht im Spiegel. Er hatte die Gesichtsform seiner Mutter. Aber die Augen hatte er von seinem Vater geerbt. Sie lagen tief, wie zwei zurückgezogene Kanonenmündungen. Gerade wegen der Augen konnte er es bedauern, daß auch sein Vater geopfert werden mußte. Aber nur deshalb, und nur mit einem geringen Anflug von Zweifel, den er rasch bezwingen konnte. Seine erste Kindheitserinnerung waren diese Augen. Sie hatten ihn angestarrt, sie hatten ihn bedroht, und in seiner Vorstellung bestand sein Vater später immer nur aus zwei riesengroßen Augen mit Armen und Beinen und einer brüllenden Stimme.

Er wischte sich das Gesicht mit einem Handtuch ab. Dann tauchte er einen der breiten Pinsel in die schwarze Farbe und zog den ersten Strich über die Stirn, genau da, wo das Messer die Haut auf Wetterstedts Stirn durchtrennt hatte.

*Er hatte viele Stunden außerhalb der Polizeiabsperrung zugebracht. Es war ein großes Erlebnis gewesen, alle diese Polizisten zu sehen, die ihre Kräfte anstrengten, um zu verstehen, was geschehen war und wer den Mann getötet hatte, der unter dem Ruderboot lag. Ein paarmal hatte er das Bedürfnis verspürt, ihnen zuzurufen, daß er es gewesen sei.*

*Dies war eine Schwäche, deren er noch nicht ganz Herr geworden war. Das, was er tat, die Aufgabe, die er aus dem Offenbarungsbuch seiner Schwester herauslas, war nur ihretwegen wichtig, nicht seinetwegen. Diese Schwäche mußte er beherrschen lernen.*

Er zog den zweiten Strich über seine Stirn. Schon jetzt, da die Verwandlung noch kaum begonnen hatte, fühlte er, daß große Teile seiner äußeren Identität im Begriff waren, ihn zu verlassen.

Er wußte nicht, warum er den Namen Stefan bekommen hatte. Einmal, als seine Mutter einigermaßen nüchtern war, hatte er sie gefragt. Warum Stefan? Warum dieser Name und kein anderer? Ihre Antwort war sehr vage gewesen. Ein schöner Name, hatte sie gesagt. Daran erinnerte er sich. Ein schöner Name. Ein populärer Name. Ihm sollte erspart bleiben, einen Namen zu haben, den sonst niemand hatte. Er erinnerte sich noch daran, wie empört er gewesen war. Sie lag auf dem Sofa, er hatte sie verlassen und war aus dem Haus gegangen. Dann war er mit dem Fahrrad ans Meer gefahren. Dort war er am Strand entlanggelaufen und hatte sich einen anderen Namen gewählt. Er hatte sich für Hoover entschieden. Nach dem FBI-Chef. Er hatte ein Buch über ihn gelesen. Gerüchten zufolge floß ein wenig Indianerblut in seinen

Adern. Er hatte sich gefragt, ob unter seinen Vorfahren auch Indianer waren. Sein Großvater hatte erzählt, daß vor langer Zeit viele aus seiner Familie nach Amerika ausgewandert waren. Vielleicht hatte sich jemand mit einem Indianer zusammengetan. Auch wenn das Blut nicht direkt in seinen eigenen Adern floß, konnte es in der Familie sein.

Erst später, als seine Schwester im Krankenhaus eingesperrt worden war, hatte er beschlossen, Geronimo mit Hoover zu verschmelzen. Er hatte sich daran erinnert, wie sein Großvater ihm gezeigt hatte, wie man Zinn schmolz und es in Gipsformen goß, die Miniatursoldaten darstellten. Er hatte die Formen und die Zinnkelle an sich genommen, als sein Großvater starb. Sie lagen seitdem in einem Pappkarton im Keller. Jetzt hatte er sie hervorgeholt und die Form so verändert, daß das geschmolzene Zinn eine Form bildete, die Polizist und Indianer zugleich war. Eines Abends, als alle schliefen und sein Vater im Gefängnis saß, also nicht jeden Augenblick in ihre Wohnung stürmen konnte, hatte er sich in der Küche eingeschlossen und die große Zeremonie durchgeführt. Indem er Hoover mit Geronimo verschmolz, hatte er seine neue Identität geschaffen. Er wurde ein gefürchteter Polizist mit dem Mut eines Indianerkriegers. Er würde unverwundbar sein. Nichts würde ihn daran hindern, die notwendige Rache zu üben.

Er fuhr fort, die geschwungenen schwarzen Striche über den Augen zu ziehen. Sie ließen seine Augen noch tiefer in ihre Höhlen sinken, in denen sie ruhten wie zwei lauernde Raubtiere. Zwei Raubtiere, zwei Blicke. Langsam ging er in Gedanken das Bevorstehende durch. Es war der Abend vor Mittsommer. Daß es stürmte und regnete, erschwerte die Aufgabe. Aber es würde ihn nicht aufhalten. Er mußte sich für die Reise nach Bjäresjö warm anziehen. Er konnte nicht wissen, ob das Fest, das er besuchen wollte, wegen des schlechten Wetters ins Haus verlegt würde. Doch er redete sich ein, daß er sich auf seine Geduld verlassen mußte. Geduld war eine Tugend, die Hoover seinen Rekruten immer wieder gepredigt hatte. Wie Geronimo. Es kam immer ein Augenblick, in dem die Wachsamkeit eines Menschen nachließ. Da mußte man zuschlagen. Das gleiche galt für den Fall, daß das Fest ins Haus verlegt würde. Früher oder später würde der Mann, den zu besuchen er gekommen war, sich draußen zeigen. Dann würde der Augenblick dasein.

Am Tag zuvor war er dort gewesen. Er hatte das Moped in einem Wäldchen gelassen und war auf einen Hügel gestiegen, von wo er ungestört beobachten konnte. Arne Carlmans Haus lag genau wie Wetterstedts ganz für sich. Es gab keine unmittelbaren Nachbarn. Eine Allee gestutzter Weiden führte zu dem weißgekalkten alten Schonenhof.

Die Vorbereitungen für das Mittsommerfest hatten bereits begonnen. Er sah, daß von einem offenen Lastwagen Klapptische und Stapel von Stühlen abgeladen wurden. In einer Ecke des Gartens war man dabei, ein Festzelt aufzuschlagen.

Arne Carlman war auch dagewesen. Durch das Fernglas sah er den Mann, den er am folgenden Tag besuchen würde, im Garten umhergehen und die Arbeiten dirigieren. Er hatte einen Trainingsanzug an. Auf dem Kopf trug er eine Baskenmütze. Er hatte nicht vermeiden können, sich seine Schwester zusammen mit diesem Mann vorzustellen, und sofort war die Übelkeit in ihm aufgestiegen. Nachher brauchte er nichts mehr zu sehen. Er wußte, wie er vorgehen würde.

Als er mit der Stirn und den Schatten um die Augen fertig war, zog er zwei kräftige weiße Striche auf beiden Seiten des Nasenbeins. Schon spürte er Geronimos Herz in seiner Brust schlagen. Er beugte sich nieder und stellte das Tonbandgerät an, das auf dem Fußboden stand. Die Trommeln dröhnten. Die Geister begannen in ihm zu sprechen.

Erst spät am Nachmittag war er fertig. Er wählte die Waffen aus, die er mitnehmen wollte. Dann setzte er die vier Mäuse in eine große Kiste. Sie versuchten, an den Wänden hochzuklettern, aber ohne Erfolg. Er zielte mit der Axt, die er prüfen wollte, auf die größte der fetten Mäuse. Der Hieb trennte die Maus in zwei Teile. Es ging so schnell, daß sie nicht einmal schrie. Die anderen Mäuse begannen dagegen, an den Wänden zu kratzen, um sich zu befreien. Er ging zum Haken an der Wand, an dem seine Lederjacke hing, und griff in die Innentasche, um die Spraydose herauszuholen. Aber sie war nicht da. Er suchte in den anderen Taschen der Jacke. Er konnte sie nirgends finden. Einen Moment lang stand er ganz still. War doch jemand hiergewesen? Er hielt es für unmöglich. Um klar denken zu können, setzte er sich wieder vor die Spiegel. Die Spraydose mußte aus seiner Jacke gefallen sein. Er versuchte, sich langsam und methodisch die Tage in Erinnerung zu rufen, nachdem er Gustaf Wetterstedt besucht hatte. Da begriff er, wie es passiert war. Er mußte die Dose verloren haben, als er vor der Absperrung gestanden und die Polizei bei der Arbeit beobachtet hatte. Er hatte einmal die Jacke abgelegt, um sich einen Pullover überzuziehen. So mußte es gewesen sein. Er sagte sich, daß dies keine Gefahr darstellte. Jeder konnte eine Spraydose verloren haben. Auch wenn seine Fingerabdrücke darauf waren, hatte die Polizei sie doch nicht in ihren Registern. Der FBI-Chef Hoover würde hilflos sein, wenn es darum ging, den Besitzer der Spraydose ausfindig zu machen. Er stand auf und ging wieder zu den Mäusen in der Kiste. Als sie ihn erblickten, begannen sie sofort, sich zwischen den Wänden hin und her zu werfen. Mit drei Hieben seiner Axt tötete er sie. Dann kippte er die blutigen Mäusekadaver in eine Plastiktüte, die er sorgfältig verknotete, bevor er sie in eine zweite Plastiktüte stopfte. Er wischte die Schneide ab und befühlte sie mit den Fingerspitzen.

Kurz nach achtzehn Uhr war er endlich fertig. Die Waffen und die Plastiktüte mit den Mäuseleichen hatte er in seinen Rucksack gestopft. Weil es regnete und windig war, zog er Strümpfe und Turnschuhe an. Das Profil unter den Sohlen hatte er schon früher abgefeilt. Er löschte das Licht und verließ den Keller. Bevor er auf die Straße trat, setzte er den Helm auf.

Kurz hinter der Abfahrt nach Sturup hielt er auf einem Parkplatz und warf die Plastiktüte mit den Mäuseleichen in einen Abfallbehälter. Dann fuhr er weiter nach Bjäresjö. Der Wind war abgeflaut. Das Wetter war plötzlich umgeschlagen. Es würde ein warmer Abend werden.

*

Der Abend vor Mittsommer gehörte für den Kunsthändler Arne Carlman zu den großen Ereignissen im Jahr. Seit mehr als fünfzehn Jahren war es Tradition, daß er an diesem Tag zu einem Fest auf seinem Schonenhof einlud, wo er den Sommer über wohnte. Für Künstler und Galeriebesitzer war es wichtig, zu Carlmans Mittsommerfest eingeladen zu werden. Er hatte unter denen, die in Schweden Kunst kauften und verkauften, entscheidenden Einfluß. Er konnte einem Künstler, auf den er einmal gesetzt hatte, zu Ruhm und Reichtum verhelfen. Andere, die seine Ratschläge nicht befolgten oder nicht taten, was er wollte, konnte er stürzen. Vor mehr als dreißig Jahren war er in einem alten Auto als Hausierer mit Bildern durchs Land gefahren. Das waren magere Jahre gewesen. Aber sie hatten ihn gelehrt, welchen Typ von Bildern man an welche Kunden verkaufen konnte. Er hatte das Gewerbe gelernt und sich ein für allemal von der Vorstellung freigemacht, daß Kunst über die Wirklichkeit erhaben sei, die von Geld beherrscht wurde. Er hatte sich genug zusammengespart, um in der Österlånggatan in Stockholm ein mit einer Galerie kombiniertes Rahmengeschäft zu eröffnen. Mit einer schonungslosen Mischung aus Schmeichelei, Schnaps und frisch gedruckten Scheinen hatte er Bilder junger Künstler aufgekauft und die Maler dann aufgebaut. Er bestach, bedrohte und belog. Nach zehn Jahren besaß er an die dreißig Galerien in ganz Schweden. Inzwischen hatte er auch einen Versandhandel für Kunst aufgezogen. Mitte der siebziger Jahre war er ein reicher Mann. Er kaufte den Hof in Schonen und begann ein paar Jahre später mit seinen Sommerfesten. Es waren Ereignisse, die wegen ihrer grenzenlosen Großartigkeit weithin berühmt waren. Jeder Gast konnte ein Geschenk erwarten, das nicht weniger als fünftausend Kronen wert war. In diesem Jahr hatte er eine limitierte Anzahl von Füllern herstellen lassen, die ein italienischer Designer entworfen hatte.

Als Arne Carlman früh am Morgen dieses Tages vor Mittsommer an der Seite seiner Ehefrau aufgewacht war, trat er ans Fenster und blickte über eine von Regen und Wind niedergedrückte Landschaft. Ein Schatten von Mißmut und Irritation huschte über sein Gesicht. Doch er hatte gelernt, das Unvermeidliche zu akzeptieren. Gegen das Wetter war er machtlos. Schon vor fünf Jahren hatte er eine spezielle Kollektion Regenkleidung nähen lassen, die für die Gäste bereitlag. Wer wollte, konnte sich im Garten aufhalten, wer es vorzog, ein Dach über dem Kopf zu haben, konnte sich in den alten Stall zurückziehen, den er vor Jahren in einen großen, offenen Saal umgewandelt hatte.

Gegen zwanzig Uhr trafen die ersten Gäste ein. Der Dauerregen hatte aufgehört. Der drohende regnerische und ungemütliche Mittsommerabend verwandelte sich plötzlich in einen schönen Sommerabend. Arne Carlman empfing die Gäste im Smoking. Einer seiner Söhne begleitete ihn. Es waren immer einhundert Gäste geladen, von denen die Hälfte zum erstenmal dabeisein sollte. Kurz nach zehn Uhr schlug Carlman an sein Glas und hielt seine traditionelle Sommerrede. Er war sich dabei der Tatsache völlig bewußt, daß mindestens die Hälfte der Anwesenden ihn entweder verachtete oder haßte. Doch jetzt, mit sechsundsechzig, hatte er aufgehört, sich darum zu kümmern, was Menschen über ihn dachten. Sein solides Imperium konnte für sich sprechen. Zwei seiner Söhne standen bereit, das Geschäft zu übernehmen, wenn es ihm zuviel wurde. Aber noch wollte er sich nicht zurückziehen. Das sagte er auch in seiner Sommerrede, die ausschließlich von ihm selbst handelte. Noch sollten sie ihn nicht auszählen. Noch konnten sie einer Reihe von Mittsommerfesten entgegensehen, an denen hoffentlich schöneres Wetter sein würde als dieses Jahr. Seine Worte ernteten kraftlosen Applaus. Dann begann im Stall ein Orchester zu spielen. Die meisten Gäste gingen hinein. Arne Carlman eröffnete mit seiner Frau den Tanz.

»Wie hat dir meine kleine Rede gefallen?« fragte er.

»So boshaft wie dieses Jahr warst du noch nie«, antwortete sie.

»Sollen sie mich doch hassen«, sagte er. »Was kümmert mich das? Was kümmert uns das? Ich habe noch viel vor.«

Kurz vor Mitternacht nahm Arne Carlman eine junge Künstlerin aus Göteborg mit in eine Laube, die etwas abseits am Rand des großen Gartens lag. Einer der Talentsucher, die er auf seinen Gehaltslisten führte, hatte ihm geraten, sie einzuladen. Er hatte einige Farbfotos von ihren Ölbildern gesehen und sofort erkannt, daß daran etwas Innovatives war. Sie stellten eine neue Form von Idyllenmalerei dar. Kalte Vororte, Steinwüsten, einsame Menschen, eingeschlossen von paradiesischen Blumenwiesen. Ihm war sogleich klargeworden, daß er diese Künstlerin als führende Vertreterin einer neuen Kunstrichtung herausbringen würde, die man Neoillusionismus nennen konnte. Sie ist sehr jung, dachte er, als sie zur Laube gingen. Außerdem war sie weder schön noch mystisch. Arne Carlman wußte aus Erfahrung, daß das Erscheinungsbild des Künstlers ebenso wichtig war wie die Malerei. Er fragte sich, was er mit diesem mageren und blassen Wesen anstellen sollte.

Das Gras war noch feucht. Der Abend war schön. Der Tanz ging weiter. Aber viele Gäste hatten begonnen, sich um die Fernsehapparate zu versammeln, die es auf Carlmans Hof gab. In ungefähr einer halben Stunde sollte die Übertragung des Spiels Schweden gegen Rußland anfangen. Er wollte das Gespräch mit ihr hinter sich bringen, um danach selbst das Spiel zu sehen. Er hatte einen Vertrag in der Tasche.

Darin wurde ihr eine größere Summe Bargeld zugesichert unter der Bedingung, daß er für drei Jahre das Alleinverkaufsrecht für ihre Bilder erhielt. Oberflächlich betrachtet, handelte es sich für sie um einen sehr vorteilhaften Vertrag. Doch das Kleingedruckte, das im fahlen Licht der Sommernacht nicht zu lesen war, sicherte ihm darüber hinaus eine große Anzahl von Rechten an ihren zukünftigen Bildern. Als sie in die Laube traten, wischte er zwei Stühle mit einem Taschentuch trocken und bat sie, sich zu setzen. Er brauchte eine knappe halbe Stunde, um sie dazu zu bringen, den Vertrag zu unterschreiben. Dann reichte er ihr einen der von dem italienischen Designer kreierten Füller, und sie unterschrieb.

Sie verließ die Laube und ging zurück in den Stall. Später sollte sie mit großer Bestimmtheit behaupten, daß es zu diesem Zeitpunkt genau drei Minuten vor Mitternacht gewesen war. Aus irgendeinem Grund hatte sie einen Blick auf ihre Uhr geworfen, als sie auf einem der Kieswege zum Haus hinaufging. Mit der gleichen Entschiedenheit schwor sie auch, daß Arne Carlman vollkommen normal gewesen sei, als sie ihn verließ. Er habe keinerlei Zeichen von Unruhe erkennen lassen. Auch nicht, daß er jemanden erwartete. Er habe nur gesagt, er wolle noch ein paar Minuten sitzen bleiben, um die frische Luft nach dem Regen zu genießen.

Sie hatte sich nicht umgesehen. Aber sie war trotzdem sicher, daß sich kein anderer Mensch im Garten befand. Sie hatte auch niemanden getroffen, der auf dem Weg zur Laube war.

*

Hoover hatte den ganzen langen Abend auf dem Hügel versteckt gelegen. Es hatte zwar aufgehört zu regnen, doch der Boden war feucht, und er fror. Dann und wann stand er auf und schüttelte seine kältestarren Glieder. Kurz nach elf hatte er durch das Fernglas gesehen, daß der Augenblick sich näherte. Immer weniger Menschen hielten sich im Garten auf. Er hatte seine Waffen hervorgeholt und sie in den Gürtel gesteckt. Auch Schuhe und Strümpfe hatte er ausgezogen und in den Rucksack gestopft. Dann war er vorsichtig, geduckt, den Hügel hinabgeglitten und im Schutz eines Rapsfelds einen Feldweg entlanggelaufen. Er gelangte zur Rückseite des Gartens und sank auf den nassen Boden. Durch die Hecke konnte er den Garten überblicken.

Eine knappe halbe Stunde später hatte sein Warten ein Ende. Arne Carlman kam in Begleitung einer jungen Frau direkt auf ihn zu. Sie setzten sich in die Laube. Hoover hatte Schwierigkeiten zu verstehen, worüber sie sich unterhielten. Nach ungefähr dreißig Minuten erhob sich die Frau, doch Arne Carlman blieb sitzen. Der Garten war verlassen. Die Musik im Stall hatte aufgehört. Statt dessen hörte man den lautgestellten Ton von mehreren Fernsehern. Hoover stand auf, zog seine Axt und preßte sich unmittelbar neben der Laube durch die Hecke. Ein letztes Mal kontrollierte er hastig, ob der Garten menschenleer war. Dann hatte alles Zögern ein Ende, die Offenbarungen seiner Schwester mahnten ihn, seine Aufgabe auszuführen. Er stürzte in die Laube und schlug Arne Carlman die Axt frontal ins Gesicht. Der gewaltige Hieb spaltete den Schädel bis zum Oberkiefer. Carlman blieb mit den beiden auseinanderklaffenden Gesichtshälften auf der Bank sitzen. Hoover griff nach dem Messer und schnitt das Haar von dem Teil des Kopfes, der ihm am nächsten war. Dann verschwand er ebenso schnell, wie er gekommen war. Er kehrte zum Hügel zurück, holte seinen Rucksack und lief zu der kleinen Schotterstraße, wo er hinter einer Baracke des Straßenbauamts sein Moped abgestellt hatte.

Zwei Stunden später vergrub er den Skalp neben dem ersten unter dem Fenster seiner Schwester.

Der Wind hatte sich gelegt. Am Himmel war keine Wolke mehr zu sehen.

Der Mittsommertag würde schön und warm werden.

Der Sommer war gekommen. Schneller, als man gedacht hatte.

# Schonen

*25.–28. Juni 1994*

## 11

Der Notruf erreichte die Polizei in Ystad kurz nach zwei Uhr in der Nacht.

Im selben Augenblick schoß Thomas Brolin im Spiel gegen Rußland ein Tor für Schweden. Er verwandelte einen Elfmeter. Ein Jubel ging durch die schwedische Sommernacht. Es war eine ungewöhnlich ruhige Mittsommernacht. Der Polizist, der das Gespräch annahm, war aufgesprungen und brüllte, als Brolin das Tor schoß. Trotz seiner Begeisterung erfaßte er unmittelbar den Ernst des Anrufs. Die Frau, die ihm ins Ohr schrie, wirkte nüchtern. Ihre Hysterie entsprang einem vollkommen realen Schockerlebnis. Der Polizist rief Hansson an, auf dem die Verantwortung als kommissarischer Polizeipräsident so schwer lastete, daß er das Präsidium nicht einmal in der Mittsommernacht zu verlassen gewagt hatte. Er hatte unentwegt versucht, abzuwägen, wo sein begrenztes Personal jeweils am dringendsten benötigt wurde. Um elf war es auf zwei verschiedenen privaten Festen zu gewalttätigen Auseinandersetzungen gekommen. In einem Fall handelte es sich um ein Eifersuchtsdrama. Im zweiten Fall war der schwedische Torwart Ravelli die Ursache einer Schlägerei gewesen. In einem von Svedberg später verfaßten Protokoll stand zu lesen, daß Ravellis Agieren bei Kameruns zweitem Tor den gewalttätigen Streit ausgelöst hatte, in dessen Folge drei Personen zur Behandlung ihrer Verletzungen ins Krankenhaus gebracht werden mußten. Aber als Hansson jetzt von dem Alarm aus Bjäresjö hörte, war eine der Streifen bereits wieder zurückgekommen. Im Normalfall war schlechtes Wetter der beste Garant für eine ruhige Mittsommernacht. Doch in diesem Jahr verweigerte die Geschichte eine Wiederholung.

»Hat sie wirklich gesagt, einem Mann sei der Kopf gespalten worden?«

Der Polizist bejahte. Hansson überlegte.

»Wir müssen Svedberg hinfahren lassen.«

»Aber der ist doch bei dieser Schlägerei in Svarte.«

»Das hatte ich vergessen. Dann mußt du Wallander anrufen.«

Zum erstenmal seit über einer Woche hatte Wallander es geschafft, vor Mitternacht einzuschlafen. Einen Augenblick lang war er schwach geworden und meinte, sich mit dem Rest des schwedischen Volkes solidarisch zeigen zu sollen und die Übertragung des Fußballspiels gegen Rußland anzusehen. Doch noch während er darauf wartete, daß die Spieler den Platz betraten, war er eingeschlafen. Das Klingeln des Telefons riß ihn aus dem Tiefschlaf, und im ersten Moment wußte er nicht, wo er war. Er tastete nach dem Telefon, das neben dem Bett stand. Nach jahrelanger Saumseligkeit hatte er sich vor ein paar Monaten endlich dazu durchgerungen, einen zusätzlichen Anschluß an sein Bett legen zu lassen, damit er nicht aufstehen mußte, um den Hörer abzunehmen.

»Habe ich dich geweckt?« fragte Hansson.

»Ja«, antwortete Wallander. »Was ist?«

Er wunderte sich darüber, daß er offen sagte, wie es war. Früher hatte er stets behauptet, er sei wach gewesen, ganz gleich, wann jemand anrief.

Hansson berichtete in knappen Worten von dem Notruf, der eingegangen war. Später sollte Wallander viel darüber nachgrübeln, warum er nicht schon da gesehen hatte, daß das, was in Bjäresjö geschehen war, an die Geschichte mit Wetterstedt erinnerte. Hatte er den Gedanken von sich weisen wollen, daß sie es mit einem Serienmörder zu tun hatten? Oder konnte er sich einfach nicht vorstellen, daß ein Mord wie der an Wetterstedt etwas anderes sein konnte als ein einmaliges Vorkommnis? Das einzige, was er tat, war, Hansson zu bitten, eine Streife hinzuschicken, bevor er selbst hinausführe, nachdem er sich angezogen habe. Um fünf nach drei hielt er vor dem Hof in Bjäresjö, der ihm angegeben worden war. Im Autoradio hörte er, daß Martin Dahlin sein zweites Tor gegen Rußland köpfte. Er sah ein, daß Schweden gewinnen würde und er wieder einen Hunderter verlor. Als er Norén erblickte, der auf ihn zugelaufen kam, erkannte er sofort, daß es ernst war. Doch erst nachdem er in den Garten kam und an einer Anzahl Menschen vorüberging, die entweder hysterisch oder stumm waren, wurde ihm wirklich bewußt, was passiert war. Dem Mann, der auf einer Bank in der Laube saß, war der Kopf buchstäblich in zwei Hälften gespalten worden. Auf der linken Kopfseite hatte außerdem jemand ein großes Stück der Haut mit dem Haar daran abgeschnitten. Wallander stand mehr als eine Minute vollkommen reglos. Norén sagte etwas, was er nicht verstand. Er starrte den Toten an und dachte, daß es sich um denselben Mörder handeln mußte, der vor ein paar Tagen Wetterstedt erschlagen hatte. Während eines kurzen Augenblicks empfand er eine schwer erklärbare Trauer. Später, im Gespräch mit Baiba, versuchte er, das unerwartete und wenig professionelle Gefühl, das ihn überkommen hatte, zu erklären. Ihm war, als berste ein letzter Damm, und dieser Damm war eine Illusion gewesen. Jetzt wußte er, daß es keine unsichtbaren Trennlinien mehr im Land gab. Die Gewalt, die früher auf die großen Städte konzentriert gewesen war, hatte ein für allemal auch seinen eigenen Polizeibezirk erreicht. Die Welt war geschrumpft und gleichzeitig größer geworden.

Danach war die Trauer von Angst abgelöst worden. Er hatte sich Norén zugewandt, der sehr blaß war.

»Sieht nach demselben Täter aus«, sagte Norén.

Wallander nickte. »Wer war der Mann?« fragte er.

»Er hieß Arne Carlman. Der Besitzer des Hofs. Sie hatten ein Mittsommerfest.«

»Sieh zu, daß niemand verschwindet. Finde heraus, ob jemand eventuell etwas gesehen hat.«

Wallander nahm sein Telefon, wählte die Nummer der Polizei und verlangte Hansson.

»Es sieht schlimm aus«, sagte er, als Hansson ans Telefon gekommen war.

»Wie schlimm?«

»Ich kann mir kaum etwas Schlimmeres vorstellen. Es ist mit Sicherheit derselbe Mörder, der Wetterstedt umgebracht hat. Dieser ist auch skalpiert worden.«

Wallander konnte Hansson atmen hören.

»Du mußt alle mobilisieren, die wir haben«, fuhr Wallander fort. »Außerdem will ich, daß Per Åkeson herkommt.«

Wallander beendete das Gespräch, bevor Hansson irgendwelche weiteren Fragen stellen konnte. Was mache ich jetzt? dachte er. Nach wem soll ich suchen? Einem Psychopathen? Einem Täter, der vorsichtig und berechnend handelt?

Im Innersten wußte er, was er zu tun hatte. Es mußte einen Zusammenhang zwischen Gustaf Wetterstedt und diesem Mann namens Arne Carlman geben. Danach würde er in erster Linie suchen.

Nach zwanzig Minuten trafen die Polizeifahrzeuge ein. Als Wallander Nyberg sah, nahm er ihn sofort mit zu der Laube.

»Das sieht nicht schön aus«, war Nybergs erster Kommentar.

»Es war mit Sicherheit derselbe Mann, der Wetterstedt getötet hat«, sagte Wallander. »Er hat wieder zugeschlagen.«

»Es sieht nicht so aus, als müßten wir diesmal in bezug auf den Tatort im Zweifel sein«, sagte Nyberg und zeigte auf das Blut, das über die Hecke und den kleinen Serviertisch gespritzt war.

»Auch ihm ist die Kopfhaut abgerissen worden«, sagte Wallander.

Nyberg rief seine Mitarbeiter und machte sich an die Arbeit. Norén hatte alle Festteilnehmer im Stall versammelt. Der Garten wirkte eigentümlich verlassen. Norén kam Wallander entgegen und zeigte auf das Wohnhaus. »Da drinnen sind seine Frau und seine drei Kinder. Sie stehen natürlich unter Schock.«

»Wir sollten vielleicht einen Arzt rufen.«

»Sie hat selbst angerufen.«

»Ich rede mit ihnen«, sagte Wallander. »Wenn Martinsson und Ann-Britt und die anderen kommen, sag ihnen, daß sie mit denen sprechen sollen, die eventuell etwas gesehen haben. Alle übrigen können nach Hause fahren. Aber schreibt ihre Namen auf. Und laßt euch die Ausweise zeigen. Es gibt keine Augenzeugen?«

»Keinen, der sich gemeldet hat.«

»Hast du einen Zeitplan?«

Norén zog einen Notizblock aus der Tasche.

»Um halb zwölf ist Carlman mit Sicherheit noch lebend gesehen worden. Um zwei wird er tot gefunden. In der Zwischenzeit muß der Mord geschehen sein.«

»Die Zeitspanne läßt sich bestimmt verkürzen«, sagte Wallander. »Versuch die Person herauszufinden, die ihn als letzte gesehen hat. Und natürlich die, die ihn gefunden hat.«

Wallander ging ins Haus. Der Wohntrakt des Schonenhofs war stilvoll restauriert worden. Wallander trat in einen großen Raum, der zugleich Küche, Eßzimmer und Wohnzimmer war. Überall an den Wänden hingen Ölgemälde. In einer Ecke des Raums, auf einer Sofagruppe in schwarzem Leder, saß die Familie des Toten. Eine Frau von um die Fünfzig erhob sich und kam ihm entgegen.

»Frau Carlman?« fragte Wallander.

»Ja. Das bin ich.«

Wallander sah, daß sie geweint hatte. Er suchte auch nach Anzeichen eines nahenden Zusammenbruchs. Doch sie machte einen erstaunlich gefaßten Eindruck.

»Ich möchte Ihnen meine Anteilnahme aussprechen an dem, was geschehen ist.«

»Es ist furchtbar.«

Wallander nahm etwas Mechanisches in ihrer Antwort wahr. Er dachte nach, bevor er seine erste Frage stellte. »Können Sie sich jemanden vorstellen, der dies getan haben könnte?«

»Nein.«

Wallander fand, daß ihre Antwort zu schnell kam. Sie war auf die Frage vorbereitet. Es gibt mit anderen Worten viele, die sich hätten denken können, ihn umzubringen, sagte er zu sich selbst.

»Darf ich fragen, was Ihr Mann beruflich machte?«

»Er war Kunsthändler.«

Wallander erstarrte. Sie mißverstand seinen konzentrierten Blick und wiederholte ihre Antwort.

»Ja, ich habe Sie verstanden«, sagte Wallander. »Entschuldigen Sie mich einen Moment.«

Wallander ging auf den Hof hinaus. Unter höchster Anspannung aller Sinne dachte er darüber nach, was die Frau im Haus gesagt hatte. Er verknüpfte es mit dem, was Lars Magnusson ihm über die Gerüchte erzählt hatte, die einst Gustaf Wetterstedt umgaben. Es hatte sich um Kunstdiebstähle gehandelt. Und jetzt war ein Kunsthändler tot, von derselben Hand ermordet wie Gustaf Wetterstedt. Mit einem Gefühl von Erleichterung und Dankbarkeit konstatierte er, daß schon in diesem frühen Stadium ein Zusammenhang zwischen den beiden zu erkennen war. Er wollte gerade ins Haus zurückkehren, als Ann-Britt Höglund um die Hausecke kam. Sie war blasser als gewöhnlich. Und sehr angespannt. Wallander erinnerte sich an seine frühesten Jahre als Kriminalbeamter, als jedes Gewaltverbrechen zu einer persönlichen Angelegenheit geworden war. Rydberg hatte ihm von Anfang an eingeschärft, daß ein Polizist sich nie erlauben durfte, dem Opfer eines Gewaltverbrechens freundschaftliche Gefühle entgegenzubringen. Wallander hatte lange gebraucht, das zu lernen.

»Noch einer?« fragte sie.

»Derselbe Täter«, antwortete Wallander. »Oder dieselben Täter. Dasselbe Muster.«

»Ist er auch skalpiert worden?«

»Ja.«

Er sah, daß sie unwillkürlich zurückzuckte.

»Ich glaube, ich habe schon etwas gefunden, was die beiden Männer verbindet«, fuhr Wallander fort und erklärte, was er meinte. Inzwischen waren auch Svedberg und Martinsson eingetroffen. Wallander wiederholte schnell, was er Ann-Britt Höglund erzählt hatte. »Ihr müßt mit den Gästen reden«, sagte er. »Wenn ich Norén richtig verstanden habe, sind es mindestens hundert. Und sie sollen sich ausweisen, bevor sie von hier verschwinden.«

Wallander kehrte ins Haus zurück. Er nahm einen Holzstuhl und setzte sich neben die Sofagruppe, wo die Familie versammelt war. Neben Carlmans Witwe saßen zwei Jungen von etwa zwanzig Jahren und ein Mädchen, das ein paar Jahre älter war. Alle wirkten sonderbar beherrscht.

»Ich verspreche Ihnen, nur die Fragen zu stellen, auf die wir unbedingt so schnell wie möglich eine Antwort bekommen müssen«, sagte er. »Auf alles andere können wir später zurückkommen.«

Keiner von ihnen sagte etwas. Wallanders erste Frage war klar. »Wissen Sie, wer der Täter sein könnte? Vielleicht einer der Gäste?«

»Wer sollte es sonst gewesen sein?« antwortete einer der Söhne. Er hatte kurzgeschnittenes blondes Haar. Mit einem Gefühl des Unbehagens stellte Wallander eine Ähnlichkeit mit dem verunstalteten Gesicht fest, das er gerade in der Gartenlaube hatte ansehen müssen.

»Denken Sie an jemand Speziellen?«

Der Junge schüttelte den Kopf.

»Es wirkt nicht besonders wahrscheinlich, daß jemand von außen hier hereinkommt, während ein großes Fest stattfindet«, sagte Frau Carlman.

Eine Person, die kaltblütig genug ist, hätte nicht gezögert, dachte Wallander. Oder jemand, der verrückt genug ist. Jemand, der sich vielleicht nicht einmal etwas daraus macht, ob er gefaßt wird oder nicht.

»Ihr Mann war Kunsthändler«, sagte Wallander. »Können Sie mir beschreiben, was das besagt?«

»Mein Mann besitzt dreißig Galerien im ganzen Land«, antwortete sie. »Er hat auch in den übrigen nordischen Ländern Galerien. Er verkauft Bilder über den Versandhandel. Er vermietet Bilder an Firmen. Er veranstaltet eine große Anzahl Kunstauktionen jedes Jahr. Und vieles mehr.«

»Kann er Feinde gehabt haben?«

»Ein Mann, der Erfolg hat, ist immer unbeliebt bei denen, die die gleichen Ambitionen, aber nicht die gleiche Fähigkeit haben.«

»Hat Ihr Mann einmal davon gesprochen, daß er sich bedroht fühlte?«

»Nein.«

Wallander sah die Kinder an, die auf dem Sofa saßen. Sie schüttelten fast gleichzeitig die Köpfe.

»Wann haben Sie ihn zuletzt gesehen?« fuhr Wallander fort.

»Gegen halb elf habe ich mit ihm getanzt«, sagte sie. »Dann habe ich ihn noch ein paarmal gesehen. Vielleicht war es elf Uhr, als ich ihn zum letztenmal gesehen habe.«

Keines der Kinder hatte ihn zu einem späteren Zeitpunkt noch gesehen. Wallander sah ein, daß alle anderen Fragen warten konnten. Er steckte seinen Notizblock ein und stand auf. Er hätte noch ein paar mitfühlende Worte sagen sollen. Aber er fand keine. Er nickte nur kurz und verließ das Haus.

Schweden hatte das Fußballspiel 3:1 gewonnen. Der Torwart Ravelli war überragend gewesen, Kamerun war vergessen, Martin Dahlin ein genialer Kopfballspieler. Wallander schnappte Fragmente von Gesprächen auf, die um ihn herum geführt wurden. Offenbar hatten Ann-Britt Höglund und zwei weitere Polizisten das richtige Resultat getippt. Wallander ahnte, daß er seine Position als Schlechtester festigte. Er wußte nicht recht, ob ihn das irritierte oder befriedigte.

Während der nächsten Stunden arbeiteten sie hart und konzentriert. Wallander hatte in einem an den Stall grenzenden Lagerraum ein provisorisches Hauptquartier eingerichtet. Kurz nach vier Uhr am Morgen kam Ann-Britt Höglund mit einer jungen Frau zu ihm, die mit ausgeprägtem Göteborgdialekt sprach.

»Sie ist die letzte, die ihn lebend gesehen hat«, sagte Ann-Britt. »Sie war kurz vor Mitternacht zusammen mit Carlman in der Laube.«

Wallander bat sie, sich zu setzen. Sie sagte, daß sie Madelaine Rhedin heiße und Künstlerin sei.

»Was haben Sie in der Laube gemacht?« fragte Wallander.

»Arne wollte, daß ich einen Vertrag unterschrieb.«

»Was für einen Vertrag?«

»Er wollte den Verkauf meiner Bilder übernehmen.«

»Und Sie haben unterschrieben?«

»Ja.«

»Was geschah dann?«

»Nichts.«

»Nichts?«

»Ich stand auf und ging. Ich habe auf die Uhr gesehen. Es war drei Minuten vor zwölf.«

»Warum haben Sie auf die Uhr gesehen?«

»Das tue ich immer, wenn etwas Wichtiges passiert.«

»Und der Vertrag war wichtig?«

»Ich sollte am Montag zweihunderttausend Kronen bekommen. Für einen armen Künstler ist das ein wichtiges Ereignis.«

»War jemand in der Nähe, als Sie in der Laube saßen?«

»Nicht, soweit ich sehen konnte.«

»Und als Sie gegangen sind?«

»Es war leer.«

»Was tat Carlman, als Sie gegangen sind?«

»Er blieb sitzen.«

»Woher wissen Sie das? Haben Sie sich umgesehen?«

»Er sagte, er wolle die Luft genießen. Ich habe nicht gehört, daß er aufstand.«

»Wirkte er unruhig?«

»Nein, er war in guter Stimmung.«

»Versuchen Sie, noch einmal nachzudenken«, sagte er zum Abschluß des Gesprächs. »Morgen fällt Ihnen vielleicht noch etwas ein. Was es auch sein mag, es kann wichtig sein. Ich möchte, daß Sie sich dann melden.«

Als sie den Raum verließ, kam Per Åkeson von der anderen Seite herein. Er war kalkweiß im Gesicht. Er setzte sich schwer auf den Stuhl, den Madelaine Rhedin gerade verlassen hatte. »Das ist das Ekelhafteste, was ich je gesehen habe«, sagte er.

»Du hättest ihn dir nicht ansehen müssen«, sagte Wallander. »Das war nicht der Grund, warum ich wollte, daß du kommst.«

»Ich begreife nicht, wie du das aushältst«, sagte Åkeson.

»Ich auch nicht«, erwiderte Wallander.

Per Åkeson wurde plötzlich ernst.

»Ist es derselbe, der Wetterstedt getötet hat?«

»Kein Zweifel.«

Sie sahen einander an und wußten, daß sie den gleichen Gedanken hatten.

»Er kann mit anderen Worten wieder zuschlagen?«

Wallander nickte. Åkeson verzog das Gesicht zu einer Grimasse. »Auch wenn wir noch nie eine Ermittlung allem anderen vorgezogen haben, jetzt tun wir es«, sagte er. »Ich nehme an, du brauchst mehr Leute? Ich kann die notwendigen Fäden ziehen.«

»Noch nicht«, sagte Wallander abwehrend. »Eine größere Anzahl von Polizisten kann möglicherweise die Ergreifung einer Person erleichtern, deren Aussehen und Namen wir kennen. Aber soweit sind wir noch nicht.«

Dann erzählte er, was Lars Magnusson ihm gesagt hatte, und daß Arne Carlman Kunsthändler gewesen war.

»Es besteht ein Zusammenhang«, sagte er abschließend. »Und das wird die Arbeit erleichtern.«

Per Åkeson war skeptisch. »Ich hoffe, du legst nicht zu früh alle Eier in einen Korb«, sagte er.

»Ich schlage keine Türen zu«, sagte Wallander. »Aber ich muß mich an die Wand lehnen, die ich finde.«

Per Åkeson blieb noch eine weitere halbe Stunde, bevor er nach Ystad zurückfuhr. Gegen fünf Uhr in der Früh erschienen Journalisten auf dem Hof. Wallander rief wütend in Ystad an und verlangte, daß Hansson sich um die Journalisten kümmern solle. Doch er hatte bereits eingesehen, daß es ihnen nicht gelingen würde, zu verheimlichen, daß Carlman skalpiert worden war. Hansson hielt auf der Straße vor dem Hof eine improvisierte und äußerst chaotische Pressekonferenz ab. Währenddessen schleusten Martinsson, Svedberg und Ann-Britt Höglund langsam die Gäste hinaus, die sich alle einem kurzen Verhör hatten unterziehen müssen. Wallander selbst führte ein längeres Gespräch mit dem stark betrunkenen Bildhauer, der Arne Carlman entdeckt hatte.

»Warum sind Sie in den Garten gegangen?« fragte Wallander.

»Um zu kotzen.«

»Und haben Sie es getan?«

»Ja.«

»Wo haben Sie sich erbrochen?«

»Hinter einem der Apfelbäume.«

»Und dann?«

»Ich wollte mich in die Laube setzen und mich einen Moment erholen.«

»Was geschah dann?«

»Ich fand ihn.«

Bei dieser Antwort war Wallander gezwungen, das Verhör zu unterbrechen, weil dem Bildhauer wieder übel wurde. Er stand auf und ging zur Laube hinunter. Der Himmel war vollkommen klar, die Sonne stand schon hoch. Wallander dachte, daß es ein warmer und schöner Mittsommertag werden würde. Als er die Laube betrat, sah er zu seiner Erleichterung, daß Nyberg den Kopf Carlmans mit einer undurchsichtigen Plastikfolie abgedeckt hatte.

Nyberg lag auf den Knien neben der Hecke, die den Garten von dem angrenzenden Rapsfeld trennte.

»Wie geht es?« fragte Wallander aufmunternd.

»Hier ist eine schwache Spur von Blut an der Hecke«, sagte er. »So weit kann es von der Laube nicht gespritzt sein.«

»Was bedeutet das?« fragte Wallander.

»Das zu entscheiden ist deine Sache«, antwortete Nyberg.

Er zeigte auf die Hecke. »Gerade hier ist sie sehr schütter«, sagte er. »Für eine nicht allzu kräftig gebaute Person wäre es möglich, an dieser Stelle in den Garten und wieder hinaus zu gelangen. Wir werden ja sehen, was wir auf der anderen Seite finden. Aber ich schlage vor, daß du einen Hund kommen läßt. So bald wie möglich.«

Wallander nickte.

Um halb sechs kam der Hundeführer mit seinem Schäferhund. Zu diesem Zeitpunkt verließen die letzten Gäste den Hof. Wallander nickte dem Hundeführer zu, der Eskilsson hieß. Der Hund war alt und schon lange dabei. Er ging unter dem Namen Skytt.

In der Laube nahm er sogleich Witterung auf und begann, in Richtung Hecke zu ziehen. An der Stelle, wo Nyberg Blutspuren gefunden hatte, wollte er hindurch. Eskilsson und Wallander suchten eine andere Stelle, wo die Hecke weniger dicht war, und gelangten auf eine Traktorspur, die das Grundstück vom Acker trennte. Der Hund nahm die Witterung wieder auf und folgte dem Feldrand zu einem Weg, der vom Hof fortführte. Auf Wallanders Vorschlag hin ließ Eskilsson den Hund frei. Wallander spürte die plötzliche Spannung. Der Hund folgte dem Feldweg bis ans Ende des Rapsfelds. Hier schien er für einen Augenblick seine Spur zu verlieren. Dann fand er sie wieder und verfolgte sie weiter bis zu einem Hügel, der an einem halb ausgetrockneten Teich lag. Auf dem Hügel endete die Spur. Eskilsson suchte in verschiedenen Richtungen, ohne daß der Hund die Witterung wieder aufnahm.

Wallander blickte sich um. Ein einsamer, vom Wind gekrümmter Baum stand auf der Kuppe des Hügels. Reste eines alten Fahrradrahmens lagen halb in der Erde begraben. Wallander stellte sich neben den Baum und betrachtete den Hof aus der Entfernung. Die Sicht auf den Garten war sehr gut. Mit einem Fernglas war es jederzeit möglich zu erkennen, wer sich außerhalb des Hauses befand.

Wallander überlief plötzlich ein Schaudern. Das Gefühl, daß jemand anders, eine ihm unbekannte Person, zu einem früheren Zeitpunkt in dieser Nacht an derselben Stelle gestanden hatte, erfüllte ihn mit Unbehagen. Er kehrte in den Garten zurück. Hansson und Svedberg saßen auf der Treppe des Wohnhauses. Ihre Gesichter waren grau vor Müdigkeit.

»Wo ist Ann-Britt?« fragte Wallander.

»Sie entläßt gerade den letzten Gast«, antwortete Svedberg.

»Und Martinsson?«

»Er telefoniert.«

Wallander setzte sich neben die anderen auf die Treppe. Die Sonne wärmte schon ein bißchen.

»Wir müssen versuchen, noch eine Weile durchzuhalten«, sagte er. »Wenn Ann-Britt fertig ist, fahren wir zurück nach Ystad. Wir müssen die Fakten zusammentragen und uns überlegen, wie wir weiter vorgehen wollen.«

Keiner antwortete. Das war auch nicht nötig. Ann-Britt Höglund kam aus dem Stall. Sie ging vor den anderen in die Hocke.

»Daß so viele Menschen so wenig sehen können«, sagte sie mit müder Stimme. »Das übersteigt meinen Verstand.«

Eskilsson kam mit seinem Hund vorbei. Dann hörte man Nybergs gereizte Stimme aus der Laube.

Martinsson kam um die Ecke. Er hatte ein Telefon in der Hand.

»Es ist jetzt vielleicht nicht der richtige Zeitpunkt«, sagte er. »Aber es ist eine Mitteilung von Interpol gekommen. Sie haben eine positive Meldung, was dieses Mädchen angeht, das sich verbrannt hat. Sie glauben, daß sie wissen, wer sie ist.«

»Das Mädchen von Salomonssons Rapsfeld?

»Ja.«

Wallander stand auf. »Wer ist sie?«

»Ich weiß es nicht. Aber die Nachricht liegt im Präsidium.«

Kurz darauf verließen sie Bjäresjö und kehrten nach Ystad zurück.

## 12

*Dolores Maria Santana.*

Um Viertel vor sechs am Morgen des Mittsommertags las Martinsson die Abschrift von Interpol vor, die dem Mädchen, das sich verbrannt hatte, seine Identität zurückgab.

»Woher kommt sie?« fragte Ann-Britt Höglund.

»Die Meldung kommt aus der Dominikanischen Republik«, antwortete Martinsson. »Sie ist über Madrid gegangen.« Dann blickte er sich fragend im Raum um.

Ann-Britt Höglund wußte die Antwort. »Die Dominikanische Republik ist der andere Teil der Insel, auf der Haiti liegt. In Westindien. Heißt es nicht Hispaniola?«

»Wie zum Teufel ist sie hier gelandet?« fragte Wallander. »Auf Salomonssons Rapsfeld? Wer ist sie? Was schreibt Interpol sonst noch?«

»Ich habe es noch nicht mit allen Details gelesen«, sagte Martinsson. »Aber wenn ich es richtig verstehe, ist sie von ihrem Vater gesucht worden und seit November vorigen Jahres als vermißt gemeldet. Die Vermißtenmeldung ist ursprünglich in einer Stadt mit Namen Santiago aufgegeben worden.«

»Das liegt doch in Chile«, sagte Wallander erstaunt.

»Diese Stadt heißt Santiago de los Treinta Caballeros«, korrigierte Martinsson. »Haben wir denn nirgendwo eine Weltkarte?«

»Doch, haben wir«, sagte Svedberg und verschwand.

Ein paar Minuten später kam er zurück und schüttelte den Kopf. »Es muß Björks private Karte gewesen sein«, sagte er. »Ich finde sie nicht.«

»Ruf an und weck den Buchhändler«, sagte Wallander. »Ich brauche unbedingt eine Karte.«

»Bist du dir darüber im klaren, daß es noch nicht einmal sechs Uhr ist?« wollte Svedberg wissen.

»Das ist nicht zu ändern. Ruf ihn an. Und schick einen Wagen hin, der die Karte holt.«

Wallander nahm einen Hunderter aus seiner Brieftasche und gab ihn Svedberg, der verschwand, um den Buchhändler anzurufen. Ein paar Minuten später hatte er den noch völlig verschlafenen Buchhändler aus dem Bett geklingelt, und der Wagen war unterwegs.

Sie hatten Kaffee geholt, sich in den Konferenzraum gesetzt und die Tür hinter sich geschlossen. Hansson hatte Bescheid gegeben, daß sie während der nächsten Stunde von niemandem außer Nyberg gestört werden wollten. Wallander sah in die Runde. Er begegnete den Blicken aus einer Reihe grauer und erschöpfter Gesichter und fragte sich einen kurzen Moment und mit einem unguten Gefühl, wie er selbst wohl aussah.

»Wir müssen später auf das Mädchen im Rapsfeld zurückkommen«, sagte er. »Jetzt müssen wir uns auf das konzentrieren, was heute nacht geschehen ist. Und wir können gleich als erstes feststellen, daß derselbe Täter, der Wetterstedt umgebracht hat, wieder zugeschlagen hat. Die Vorgehensweise ist die gleiche, auch wenn Carlman in den Kopf geschlagen und Wetterstedt das Rückgrat zerschlagen wurde. Aber beide sind skalpiert worden.«

»Ich habe noch nie so etwas gesehen«, fiel Svedberg ihm ins Wort. »Wer das getan hat, muß vollkommen bestialisch sein.«

Wallander hob abwehrend die Hand. »Laß mich ausreden«, fuhr er fort. »Wir wissen noch mehr. Daß Arne Carlman Kunsthändler war, zum Beispiel. Und jetzt erzähle ich euch etwas, was ich gestern erfahren habe.«

Wallander berichtete über sein Gespräch mit Lars Magnusson, von den Gerüchten, die einst über Gustaf Wetterstedt in Umlauf waren. »Wir haben mit anderen Worten einen denkbaren Zusammenhang«, schloß er. »Die Schlüsselwörter und das Bindeglied sind Kunst, Kunstdiebstähle und Kunsthehlerei. Und irgendwo da, wo wir den Punkt finden, der sie verbindet, findet sich vielleicht auch der Täter. Wir wissen mit anderen Worten, worauf wir unsere Ermittlungen konzentrieren müssen. Auf den Berührungspunkt zwischen Wetterstedt und Carlman. Aber das bedeutet nicht, daß wir nicht auch ein anderes Problem haben.«

Er blickte in die Runde und sah, daß sie verstanden, was er meinte.

»Dieser Mann kann wieder zuschlagen«, fuhr er fort. »Wir wissen nicht, warum er Wetterstedt und Carlman getötet hat. Und das heißt, wir wissen auch nicht, ob er es noch auf weitere Personen abgesehen hat. Wir wissen nicht, wer diese Personen sein können. Bleibt nur zu hoffen, daß diejenigen, die in Gefahr sind, das selbst einsehen.«

»Da ist noch etwas, was wir nicht wissen«, sagte Martinsson. »Ist der Mann verrückt oder ist er es nicht? Wir wissen nicht, ob er aus Rache oder aus einem anderen Motiv handelt. Wir können nicht einmal sicher sein, ob der Täter nicht ein Motiv erfunden hat, das überhaupt nichts mit wirklichen Ereignissen zu tun hat. Niemand kann vorhersehen, was in einem verwirrten Gehirn abläuft.«

»Natürlich, du hast recht«, meinte Wallander. »Wir werden es mit vielen unsicheren Faktoren zu tun bekommen.«

»Vielleicht ist dies erst der Anfang«, sagte Hansson bedrückt. »Kann es wirklich so schlimm sein, daß wir einen Serienmörder am Hals haben?«

»So schlimm kann es tatsächlich sein«, erwiderte Wallander. »Deshalb finde ich auch, daß wir unmittelbar Hilfe von außen in Anspruch nehmen sollten. Vor allem von der Gerichtspsychiatrie in Stockholm. Die Vorgehensweise dieses Mannes ist so außergewöhnlich, besonders die Tatsache, daß er skalpiert, daß sie dort vielleicht ein psychologisches Profil des Täters erstellen können.«

»Hat dieser Täter schon früher gemordet?« fragte Svedberg. »Oder gibt er sich erst jetzt die Zügel frei?«

»Ich weiß es nicht«, sagte Wallander. »Aber er ist vorsichtig. Ich habe stark den Eindruck, daß er genau plant, was er tut. Wenn er dann zuschlägt, tut er es, ohne zu zögern. Dafür kann es mindestens zwei Gründe geben. Der eine ist, daß er einfach nicht gefaßt werden will. Der andere, daß er auf jeden Fall nicht unterbrochen werden will, bevor er mit dem, was er sich vorgenommen hat, fertig ist.«

Bei Wallanders letzten Worten legte sich eine Wolke von Unbehagen und Bedrücktheit über die Anwesenden.

»Von diesen Dingen müssen wir ausgehen«, sagte er abschließend. »Wo kreuzen sich die Bahnen von Wetterstedt und Carlman? Das müssen wir klären. Und zwar so schnell wie irgend möglich.«

»Wir sollten uns vielleicht auch darüber im klaren sein, daß wir nicht mehr in Frieden arbeiten können«, fügte Hansson hinzu. »Wir werden von Journalisten umschwärmt werden. Sie wissen, daß Carlman skalpiert wurde. Auf eine solche Neuigkeit haben sie nur gewartet. Aus irgendeinem komischen Grund scheinen die Schweden es zu lieben, im Urlaub von Gewaltverbrechen zu lesen.«

»Das ist vielleicht nicht nur von Übel«, fand Wallander. »Zumindest kann es diejenigen warnen, die eventuell Veranlassung haben zu befürchten, daß sie auf der unsichtbaren Namensliste des Täters stehen.«

»Wir sollten betonen, daß wir um Hinweise aus der Bevölkerung bitten«, sagte Ann-Britt Höglund. »Nehmen wir einmal an, du hast recht damit, daß der Mörder nach einer Liste vorgeht und daß es bestimmten Personen möglich sein sollte einzusehen, daß sie vielleicht auch in Gefahr sind, dann besteht ja immerhin die Möglichkeit, daß einer von denen auch weiß, oder zumindest ahnt, wer der Täter ist.«

»Du hast recht«, sagte Wallander und wandte sich an Hansson. »Berufe so schnell wie möglich eine Pressekonferenz ein. Da sagen wir ganz genau alles, was wir wissen. Daß wir ein und denselben Täter suchen und alle Hinweise brauchen, die wir bekommen können.«

Svedberg stand auf und öffnete ein Fenster. Martinsson gähnte laut und vernehmlich.

»Wir sind alle müde«, sagte Wallander. Trotzdem müssen wir weitermachen. Versucht, irgendwann zwischendurch zu schlafen.«

Es klopfte an der Tür. Ein Polizist lieferte eine Karte ab. Sie breiteten sie aus und suchten die Dominikanische Republik und die Stadt Santiago.

»Das Mädchen hier muß warten«, sagte Wallander. »Das schaffen wir im Moment nicht auch noch.«

»Ich schicke ihnen auf jeden Fall eine Antwort«, sagte Martinsson. »Und wir können uns ja immer nach den näheren Details ihres Verschwindens erkundigen.«

»Ich frage mich, wie sie hier gelandet ist«, murmelte Wallander.

»In der Mitteilung von Interpol geben sie ihr Alter mit siebzehn Jahren an«, sagte Martinsson. »Und ihre Größe mit einssechzig.«

»Schick eine Beschreibung des Schmucks rüber«, meinte Wallander. »Wenn ihr Vater den identifiziert, ist die Sache ja klar.«

Um zehn nach sieben verließen sie den Konferenzraum. Martinsson fuhr nach Hause, um mit seiner Familie zu reden und eine Reise nach Bornholm abzubestellen. Svedberg ging in den Keller und duschte. Hansson verschwand den Flur hinunter, um die Pressekonferenz zu organisieren. Wallander begleitete Ann-Britt Höglund in ihr Zimmer.

»Kriegen wir ihn?« fragte sie ernst.

»Ich weiß nicht«, gab Wallander zurück. »Wir haben eine Spur, die uns weiterbringen kann. Wir können auf jeden Fall den Gedanken daran abschreiben, daß es sich um einen Täter handelt, der wahllos jemanden tötet, der ihm über den Weg läuft. Er ist auf etwas aus. Die Skalpe sind seine Trophäen.«

Sie hatte sich auf ihren Stuhl gesetzt, während er am Türpfosten lehnte. »Warum nimmt man Trophäen?« fragte sie.

»Um damit anzugeben.«

»Vor sich selbst oder vor anderen?«

»Beides.«

Plötzlich begriff er, warum sie nach den Trophäen gefragt hatte. »Du meinst, daß er diese Skalpe jemandem zeigen will?«

»Das ist jedenfalls nicht auszuschließen.«

»Nein«, überlegte Wallander. »Auszuschließen ist es nicht. Genauso wenig wie irgend etwas anderes.«

In der Tür wandte er sich noch einmal um. »Rufst du in Stockholm an?« fragte er.

»Heute ist Mittsommer«, meinte sie. »Ich glaube kaum, daß sie einen Telefondienst haben.«

»Dann mußt du jemanden zu Hause anrufen«, sagte Wallander. »Weil wir nicht wissen, ob er noch einmal zuschlägt, dürfen wir keine Zeit verlieren.«

Wallander ging in sein eigenes Zimmer und ließ sich schwer auf seinen Besucherstuhl fallen, der bedenklich knackte. Sein Kopf schmerzte vor Müdigkeit. Er lehnte sich zurück und schloß die Augen. Kurz darauf schlief er.

Er erwachte mit einem Ruck, als jemand ins Zimmer trat. Er warf einen Blick auf seine Armbanduhr und sah, daß er fast eine Stunde geschlafen hatte. Der dumpfe Schmerz im Kopf hatte nicht nachgelassen. Dennoch fühlte er sich wieder etwas frischer.

Nyberg stand im Zimmer. Seine Augen waren blutunterlaufen, und die Haare standen ihm zu Berge. »Ich wollte dich nicht wecken«, sagte er entschuldigend.

»Ich habe nur gedöst«, antwortete Wallander. »Gibt es etwas Neues?«

Nyberg schüttelte den Kopf. »Nicht viel. Das einzige, was ich mir denken kann, ist, daß derjenige, der Carlman erschlagen hat, seine Kleidung mit Blut besudelt haben muß. Ohne der gerichts-medizinischen Untersuchung vorzugreifen, glaube ich, daß der Schlag direkt von oben kam. Was darauf schließen läßt, daß derjenige, der die Axt hielt, sehr nahe gestanden haben muß.«

»Bist du sicher, daß es eine Axt war?«

»Ich bin mir in nichts sicher«, erwiderte Nyberg. »Es kann auch ein schwerer Säbel gewesen sein. Oder etwas anderes. Aber der Kopf wirkte, als sei er gespalten worden wie ein Holzklotz.«

Wallander wurde sogleich übel. »Das reicht«, sagte er. »Der Täter hat also blutverschmierte Kleider. Das schließt aber die Gäste auf dem Fest aus. Keiner von denen war blutverschmiert.«

»Wir haben entlang der Hecke gesucht«, fuhr Nyberg fort. »Zum Rapsfeld hin und auf dem Hügel. Der Bauer, dem das Land um Carlmans Hof gehört, kam und fragte, ob er den Raps ernten dürfe. Ich habe ja gesagt.«

»Das ist gut«, sagte Wallander. »Sind sie nicht ungewöhnlich spät dran dieses Jahr?«

»Ich glaube auch«, meinte Nyberg. »Es ist ja schon Mittsommer.«

»Der Hügel«, sagte Wallander.

»Jemand scheint dort gewesen zu sein. Das Gras war niedergetreten. An einer Stelle sah es aus, als hätte dort jemand gesessen. Wir haben Proben vom Gras und der Erde genommen.«

»Sonst nichts?«

»Ich glaube kaum, daß das alte Fahrrad für uns von Interesse ist.«

»Der Spürhund hat da die Spur verloren«, sagte Wallander. »Warum?«

»Danach solltest du wohl eher den Hundeführer fragen«, antwortete Nyberg. »Aber es kann sein, daß eine fremde Substanz plötzlich so dominiert, daß der Hund den Geruch verliert, dem er bis dahin gefolgt ist. Es gibt viele Erklärungen dafür, weshalb Spuren unerklärlicherweise aufhören.«

Wallander dachte über Nybergs Worte nach. »Geh nach Hause und schlaf dich aus«, sagte er dann. »Du siehst vollkommen fertig aus.«

»Das bin ich auch«, erwiderte Nyberg.

Nachdem Nyberg verschwunden war, ging Wallander in den Eßraum und machte sich ein Brot. Ein Mädchen von der Anmeldung erschien und gab ihm einen Stoß Telefonnotizen. Er blätterte sie durch und sah, daß vor allem Journalisten angerufen hatten. Er überlegte, ob er nach Hause fahren und sich umziehen sollte. Doch dann entschloß er sich, etwas ganz anderes zu tun. Er klopfte an Hanssons Tür und sagte ihm, daß er zu Carlmans Hof hinausfahren wolle.

»Ich habe die Pressekonferenz für ein Uhr angesetzt«, sagte Hansson.

»Bis dahin bin ich zurück«, antwortete Wallander. »Aber wenn nicht etwas Außergewöhnliches anliegt, will ich da draußen nicht gestört werden. Ich muß nachdenken.«

»Und alle müssen schlafen«, fügte Hansson hinzu. »Ich hätte mir nie träumen lassen, daß wir ausgerechnet jetzt eine solche Hölle bekämen.«

»Es kommt immer, wenn man es am wenigsten ahnt«, sagte Wallander.

Er fuhr mit heruntergekurbeltem Seitenfenster in den schönen Sommermorgen hinaus nach Bjäresjö. Er dachte daran, daß er heute seinen Vater besuchen mußte. Außerdem sollte er Linda anrufen. Am nächsten Tag würde Baiba von ihrer Reise nach Tallinn nach Riga zurückgekehrt sein. In weniger als vierzehn Tagen sollte sein Urlaub anfangen.

Er parkte den Wagen vor der Absperrung, die Carlmans langgestreckten Hof umgab. Kleine Gruppen von Neugierigen hatten sich auf der Straße gesammelt. Wallander nickte dem Polizisten zu, der die Absperrung bewachte. Dann ging er um den großen Garten herum und folgte dem Feld auf den Hügel. An der Stelle, wo der Hund die Witterung verloren hatte, blieb er stehen und blickte sich um. *Er hatte den Hügel mit Vorbedacht gewählt. Von hier aus konnte er sehen, was im Garten vor sich ging. Er muß auch die Musik aus dem Stall gehört haben. Später am Abend wird es leer im Garten. Darin stimmen die Aussagen der Festteilnehmer überein. Alle gingen hinein. Ungefähr um halb zwölf schlendert Carlman mit Madelaine Rhedin in Richtung Laube. Was tust du da?*

Wallander beantwortete seine Frage nicht. Statt dessen wandte er sich um und betrachtete die Rückseite des Hügels. Unterhalb des Hügels verlief eine Traktorspur. Er folgte der grasbewachsenen Böschung bis zur Straße. Auf der einen Seite führte die Traktorspur in ein Wäldchen, auf der anderen zu einer Nebenstraße, die zur Hauptstraße zwischen Malmö und Ystad führte. Wallander folgte der Traktorspur zum Wäldchen. Er trat in den Schatten einer Gruppe hoher Buchen. Das Sonnenlicht schimmerte durchs Laubwerk. Die Erde duftete. Die Traktorspur endete auf einem freien Platz, wo einige kürzlich gefällte und abgeästete Baumstämme auf den Abtransport warteten. Wallander suchte vergebens nach einem Pfad, der von dort weiterführte. Er versuchte, sich die Straßenkarte vorzustellen. Wenn jemand von dem Wäldchen aus die Hauptstraße erreichen wollte, mußte er an zwei Wohnhäusern und mehreren Äckern vorbei. Er schätzte den Abstand zur Hauptstraße auf ungefähr zwei Kilometer. Dann ging er auf demselben Weg, den er gekommen war, zurück und weiter in die andere Richtung. Er zählte seine Schritte und kam auf einen knappen Kilometer bis zu der Stelle, wo die Nebenstraße die E 65 erreichte. Die Nebenstraße war voller Wagenspuren.

Auf einer Seite stand eine Baracke des Straßenbauamts. Die Tür war verschlossen. Er stand ganz still und sah sich um. Dann ging er auf die Rückseite. Dort lagen eine zusammengefaltete Persenning und ein paar Eisenrohre. Als er gerade gehen wollte, fiel sein Blick auf etwas, was vor ihm auf der Erde lag. Er bückte sich und sah, daß es ein Fetzen einer braunen Papiertüte war. Er hatte mehrere dunkle Flecken. Er nahm ihn vorsichtig zwischen Daumen und Zeigefinger und hielt ihn hoch. Doch er konnte nicht sagen, was es für Flecken waren. Vorsichtig legte er das Stück Papier zurück auf die Erde. Während der nächsten Minuten untersuchte er sorgfältig die unmittelbare Umgebung. Erst als er unter die Baracke blickte, die auf vier Betonklötzen stand, fand er den Rest der Papiertüte. Er streckte den Arm aus und zog sie hervor. Auf der Tüte selbst waren keine Flecken. Er legte die Tüte hin und rief im Polizeipräsidium an. Er bekam Martinsson an den Apparat, der von seinem Besuch zu Hause zurückgekommen war.

»Ich brauche Eskilsson und seinen Hund«, sagte Wallander.

»Wo bist du? Ist etwas passiert?«

»Ich bin draußen bei Carlmans Hof«, antwortete Wallander. »Ich will mich nur einer Sache vergewissern.«

Martinsson versprach, Eskilsson anzurufen. Wallander beschrieb ihm, wo er sich befand.

Nach einer halben Stunde erschien Eskilsson mit seinem Hund. Wallander erklärte ihm, was er von ihm wollte. »Geh zu der Stelle, wo der Hund die Spur verloren hat«, sagte er. »Dann komm wieder her.«

Eskilsson verschwand. Nach ungefähr zehn Minuten war er wieder da. Wallander sah, daß der Hund aufgehört hatte zu suchen. Aber in dem Moment, als er die Baracke erreichte, reagierte er. Eskilsson sah Wallander fragend an.

»Laß ihn los«, sagte Wallander.

Der Hund lief direkt auf das Stück Papier zu und schlug an. Doch als Eskilsson ihn dazu bringen wollte weiterzusuchen, gab er bald auf. Die Spur hatte wieder aufgehört.

»Ist das Blut?« fragte Eskilsson und zeigte auf das Stück Papier.

»Ich glaube, ja«, antwortete Wallander. »Wie auch immer, wir haben etwas gefunden, was mit dem Mann zusammenhängt, der oben auf dem Hügel war.«

Eskilsson fuhr mit seinem Hund zurück. Wallander wollte gerade Nyberg anrufen, als er entdeckte, daß er einen Plastikbeutel in der Tasche hatte. Er mußte ihn bei der technischen Untersuchung von Wetterstedts Villa eingesteckt haben. Vorsichtig legte er das Stück Papier hinein. *Du kannst von Carlmans Hof bis hierher nicht lange gebraucht haben. Vermutlich hat hier ein Fahrrad gestanden. Du hast die Kleider gewechselt, weil deine Sachen blutverschmiert waren. Aber du hast auch einen Gegenstand abgewischt. Vielleicht ein Messer oder eine Axt. Dann hast du dich entfernt, entweder in Richtung Malmö oder in Richtung Ystad. Wahrscheinlich hast du die Hauptstraße nur überquert und eine der vielen kleinen Straßen genommen, die kreuz und quer durch diese Landschaft führen. Bis hierher kann ich dir jetzt folgen. Aber nicht weiter.*

Wallander ging zurück zu Carlmans Hof und holte seinen Wagen. Er fragte den Polizisten, der die Absperrung bewachte, ob die Familie noch da sei.

»Ich habe niemanden gesehen«, erhielt er zur Antwort. »Aber keiner hat das Haus verlassen.«

Wallander nickte und ging zu seinem Wagen. An der Absperrung standen viele Neugierige. Wallander warf einen hastigen Blick auf sie und wunderte sich darüber, daß Menschen für die Möglichkeit, Blut zu sehen, einen Sommermorgen opferten.

Erst als er bereits davongefahren war, wurde ihm bewußt, daß er auf etwas Wichtiges aufmerksam geworden war, ohne zu reagieren. Er fuhr langsamer und versuchte, sich zu erinnern, was es gewesen war.

Es hatte etwas mit den Menschen zu tun, die an der Absperrung standen. Was hatte er gedacht? Etwas darüber, daß Menschen einen Sommermorgen opferten, um Blut zu sehen?

Er bremste und wendete auf der Straße. Als er zu Carlmans Hof zurückkam, standen immer noch Neugierige vor der Absperrung. Wallander schaute sich um, ohne eine Erklärung für seine Reaktion zu finden. Er fragte den Polizisten, ob gerade irgendwelche von den Schaulustigen weggefahren seien.

»Vielleicht. Die Leute kommen und gehen die ganze Zeit.«

»Keiner, der dir besonders aufgefallen ist?«

Der Polizist dachte nach. »Nein.«

Wallander ging wieder zu seinem Wagen.

Es war zehn Minuten nach neun am Morgen des Mittsommertags.

## 13

Als Wallander kurz vor halb zehn ins Präsidium zurückkehrte, sagte das Mädchen in der Anmeldung, daß in seinem Zimmer Besuch auf ihn warte. Ausnahmsweise verlor Wallander völlig die Fassung und begann zu fluchen und das Mädchen, das nur zur Aushilfe über den Sommer da war, anzubrüllen. Er schrie, daß niemand, wer es auch sei, in sein Zimmer gelassen werden dürfe. Dann ging er mit wütenden Schritten durch den Flur und riß die Tür zu seinem Zimmer auf.

Im Besucherstuhl saß sein Vater und sah ihn an. »Warum reißt du denn die Tür so auf«, fragte er. »Man könnte ja fast meinen, du wärest wütend.«

»Ich habe nur gehört, daß jemand in meinem Zimmer wartet, aber nicht, daß du es bist«, sagte Wallander verblüfft und entschuldigend.

Es war das erste Mal, daß sein Vater ihn an seinem Arbeitsplatz besuchte. In den Jahren, in denen Wallander Uniform trug, hatte sein Vater sich geweigert, ihn über die Schwelle seines Hauses zu lassen, wenn er nicht in Zivil kam. Aber jetzt saß er im Besucherstuhl, und Wallander sah, daß er seinen besten Anzug anhatte.

»Ich muß sagen, ich bin überrascht«, sagte Wallander. »Wer hat dich denn hergefahren?«

»Meine Frau hat nicht nur den Führerschein, sondern auch ein Auto«, antwortete sein Vater. »Sie besucht eine Verwandte, während ich zu dir gekommen bin. Hast du das Spiel heute nacht gesehen?«

»Nein. Ich habe gearbeitet.«

»Es war ein gutes Spiel. Ich mußte an 1958 denken, als die Weltmeisterschaft in Schweden stattfand.«

»Du hast dich doch nie für Fußball interessiert?«

»Ich habe Fußball immer geliebt.«

Wallander sah ihn verwundert an. »Davon habe ich nichts gewußt.«

»Du weißt vieles nicht. 1958 hatte Schweden einen Verteidiger, der Sven Axbom hieß. Er hatte große Probleme mit einem von Brasiliens Außenstürmern, soweit ich mich erinnere. Hast du das vergessen?«

»Wie alt war ich 1958? Da war ich ja kaum geboren.«

»Du hast nie viel Ballgefühl gehabt. Vielleicht bist du deshalb Polizist geworden?«

»Ich habe getippt, daß Rußland gewinnt.«

»Das kann ich mir vorstellen«, sagte sein Vater. »Ich selbst habe 2:0 getippt. Gertrud dagegen war vorsichtiger. Sie glaubte, es gäbe ein 1:1.«

Das Fußballgespräch war zu Ende.

»Möchtest du Kaffee?« fragte Wallander.

»Ja, danke.«

Wallander holte Kaffee. Im Flur stieß er mit Hansson zusammen. »Kannst du veranlassen, daß ich die nächste halbe Stunde nicht gestört werde?« sagte er.

Hansson legte bekümmert die Stirn in Falten. »Ich muß überaus dringend mit dir sprechen.«

Wallander ärgerte sich über Hanssons gestelzte Art zu reden.

»In einer halben Stunde«, sagte er. »Dann kannst du mit mir sprechen, soviel du willst.«

Er kehrte in sein Zimmer zurück und machte die Tür hinter sich zu. Sein Vater nahm den Plastikbecher zwischen die Hände. Wallander setzte sich hinter seinen Schreibtisch. »Dein Besuch kommt unerwartet, muß ich sagen. Ich hätte nie damit gerechnet, dich hier im Polizeipräsidium zu sehen.«

»Für mich ist es auch unerwartet«, erwiderte sein Vater. »Ich wäre nie gekommen, wenn es nicht absolut nötig wäre.«

Wallander stellte den Becher ab. Er hätte wissen müssen, daß sein Vater ihn hier nur in einer äußerst dringenden Angelegenheit besuchen würde. »Ist etwas passiert?« fragte er.

»Nur, daß ich krank bin«, antwortete sein Vater einfach.

Wallander spürte sofort einen Klumpen im Magen. »Wieso?« fragte er.

»Ich bin dabei, den Verstand zu verlieren«, fuhr sein Vater ungerührt fort. »Den Namen der Krankheit habe ich vergessen. Es ist, wie wenn man senil wird. Aber man kann bösartig werden. Und es kann schnell gehen.«

Wallander wußte, wovon sein Vater redete. Er erinnerte sich daran, daß Svedbergs Mutter diese Krankheit hatte. Aber der Name fiel auch ihm nicht ein. »Woher weißt du das?« fragte er. »Bist du beim Arzt gewesen? Warum hast du nicht früher etwas gesagt?«

»Ich bin sogar bei einem Spezialisten in Lund gewesen«, gab sein Vater zurück. »Gertrud hat mich gefahren.«

Der Vater schwieg und trank seinen Kaffee. Wallander wußte nicht, was er sagen sollte.

»Eigentlich bin ich hergekommen, um dich um etwas zu bitten«, sagte sein Vater und sah ihn an. »Wenn das nicht zuviel verlangt ist.«

Im selben Augenblick klingelte das Telefon. Wallander legte den Hörer daneben, ohne zu antworten.

»Ich kann warten«, sagte sein Vater.

»Ich habe gesagt, daß ich nicht gestört werden will. Erzähl lieber, worum du mich bitten möchtest.«

»Ich habe immer den Traum gehabt, einmal nach Italien zu reisen«, sagte der Vater. »Bevor es zu spät ist, möchte ich noch hinfahren. Und ich habe mir gedacht, daß du mitkommen solltest. Gertrud hat in Italien nichts zu tun. Ich glaube nicht einmal, daß sie dorthin will. Und ich bezahle alles. Das Geld dafür habe ich.«

Wallander sah seinen Vater an. Er wirkte klein und eingesunken, wie er da auf dem Stuhl saß. Es war, als sei er erst jetzt so alt geworden, wie er wirklich war. Bald achtzig.

»Klar fahren wir zusammen nach Italien«, sagte Wallander. »Wann willst du denn fahren?«

»Es ist vielleicht das beste, nicht allzu lange zu warten«, antwortete sein Vater. »Ich habe gehört, daß es im September nicht so heiß ist. Aber da hast du vielleicht keine Zeit?«

»Eine Woche kann ich mir ohne weiteres frei nehmen. Aber du hattest vielleicht vor, länger wegzubleiben?«

»Eine Woche ist gut.«

Sein Vater beugte sich vor und stellte den Plastikbecher ab. Dann stand er auf. »Jetzt will ich nicht weiter stören«, sagte er. »Ich warte draußen auf Gertrud.«

»Es ist besser, du bleibst hier sitzen«, erwiderte Wallander.

Sein Vater hob drohend und abwehrend den Stock. »Du hast viel zu tun«, sagte er. »Was das nun auch sein mag. Ich warte draußen.«

Wallander begleitete ihn hinaus in die Anmeldung, wo er sich auf ein Sofa setzte.

»Ich will nicht, daß du hier wartest«, brummte sein Vater. »Gertrud kommt bald.«

Wallander nickte. »Klar fahren wir nach Italien«, sagte er. »Ich komme zu dir raus, sobald ich Zeit habe.«

»Es könnte vielleicht eine schöne Reise werden«, meinte sein Vater. »Man weiß ja nie.«

Wallander verließ ihn und ging zu dem Mädchen in der Anmeldung. »Ich möchte mich bei dir entschuldigen«, sagte er. »Es war völlig richtig, daß du meinen Vater in meinem Zimmer hast warten lassen.«

Er kehrte an seinen Schreibtisch zurück. Plötzlich merkte er, daß er Tränen in den Augen hatte. Auch wenn sein Verhältnis zu seinem Vater angestrengt und von schlechtem Gewissen geprägt war, fühlte er jetzt eine große Trauer darüber, daß er im Begriff war, ihn zu verlassen. Er trat ans Fenster und sah hinaus in den Sommer. *Es gab eine Zeit, in der wir einander so nahestanden, daß nichts zwischen uns kommen konnte. Damals, als die Seidenritter in ihren glänzenden amerikanischen Schlitten kamen und deine Bilder kauften. Schon damals hast du davon geredet, einmal nach Italien zu fahren. Ein anderes Mal, vor ein paar Jahren erst, wolltest du zu Fuß nach Italien gehen. Da habe ich dich im Schlafanzug und mit einer Tasche in der Hand mitten auf einem Acker gefunden. Aber jetzt werden wir die Reise machen. Und nichts darf dazwischenkommen.*

Wallander ging zum Schreibtisch zurück und rief seine Schwester in Stockholm an. Der Anrufbeantworter teilte ihm mit, daß sie erst am Abend zurück sein würde.

Er brauchte eine ganze Weile, um sich nach dem Besuch seines

Vaters wieder seiner Ermittlung zuzuwenden. Er war beunruhigt und konnte sich nur schwer konzentrieren. Noch sperrte er sich dagegen, die Tragweite dessen, was er gehört hatte, zu akzeptieren. Er wollte es einfach nicht wahrhaben.

Nachdem er mit Hansson gesprochen hatte, fertigte er eine gründliche Übersicht und eine Beurteilung des Standes der Ermittlungen an. Kurz vor elf rief er Per Åkeson zu Hause an und legte ihm seine Standpunkte dar. Danach fuhr er in die Mariagatan, duschte und zog sich um. Um zwölf war er wieder im Präsidium. Auf dem Weg in sein Zimmer überholte er Ann-Britt Höglund. Er erzählte ihr von dem blutigen Stück Papier, das er hinter der Baracke des Straßenbauamts gefunden hatte.

»Hast du die Psychologen in Stockholm erreicht?« fragte er.

»Ich bekam einen Menschen namens Roland Möller zu fassen«, antwortete sie. »Er war in seinem Sommerhaus bei Vaxholm. Alles, was nötig ist, ist ein formelles Ersuchen von Hansson als dem kommissarischen Chef.«

»Hast du mit ihm gesprochen?«

»Er hat es schon getan.«

»Gut«, sagte Wallander. »Laß uns jetzt über etwas ganz anderes reden. Wenn ich sage, daß Verbrecher an den Ort des Verbrechens zurückkehren – was denkst du dann?«

»Daß das ein Mythos und eine Wahrheit zugleich ist.«

»Inwiefern ist es ein Mythos?«

»Insofern, als es eine allgemeingültige Regel sein soll. Etwas, was immer eintrifft.«

»Und was sagt die Wahrheit?«

»Daß es tatsächlich manchmal passiert. Das klassische Beispiel aus unserer eigenen Rechtsgeschichte stammt wohl hier aus Schonen. Dieser Polizist, der Anfang der fünfziger Jahre eine Reihe von Morden beging und dann selbst an der Aufklärung der Verbrechen beteiligt war.«

»Das ist kein gutes Beispiel«, wandte Wallander ein. »Er mußte ja zurückkehren. Ich spreche von solchen, die freiwillig zurückkehren. Warum tun sie das?«

»Um die Polizei herauszufordern. Um ihr Selbstgefühl zu kitzeln. Oder um herauszufinden, wieviel die Polizei weiß.«

Wallander nickte nachdenklich.

»Warum fragst du das alles?«

»Weil ich ein sonderbares Erlebnis hatte«, antwortete Wallander. »Ich hatte das Gefühl, bei Carlmans Hof draußen jemanden zu sehen, den ich auch unten am Strand schon gesehen hatte. Als wir den Mord an Wetterstedt untersuchten.«

»Warum sollte es denn nicht ein und dieselbe Person sein können?« fragte sie erstaunt.

»Ja, warum nicht? Aber an diesem Menschen war etwas Besonderes. Ich komme nur nicht darauf, was es war.«

»Ich glaube, da kann ich dir nicht helfen.«

»Ich weiß«, sagte Wallander. »Aber ich will, daß von jetzt an die Schaulustigen vor den Absperrungen so diskret wie möglich fotografiert werden.«

»Von jetzt an?«

Wallander erkannte, daß er zuviel gesagt hatte. Er klopfte dreimal mit einem Zeigefinger auf Holz. »Ich hoffe natürlich, daß nichts mehr passiert«, sagte er. »Aber für den Fall, daß.«

Er begleitete Ann-Britt Höglund zu ihrem Zimmer. Dann verließ er das Polizeigebäude. Sein Vater saß nicht mehr auf dem Sofa. Er fuhr zu einem Imbiß an einer der Ausfallstraßen der Stadt und aß einen Hamburger. Ein Thermometer zeigte 26 Grad an. Um Viertel vor eins war er zurück im Präsidium.


Die Pressekonferenz an diesem Mittsommertag im Polizeipräsidium von Ystad war insofern denkwürdig, als Wallander vollkommen die Fassung verlor und den Raum verließ, bevor das Ganze vorüber war. Hinterher weigerte er sich außerdem, sein Verhalten zu bereuen. Die meisten seiner Kollegen waren auch der Meinung, er habe vollkommen richtig gehandelt. Am Tag danach erhielt Wallander jedoch einen Anruf von der Reichspolizeibehörde, in dem ein geschäftiger Beamter im Rang eines Abteilungsleiters ihm vorhielt, wie ausgesprochen unpassend es sei, wenn Polizisten gegenüber Journalisten ausfallend würden. Das Verhältnis zwischen den Medien und der Polizei sei ohnehin angestrengt genug und vertrage keine weiteren Belastungen.

Es war gegen Ende der Pressekonferenz passiert. Ein angereister Journalist einer Abendzeitung begann, Wallander mit Detailfragen nach der Skalpierung der Opfer zu bedrängen. Wallander versuchte so lange wie möglich, das Ganze herunterzuspielen und keine allzu blutigen Details preiszugeben. Er begnügte sich damit zu sagen, daß sowohl Wetterstedt als auch Carlman ein Teil des Haars vom Kopf gerissen worden sei. Doch der Journalist ließ nicht locker. Er verlangte, weitere Einzelheiten zu erfahren, obwohl Wallander sich bereits unter Hinweis auf die ermittlungstechnische Lage geweigert hatte, mehr zu sagen. Wallander hatte zu diesem Zeitpunkt bereits heftige Kopfschmerzen. Als der Journalist nun erklärte, es wäre Wallanders Pflicht gewesen, bereits von Anfang an auf die ermittlungstechnische Lage hinzuweisen, die keine detaillierteren Informationen über die Skalpierungen zulasse, und daß es jetzt, gegen Ende der Pressekonferenz, wie die reine Heuchelei anmute, wenn man Details zurückhielt, hatte Wallander plötzlich genug. Er schlug mit der Faust auf den Tisch und stand auf.

»Ich lasse mir die Vorgehensweise der Polizei nicht von einem übereifrigen Journalisten vorschreiben, der nicht in der Lage ist, Grenzen zu setzen!« brüllte er.

Die Blitzlichter waren explodiert. Dann hatte er hastig die Pressekonferenz beendet und den Raum verlassen. Hinterher, nachdem er sich beruhigt hatte, bat er Hansson um Entschuldigung für seinen Ausbruch.

»Ich glaube kaum, daß das noch etwas daran ändert, wie gewisse Titelseiten morgen aussehen«, hatte Hansson geantwortet.

»Es war notwendig, eine Grenze zu ziehen«, sagte Wallander.

»Natürlich bin ich ganz deiner Meinung«, sagte Hansson. »Aber ich fürchte, daß andere das nicht so sehen.«

»Sollen sie mich suspendieren«, sagte Wallander. »Sollen sie mich absetzen. Aber sie werden mich nicht dazu bringen, mich bei diesem Journalisten zu entschuldigen.«

»Diese Entschuldigung wird wohl in diskreter Form von der Reichspolizeibehörde dem Chefredakteur der Zeitung zugeleitet«, sagte Hansson. »Ohne daß wir etwas davon erfahren.«

Um vier Uhr am Nachmittag zog sich die Ermittlungsgruppe zurück. Hansson gab strikte Anweisung, daß sie nicht gestört werden sollten. Auf Wallanders Veranlassung hatte ein Polizeiwagen Per Åkeson abgeholt. Er wußte, daß sich die Entscheidungen, die sie an diesem Nachmittag treffen würden, als schwerwiegend erweisen konnten. Sie würden gezwungen sein, sich gleichzeitig nach vielen Seiten zu orientieren und sich alle Türen offenzuhalten. Doch zugleich sah Wallander, daß sie sich auf die Hauptspur konzentrieren mußten. Nachdem er von Ann-Britt Höglund ein paar Kopfschmerztabletten bekommen hatte, schloß Wallander für eine Viertelstunde die Tür hinter sich und durchdachte noch einmal alles, was Lars Magnusson ihm erzählt hatte, ebenso den Umstand, daß ein gemeinsamer Nenner zwischen Wetterstedt und Carlman existierte. Oder gab es noch etwas, was er übersehen hatte? Er durchkämmte sein müdes Gehirn, fand aber nichts, was ihn veranlaßte, seine Meinung zu ändern. Bis auf weiteres würden sie ihre Ermittlungen auf die Hauptspur konzentrieren, bei der es um Kunsthandel und Kunstdiebstahl ging. Sie würden tief in den fast dreißig Jahre alten Gerüchten um Wetterstedt graben müssen, und sie mußten schnell graben. Wallander machte sich keine Illusionen, dabei auf nennenswerte Hilfe hoffen zu können. Lars Magnusson hatte von den Beerdigungsunternehmen gesprochen, die in den erleuchteten Sälen und dunklen Gassen aufräumten, in denen die Diener der Macht hausten. Dorthinein mußten sie mit ihren Lampen leuchten, und das würde nicht einfach werden.

Die Sitzung, die um Punkt vier Uhr begann, wurde eine der längsten, die Wallander je erlebt hatte. Sie saßen fast zehn Stunden zusammen, bevor Hansson das Ganze abschließen konnte. Alle waren grau vor Müdigkeit. Ann-Britt Höglunds Schachtel mit Kopfschmerztabletten hatte einmal die Runde gemacht und war jetzt leer. Ein Berg von Plastikbechern bedeckte den Tisch. Kartons mit Pizzaresten stapelten sich in einer Ecke.

Aber es war auch eine der besten Sitzungen, die Wallander als Kriminalbeamter mitgemacht hatte. Sie waren die ganze Zeit voll konzentriert, alle trugen Gesichtspunkte bei, und die Ermittlungsstrategie erwuchs aus der gemeinsamen Willensanstrengung, logisch zu denken. Nachdem Svedberg von den Telefongesprächen berichtet hatte, die er mit Wetterstedts beiden Kindern und seiner letzten geschiedenen Frau geführt hatte, konnten sie noch immer kein Motiv entdecken. Hansson hatte außerdem mit dem fast achtzigjährigen ehemaligen Parteisekretär aus Wetterstedts Zeit als Justizminister gesprochen, allerdings ohne etwas Aufsehenerregendes zutage zu fördern. Er hatte die Bestätigung erhalten, daß Wetterstedt seinerzeit in der Partei umstritten war. Doch niemand hatte jemals seine starke Parteiloyalität bezweifelt. Martinsson berichtete von einem längeren Gespräch mit Carlmans Witwe. Sie war immer noch sehr beherrscht, allerdings hatte sie auf Martinsson den Eindruck gemacht, unter dem Einfluß eines Beruhigungsmittels zu stehen. Weder sie noch eins ihrer Kinder konnte sich ein einleuchtendes Mordmotiv vorstellen. Wallander seinerseits berichtete über sein Gespräch mit der »Putze« Sara Björklund. Weiter erwähnte er die Entdeckung, daß die Glühbirne der Lampe am Gartentor herausgeschraubt worden war. Zum Abschluß des ersten Teils der Sitzung erzählte er von dem blutigen Papier, das er hinter der Baracke des Straßenbauamts gefunden hatte.

Keiner der Anwesenden konnte ihm anmerken, daß er die ganze Zeit auch an seinen Vater dachte. Hinterher hatte er Ann-Britt Höglund gefragt, ob ihr aufgefallen sei, wie zerfahren er gewesen sei. Sie hatte sich sehr überrascht gezeigt. Auf sie hatte er konzentrierter denn je gewirkt.

Gegen einundzwanzig Uhr machten sie eine Pause und lüfteten gründlich. Martinsson und Ann-Britt Höglund riefen zu Hause an. Wallander erreichte endlich seine Schwester. Sie fing an zu weinen, als er vom Besuch ihres Vaters erzählte und von seiner Befürchtung, daß ihr Vater sich jetzt anschickte, von ihnen zu gehen. Wallander versuchte, sie zu trösten, so gut er konnte, kämpfte aber selbst mit einem Kloß im Hals. Schließlich verabredeten sie, daß die Schwester am nächsten Tag anrufen und mit Gertrud sprechen und so bald wie möglich zu Besuch kommen sollte. Bevor sie das Gespräch beendeten, fragte sie, ob er wirklich glaube, daß der Vater eine Reise nach Italien durchhalten könne. Wallander antwortete wahrheitsgemäß, er wisse es nicht. Doch er verteidigte die Reise und erinnerte sie daran, daß der Vater seit ihrer Kindheit davon geträumt habe, einmal im Leben nach Italien zu kommen.

Er versuchte auch, Linda anzurufen. Nachdem er es fünfzehnmal hatte klingeln lassen, gab er auf. Er beschloß in seiner Verärgerung, ihr Geld für einen Anrufbeantworter zu schenken.

Als sie wieder im Sitzungsraum versammelt waren, begann Wallander, von dem Berührungspunkt zu sprechen. Danach mußten sie suchen, ohne deshalb andere Möglichkeiten außer acht zu lassen.

»Carlmans Witwe war sicher, daß ihr Mann nie etwas mit Wetterstedt zu tun hatte«, sagte Martinsson. »Auch ihre Kinder wußten nichts davon. Sie durchsuchten alle seine Telefonverzeichnisse, ohne Wetterstedts Namen zu finden.«

»Arne Carlman stand auch nicht in Wetterstedts Telefonverzeichnis«, ergänzte Ann-Britt Höglund.

»Also ist der Berührungspunkt unsichtbar«, folgerte Wallander. »Unsichtbar, oder besser gesagt lichtscheu. Irgendwo muß es einen Zusammenhang geben. Wenn wir ihn finden, erkennen wir vielleicht auch einen denkbaren Täter. Oder zumindest ein denkbares Motiv. Wir müssen schnell und tief graben.«

»Bevor er wieder zuschlägt«, sagte Hansson. »Falls er das tut.«

»Wir wissen auch nicht, wen wir warnen sollen«, sagte Wallander. »Das einzige, was wir über den Täter oder vielleicht die Täter wissen, ist, daß die Taten geplant sind.«

»Wissen wir das?« unterbrach ihn Per Åkeson. »Diese Schlußfolgerung kommt mir voreilig vor.«

»Es spricht auf jeden Fall nichts dafür, daß wir es mit einem Gelegenheitsmörder zu tun haben, der außerdem spontan Lust bekommt, seinen Opfern die Kopfhaut abzureißen«, erwiderte Wallander und spürte, daß er irritiert war.

»Ich reagiere auf die Schlußfolgerung«, sagte Per Åkeson. »Das heißt nicht, daß ich die Indizien bestreite.«

Die Stimmung im Raum war einen Augenblick lang sehr gedrückt. Keinem entging die Spannung, die zwischen den beiden Männern entstanden war. Im Normalfall hätte Wallander nicht gezögert, sich offen mit Åkeson anzulegen. Doch an diesem Abend zog er es vor nachzugeben, vor allem, weil er sehr müde war und wußte, daß er die Sitzung noch viele Stunden in Gang halten mußte.

»Ich stimme zu«, sagte er nur. »Wir streichen die Schlußfolgerung und begnügen uns damit, daß sie vermutlich geplant sind.«

»Schon morgen kommt ein Psychologe aus Stockholm«, sagte Hansson. »Ich hole ihn selbst in Sturup ab. Hoffentlich kann er uns helfen.«

Wallander nickte. Dann stellte er eine Frage, die er eigentlich nicht vorbereitet hatte. Aber jetzt war die Gelegenheit günstig. »Der Mörder«, sagte er. »Laßt uns der Einfachheit halber davon ausgehen, daß er ein Mann und daß er allein ist. Was seht ihr vor euch? Was denkt ihr?«

»Stark«, sagte Nyberg. »Die Schläge mit der Axt sind mit gewaltiger Kraft geführt worden.«

»Mich erschreckt, daß er Trophäen sammelt«, sagte Martinsson. »So etwas tut nur ein Geisteskranker.«

»Oder jemand, der uns mit den Skalpen auf die falsche Fährte locken will«, sagte Wallander.

»Ich habe gar keine Ansicht«, sagte Ann-Britt Höglund. »Aber es muß sich wirklich um einen sehr gestörten Menschen handeln.«

Die Frage nach dem Täter blieb schließlich in der Luft hängen. Wallander brachte alle dazu, sich noch ein letztes Mal zu konzentrieren; sie planten die weitere Ermittlungsarbeit und verteilten die Aufgaben. Gegen Mitternacht brach Per Åkeson auf, nachdem er erklärt hatte, bei der Beschaffung von Verstärkung für die Ermittlungsgruppe behilflich zu sein, wenn dies als notwendig angesehen wurde. Obwohl alle jetzt am Rande der völligen Erschöpfung waren, ging Wallander die nächsten Schritte der Ermittlung noch einmal durch.

»Keiner von uns wird in den nächsten Tagen besonders viel Schlaf bekommen«, sagte er am Schluß. »Außerdem ist mir klar, daß in der Urlaubsplanung das Chaos ausbricht. Aber wir müssen mit allen Kräften arbeiten, die wir haben. Eine andere Möglichkeit gibt es nicht.«

»Wir brauchen Verstärkung«, sagte Hansson.

»Laß uns darüber am Montag entscheiden«, sagte Wallander. »Laß uns bis dahin warten.«

Sie beschlossen, sich erst am Nachmittag des folgenden Tages zu treffen. Bis dahin sollten Wallander und Hansson ein Gespräch mit dem Psychologen aus Stockholm führen. Dann trennten sie sich und zerstreuten sich in verschiedene Richtungen.

Wallander blieb bei seinem Wagen stehen und blickte zum fahlen Nachthimmel auf.

Er versuchte an seinen Vater zu denken.

Aber immer kam etwas dazwischen.

Die Angst davor, daß ein unbekannter Täter von neuem zuschlagen würde.

## 14

Um sieben Uhr früh am Sonntag, dem 26. Juni, klingelte es an Wallanders Wohnungstür in der Mariagatan. Er wurde aus dem Tiefschlaf gerissen und glaubte zunächst, das Telefon habe geklingelt. Erst als es zum zweitenmal an der Tür klingelte, sprang er aus dem Bett, suchte seinen Bademantel, der halb unter dem Bett lag, und ging in den Flur, um zu öffnen. Vor der Tür stand seine Tochter Linda mit einer Freundin, die Wallander noch nie gesehen hatte. Er erkannte auch seine eigene Tochter kaum wieder, die ihr langes blondes Haar abgeschnitten und nur noch kurze Stoppeln hatte, die außerdem noch rot gefärbt waren. Doch vor allem empfand er Erleichterung und Freude darüber, sie wiederzusehen. Er bat sie herein und begrüßte Lindas Freundin, die sich als Kajsa vorstellte. Wallander war voller Fragen. Nicht zuletzt war er neugierig zu erfahren, wieso sie an einem Sonntagmorgen um sieben Uhr bei ihm klingelten. Gab es wirklich so früh schon Zugverbindungen? Linda erklärte, daß sie bereits am Abend zuvor angekommen waren, aber die Nacht bei einer Schulkameradin verbracht hatten, deren Eltern verreist waren. Sie würden dort auch in der nächsten Woche wohnen. Sie kamen so früh, weil Linda, nachdem sie an den Tagen vor Mittsommer die Zeitungen gelesen hatte, sich dachte, daß es sehr schwer werden würde, ihren Vater überhaupt zu erreichen. Wallander machte ihnen aus den Resten, die er im Kühlschrank fand, Frühstück. Als sie am Küchentisch saßen, erfuhr er, daß sie eine Woche damit verbringen wollten, einen Bühnenauftritt einzuüben, dessen Text sie selbst verfaßt hatten. Danach würden sie nach Gotland fahren und an einem Theaterkurs teilnehmen. Wallander hörte zu und versuchte, sich nicht anmerken zu lassen, wie beunruhigt er darüber war, daß Linda im Begriff stand, ihren alten Traum fallenzulassen, Möbelpolsterei zu lernen und sich, wenn sie ausgelernt hatte, in Ystad selbständig zu machen. Er spürte auch ein starkes Bedürfnis, mit ihr über seinen Vater zu sprechen. Er wußte von dem engen Verhältnis der beiden. Sie würde ihren Großvater sicher besuchen, da sie nun schon in Ystad war. Er benutzte die Gelegenheit, als Kajsa auf die Toilette ging.

»Es geschieht so viel«, sagte er. »Ich muß einmal in Ruhe mit dir reden. Nur du und ich.«

»Das ist das Beste an dir«, antwortete sie. »Daß du immer so froh bist, mich zu sehen.«

Sie schrieb ihm ihre Telefonnummer auf und versprach zu kommen, wenn er sie anrief.

»Ich habe die Zeitungen gelesen«, sagte sie. »Ist es wirklich so schlimm, wie sie schreiben?«

»Es ist schlimmer«, erwiderte Wallander. »Ich habe so viel zu tun, daß ich nicht weiß, wie ich es schaffen soll. Es war reines Glück, daß du mich angetroffen hast.«

Sie saßen zusammen und redeten bis nach acht. Dann rief Hansson an und sagte, daß er sich in Sturup befinde und der Psychologe aus Stockholm gerade gelandet sei. Sie verabredeten sich für neun Uhr im Präsidium.

»Ich muß gleich gehen«, sagte er zu Linda.

»Das werden wir auch tun«, antwortete sie.

»Wie heißt denn das Theaterstück, das ihr aufführt?« wollte Wallander wissen, als sie auf die Straße hinauskamen.

»Es ist kein Stück«, meinte Linda. »Es ist ein Sketch.«

»Aha«, sagte er, während er versuchte, sich klarzumachen, was der Unterschied zwischen einem Sketch und einem Theaterstück war. »Und der hat auch keinen Namen?«

»Noch nicht«, sagte Kajsa.

»Kann man ihn denn sehen?« fragte er vorsichtig.

»Wenn wir fertig sind«, antwortete Linda. »Vorher nicht.«

Wallander wollte wissen, ob er sie irgendwohin fahren konnte.

»Ich will ihr die Stadt zeigen«, sagte Linda.

»Woher kommst du denn?« fragte er Kajsa.

»Aus Sandviken. Ich bin noch nie in Schonen gewesen.«

»Das gleicht sich aus«, sagte Wallander. »Ich war noch nie in Sandviken.«

Er sah sie um die Straßenecke verschwinden. Das schöne Wetter hatte sich gehalten. Heute würde es noch wärmer werden. Er war guter Stimmung, weil seine Tochter unerwartet aufgetaucht war. Auch wenn es ihm nie ganz gelang, sich daran zu gewöhnen, daß sie in den letzten Jahren heftig mit ihrem Aussehen experimentierte. Als sie an diesem Morgen vor der Tür gestanden hatte, war ihm zum erstenmal bewußt geworden, was viele ihm früher schon gesagt hatten. Linda sah ihm ähnlich. Er hatte plötzlich sein eigenes Gesicht in ihrem entdeckt.

Als er ins Polizeipräsidium kam, merkte er, daß Lindas Auftauchen ihm neue Kraft gegeben hatte. Im Korridor schritt er kräftig aus, dachte selbstironisch, daß er drauflos stampfte wie der schwere und übergewichtige Elefant, der er war, und warf die Jacke von sich, als er in sein Zimmer trat. Er griff nach dem Telefonhörer, noch bevor er sich gesetzt hatte, und bat die Vermittlung, Sven Nyberg zu suchen. Kurz vor dem Einschlafen in der vergangenen Nacht war ihm ein Gedanke gekommen, dem er nachgehen wollte. Es dauerte fünf Minuten, bis das Mädchen in der Vermittlung Nyberg für den ungeduldigen Wallander ausfindig gemacht hatte.

»Wallander hier«, sagte er. »Erinnerst du dich, daß du mit mir über eine Dose mit irgendeinem Tränengasspray gesprochen hast, die ihr vor der Absperrung am Strand gefunden habt?«

»Natürlich erinnere ich mich«, erwiderte Nyberg.

Wallander überhörte Nybergs offensichtlich schlechte Laune. »Ich dachte, wir sollten die Fingerabdrücke untersuchen«, fuhr er fort. »Und sie mit denen vergleichen, die du auf dem blutigen Stück Papier finden kannst, das ich in der Nähe von Carlmans Haus aufgelesen habe.«

»Wird gemacht«, versprach Nyberg. »Aber wir hätten es wohl sowieso getan, ohne daß du uns darum hättest bitten müssen.«

»Ja«, sagte Wallander. »Aber du weißt ja, wie es ist.«

»Das weiß ich ganz und gar nicht«, erwiderte Nyberg. »Aber du bekommst Bescheid, sobald ich ein Ergebnis habe.«

Wie zur Bekräftigung seiner wiedergefundenen Energie knallte Wallander den Hörer auf. Er trat ans Fenster und blickte zum alten Wasserturm hinüber, während er sich einen Plan zurechtlegte für das, was er an diesem Tag schaffen wollte. Aus Erfahrung wußte er, daß fast immer etwas Unerwartetes seine Pläne durcheinanderbrachte. Wenn er die Hälfte dessen schaffte, was er sich vorgenommen hatte, konnte er zufrieden sein. Um neun Uhr holte er sich Kaffee und ging in eines der kleineren Besprechungszimmer, wo Hansson mit dem Psychologen aus Stockholm wartete. Der Mann war um die Sechzig und stellte sich als Mats Ekholm vor. Er hatte einen kräftigen Händedruck und Wallander bekam sogleich einen positiven Eindruck von ihm. Wie viele andere Polizeibeamte hatte Wallander früher große Zweifel gehabt, ob Psychologen überhaupt etwas Sinnvolles zu einer laufenden Verbrechensermittlung beitragen konnten. Nicht zuletzt durch Gespräche mit Ann-Britt Höglund hatte er eingesehen, daß seine negative Einstellung unbegründet und möglicherweise ein Vorurteil war. Als er jetzt mit Mats Ekholm an einem Tisch saß, war er entschlossen, ihm wirklich eine Chance zu geben, zu zeigen, was er konnte.

Das Material der Ermittlung lag vor ihnen auf dem Tisch.

»Ich habe gelesen, soviel ich konnte«, sagte Mats Ekholm. »Ich schlage vor, wir fangen damit an, über das zu sprechen, was nicht in den Papieren steht.«

»Da steht aber alles«, sagte Hansson erstaunt. »Wenn Polizisten eins gelernt haben, dann Rapporte zu schreiben.«

»Ich glaube, du willst wissen, was wir denken«, unterbrach ihn Wallander. »Oder?«

Mats Ekholm nickte. »Es gibt eine psychologische Grundregel, die besagt, daß Polizisten nie nach etwas Abstraktem suchen«, sagte er. »Wenn man nicht weiß, wie ein Täter aussieht, setzt man einen Stellvertreter ein. Jemanden, von dem die meisten Polizisten nur den Rücken zu sehen glauben. Aber oft verhält es sich so, daß dieses Phantombild Ähnlichkeiten mit dem Täter hat, der am Ende ergriffen wird.«

Wallander erkannte seine eigenen Reaktionen in Ekholms Beschreibung wieder. In seinem Kopf trug er stets die Projektion eines Verbrechers, solange die Ermittlung andauerte. Er suchte nie ein leeres Bild.

»Zwei Morde sind verübt worden«, fuhr Mats Ekholm fort.

»Die Vorgehensweise ist die gleiche, auch wenn es gewisse interessante Unterschiede gibt. Gustaf Wetterstedt ist von hinten getötet worden. Der Mörder hat ihn in den Rücken geschlagen, nicht in den Kopf. Was auch interessant ist. Er hat die schwierigere Alternative gewählt. Oder kann es sein, daß er Wetterstedts Kopf nicht zerschmettern wollte? Nach der Tat schneidet er ihm den Skalp ab und nimmt sich Zeit, den Körper zu verstecken. Wenn wir zu dem, was mit Carlman passierte, übergehen, können wir leicht Unterschiede, aber auch Ähnlichkeiten erkennen. Auch Carlman wird erschlagen. Auch ihm wird ein Stück vom Skalp abgeschnitten. Aber er wird direkt von vorne getötet. Er muß den Mann gesehen haben, der ihn tötete. Der Täter hat außerdem einen Zeitpunkt gewählt, zu dem sich eine große Anzahl von Personen in der Nähe befindet. Das Risiko, entdeckt zu werden, ist also relativ groß. Er macht sich nicht die Mühe, den Körper zu verbergen. Er sieht ein, daß das auch kaum möglich ist. Die erste Frage, die man sich stellen kann, ist einfach: Was ist wichtiger? Die Ähnlichkeiten oder die Unterschiede?«

»Er tötet«, sagte Wallander. »Er hat sich zwei Personen ausgesucht. Er plant. Er muß mehrmals den Strand hinter Wetterstedts Haus besucht haben. Er hat sich sogar die Zeit genommen, eine Glühbirne herauszuschrauben, damit das Stück Strand zwischen dem Garten und dem Meer im Dunkeln liegt.«

»Wissen wir, ob Gustaf Wetterstedt die Gewohnheit hatte, einen Abendspaziergang am Strand zu machen?« fragte Mats Ekholm.

»Nein«, sagte Wallander. »Das wissen wir praktisch nicht. Aber wir sollten es natürlich herausfinden.«

»Führe deinen Gedankengang zu Ende«, sagte Ekholm.

»Auf den ersten Blick sieht das Muster bei Carlman ganz anders aus«, sagte Wallander. »Umgeben von Menschen auf einem Mittsommerfest. Aber vielleicht hat der Mörder das gar nicht so gesehen? Vielleicht dachte er, daß er die Einsamkeit nutzen könnte, die auch immer Bestandteil eines Fests ist. Daß am Ende niemand irgend etwas sieht? Es ist nie so schwer, Einzelheiten in Erfahrung zu bringen, wie wenn viele Menschen in einer großen Versammlung sich zu erinnern versuchen.«

»Um darauf eine Antwort geben zu können, müssen wir untersuchen, welche Alternative er gehabt hätte«, sagte Ekholm.
»Arne Carlman war ein Geschäftsmann, der viel unterwegs war.
Ständig von Menschen umgeben. Vielleicht war das Fest trotz allem die richtige Wahl?«

»Die Ähnlichkeit oder der Unterschied?« wiederholte Wallander. »Was ist also das Entscheidende?«

Mats Ekholm drehte die Handflächen nach oben. »Das zu beantworten, ist es natürlich noch zu früh. Was wir relativ sicher sagen können, ist, daß er seine Taten sorgfältig plant und sehr kaltblütig ist.«

»Er nimmt Skalpe. Er sammelt Trophäen. Was bedeutet das?«

»Er übt Macht aus«, sagte Ekholm. »Die Trophäen sind der Beweis für seine Taten. Für ihn ist es nicht viel anders, als wenn ein
Jäger sich ein Geweih an die Wand hängt.«

»Aber warum die Skalpe?« fuhr Wallander fort. »Warum gerade die?«

»Das ist nicht schwer zu erraten«, sagte Ekholm. »Ich will nicht
zynisch wirken, aber welcher Teil eines Menschen eignet sich besser als Trophäe? Ein Körper verfault. Ein Stück Haut mit Haaren
ist viel leichter aufzuheben.«

»Dennoch muß ich unwillkürlich an Indianer denken«, meinte
Wallander.

»Man kann natürlich nicht ausschließen, daß dein Täter eine
Fixierung auf einen Indianerkrieger hat«, sagte Ekholm. »Menschen, die sich in einem psychischen Grenzbereich befinden, wählen häufig die Identität eines anderen Menschen, um sich dahinter zu verbergen. Oder verwandeln sich in eine mythische
Gestalt.«

»Ein Grenzbereich?« fragte Wallander. »Was bedeutet das?«

»Dein Täter hat bereits zwei Morde begangen. Wir können
nicht ausschließen, daß er die Absicht hat weiterzumachen, weil
wir sein Motiv nicht kennen. Das bedeutet, daß er wahrscheinlich
eine psychische Grenze überschritten, mit anderen Worten, sich
von allen normalen Hemmungen freigemacht hat. Ein Mensch
kann im Affekt einen Mord oder Totschlag begehen. Ein Mörder,
der seine Handlungen wiederholt, folgt ganz anderen psychischen

Gesetzen. Er befindet sich in einem Dämmerungsland, in das wir ihm nur teilweise folgen können. Alle Grenzen, die für ihn existieren, hat er selbst gezogen. Nach außen kann er ein vollkommen normales Leben führen. Er kann jeden Morgen zur Arbeit gehen. Er kann eine Familie haben und am Feierabend Golf spielen oder seine Blumenbeete pflegen. Er kann im Kreis seiner Kinder auf dem Sofa sitzen und die Nachrichten im Fernsehen verfolgen, die von den Morden berichten, die er selbst begangen hat. Er kann, ohne die geringste Regung erkennen zu lassen, seinem Entsetzen darüber Ausdruck geben, daß solche Menschen frei herumlaufen dürfen. Er hat zwei verschiedene Identitäten, die er voll und ganz beherrscht. Er zieht an seinen eigenen Fäden, er ist Marionette und Marionettenspieler zugleich.«

Wallander saß eine Weile schweigend da. »Wer ist er?« fragte er dann. »Wie sieht er aus? Wie alt ist er? Ich kann nicht nach einem Kranken suchen, der nach außen hin völlig normal ist. Ich kann nur nach einem Menschen suchen.«

»Darauf zu antworten, ist es noch zu früh«, sagte Mats Ekholm. »Ich brauche Zeit, mich in das Material zu vertiefen, um ein psychisches Profil des Täters skizzieren zu können.«

»Ich hoffe, du betrachtest diesen Sonntag nicht als Ruhetag«, sagte Wallander müde. »Wir brauchen dieses Profil so schnell wie überhaupt möglich.«

»Ich will versuchen, bis morgen etwas hinzukriegen«, versprach Mats Ekholm. »Aber du und deine Kollegen, ihr müßt euch darüber im klaren sein, daß die Schwierigkeiten und die Fehlerquellen damit nicht ausgeräumt sind.«

»Das ist mir klar«, sagte Wallander. »Trotzdem brauchen wir jede mögliche Hilfe.«

Nach dem Gespräch mit Mats Ekholm verließ Wallander das Präsidium. Er fuhr zum Hafen hinunter und ging auf die Pier hinaus, auf der er vor ein paar Tagen gesessen und versucht hatte, die Abschiedsrede für Björk zu formulieren. Er setzte sich auf die Bank und sah einem auslaufenden Fischkutter nach. Er knöpfte sein Hemd auf und blinzelte in die Sonne. Irgendwo in der Nähe hörte er Kinder lachen. Er versuchte, alle Gedanken wegzuschieben und die Wärme zu genießen. Doch nach einigen Minuten stand er auf und verließ den Hafen. *Dein Täter hat bereits zwei Morde begangen. Wir kennen sein Motiv nicht und können nicht ausschließen, daß er die Absicht hat weiterzumachen.* Mats Ekholms Worte hätten seine eigenen sein können. Seine Unruhe würde erst vergehen, wenn sie die Person gefaßt hätten, die Gustaf Wetterstedt und Arne Carlman getötet hatte. Wallander kannte sich selbst. Seine Stärke lag darin, nie aufzugeben. Und zuweilen sogar gewisse Anzeichen von Scharfsinn zu offenbaren. Doch seine Schwäche war ebenso leicht auszumachen. Er konnte nicht vermeiden, seine berufliche Verantwortung auch zu einer persönlichen Angelegenheit zu machen. *Dein* Täter, hatte Mats Ekholm gesagt. Besser konnte seine Schwäche nicht beschrieben werden. Der Mann, der Wetterstedt und Carlman getötet hatte, fiel wirklich unter seine Verantwortung. Ob er es wollte oder nicht.

Er stieg in den Wagen und nahm sich vor, den Plan zu befolgen, den er am Morgen aufgestellt hatte. Er fuhr zu Wetterstedts Villa hinaus. Die Absperrung am Strand war verschwunden. Göran Lindgren und ein älterer Mann, von dem er annahm, daß es sich um Lindgrens Vater handelte, waren damit beschäftigt, das Boot zu schleifen. Er verspürte keine Lust, zu ihnen zu gehen und sie zu begrüßen. Da er immer noch das Schlüsselbund hatte, ging er zum Haus und schloß auf. Die Stille war betäubend. Er setzte sich in einen der Ledersessel im Wohnzimmer. Entfernte Geräusche vom Strand drangen schwach zu ihm herein. Er blickte sich im Zimmer um. Was erzählten die Gegenstände? War der Täter jemals im Haus gewesen? Er merkte, daß es ihm schwerfiel, seine Gedanken zu ordnen. Er stand auf und trat an das große Panoramafenster, das auf den Garten, den Strand und das Meer hinausging. Hier hatte Gustaf Wetterstedt sicher oft gestanden. Der Parkettfußboden war hier stärker abgenutzt. Er sah aus dem Fenster. Jemand hatte den Springbrunnen abgestellt. Während er seinen Blick frei wandern ließ, fand er zu dem Gedankengang zurück, den er eben nicht hatte fassen können. *Auf dem Hügel oberhalb von Carlmans Haus stand mein Täter und verfolgte das Fest. Er kann viele Male dort gewesen sein. Von dort aus konnte er die Macht ausüben, die darin besteht zu sehen, ohne gesehen zu werden. Die Frage ist jetzt, wo der Hügel liegt, von dem aus du den gleichen guten Überblick über Gustaf Wetterstedt hattest. Von wo konntest du ihn sehen, ohne gesehen zu werden?* Er ging im Haus herum und blieb an allen Fenstern stehen. Vom Küchenfenster aus betrachtete er lange einige Bäume, die außerhalb von Wetterstedts Grundstück standen. Aber es waren junge Birken, die das Gewicht eines Menschen, der an ihnen hochkletterte, nicht getragen hätten.

Erst als er durch das Fenster des Arbeitszimmers hinaussah, meinte er, vielleicht eine Antwort gefunden zu haben. Von dem vorstehenden Garagendach aus konnte man direkt in das Zimmer sehen. Er verließ das Haus und ging um die Garage herum. Er vermutete, daß ein jüngerer Mann in guter körperlicher Verfassung hochspringen, die Dachleiste fassen und sich daran hinaufziehen konnte. Wallander holte eine Leiter, die er auf der anderen Seite des Hauses gesehen hatte. Er lehnte sie an das Garagendach und stieg hinauf. Es war ein mit Teerpappe gedecktes Dach. Weil er nicht sicher war, wie gut es trug, kroch er auf allen vieren zu einer Stelle, von der aus er in Wetterstedts Arbeitszimmer blicken konnte. Danach suchte er methodisch den Punkt, an dem er so weit wie möglich vom Fenster entfernt stand, aber dennoch gute Sicht hatte. Immer noch auf allen vieren untersuchte er die Teerpappe. Sofort entdeckte er ein paar sich kreuzende Schrammen. Mit den Fingerspitzen fuhr er darüber. Jemand hatte mit einem Messer hineingeschnitten. Er blickte sich um. Weder vom Strand noch von der Straße oberhalb von Wetterstedts Haus konnte man ihn sehen. Wallander kletterte wieder hinunter und stellte die Leiter zurück. Dann untersuchte er sorgfältig den Boden neben dem Steinfundament der Garage. Er fand nichts außer einigen schmutzigen und zerrissenen Blättern eines Comics, die auf das Grundstück geweht worden waren. Er kehrte ins Haus zurück. Die Stille war ebenso betäubend wie vorher. Er ging ins Obergeschoß. Durch das Schlafzimmerfenster konnte er Göran Lindgren und seinen Vater sehen, die gerade das Boot auf den Kiel stellten. Er sah, daß sie zu zweit sein mußten, um das Boot umzudrehen.

Trotzdem war er sich jetzt sicher, daß der Täter allein gewesen war, hier ebenso wie bei dem Mord an Arne Carlman. Auch wenn die Spuren spärlich waren, sprach seine ganze Intuition dafür.

Ich habe es mit einem Täter zu tun, der allein ist, dachte er. Einem einsamen Mann, der sein Grenzland verläßt und zwei Menschen erschlägt, um dann ihre Skalpe als Trophäen zu nehmen.

Es war elf Uhr, als Wallander Wetterstedts Haus verließ. Es war eine große Erleichterung, in die Sonne hinauszukommen. Er fuhr zur OK-Tankstelle und aß im Selbstbedienungsrestaurant. Ein Mädchen an einem Nachbartisch nickte ihm zu und sagte hallo. Er grüßte zurück, ohne sich sogleich erinnern zu können, wer sie war. Erst hinterher fiel ihm ein, daß sie Britta-Lena Bodén hieß und Bankkassiererin war. Mit ihrem ausgezeichneten Erinnerungsvermögen war sie ihm einmal bei der Aufklärung eines Verbrechens eine große Hilfe gewesen.

Um halb zwölf war er zurück im Präsidium.

Ann-Britt Höglund kam ihm in der Anmeldung entgegen. »Ich habe dich vom Fenster aus gesehen«, sagte sie.

Wallander wußte sofort, daß etwas passiert war. Er wartete gespannt darauf, was sie sagen würde.

»Es gibt einen Berührungspunkt«, begann sie. »Ende der sechziger Jahre saß Carlman eine Zeitlang im Gefängnis. Auf Långholmen. In der gleichen Zeit war Gustaf Wetterstedt Justizminister.«

»Das reicht nicht«, sagte Wallander.

»Ich bin noch nicht fertig«, fuhr sie fort. »Arne Carlman schrieb einen Brief an Gustaf Wetterstedt. Und als er aus dem Gefängnis kam, trafen sie sich.«

Wallander stand wie angewurzelt. »Woher weißt du das?«

»Komm mit in mein Zimmer, dann erzähl ich dir alles.«

Wallander wußte, was das bedeutete.

Wenn der Berührungspunkt gefunden war, hatten sie den toten Punkt der Ermittlung überwunden.

## 15

Es hatte damit angefangen, daß das Telefon klingelte.

Ann-Britt Höglund war auf dem Weg durch den Flur, um mit Martinsson zu sprechen, als sie über das Lautsprechersystem ausgerufen wurde. Sie ging in ihr Zimmer zurück und nahm das Gespräch an. Der Mann am anderen Ende der Leitung sprach mit so leiser Stimme, daß sie zuerst glaubte, er sei krank oder vielleicht verletzt. Aber sie verstand, daß er mit Wallander sprechen wollte. Niemandem sonst wollte er sich anvertrauen, schon gar nicht einer Frau. Sie erklärte ihm, Wallander sei nicht im Hause, niemand wisse, wo er sei, keiner könne sagen, wann er wiederkomme. Aber der Mann am Telefon war sehr bestimmt, obwohl sie eigentlich fand, daß jemand, der so leise sprach, nicht den Eindruck machte, einen ausgeprägten Willen zu haben. Einen Moment lang spielte sie mit dem Gedanken, das Gespräch zu Martinsson hinüberzulegen und ihn die Rolle Wallanders spielen zu lassen. Aber sie überlegte es sich anders. Etwas in der Stimme des Mannes sagte ihr, daß er vielleicht wußte, wie Wallander sprach.

Schon gleich zu Anfang hatte er gesagt, daß er wichtige Informationen habe. Sie hatte gefragt, ob es Gustaf Wetterstedt betreffe. *Vielleicht*, hatte er geantwortet. Dann hatte sie gefragt, ob es Arne Carlman betreffe. *Vielleicht*, hatte er wieder geantwortet. Sie hatte ihn in der Leitung halten wollen, da er sich weigerte, seinen Namen zu nennen.

Schließlich hatte er selbst das Problem gelöst. Er hatte so lange geschwiegen, daß sie schon glaubte, das Gespräch sei unterbrochen. Aber genau in dem Augenblick sprach er wieder und fragte nach der Faxnummer der Polizei. »*Geben Sie es Wallander*«, sagte der Mann. »*Keinem anderen.*«

Eine Stunde später war das Fax gekommen. Und jetzt lag es auf ihrem Tisch. Sie reichte es Wallander, der sich auf ihren Besucherstuhl gesetzt hatte. Er stellte zu seiner Verwunderung fest, daß der Absender Skoglunds Eisenwarengeschäft in Stockholm war.

»Ich habe die Nummer ausfindig gemacht und dort angerufen«, sagte sie. »Ich fand es auch komisch, daß ein Eisenwarengeschäft am Sonntag geöffnet hat. Durch einen Hinweis auf einem Anrufbeantworter bekam ich über sein Mobiltelefon den Besitzer zu fassen. Er konnte auch nicht verstehen, wie jemand von seinem Büro aus ein Fax gesendet hatte. Er war auf dem Weg zum Golfspielen, versprach jedoch, der Sache nachzugehen. Eine halbe Stunde später rief er an und berichtete aufgebracht, daß jemand in sein Büro eingebrochen sei.«

»Komische Geschichte«, sagte Wallander.

Dann las er das Fax. Es war handgeschrieben und teilweise schwer zu entziffern. Er dachte wieder einmal, daß er eine Brille brauchte. Er konnte das Gefühl, daß ihm die Buchstaben vor den Augen tanzten, nicht mehr mit Müdigkeit oder Überanstrengung abtun. Das Fax war teils in Schreibschrift, teils in Druckbuchstaben geschrieben und schien in großer Eile aufgesetzt worden zu sein. Wallander las es schweigend. Dann wiederholte er den Text laut, um sicher zu sein, daß er nichts mißverstanden hatte.

»›Arne Carlman saß im Frühjahr 1969 wegen Hehlerei und Betrug auf Långholmen ein. Damals war Gustaf Wetterstedt Justizminister. Carlman schrieb ihm einen Brief. Er prahlte damit. Als er entlassen wurde, traf er sich mit Wetterstedt. Worüber haben sie gesprochen? Was taten sie? Danach ging es Carlman gut. Er saß nicht mehr im Gefängnis. Und jetzt sind sie tot. Beide.‹ Habe ich es richtig gelesen?«

»So habe ich es auch gelesen«, sagte sie.

»Keine Unterschrift«, sagte Wallander. »Was will er eigentlich sagen? Wer ist der Mann? Wieso weiß er das? Stimmt das alles überhaupt?«

»Ich weiß nicht«, antwortete sie. »Aber ich hatte das Gefühl, daß der Mann weiß, wovon er redet. Außerdem ist es ja kein Problem herauszufinden, ob Carlman im Frühjahr 1969 wirklich auf Långholmen saß. Daß Wetterstedt damals Justizminister war, ist ja bekannt.«

»Hatten sie Långholmen damals nicht schon dichtgemacht?«

»Das war erst ein paar Jahre später. Ich glaube, 1975. Das kann ich ja klären, wenn du willst.«

Wallander wehrte ab. »Warum wollte er nur mit mir sprechen? Hat er eine Erklärung dafür genannt?«

»Ich hatte das Gefühl, daß er von dir gehört hatte.«

»Es war also keiner, der behauptete, mich zu kennen?«

»Nein.«

Wallander dachte nach. »Hoffen wir, daß es auch stimmt, was er schreibt«, sagte er. »Dann hätten wir jetzt einen Zusammenhang zwischen den beiden hergestellt.«

»Es dürfte ja nicht schwerfallen herauszufinden, ob es stimmt«, meinte Ann-Britt Höglund. »Auch wenn Sonntag ist.«

»Ja«, sagte Wallander. »Ich fahre zu Carlmans Witwe und rede mit ihr. Sie müßte es ja wissen, wenn ihr Mann im Gefängnis gesessen hat.«

»Willst du, daß ich mitkomme?«

»Nicht nötig.«

Eine halbe Stunde später hatte Wallander seinen Wagen außerhalb der Absperrung in Bjäresjö geparkt. Ein gelangweilter Polizist saß in einem Auto und las Zeitung. Er riß sich zusammen, als er Wallander entdeckte.

»Ist Nyberg hier denn nicht längst fertig?« fragte Wallander verwundert.

»Ich habe keinen Techniker gesehen«, antwortete der Polizist.

»Ruf in Ystad an und frag nach, warum die Absperrung noch nicht aufgehoben ist. Ist die Familie im Haus?«

»Die Witwe ist drinnen«, sagte der Polizist. »Und die Tochter. Aber die Söhne sind vor ein paar Stunden in einem Wagen verschwunden.«

Wallander betrat den Hof. Die Bank und der Tisch aus der Laube waren verschwunden. Bei dem schönen Sommerwetter kamen ihm die Ereignisse von vor ein paar Tagen vollkommen unwirklich vor. Er klopfte an die Tür. Arne Carlmans Witwe öffnete fast augenblicklich.

»Es tut mir leid, falls ich störe«, sagte Wallander. »Aber ich habe einige Fragen, auf die ich dringend eine Antwort brauche.«

Sie war noch immer sehr blaß. Als er an ihr vorüberging, nahm er einen schwachen Alkoholgeruch wahr. Von irgendwoher rief Carlmans Tochter, wer denn gekommen sei. Wallander versuchte, sich in Erinnerung zu rufen, wie die Frau hieß, die vor ihm herging. Kannte er überhaupt ihren Namen? Dann fiel ihm ein, daß sie Anita hieß. Svedberg hatte den Namen während ihrer langen Sitzung am Mittsommertag mehrfach benutzt. Er setzte sich auf ein Sofa ihr gegenüber. Sie zündete sich eine Zigarette an und sah ihn an. Sie trug ein helles Sommerkleid. Ein Anflug von Mißbilligung huschte durch Wallanders Kopf. Wenn sie ihren Mann auch nicht geliebt hatte, so war er doch getötet worden. Hatten die Menschen keinen Respekt mehr vor dem Tod? Hätte sie nicht ein weniger farbenfrohes Kleid wählen können?

Als nächstes wunderte er sich selbst darüber, wie konservativ seine Ansichten zuweilen waren. Trauer und Respekt ließen sich nicht an einer Farbskala ablesen.

»Möchten Sie etwas trinken?« fragte sie.

»Nein, danke«, antwortete Wallander. »Ich will mich kurz fassen.«

Plötzlich merkte er, daß ihr Blick sich auf etwas hinter ihm richtete. Er wandte sich um. Die Tochter war lautlos ins Zimmer getreten und hatte sich auf einen Stuhl im Hintergrund gesetzt. Sie rauchte und schien nervös zu sein.

»Macht es etwas aus, wenn ich zuhöre?« fragte sie mit einer Stimme, die Wallander sogleich als aggressiv empfand.

»Überhaupt nicht«, sagte er. »Sie können gerne hier bei uns sitzen.«

»Ich sitze gut hier«, erwiderte sie.

Ihre Mutter schüttelte fast unmerklich den Kopf. Wallander deutete es als Zeichen der Resignation gegenüber ihrer Tochter.

»Eigentlich bin ich gekommen, weil heute Sonntag ist«, begann er. »Deshalb ist es schwierig, aus Archiven und Registern Auskünfte zu bekommen. Weil wir einige Antworten so schnell wie möglich brauchen, bin ich hergekommen.«

»Sie brauchen sich nicht dafür zu entschuldigen, daß Sie am Sonntag kommen«, sagte sie. »Was möchten Sie wissen?«

»Saß Ihr Mann im Frühjahr 1969 im Gefängnis?«

Ihre Antwort kam sehr schnell und bestimmt.

»Er saß zwischen dem neunten Februar und dem achten Juni auf Långholmen. Ich fuhr ihn hin und holte ihn wieder ab. Er war wegen Hehlerei und Betrug verurteilt worden.«

Ihre Aufrichtigkeit brachte Wallander für einen Augenblick aus dem Konzept. Was hatte er eigentlich erwartet? Daß sie es abstreiten würde?

»War es das erste Mal, daß er eine Gefängnisstrafe bekam?«

»Das erste und letzte Mal.«

»Er war wegen Hehlerei und Betrug verurteilt worden?«

»Ja.«

»Können Sie mehr darüber sagen?«

»Er wurde verurteilt, obwohl er jede Schuld bestritt. Er hatte weder gestohlene Gemälde angenommen noch Schecks gefälscht. Das hatten andere getan und seinen Namen benutzt.«

»Sie meinen also, daß er unschuldig war?«

»Es geht nicht darum, was ich meine oder nicht. Er war unschuldig.«

Wallander beschloß, das Thema zu wechseln. »Gewissen Informationen zufolge kannte Ihr Mann Gustaf Wetterstedt. Obwohl Sie und Ihre Kinder kürzlich ausgesagt haben, dies sei nicht der Fall gewesen.«

»Wenn er Gustaf Wetterstedt gekannt hätte, wüßte ich das.«

»Konnte er diesen Kontakt ohne Ihr Wissen gehabt haben?«

Sie dachte nach, bevor sie antwortete. »Das kann ich mir eigentlich nicht vorstellen«, sagte sie.

Wallander sah sofort, daß sie nicht die Wahrheit sagte. Aber er konnte nicht gleich einordnen, was die Lüge bedeutete. Weil er keine Fragen mehr hatte, stand er auf.

»Sie finden vielleicht selbst zur Tür«, sagte die Frau auf dem Sofa. Sie wirkte plötzlich sehr müde.

Wallander ging zur Tür. Als er an der Tochter vorbeikam, die auf ihrem Stuhl saß und alle seine Bewegungen verfolgte, sprang sie auf und stellte sich ihm in den Weg. In der linken Hand hielt sie die Zigarette.

Aus dem Nichts kam ihre Ohrfeige und traf Wallander hart auf die linke Backe. Er war so überrascht, daß er einen Schritt rückwärts machte, stolperte und auf den Boden fiel.

»Warum habt ihr das zugelassen?« schrie die junge Frau aufgebracht.

Dann begann sie, auf Wallander einzuschlagen, der sie sich nur
mit großer Mühe vom Leib halten konnte, während er gleichzeitig versuchte, wieder hochzukommen.

Die Frau auf dem Sofa erhob sich und kam ihm zu Hilfe. Sie tat
das gleiche, was ihre Tochter gerade mit Wallander gemacht hatte. Sie schlug ihr hart ins Gesicht. Als die Tochter sich beruhigt
hatte, führte ihre Mutter sie zum Sofa. Dann kehrte sie zu Wallander zurück, der mit seiner brennenden Backe dastand und zwischen Wut und Verblüffung schwankte.

»Sie ist schwer deprimiert über alles, was geschehen ist«, sagte
Anita Carlman. »Sie hat die Beherrschung verloren. Sie müssen
sie entschuldigen, Herr Kommissar.«

»Sie sollte vielleicht in ärztliche Behandlung«, sagte Wallander
und merkte, daß seine Stimme bebte.

»Das ist sie schon.«

Wallander nickte und ging. Er war noch immer geschockt über
die kräftige Ohrfeige. Er versuchte sich zu erinnern, wann er das
letzte Mal geschlagen worden war. Es war mehr als zehn Jahre her.
Er hatte einen Mann verhört, der eines Einbruchs verdächtigt
wurde. Plötzlich war der Mann vom Tisch aufgesprungen und
hatte ihm mit der Faust ins Gesicht geschlagen, genau auf den
Mund. Damals hatte Wallander zurückgeschlagen. Seine Wut war
so groß gewesen, daß er dem Mann das Nasenbein gebrochen hatte. Hinterher hatte dieser versucht, Wallander wegen Amtsmiß-
brauch und Körperverletzung anzuzeigen, aber Wallander war natürlich freigesprochen worden. Der Mann hatte später noch eine
Klage gegen ihn beim juristischen Ombudsmann eingereicht,
doch auch die war folgenlos geblieben.

Von einer Frau war er noch nie geschlagen worden. Wenn seine Frau Mona so erregt gewesen war, daß sie die Beherrschung
verlor, warf sie Sachen nach ihm. Aber sie hatte ihn nie geschlagen. Er hatte sich häufig voller Furcht gefragt, was passiert wäre,
wenn sie es getan hätte. Hätte er dann zurückgeschlagen? Er wußte, daß die Gefahr sehr groß gewesen wäre.

Er blieb im Garten stehen und befühlte seine brennende Backe.

Die Energie, die er am Morgen gespürt hatte, als Linda mit ihrer Freundin vor seiner Tür stand, war plötzlich verflogen.

Er ging zu seinem Wagen zurück. Der Polizist wickelte gemächlich die Absperrbänder auf.

Wallander schob eine Kassette ein. *Figaros Hochzeit.* Er stellte die Musik so laut, bis es im Wagen dröhnte. Seine Backe brannte immer noch. Im Rückspiegel sah er, daß sie gerötet war. Als er nach Ystad kam, fuhr er auf den großen Parkplatz eines Möbelhauses. Alles war geschlossen, der Parkplatz verödet. Er öffnete die Wagentür und ließ die Musik ins Freie strömen. Barbara Hendricks half ihm für einen Augenblick, Wetterstedt und Carlman zu vergessen. Nur das brennende Mädchen lief noch durch sein Bewußtsein. Das Rapsfeld schien endlos. Sie lief und lief. Und brannte und brannte.

Er stellte die Musik leiser und ging auf dem Parkplatz auf und ab. Wie immer, wenn er nachdachte, blickte er zu Boden. Deshalb bemerkte er auch den Pressefotografen nicht, der ihn entdeckt hatte und durch ein Teleobjektiv fotografierte, wie er in dem System von markierten Feldern auf und ab schritt, auf denen an diesem Sommertag kein anderer Wagen geparkt war. Einige Wochen später, als Wallander zu seiner Verblüffung das Bild von sich auf dem Parkplatz in der Zeitung entdeckte, hatte er schon wieder vergessen, daß er dort gehalten hatte, um mit sich selbst ins reine zu kommen und den Stand der Verbrechensermittlung zu überdenken.

Die Ermittlungsgruppe traf sich an diesem Sonntag nur sehr kurz um zwei Uhr. Mats Ekholm nahm an der Sitzung teil und gab eine knappe Zusammenfassung dessen, was er am Morgen mit Wallander und Hansson besprochen hatte. Ann-Britt Höglund berichtete über den Inhalt des anonym eingegangenen Faxschreibens, und Wallander teilte mit, daß Anita Carlman die anonymen Angaben bestätigt habe. Dagegen sagte er nichts von der Ohrfeige, die er bekommen hatte. Als Hansson ihn vorsichtig fragte, ob er sich denken könne, mit den Journalisten zu sprechen, die das Präsidium belagerten und stets zu wissen schienen, wann die Ermittlungsgruppe zusammentraf, antwortete er mit nein.

»Wir müssen den Journalisten beibringen, daß wir als Team

zusammenarbeiten«, sagte er und hörte selbst, wie geschraubt es klang. »Ann-Britt Höglund kann mit ihnen reden. Ich will nicht.«

»Gibt es etwas, was ich nicht sagen soll?« fragte sie.

»Daß wir einen Tatverdächtigen haben«, antwortete Wallander. »Denn das wäre gelogen.«

Nach der Sitzung wechselte Wallander ein paar Worte mit Martinsson. »Gibt es etwas Neues über das Mädchen, das sich verbrannt hat?« wollte er wissen.

»Noch nicht.«

»Halte mich auf dem laufenden, wenn sich etwas tut.«

Wallander ging in sein Zimmer. Als er eintrat, klingelte das Telefon. Er fuhr zusammen. Bei jedem Klingeln befürchtete er, jemand aus der Zentrale würde ihm von einem neuen Mord berichten. Aber es war seine Schwester. Sie erzählte, sie habe mit Gertrud gesprochen, der Heimpflegerin, die ihren Vater geheiratet hatte. Es bestand kein Zweifel, daß ihr Vater an Alzheimer erkrankt war. Wallander hörte, wie traurig sie war.

»Er wird immerhin bald achtzig«, tröstete er sie. »Früher oder später mußte ja irgend etwas kommen.«

»Aber trotzdem«, sagte sie.

Wallander wußte sehr wohl, was sie meinte. Er hätte selbst das gleiche sagen können. Allzuoft war das Leben auf die kraftlosen Protestworte *aber trotzdem* reduziert.

»Eine Reise nach Italien schafft er nicht«, sagte sie.

»Wenn er es will, schafft er es«, erwiderte Wallander. »Außerdem habe ich es ihm versprochen.«

»Vielleicht sollte ich mitkommen?«

»Nein. Das ist seine und meine Reise.«

Er beendete das Gespräch, unsicher, ob sie gekränkt war, weil er sie in Italien nicht dabeihaben wollte. Aber er verwarf die Gedanken und beschloß, jetzt endlich zu seinem Vater hinauszufahren. Er suchte den Zettel mit Lindas Telefonnummer und rief dort an. Da er erwartet hatte, daß sie bei dem schönen Wetter draußen sein würden, war er sehr erstaunt, als Kajsa sich sofort meldete. Als Linda ans Telefon kam, fragte er sie, ob sie sich von ihren Proben losreißen könne und mit ihm zu ihrem Großvater fahren wolle.

»Kann Kajsa mitkommen?«

»Sie kann schon«, antwortete Wallander. »Aber gerade heute wäre es mir lieber, wenn nur du und ich führen. Ich muß mit dir über etwas sprechen.«

Eine halbe Stunde später holte er sie am Österportstorg ab. Unterwegs erzählte er ihr vom Besuch seines Vaters im Präsidium und von seiner Krankheit.

»Niemand weiß, wie schnell es geht«, sagte Wallander. »Aber er wird uns verlassen. Ungefähr so wie ein Schiff, das langsam am Horizont verschwindet. Wir werden ihn weiter deutlich sehen. Aber für ihn werden wir immer mehr zu Gestalten im Nebel. Unser Aussehen, unsere Worte, unsere gemeinsamen Erinnerungen, alles wird undeutlich, um am Ende ganz zu verschwinden. Er kann bösartig werden, ohne selbst etwas davon zu merken. Er kann ein ganz anderer Mensch werden.«

Wallander sah, daß sie traurig wurde.

»Kann man denn nichts machen?« fragte sie nach langem Schweigen.

»Darauf kann nur Gertrud antworten«, sagte er. »Aber ich glaube nicht, daß es ein Mittel gibt.«

Er erzählte auch von der Italienreise, die der Vater machen wollte. »Nur er und ich, vielleicht können wir endlich all das ausräumen, was die ganzen Jahre zwischen uns gestanden hat.«

Gertrud trat auf die Haustreppe, als sie auf den Hof fuhren. Linda verschwand sofort bei ihrem Großvater, der in seinem Atelier im ehemaligen Stalltrakt saß und malte. Wallander setzte sich zu Gertrud in die Küche. Es war, wie er vermutete. Man konnte nichts machen, außer zu versuchen weiterzuleben wie gewöhnlich und abzuwarten.

»Schafft er die Reise nach Italien?« fragte Wallander.

»Er redet von nichts anderem«, erwiderte sie. »Und wenn er dort unten stürbe, wäre das wahrlich nicht das Schlechteste.«

Sie erzählte ihm, wie ruhig sein Vater die Nachricht von seiner Krankheit aufgenommen hatte. Das erstaunte Wallander, der immer erlebt hatte, daß sein Vater bei der geringsten Unpäßlichkeit überaus grantig geworden war.

»Ich glaube, er hat sich mit seinem Alter ausgesöhnt«, sagte Gertrud. »Und er denkt, daß er im großen und ganzen das gleiche Leben wieder leben würde, wenn er eine zweite Möglichkeit bekäme.«

»In dem Leben würde er mich sicher daran hindern, Polizist zu werden«, antwortete Wallander.

»Das ist ja schrecklich, was ich in der Zeitung lese«, sagte sie. »All diese grausigen Dinge, mit denen du dich beschäftigen mußt.«

»Jemand muß es ja tun«, sagte Wallander. »So ist das eben.«


Sie aßen im Garten zu Abend. Wallander fand, daß sein Vater während des ganzen Abends in bester Stimmung war. Er nahm an, daß Linda die Hauptursache war. Es war schon elf, als sie nach Hause fuhren.

»Erwachsene können so kindisch sein«, sagte sie plötzlich. »Manchmal, um sich aufzuspielen. Oder um jugendlich zu wirken. Aber Großvater kann auf eine Weise kindisch sein, die vollkommen echt erscheint.«

»Dein Großvater ist ein sehr ungewöhnlicher Mensch«, sagte Wallander. »Das ist er immer gewesen.«

»Weißt du, daß du anfängst, ihm ähnlich zu werden?« fragte sie plötzlich. »Du wirst ihm mit jedem Jahr ähnlicher.«

»Ich weiß. Aber ich weiß nicht, ob es mir gefällt.«

Er setzte sie da ab, wo sie zugestiegen war. Sie verabredeten, daß sie ihn in den nächsten Tagen anriefe. Er sah sie hinter der Österportschule verschwinden und stellte zu seiner Verwunderung fest, daß er der laufenden Ermittlung während des ganzen Abends nicht einen einzigen Gedanken gewidmet hatte. Sofort bekam er ein schlechtes Gewissen. Aber er schob es beiseite. Er konnte nicht mehr tun, als er tat.

Er fuhr zum Präsidium, blieb jedoch nur sehr kurz. Keiner der Kollegen war da. Keine der auf seinem Tisch liegenden Mitteilungen war so wichtig, daß noch am gleichen Abend etwas unternommen werden mußte. Er fuhr nach Hause, stellte den Wagen ab und ging in seine Wohnung.

In dieser Nacht blieb er lange auf. Er öffnete das Fenster und ließ die laue Sommernacht herein. Dann legte er Puccini auf und schenkte sich den letzten Rest aus einer Whiskyflasche ein. Zum erstenmal meinte er, etwas von der Freude wiedergefunden zu haben, die er an jenem Nachmittag gefühlt hatte, als er zu Salomonssons Hof hinausfuhr. Bevor die Katastrophe hereingebrochen war. Jetzt steckte er tief in einer Ermittlung, die von zwei grundlegenden Voraussetzungen geprägt wurde. Teils hatten sie sehr wenig in der Hand, woran sie sich halten konnten, um den Täter zu identifizieren; teils konnte es durchaus sein, daß der Täter gerade in diesem Augenblick seinen dritten Mord beging. Dennoch fand Wallander, er könne in dieser späten Nachtstunde die Gedanken an die Ermittlung von sich schieben. Für eine kurze Weile lief auch das brennende Mädchen nicht mehr durch seinen Kopf. Er legte sich aufs Sofa und döste zur Musik in der Sommernacht, das Whiskyglas in Reichweite.

Plötzlich zog ihn etwas wieder an die Oberfläche. Etwas, was Linda im Auto gesagt hatte. Einige Wörter aus einem Gespräch, Wörter, denen er zunächst keine große Bedeutung beigemessen hatte, die jedoch auf einmal einen ganz anderen Sinn annahmen. Er setzte sich auf und runzelte die Stirn. Was hatte sie gesagt? *Daß Erwachsene oft so kindisch sind.* Etwas daran ließ ihm keine Ruhe. *Erwachsene sind oft so kindisch.*

Plötzlich kam er darauf. Im ersten Moment konnte er nicht begreifen, wie er so leichtsinnig und nachlässig hatte sein können. Er zog die Schuhe an, nahm eine Taschenlampe aus einer der Küchenschubladen und verließ die Wohnung. Er fuhr aus der Stadt hinaus, bog vom Österleden nach rechts ab und hielt vor Wetterstedts Villa, die im Dunkeln lag. Er öffnete die Tür in der Gartenmauer. Er fuhr zusammen, als eine Katze wie ein Schatten zwischen den Johannisbeersträuchern davonhuschte. Dann leuchtete er mit der Taschenlampe am Steinfundament der Garage entlang. Er brauchte nicht lange zu suchen. Er faßte die zerrissenen Blätter des Comic-Hefts mit Daumen und Zeigefinger und leuchtete sie an. Sie waren aus einer Nummer von *Superman.* Er suchte in seinen Taschen nach einem Plastikbeutel und steckte die Seiten hinein.

Dann fuhr er nach Hause. Es ärgerte ihn noch immer, daß er so nachlässig gewesen war. Er hätte es besser wissen müssen.

Erwachsene sind wie Kinder.

Ein erwachsener Mann konnte sehr wohl auf dem Garagendach gesessen und in einer Nummer von *Superman* gelesen haben.

# 16

Als Wallander in der frühen Morgendämmerung erwachte, war eine Wolkenbank von Westen herangezogen und hatte gegen fünf Uhr Ystad erreicht. Es war Montag, der 27. Juni. Aber noch regnete es nicht. Wallander blieb liegen und versuchte vergebens, wieder einzuschlafen. Kurz vor sechs stand er auf, duschte und trank Kaffee. Die Müdigkeit und der Schlafmangel lagen wie ein dumpfer Schmerz in seinem Körper. Mit Wehmut erinnerte er sich an die Zeit, als er zehn oder fünfzehn Jahre jünger gewesen war und sich morgens nie müde fühlte, wie wenig Schlaf er auch bekommen haben mochte. Doch die Zeit war vorbei und würde nicht wiederkehren.

Um fünf vor sieben trat er durch die Tür des Polizeipräsidiums. Ebba war schon da und reichte ihm lächelnd ein paar Zettel mit Telefonnotizen.

»Ich dachte, du hättest Urlaub«, wunderte sich Wallander.

»Hansson hat mich gebeten, noch ein paar Tage zu bleiben«, erklärte Ebba. »Weil momentan so viel los ist.«

»Was macht deine Hand?«

»Wie ich schon gesagt habe. Es macht keinen Spaß, alt zu werden. Dann geht es mit allem beschissen.«

Wallander konnte sich nicht erinnern, je gehört zu haben, daß Ebba sich dermaßen drastisch ausdrückte. Er überlegte kurz, ob er ihr von seinem Vater und dessen Krankheit erzählen sollte. Aber er ließ es sein. Er holte Kaffee und setzte sich an seinen Schreibtisch. Nachdem er die Telefonzettel durchgesehen und auf den Stoß gelegt hatte, den er am Abend zuvor bekommen hatte, rief er in Riga an. Er spürte sogleich einen Anflug von schlechtem Gewissen, weil es sich um ein Privatgespräch handelte und er so altmodisch war, seine Dienststelle am liebsten nicht mit privaten Kosten zu belasten. Er dachte an eine Situation vor ein paar Jahren, als Hansson, von Wettleidenschaft besessen, auf Pferde setzte. Er hatte halbe Arbeitstage damit verbracht, bei den verschiedenen Trabrennbahnen anzurufen, um die letzten Stalltips einzuholen. Alle wußten davon, aber keiner hatte reagiert. Wallander hatte sich darüber gewundert, daß er anscheinend der einzige war, der meinte, jemand müsse einmal mit Hansson reden. Doch eines Tages waren plötzlich alle Trabrennprogramme und halb ausgefüllten Wettscheine von Hanssons Schreibtisch verschwunden. Wallander hatte gerüchteweise gehört, daß Hansson ganz einfach beschlossen hatte, mit dem Wetten Schluß zu machen, bevor er sich verschuldete.

Baiba antwortete nach dem dritten Klingeln. Wallander war nervös. Er befürchtete noch immer, sie könnte bei jedem Telefongespräch erklären, ihn nicht mehr treffen zu wollen. So sicher er sich seiner eigenen Gefühle war, so wenig sicher war er sich der ihren. Aber als er jetzt ihre Stimme hörte, klang sie froh. Er ließ sich von ihrer Fröhlichkeit sogleich anstecken. Sie erzählte, sie habe den Entschluß, nach Tallinn zu fahren, spontan gefaßt. Eine Freundin, die hinfahren wollte, habe sie gefragt, ob sie mitkomme. In dieser Woche hatte sie keine Lehrveranstaltungen an der Universität, und die Übersetzung, an der sie arbeitete, war auch nicht dringend. Sie erzählte kurz von der Reise und fragte dann, wie es bei ihm in Ystad aussehe. Wallander beschloß, bis auf weiteres nichts davon zu sagen, daß ihre gemeinsame Reise nach Skagen aufgrund der Ereignisse der letzten Woche gefährdet war. Er sagte nur, es sei alles in Ordnung. Sie verabredeten, daß er sie am selben Abend anrufen würde. Nachher blieb er mit der Hand auf dem Hörer sitzen. Er machte sich sogleich Sorgen, wie sie reagieren würde, wenn er gezwungen wäre, seinen Urlaub zu verschieben.

Dies war ein unguter Charakterzug, der sich immer stärker bemerkbar machte, je älter er wurde. Wegen allem machte er sich Sorgen. Er machte sich Sorgen, weil sie nach Tallinn gefahren war, er machte sich Sorgen, daß er krank werden, verschlafen oder daß sein Wagen kaputtgehen könnte. Er umgab sich mit unnötigen Sorgenwolken. Mit einer Grimasse fragte er sich, ob Mats Ekholm vielleicht auch ein psychologisches Profil von ihm erstellen und

Maßnahmen vorschlagen sollte, wie er sich von all den Problemen befreien könnte, die er ständig schon im voraus wälzte.

Er wurde in seinen Gedanken von Svedberg unterbrochen, der an seine halboffene Tür klopfte und eintrat. Wallander sah, daß er am Tag zuvor zu lange in der Sonne gewesen sein mußte. Die Glatze war völlig verbrannt, ebenso Stirn und Nase, die unangenehm gerötet waren.

»Ich lerne es nie«, sagte Svedberg zerknirscht. »Es brennt wie die Hölle.«

Wallander dachte an das Brennen nach der Ohrfeige am Tag zuvor. Aber er sagte nichts.

»Ich habe den Tag gestern damit verbracht, mit den Leuten zu sprechen, die in der Nähe von Wetterstedts Villa wohnen«, sagte Svedberg. »Danach hat Wetterstedt häufig Spaziergänge gemacht. Teils morgens, teils abends. Er war immer höflich und grüßte jeden, dem er begegnete. Aber er hatte keinen engeren Kontakt mit denen, die in der Nähe wohnten.«

»Er hatte also die Gewohnheit, abends einen Spaziergang zu machen?«

Svedberg zog seine Notizen zu Rate. »Er pflegte zum Strand hinunterzugehen.«

»Es war also eine Gewohnheit, die sich regelmäßig wiederholte?«

»Wenn ich es richtig verstanden habe, ja.«

Wallander nickte. »Genau, wie ich es mir gedacht habe.«

»Ich habe noch etwas erfahren, was von Interesse sein könnte«, fuhr Svedberg fort. »Ein pensionierter Kanzleirat bei der Kommune namens Lantz behauptet, eine Journalistin von irgendeiner Zeitung habe am Montag, dem 20. Juni, an seiner Haustür geklingelt. Sie hatte nach dem Weg zu Wetterstedts Haus gefragt. Lantz hatte sie so verstanden, daß sie und ein Fotograf auf dem Weg zu Wetterstedt waren, um eine Reportage zu machen. Das heißt mit anderen Worten, jemand war am Tag vor seinem Tod in seiner Villa.«

»Und es gibt Fotos«, sagte Wallander. »Von welcher Zeitung kamen sie?«

»Das wußte Lantz nicht.«

»Setz jemand daran, der herumtelefoniert«, sagte Wallander. »Das kann wichtig sein.«

Svedberg nickte und wandte sich zum Gehen.

»Du solltest deinen Sonnenbrand eincremen. Das sieht nicht gut aus«, sagte Wallander.

Danach rief er Nyberg an. Ein paar Minuten später kam er in Wallanders Zimmer und holte die losen Seiten aus dem *Superman* ab.

»Ich glaube nicht, daß dein Mann mit dem Fahrrad gekommen ist«, sagte Nyberg. »Wir haben eine Reihe von Spuren hinter der Baracke gefunden, die eher auf ein Moped oder ein Motorrad hindeuten. Wir haben herausgefunden, daß alle Männer vom Straßenbauamt, die die Baracke benutzen, Autos haben.«

Ein Erinnerungsbild huschte vor Wallanders innerem Blick vorbei, ohne daß er es festzuhalten vermochte. Er notierte sich auf seinem Block, was Nyberg gesagt hatte.

»Und was soll ich hiermit machen?« fragte Nyberg und hielt den Beutel mit den Comicseiten hoch.

»Fingerabdrücke«, sagte Wallander. »Die vielleicht zu anderen Abdrücken passen.«

»Ich dachte, nur Kinder lesen *Superman*«, meinte Nyberg.

»Nein«, sagte Wallander. »Da irrst du dich.«

Nachdem Nyberg ihn verlassen hatte, war Wallander eine Weile unschlüssig, was er tun sollte. Rydberg hatte ihn gelehrt, stets das in Angriff zu nehmen, was im Augenblick am wichtigsten war. Doch was war im Augenblick am wichtigsten? Sie befanden sich in einer Phase der Ermittlung, in der alles noch sehr unklar war und nichts mit Sicherheit Vorrang hatte. Wallander wußte, daß es jetzt galt, sich in Geduld zu üben.

Er ging in den Flur hinaus und klopfte an die Tür des Zimmers, das Mats Ekholm zur Verfügung gestellt worden war. Als er Ekholms Stimme hörte, trat er ein. Ekholm hatte die Füße auf den Schreibtisch gelegt und las Papiere durch. Er nickte zum Besucherstuhl, schaute dann zu Wallander auf und warf die Papiere auf den Tisch.

»Wie kommst du voran?« fragte Wallander.

»Schlecht«, antwortete Ekholm fröhlich. »Es ist schwierig, diese Person einzukreisen. Schade, daß wir nicht ein bißchen mehr Material haben, von dem wir ausgehen können.«

»Er hätte mit anderen Worten mehr Morde begehen sollen?«

»Um es geradeheraus zu sagen, es würde die Sache vereinfachen. In vielen amerikanischen Untersuchungen über Serienmörder, die das FBI veranlaßt hat, zeigt es sich, daß der Durchbruch oft beim dritten oder vierten Mord in Folge kommt. Dann kann man das aussondern, was im einzelnen Fall auf Zufall beruht, und ein durchgehendes Muster herausfiltern. Und was wir suchen, ist ein Muster. Ein Muster, das wir als Spiegel benutzen können, um das Gehirn hinter dem Ganzen erkennen zu können.«

»Was kann man über Erwachsene sagen, die Comics lesen?« fragte Wallander.

Ekholm hob die Augenbrauen. »Hat die Frage mit diesem Fall zu tun?«

»Vielleicht.«

Wallander berichtete von seiner Entdeckung am Tag zuvor. Ekholm hörte konzentriert zu.

»Gefühlsmäßige Unreife oder gefühlsmäßige Deformation liegt bei Menschen, die wiederholt Gewaltverbrechen begehen, fast immer vor«, erklärte Ekholm. »Ihnen fehlt die Fähigkeit, sich mit dem Wert anderer Menschen zu identifizieren. Deshalb reagieren sie auch nicht angesichts des Leidens, das sie anderen Menschen zufügen.«

»Aber nicht alle Erwachsenen, die *Superman* lesen, begehen Morde«, wandte Wallander ein.

»Genauso, wie es Beispiele für Serienmörder gibt, die Dostojewski-Spezialisten waren«, erwiderte Ekholm. »Man muß ein Puzzleteil nehmen und sehen, ob es irgendwo paßt. Oder ob es vielleicht in ein ganz anderes Puzzle gehört.«

Wallander begann, ungeduldig zu werden. Er hatte keine Zeit, sich auf eine ausgedehnte Diskussion mit Ekholm einzulassen.

»Jetzt hast du unser Material durchgelesen«, sagte er. »Was für Schlüsse ziehst du daraus?«

»Eigentlich nur einen«, erwiderte Ekholm. »Daß er noch einmal zuschlagen wird.«

Wallander wartete auf eine Fortsetzung, eine Erklärung, die jedoch nicht kam. »Warum?«

»Etwas im Gesamtbild sagt mir das. Ohne daß ich es mit mehr begründen kann als mit Erfahrungen. Aus anderen Fällen mit Trophäenjägern.«

»Was siehst du vor dir?« fragte Wallander. »Sag, was du gerade denkst. Irgend etwas. Und ich verspreche dir, daß du nachher nicht dafür geradestehen mußt.«

»Einen erwachsenen Mann«, antwortete Ekholm. »In Anbetracht des Alters der Opfer, und weil er auf irgendeine Weise mit ihnen zu tun gehabt haben muß, glaube ich, daß er mindestens dreißig ist. Aber vermutlich älter. Die denkbare Identifikation mit einem Mythos, vielleicht einem Indianer, veranlaßt mich zu der Annahme, daß er in sehr guter körperlicher Verfassung ist. Er ist vorsichtig und wagemutig zugleich. Was bedeutet, daß er berechnend ist. Ich glaube, er führt ein regelmäßiges und gut organisiertes Leben. Die innere Dramatik verbirgt er hinter einer Fassade von undramatischer Normalität.«

»Und er wird wieder zuschlagen?«

Ekholm hob die Hände und ließ sie wieder fallen. »Hoffen wir, daß ich unrecht habe. Aber du hast mich gebeten zu sagen, was ich gerade denke.«

»Zwischen Wetterstedt und Carlman lagen drei Tage«, überlegte Wallander. »Wenn er sich an den Drei-Tage-Rhythmus hält, wird er also heute wieder jemanden töten.«

»Das ist absolut nicht zwingend notwendig«, sagte Ekholm. »Weil er berechnend ist, spielt der Zeitfaktor keine entscheidende Rolle. Er schlägt zu, wenn er sich seiner Sache sicher ist. Natürlich kann heute etwas passieren. Aber es kann auch ein paar Wochen dauern. Oder viele Jahre.«

Wallander hatte keine Fragen mehr. Er bat Ekholm, an der kurz danach anberaumten Sitzung der Ermittlungsgruppe teilzunehmen. Als er in sein Zimmer zurückging, spürte er ein wachsendes Unbehagen angesichts dessen, was Ekholm gesagt hatte. Der Mann, den sie suchten und von dem sie nichts wußten, würde wieder zuschlagen.

Er nahm den Block, auf dem er vorhin Nybergs Bemerkung notiert hatte, und versuchte, sich das flüchtige Erinnerungsbild ins Bewußtsein zu rufen, das ihm durch den Kopf geschossen war. Er wurde das Gefühl nicht los, daß es wichtig war. Es hatte mit der Baracke des Straßenbauamts zu tun, da war er sich sicher. Aber er kam nicht darauf, was es war.

Bald darauf ging er ins Sitzungszimmer. Rydberg fehlte ihm im Augenblick mehr denn je.

Er setzte sich an seinen gewohnten Platz an der Schmalseite des Tischs und blickte in die Runde. Alle, die dasein sollten, waren anwesend. Er spürte sogleich die besondere Atmosphäre von Konzentration, die sich einstellte, wenn alle hofften, daß ihnen der Durchbruch in einer Ermittlung gelingen würde. Wallander wußte, daß sie enttäuscht werden würden. Aber keiner von ihnen würde es zeigen. Die Kollegen, die im Raum versammelt waren, hatten Niveau. »Wir gehen die Ereignisse der letzten vierundzwanzig Stunden in der Skalpermittlung durch«, begann er.

Er hatte nicht vorgehabt, *Skalpermittlung* zu sagen; es kam von selbst. Aber von diesem Augenblick an wurde die Ermittlung intern nie mehr anders als die Skalpermittlung genannt.

Wenn nicht eine zwingende Notwendigkeit etwas anderes nahelegte, pflegte Wallander mit seinem eigenen Bericht bis zum Schluß zu warten. Dies beruhte nicht zuletzt darauf, daß alle von ihm die Zusammenfassung und die Planung des weiteren Vorgehens erwarteten. So war Ann-Britt Höglund die erste, die das Wort ergriff. Das aus Skoglunds Eisenwarengeschäft abgesandte Fax machte die Runde. Bei den zentralen Gefängnisregistern waren die von Anita Carlman bereits bestätigten Informationen noch einmal überprüft worden. Die schwerste Arbeit jedoch hatte sie gerade erst in Angriff nehmen können. Bestätigungen und am besten Kopien der Briefe zu beschaffen, die Carlman angeblich an Wetterstedt geschrieben hatte.

»Das Problem ist, daß alles so weit zurückliegt«, schloß sie. »Auch wenn wir in einem Land mit gut organisierten Registern und Archiven leben, dauert es lange, sich zu Ereignissen und Dokumenten durchzuarbeiten, die vor mehr als fünfundzwanzig Jahren eintrafen beziehungsweise erstellt wurden. Wir haben es außerdem mit einer Zeit zu tun, in der Register und Archive noch nicht mit elektronischer Datenverarbeitung ausgestattet waren.«

»Trotzdem müssen wir weitergraben«, sagte Wallander. »Der Berührungspunkt zwischen Wetterstedt und Carlman ist ausschlaggebend dafür, wie wir weiterkommen.«

»Dieser Anrufer«, sagte Svedberg und massierte seine verbrannte Nase, »warum wollte er nicht sagen, wer er war? Wer bricht irgendwo ein, um ein Fax zu senden?«

»Darüber habe ich auch nachgedacht«, sagte Ann-Britt Höglund. »Ganz offensichtlich wollte er uns auf eine bestimmte Spur bringen. Daß er seine Identität schützen will, kann natürlich viele Gründe haben. Einer davon ist vielleicht ganz einfach Angst.«

Es wurde still im Raum.

Wallander sah ein, daß Ann-Britt Höglund richtig dachte. Er forderte sie auf fortzufahren.

»Es ist natürlich eine reine Vermutung. Aber nehmen wir an, er fühlt sich von dem Mann bedroht, der Wetterstedt und Carlman getötet hat. Er hat natürlich das größte Interesse daran, daß wir den Täter fassen. Ohne uns zu sagen, wer er ist.«

»Dann hätte er aber deutlicher sein müssen«, wandte Martinsson ein.

»Vielleicht konnte er das nicht«, entgegnete Ann-Britt Höglund. »Falls er wirklich aus Angst Kontakt mit uns aufnimmt, hat er wahrscheinlich auch alles gesagt, was er weiß.«

Wallander hob die Hand. »Laßt uns weiterdenken«, sagte er. »Der Mann, der das Fax geschickt hat, gibt uns Informationen, deren Ausgangspunkt Carlman ist, nicht Wetterstedt. Das ist ein entscheidender Punkt. Er behauptet, Carlman habe an Wetterstedt geschrieben und sie hätten sich nach Carlmans Entlassung getroffen. Wer kann über eine solche Information verfügen?«

»Ein anderer Gefängnisinsasse«, sagte Ann-Britt Höglund.

»Daran habe ich auch gedacht«, sagte Wallander. »Doch auf der anderen Seite fällt dann wohl deine Hypothese flach, daß er Kontakt zu uns aufnimmt, weil er Angst hat. Wenn der Kontakt zu Carlman nur der eines zufälligen Mitgefangenen war?«

»Es gibt ja trotz allem eine Fortsetzung«, sagte Ann-Britt Höglund. »Er weiß, daß Carlman und Wetterstedt sich getroffen haben, nachdem Carlman aus dem Gefängnis entlassen wurde. Das läßt darauf schließen, daß ihr Kontakt weiterbestand.«

»Er kann Augenzeuge von etwas gewesen sein«, meinte Hansson, der bisher geschwiegen hatte. »Aus irgendeinem Grund ist das jetzt, fünfundzwanzig Jahre später, die Ursache für zwei Morde geworden.«

Wallander wandte sich an Ekholm, der allein an der einen Längsseite des Tisches saß. »Fünfundzwanzig Jahre sind eine lange Zeit«, sagte er.

»Die Inkubationszeit für eine Rache kann unendlich sein«, antwortete Ekholm. »Psychische Prozesse haben keine Verjährungsfrist. Es ist eine der allerältesten kriminologischen Wahrheiten, daß ein Rächer unendlich lange warten kann. Wenn es sich denn um Rache handelt.«

»Was sollte es sonst sein?« fragte Wallander. »Ein Eigentumsdelikt können wir ausschließen. Mit großer Wahrscheinlichkeit im Fall Wetterstedt und mit Sicherheit im Fall Carlman.«

»Ein Motivbild kann viele Bestandteile aufweisen«, sagte Ekholm. »Auch der reine Lustmord kann um ein auf den ersten Blick nicht sichtbares Motiv herum aufgebaut sein. Ein Serienmörder kann seine Opfer aufgrund von Kausalzusammenhängen auswählen, die uns vollkommen planlos erscheinen. Wenn wir an die Skalpe denken, können wir uns fragen, ob er es auf eine bestimmte Art von Haar abgesehen hat. Auf den Fotos sieht man, daß Wetterstedt und Carlman den gleichen kräftigen, grauen Haarwuchs hatten. Wir können nichts ausschließen. Aber als Laie in Fragen polizeilicher Ermittlungsmethoden bin ich der Meinung, daß die Suche nach dem Berührungspunkt im Augenblick am dringlichsten ist.«

»Kann es sein, daß wir völlig falsch denken?« sagte Martinsson plötzlich. »Vielleicht gibt es nur für den Täter einen symbolischen Berührungspunkt zwischen Wetterstedt und Carlman? Während wir in der Wirklichkeit graben und suchen, sieht er vielleicht einen symbolischen Zusammenhang, der für uns unsichtbar bleibt? Etwas, was wir mit unserem rationalen Denken überhaupt nicht erfassen?«

Wallander wußte von Martinssons Fähigkeit, in seltenen Augenblicken eine Ermittlung um ihre Achse zu drehen und sie auf die richtige Fährte zu lenken.

»Da ist etwas dran«, sagte er deshalb. »Mach weiter.«

Martinsson zuckte mit den Schultern und schien bereits im Begriff zu stehen, sich nach seinem Vorstoß wieder zurückzuziehen. »Wetterstedt und Carlman waren reich«, sagte er. »Sie gehörten beide der Oberklasse an. Als symbolische Repräsentanten der politischen und wirtschaftlichen Macht sind sie gut ausgewählt.«

»Bist du auf ein terroristisches Motiv aus?« fragte Wallander verwundert.

»Ich bin auf nichts aus«, erwiderte Martinsson. »Ich höre euch zu und ich versuche, selbst zu denken. Ich habe genau die gleiche Angst wie jeder andere hier im Raum, daß er wieder zuschlägt.«

Wallander blickte in die Runde. Blasse, ernste Gesichter, bis auf Svedberg mit seinem Sonnenbrand.

Erst jetzt wurde ihm klar, daß sie alle die gleiche Angst umtrieb wie ihn selbst.

Nicht nur er fürchtete sich vor dem nächsten Klingeln des Telefons.


Kurz vor neun Uhr beendeten sie die Sitzung. Wallander hatte Martinsson jedoch gebeten, noch zu bleiben. »Was ist mit dem Mädchen?« fragte er. »Dolores Maria Santana?«

»Ich warte immer noch auf eine Reaktion von Interpol.«

»Hak noch einmal nach«, sagte Wallander.

Martinsson betrachtete ihn fragend. »Haben wir dafür jetzt wirklich Zeit?«

»Nein. Aber wir können es auch nicht schleifen lassen.«

Martinsson versprach, ein neues Ersuchen um Informationen über Dolores Maria Santana loszuschicken. Wallander ging in sein Zimmer und rief Lars Magnusson an. Es dauerte lange, bis dieser den Hörer abnahm. Wallander hörte an seiner Stimme, daß er betrunken war. »Ich möchte unser Gespräch fortsetzen«, sagte er.

»Du rufst zu spät an«, antwortete Lars Magnusson. »Um diese Tageszeit führe ich überhaupt keine Gespräche.«

»Setz Kaffee auf«, sagte Wallander. »Und stell die Flaschen weg. Ich komme innerhalb der nächsten halben Stunde vorbei.«

Er legte mitten in Lars Magnussons Protest den Hörer auf. Dann las er die beiden vorläufigen Obduktionsprotokolle durch, die ihm jemand auf den Tisch gelegt hatte. Im Lauf der Jahre hatte Wallander gelernt, die häufig schwer verständlichen Berichte zu verstehen, die Pathologen und Gerichtsmediziner verfaßten. Vor vielen Jahren hatte er sogar einen von der Reichspolizeibehörde arrangierten Kurs besucht. Er fand in Uppsala statt, und Wallander erinnerte sich noch genau daran, wie unangenehm der Besuch im Obduktionssaal war.

In den beiden Protokollen fand er nichts Unerwartetes. Er legte sie zur Seite und sah aus dem Fenster.

Er versuchte, sich den Täter vorzustellen. Wie sah er aus? Was tat er gerade?

Das Bild war leer. Wallander blickte nur in völliges Dunkel.

Lustlos stand er auf und ging.

## 17

Nach mehr als zwei Stunden vergeblicher Versuche, ein vernünftiges Gespräch zustande zu bringen, verließ Wallander Lars Magnussons Wohnung. Am liebsten wäre er nach Hause gegangen
und hätte sich in die Badewanne gelegt. Bei seinem ersten Besuch
in Lars Magnussons Wohnung hatte er den Schmutz, der sich
überall festgesetzt hatte, nicht wahrgenommen. Doch jetzt war
der Verfall nicht zu übersehen gewesen. Die Wohnungstür war
angelehnt, als Wallander eintraf. Lars Magnusson lag auf dem Sofa, während in der Küche der Kaffeekessel überkochte. Er begrüßte Wallander mit den Worten, ihm wäre es am liebsten, wenn Wallander zur Hölle führe. Sich nicht mehr zeigte, nur verschwände
und vergäße, daß eine Person namens Lars Magnusson existierte.
Doch Wallander blieb. Er interpretierte den übergekochten Kaffee
in der Küche so, daß Magnusson trotz allem für einen Moment
daran gedacht hatte, von seiner Gewohnheit abzuweichen, mitten
am Tage mit niemandem zu sprechen. Vergeblich suchte Wallander nach sauberen Tassen. Im Abwaschbecken standen Teller, auf
denen Essensreste und Fett zu eigentümlichen fossilienähnlichen
Erhebungen erstarrt waren. Schließlich fand er zwei Tassen,
wusch sie ab und nahm sie mit ins Wohnzimmer. Magnusson war
nur mit einer schmutzigen kurzen Hose bekleidet. Er war unrasiert und hielt eine Flasche Dessertwein in den Händen, als klam-
mere er sich krampfhaft an ein Kruzifix. Wallander war zunächst
nur angewidert von dem Verfall. Am ekelhaftesten fand er, daß
Lars Magnusson, wie er erst jetzt entdeckte, angefangen hatte, seine Zähne zu verlieren. Danach wurde er ärgerlich und am Schluß
wütend, weil der Mann auf dem Sofa nicht zu hören schien, was
er sagte. Er nahm ihm die Flasche ab und verlangte ganz einfach,
Antwort auf seine Fragen zu bekommen. Mit welchem Recht er
das tat, wußte er nicht. Aber Lars Magnusson tat, was Wallander

sagte. Er begab sich mühsam in eine sitzende Stellung. Wallander versuchte, tiefer in die alte Welt einzudringen, in der Gustaf Wetterstedt als Justizminister von mehr oder weniger öffentlichen Skandalgerüchten umgeben war. Aber Lars Magnusson schien alles vergessen zu haben. Er erinnerte sich nicht mehr daran, was er bei Wallanders erstem Besuch gesagt hatte. Erst als Wallander ihm die Flasche zurückgab und er noch ein paar Schlucke genommen hatte, kehrten vage Erinnerungen zurück. Als Wallander die Wohnung verließ, hatte er lediglich ein Detail erfahren, das für sie von Interesse sein konnte. In einem Augenblick von Klarheit hatte Magnusson sich daran erinnert, daß ein Polizeibeamter beim Betrugsdezernat in Stockholm ein ganz persönliches Interesse an Wetterstedt gefaßt haben sollte. In Zeitungskreisen wurde gemunkelt, dieser Mann, dessen Name, wie Magnusson unter gewissen Mühen einfiel, Hugo Sandin war, habe ein privates Archiv über Wetterstedt angelegt. Soweit Magnusson wußte, war es nie benutzt worden. Aber er hatte gehört, daß Hugo Sandin nach seiner Pensionierung in den Süden gezogen war und jetzt bei seinem Sohn lebte, der außerhalb von Hässleholm eine Keramikwerkstatt betrieb.

»Falls er noch lebt«, hatte Magnusson gesagt und sein zahnloses Lächeln gelächelt, als hoffe er im Grunde, Hugo Sandin sei vor ihm über den Jordan gegangen.

Als Wallander wieder auf die Straße trat, beschloß er, auf jeden Fall zu untersuchen, ob Hugo Sandin noch lebte. Er überlegte, ob er nach Hause fahren und baden sollte, um das Gefühl von Ekel loszuwerden, das der Aufenthalt in Lars Magnussons muffiger Wohnung hinterlassen hatte. Es war fast ein Uhr. Er verspürte keinen Hunger, obwohl er kaum gefrühstückt hatte. Er fuhr zum Präsidium und nahm sich vor, sogleich nachzuprüfen, ob Hugo Sandin wirklich in der Nähe von Hässleholm lebte, wie Magnusson behauptete. In der Anmeldung stieß er mit Svedberg zusammen, der immer noch von seinem Sonnenbrand gequält wurde.

»Wetterstedt ist von einer Journalistin von *MagaZenit* interviewt worden«, sagte Svedberg.

Wallander hatte noch nie von dieser Zeitung gehört.

»Die kriegen alle Pensionäre«, erklärte Svedberg. »Die Journalistin heißt Anna-Lisa Blomgren. Sie war mit einem Fotografen da. Weil Wetterstedt tot ist, werden sie ihr Material nicht veröffentlichen.«

»Sprich mit ihr«, sagte Wallander. »Und bitte den Fotografen um die Bilder.«

Wallander ging weiter zu seinem Zimmer. Während des kurzen Gesprächs mit Svedberg war ihm etwas eingefallen, was er sofort untersuchen wollte. Er rief in der Vermittlung an und bat, Nyberg zu suchen, der nicht im Hause war. Nach einer Viertelstunde rief Nyberg an.

»Erinnerst du dich, daß ich dir in Wetterstedts Haus eine Tasche mit einem Fotoapparat gegeben habe?« fragte Wallander.

»Natürlich erinnere ich mich«, antwortete Nyberg gereizt.

»Ich will nur wissen, ob der Film entwickelt worden ist. Ich glaube, sieben Bilder waren belichtet.«

»Hast du die nicht bekommen?« fragte Nyberg erstaunt.

»Nein.«

»Sie hätten schon am Samstag bei dir sein sollen.«

»Ich habe sie nicht bekommen.«

»Bist du sicher?«

»Vielleicht sind sie irgendwo liegengeblieben?«

»Ich untersuche das«, sagte Nyberg. »Ich melde mich wieder.«

Wallander legte den Hörer mit der Gewißheit auf, daß irgend jemand binnen kurzem Nybergs Zorn zu spüren bekommen würde. Im Moment war er froh, es nicht selbst zu sein.

Er suchte die Nummer der Polizei in Hässleholm heraus und bekam nach einigen Schwierigkeiten einen Beamten an den Apparat, der ihm Hugo Sandins Telefonnummer geben konnte. Auf Wallanders direkte Frage antwortete er, Hugo Sandin sei fast fünfundachtzig Jahre alt, aber noch klar im Kopf.

»Er schaut ungefähr einmal im Jahr bei uns rein«, sagte der Kollege, der sich als Mörk vorgestellt hatte.

Wallander schrieb die Nummer auf und bedankte sich für die Hilfe. Dann rief er in Malmö an. Er hatte Glück und bekam sogleich den Arzt an den Apparat, der Wetterstedt obduziert hatte.

»In dem Bericht steht nichts über den Todeszeitpunkt«, sagte Wallander. »Der ist aber wichtig für uns.«

Der Arzt entschuldigte sich, er müsse erst seine Papiere holen. Nach etwa einer Minute war er wieder da. »Es tut mir leid«, begann er, »aber das muß bei der Abschrift passiert sein. Manchmal streikt mein Diktaphon. Aber Wetterstedt starb frühestens vierundzwanzig Stunden, bevor er gefunden wurde. Wir warten noch auf ein paar Laborergebnisse, die uns helfen könnten, den Zeitpunkt genauer zu bestimmen.«

»Dann warten wir darauf«, sagte Wallander und bedankte sich.

Er ging zu Svedberg, der an seinem Computer saß und schrieb.

»Hast du mit dieser Journalistin gesprochen?«

»Das schreibe ich hier gerade.«

»Hast du irgendwelche Zeiten?«

Svedberg suchte in seinen Notizen.

»Sie kamen um zehn zu Wetterstedts Haus. Und blieben bis eins.«

»Und danach hat ihn niemand mehr lebend gesehen?«

Svedberg dachte nach. »Nicht, soweit ich mich erinnern kann.«

»Dann wissen wir das«, stellte Wallander fest und verließ den Raum.

Er wollte gerade bei dem ehemaligen Polizisten Hugo Sandin anrufen, als Martinsson in sein Zimmer kam. »Hast du Zeit?«

»Immer«, antwortete Wallander. »Was gibt es?«

Martinsson wedelte mit einem Brief. »Der ist heute mit der Post gekommen«, sagte er. »Da ist jemand, der behauptet, am Montag, dem 20. Juni, ein Mädchen im Wagen von Helsingborg nach Tomelilla mitgenommen zu haben. Nach den Beschreibungen, die er von dem Mädchen, das sich verbrannt hat, in den Zeitungen gelesen hat, glaubt er, daß sie es gewesen sein kann.«

Er reichte Wallander den Umschlag.

»Keine Unterschrift«, sagte Wallander, nachdem er den Brief gelesen hatte.

»Aber der Briefkopf ist interessant.«

Wallander nickte. »Kirchengemeinde Smedstorp«, sagte er. »Richtiges Staatskirchenpapier.«

»Es scheint mir eindeutig zu sein: wir müssen dem wohl nachgehen«, sagte Martinsson.

»Klar müssen wir«, antwortete Wallander. »Während du dich

mit Interpol herumschlägst und mit all den Dingen, die du sonst noch zu tun hast, kann ich ja das hier erledigen.«

»Ich begreife immer noch nicht, daß wir für dieses Mädchen Zeit haben«, sagte Martinsson.

»Wir haben Zeit dafür, weil es sein muß«, gab Wallander zurück.

Erst als Martinsson gegangen war, wurde Wallander klar, daß Martinssons Bemerkung eine versteckte Kritik gegen ihn enthalten hatte, weil er nicht alles, was mit dem toten Mädchen zusammenhing, bis auf weiteres beiseite schob. Einen Augenblick lang dachte Wallander, daß Martinsson natürlich recht hatte. Im Moment hatten sie keine Zeit für etwas anderes als Wetterstedt und Carlman. Doch dann entschied er sich dafür, die Kritik als unbegründet anzusehen. Es gab keine Grenze für das, was sie schaffen konnten.

Wie um genau das zu beweisen, verließ Wallander das Polizeipräsidium und fuhr aus der Stadt hinaus, Richtung Tomelilla und Smedstorp. Die Autofahrt gab ihm auch die Möglichkeit, über Wetterstedt und Carlman nachzudenken. Die Sommerlandschaft, durch die er fuhr, erschien ihm wie ein unwirklicher Rahmen für seine Gedanken. Zwei Männer werden erschlagen und skalpiert, dachte er. Außerdem geht ein junges Mädchen in ein Rapsfeld und verbrennt sich selbst. Und um mich her ist Sommer. Schöner als jetzt kann Schonen nicht sein. In jedem Winkel der Welt verbirgt sich ein Paradies. Wenn man nur die Augen aufmacht, entdeckt man es. Aber man nimmt vielleicht auch die unsichtbaren Leichenwagen wahr, die auf den Landstraßen unterwegs sind.

Er wußte, wo das Gemeindeamt von Smedstorp lag. Hinter Lunnarp bog er links ab. Auch daß die Gemeindeämter sehr unregelmäßige Öffnungszeiten hatten, war ihm bekannt. Doch als er sich dem weißen Gebäude näherte, sah er eine Reihe von Autos davor parken. Ein Mann mähte den Rasen in der Nähe des Hauses. Wallander versuchte, die Tür zu öffnen. Sie war verschlossen. Er drückte auf die Klingel, während er auf einem Messingschild las, daß das Gemeindeamt erst wieder am Mittwoch geöffnet sein würde. Er wartete. Dann klingelte er noch einmal und klopfte gleichzeitig an die Tür. Im Hintergrund knatterte der Rasenmäher. Wallander wollte gerade wieder gehen, als im ersten Stock ein Fenster geöffnet wurde. Eine Frau streckte den Kopf heraus. »Wir haben mittwochs und freitags geöffnet«, rief sie.

»Ich weiß«, antwortete Wallander. »Aber ich habe ein dringendes Anliegen. Ich komme von der Polizei in Ystad.«

Der Kopf der Frau verschwand. Kurz darauf wurde die Tür geöffnet. Eine blonde, ganz in Schwarz gekleidete Frau stand vor ihm. Sie war stark geschminkt. An den Füßen trug sie hochhackige Schuhe. Doch was Wallander erstaunte, war das kleine weiße Beffchen, das sich von all dem Schwarz abhob. Er streckte die Hand aus und grüßte.

»Gunnel Nilsson«, antwortete sie. »Ich bin Pastorin hier in der Gemeinde.«

Wallander folgte ihr ins Haus. Wenn ich mich hier in einem Nachtclub befände, wäre es leichter zu verstehen, ging es ihm durch den Kopf. Die Diener Gottes sehen auch nicht mehr so aus, wie ich immer geglaubt habe.

Sie öffnete die Tür zu ihrem Büro und bat ihn, einzutreten und sich zu setzen. Wallander stellte fest, daß Gunnel Nilsson eine sehr attraktive Frau war, wobei er nicht entscheiden konnte, ob die Tatsache, daß sie Pastorin war, zu seinem Empfinden beitrug.

Auf ihrem Schreibtisch lag ein Blatt Papier, auf dem er den Briefkopf der Gemeinde erkannte.

»Die Polizei hat einen Brief erhalten«, begann er. »Er ist auf Ihrem Briefpapier geschrieben worden. Deshalb bin ich hier.«

Er berichtete von dem Mädchen, das sich verbrannt hatte, und sah ihr an, wie betroffen sie war. Als er sie darauf ansprach, erklärte sie ihm, sie sei einige Tage krank gewesen und habe keine Zeitungen gelesen.

Wallander zeigte ihr den Brief. »Können Sie sich denken, wer ihn geschrieben hat?« fragte er. »Wer hat Zugang zu Ihrem Briefpapier?«

Sie schüttelte den Kopf. »Ein Gemeindeamt ist ja nicht wie eine Bank«, antwortete sie. »Und hier sind nur Frauen angestellt.«

»Aus dem Brief geht nicht hervor, ob eine Frau oder ein Mann ihn geschrieben hat«, bemerkte Wallander.

»Ich weiß nicht, wer es sein kann«, sagte sie.

»Helsingborg? Wohnt jemand vom Gemeindeamt dort? Oder fährt jemand häufig dorthin?«

Sie schüttelte wieder den Kopf. Wallander merkte, daß sie wirklich versuchte, ihm zu helfen.

»Wie viele Personen arbeiten hier?« fragte er.

»Mit mir sind wir vier. Und dann Andersson, der im Garten hilft. Und wir haben einen Hausmeister, ganztägig. Sture Rosell. Aber er ist die meiste Zeit auf den Friedhöfen und in unseren Kirchen. Jeder von ihnen kann natürlich einen Briefbogen von hier mitgenommen haben. Und außerdem noch alle, die während der Sprechstunden hier waren.«

»Und Sie kennen die Handschrift nicht?«

»Nein.«

»Es ist nicht verboten, Anhalter mitzunehmen«, sagte Wallander. »Warum schreibt man dann einen anonymen Brief? Um zu verbergen, daß man überhaupt in Helsingborg war? Für mich ist diese Anonymität verblüffend.«

»Ich kann natürlich nachfragen, ob jemand von unserem Personal an dem fraglichen Tag in Helsingborg war«, sagte sie. »Und nachsehen, ob die Handschrift einer hier im Haus ähnlich ist.«

»Dafür wäre ich dankbar«, sagte Wallander und stand auf. »Sie können mich im Polizeipräsidium in Ystad erreichen.«

Er schrieb seine Telefonnummer auf ein Blatt Papier, das sie ihm hinschob. Dann begleitete sie ihn hinaus.

»Ich bin noch nie einer Pastorin begegnet«, bemerkte er.

»Es gibt immer noch viele, die erstaunt sind«, gab sie zurück.

»In Ystad haben wir unsere erste Polizeipräsidentin bekommen«, sagte er. »Alles verändert sich.«

»Hoffentlich zum Besseren«, antwortete sie und lachte.

Wallander sah sie an und dachte, daß sie sehr schön war. Er sah keinen Ring an ihrer Hand. Während er zum Wagen zurückging, hing er ein paar verbotenen Gedanken nach. Sie war wirklich sehr attraktiv.

Der Mann, der den Rasen mähte, hatte sich auf eine Bank gesetzt und rauchte. Ohne genau zu wissen warum, setzte Wallander sich zu dem Mann, der ungefähr sechzig war, auf die Bank und begann sich mit ihm zu unterhalten. Er trug eine offene blaue

Arbeitsjacke und schmutzige Kordhosen. Seine Füße steckten in altmodischen Turnschuhen. Wallander registrierte, daß er Chesterfield ohne Filter rauchte, und erinnerte sich an seine Kindheit, als sein Vater dieselbe Marke geraucht hatte.

»Sie macht sonst nie auf, wenn eigentlich geschlossen ist«, sagte der Mann philosophisch. »Wenn ich ehrlich sein soll, war es das erste Mal.«

»Die Pastorin ist sehr schön«, sagte Wallander.

»Außerdem ist sie nett«, sagte der Mann. »Und sie predigt gut. Fragt sich, ob wir je einen besseren Pastor hatten. Aber es gibt natürlich viele, denen ein Mann lieber wäre.«

»Wirklich?« sagte Wallander abwesend.

»Es gibt bestimmt viele, die sich nur einen Mann als Pastor vorstellen können. Schonen sind konservativ. Jedenfalls meistens.«

Das Gespräch verebbte. Es schien, als hätten die beiden Männer ihre Kräfte verbraucht. Wallander lauschte den Sommervögeln. Das frisch gemähte Gras duftete. Er dachte daran, daß er Kontakt mit seinem Kollegen Vikander von der Polizeistation Östermalm aufnehmen mußte, um sich zu erkundigen, ob das Gespräch, das Vikander inzwischen vermutlich mit Gustaf Wetterstedts alter Mutter geführt hatte, irgend etwas ergeben hatte. Es gab vieles, was er tun mußte. Ganz bestimmt aber hatte er keine Zeit, auf einer Bank vor dem Gemeindeamt von Smedstorp zu sitzen.

»Wollten Sie eine Meldebestätigung?« fragte der Mann plötzlich. Wallander schrak zusammen, als sei er in einer unziemlichen Situation überrascht worden.

»Ich hatte nur ein paar Fragen«, sagte er und stand auf.

Der Mann blinzelte zu ihm auf. »Ich kenne Sie«, sagte er. »Sind Sie aus Tomelilla?«

»Nein«, antwortete Wallander. »Ich bin aus Malmö. Aber jetzt lebe ich seit vielen Jahren in Ystad.«

Dann wandte er sich dem Mann zu, um sich zu verabschieden. Sein Blick fiel auf das weiße T-Shirt unter der aufgeknöpften Arbeitsjacke. Es hatte einen Reklameaufdruck der Fährlinie zwischen Helsingborg und Helsingör. Ihm war klar, daß es ein Zufall sein konnte. Aber er entschied kurzerhand, daß es keiner war. Er setzte sich wieder. Der Mann drückte die Zigarettenkippe im Gras aus und wollte gerade aufstehen.

»Warten Sie einen Augenblick«, sagte Wallander. »Ich möchte Sie etwas fragen.«

Der Mann mußte gehört haben, daß Wallanders Stimme sich verändert hatte. Er sah ihn mit einem wachsamen Blick an.

»Ich bin Polizeibeamter«, sagte Wallander. »Ich bin eigentlich nicht hergekommen, um mit der Pastorin zu reden. Ich bin gekommen, um mit Ihnen zu reden. Ich möchte gerne wissen, warum Sie den Brief nicht unterschrieben haben, den Sie uns geschickt haben. Über das Mädchen, das Sie von Helsingborg mitgenommen haben.«

Er wußte, daß er ein gewagtes Spiel spielte. Es stand im Widerspruch zu allem, was er gelernt hatte. Und es war ein kräftiger Schlag unter die Gürtellinie jener Regel, die besagte, daß man als Polizist nicht das Recht hatte zu lügen, um eine Wahrheit ans Licht zu bringen. Auf jeden Fall nicht, wenn kein Verbrechen vorlag.

Aber der Schlag saß. Der Mann zuckte zusammen, Wallanders Ausfall war allzu überraschend gekommen. Jede vernünftige und denkbare Gegenwehr schien auf der Stelle in sich zusammenzufallen. Wie konnte dieser Polizist wissen, daß er den Brief geschrieben hatte? Wie konnte er überhaupt irgend etwas wissen?

Wallander spürte dies alles. Da sein Schlag getroffen hatte, konnte er dem Mann sofort von den imaginären Brettern hochhelfen und ihn beruhigen. »Es ist keine gesetzwidrige Handlung, anonyme Briefe zu schreiben«, sagte er. »Es ist auch nicht ungesetzlich, Anhalter mitzunehmen. Ich möchte nur wissen, warum Sie den Brief geschrieben haben. Und wann Sie sie mitgenommen und wo Sie sie abgesetzt haben. Um wieviel Uhr. Und ob sie unterwegs etwas gesagt hat.«

»Jetzt weiß ich, wer Sie sind«, murmelte der Mann. »Sie sind der Polizist, der vor ein paar Jahren im Nebel einen Menschen erschossen hat. Auf dem Schießstand bei Ystad.«

»Sie haben recht«, sagte Wallander. »Das war ich. Ich heiße Kurt Wallander.«

»Sie stand an der südlichen Ausfahrt«, sagte der Mann. »Es war sieben Uhr abends. Ich hatte mir neue Schuhe gekauft. Mein Cousin hat ein Schuhgeschäft in Helsingborg. Ich bekomme sie billiger. Ich nehme sonst nie Anhalter mit. Aber sie sah so verloren aus.«

»Was geschah dann?«

»Es geschah nichts.«

»Als Sie anhielten. Was für eine Sprache hat sie gesprochen?«

»Das weiß ich nicht. Auf jeden Fall kein Schwedisch. Und ich kann kein Englisch. Ich sagte, daß ich nach Tomelilla führe. Da nickte sie. Sie nickte zu allem, was ich sagte.«

»Hatte sie Gepäck?«

»Nichts.«

»Auch keine Handtasche?«

»Sie hatte nichts.«

»Und dann sind Sie gefahren?«

»Sie setzte sich auf den Rücksitz. Unterwegs sagte sie kein einziges Wort. Ich fand das Ganze merkwürdig. Ich bereute, angehalten zu haben.«

»Warum?«

»Sie wollte vielleicht gar nicht nach Tomelilla! Wer zum Teufel will schon nach Tomelilla?«

»Sie sagte also nichts?«

»Kein Wort.«

»Und was tat sie?«

»Was sie tat?«

»Schlief sie? Sah sie aus dem Fenster? Was tat sie?«

Der Mann überlegte. »Über eine Sache habe ich hinterher nachgegrübelt. Jedesmal, wenn uns jemand überholte, duckte sie sich auf dem Rücksitz. Als ob sie nicht gesehen werden wollte.«

»Sie hatte also Angst?«

»Ja, ich denke schon.«

»Was geschah weiter?«

»Ich habe beim Rondell vor Tomelilla angehalten und sie rausgelassen. Ehrlich gesagt, glaube ich nicht, daß sie eine Ahnung hatte, wo sie war.«

»Sie wollte also nicht nach Tomelilla?«

»Also, wenn Sie mich fragen, dann glaube ich, sie wollte bloß von Helsingborg weg. Ich bin weitergefahren. Aber als ich fast zu Hause war, dachte ich: Ich kann sie nicht einfach da stehenlassen. Also bin ich zurückgefahren. Aber da war sie weg.«

»Wieviel später war das?«

»Höchstens zehn Minuten.«

Wallander dachte nach. »Als Sie sie in Helsingborg mitgenommen haben, stand sie da an der Autobahn? Wäre es möglich, daß sie jemand bis Helsingborg mitgenommen hat? Oder kam sie aus der Stadt?«

Der Mann überlegte. »Aus der Stadt«, sagte er dann. »Und wenn jemand, der von Norden kam, sie abgesetzt hätte, dann hätte sie nie da gestanden, wo sie stand.«

»Danach haben Sie sie nicht mehr gesehen? Sie sind ihr nicht nachgefahren?«

»Warum hätte ich das tun sollen?«

»Wieviel Uhr war es, als dies alles passierte?«

»Ich habe sie um acht Uhr abgesetzt. Ich erinnere mich so genau daran, weil die Nachrichten anfingen, als sie aus dem Auto stieg.«

»Warum haben Sie an die Polizei geschrieben?« fragte Wallander. »Warum haben Sie anonym geschrieben?«

»Ich habe von dem Mädchen gelesen, das sich verbrannt hat. Ich hatte sofort das Gefühl, daß sie das gewesen sein könnte. Aber ich wollte mich lieber nicht zu erkennen geben. Ich bin verheiratet. Es hätte mißverstanden werden können, daß ich eine Anhalterin mitgenommen habe.«

Wallander fühlte, daß der Mann neben ihm die Wahrheit sagte. »Dieses Gespräch bleibt unter uns«, sagte er. »Aber ich muß Sie trotzdem um Ihren Namen und Ihre Telefonnummer bitten.«

»Ich heiße Sven Andersson« sagte der Mann. »Ich hoffe, es gibt keine Unannehmlichkeiten?«

»Nicht, wenn Sie die Wahrheit gesagt haben«, sagte Wallander und schrieb die Telefonnummer auf. »Noch eins«, sagte er. »Erinnern Sie sich, ob sie eine Halskette trug?«

Sven Andersson dachte nach. Dann schüttelte er den Kopf. Wallander stand auf und gab ihm die Hand. »Sie haben mir sehr geholfen«, sagte er.

»Ist sie es?« fragte Sven Andersson.

»Vermutlich«, antwortete Wallander. »Die Frage ist nur, was sie in Helsingborg gemacht hat.«

Er verließ Sven Andersson und ging zu seinem Wagen.

Als er die Wagentür öffnete, piepte sein Handy.

Sein erster Gedanke war, daß Wetterstedts und Carlmans Mörder erneut zugeschlagen hatte.

# 18

Im Auto auf dem Weg zurück nach Ystad nahm Wallander sich vor, noch am selben Tag nach Hässleholm zu fahren und mit dem alten Polizisten Hugo Sandin zu sprechen. Als er den Anruf entgegengenommen und gehört hatte, daß es nicht die befürchtete Hiobsbotschaft von einem neuen Mord, sondern Nyberg war, der ihm mitteilte, die sieben entwickelten Bilder lägen jetzt auf seinem Tisch, war Wallander zunächst erleichtert. Nachher, als er Smedstorp bereits verlassen hatte, dachte er, daß er lernen mußte, seine Angst besser zu beherrschen. Es war nicht sicher, daß der Mann wirklich weitere Opfer auf seiner unsichtbaren Liste hatte. Wallander durfte einer Angst keinen Raum geben, die in seinem Kopf nur Unordnung stiftete. Sie mußten ihre Ermittlungen auf das konzentrieren, was tatsächlich geschehen war, und durften sich nicht durch die Furcht vor etwas, was geschehen könnte, lähmen lassen.

Er ging direkt in sein Büro und schrieb ein Protokoll seines Gesprächs mit Sven Andersson. Ohne Erfolg versuchte er, Martinsson zu erreichen. Ebba wußte nur, daß er das Präsidium verlassen und nicht gesagt hatte, wohin er wollte. Als Wallander seine Handynummer wählte, bekam er die Mitteilung, der Teilnehmer habe sein Gerät nicht eingeschaltet. Es ärgerte ihn, daß Martinsson sich so häufig unerreichbar machte. Bei der nächsten Sitzung würde er darauf hinweisen, daß alle stets erreichbar sein mußten. Dann fielen ihm die Fotografien ein, die Nyberg zufolge auf seinem Schreibtisch liegen sollten. Ohne es zu merken, hatte er seinen Kollegblock über den Umschlag mit Bildern gelegt. Er nahm sie heraus, knipste die Schreibtischlampe an und betrachtete eins nach dem anderen. Obwohl er nicht wußte, was er sich eigentlich erhofft hatte, war er enttäuscht. Die Bilder stellten nichts anderes dar als die Aussicht von Wetterstedts Haus. Sie waren vom ersten

Stock aus aufgenommen. Er konnte Lindgrens kieloben liegendes Boot sehen und das ruhige Meer. Der Strand wirkte verlassen. Zwei der Bilder waren außerdem unscharf. Er legte sie vor sich auf den Tisch und fragte sich, warum Wetterstedt sie gemacht hatte. Wenn er es überhaupt gewesen war. In einer der Schreibtischschubladen suchte er ein Vergrößerungsglas, doch auch damit konnte er nichts von Interesse auf den Bildern erkennen. Er legte sie in den Umschlag zurück und nahm sich vor, jemandem aus der Ermittlungsgruppe die Bilder zu zeigen, um sicherzugehen, daß er nichts übersehen hatte. Als er gerade in Hässleholm anrufen wollte, klopfte eine Sekretärin an die Tür und brachte ihm ein Fax von Hans Vikander in Stockholm. Es war das Protokoll des Gesprächs mit Wetterstedts Mutter, fünf engbeschriebene Seiten. Er überflog es rasch: sorgfältig gemacht, aber völlig phantasielos. Keine Frage, die Wallander nicht hätte vorhersehen können. Seine Erfahrung war, daß ein Verhör oder ein anderes Gespräch im Rahmen einer Verbrechensermittlung ebenso viele Überraschungsmomente wie Grundfragen enthalten mußte. Aber vielleicht war er ungerecht gegen Hans Vikander. Was konnte eine vierundneunzigjährige Dame schon Unerwartetes über ihren Sohn sagen, den sie so gut wie nie sah, mit dem sie nur kurze Telefongespräche führte? Nachdem er Hans Vikanders Protokoll überflogen hatte, war er sicher, nichts darin gelesen zu haben, was sie weiterbrachte. Er holte sich Kaffee und dachte an die Pastorin in Smedstorp. Wieder in seinem Zimmer, rief er die Nummer in Hässleholm an. Ein jüngerer Mann nahm ab. Wallander stellte sich vor und nannte sein Anliegen. Danach dauerte es mehrere Minuten, bis Hugo Sandin an den Apparat kam. Seine Stimme war klar und bestimmt. Hugo Sandin erklärte sich bereit, Wallander noch am selben Tag zu treffen. Wallander notierte sich die Wegbeschreibung. Um Viertel nach drei verließ er das Präsidium. Auf dem Weg nach Hässleholm hielt er an und aß. Es war schon nach fünf, als er zu der umgebauten Mühle einbog, vor der ein Schild auf die Keramikwerkstatt hinwies. Ein älterer Mann ging im Garten umher und stach Löwenzahn aus. Als Wallander aus dem Wagen stieg, wischte der Mann sich die Hände ab und kam ihm entgegen. Wallander fiel es schwer zu glauben, daß dieser rüstige Mann über achtzig Jahre alt sein sollte. Es war schwer vorstellbar, daß Hugo Sandin und sein Vater fast gleich alt waren.

»Ich bekomme selten Besuch«, begrüßte ihn Hugo Sandin. »Alle meine alten Freunde sind nicht mehr da. Nur einer meiner Kollegen von der alten Mordkommission lebt noch. Aber er sitzt in einem Pflegeheim in der Nähe von Stockholm und erinnert sich an nichts mehr, was nach 1960 passiert ist. Alt zu werden ist wirklich nur beschissen.«

Wallander horchte auf. Hugo Sandin wiederholte beinah wörtlich, was Ebba erst kürzlich gesagt hatte. Da wenigstens lag ein Unterschied zu seinem Vater, der sich über sein Alter wenig oder nie beklagte.

In einem alten Wagenschuppen, der zu einem Ausstellungsraum für die Produkte der Keramikwerkstatt umgebaut war, stand ein Tisch mit einer Thermoskanne und Tassen. Aus reiner Höflichkeit betrachtete Wallander ein paar Minuten lang die ausgestellte Keramik. Hugo Sandin hatte sich an den Tisch gesetzt und schenkte Kaffee ein.

»Du bist der erste Polizist, den ich treffe, der sich für Keramik interessiert«, bemerkte er ironisch.

Wallander setzte sich. »Eigentlich bin ich auch nicht besonders interessiert«, gestand er.

»Polizisten lieben das Angeln«, sagte Hugo Sandin. »An einsamen, entlegenen Fjällseen. Oder tief in den småländischen Wäldern.«

»Das wußte ich nicht«, meinte Wallander. »Ich angle nie.«

Sandin betrachtete ihn aufmerksam. »Und was tust du, wenn du nicht arbeitest?«

»Es fällt mir ziemlich schwer abzuschalten.«

Sandin nickte zustimmend. »Polizist zu sein ist eine Berufung«, sagte er. »Genau wie Arzt zu sein. Wir sind ständig im Dienst. Ob wir in Uniform sind oder nicht.«

Wallander zog es vor, sich nicht auf eine Diskussion einzulassen, obwohl er mit Hugo Sandins Ansicht, der Polizistenberuf sei eine Berufung, ganz und gar nicht übereinstimmte. Früher hatte er wohl auch einmal daran geglaubt. Aber jetzt nicht mehr. Zumindest hatte er seine Zweifel.

»Erzähle«, sagte Hugo Sandin. »Ich habe in den Zeitungen gelesen, was in Ystad los ist. Erzähle, was nicht da steht.«

Wallander berichtete über die Begleitumstände der beiden Morde. Ein paarmal unterbrach Hugo Sandin ihn mit Fragen, die alle Sinn machten.

»Es ist mit anderen Worten wahrscheinlich, daß er wieder töten kann«, sagte er, nachdem Wallander verstummt war.

»Zumindest können wir es nicht ausschließen.«

Hugo Sandin schob den Stuhl ein bißchen vom Tisch zurück, um die Beine ausstrecken zu können. »Und jetzt soll ich dir etwas über Gustaf Wetterstedt erzählen«, sagte er. »Das tu ich gern. Aber darf ich zuerst fragen, woher du erfahren hast, daß ich ihm vor vielen Jahren meine ganz spezielle und kritische Aufmerksamkeit gewidmet habe?«

»Ein Journalist in Ystad, leider stark alkoholisiert, hat es mir erzählt. Er heißt Lars Magnusson.«

»Der Name sagt mir nichts.«

»Auf jeden Fall hat er davon gewußt.«

Hugo Sandin schwieg eine Weile und strich sich mit dem Finger über die Lippen, als suche er nach einem geeigneten Anfang.

»Die Wahrheit über Gustaf Wetterstedt kann man ganz einfach zusammenfassen«, begann er. »Er war ein Lump. Als Justizminister war er möglicherweise formal kompetent. Aber er war ungeeignet.«

»Warum?«

»Seine politische Aktivität war mehr von der Sorge um seine persönliche Karriere als der um das Wohl des Landes geprägt. Das ist das absolut schlechteste Zeugnis, das man einem Minister ausstellen kann.«

»Und trotzdem wurde er als möglicher Parteivorsitzender gehandelt?«

Hugo Sandin schüttelte energisch den Kopf. »Das stimmt nicht«, sagte er. »Das waren Spekulationen in den Zeitungen. Parteiintern war es klar, daß er nie Vorsitzender werden würde. Es ist sogar fraglich, ob er je Mitglied war.«

»Aber er war doch viele Jahre lang Justizminister. Vollkommen untauglich kann er demnach nicht gewesen sein.«

»Du bist zu jung, um dich daran zu erinnern. Aber irgendwo in den fünfziger Jahren verläuft eine Grenze. Sie ist unsichtbar, aber sie ist da. Schweden befand sich in einem fast unfaßbaren Aufwind. Es gab unbegrenzte Mittel, um die letzten Reste der Armut zuzubauen. Gleichzeitig vollzog sich eine unsichtbare Veränderung im politischen Leben. Die Politiker wurden Berufspolitiker. Karrieristen. Vorher galt Idealismus als ein wesentlicher Bestandteil des politischen Lebens. Jetzt begann dieser Idealismus sich zu verflüchtigen. Leute wie Gustaf Wetterstedt betraten die Bühne. Die politischen Jugendverbände waren Brutanstalten für die Politiker der Zukunft.«

»Laß uns doch bitte von den Skandalen sprechen, die ihn umgaben«, bat Wallander, der ernsthaft fürchtete, Hugo Sandin könnte sich noch länger in Erinnerungsbildern politischer Empörung verlieren.

»Er hielt sich Prostituierte«, sagte Hugo Sandin. »Womit er natürlich nicht der einzige war. Aber er hatte spezielle Neigungen, unter denen die Mädchen zu leiden hatten.«

»Ich habe von einem Mädchen gehört, das Anzeige erstattete«, sagte Wallander.

»Karin Bengtsson hieß sie«, nickte Hugo Sandin. »Sie kam aus zerrütteten Familienverhältnissen in Eksjö. Sie lief von zu Hause weg, ging nach Stockholm und tauchte 1954 zum erstenmal in den Papieren der Sittenpolizei auf. Ein paar Jahre später landete sie in der Gruppe, aus der Wetterstedt seine Mädchen aussuchte. Im Januar 1957 erstattete sie Anzeige gegen ihn. Er hatte ihr mit Rasierklingen in die Füße geschnitten. Ich habe sie damals selbst getroffen. Sie konnte sich kaum auf den Beinen halten. Wetterstedt sah ein, daß er zu weit gegangen war. Die Anzeige verschwand, und Karin Bengtsson wurde gekauft und schwieg. Sie bekam Geld, das sie in ein gut eingeführtes Modegeschäft in Västerås investierte. 1959 tauchte Geld auf ihrem Konto auf, von dem sie sich ein Häuschen kaufen konnte. Von 1960 an reiste sie jedes Jahr nach Mallorca.«

»Woher kam das Geld?«

»Schon damals gab es sogenannte Reptilienfonds. Der schwedische Hof hatte es vorexerziert, als man Menschen, die mit dem damaligen König allzu intim geworden waren, mit Geld zum Schweigen brachte.«

»Lebt Karin Bengtsson noch?«

»Sie starb im Mai 1984. Sie hat nie geheiratet. Nachdem sie nach Västerås gezogen war, habe ich sie nicht mehr getroffen. Aber manchmal rief sie an. Bis zu ihrem letzten Lebensjahr. Meistens war sie betrunken.«

»Und warum rief sie dich an?«

»Schon als die ersten Gerüchte aufkamen, daß irgendein Straßenmädchen Anzeige gegen Wetterstedt erstatten wolle, hatte ich Kontakt mit ihr aufgenommen. Ich wollte ihr unbedingt helfen. Ihr Leben war komplett zerstört, ihr Selbstvertrauen völlig zerrüttet.«

»Warum hast du dich so engagiert?«

»Ich war empört. Ich war damals wohl ziemlich radikal. Allzu viele Polizisten akzeptierten die Aushöhlung des Rechts. Ich nicht. Damals so wenig wie heute.«

»Was geschah nachher? Als Karin Bengtsson fort war?«

»Wetterstedt machte weiter wie bisher. Er hat vielen Mädchen Schnitte zugefügt. Aber keine erstattete mehr Anzeige. Dagegen sind zwei Mädchen einfach verschwunden.«

»Was meinst du damit?«

Hugo Sandin blickte Wallander verblüfft an. »Na, daß sie verschwanden. Man hörte nie wieder etwas von ihnen. Sie wurden als vermißt gemeldet, es wurden Nachforschungen angestellt. Aber sie blieben verschwunden.«

»Was war geschehen? Was ist deine Meinung?«

»Meine Meinung? Sie wurden natürlich getötet. Von Kalk zerfressen, im Meer versenkt. Was weiß ich?«

Wallander konnte kaum glauben, was er hörte. »Bist du wirklich sicher?« fragte er zweifelnd. »Es klingt zumindest unglaublich.«

»Wie sagt man noch? Unglaublich, aber wahr?«

»Sollte Wetterstedt die Morde begangen haben?«

Hugo Sandin schüttelte den Kopf. »Ich sage nicht, daß er es selbst getan hat. Ich bin sogar davon überzeugt, daß er das nicht hat. Was genau passiert ist, weiß ich nicht. Das werden wir auch sicher nie erfahren. Aber seine Schlüsse kann man trotzdem ziehen. Auch wenn es keine Beweise gibt.«

»Es fällt mir noch immer schwer, das zu glauben«, sagte Wallander.

»Es ist aber wahr«, entgegnete Hugo Sandin schroff, als dulde er keine Einwände. »Wetterstedt war gewissenlos. Aber natürlich konnte ihm nie etwas nachgewiesen werden.«

»Es gab viele Gerüchte.«

»Und sie waren alle berechtigt. Wetterstedt benutzte seine Position und seine Macht dazu, seine perversen sexuellen Wünsche zu befriedigen. Aber er hatte seine Hände auch in Geschäften, die ihn in aller Verborgenheit reich machten.«

»Kunsthandel?«

»Kunstdiebstähle, genauer gesagt. In meiner Freizeit verwendete ich die größte Mühe darauf, alle Zusammenhänge ausfindig zu machen. Ich träumte wohl davon, dem Obersten Staatsanwalt eines Tages eine Ermittlung auf den Tisch knallen zu können, die so wasserdicht war, daß Wetterstedt nicht nur zurücktreten müßte, sondern außerdem eine ordentliche Gefängnisstrafe bekäme. Leider bin ich nie so weit gekommen.«

»Du mußt umfassendes Material aus der Zeit haben.«

»Ich habe alles vor ein paar Jahren verbrannt. Im Keramikofen meines Sohns. Es waren mindestens zehn Kilo Papier.«

Wallander fluchte innerlich. Er hatte nicht an die Möglichkeit gedacht, daß Hugo Sandin das Material, das er unter so großen Mühen zusammengetragen hatte, vernichtet haben könnte.

»Aber ich habe immer noch ein gutes Gedächtnis«, sagte Sandin. »Vermutlich erinnere ich mich an alles, was darin gestanden hat.«

»Arne Carlman«, sagte Wallander. »Wer war er?«

»Ein Mann, der das Hausieren mit Kunst auf ein höheres Niveau gehoben hat.«

»Im Frühjahr 1969 saß er in Långholmen ein. Wir haben einen anonymen Hinweis erhalten, daß er damals Kontakt zu Wetterstedt hatte. Und angeblich trafen sie sich nach Carlmans Entlassung.«

»Carlman tauchte damals in verschiedenen Ermittlungen auf.

Ich glaube, er landete wegen etwas so Simplem wie Scheckbetrügerei in Långholmen.«

»Bist du jemals auf Verbindungen zwischen ihm und Wetterstedt gestoßen?«

»Gewissen Informationen zufolge trafen sie sich schon Ende der fünfziger Jahre. Offenbar verband sie das gemeinsame Wettinteresse. Bei einer Razzia auf der Galopprennbahn in Täby tauchten ihre Namen auf. Allerdings wurde Wetterstedts Name gestrichen, weil es als unpassend angesehen wurde, der Öffentlichkeit mitzuteilen, der Justizminister habe sich auf einer Galopprennbahn befunden.«

»Was machten sie für gemeinsame Geschäfte?«

»Nichts, was nachzuweisen war. Sie kreisten wie Planeten in verschiedenen Bahnen, die sich dann und wann berührten.«

»Ich brauche den Zusammenhang«, sagte Wallander. »Ich bin überzeugt davon, daß wir diesen Punkt finden müssen, wenn wir den Mann identifizieren wollen, der sie getötet hat.«

»Man findet meistens, was man sucht, wenn man nur tief genug gräbt«, sagte Hugo Sandin.

Wallanders Handy, das auf dem Tisch lag, begann zu piepen. Sofort überlief es Wallander eiskalt bei dem Gedanken, der Unbekannte könnte wieder zugeschlagen haben.

Aber er irrte sich auch diesmal. Es war Hansson.

»Ich wollte nur hören, ob du heute noch mal herkommst. Ansonsten, denke ich, sollten wir für morgen eine Sitzung ansetzen.«

»Ist etwas passiert?«

»Nichts Entscheidendes. Alle stecken bis über den Kopf in Arbeit.«

»Dann morgen früh um acht«, entschied Wallander.

»Svedberg ist ins Krankenhaus gefahren, um seinen Sonnenbrand behandeln zu lassen«, erzählte Hansson.

»Er sollte besser aufpassen«, antwortete Wallander. »Es ist jedes Jahr dasselbe.«

Er beendete das Gespräch und legte das Telefon zurück.

»Du bist ein Polizist, über den viel geschrieben wird«, sagte Hugo Sandin. »Du scheinst zuweilen deine eigenen Wege gegangen zu sein.«

»Das meiste, was sie schreiben, stimmt nicht«, antwortete Wallander ausweichend.

»Ich frage mich oft, wie es ist, heutzutage Polizist zu sein«, sinnierte Sandin.

»Das frage ich mich auch«, erwiderte Wallander.

Sie standen auf und gingen zu Wallanders Wagen. Der Abend war sehr schön.

»Kannst du dir jemanden denken, der Wetterstedt getötet hat?« fragte Wallander.

»Es dürfte einige geben«, antwortete Hugo Sandin.

Wallanders Schritt stockte.

»Vielleicht denken wir völlig falsch«, sagte er. »Vielleicht sollten wir die Ermittlungen trennen? Nicht nach dem gemeinsamen Nenner, sondern nach zwei ganz verschiedenen Lösungen suchen. Um so den Berührungspunkt zu finden.«

»Die Morde sind von demselben Mann begangen worden«, sagte Hugo Sandin. »Also müssen da auch die Ermittlungen zusammenlaufen. Sonst, fürchte ich, geratet ihr auf die falsche Fährte.«

Wallander nickte. Aber er sagte nichts. Sie verabschiedeten sich.

»Laß mal wieder von dir hören«, sagte Hugo Sandin. »Ich habe alle Zeit der Welt. Altern ist Einsamkeit. Ein trostloses Warten auf das Unausweichliche.«

»Hast du jemals bereut, Polizist geworden zu sein?« fragte Wallander.

»Nie«, antwortete Hugo Sandin. »Warum hätte ich?«

»Nur so«, sagte Wallander. »Danke, daß du dir Zeit genommen hast.«

»Ihr kriegt ihn schon noch«, sagte Sandin aufmunternd. »Auch wenn es dauert.«

Wallander nickte und stieg in seinen Wagen. Als er fuhr, sah er im Rückspiegel, wie Hugo Sandin wieder anfing, Löwenzahn zu stechen.


Um Viertel vor acht war Wallander wieder in Ystad. Er parkte vor seinem Haus und wollte gerade hineingehen, als ihm einfiel, daß er nichts zu essen im Haus hatte.

Im selben Augenblick fiel ihm ein, daß er vergessen hatte, seinen Wagen zur Überprüfung zu bringen.

Er fluchte laut.

Dann ging er in die Stadt und aß im Chinarestaurant am Marktplatz. Er war der einzige Gast. Nach dem Essen spazierte er zum Hafen und schlenderte auf die Pier hinaus. Er betrachtete die Boote, die gemächlich in ihren Vertäuungen schaukelten, und dachte über die beiden Gespräche nach, die er im Laufe des Tages geführt hatte.

Ein Mädchen namens Dolores Maria Santana hatte eines Abends an der Stadtausfahrt von Helsingborg gestanden und einen Wagen angehalten. Sie sprach kein Schwedisch und hatte Angst vor überholenden Autos. Soweit sie bisher herausfinden konnten, war sie in der Dominikanischen Republik geboren.

Er betrachtete ein altes, gutgepflegtes Holzboot, während er die entscheidenden Fragen formulierte.

Warum und wie war sie nach Schweden gekommen? Wovor war sie auf der Flucht gewesen? Warum hatte sie sich in Salomonssons Rapsfeld verbrannt?

Er ging weiter auf die Pier hinaus.

Auf einem Segelboot war ein Fest im Gange. Jemand hob ein Glas und prostete Wallander zu. Er nickte zurück und formte eine Hand zu einem Glas.

Am Ende der Pier setzte er sich auf einen Poller und ließ in seinem Kopf noch einmal das Gespräch mit Hugo Sandin Revue passieren. Noch immer kam ihm alles wie ein verworrenes Knäuel vor. Er sah keinen Ansatzpunkt, keine Spur, die zu einem Durchbruch führen konnte.

Gleichzeitig war die Angst da. Er wurde sie nicht los. Daß es wieder passieren würde.

Es war kurz vor neun. Er warf eine Handvoll Kies ins Wasser und stand auf. Auf dem Segelboot wurde weitergefeiert. Er ging durch die Stadt zurück. Der Haufen mit schmutziger Wäsche lag noch immer auf dem Fußboden. Er schrieb sich selbst einen Zettel und legte ihn auf den Tisch. *Wagen zur Überprüfung, verdammt.* Dann schaltete er den Fernseher ein und legte sich aufs Sofa.

Um zehn rief er Baiba an. Er hörte ihre Stimme sehr deutlich und nah.

»Du klingst müde«, sagte sie. »Hast du viel zu tun?«

»Nicht so schlimm«, antwortete er ausweichend. »Aber du fehlst mir.«

Er hörte sie lachen. »Wir sehen uns ja bald«, sagte sie.

»Was hast du eigentlich in Tallinn gemacht?«

Sie lachte wieder. »Einen anderen Mann getroffen. Was hast du denn gedacht?«

»Genau das.«

»Du mußt schlafen«, meinte sie. »Das höre ich bis hierher nach Riga. Es läuft ja gut für Schweden bei der Fußball-WM, soviel ich mitbekommen habe.«

»Interessierst du dich für Sport?« fragte er erstaunt.

»Manchmal. Besonders wenn Lettland spielt.«

»Hier sind die Leute völlig aus dem Häuschen.«

»Aber du nicht?«

»Ich verspreche, mich zu bessern. Wenn Schweden gegen Brasilien spielt, werde ich versuchen, wach zu bleiben und mir das Spiel anzusehen.«

Er hörte sie wieder lachen.

Er wollte gern noch etwas sagen. Aber es fiel ihm nichts ein. Als das Gespräch beendet war, wandte er sich wieder dem Fernsehen zu. Eine Weile versuchte er, einem Film zu folgen, dann schaltete er aus und ging ins Bett.

Vor dem Einschlafen dachte er an seinen Vater.

Im Herbst würden sie nach Italien fahren.

# 19

Die Leuchtzeiger der Uhr waren wie zwei krampfhaft ineinander verschlungene Schlangen geformt. Sie zeigten zehn Minuten vor sieben. Es war Dienstagabend, der 28. Juni. In ein paar Stunden würde Schweden gegen Brasilien spielen. Auch das hatte er in seinem Plan berücksichtigt. Alle würden drinnen sitzen und auf die Fernsehschirme starren. Niemand würde daran denken, was draußen in der Sommernacht geschah. Der Kellerfußboden war kalt unter seinen Füßen. Seit dem frühen Vormittag hatte er vor seinen Spiegeln gesessen. Schon vor mehreren Stunden hatte er die große Verwandlung abgeschlossen. Diesmal hatte er das Muster auf der rechten Wange verändert. Er hatte das kreisförmige Ornament mit der blauen Farbe gemalt, die zu schwarz tendierte. Früher hatte er die blutrote Farbe verwendet. Er war mit der Veränderung zufrieden. Sein ganzes Gesicht hatte noch mehr Tiefe bekommen, wirkte noch erschreckender. Er legte den letzten Pinsel fort und dachte an die Aufgabe, die ihn an diesem Abend erwartete. Es war das größte Opfer, das er bisher für seine Schwester darbrachte. Auch wenn er seine Pläne hatte ändern müssen. Die neue Situation war unerwartet. Für einen Moment hatte er das Gefühl gehabt, die bösen Kräfte, die um ihn her wirksam waren, hätten die Oberhand gewonnen. Um Klarheit darüber zu bekommen, wie er der neuen Situation begegnen sollte, hatte er eine ganze Nacht im Schatten unter dem Fenster seiner Schwester zugebracht. Er hatte zwischen den beiden Skalpen gesessen, die er dort vergraben hatte, und darauf gewartet, daß die Kraft aus der Erde in ihn eindrang. Im Licht seiner Taschenlampe hatte er in dem heiligen Buch, das sie ihm gegeben hatte, gelesen und verstanden, daß nichts ihn daran hinderte, die von ihr aufgezeichnete Reihenfolge zu verändern.

Das letzte Opfer sollte eigentlich der böse Mann sein, der ihr

Vater war. Weil der Mann, der eigentlich an diesem Abend seinem Schicksal hätte begegnen sollen, plötzlich ins Ausland gereist war, mußte die Reihenfolge geändert werden.

Er hatte dem Herzen Geronimos gelauscht, das in seiner Brust pochte. Die Schläge waren wie Signale, die aus der Vergangenheit zu ihm drangen. Das Herz trommelte die Botschaft, daß die heilige Aufgabe, die er sich gesetzt hatte, auf gar keinen Fall abgebrochen werden durfte. Die Erde unter ihrem Fenster rief bereits nach der dritten Vergeltung.

Der dritte Mann konnte warten, bis er von seiner Reise zurückkehrte. An seine Stelle trat jetzt ihr Vater.

Während der langen Stunden, in denen er vor dem Spiegel gesessen und die große Verwandlung durchgemacht hatte, war ihm klargeworden, mit welch großer Erwartung er der Begegnung mit seinem Vater entgegensah. Die Aufgabe hatte ein paar besondere Vorbereitungen erforderlich gemacht. Nachdem er am frühen Morgen die Tür des Kellerraums hinter sich verschlossen hatte, begann er, das Werkzeug vorzubereiten, das er für den Vater benutzen wollte. Es dauerte mehr als zwei Stunden, die neue Schneide am Schaft der Spielzeugaxt zu befestigen, die er einmal von ihm zum Geburtstag bekommen hatte. Damals war er sieben Jahre alt gewesen. Er konnte sich noch daran erinnern, schon damals gedacht zu haben, daß er sie eines Tages gegen den benutzen würde, der sie ihm geschenkt hatte. Jetzt war die Gelegenheit endlich da. Damit der Plastikschaft mit der schlecht ausgeführten Farbdekoration nicht zerbrach, wenn er zuschlug, hatte er ihn mit einem speziellen Klebeband verstärkt, das Eishockeyspieler für die Blätter ihrer Schläger verwenden. *Du weißt nicht, wie das heißt. Das ist kein gewöhnliches Holzbeil. Das ist ein Tomahawk.* Er fühlte bodenlose Verachtung, wenn er daran dachte, wie sein Vater ihm vor Jahren sein Geschenk überreicht hatte. Damals war es ein sinnloses Spielzeug, eine Plastikkopie, hergestellt in einem asiatischen Land. Jetzt, mit der richtigen Schneide, hatte er es in eine wirkliche Axt verwandelt.

Er wartete bis halb neun. Ein letztes Mal ging er in Gedanken alles durch. Er blickte auf seine Hände. Sie zitterten nicht. Alles war unter Kontrolle. Die Vorbereitungen, die er in den vergange-

nen zwei Tagen getroffen hatte, garantierten, daß alles gutgehen
würde.

Er packte seine Waffen, die in ein Handtuch eingewickelte
Glasflasche und die Taue in seinen Rucksack. Dann setzte er den
Helm auf, knipste das Licht aus und verließ den Keller. Als er auf
die Straße kam, blickte er zum Himmel auf. Es war bewölkt. Vielleicht würde es Regen geben. Er startete das Moped, das er am Tag
zuvor gestohlen hatte, und fuhr ins Zentrum. Am Bahnhof ging
er in eine Telefonzelle. Er hatte schon vorher eine ausgewählt, die
etwas abseits lag. Auf die eine Seite des Glasfensters hatte er ein
Plakat für ein erfundenes Konzert in einem Jugendclub geklebt,
den es gar nicht gab. Es waren keine Menschen in der Nähe. Er zog
sich den Helm vom Kopf und stellte sich mit dem Gesicht vor das
Plakat. Dann schob er seine Telefonkarte ein und wählte die Nummer. Mit der linken Hand hielt er sich ein Knäuel Putzwolle vor
den Mund. Es war sieben Minuten vor neun. Er wartete, während
es am anderen Ende klingelte. Er war ganz ruhig, weil er wußte,
was er sagen wollte. Sein Vater nahm den Hörer ab und meldete
sich. Hoover konnte an seiner Stimme hören, daß er verärgert
war. Also hatte er angefangen zu trinken und wollte nicht gestört
werden.

Hoover sprach in die Putzwolle und hielt den Hörer ein Stück
von sich.

»Hier ist Peter«, sagte er. »Ich hab etwas, was dich interessieren dürfte.«

»Was denn?« Der Vater klang immer noch verärgert. Aber er
hatte sofort geglaubt, daß es wirklich Peter war, der anrief. Damit
war der heikelste Punkt überwunden.

»Briefmarken für mindestens eine halbe Million.«

Der Vater zögerte. »Bist du sicher?«

»Mindestens eine halbe Million. Wenn nicht mehr.«

»Kannst du nicht lauter sprechen?«

»Die Leitung scheint nicht in Ordnung zu sein.«

»Woher kommen sie?«

»Aus einer Villa in Limhamn.«

Der Vater hörte sich jetzt schon weniger verärgert an. Sein Interesse war geweckt. Hoover hatte Briefmarken gewählt, weil sein

Vater ihm einmal eine Sammlung, die er aufgebaut hatte, weggenommen und verkauft hatte.

»Hat das nicht bis morgen Zeit? Das Brasilienspiel fängt gleich
an.«

»Ich muß morgen nach Dänemark. Entweder nimmst du sie
heute abend, oder jemand anders kriegt sie.«

Hoover wußte, daß sein Vater nie eine große Summe Geld in
den Taschen eines anderen landen lassen würde. Er wartete, noch
immer ganz ruhig.

»Ich komme. Wo bist du?«

»Am Segelclub in Limhamn. Auf dem Parkplatz.«

»Warum nicht in der Stadt?«

»Ich hab doch gesagt, es war eine Villa in Limhamn. Hab ich das
nicht gesagt?«

»Ich komme«, sagte der Vater.

Hoover hängte den Hörer ein und setzte den Helm wieder auf.
Die Telefonkarte ließ er im Apparat stecken. Er wußte, daß er
genug Zeit hatte, nach Limhamn hinauszufahren. Der Vater zog
sich immer aus, bevor er anfing zu trinken. Er tat auch nie etwas
in Eile. Seine Trägheit war ebenso groß wie seine Habgier. Hoover
startete das Moped und fuhr durch die Stadt, bis er auf die Straße
nach Limhamn kam. Auf dem Parkplatz beim Segelclub standen
nur wenige Autos. Er fuhr das Moped zwischen ein paar Büsche
und warf die Schlüssel weg. Dann nahm er den Helm ab und holte die Axt heraus. Den Helm preßte er vorsichtig in den Rucksack,
damit die Flasche nicht kaputtging.

Dann wartete er. Er wußte, daß der Vater den Lieferwagen, in
dem er sein Diebesgut transportierte, immer in der gleichen Ecke
des Parkplatzes abstellte. Hoover nahm an, daß er es auch diesmal
so machen würde. Sein Vater war ein Gewohnheitsmensch. Außerdem würde er schon betrunken, sein Urteilsvermögen umne-
belt, seine Reaktionsfähigkeit herabgesetzt sein.

Nach zwanzig Minuten hörte Hoover das Geräusch eines Autos näher kommen. Die Scheinwerfer leuchteten zwischen die
Bäume, bevor der Wagen auf den Parkplatz einbog. Wie Hoover
vorhergesehen hatte, hielt er in seiner gewohnten Ecke. Hoover
lief auf nackten Füßen im Schatten über den Parkplatz bis zum

Auto. Als er hörte, wie der Vater die Fahrertür öffnete, lief er schnell auf der anderen Seite herum. Wie er vorhergesehen hatte, blickte der Vater zum Parkplatz hin und kehrte ihm den Rücken zu. Er hob die Axt und schlug ihm mit der stumpfen Seite auf den Hinterkopf. Das war der kritischste Augenblick. Er wollte nicht so hart zuschlagen, daß der Vater auf der Stelle tot war. Aber trotzdem hart genug, um den Vater, der groß und sehr stark war, unmittelbar bewußtlos zu schlagen.

Der Vater fiel ohne einen Laut auf den Asphalt. Hoover wartete einen Augenblick mit erhobener Axt für den Fall, daß er wieder zu sich kam, aber er lag reglos da. Hoover streckte sich nach den Wagenschlüsseln und schloß die Seitentür des Lieferwagens auf. Er hob den Vater hoch und wälzte ihn in den Wagen. Er war darauf vorbereitet, daß es sehr schwer werden würde. Er brauchte ein paar Minuten, um den massigen Körper hineinzubekommen. Dann holte er den Rucksack, kletterte in den Wagen und zog die Tür zu. Er machte die Innenbeleuchtung an und sah, daß der Vater immer noch bewußtlos war. Er holte die Taue aus dem Rucksack und band ihm die Hände auf den Rücken. Mit einer Schlinge zog er seine Beine an einer Sitzverankerung fest. Dann verklebte er ihm den Mund mit Klebeband und machte das Licht aus. Er stieg hinüber auf den Fahrersitz und ließ den Motor an. Er erinnerte sich, wie sein Vater ihm vor einigen Jahren beigebracht hatte, Auto zu fahren. Er hatte immer einen Lieferwagen gehabt. Hoover wußte, wo die Gänge lagen, wo die Bedienungshebel saßen. Er fuhr vom Parkplatz und bog in Richtung der Umgehungsstraße ab, die um Malmö herumführte. Da sein Gesicht bemalt war, wollte er nicht auf beleuchteten Straßen fahren, wo Licht durch die Wagenfenster hereinscheinen konnte. Er nahm die E 65 in Richtung Norden. Es war ein paar Minuten vor zehn. Bald würde das Spiel gegen Brasilien beginnen.


Er hatte die Stelle durch einen Zufall gefunden; auf dem Weg zurück nach Malmö, nachdem er einen ganzen Tag lang der Polizei bei ihrer Arbeit am Strand in der Nähe von Ystad zugeschaut hatte, wo er die erste der ihm von seiner Schwester auferlegten heiligen Aufgaben ausgeführt hatte. Er war auf der Küstenstraße gefahren und hatte dabei den Bootssteg entdeckt, der versteckt lag und von der Landstraße aus unmöglich zu sehen war. Er hatte sogleich erkannt, daß dies die richtige Stelle war.

Es war elf, als er von der Straße abbog und die Scheinwerfer ausschaltete. Der Vater war noch immer bewußtlos, hatte aber angefangen, schwache Stöhnlaute von sich zu geben. In aller Hast löste er das Tau von der Sitzverankerung und zog ihn aus dem Wagen. Der Vater stöhnte lauter, als Hoover seinen Körper zum Steg hinunterschleifte. Dort wendete er ihn auf den Rücken und band seine Arme und Beine an den Eisenringen fest, die in den Steg eingelassen waren. Der Vater sah wie eine aufgespannte Tierhaut aus. Er hatte einen zerknitterten Anzug an. Das Hemd war bis tief auf den Bauch hinunter aufgeknöpft. Hoover zog ihm Schuhe und Strümpfe aus. Dann holte er den Rucksack aus dem Wagen. Es war fast windstill. Auf der Straße fuhren vereinzelt Autos vorbei. Ihr Scheinwerferlicht erfaßte den Steg nicht.

Als er mit dem Rucksack zurückkam, war der Vater aus seiner Bewußtlosigkeit erwacht. Seine Augen starrten. Der Kopf bewegte sich hin und her. Er zerrte mit Armen und Beinen an seinen Fesseln, ohne loszukommen. Hoover konnte nicht anders, als im Schatten stehenzubleiben und ihn zu betrachten. Er sah keinen Menschen mehr vor sich. Der Vater hatte die Verwandlung durchgemacht, die er für ihn bestimmt hatte. Er war jetzt ein Tier.

Hoover trat aus dem Schatten heraus und ging auf den Steg. Die Augen des Vaters starrten ihn an. Hoover merkte, daß er ihn nicht erkannte. Die Rollen waren vertauscht. Er dachte an die unzähligen Male, als ihn eisiger Schrecken durchfuhr, wenn der Vater ihn angestarrt hatte. Jetzt war es umgekehrt. Die Angst hatte die Seiten gewechselt. Er beugte sich so dicht zum Gesicht des Vaters nieder, daß dieser durch die Bemalung des Gesichts hindurchsehen und entdecken konnte, daß dahinter sein eigener Sohn war. Das war auch das letzte, was er sehen sollte. Dieses Bild sollte er im Kopf haben, wenn er starb. Hoover hatte den Verschluß von der Flasche geschraubt. Er hielt sie hinter seinem Rücken. Dann nahm er sie hervor und goß hastig ein paar Tropfen Salzsäure in das linke Auge des Vaters. Unter dem Klebeband begann der Vater zu brüllen. Er riß mit allen Kräften an den Tauen. Hoover öffnete mit Gewalt das andere Auge, das zusammengekniffen war, und goß Salzsäure hinein. Dann stand er auf und warf die Flasche ins Meer. Er sah ein Tier vor sich, das sich im Todeskampf hin und her warf. Hoover blickte wieder auf seine Hände. Die Finger zitterten leicht. Das war alles. Das Tier lag auf dem Steg vor ihm und zuckte in Krämpfen. Hoover holte das Messer aus dem Rucksack und schnitt die Haut vom Schädel des Tiers. Er hob den Skalp gegen den dunklen Himmel. Dann nahm er seine Axt und schlug sie mit solcher Kraft direkt durch die Stirn des Tiers, daß die Schneide im Holz des Stegs darunter steckenblieb.

Es war vorüber. Seine Schwester war auf dem Weg, ins Leben zurückzukehren.

*

Kurz vor ein Uhr kam er in Ystad an. Die Stadt war menschenleer. Er hatte lange gezweifelt, ob er richtig handelte. Aber Geronimos pochendes Herz hatte ihn überzeugt. Er hatte die tastenden Polizisten am Strand beobachtet, hatte zugeschaut, als sie sich wie im Nebel auf dem Gelände des Hofs bewegten, auf dem er ein Mittsommerfest besucht hatte. Geronimo hatte ihm befohlen, sie herauszufordern. Er fuhr zum Bahnhof. Die Stelle hatte er vorher ausgesucht, eine Baustelle, wo Abwasserrohre ausgewechselt wurden. Eine Persenning lag über einer Grube. Er schaltete die Scheinwerfer aus und kurbelte das Seitenfenster herunter. In einiger Entfernung hörte er ein paar Betrunkene grölen. Er stieg aus und zog die Persenning zur Seite. Er lauschte noch einmal. Kein Mensch war zu sehen, kein Auto. Er öffnete schnell die Tür des Laderaums, zog den Körper des Vaters heraus und drückte ihn in die Grube. Nachdem er die Persenning wieder richtig hingelegt hatte, ließ er den Motor an und fuhr davon. Um zehn vor zwei stellte er den Wagen auf dem offenen Parkplatz vor dem Flughafen Sturup ab. Es war viel Blut im Auto. Seine Füße waren blutig. Er dachte an die ganze Verwirrung, die er schuf, um die Polizisten in noch tieferem Dunkel umhertappen zu lassen, das zu durchdringen sie überhaupt keine Chance hatten.

Er hatte die Wagentüren geschlossen. Plötzlich blieb er reglos stehen. Ihm war ein Gedanke gekommen. *Der Mann, der ins Ausland gereist war, würde vielleicht nicht wiederkommen. Das bedeutete, daß er Ersatz beschaffen mußte. Er dachte an die Polizisten, die er am Strand um das kieloben liegende Boot und nach dem Mittsommerfest auf dem Hof gesehen hatte. Einer von ihnen. Einer von ihnen konnte sich opfern, damit seine Schwester ins Leben zurückkehren würde. Er würde einen von ihnen auswählen. Er würde ihre Namen in Erfahrung bringen und dann Steine in einem Rautensystem werfen, genau wie Geronimo es getan hatte, und er würde denjenigen töten, den der Zufall ihm auswählte.*

Er zog den Helm über den Kopf. Dann ging er zu seinem Moped, das er am Tag zuvor hierhergefahren und an einen Laternenmast gelehnt hatte. Er hatte es mit einer Kette angeschlossen und dann einen Flugbus in die Stadt zurück genommen. Er ließ den Motor an und fuhr davon. Es war schon hell, als er den Skalp seines Vaters unter dem Fenster seiner Schwester vergrub.

Um halb fünf schloß er vorsichtig die Wohnungstür in Rosengård auf. Er blieb still stehen und lauschte. Dann schaute er in das Zimmer, in dem sein Bruder schlief. Alles war still. Das Bett im Schlafzimmer seiner Mutter war leer. Sie lag auf dem Sofa im Wohnzimmer und schlief mit offenem Mund.

Neben ihr auf dem Tisch stand eine halbleere Weinflasche. Er legte ihr vorsichtig eine Wolldecke über. Dann schloß er sich im Badezimmer ein und wischte sich die Farbe vom Gesicht. Das Papier spülte er ins Klo.

Es war fast sechs Uhr, als er ausgezogen war und ins Bett ging. Von der Straße her hörte man einen Mann husten.

Sein Kopf war vollkommen leer.

Er schlief fast augenblicklich ein.

# Schonen

*29. Juni–4. Juli 1994*

## 20

Der Mann, der die Persenning anhob, schrie auf.

Dann lief er davon.

Einer der Fahrkartenverkäufer stand vor dem Bahnhof und rauchte. Es war ein paar Minuten vor sieben am Morgen des 29. Juni. Der Tag würde sehr warm werden. Der Fahrkartenverkäufer wurde aus seinen Gedanken gerissen, die gerade weniger den Fahrkarten galten, die er im Laufe des Tages verkaufen würde, als der Griechenlandreise, die er in ein paar Tagen antreten wollte. Er wandte sich um, als er den Schrei hörte, und sah, wie der Mann die Persenning fallen ließ und davonlief. Das Ganze wirkte unwirklich, als handele es sich um die Einspielung einer Filmszene, doch er konnte nirgendwo eine Kamera entdecken. Der Mann war zum Fährterminal gelaufen. Der Fahrkartenverkäufer warf die Zigarettenkippe fort und ging zur Grube, über der die Persenning lag. Erst als es bereits zu spät war, kam ihm der Gedanke, daß ihn etwas Schreckliches erwarten konnte. Aber da stand er schon mit der Plane in der Hand da und konnte in der Bewegung nicht mehr innehalten. Er starrte auf einen blutigen Kopf. Er ließ die Plane los, als habe er sich daran verbrannt, und lief ins Bahnhofsgebäude, stolperte über ein paar Koffer, die ein früher Reisender nach Simrishamn nachlässig abgestellt hatte, und riß eins der Telefone im Büro des Stationsvorstehers an sich.

Der Alarm über die Notrufnummer 90 000 erreichte die Polizei in Ystad um vier Minuten nach sieben. Svedberg, der an diesem Morgen ungewöhnlich früh zur Arbeit erschienen war, wurde hinzugerufen und nahm das Gespräch an. Als er den verwirrten Fahrkartenverkäufer von einem blutigen Kopf reden hörte, wurde ihm eiskalt. Mit zitternder Hand schrieb er ein einziges Wort auf, Bahnhof, und beendete das Gespräch. Zweimal drückte er danach die falschen Knöpfe und mußte wieder von vorn anfangen, bis es ihm endlich gelang, zu Wallander durchzukommen. Als er sich meldete, war Wallander noch völlig verschlafen, obwohl er es sofort abstritt.

»Ich glaube, jetzt ist es wieder passiert«, sagte Svedberg.

Einige Sekunden lang begriff Wallander nicht, was Svedberg meinte, obwohl er jedesmal, wenn das Telefon klingelte, sei es zu Hause oder im Präsidium, früh oder spät, genau das befürchtet hatte. Aber als es jetzt eintraf, reagierte er einen Augenblick lang nur mit Verwunderung. Oder war es der verzweifelte und von Anfang an zum Scheitern verurteilte Versuch, dem Ganzen zu entkommen?

Dann begriff er. Es war einer jener Augenblicke, in denen er sofort wußte, daß er etwas erlebte, was er nie vergessen würde. Wie seinen eigenen Tod zu ahnen, fuhr es ihm durch den Kopf. Ein Augenblick, in dem es nicht mehr möglich war, vor irgend etwas die Augen zu verschließen oder davonzulaufen. *Ich glaube, jetzt ist es wieder passiert.* Es war wieder passiert. Er fühlte sich wie eine Aufziehpuppe. Svedbergs stammelnde Worte waren wie Hände, die den Polizistenschlüssel, der ihm im Rücken steckte, umdrehten. Er wurde aufgezogen, hochgerissen aus dem Schlaf, aus dem Bett, aus Träumen, an die er sich nicht erinnerte, die weiterzuträumen aber dennoch angenehm hätte sein können, und er fuhr mit einer irrsinnigen Hektik in seine Kleider, daß die Knöpfe flogen und die Schnürsenkel lose schleiften, als er die Treppe hinunterstürzte und in den Sonnenschein hinauskam, den er nicht wahrnahm. Als er in seinem Wagen angeschlingert kam, für den er heute einen neuen Termin bei der Überprüfung hätte beantragen sollen, war Svedberg schon da. Ein paar Ordnungspolizisten unter Noréns Leitung waren dabei, die gestreiften Absperrbänder zu spannen, die verkündeten, daß die Welt aufs neue zusammengebrochen war. Svedberg stand neben einem weinenden Fahrkartenverkäufer und klopfte ihm unbeholfen auf die Schulter, während einige Männer in blauen Arbeitsanzügen in die Grube starrten, in die sie hätten hinabsteigen sollen, die sich aber jetzt in einen Alptraum verwandelt hatte. Wallander ließ seine Wagentür offenstehen und lief zu Svedberg hinüber. Warum er lief, wußte er nicht. Vielleicht begann der Polizistenmechanismus verrückt zu spielen? Oder hatte er solche Angst vor dem, was er zu sehen bekäme, daß er ganz einfach nicht wagte, sich langsam zu nähern?

Svedbergs Gesicht war weiß. Er nickte zur Grube hin. Wallander ging so steif darauf zu, als sei er in ein Duell verwickelt, das er mit Sicherheit verlieren würde. Er holte mehrfach tief Luft, dann blickte er in die Grube.

Es war schlimmer, als er es sich hatte vorstellen können. Einen Augenblick lang kam es ihm so vor, als sehe er direkt in das Gehirn eines toten Menschen. Die Situation hatte etwas Obszönes, als sei der Tote in der Grube in einem intimen Moment bloßgestellt worden, in dem er verlangen konnte, allein gelassen zu werden. Ann-Britt Höglund kam und stellte sich neben ihn. Wallander merkte, wie sie zusammenzuckte und sich abwandte. Ihre Reaktion bewirkte, daß er plötzlich anfing, wieder klar zu denken. Er begann, überhaupt wieder zu denken. Die Gefühle traten zurück, er war wieder Ermittler in einer Mordkommission und konstatierte, daß der Mörder Gustaf Wetterstedts und Arne Carlmans erneut zugeschlagen hatte.

»Kein Zweifel«, sagte er zu Ann-Britt Höglund, »das ist er wieder.«

Sie war sehr blaß. Einen Moment befürchtete Wallander, sie könnte ohnmächtig werden. Er faßte sie um die Schultern.

»Geht es?« fragte er.

Sie nickte stumm.

Martinsson war zusammen mit Hansson gekommen. Wallander sah auch sie zusammenzucken, als sie in die Grube blickten. Und plötzlich packte ihn rasende Wut. Der Mann, der das hier getan hatte, mußte gestoppt werden. Um jeden Preis.

»Es muß derselbe Mann sein«, sagte Hansson mit zitternder Stimme. »Nimmt das denn nie ein Ende? Ich kann die Verantwortung nicht mehr tragen. Hat Björk das hier kommen sehen, als er aufgehört hat? Ich fordere Verstärkung aus Stockholm an.«

»Tu das«, sagte Wallander. »Aber laß uns den hier erst mal rausholen und sehen, ob wir das selbst lösen können.«

Hansson starrte Wallander ungläubig an, der begriff, daß Hansson vermutete, sie sollten den Toten selbst aus der Grube heben.

Vor den Absperrungen hatten sich schon viele Menschen versammelt. Wallander erinnerte sich an das Gefühl, das er im Zusammenhang mit dem Mord an Carlman gehabt hatte. Er nahm Norén zur Seite und bat ihn, von Nyberg einen Fotoapparat zu leihen und so diskret wie möglich die Menschen vor den Absperrungen zu fotografieren. Inzwischen waren Einsatzwagen der Feuerwehr eingetroffen. Nyberg hatte schon begonnen, seine Mitarbeiter um die Grube herum einzuweisen. Wallander trat zu ihm, versuchte aber zu vermeiden, den Toten anzusehen.

»Auf ein Neues«, sagte Nyberg. Wallander hörte, daß er weder zynisch noch gleichgültig war. Ihre Blicke trafen sich.

»Wir müssen diesen Kerl fassen«, sagte Wallander.

»Und zwar so schnell wie möglich«, gab Nyberg zurück. Er legte sich auf den Bauch, um so tief in die Grube sehen zu können, daß er das Gesicht des Toten studieren konnte. Als er sich wieder aufrichtete, rief er Wallander zurück, der gerade auf dem Weg zu Svedberg war.

»Hast du seine Augen gesehen?« fragte Nyberg.

Wallander schüttelte den Kopf. »Was ist damit?«

Nyberg verzog das Gesicht zu einer Grimasse.

»Er scheint sich diesmal nicht damit begnügt zu haben zu skalpieren«, antwortete er. »Es sieht so aus, als habe er ihm auch die Augen ausgestochen.«

Wallander betrachtete ihn verständnislos. »Was meinst du damit?«

»Ich meine nur, daß der Mann hier keine Augen mehr hat. Da sind nur noch zwei Löcher.«

Sie brauchten zwei Stunden, um den Körper aus der Grube herauszubekommen. In der Zwischenzeit sprach Wallander mit dem Gemeindearbeiter, der die Plane angehoben, und dem Fahrkartenverkäufer, der auf der Bahnhofstreppe gestanden und von Griechenland geträumt hatte. Er hatte einen Zeitplan erstellt und Nyberg gebeten, die Taschen des Toten zu durchsuchen, damit sie seine Identität feststellen konnten. Nyberg teilte ihm mit, die Taschen seien leer.

»Nichts?« fragte Wallander erstaunt.

»Nichts«, erwiderte Nyberg. »Aber natürlich kann etwas herausgefallen sein. Wir suchen da unten noch einmal.«

Sie holten ihn mit einem Flaschenzug hoch. Wallander zwang sich, sein Gesicht anzusehen. Nyberg hatte recht. Der skalpierte Mann hatte keine Augen mehr. Das Fehlen der Kopfhaut rief in Wallander die Empfindung hervor, es sei ein totes Tier, das auf der Plastikfolie zu seinen Füßen lag.

Wallander ging zur Bahnhofstreppe und setzte sich. Er studierte seinen Zeitplan. Er rief Martinsson zu sich, der mit dem gerade eingetroffenen Arzt sprach.

»Diesmal wissen wir, daß er nicht lange da gelegen hat«, sagte er. Ich habe mit den Arbeitern gesprochen, die die Abwasserrohre auswechseln. Sie haben gestern nachmittag um vier die Plane über die Grube gelegt. Der Körper muß nachher hineingelegt worden sein, und zwar vor sieben Uhr heute morgen.«

»Hier ist abends viel los«, meinte Martinsson. »Spaziergänger, Verkehr von und zum Bahnhof und zum Fähranleger. Es muß irgendwann in der Nacht gewesen sein.«

»Wie lange war er schon tot?« fragte Wallander. »Das will ich vor allem wissen. Und wer er ist.«

Nyberg hatte keine Brieftasche gefunden. Sie hatten nichts, um die Identität des Toten zu bestimmen. Ann-Britt Höglund kam hinzu und setzte sich neben sie. »Hansson redet davon, Verstärkung aus Stockholm anzufordern«, sagte sie.

»Ich weiß«, antwortete Wallander. »Aber er tut nichts, bevor ich ihn darum bitte. Was hat der Arzt gesagt?«

Sie blickte in ihre Notizen. »Ungefähr fünfundvierzig«, sagte sie. »Kräftig, gut gebaut.«

»Damit ist er der Jüngste bis jetzt«, bemerkte Wallander.

»Komischer Ort, die Leiche zu verstecken«, sagte Martinsson. »Hat er geglaubt, die Arbeiten wären während des Ferienmonats eingestellt?«

»Vielleicht wollte er den Körper einfach nur loswerden«, sagte Ann-Britt Höglund.

»Warum hat er dann die Grube ausgesucht?« wandte Martinsson ein. »Es muß doch sehr mühsam gewesen sein, ihn da runterzubugsieren. Außerdem war das Risiko groß, entdeckt zu werden.«

»Vielleicht wollte er, daß er gefunden wird«, sagte Wallander nachdenklich. »Die Möglichkeit können wir nicht ausschließen.«

Sie sahen ihn verwundert an. Aber sie warteten vergeblich auf eine Fortsetzung.

Der Körper wurde fortgebracht. Wallander hatte veranlaßt, daß er unmittelbar nach Malmö überführt wurde. Um Viertel vor zehn verließen sie das abgesperrte Gelände und fuhren zum Präsidium. Wallander hatte gesehen, daß Norén dann und wann die große und wechselnde Menschenansammlung vor der Absperrung fotografierte.

Mats Ekholm hatte sich ihnen schon gegen neun Uhr angeschlossen. Er hatte lange den toten Körper betrachtet. Nachher war Wallander zu ihm gegangen. »Du hast bekommen, was du wolltest«, sagte er. »Noch einer.«

»Das war nicht ich, der das wollte«, entgegnete Ekholm abweisend.

Hinterher bereute Wallander seine Bemerkung. Er würde Ekholm später erklären, was er eigentlich gemeint hatte.

Kurz nach zehn schlossen sie sich im Sitzungszimmer ein. Hansson gab strenge Anweisung, keine Telefongespräche durchzustellen. Aber sie hatten noch nicht einmal angefangen, als es zum erstenmal klingelte. Hansson riß den Hörer an sich und war puterrot, als er sich mit einem drohenden Knurren meldete. Doch dann sank er langsam in seinen Sessel zurück. Wallander war sogleich klar, daß ein sehr hohes Tier am anderen Ende der Leitung sein mußte. Hansson hatte von Björk auch die kriecherische Nachgiebigkeit übernommen. Er machte kurze Bemerkungen, beantwortete Fragen, hörte aber hauptsächlich zu. Als das Gespräch zu Ende war, legte er den Hörer auf die Gabel, als handele es sich um eine unschätzbare und zerbrechliche Antiquität.

»Laß mich tippen: die Reichspolizeibehörde«, sagte Wallander. »Oder der Oberste Staatsanwalt.«

»Der Reichspolizeipräsident«, sagte Hansson. »Er gab zu gleichen Teilen seiner Unzufriedenheit und seiner Aufmunterung Ausdruck.«

»Das hört sich nach einer sehr eigenartigen Mischung an«, bemerkte Ann-Britt Höglund trocken.

»Soll er doch herkommen und mithelfen«, sagte Svedberg.

»Was versteht der denn von Polizeiarbeit«, zischte Martinsson. »Absolut nichts.«

Wallander klopfte mit dem Bleistift auf den Tisch. Er wußte, daß sie alle aufgewühlt waren und unsicher, wie es weitergehen sollte. Die Spannung konnte sich jeden Moment in Ausbrüchen von Gereiztheit entladen. Und die Lähmung, die eine Ermittlungsgruppe befallen konnte, wenn sie sich festgefahren hatte, machte manchmal in kürzester Zeit alle Möglichkeiten zunichte, das Ganze wieder auf den richtigen Kurs zu bringen. Wallander ahnte, daß ihnen nur noch wenig Zeit blieb, bis Breitseiten von Kritik wegen angeblicher Passivität und Unfähigkeit auf sie einprasseln würden. Gegen den Druck von außen waren sie nie ganz gefeit. Sie konnten ihm entgegenarbeiten, indem sie sich auf sich selbst konzentrierten, auf das Zentrum der Ermittlung, und so taten, als existiere keine Welt außerhalb ihrer Ermittlung. Er versuchte, sich zu einer Zusammenfassung aufzuraffen, obwohl sie eigentlich nichts in der Hand hatten.

»Was wissen wir?« begann er und blickte in die Runde, als hoffe er, daß jemand ein bis dahin unsichtbares, unter dem Konferenztisch verborgenes Kaninchen hervorziehen würde. Doch es kam kein Kaninchen zum Vorschein, er sah nichts anderes als graue und lustlose Konzentration, die auf ihn gerichtet war. Wallander fühlte sich wie ein Pastor, der den Glauben verloren hat. Er hatte ihnen absolut nichts zu sagen, dachte er. Trotzdem mußte er versuchen, etwas zu sagen, was sie aus dem Tief herausführte, als geordnete Truppe, die zumindest das Gefühl hatte, etwas von dem, was um sie her vorging, verstanden zu haben.

»Der Mann muß irgendwann letzte Nacht dort in der Baugrube gelandet sein«, fuhr er fort. »Laßt uns annehmen, es war am frühen Morgen. Wir können davon ausgehen, daß er nicht neben der Grube ermordet wurde. Es muß viel Blut geflossen sein, und zwar an *einer* Stelle. Nyberg hatte aber noch nichts gefunden, als wir weggefahren sind. Das spricht dafür, daß der Tote mit einem Wagen dorthin transportiert worden ist. Vielleicht hat das Personal in der Imbißbude neben der Bahnschranke etwas bemerkt. Dem Arzt zufolge ist der Mann mit einem gewaltigen Hieb direkt von vorne getötet worden, der den Kopf glatt durchschlagen hat. Da haben wir mit anderen Worten die dritte Variante dessen, was ein Schlagwerkzeug aus einem Gesicht machen kann.«

Martinsson war käseweiß geworden. Er stand ohne ein Wort auf und verließ den Raum. Wallander entschied, weiterzumachen und nicht auf seine Rückkehr zu warten. »Er ist wie die anderen skalpiert worden. Außerdem ist er geblendet worden. Der Arzt war sich nicht sicher, was mit den Augen passiert ist. Um die Augen fanden sich ein paar Flecken, die darauf deuten könnten, daß ihm eine ätzende Flüssigkeit in die Augen gegossen wurde. Vielleicht hat unser Spezialist eine Meinung dazu, was das bedeuten kann.«

Wallander wandte sich an Ekholm. »Noch nicht«, antwortete Ekholm. »Dafür ist es noch zu früh.«

»Wir brauchen keine ausführliche und abgeschlossene Analyse«, sagte Wallander mit Nachdruck. »In diesem Stadium müssen wir laut denken. Zwischen all den Dummheiten, Irrtümern und Fehlschlüssen, die wir von uns geben, kann sich eine Wahrheit verbergen. Wir glauben nicht an Wunder. Aber wir nehmen sie an, wenn sie trotz allem dann und wann eintreffen.«

»Ich glaube, die ausgestochenen Augen bedeuten etwas«, sagte Mats Ekholm. »Wir können davon ausgehen, daß es wieder derselbe Täter ist. Das Opfer ist allerdings jünger als die beiden vorigen. Außerdem wird ihm das Augenlicht genommen. Früher hat der Täter skalpiert. So auch diesmal. Aber er blendet ihn noch dazu. Warum tut er das? Was ist das für eine besondere Rache, die er diesmal nimmt?«

»Der Mann muß ein sadistischer Psychopath sein«, entfuhr es Hansson. »Ein Serienmörder, wie ich glaubte, es gäbe sie nur in den USA. Aber hier? In Ystad? In Schonen?«

»Trotzdem handelt er kontrolliert«, sagte Ekholm. »Er weiß, was er will. Er tötet und skalpiert. Er sticht die Augen aus oder verätzt sie. Nichts daran läßt auf unkontrollierte Raserei schließen. Psychopath, ja. Aber er hat immer noch die Kontrolle über das, was er tut.«

»Gibt es Beispiele dafür, daß so etwas schon einmal vorgekommen ist?« fragte Ann-Britt Höglund.

»Nicht, soweit ich mich auf Anhieb erinnern kann«, erwiderte Ekholm. »Jedenfalls nicht in Schweden. In den USA gibt es Studien darüber, welche Rolle Augen für verschiedene Mörder mit schweren mentalen Störungen gespielt haben. Ich werde mein Gedächtnis im Laufe des Tages auffrischen.«

Wallander hatte dem Gespräch zwischen Ekholm und seinen Kollegen geistesabwesend zugehört. Ein Gedanke war in seinem Kopf aufgetaucht, den er jedoch nicht richtig zu fassen bekam. Es hatte etwas mit Augen zu tun.

Etwas, was jemand gesagt hatte. Über Augen.

Er versuchte, es sich in Erinnerung zu rufen. Aber es entglitt ihm.

Er kehrte in die Wirklichkeit des Sitzungszimmers zurück. Aber der Gedanke blieb als unklare und mahlende Unruhe zurück.

»Hast du noch etwas?« fragte er Ekholm.

»Im Augenblick nicht.«

Martinsson kam zurück. Er war noch immer sehr bleich.

»Ich weiß nicht, ob es wichtig ist«, sagte Wallander, »aber nachdem ich Mats Ekholm gehört habe, bin ich noch überzeugter als vorher, daß der eigentliche Tatort ganz woanders liegt. Der Mann, der geblendet wurde, muß geschrien haben. Das kann ganz einfach nicht vor dem Bahnhof passiert sein, ohne daß irgend jemand etwas bemerkt hätte. Oder etwas gehört hätte. Wir werden das natürlich kontrollieren. Aber laßt uns bis auf weiteres davon ausgehen, daß ich recht habe. Denn das bringt mich zu der Frage, warum der Täter die Grube als Versteck gewählt hat. Ich habe mit einem der Arbeiter gesprochen. Er heißt Persson, Erik Persson. Er sagte, die Grube sei am Montagnachmittag ausgehoben worden. Also war sie weniger als achtundvierzig Stunden da. Natürlich kann der Täter die Grube aus reinem Zufall gewählt haben. Aber das paßt nicht zu dem Eindruck sorgfältiger Planung. Was wiederum heißt, daß er irgendwann nach Montagnachmittag dort gewesen sein muß. Er muß in die Grube hineingesehen haben, um herauszufinden, ob sie tief genug ist. Wir müssen also sehr genau mit den Arbeitern dort sprechen. Ist ihnen jemand aufgefallen, der ein ungewöhnliches Interesse an ihrer Grube zeigte? Hat das Bahnhofspersonal etwas bemerkt?«

Er spürte, daß die Runde ihm mit gespannter Aufmerksamkeit folgte, was ihn in dem Glauben bestärkte, mit seinen Gedanken nicht ganz falsch zu liegen. »Außerdem ist die Frage entscheidend,

ob es ein Versteck ist oder nicht«, fuhr er fort. »Er muß sich darüber im klaren gewesen sein, daß der Körper schon am nächsten
Morgen entdeckt werden würde. Warum hat er dann die Grube
gewählt? Vielleicht gerade, damit die Leiche entdeckt würde?
Oder kann es eine andere Erklärung geben?«

Alle im Raum warteten darauf, daß er selbst die Antwort geben
würde. »Fordert er uns heraus?« fragte Wallander. »Will er uns
auf seine kranke Art und Weise helfen? Oder führt er uns an der
Nase herum? Führt er mich an der Nase herum, indem er mich
genauso denken läßt, wie ich gerade denke? Wie sieht es anders-
herum aus?«

Alle schwiegen.

»Der Zeitfaktor spielt auch eine Rolle«, sagte Wallander. »Dieser Mord ist frisch. Das kann uns helfen.«

»Apropos Hilfe«, sagte Hansson. »Wir brauchen Verstärkung.«
Er hatte auf eine günstige Gelegenheit gewartet, diese Frage ansprechen zu können.

»Noch nicht«, meinte Wallander. »Laß uns das heute abend
entscheiden. Oder morgen früh. Soweit ich weiß, geht keiner der
hier Anwesenden heute oder morgen in Urlaub. Laß uns diese
Gruppe noch ein paar Tage zusammenhalten. Dann können wir sie
verstärken, wenn es nötig ist.«

Hansson beugte sich zu Wallander, der sich insgeheim fragte,
ob Björk das gleiche getan hätte.

»Der Zusammenhang«, sagte Wallander zum Abschluß. »Jetzt
müssen wir noch jemanden in ein Bild einfügen, das wir noch gar
nicht haben. Aber trotzdem müssen wir da weitermachen.«

Er blickte noch einmal in die Runde.

»Wir müssen uns darüber im klaren sein, daß er wieder zuschlagen kann«, sagte er. »Solange wir nicht wissen, worum es sich
überhaupt dreht, müssen wir davon ausgehen.«

Die Sitzung war vorüber. Sie wußten alle, was sie zu tun hatten. Wallander blieb am Tisch sitzen, während die anderen durch
die Tür verschwanden. Er versuchte noch einmal, sich die Erinnerung ins Bewußtsein zu rufen. Er war jetzt davon überzeugt, daß
es etwas war, was jemand im Zusammenhang mit der Ermittlung
der Morde gesagt hatte. Jemand hatte von Augen gesprochen. Er

kehrte in Gedanken noch einmal zu dem Tag zurück, an dem Gustaf Wetterstedt ermordet aufgefunden worden war. Er durchsuchte die hintersten Winkel seines Gedächtnisses. Aber er fand nichts. Verärgert warf er den Bleistift von sich und stand auf. Er ging in den Eßraum und holte sich einen Becher Kaffee. In seinem Zimmer stellte er den Becher auf den Tisch. Als er die Tür schließen wollte, sah er Svedberg den Flur entlangkommen.

Svedberg ging schnell. Das tat er nur, wenn etwas Wichtiges geschehen war. Wallander spürte sofort die Faust im Magen. Nicht noch einer, dachte er. Das gibt uns den Rest.

»Wir glauben, wir haben den Tatort«, sagte Svedberg.

»Wo?«

»Die Kollegen in Sturup haben einen blutbesudelten Kastenwagen auf dem Parkplatz gefunden.«

Wallander dachte schnell nach. Dann nickte er Svedberg zu, aber eigentlich meinte er sich selbst.

Ein Kastenwagen. Das paßte. Das konnte stimmen.

Ein paar Minuten später verließen sie das Präsidium. Wallander hatte es eilig. Er konnte sich nicht erinnern, je zuvor in seinem Leben so wenig Zeit zur Verfügung gehabt zu haben.

Als sie die Stadt hinter sich gelassen hatten, bat er Svedberg, der am Steuer saß, das Blaulicht einzuschalten.

Auf einem Feld an der Straße erntete ein verspäteter Bauer seinen Raps.

## 21

Sie erreichten den Flugplatz Sturup kurz nach elf Uhr. Die Luft stand still in der Hitze, die drückend zu werden begann.

Sie brauchten weniger als eine Stunde, um zu konstatieren, daß der Mord mit hoher Wahrscheinlichkeit in dem Wagen begangen worden war.

Sie glaubten zu diesem Zeitpunkt auch zu wissen, wer der Tote war.

Der Lieferwagen war ein Ford älteren Baujahrs, aus den späten sechziger Jahren, mit seitlicher Schiebetür. Er war schwarz gestrichen, aber die Arbeit war schlampig gemacht worden, und stellenweise schien die ursprüngliche graue Farbe durch. Die Karosserie wies zahlreiche Beulen und Schrammen auf. Wie er da in einer entlegenen Ecke des Parkplatzes stand, erinnerte der Wagen an einen gealterten Boxer, der gerade ausgezählt worden ist und in seiner Ecke in den Seilen hängt. Wallander kannte einige der Kollegen in Sturup von früher. Er wußte, daß sie nicht gut auf ihn zu sprechen waren nach einem Vorfall im letzten Jahr. Svedberg und er stiegen aus dem Wagen. Die Seitentür des Fords stand offen. Ein paar Kriminaltechniker waren schon bei der Arbeit. Ein Polizeiinspektor namens Waldemarsson kam ihnen entgegen. Obwohl sie wie die Wahnsinnigen gefahren waren, bemühte sich Wallander, einen vollkommen ruhigen Eindruck zu machen. Er wollte sich die Erregung nicht anmerken lassen, die ihn gepackt hatte, nachdem am Morgen der Anruf gekommen und ihn aus der trügerischen Hoffnung gerissen hatte, daß trotz allem alles vorbei war.

»Das sieht nicht schön aus«, meinte Waldemarsson, nachdem sie sich begrüßt hatten.

Wallander und Svedberg traten zu dem Ford und sahen hinein. Waldemarsson leuchtete mit einer Taschenlampe. Der Boden des Wagens war von Blut bedeckt.

»Wir hörten in den Morgennachrichten, daß er wieder zugeschlagen hat«, sagte Waldemarsson. »Ich habe angerufen und mit einer freundlichen Kollegin gesprochen, deren Namen ich wieder vergessen habe.«

»Ann-Britt Höglund«, sagte Svedberg.

»Wie sie auch hieß, jedenfalls meinte sie, ihr suchtet einen Tatort«, fuhr Waldemarsson fort. »Und ein Transportfahrzeug.«

Wallander nickte. »Wann habt ihr den Wagen gefunden?«

»Wir kontrollieren den Parkplatz jeden Tag. Wir hatten hier eine Reihe von Autodiebstählen. Aber das ist dir ja nichts Neues.«

Wallander nickte wieder. Im Rahmen der trostlosen Ermittlung wegen des organisierten Exports gestohlener Autos nach Polen hatte er mehrfach mit der Flughafenpolizei Kontakt gehabt.

»Wir wissen, daß der Wagen gestern nachmittag noch nicht hier stand«, fuhr Waldemarsson fort. »Er kann also keine vierundzwanzig Stunden hier gestanden haben.«

»Wer ist der Besitzer?« fragte Wallander.

Waldemarsson zog einen Notizblock aus der Tasche. »Björn Fredman«, las er. »Wohnhaft in Malmö. Wir haben seine Telefonnummer angerufen, aber niemanden erreicht.«

»Kann er der Mann sein, der in der Grube gelegen hat?«

»Wir wissen einiges über Björn Fredman«, sagte Waldemarsson. »Malmö hat uns Informationen geschickt. Er war als Hehler bekannt und hat mehrere Gefängnisstrafen abgesessen.«

»Hehler«, sagte Wallander und spürte, wie sein Spannungspegel hochschnellte. »Auch Kunst?«

»Das geht aus dem Material nicht hervor. Da mußt du schon selbst mit den Kollegen in Malmö sprechen.«

»An wen wende ich mich?« fragte Wallander und zog sein Handy aus der Tasche.

»An Kommissar Forsfält. Sten Forsfält.«

Wallander hatte die Nummer der Polizei in Malmö gespeichert. Nach gut einer Minute bekam er Forsfält an den Apparat. Er erklärte, wer er war und daß er sich auf dem Flugplatz befand. Einen Augenblick ging das Gespräch im Dröhnen einer startenden Düsenmaschine unter. Wallander fuhr der Gedanke an die Italien-

reise durch den Kopf, die er im Herbst mit seinem Vater unternehmen wollte.

»Wir müssen als allererstes den Mann in der Grube identifizieren«, sagte Wallander, als die Maschine in Richtung Stockholm
verschwunden war.

»Wie sah er aus?« fragte Forsfält. »Ich bin Fredman mehrfach
begegnet.«

Wallander versuchte, eine so exakte Beschreibung wie möglich
zu geben.

»Das kann er sein«, antwortete Forsfält. »Groß war er jedenfalls.«

Wallander überlegte. »Kannst du ins Krankenhaus fahren und
ihn identifizieren?« bat er. »Wir brauchen so schnell wie irgend
möglich eine Bestätigung.«

»Ja«, sagte Forsfält.

»Mach dich aber darauf gefaßt, daß es kein schöner Anblick
ist«, sagte Wallander. »Ihm sind die Augen ausgestochen worden.
Oder verätzt.«

Forsfält sagte nichts.

»Wir kommen nach Malmö«, fuhr Wallander fort. »Wir brauchen Hilfe, um in seine Wohnung zu gelangen. Hatte er keine Familie?«

»Soweit ich weiß, war er geschieden«, antwortete Forsfält. »Ich
meine mich zu erinnern, daß er zuletzt wegen Körperverletzung
gesessen hat.«

»Ich dachte, wegen Hehlerei?«

»Das auch. Björn Fredman hat in seinem Leben alles mögliche
gemacht. Aber nie etwas Legales. Darin war er konsequent.«

Wallander beendete das Gespräch und rief Hansson an. Er berichtete kurz, was geschehen war.

»Gut«, sagte Hansson. »Melde dich, wenn du mehr Informationen hast. Weißt du übrigens, wer angerufen hat?«

»Nein. Wieder der Reichspolizeichef?«

»Fast. Lisa Holgersson. Björks Nachfolger. Nachfolgerin, sagt
man wohl. Sie wollte uns Glück wünschen. Und mal hören, wie
die Dinge lägen, wie sie sich ausdrückte.«

»Es ist doch nur gut, wenn die Leute uns Glück wünschen«, erwiderte Wallander, der überhaupt nicht verstehen konnte, warum Hansson so ironisch über das Gespräch mit Lisa Holgersson berichtete.

Wallander lieh sich Waldemarssons Taschenlampe und leuchtete in den Wagen. An einer Stelle entdeckte er einen Fußabdruck im Blut. Er leuchtete ihn an und beugte sich darüber.

»Hier ist jemand barfuß gewesen«, sagte er erstaunt. »Das ist kein Schuhabdruck. Das ist ein linker Fuß.«

»Barfuß?« fragte Svedberg ungläubig. Dann sah er, daß Wallander recht hatte.

»Er stapft also barfuß im Blut des Mannes herum, den er tötet?«

»Wir wissen nicht, ob es ein Er ist«, sagte Wallander zweifelnd.

Sie verabschiedeten sich von Waldemarsson und seinen Kollegen. Wallander wartete im Wagen, während Svedberg in die Flughafencafeteria lief, um ein paar belegte Brote zu kaufen.

»Die Preise sind unverschämt«, klagte er, als er zurückkam.

Wallander hatte keine Lust zu antworten. »Fahr jetzt«, sagte er nur.

Gegen halb eins hielten sie vor dem Polizeipräsidium in Malmö. Beim Aussteigen sah Wallander Björk, der ihm entgegenkam. Björk blieb wie angewurzelt stehen und starrte ihn an, als habe er Wallander bei einer unerlaubten Handlung ertappt. »Du hier?« sagte er.

»Ich hatte vor, dich zu bitten zurückzukommen«, versuchte Wallander einen mißlungenen Scherz. Dann erklärte er in aller Eile, was geschehen war.

»Schreckliche Geschichte«, meinte Björk, und Wallander empfand seine Anteilnahme als vollkommen echt. Es war ihm bisher nicht in den Sinn gekommen, daß Björk vielleicht tatsächlich die Kollegen vermißte, mit denen er in Ystad so viele Jahre zusammengearbeitet hatte.

»Nichts ist mehr so wie früher«, sagte Wallander.

»Wie kommt Hansson zurecht?«

»Ich glaube, er fühlt sich nicht recht wohl in seiner Rolle.«

»Er kann mich gerne anrufen, wenn er Hilfe braucht.«

»Ich werde es ihm ausrichten.«

Björk verschwand, und sie gingen hinein. Forsfält war noch nicht aus dem Krankenhaus zurückgekommen. Während sie warteten, tranken sie in der Kantine einen Kaffee.

»Ich frage mich, wie es wohl sein würde, hier zu arbeiten«, überlegte Svedberg und blickte sich unter den vielen Polizisten um, die gerade zu Mittag aßen.

»Eines Tages landen wir vielleicht alle hier«, sagte Wallander. »Wenn der Bezirk dichtgemacht wird und es nur noch eine Polizeistation in jeder Provinz gibt.«

»Das würde doch nie funktionieren.«

»Nein. Würde es nicht. Aber so kann es trotzdem kommen. Ob es funktioniert oder nicht. Die Reichspolizeibehörde und die politischen Bürokraten haben eins gemeinsam: Sie versuchen immer, das Unmögliche zu beweisen.«

Plötzlich stand Forsfält neben ihnen. Sie begrüßten ihn und folgten ihm in sein Büro. Wallander fand ihn auf Anhieb sympathisch. Irgendwie erinnerte er ihn an Rydberg. Forsfält war mindestens sechzig Jahre alt, hatte ein freundliches Gesicht und zog beim Gehen leicht das linke Bein nach. Er holte einen dritten Stuhl von draußen. Wallander hatte sich schon gesetzt und betrachtete ein paar Fotos von lachenden Kindern, die an eine der Wände gepinnt waren. Er tippte auf Forsfälts Enkelkinder.

»Björn Fredman«, sagte Forsfält. »Klar, das ist er. Sah ja furchtbar aus. Wer tut so etwas?«

»Wenn wir das wüßten«, antwortete Wallander. »Aber genau das tun wir nicht. Wer war Björn Fredman?«

»Ein Mann Mitte Vierzig, der in seinem ganzen Leben keiner ehrlichen Arbeit nachgegangen ist«, begann Forsfält. »Viele der Einzelheiten kenne ich nicht. Aber ich habe schon veranlaßt, daß die Computer uns alles über ihn auswerfen. Er hat Hehlerei betrieben und wegen Körperverletzung im Knast gesessen. Ziemlich grobe Überfälle, soweit ich mich erinnern kann.«

»Hat er mit An- und Verkauf von Kunst zu tun gehabt?«

»Nicht, soweit ich weiß.«

»Schade«, meinte Wallander. »Sonst hätten wir ihn mit Gustaf Wetterstedt und Carlman in Verbindung bringen können.«

»Ich kann mir nur sehr schwer vorstellen, daß Björn Fredman

und Gustaf Wetterstedt viel miteinander hätten anfangen können«, sagte Forsfält grübelnd.

»Warum nicht?«

»Laß es mich kurz und bündig sagen«, erwiderte Forsfält. »Björn Fredman war das, was man früher einen groben Klotz nannte. Er soff und prügelte sich. Ein brutaler Kerl. Von Bildung konnte man bei ihm nicht sprechen, wenn man davon absieht, daß er notdürftig lesen, schreiben und rechnen konnte. Seine Interessen kann man kaum als besonders ausgefallen bezeichnen. Ein paarmal habe ich ihn selbst verhört. Ich kann mich noch erinnern, daß sein Wortschatz hauptsächlich aus Flüchen bestand.«

Wallander hörte aufmerksam zu. Als Forsfält endete, sah er Svedberg an. »Dann geht unsere Ermittlung von vorne los«, sagte Wallander langsam. »Wenn wir keinen Zusammenhang zwischen Fredman und den beiden anderen finden, sind wir wieder beim Ausgangspunkt angelangt.«

»Es kann natürlich etwas geben, wovon ich nichts weiß«, sagte Forsfält.

»Ich ziehe keine Schlußfolgerungen«, sagte Wallander. »Ich denke nur laut.«

»Seine Familie«, sagte Svedberg. »Lebt die hier in der Stadt?«

»Er war seit einigen Jahren geschieden«, antwortete Forsfält. »Das weiß ich sicher.«

Er griff zum Telefon und führte ein Hausgespräch. Nach einigen Minuten kam eine Sekretärin und brachte Forsfält eine Personenakte. Er überflog sie rasch und legte sie auf den Tisch.

»Er wurde 1991 geschieden. Die Frau wohnt mit den Kindern noch in der alten Wohnung in Rosengård. Sie haben drei Kinder, das kleinste war gerade geboren, als sie sich trennten. Björn Fredman zog sich in eine Wohnung in der Stenbrottsgatan zurück, die er schon viele Jahre unterhielt. Hauptsächlich als Büro und Lager. Ich glaube kaum, daß seine Frau von der Wohnung wußte. Dahin hat er auch alle seine Damenbekanntschaften gebracht.«

»Wir fangen mit der Wohnung an«, sagte Wallander. »Die Familie kann warten. Ich gehe davon aus, daß ihr es übernehmt, sie von seinem Tod in Kenntnis zu setzen?«

Forsfält nickte. Svedberg war auf den Flur gegangen, um in

Ystad anzurufen und mitzuteilen, daß der Tote jetzt identifiziert war. Wallander war ans Fenster getreten und versuchte, sich darüber klarzuwerden, was im Augenblick das Wichtigste war. Es beunruhigte ihn, daß ein Verbindungsglied zwischen den beiden ersten Opfern und Björn Fredman zu fehlen schien. Zum erstenmal hatte er das Gefühl, auf einer falschen Fährte zu sein. War ihm etwas entgangen? Gab es vielleicht eine ganz andere Erklärung? Er beschloß, noch am selben Abend das gesamte Ermittlungsmaterial erneut durchzugehen und noch einmal unvoreingenommen zu betrachten.

Svedberg trat neben ihn. »Hansson war erleichtert«, sagte er.

Wallander nickte. Aber er schwieg.

»Martinsson zufolge ist eine ausführliche Antwort von Interpol über das Mädchen im Rapsfeld eingetroffen«, fuhr er fort.

Wallander hatte nicht zugehört. Er mußte Svedberg bitten zu wiederholen, was er gesagt hatte. Ihm kam es vor, als gehöre das Mädchen, das er wie eine brennende Fackel hatte laufen sehen, einer weit entlegenen Vergangenheit an. Dennoch wußte er, daß er sich früher oder später wieder mit ihr befassen mußte.

»Ich fühle mich nicht wohl in Malmö«, sagte Svedberg plötzlich. »Eigentlich fühle ich mich nur zu Hause in Ystad wirklich wohl.«

Wallander wußte, wie ungern Svedberg die Stadt, in der er einst geboren worden war, verließ. Im Präsidium war das ein bis zum Überdruß strapaziertes Thema für Scherze, wenn Svedberg nicht in der Nähe war. Gleichzeitig fragte sich Wallander, wann er selbst sich eigentlich wohl fühlte.

Er erinnerte sich jedoch an das letzte Mal. Als Linda am Sonntagmorgen um sieben vor seiner Tür gestanden hatte.

Forsfält hatte ein paar Dinge erledigt und sagte, sie könnten jetzt fahren. Sie nahmen den Aufzug in die Tiefgarage des Polizeigebäudes und fuhren hinaus zu einem nördlich der Stadt gelegenen Gewerbegebiet. Es war windig geworden. Der Himmel war noch immer wolkenlos. Wallander saß auf dem Beifahrersitz neben Forsfält.

»Kanntest du Rydberg?« fragte er.

»Und ob ich ihn kannte«, antwortete Forsfält langsam. »Aber

klar. Wir kannten uns gut. Er kam manchmal nach Malmö und hat mich besucht.«

Wallander wunderte sich über diese Antwort. Er hatte Rydberg immer für einen alten Polizeibeamten gehalten, der schon lange alles abgeschrieben hatte, was nicht mit seinem Beruf zusammenhing, Freunde eingeschlossen.

»Er hat mir alles beigebracht, was ich kann«, sagte er.

»Sein Tod war tragisch«, sagte Forsfält. »Er hätte noch ein bißchen leben sollen. Er hat davon geträumt, einmal in seinem Leben nach Island zu kommen.«

»Island?«

Forsfält warf ihm einen raschen Blick zu und nickte. »Das war sein großer Traum. Nach Island zu fahren. Aber es wurde nie etwas daraus.«

Wallander wurde von einem unklaren Gefühl befallen, daß Rydberg ihm etwas vorenthalten hatte, was er hätte wissen sollen. Er hatte nicht geahnt, daß Rydberg den Traum von einer Pilgerfahrt nach Island hegte, sich nie vorgestellt, daß Rydberg überhaupt Träume haben könnte. Vor allem hatte er nie die Möglichkeit erwogen, Rydberg könnte Geheimnisse vor ihm haben.

Forsfält bremste vor einem zweistöckigen Haus. Er zeigte auf eine Fensterreihe mit vorgezogenen Gardinen im Erdgeschoß. Das Haus war alt und in schlechtem Zustand. Die Glasscheibe der Haustür war mit einer Masonitplatte ausgebessert worden. Wallander hatte das Gefühl, ein Haus zu betreten, das eigentlich nicht mehr existierte. Stand nicht die Existenz dieses Hauses in direktem Widerspruch zum schwedischen Grundgesetz? dachte er ironisch. Im Treppenhaus roch es nach Urin. Forsfält schloß auf. Wallander fragte sich, woher er den Schlüssel haben mochte. Sie traten in einen Flur und machten Licht. Auf dem Fußboden lagen nur ein paar Reklamebroschüren. Weil Wallander sich auf fremdem Territorium befand, ließ er Forsfält vorangehen. Sie gingen zunächst einmal durch die ganze Wohnung, um sicher zu sein, daß niemand da war. Die Wohnung bestand aus drei Zimmern und einer kleinen engen Küche, deren Fenster zu einem Lager mit Benzinfässern hinausging. Abgesehen von dem Bett, das neu wirkte, war die Wohnung von Gleichgültigkeit geprägt. Die Möbel schienen wie zufällig über die Räume verstreut. In einem Bücherregal aus den fünfziger Jahren standen ein paar billige und verstaubte Porzellanfiguren. In einer Ecke lagen ein Zeitungsstapel und Hanteln. Eine CD, die jemand mit Kaffee bekleckert hatte, lag auf einem Sofa. Wallander las zu seiner großen Verwunderung auf dem Etikett etwas von türkischer Volksmusik. Forsfält ging durch die Zimmer und machte systematisch alle vorhandenen Lampen an. Wallander folgte ihm mit einigen Schritten Abstand, während Svedberg sich auf einen Küchenstuhl setzte und Hansson anrief, um ihm mitzuteilen, wo sie sich befanden. Wallander zog mit dem Fuß die Speisekammertür auf. Darin stand eine Anzahl ungeöffneter Originalkartons mit Grant's Whisky. Aus einem schmutzigen Frachtbegleitschein ging hervor, daß sie von der Destillerie in Schottland für einen Weinhändler in Gent in Belgien bestimmt waren. Wallander fragte sich, wie sie wohl bei Björn Fredman gelandet waren. Forsfält kam mit ein paar Fotos des Wohnungsinhabers in die Küche. Wallander nickte. Es bestand kein Zweifel. Dies war der Mann aus der Grube vor dem Bahnhof in Ystad. Wallander ging zurück ins Wohnzimmer und versuchte sich darüber klarzuwerden, was er eigentlich zu finden hoffte. Fredmans Wohnung stellte das krasse Gegenteil zu Wetterstedts Villa dar und auch zu dem aufwendig renovierten Hof, den Arne Carlman besessen hatte. So sieht Schweden aus, dachte Wallander. Der Unterschied zwischen den Menschen ist genauso groß wie zu der Zeit, als ein Teil in Herrenhäusern lebte und der andere Teil in Hütten.

Sein Blick fiel auf einen Schreibtisch, der mit Zeitschriften über Antiquitäten übersät war. Er nahm an, daß sie mit Fredmans Hehlereien zu tun hatten. Der Schreibtisch hatte nur eine Schublade. Sie war unverschlossen. Zwischen einem Haufen Quittungen, kaputten Kugelschreibern und einem Zigarettenetui lag ein gerahmtes Foto von Björn Fredman im Kreise seiner Familie. Er lachte breit und offen in die Kamera. Die neben ihm sitzende Frau mußte seine Ehefrau sein. Sie hielt ein neugeborenes Kind im Arm. Schräg hinter der Mutter stand ein Mädchen im frühen Teenageralter. Ihre Augen blickten mit einem Ausdruck, der an Entsetzen erinnerte, in Richtung des Fotografen. Neben ihr, direkt hinter der Mutter, stand ein um einige Jahre jüngerer Junge. Er machte ein verbissenes Gesicht, als wolle er dem Fotografen bis ins letzte Widerstand leisten. Wallander nahm das Foto mit an ein Fenster und zog die Gardine beiseite. Er betrachtete es lange und versuchte zu verstehen, was er sah. Eine unglückliche Familie? Eine Familie, der ihr Unglück noch nicht bewußt war? Ein Neugeborenes, das nicht ahnte, was es erwartete? Etwas an dem Bild verursachte ihm Beklemmungen, deprimierte ihn, ohne daß er auf Anhieb sagen konnte, was es war. Er nahm das Bild mit ins Schlafzimmer, wo Forsfält auf den Knien lag und unter das Bett schaute.

»Du sagtest, er hätte wegen Körperverletzung gesessen«, sagte Wallander.

Forsfält stand auf und betrachtete das Bild in Wallanders Hand.

»Er hat seine Frau halb totgeschlagen«, sagte er. »Er schlug sie, als sie schwanger war. Er schlug sie, als das Kind geboren war. Aber dafür kam er komischerweise nie ins Gefängnis. Einmal hat er einem Taxifahrer das Nasenbein gebrochen. Er schlug einen früheren Kumpan, von dem er sich hintergangen fühlte, halb tot. Wegen des Taxichauffeurs und des Kumpans kam er in den Knast.«

Sie gingen die Wohnung weiter durch. Svedberg hatte sein Gespräch mit Hansson beendet. Er schüttelte den Kopf, als Wallander fragte, ob etwas Wichtiges geschehen sei. Sie brauchten zwei Stunden für die systematische Durchsuchung der Wohnung. Sie fanden nichts von Interesse, abgesehen von einem Koffer mit antiken Kerzenständern, den Forsfält aus dem hintersten Winkel einer Kleiderkammer hervorzog. Wallander begann nach und nach zu begreifen, was es bedeutete, daß Björn Fredmans Sprache sich durch eine nahezu ununterbrochene Aneinanderreihung von Flüchen ausgezeichnet hatte. Die Wohnung war ebenso leer und kraftlos wie seine Sprache. Um halb vier verließen sie die Wohnung und traten wieder auf die Straße. Der Wind hatte zugenommen. Forsfält rief im Präsidium an und erhielt die Bestätigung, daß Fredmans Familie von dem Todesfall unterrichtet worden war.

»Ich will gern mit ihnen sprechen«, sagte Wallander. »Aber vielleicht ist es besser, damit bis morgen zu warten.«

Er merkte, wie unaufrichtig er war.

Er hätte der Wahrheit gemäß sagen sollen, daß es ihm stets ein Greuel war, bei einer Familie einzudringen, in der ein Angehöriger eines gewaltsamen Todes gestorben war. Vor allem konnte er den Gedanken nicht ertragen, mit Kindern sprechen zu müssen, die gerade ein Elternteil verloren hatten. Für sie bedeutete es natürlich keinen Unterschied, wenn er bis zum nächsten Tag wartete. Doch ihm selbst verschaffte es eine Atempause.

Sie trennten sich vor dem Präsidium. Forsfält würde Kontakt mit Hansson aufnehmen, um eine Reihe formaler Details zwischen den beiden Polizeibezirken zu klären. Mit Wallander verabredete er, sich am nächsten Morgen um zehn wieder zu treffen.

Sie stiegen in ihren eigenen Wagen um und fuhren zurück nach Ystad.

Wallander hatte den Kopf voller Gedanken.

Während der ganzen Fahrt wechselten sie kein Wort miteinander.

## 22

Im diesigen Sonnenlicht war schwach die Silhouette von Kopenhagen zu erkennen.

Wallander fragte sich, ob er dort wirklich in zehn Tagen Baiba abholen würde, oder ob der Täter, den sie suchten und von dem sie jetzt möglicherweise noch weniger wußten als zuvor, ihn zwingen würde, seinen Urlaub zu verschieben.

Daran dachte er, als er vor dem Fährterminal stand und wartete. Es war der Morgen des Tages danach, des 30. Juni. Wallander hatte bereits am Abend beschlossen, Svedberg gegen Ann-Britt Höglund auszutauschen, wenn er nach Malmö führe, um mit Björn Fredmans Familie zu sprechen. Als er sie zu Hause anrief, fragte sie, ob sie so früh fahren könnten, daß sie unterwegs noch etwas erledigen könne, bevor sie sich um halb zehn mit Forsfält trafen. Svedberg hatte sich keineswegs auf die Zehen getreten gefühlt, als Wallander ihm sagte, er brauche nicht mit nach Malmö zu fahren. Seine Erleichterung darüber, Ystad nicht an zwei Tagen hintereinander verlassen zu müssen, war unverkennbar. Während Ann-Britt Höglund jetzt ihre Erledigung im Terminal machte, schlenderte Wallander an der Pier entlang und blickte über den Sund nach Kopenhagen. Ein Tragflächenboot – er meinte, am Rumpf den Namen *Löparen* zu erkennen – verließ soeben das Hafenbecken. Es war warm. Er zog sich die Jacke aus und warf sie über die Schulter. Er gähnte.

Am Abend zuvor, nach ihrer Rückkehr aus Malmö, hatte er eine eilig einberufene Besprechung mit denjenigen Kollegen der Ermittlungsgruppe gehabt, die zu diesem Zeitpunkt noch im Präsidium waren. Außerdem hatte er mit Hanssons Hilfe in der Anmeldung eine improvisierte Pressekonferenz abgehalten. Bei der Sitzung unmittelbar vorher war auch Ekholm anwesend gewesen. Er war immer noch damit beschäftigt, ein vertieftes psychologisches Profil des Täters zu erstellen, in das er die ausgestochenen oder verätzten Augen einfügen, ihnen eine plausible Erklärung geben und sie damit zu einem wichtigen Anhaltspunkt machen konnte. Sie hatten sich jedoch geeinigt, der Presse schon jetzt mitzuteilen, daß sie mit Sicherheit nach einem Mann suchten, der kaum als allgemeingefährlich angesehen werden konnte, der jedoch für die Opfer, die er sich ausgesucht hatte, höchst gefährlich war. Es herrschten geteilte Meinungen darüber, ob dieser Schachzug klug sei. Aber Wallander hatte mit Nachdruck auf die Möglichkeit hingewiesen, daß ein potentielles Opfer sich selbst erkennen und aus reinem Selbsterhaltungstrieb mit der Polizei Kontakt aufnehmen könnte. Die Journalisten warfen sich gierig auf seine Äußerung. Mit wachsendem Unbehagen mußte Wallander einsehen, den Zeitungen die beste aller Nachrichten genau in dem kritischen Augenblick geliefert zu haben, in dem das ganze Land im Begriff war, innezuhalten und sich in der Festung der kollektiven Sommerferien zu verbarrikadieren. Nach der Besprechung und der Pressekonferenz war er völlig erschöpft.

Dennoch hatte er sich Zeit genommen, zusammen mit Martinsson die lange Telexmitteilung von Interpol durchzugehen. Das Mädchen in Salomonssons Rapsfeld war irgendwann im Dezember vergangenen Jahres aus Santiago de los Treinta Caballeros verschwunden. Ihr Vater, Pedro Santana, dessen Beruf mit Landarbeiter angegeben wurde, hatte sie am 1. Januar bei der Polizei als vermißt gemeldet. Dolores Maria, die zu diesem Zeitpunkt noch sechzehn Jahre alt, aber am 18. Februar siebzehn geworden war – diese Information bedrückte Wallander besonders –, hatte sich in Santiago aufgehalten, um eine Arbeit als Haushaltshilfe zu suchen. Sie wohnte bei einem entfernten Verwandten, einem Cousin des Vaters, als sie plötzlich verschwand. Bis dahin hatte sie zusammen mit ihrem Vater in einem kleinen Dorf siebzig Kilometer von der Hauptstadt entfernt gelebt. Der dominikanischen Polizei schien, dem mageren Ermittlungsmaterial nach zu urteilen, ihr Verschwinden kein Anlaß zu besonders aufwendigen Nachforschungen gewesen zu sein. Doch der hartnäckige Vater hatte sie immer wieder angetrieben, die Suche nach seiner Tochter nicht zu vergessen. Es war ihm gelungen, einen Journalisten für den Fall zu interessieren, und schließlich hatte die Polizei mitgeteilt, seine Tochter habe vermutlich das Land verlassen, um ihr Glück anderswo zu suchen.

Damit endete der Bericht. Interpol hatte den knappen Kommentar zugefügt, es lägen keine Hinweise darauf vor, daß Dolores Maria Santana in einem der Länder, die der weltumspannenden polizeilichen Zusammenarbeit angeschlossen waren, gesehen worden sei. Nicht bis zum gegenwärtigen Zeitpunkt.

Das war alles.

»Sie verschwindet in einer Stadt mit Namen Santiago«, sagte Wallander. »Ein gutes halbes Jahr später taucht sie im Rapsfeld des Bauern Salomonsson auf und verbrennt sich selbst. Was steckt dahinter?«

Martinsson schüttelte resigniert den Kopf.

Wallander war so müde, daß er kaum noch einen klaren Gedanken fassen konnte, doch er riß sich noch einmal zusammen. Martinssons Passivität irritierte ihn. »Wir wissen eine ganze Menge«, sagte er energisch. »Zum Beispiel ist sie nicht vom Erdboden verschluckt worden. Sie war in Helsingborg und ist von einem Mann aus Smedstorp im Auto mitgenommen worden. Wir wissen außerdem, daß sie den Eindruck machte, auf der Flucht zu sein. Und jetzt ist sie tot. Das teilen wir Interpol folglich mit. Und ich möchte, daß du ausdrücklich verlangst, daß der Vater des Mädchens auch wirklich von ihrem Tod in Kenntnis gesetzt wird. Wenn diese andere Scheiße vorbei ist, werden wir herausfinden, vor wem sie in Helsingborg solche Angst hatte. Ich gehe davon aus, daß du schon jetzt mit den Kollegen in Helsingborg Kontakt aufnimmst, am besten gleich morgen früh. Vielleicht haben die ja eine Idee, was passiert sein kann.«

Nach diesem gedämpften Ausbruch des Aufbegehrens gegen Martinssons Passivität war Wallander nach Hause gefahren. Er hatte an einem Imbißstand gehalten und einen Hamburger mitgenommen. Überall hingen die Aushänger der Zeitungen mit schreienden Neuigkeiten von der Fußball-Weltmeisterschaft. Er verspürte plötzlich den Impuls, sie alle herunterzureißen und zu rufen, es sei jetzt genug. Aber natürlich sagte er nichts. Geduldig wartete er in der Schlange, bis er an der Reihe war. Er bezahlte, bekam seinen Hamburger und stieg wieder in den Wagen. Zu Hause setzte er sich an den Küchentisch und riß die Tüte auf. Zu dem Hamburger trank er ein Glas Wasser. Danach machte er sich einen starken Kaffee und wischte den Küchentisch sauber. Obwohl er dringend Schlaf brauchte, zwang er sich, das gesamte Ermittlungsmaterial noch einmal durchzusehen. Das Gefühl, auf der falschen Fährte zu sein, hatte ihn nicht verlassen. Wallander hatte zwar nicht allein den Kurs bestimmt, dem sie folgten. Doch er war derjenige, der die Arbeit der Ermittlungsgruppe leitete, und das bedeutete, daß er die Richtung vorgab und entschied, wann der Punkt gekommen war, innezuhalten und die Richtung zu wechseln. Er suchte nach den Punkten auf ihrem bisherigen Weg, an denen sie sich vielleicht langsamer und aufmerksamer hätten bewegen und sich fragen sollen, ob die Berührungspunkte zwischen Wetterstedt und Carlman nicht bereits, von ihnen unbemerkt, offen zutage lagen. Sorgfältig ging er noch einmal sämtliche Anzeichen für die Anwesenheit des Täters durch, die sie hatten verfolgen können, manchmal mit handfesten Beweisen, manchmal nur wie ein kalter Windhauch, der ihnen unerwartet in den Nacken blies. Auf einem Kollegblock notierte er sich alle Fragen, die noch nicht beantwortet waren. Es ärgerte ihn, wie viele Ergebnisse von Laboruntersuchungen noch immer fehlten. Um kurz nach Mitternacht war er versucht, Nyberg anzurufen und zu fragen, ob die Analytiker und Chemiker in Linköping den Sommer über ihren Laden dichtgemacht hätten. Aber er war klug genug, es zu unterlassen. Er saß über seine Papiere gebeugt, bis sein Rücken schmerzte und die Buchstaben ihm vor den Augen tanzten. Erst um halb drei in der Nacht gab er auf. In seinem müden Gehirn war eine Lagebeschreibung entstanden, die trotz allem bekräftigte, daß sie kaum eine andere Wahl hatten, als den eingeschlagenen Weg weiterzuverfolgen. Es mußte ganz einfach einen Berührungspunkt zwischen den skalpierten Toten geben. Die Tatsache, daß Björn Fredman so schlecht zu den beiden anderen paßte, konnte ihnen vielleicht dabei helfen, die Lösung zu finden. Das, was nicht stimmte, wies sie vielleicht wie ein spiegelverkehrtes Gesicht auf das hin, was wirklich stimmte, was richtig war und was falsch. Sie würden mit anderen

Worten weitermachen wie bisher. Er hatte nicht viele Möglichkeiten, doch dann und wann würde Wallander Kundschafter aussenden, die das sie umgebende Terrain untersuchten. Er würde darauf achten, daß es eine ordentliche Nachhut gab, und vor allem würde er sich selbst zwingen, mehr als einen Gedanken gleichzeitig zu verfolgen.

Als er schließlich ins Bett ging, lag der Haufen Schmutzwäsche noch immer auf dem Fußboden. Er erinnerte ihn an die Unordnung, die in seinem Kopf herrschte. Außerdem hatte er schon wieder den Termin für die Überprüfung seines Wagens vergessen. Er überlegte, ob es nicht jetzt wirklich an der Zeit war, Verstärkung aus Stockholm anzufordern. Er nahm sich vor, früh am nächsten Morgen mit Hansson darüber zu reden, nachdem er ein paar Stunden geschlafen hatte.

Doch als er um sechs Uhr aufstand, hatte er seine Meinung geändert. Er wollte noch einen Tag warten. Aber er rief Nyberg an, der Frühaufsteher war, und beklagte sich über die immer noch fehlenden Analyseergebnisse der Gegenstände und Blutspuren, die nach Linköping geschickt worden waren. Er war auf einen Wutanfall Nybergs gefaßt, aber zu seiner großen Verwunderung stimmte Nyberg mit ihm darin überein, daß es ungewöhnlich langsam ging. Er versprach, sich persönlich um eine Beschleunigung der Laboruntersuchungen zu kümmern. Anschließend sprachen sie eine Weile über die Untersuchung der Grube, in der Fredman gefunden worden war. Die vorhandenen Blutspuren ließen den Schluß zu, daß der Mörder den Wagen unmittelbar neben die Grube gefahren hatte. Nyberg hatte es sogar noch geschafft, nach Sturup zu fahren und sich Fredmans Wagen selbst anzusehen. Daß er für den Transport der Leiche benutzt worden war, stand für ihn außer Zweifel. Aber Nyberg glaubte nicht daran, daß es auch der eigentliche Mordplatz war. »Björn Fredman war groß und stark«, sagte er. »Wie jemand ihn in dem Wagen hätte erschlagen sollen, übersteigt mein Vorstellungsvermögen. Ich glaube, Fredman wurde woanders ermordet.«

»Die Frage ist dann, wer den Wagen gefahren hat«, sagte Wallander. »Und wo der Mord geschah.«

Um kurz nach sieben kam Wallander ins Präsidium. Er hatte

Ekholm in seinem Hotel angerufen und ihn im Frühstücksraum erreicht.

»Ich möchte, daß du dich auf die Augen konzentrierst«, sagte er. »Ich weiß nicht, warum. Aber ich bin davon überzeugt, daß sie wichtig sind. Wenn nicht entscheidend. Warum macht er das bei Fredman, aber nicht bei den anderen? Das will ich wissen.«

»Man muß das alles in seinem Gesamtzusammenhang sehen«, wandte Ekholm ein. »Ein Psychopath schafft sich fast immer rationale Muster, denen er dann folgt, als ständen sie in einem heiligen Buch geschrieben. Die Augen muß man in dieses Konzept einfügen.«

»Mach es, wie du willst«, sagte Wallander kurz. »Aber ich will wissen, warum er gerade Fredman die Augen aussticht. Konzept hin, Konzept her.«

»Es war Säure«, korrigierte Ekholm.

Wallander fiel ein, daß er vergessen hatte, Nyberg danach zu fragen.

»Kann das als gesichert gelten?« fragte er.

»Sieht so aus. Jemand hat Fredman Säure in die Augen geträufelt.«

Wallander verzog das Gesicht. »Wir treffen uns heute nachmittag«, sagte er und beendete das Gespräch.

Kurz nach acht hatte er zusammen mit Ann-Britt Höglund Ystad verlassen. Es war eine Erleichterung, aus dem Polizeipräsidium herauszukommen. Ununterbrochen riefen Journalisten an. Außerdem meldete sich nun auch die Öffentlichkeit zu Wort. Die Jagd nach dem Täter hatte die heimlichen polizeilichen Wälder verlassen und war zu einer Angelegenheit des ganzen Landes geworden. Wallander hielt das für gut und notwendig, aber es stellte die Polizei auch vor enorme Schwierigkeiten, alle Hinweise, die in immer dichterem Strom aus der Öffentlichkeit eingingen, zu sichten und zu untersuchen.

Ann-Britt Höglund war aus dem Flugboot-Terminal gekommen und stand nun neben ihm auf der Pier.

»Ich frage mich, was wir für einen Sommer bekommen«, sagte er zerstreut.

»Meine Großmutter in Älmhult kann das Wetter vorhersagen«, antwortete Ann-Britt Höglund. »Sie behauptet, daß wir einen langen und heißen und trockenen Sommer haben werden.«

»Und hat sie oft recht?«

»Fast immer.«

»Ich glaube, es wird umgekehrt. Regen und Kälte und Mist.«

»Kannst du denn auch das Wetter vorhersagen?«

»Nein. Aber trotzdem.«

Sie gingen zum Wagen zurück. Wallander hätte zu gern gewußt, was sie im Flugboot-Terminal gemacht hatte. Aber er fragte nicht.

Um halb zehn bremsten sie vor dem Polizeipräsidium in Malmö. Forsfält wartete schon auf dem Bürgersteig. Er setzte sich auf die Rückbank und sagte Wallander, wie er fahren mußte, während er gleichzeitig mit Ann-Britt Höglund über das Wetter zu sprechen begann.

Als sie vor dem Wohnhaus in Rosengård hielten, faßte er kurz zusammen, was am Tag zuvor geschehen war.

»Als ich ihr die Nachricht vom Tod Björn Fredmans überbrachte, nahm sie es mit Fassung auf. Ich merkte es nicht selbst, aber die Kollegin, die dabei war, behauptete, daß sie nach Schnaps roch. Die Wohnung war ungepflegt und ziemlich schäbig. Der kleinste Junge ist erst vier. Er kann ja kaum darauf reagieren, daß der Vater, den er fast nie gesehen hat, nicht mehr da ist. Der größere Sohn schien es aber zu begreifen. Die ältere Tochter war nicht zu Hause.«

»Wie heißt sie?« fragte Wallander.

»Die Tochter?«

»Die Frau. Die geschiedene Frau.«

»Anette Fredman.«

»Hat sie eine Arbeit?«

»Nicht soweit ich weiß.«

»Und wovon lebt sie?«

»Keine Ahnung. Aber ich bezweifle, daß Björn Fredman seiner Familie gegenüber besonders großzügig war. Der Typ schien er mir nicht zu sein.«

Wallander hatte keine Fragen mehr. Sie stiegen aus dem Wagen, traten ins Haus und nahmen den Aufzug in den dritten

Stock. Auf dem Boden des Aufzugs lagen die Scherben einer zerschlagenen Flasche. Wallander wechselte einen Blick mit Ann-Britt Höglund und schüttelte den Kopf. Forsfält klingelte. Erst nach einer Minute wurde die Tür geöffnet. Die Frau, die aufmachte, war sehr dünn und blaß. Ihre schwarze Kleidung verstärkte diesen Eindruck noch. Sie blickte mit erschrockenen Augen auf die zwei Gesichter, die sie noch nicht kannte. Als sie im Flur standen und ablegten, bemerkte Wallander, wie jemand hastig durch die Türöffnung zum Wohnungsinneren blickte und wieder verschwand. Es mußte der Sohn oder die Tochter sein, dachte Wallander. Forsfält stellte Ann-Britt Höglund und Wallander vor. Er tat das sorgsam und mit großer Freundlichkeit und ohne jedes Anzeichen von Eile. Wallander dachte, daß er von Forsfält vielleicht ebensoviel zu lernen hatte wie seinerzeit von Rydberg. Sie bat sie ins Wohnzimmer. Sie mußte geputzt haben. Von der Verwahrlosung, die Forsfält am Tag zuvor aufgefallen war, konnte Wallander keine Spur entdecken. Im Wohnzimmer stand eine Sitzgruppe, die fast unbenutzt schien. Es gab einen Plattenspieler, ein Videogerät und einen Fernseher von Bang & Olufsen, einer Marke, mit der Wallander oft geliebäugelt, die er sich aber nie hatte leisten können. Sie hatte für Kaffee gedeckt. Wallander lauschte. Es sollte noch ein Vierjähriger dasein. Kinder in diesem Alter waren selten lautlos. Sie setzten sich um den Tisch.

»Ich möchte Ihnen zuerst mein Beileid aussprechen«, sagte Wallander und versuchte, ebenso freundlich zu klingen wie Forsfält.

»Danke«, antwortete sie mit einer Stimme, die so leise und brüchig klang, als könne sie jeden Augenblick versagen.

»Leider muß ich Ihnen ein paar Fragen stellen, auch wenn ich lieber damit warten würde«, begann Wallander.

Sie nickte schweigend. Im selben Augenblick öffnete sich eine der Türen, die direkt vom Wohnzimmer abgingen, und ein kräftig gebauter Junge von etwa vierzehn Jahren kam herein. Er hatte ein offenes und freundliches Gesicht, aber wachsame Augen.

»Das ist Stefan, mein Sohn.«

Der Junge war sehr gut erzogen, fiel Wallander auf. Er ging

herum und gab ihnen allen die Hand. Dann setzte er sich neben seine Mutter aufs Sofa.

»Ich möchte gern, daß er dabei ist«, sagte sie.

»Ja, natürlich«, erwiderte Wallander. »Ich möchte auch dir sagen, wie leid mir tut, was mit deinem Vater geschehen ist.«

»Wir haben uns nicht oft gesehen«, sagte der Junge. »Trotzdem danke.«

Wallander bekam sogleich einen positiven Eindruck von ihm. Er wirkte ungewöhnlich reif für sein Alter. Es mußte damit zusammenhängen, daß er das Vakuum nach dem Weggang des Vaters hatte ausfüllen müssen, vermutete Wallander.

»Wenn ich richtig verstanden habe, haben Sie noch einen Jungen«, fuhr er fort.

»Er ist bei einer Freundin und spielt mit ihrem Sohn«, antwortete Anette Fredman. »Ich dachte, es wäre hier ruhiger ohne ihn. Er heißt Jens.«

Wallander nickte Ann-Britt Höglund zu, die notierte.

»Außerdem gibt es noch eine ältere Schwester?«

»Sie heißt Louise.«

»Aber sie ist nicht zu Hause?«

»Sie ist ein paar Tage verreist, um sich zu erholen.«

Das letzte hatte der Junge gesagt. Er hatte für seine Mutter geantwortet, als wolle er ihr eine allzu schwere Last abnehmen. Seine Antwort war ruhig und freundlich. Dennoch hatte Wallander das Gefühl, daß irgend etwas mit der Schwester nicht stimmte. Vielleicht war die Antwort ein wenig zu prompt gekommen? Oder zu zögernd? Er schärfte sogleich seine Aufmerksamkeit und fuhr seine unsichtbaren Antennen aus. »Ich kann mir vorstellen, wie sehr es sie getroffen haben muß«, sagte er vorsichtig.

»Sie ist sehr sensibel«, antwortete ihr Bruder.

Etwas stimmt hier nicht, dachte Wallander wieder. Aber gleichzeitig spürte er, daß er im Moment nicht weiterfragen durfte. Es war besser, später noch einmal auf das Mädchen zurückzukommen. Er warf Ann-Britt Höglund einen raschen Blick zu. Sie schien nichts bemerkt zu haben.

»Die Fragen, auf die Sie schon geantwortet haben, will ich nicht wiederholen«, sagte Wallander und goß sich eine Tasse Kaffee ein, wie um zu signalisieren, daß alles in Ordnung war. Er fing den Blick des Jungen auf, der ihm die ganze Zeit folgte. Seine Augen hatten eine Wachsamkeit, die Wallander an einen Vogel denken ließ. Er hatte allzufrüh eine Verantwortung übernehmen müssen, der er nicht gewachsen war. Der Gedanke machte ihn traurig. Nichts bedrückte Wallander mehr, als Kinder oder junge Menschen zu sehen, denen es schlechtging. Auch wenn er vielleicht kein guter Vater war, das jedenfalls hatte er Linda nie zugemutet, die Rolle der Frau des Hauses zu übernehmen, nachdem Mona ausgezogen war.

»Ich weiß, daß keiner von Ihnen Björn in den letzten Wochen gesehen hat«, fuhr er fort. »Gilt das auch für Louise?«

Diesmal antwortete die Mutter. »Als er das letzte Mal hier war, war Louise ausgegangen«, sagte sie. »Sie hat ihn wohl mehrere Monate nicht gesehen.«

Wallander näherte sich langsam den schwierigsten Fragen. Auch wenn er sich bewußt war, quälende Erinnerungen kaum vermeiden zu können, versuchte er, so behutsam wie möglich vorzugehen.

»Jemand hat ihn getötet«, sagte er. »Kann einer von Ihnen sich denken, wer es getan haben könnte?«

Anette Fredman sah ihn mit einem verwunderten Blick an. Als sie jetzt antwortete, klang ihre Stimme schrill. Der leise Tonfall von vorhin war auf einmal verschwunden. »Sollte man nicht lieber fragen, wer es nicht getan hat?« erwiderte sie. »Ich weiß nicht, wie oft ich mir gewünscht habe, ich hätte die Kraft, ihn umzubringen.«

Der Sohn legte den Arm um ihre Schulter und zog sie sacht an sich. »So hat er es wohl nicht gemeint«, sagte er beschwichtigend.

Sie faßte sich schnell wieder. »Ich weiß nicht, wer es getan hat«, sagte sie. »Und ich will es auch nicht wissen. Aber ich will kein schlechtes Gewissen haben, weil ich große Erleichterung empfinde bei dem Gedanken, daß er nie wieder durch die Tür kommen wird.«

Sie stand abrupt auf und ging ins Badezimmer. Wallander sah Ann-Britt Höglund einen Moment lang zögern, ob sie ihr folgen sollte. Doch sie blieb sitzen, als der Junge auf dem Sofa zu sprechen begann.

»Mama ist sehr aufgewühlt«, sagte er.

»Das können wir verstehen«, sagte Wallander, dessen Sympathie für den Jungen immer mehr zunahm. »Aber ich habe den Eindruck, daß du dir deine eigenen Gedanken machst. Auch wenn sie unangenehm sind.«

»Ich kann mir nichts anderes vorstellen, als daß es jemand aus Papas Bekanntenkreis war«, sagte der Junge. »Mein Vater war ein Dieb. Außerdem hat er Menschen mißhandelt. Ich weiß es zwar nicht genau, aber ich glaube, er war auch das, was sie einen Torpedo nennen. Er trieb Schulden ein. Hat Leute bedroht.«

»Woher weißt du das?«

»Ich weiß nicht.«

»Du denkst nicht an jemand Speziellen?«

»Nein.«

Wallander schwieg und ließ ihn nachdenken.

»Nein«, wiederholte der Junge. »Ich weiß nicht.«

Anette Fredman kam aus dem Badezimmer zurück.

»Kann einer von Ihnen sich erinnern, daß er Kontakt mit einer Person namens Gustaf Wetterstedt hatte? Einem ehemaligen Justizminister. Oder einem Kunsthändler, der Arne Carlman hieß?«

Sie schüttelten beide den Kopf, nachdem sie einander, wie um Bekräftigung zu finden, angesehen hatten.

Das Gespräch tastete sich voran. Wallander versuchte, ihnen zu helfen, sich zu erinnern. Dann und wann griff Forsfält behutsam ein. Schließlich sah Wallander ein, daß sie nicht weiterkommen würden. Er verzichtete auf erneute Fragen nach der Tochter. Statt dessen nickte er Ann-Britt Höglund und Forsfält zu. Er war fertig. Als sie sich im Flur verabschiedeten, sagte er jedoch, daß er sicher noch einmal gezwungen sein würde, sich bei ihnen zu melden, vermutlich bald, vielleicht schon am nächsten Tag. Er gab ihnen auch seine Telefonnummern, die dienstliche und die private.

Als sie auf die Straße traten, sah er Anette Fredman am Fenster stehen und ihnen nachsehen.

»Die Schwester«, sagte er. »Louise Fredman. Was wissen wir von ihr?«

»Sie war auch gestern nicht da«, antwortete Forsfält. »Sie kann natürlich verreist sein. Sie ist siebzehn, soviel weiß ich.«

Wallander stand einen Augenblick in Gedanken.

»Ich möchte gern mit ihr sprechen«, sagte er dann.

Die anderen reagierten nicht. Er war anscheinend der einzige, der den plötzlichen Umschwung von Freundlichkeit zu Wachsamkeit wahrgenommen hatte, als er nach ihr fragte.

Er dachte an den Jungen, Stefan Fredman. An seine wachsamen Augen. Er tat ihm leid.

»Das war alles bis auf weiteres«, sagte er, als sie sich vor dem Polizeipräsidium trennten. »Aber wir bleiben natürlich in Verbindung.«

Sie gaben Forsfält zum Abschied die Hand.

Dann fuhren sie zurück nach Ystad, durch eine schonische Sommerlandschaft, wie sie schöner nicht sein konnte. Ann-Britt Höglund hatte sich zurückgelehnt und die Augen geschlossen. Wallander hörte sie eine improvisierte Melodie summen. Er wünschte sich, er hätte die gleiche Fähigkeit wie sie, von der Ermittlung, die ihn mit so großer Unruhe erfüllte, abzuschalten. Rydberg hatte häufig den Standpunkt vertreten, ein Polizeibeamter sei nie ganz frei von seiner Verantwortung. In einem Augenblick wie diesem konnte Wallander denken, daß Rydberg in diesem Punkt unrecht hatte.

Kurz nachdem sie die Abfahrt nach Sturup passiert hatten, bemerkte er, daß sie eingeschlafen war. Er versuchte, so behutsam wie möglich zu fahren, um sie nicht zu wecken. Erst als er im Kreisverkehr vor der Einfahrt nach Ystad bremsen mußte, schlug sie die Augen wieder auf. Im selben Moment piepte das Autotelefon. Er nickte ihr zu, den Hörer abzunehmen. Er konnte nicht verstehen, mit wem sie sprach. Aber er erkannte sofort, daß etwas Ernstes passiert sein mußte. Sie hörte nur zu, ohne Fragen zu stellen. Kurz vor der Einfahrt zum Präsidium beendete sie das Gespräch. »Das war Svedberg. Carlmans Tochter hat einen Selbstmordversuch unternommen. Sie wird auf der Intensivstation künstlich beatmet.«

Wallander sagte nichts, bis er den Wagen auf einen freien Parkplatz gefahren und den Motor abgestellt hatte.

Dann wandte er sich ihr zu. Da war noch etwas.

»Was hat er noch gesagt?«

»Sie wird wahrscheinlich nicht durchkommen.«

Wallander starrte durch die Frontscheibe.

Er dachte daran, wie sie ihn geschlagen hatte.

Dann stieg er wortlos aus dem Wagen.

## 23

Die Hitzewelle hielt an.

Sie waren schon mitten im Hochsommer, ohne daß Wallander es wirklich bemerkt hatte. Er schwitzte, als er vom Polizeipräsidium zur Stadt hinunter und zum Krankenhaus ging.

Als sie nach Svedbergs Anruf zum Präsidium zurückgekehrt waren, hatte Wallander nicht einmal die Anmeldung betreten, um zu sehen, ob Nachrichten für ihn dalagen. Reglos hatte er neben dem Wagen gestanden, als habe er jede innere Orientierung verloren, und dann langsam, fast schleppend zu Ann-Britt Höglund gesagt, daß sie die Kollegen über das Gespräch mit Fredmans Familie informieren müsse, während er zum Krankenhaus hinunterginge, in dem Carlmans Tochter im Sterben lag. Er hatte nicht auf eine Antwort von ihr gewartet, hatte sich nur umgewandt und war davongegangen, und hier, auf dem Weg hinunter zur Stadt, als er schon angefangen hatte zu schwitzen, war ihm zu Bewußtsein gekommen, daß er von einem Sommer umgeben war, der lang und heiß und trocken zu werden versprach. Er bemerkte Svedberg gar nicht, der an ihm vorbeifuhr und winkte. Wie immer, wenn er viel im Kopf hatte, und das war meistens der Fall, hielt Wallander den Blick aufs Straßenpflaster gesenkt. Diesmal wollte er die kurze Strecke bis zum Krankenhaus nutzen, um einen Gedanken zu verfolgen, der ihm eben erst gekommen war und den er noch nicht richtig einordnen konnte. Der Ausgangspunkt war jedoch sehr einfach. Innerhalb viel zu kurzer Zeit, genauer gesagt vor weniger als zehn Tagen, hatte ein Mädchen sich selbst angezündet und verbrannt, ein zweites hatte einen Selbstmordversuch unternommen, nachdem sein Vater ermordet worden war, und ein drittes, dessen Vater ebenfalls ermordet worden war, war auf eine unklare und teilweise mysteriöse Weise verreist und verschwunden. Sie waren unterschiedlich alt, Carlmans Tochter war etwas älter, aber alle waren noch jung. Zwei der Mädchen waren indirekt Opfer desselben Täters, während das dritte selbst seinen Tod herbeigeführt hatte. Das Mädchen im Rapsfeld hatte nichts mit den beiden anderen zu tun. Doch Wallander hatte erneut das Gefühl, als Vertreter seiner Generation und nicht zuletzt als der schlechte Vater, der er für seine eigene Tochter Linda zu sein meinte, trage er persönlich die Verantwortung für alle diese Ereignisse. Wallander fiel leicht in solche Löcher. Dann konnte er schwermütig und geistesabwesend werden und war erfüllt von einer Melancholie, die er kaum in Worte zu fassen vermochte. Oft konnte er nächtelang nicht schlafen. Aber weil er jetzt trotz allem funktionieren mußte, als Polizist in einem Randbezirk der Welt und als Leiter eines Ermittlungsteams, versuchte er, die Unruhe abzuschütteln und seine Gedanken durch einen Spaziergang an der frischen Luft zu ordnen.

Er stellte sich die trostlose Frage, was das eigentlich für eine Welt war, in der er lebte. In der junge Menschen sich selbst verbrannten oder auf andere Art und Weise versuchten, sich das Leben zu nehmen. Er kam zu dem Ergebnis, daß sie mitten in einer Epoche lebten, die man die Zeit des Scheiterns nennen konnte. Sie hatten an etwas geglaubt und es aufgebaut, doch es erwies sich als weniger haltbar, als sie erwartet hatten. Sie hatten gemeint, ein Haus zu bauen, während sie in Wirklichkeit mit der Errichtung eines Denkmals beschäftigt waren für etwas, das bereits vergangen und fast vergessen war. Jetzt fiel Schweden um ihn her in sich zusammen wie ein gigantisches Regalsystem, und niemand wußte, welche Zimmerleute draußen im Flur standen und darauf warteten, mit von der Partie zu sein, wenn neue Regale aufgestellt wurden. Alles war so unklar, außer der Hitze und dem Sommer. Junge Menschen nahmen sich das Leben oder versuchten es zumindest. Menschen lebten, um zu vergessen, nicht um sich zu erinnern. Wohnungen waren eher Verstecke als traute Heime. Und die Polizei stand stumm herum und wartete auf den Tag, an dem die Arrestzellen von anderen Männern in Uniform bewacht werden würden, den Angestellten privater Wachgesellschaften.

Wallander wischte sich den Schweiß von der Stirn und entschied, daß es jetzt genug war. Auch für ihn gab es eine Grenze der

Belastbarkeit. Er dachte an den Jungen mit den wachsamen Augen, der neben seiner Mutter auf dem Sofa gesessen hatte. Er dachte an Linda, und schließlich wußte er nicht mehr, was er eigentlich dachte.

Ungefähr da war er am Krankenhaus angelangt. Svedberg stand auf der Treppe und erwartete ihn. Plötzlich schwankte Wallander, wie von einem Schwindelanfall erfaßt. Svedberg machte einen Schritt auf ihn zu und streckte die Hand aus. Doch Wallander wischte sie zur Seite und stieg weiter die Krankenhaustreppe hinauf. Als Schutz vor der Sonne trug Svedberg eine lustige, aber viel zu große Schirmmütze. Wallander murmelte etwas Unverständliches und zog ihn mit sich in die Cafeteria links vom Eingang. Blasse Menschen in Rollstühlen oder mit Gehwagen und Infusionsständern tranken Kaffee mit Freunden und Verwandten, die sie aufmunterten, die aber am liebsten wieder hinaus in die Sonne wollten, um schnell alles zu vergessen, was mit Krankenhaus, Tod und Elend zu tun hatte. Wallander holte Kaffee und ein belegtes Brot, Svedberg dagegen begnügte sich mit einem Glas Wasser. Wallander spürte, wie vollkommen unpassend diese Kaffeepause war, während Carlmans Tochter offenbar im Sterben lag. Doch zugleich erschien sie ihm wie eine Beschwörung gegen all das, was um ihn her geschah. Die Kaffeepause als sein absolut letztes Bollwerk. Sein eigener Schlußkampf, worum es dabei auch gehen mochte, würde sich auf einer letzten Schanze abspielen, wo er vorher dafür gesorgt hatte, Kaffee in Reichweite zu haben.

»Carlmans Witwe hat angerufen«, berichtete Svedberg. »Sie war vollkommen hysterisch.«

»Was hat das Mädchen gemacht?«

»Sie hat Tabletten genommen.«

»Und dann?«

»Jemand hat sie zufällig gefunden. Da lag sie in tiefer Bewußtlosigkeit. Fast kein Puls mehr. Der Herzstillstand trat ein, als sie im Krankenhaus ankamen. Es geht ihr offenbar sehr schlecht. Du kannst also nicht damit rechnen, mit ihr zu sprechen.«

Wallander nickte. Er hatte den Fußweg zum Krankenhaus mehr um seiner selbst willen unternommen.

»Was hat ihre Mutter gesagt? Gibt es einen Abschiedsbrief? Eine Erklärung?«

»Es kam anscheinend vollkommen unerwartet.«

Wallander dachte wieder an die Ohrfeige, die sie ihm gegeben hatte. »Als ich sie traf, wirkte sie, als sei sie völlig aus dem Gleichgewicht«, sagte er. »Hat sie wirklich nichts hinterlassen?«

»Ihre Mutter hat jedenfalls nichts erwähnt.«

Wallander überlegte. Dann entschied er sich. »Tu mir einen Gefallen«, sagte er. »Fahr hin und bestehe darauf zu erfahren, ob ein Brief existiert oder nicht. Wenn es etwas gibt, siehst du es dir genau an.«

Sie verließen die Cafeteria. Wallander fuhr mit Svedberg zurück zum Präsidium. Er konnte sich ebensogut telefonisch bei einem Arzt nach dem Befinden des Mädchens erkundigen.

»Ich habe ein paar Papiere auf deinen Tisch gelegt«, sagte Svedberg. »Ich habe die Journalistin und den Fotografen, die Wetterstedt an dem Tag, als er starb, besucht haben, telefonisch vernommen.«

»Hat es etwas gebracht?«

»Es bekräftigt nur, was wir vermutet haben. Wetterstedt war wie immer. Nichts in seiner Umgebung scheint ihn bedroht zu haben. Nichts, was ihm bewußt war.«

»Du meinst mit anderen Worten, ich brauche das Protokoll nicht zu lesen?«

Svedberg zuckte die Schultern. »Vier Augen sehen immer mehr als zwei.«

»Da bin ich mir nicht so sicher«, antwortete Wallander abwesend, während er aus dem Wagenfenster blickte.

»Ekholm legt letzte Hand an ein psychologisches Profil«, sagte Svedberg.

Wallander gab nur ein unverständliches Murmeln von sich.

Svedberg setzte ihn vor dem Präsidium ab und fuhr sofort weiter zu Carlmans Witwe. Wallander nahm einen Stapel von Mitteilungen an sich, die in der Anmeldung lagen. Es saß wieder ein neues Mädchen da. Wallander fragte nach Ebba und erhielt die Antwort, sie sei im Krankenhaus, um sich den Gips am Handgelenk abnehmen zu lassen. Ebba hätte ich besuchen können, wo ich schon da war, dachte Wallander. Wenn man überhaupt jemanden besuchen kann, dem nur der Gips abgenommen wird.

Er ging in sein Zimmer und öffnete das Fenster sperrangelweit. Ohne sich zu setzen, ging er die Papiere durch, von denen Svedberg gesprochen hatte. Dabei fiel ihm ein, daß er auch darum gebeten hatte, die Fotos zu sehen. Wo waren sie? Ohne seinen Ärger beherrschen zu können, suchte er Svedbergs Handynummer heraus und rief ihn an. »Die Fotos?« fauchte er. »Wo sind sie?«

»Liegen sie nicht auf deinem Tisch?« fragte Svedberg erstaunt.

»Hier liegt nichts.«

»Dann liegen sie bei mir. Ich muß sie vergessen haben. Sie sind heute mit der Post gekommen.«

Die Bilder lagen in einem braunen Umschlag auf Svedbergs pedantisch aufgeräumtem Schreibtisch. Wallander breitete sie vor sich aus und setzte sich auf Svedbergs Stuhl. Wetterstedt posierte im Haus, im Garten und am Strand. Auf einem der Bilder konnte man im Hintergrund das umgedrehte Ruderboot erkennen. Wetterstedt lächelte in die Kamera. Sein graues Haar, das ihm bald vom Kopf gerissen werden sollte, war vom Wind zerzaust. Die Bilder strahlten ein harmonisches Gleichgewicht aus und zeigten einen Mann, der sich mit seinem Alter versöhnt zu haben schien. Nichts auf den Bildern ließ ahnen, was in Kürze geschehen würde. Wallander rechnete nach. Wetterstedt hatte gerade noch fünfzehn Stunden zu leben, als die Bilder aufgenommen wurden. Sie zeigten Wetterstedt an seinem Jüngsten Tag. Wallander grübelte noch ein paar Minuten über den Fotos, bevor er sie wieder in den Umschlag steckte und Svedbergs Zimmer verließ. Auf dem Weg zu seinem Büro besann er sich plötzlich eines anderen und hielt vor Ann-Britt Höglunds Tür inne, die immer offenstand.

Sie saß über ein paar Papiere gebeugt.

»Störe ich?« fragte er.

»Überhaupt nicht.«

Er trat ein und setzte sich in ihren Besucherstuhl. Sie wechselten ein paar Worte über Carlmans Tochter. »Svedberg ist auf der Jagd nach einem Abschiedsbrief«, sagte Wallander. »Wenn überhaupt einer existiert.«

»Sie muß ihrem Vater sehr nahegestanden haben«, meinte Ann-Britt Höglund.

Wallander antwortete nicht. Er wechselte das Gesprächsthema.

»Hast du etwas Sonderbares bemerkt, als wir bei Fredmans Familie waren?«

»Etwas Sonderbares?«

»Einen kalten Wind, der plötzlich durchs Zimmer wehte?«

Er bereute sofort seine Ausdrucksweise. Ann-Britt Höglund zog die Stirn kraus, als hätte er etwas Unpassendes gesagt.

»Daß sie ausweichend antworteten, als ich nach Louise gefragt habe«, verdeutlichte er.

»Nein«, erwiderte sie. »Aber ich habe gemerkt, daß du auf einmal anders warst.«

Er erklärte das Gefühl, das ihn überkommen hatte. Sie dachte nach und versuchte, sich zu erinnern, bevor sie antwortete. »Vielleicht hast du recht«, meinte sie. »Jetzt, wo du es sagst, ja, sie wurden wachsam. Der kalte Wind, von dem du sprichst.«

»Die Frage ist nur, ob das für beide gilt oder nur für einen von ihnen«, sagte Wallander dunkel.

»War es so?«

»Ich weiß nicht. Ich hatte nur so ein Gefühl.«

»Hat nicht der Junge angefangen, auf Fragen zu antworten, die du eigentlich seiner Mutter gestellt hast?«

Wallander nickte. »Genau das«, sagte er. »Und ich frage mich, warum.«

»Aber es fragt sich, ob das so wichtig ist«, sagte sie.

»Natürlich«, räumte er ein. »Ich neige manchmal dazu, mich in unbedeutende Details zu verbeißen. Aber ich möchte trotzdem gern mit dem Mädchen reden.«

Diesmal wechselte sie das Thema. »Es läuft mir kalt den Rücken hinunter, wenn ich daran denke, was Anette Fredman gesagt hat. Daß sie Erleichterung empfindet, weil ihr Mann nie wieder durch ihre Tür kommen wird. Ich habe Schwierigkeiten damit, mir vorzustellen, was es bedeutet, unter solchen Umständen zu leben.«

»Er hat sie mißhandelt«, sagte Wallander. »Vielleicht ist er ja auch auf die Kinder losgegangen. Aber keins von ihnen hat ihn angezeigt.«

»Der Junge machte einen völlig normalen Eindruck«, sagte sie. »Außerdem wohlerzogen.«

»Kinder lernen zu überleben«, sagte Wallander und dachte für einen Augenblick an seine eigene Kindheit und die, die er Linda geboten hatte.

Er stand auf.

»Ich versuche auf jeden Fall, das Mädchen zu erwischen. Louise Fredman. Wenn möglich, schon morgen. Ich habe das Gefühl, sie ist überhaupt nicht verreist.«

Auf dem Weg zu seinem Zimmer holte er sich eine Tasse Kaffee. Er stieß beinahe mit Norén zusammen und erinnerte sich plötzlich an die Fotos von den Schaulustigen vor der Absperrung, um die er ihn gebeten hatte.

»Ich habe Nyberg die Filme gegeben«, sagte Norén. »Aber ich bin kein besonders guter Fotograf.«

»Wer zum Teufel ist das schon?« erwiderte Wallander, ohne unfreundlich zu klingen. Er machte die Tür seines Zimmers hinter sich zu. Er saß da, starrte auf sein Telefon und sammelte sich, bevor er bei der technischen Überwachung anrief und um einen neuen Termin bat. Als er sah, daß der Termin, der ihm angeboten wurde, in der Zeit lag, die er mit Baiba in Skagen verbringen wollte, wurde er wütend. Erst als er der Frau am Telefon von all den Gräßlichkeiten erzählte, mit deren Lösung er beschäftigt war, gab sie ihm einen Ersatztermin, der plötzlich frei war. Er fragte sich, für wen dieser Termin wohl reserviert gewesen war. Er mußte auch endlich an seine Wäsche denken. Wenn auf der Liste in der Waschküche keine Zeit frei wäre, würde er sich auf jeden Fall im voraus eintragen.

Das Telefon klingelte. Es war Nyberg. »Du hattest recht«, sagte er. »Die Fingerabdrücke auf dem blutigen Papier, das du hinter der Baracke des Straßenbauamts gefunden hast, sind identisch mit denen auf dem zerrissenen *Superman*-Heft. Wir brauchen also nicht mehr daran zu zweifeln, daß wir es mit ein und demselben Mann zu tun haben. In ein paar Stunden wissen wir auch, ob wir ihn mit dem blutigen Lieferwagen in Sturup in Verbindung bringen können. Wir versuchen noch, Fingerabdrücke von Björn Fredmans Gesicht abzunehmen.«

»Geht das denn?«

»Wenn jemand ihm Säure in die Augen geträufelt hat, muß er die eine Hand benutzt haben, um ihm das Augenlid hochzuziehen. Widerlich. Aber wahr. Wenn wir Glück haben, finden wir Abdrücke direkt auf den Augenlidern.«

»Ein Glück, daß die Leute nicht hören, wie wir miteinander reden«, sagte Wallander.

»Oder umgekehrt«, wandte Nyberg ein. »Dann würden sie sich vielleicht ein bißchen mehr um uns kümmern, die wir versuchen, in dieser Gesellschaft Ordnung zu halten.«

»Die Lampe«, fragte Wallander. »Die kaputte Laterne über Wetterstedts Gartentor?«

»Dazu wollte ich gerade kommen. Du hattest auch da recht. Wir haben Fingerabdrücke gefunden.«

Wallander richtete sich im Stuhl auf. Sein Mißmut von vorhin war verflogen. Er fühlte die Spannung steigen. Die Ermittlung ließ endlich Anzeichen für eine Öffnung erkennen.

»Haben wir ihn in unseren Archiven?«

»Leider nicht. Aber ich habe darum gebeten, daß sie noch einmal im Zentralregister nachsehen.«

»Nehmen wir an, es ist so, wie du sagst«, fuhr Wallander fort. »Dann haben wir es also mit einer nicht vorbestraften Person zu tun.«

»Das ist wahrscheinlich.«

»Gib die Abdrücke auch an Interpol. Und Europol. Bitte um höchste Priorität. Sag, daß es sich um einen Massenmörder handelt.«

Nyberg versprach, alles zu tun. Wallander legte den Hörer auf und nahm ihn sofort wieder ab. Er bat das Mädchen in der Vermittlung, Mats Ekholm zu suchen. Nach einigen Minuten rief sie zurück und teilte ihm mit, Ekholm sei zu Tisch.

»Wo?« fragte Wallander.

»Ich glaube, er hat gesagt, im Continental.«

»Dann ruf ihn da an. Er soll herkommen, so schnell er kann.«

Es war halb drei, als Ekholm an Wallanders Tür klopfte. Wallander hatte gerade Per Åkeson am Telefon. Er zeigte auf den Besucherstuhl und bat Ekholm, sich zu setzen. Er beendete das Gespräch, nachdem er den skeptischen Per Åkeson davon überzeugt hatte, daß sie mit einer erweiterten Ermittlungsgruppe auf kurze Sicht nichts besser machen konnten. Åkeson gab schließlich klein bei, und sie verabredeten, die Entscheidung noch um ein paar Tage zu verschieben.

Wallander lehnte sich zurück und verschränkte die Hände im Nacken. Er berichtete Ekholm, daß die Fingerabdrücke übereinstimmten. »Die Fingerabdrücke, die wir an Björn Fredmans Körper finden, werden ebenfalls die gleichen sein«, sagte er. »Wir sind nicht mehr auf Annahmen oder Vermutungen angewiesen. Ab jetzt wissen wir, daß es ein und derselbe Mörder ist. Bleibt nur die Frage, wer er ist.«

»Ich habe noch einmal über die Augen nachgedacht«, sagte Ekholm. »Alle Erfahrungswerte zeigen, daß die Augen nach den Geschlechtsorganen diejenigen Körperteile sind, die am häufigsten der endgültigen Rache ausgesetzt sind.«

»Was bedeutet das?«

»Einfach gesagt, fängt man selten damit an, einem Menschen die Augen auszustechen. Man endet damit.«

Wallander bedeutete ihm mit einem Kopfnicken fortzufahren.

»Man kann von zwei Seiten her ansetzen«, sagte Ekholm. »Man kann sich fragen, warum Fredmans Augen von Säure zerfressen wurden. Oder man dreht das Ganze um und fragt, warum die Augen der beiden anderen unberührt blieben.«

»Und was ist deine Antwort?«

Ekholm hob abwehrend die Hände. »Ich habe keine. Wenn man von der Psyche von Menschen redet, und besonders von gestörten und kranken, von Menschen mit abnormen mentalen Verhaltensweisen der Welt gegenüber, dann bewegt man sich auf einem Terrain, auf dem es keine absoluten Antworten gibt.«

Ekholm sah aus, als erwarte er einen Kommentar. Aber Wallander schüttelte abwehrend den Kopf.

»Ich ahne ein Muster«, fuhr Ekholm fort. »Die Person, mit der wir es hier zu tun haben, hat die Opfer schon von Anfang an ausgewählt. Es existiert eine grundlegende Ursache für all diese Taten. Auf irgendeine Weise hat er eine Beziehung zu diesen Männern. Er muß sie nicht persönlich gekannt haben. Es kann ein symbolisches Verhältnis sein. Außer im Fall Björn Fredman. Da bin ich so überzeugt wie nur möglich, daß der Täter sein Opfer gekannt hat. Vieles spricht dafür, daß sie einander nahestanden.«

Wallander hatte sich vorgebeugt und betrachtete Ekholm mit forschendem Blick. »Wie nah?« fragte er.

»Sie können Freunde gewesen sein, Arbeitskollegen. Rivalen.«

»Und dann ist etwas geschehen?«

»Dann ist etwas geschehen. In Wirklichkeit oder in der Phantasie des Täters.«

Wallander versuchte, sich klarzumachen, was Ekholms Worte für die Ermittlung bedeuteten. Gleichzeitig fragte er sich, ob er glaubte, was Ekholm sagte. »Wir sollten uns mit anderen Worten auf Björn Fredman konzentrieren«, sagte er schließlich.

»Das kann eine Möglichkeit sein.«

Es irritierte Wallander, daß Ekholm jeder klaren Stellungnahme auszuweichen schien. Es irritierte ihn, obwohl er einsah, daß Ekholm recht darin hatte, sich die meisten seiner Türen offenzuhalten.

»Nimm einmal an, du wärst an meiner Stelle«, sagte Wallander. »Ich verspreche dir, dich nicht zu zitieren. Oder dir Vorwürfe zu machen, wenn du dich irrst. Aber was würdest du tun?«

Ekholms Antwort kam prompt. »Ich würde mich darauf konzentrieren, Björn Fredmans Leben zu durchleuchten. Aber ich würde die Augen offenhalten und häufig einen Blick über die Schultern werfen.«

Wallander nickte. Er hatte verstanden. »Was ist das eigentlich für ein Typ von Mensch, nach dem wir suchen?« fragte er dann.

Ekholm verscheuchte eine Biene, die durchs Fenster hereingeflogen war. »Die Schlußfolgerungen kannst du selbst ziehen«, sagte er. »Daß es ein Mann ist. Daß er vermutlich stark ist. Daß er praktisch ist und genau und keine Angst vor Blut hat.«

»Außerdem steht er nicht in den Kriminalregistern«, schob Wallander ein. »Er ist also zum erstenmal in Aktion.«

»Das bestärkt mich in der Auffassung, daß er im Grunde ein sehr normales Leben führt«, sagte Ekholm. »Das psychotische Ich, der mentale Zusammenbruch, sind gut gegen Einsicht von außen geschützt. Er kann sich mit den Skalpen in der Tasche an den Tisch setzen und mit gutem Appetit zu Abend essen. Wenn du mein Bild richtig auslegst.«

Wallander glaubte zu verstehen. »Es gibt mit anderen Worten nur zwei Möglichkeiten, wie wir ihn fassen können. Entweder wir erwischen ihn auf frischer Tat. Oder wir haben Beweise, die so klar sind, als leuchte sein Name in Feuerschrift darüber.«

»Ungefähr so. Ihr habt also keine leichte Aufgabe.«

Als Ekholm gehen wollte, stellte Wallander seine letzte Frage. »Wird er wieder zuschlagen?«

»Es kann zu Ende sein«, sagte Ekholm, »Björn Fredman und seine Augen als Schlußpunkt.«

»Glaubst du das?«

»Nein. Er wird wieder zuschlagen. Was wir bis jetzt gesehen haben, ist wohl nur der Anfang einer sehr langen Kette.«

Als Wallander wieder allein war, scheuchte er die Biene mit seiner Jacke aus dem Fenster. Dann saß er vollkommen still mit geschlossenen Augen auf seinem Stuhl und durchdachte alles, was Ekholm gesagt hatte. Um vier Uhr stand er auf und holte sich frischen Kaffee. Dann ging er weiter zum Konferenzraum, wo die anderen schon auf ihn warteten.

Er bat Ekholm zu wiederholen, was er selbst bereits gehört hatte. Danach war es lange still. Wallander hatte das Schweigen nicht unterbrochen, weil er wußte, daß alle versuchten, sich die Bedeutung des Gehörten klarzumachen. Jeder einzelne wägte es gegen die eigene Meinung ab. Danach können wir herausfinden, wie unser gemeinsamer Standpunkt eigentlich aussieht, dachte Wallander.

Sie stimmten mit Ekholm überein. Sie würden sich auf Björn Fredmans Leben konzentrieren. Aber gleichzeitig nicht vergessen zurückzublicken, über die Schultern.

Sie beschlossen die Sitzung mit der Planung der nächsten Schritte ihrer Ermittlung.

Kurz nach sechs brachen sie auf. Martinsson verließ als einziger das Präsidium. Er mußte seine Kinder abholen. Die anderen kehrten zu ihrer Arbeit zurück.

Wallander trat ans Fenster und blickte in den Sommerabend hinaus.

Irgend etwas bereitete ihm weiterhin Unruhe.

Der Gedanke, trotz allem auf der falschen Fährte zu sein.

*Was sah er nicht?*

Er wandte sich vom Fenster ab und blickte sich im Zimmer um, als sei ein unsichtbarer Besucher eingetreten.

Das ist es, dachte er. Ich jage ein Gespenst. Statt nach einem lebenden Menschen zu suchen. Der vielleicht in einer anderen Richtung zu finden ist als der, in die ich gerade blicke.

Bis Mitternacht blieb er über seinen Papieren sitzen.

Erst als er das Präsidium verließ, fiel ihm der Haufen Schmutzwäsche auf seinem Fußboden wieder ein.

# 24

Im Morgengrauen des folgenden Tages ging Wallander noch halb im Schlaf hinunter in die Waschküche und entdeckte zu seiner Verwunderung, daß schon jemand vor ihm dagewesen war. Die Waschmaschine lief bereits, und er mußte sich damit begnügen, sich für eine freie Zeit am Nachmittag einzutragen. Die ganze Zeit versuchte er, einen Traum festzuhalten, den er während der Nacht geträumt hatte. Es war ein erotischer Traum gewesen, voller heftiger Begierde, in dem Wallander sich selbst aus der Distanz beobachtet hatte, als Akteur in einem Drama, wie er es in wachem Zustand auch nicht im entferntesten erlebt hatte. Es war nicht Baiba gewesen, die in seinen Traum eintrat, als öffne sie die Tür zu seinem Schlafzimmer. Erst auf dem Weg von der Waschküche hinauf in seine Wohnung kam er darauf, daß die Frau in seinem Traum an die Pastorin erinnerte, die er auf dem Gemeindeamt in Smedstorp getroffen hatte. Er war zuerst erstaunt, danach empfand er ein vages Gefühl von Beschämung über diesen Traum, der später, als er in seine Wohnung zurückgekehrt war, wieder zu dem wurde, was er eigentlich war: ein Traum, der nach seinen eigenen Gesetzen entstand und wieder verflog. Er setzte sich an den Küchentisch und trank Kaffee, den er schon vorher gemacht hatte. Durch das halb geöffnete Fenster spürte er die Wärme. Vielleicht hatte Ann-Britt Höglunds Großmutter richtig vorhergesagt, und sie bekamen einen wirklich schönen Sommer. Die Uhr zeigte ein paar Minuten nach sechs. Er dachte an seinen Vater. Oft, besonders frühmorgens, wanderten seine Gedanken zurück in die Vergangenheit, in die Zeit der Seidenritter, als sie noch ein gutes Verhältnis hatten und er jeden Morgen mit dem Gefühl aufgewacht war, ein Kind zu sein, das von seinem Vater geliebt wurde. Doch jetzt, mehr als vierzig Jahre später, fiel es ihm schwer, zu sehen, wie sein Vater als jüngerer Mann eigentlich gewesen war. Seine Bilder hatten sich nicht verändert, Landschaften mit oder ohne Birkhuhn. Sein Gefühl dafür, von einem Bild zum nächsten nichts zu verändern, war unbestechlich. Wallander dachte manchmal, sein Vater habe in Wirklichkeit in seinem ganzen Leben nur ein einziges Bild gemalt. Von Anfang an war er mit dem Ergebnis zufrieden gewesen. Er hatte nie versucht, etwas zu verbessern. Er trank seinen Kaffee aus und versuchte, sich ein Leben vorzustellen, in dem sein Vater nicht mehr existierte. Es fiel ihm schwer. Er fragte sich, was er mit dem Vakuum anfangen würde, das sein jetzt ständig schlechtes Gewissen zurücklassen mußte. Die Reise nach Italien, die sie im September machen wollten, war vielleicht ihre letzte Möglichkeit, einander noch einmal näherzukommen, vielleicht sich miteinander zu versöhnen und die glückliche Zeit, die Zeit der Seidenritter, mit all dem zu verbinden, was nachher gewesen war. Er wollte nicht, daß die Erinnerung an dem Punkt aufhörte, als er die letzten Bilder aus dem Haus getragen und in den Ami-Schlitten eines der Aufkäufer gestellt und danach neben seinem Vater gestanden und dem Seidenritter nachgewinkt hatte, der in einer Staubwolke verschwand, um die Bilder zum drei- oder vierfachen Preis des Betrags zu verkaufen, den er von einem dicken Bündel Scheine abgezählt und dem Vater als Bezahlung in die Hand gedrückt hatte.

Um halb sieben wurde er wieder Kriminalbeamter und schob die Erinnerungen beiseite. Während er sich anzog, versuchte er, die Reihenfolge der Aufgaben zu bestimmen, die er sich für diesen Tag vorgenommen hatte. Um sieben betrat er das Polizeipräsidium, nachdem er ein paar Worte mit Norén gewechselt hatte, der gleichzeitig mit ihm kam. Es hätte eigentlich Noréns letzter Arbeitstag vor dem Urlaub sein sollen, den er jetzt, wie so viele seiner Kollegen, verschoben hatte.

»Es fängt bestimmt an zu regnen, wenn ihr den Mörder gefaßt habt«, sagte er. »Welcher Wettergott nimmt Rücksicht auf einen einfachen Polizisten, wenn ein Serienmörder sein Unwesen treibt?«

Wallander murmelte etwas Unverständliches als Antwort. Aber er bezweifelte nicht, daß in Noréns Worten eine dunkle Wahrheit verborgen war.

Er ging zu Hansson hinein, der seine gesamte Zeit im Präsidium zu verbringen schien, niedergedrückt von Sorgen angesichts der schwierigen Ermittlung und von der ihm auferlegten Bürde als stellvertretender Chef. Sein Gesicht war grau wie ein Pflasterstein. Er rasierte sich mit einem uralten elektrischen Rasierapparat, als Wallander hereinkam. Sein Hemd war zerknittert, seine Augen waren blutunterlaufen.

»Du mußt versuchen, dann und wann mal ein paar Stunden zu schlafen«, sagte Wallander. »Deine Verantwortung ist nicht größer als die von jedem anderen.«

Hansson schaltete den Rasierer ab und betrachtete finster das Ergebnis in einem Taschenspiegel. »Ich habe gestern eine Schlaftablette genommen«, sagte er. »Aber eingeschlafen bin ich trotzdem nicht. Das einzige Ergebnis ist, daß ich jetzt Kopfschmerzen habe.«

Wallander betrachtete ihn schweigend. Er hatte Mitleid mit ihm. Chef zu sein war nie Hanssons Traum gewesen.

»Ich fahre nach Malmö«, sagte er. »Ich will noch einmal mit Björn Fredmans Familie reden. Besonders mit denen, die gestern nicht da waren.«

Hansson sah ihn fragend an. »Willst du einen vierjährigen Jungen verhören? Das darfst du nicht.«

»Ich denke vor allem an die Tochter«, gab Wallander zurück. »Sie ist immerhin siebzehn. Und ich habe nicht vor, jemanden zu verhören.«

Hansson nickte und erhob sich schwer von seinem Schreibtisch. Er zeigte auf ein Buch, das aufgeschlagen vor ihm lag.

»Das habe ich von Ekholm bekommen«, sagte er. »Verhaltensforschung mit Ausgangspunkt in ein paar Fallstudien über berüchtigte Serienmörder. Es ist nicht zu fassen, was Leute anstellen können, wenn sie nur krank genug im Kopf sind.«

»Steht da etwas über Skalpe?«

»Das gehört zu der milderen Form des Trophäensammelns. Wenn du wüßtest, was man alles zu Hause bei den Leuten gefunden hat, würde dir schlecht.«

»Mir ist auch so schon schlecht«, gab Wallander zurück. »Ich glaube, ich kann mir denken, was in dem Buch steht.«

»Gewöhnliche Menschen«, fuhr Hansson resigniert fort. »Nach außen ganz normal. Darunter geisteskranke Raubtiere. Ein Mann in Frankreich, Verwalter eines Kohlenlagers, pflegte seinen Opfern die Mägen aufzuschneiden und den Kopf hineinzustecken, um sich selbst zu ersticken. Nur als ein Beispiel.«

»Das reicht mir«, sagte Wallander abwehrend.

»Ekholm meinte, ich sollte dir das Buch geben, wenn ich es durchhabe«, sagte Hansson.

»Das kann ich mir vorstellen«, antwortete Wallander. »Aber ich bezweifle, ob ich Zeit habe, es zu lesen. Oder Lust.«

Im Eßraum schmierte Wallander sich ein Brot und nahm es mit, als er das Präsidium verließ. Er aß im Wagen, während er überlegte, ob er es wagen sollte, Linda so früh schon anzurufen. Aber er ließ es sein.


Er erreichte Malmö gegen halb neun. Schon jetzt hatte sich die Sommerflaute über das Land gelegt. Der Verkehr auf den Autobahnen, die sich vor der Einfahrt nach Malmö kreuzten, war ruhiger als gewöhnlich. Er bog nach Rosengård ab und hielt vor dem Haus, in dem er am Tag zuvor schon gewesen war. Er stellte den Motor ab und blieb im Wagen sitzen, um sich noch einmal klarzumachen, weshalb er jetzt schon wieder hierhergekommen war. Sie hatten beschlossen, die Ermittlungen auf Björn Fredmans Leben auszurichten. So weit kannte er sein Motiv. Außerdem war es erforderlich, mit der Tochter zu sprechen. Der vierjährige Junge war weniger wichtig. Er holte eine schmutzige Benzinquittung aus dem Handschuhfach und zog seinen Tintenkuli hervor. Zu seiner großen Verärgerung stellte er fest, daß die Tinte ausgelaufen war. Der Flecken um die Brusttasche, in der der Kuli gesteckt hatte, war fast handflächengroß. Auf dem weißen Hemd sah es aus, als sei er mitten ins Herz geschossen worden. Das Hemd war fast neu. Baiba hatte es ihm letzte Weihnachten gekauft, als sie seinen Kleiderschrank durchforstet und alte und verschlissene Sachen aussortiert hatte.

Sein erster Impuls war, sich in sein Schicksal zu ergeben, nach Ystad zurückzufahren und sich ins Bett zu legen. Wie viele Hemden pro Jahr er fortwarf, weil er vergaß, die Mine des Kulis zu versenken, ehe er ihn in die Brusttasche steckte, wußte er nicht.

Er überlegte, ob er in die Stadt fahren und ein neues Hemd kaufen sollte. Aber es würde mindestens eine Stunde dauern, bis die Läden öffneten. Er ließ es bleiben. Den verschmierten Kuli warf er aus dem Seitenfenster und suchte zwischen dem Krempel im Handschuhfach einen anderen. Auf der Rückseite der Benzinquittung notierte er danach ein paar Stichworte. *B. F.s Freunde. Früher und heute. Unerwartete Ereignisse.* Er zerknüllte den Zettel und wollte ihn in die Brusttasche stecken, bremste sich aber gerade noch rechtzeitig. Er stieg aus dem Wagen und zog die Jacke aus. Das Jackenfutter war nicht verfärbt. Düster musterte er sein Hemd. Dann ging er ins Haus und drückte auf den Fahrstuhlknopf. Die Flaschenscherben vom Vortag lagen noch immer im Fahrstuhl. Er fuhr in den dritten Stock hinauf und klingelte an der Wohnungstür. Von drinnen kamen keine Geräusche. Vielleicht schliefen sie noch. Er wartete über eine Minute. Dann klingelte er noch einmal. Die Tür wurde geöffnet. Es war der Junge, der Stefan hieß. Er schien überrascht zu sein, Wallander zu sehen. Aber er lächelte. Die Augen waren wachsam.

»Ich hoffe, ich komme nicht zu früh«, sagte Wallander. »Ich hätte natürlich vorher anrufen sollen. Aber ich hatte hier in Malmö etwas zu erledigen und dachte, ich nutze die Gelegenheit.«

Eine schlechte Lüge, dachte er. Aber naheliegend.

Der Junge ließ ihn in den Flur. Er trug ein abgeschnittenes Unterhemd und Jeans. Er war barfuß. »Ich bin allein zu Hause«, sagte er. »Meine Mutter ist mit meinem kleinen Bruder nach Kopenhagen gefahren.«

»Ein schöner Tag für eine Fahrt nach Kopenhagen«, erwiderte Wallander einschmeichelnd.

»Ja, dahin fährt sie gern. Um von allem fortzukommen.«

Seine Worte hallten hohl im Flur wider. Wallander fand es eigentümlich, wie unberührt der Junge den Tod seines Vaters erwähnte. Sie waren ins Wohnzimmer gekommen, Wallander legte die Jacke über einen Stuhl und zeigte auf den Tintenfleck. »Das passiert mir immer wieder«, sagte er.

»Das passiert mir nie«, sagte der Junge und lächelte. »Ich kann Kaffee machen, wenn Sie möchten.«

»Nein, danke.«

Sie setzten sich an den Tisch einander gegenüber. Eine Wolldecke und ein Kissen auf dem Sofa verrieten, daß dort jemand geschlafen hatte. Unter einem Stuhl sah Wallander eine leere Weinflasche. Der Junge merkte sofort, daß Wallander sie gesehen hatte. Seine Wachsamkeit schien nicht einen Augenblick nachzulassen. Wallander fragte sich, ob er eigentlich das Recht hatte, mit einem minderjährigen Jungen über den Tod seines Vaters zu sprechen, und zwar nicht in der korrekten Form, also in Anwesenheit eines Angehörigen. Gleichzeitig wollte er sich die Gelegenheit nicht entgehen lassen. Außerdem war der Junge erstaunlich reif für sein Alter. Wallander hatte die ganze Zeit das Gefühl, mit einem Gleichaltrigen zu sprechen. Sogar Linda konnte im Vergleich mit dem Jungen kindlich wirken.

»Was wirst du diesen Sommer tun?« fragte Wallander. »Wir haben schönes Wetter bekommen.«

Der Junge lächelte. »Ich habe eine Menge zu tun«, antwortete er.

Wallander wartete auf eine Fortsetzung, die jedoch nicht kam.

»In welche Klasse kommst du im Herbst?«

»In die achte.«

»Kommst du gut zurecht?«

»Ja.«

»Was macht dir am meisten Spaß?«

»Nichts. Mathematik ist am leichtesten. Zahlen sind etwas spannendes. Wir haben einen Club gegründet, der sich mit Zahlenmystik befaßt.«

»Darunter kann ich mir kaum etwas vorstellen.«

»Die heilige Drei. Die sieben schweren Jahre. Zu versuchen, seine Zukunft zu lesen, indem man Zahlen aus seinem eigenen Leben kombiniert.«

»Das hört sich interessant an.«

»Ja.«

Wallander spürte, daß dieser Junge ihn immer mehr faszinierte. Der große Körper bildete einen starken Kontrast zu seinem kindlichen Gesicht. Aber an seinem Kopf war offensichtlich nichts auszusetzen.

Wallander holte die zerknüllte Benzinquittung aus seiner Jacke. Dabei fielen seine Wohnungsschlüssel aus der Tasche. Er steckte sie zurück und setzte sich wieder.

»Ich habe ein paar Fragen«, sagte er. »Aber dies ist absolut kein Verhör. Wenn du warten möchtest, bis deine Mutter wieder hier ist, brauchst du es nur zu sagen.«

»Das ist nicht nötig. Ich antworte, wenn ich kann.«

»Deine Schwester«, fragte Wallander. »Wann kommt sie zurück?«

»Ich weiß nicht.«

Der Junge sah ihn an. Die Frage schien ihm nichts ausgemacht zu haben. Er hatte geantwortet, ohne zu zögern. Wallander überlegte, ob er sich am Tag zuvor geirrt hatte.

»Ich nehme an, daß ihr Kontakt mit ihr habt? Daß ihr wißt, wo sie ist?«

»Sie ist einfach weggefahren. Es ist nicht das erste Mal. Sie kommt zurück, wenn sie selbst will.«

»Ich hoffe, du kannst verstehen, wenn sich das für mich ein bißchen sonderbar anhört.«

»Für uns nicht.«

Der Junge schien unerschütterlich zu sein. Wallander war überzeugt, daß er wußte, wo sich seine Schwester befand. Aber er würde ihn zu keiner Antwort zwingen können. Auch war die Möglichkeit nicht auszuschließen, daß das Mädchen wirklich erschüttert gewesen und einfach vor der ganzen Situation davongelaufen war.

»Ist sie vielleicht in Kopenhagen?« fragte er vorsichtig. »Und deine Mutter ist heute hingefahren, um sie zu besuchen?«

»Sie wollte Schuhe kaufen.«

Wallander nickte. »Laß uns von etwas ganz anderem sprechen«, fuhr er fort. »Du hast Zeit gehabt nachzudenken. Kannst du dir jetzt vorstellen, wer deinen Vater getötet hat?«

»Nein.«

»Bist du der gleichen Ansicht wie deine Mutter, daß viele dazu Lust gehabt haben können?«

»Ja.«

»Warum?«

Zum erstenmal schien die unerschütterliche und höfliche Freundlichkeit des Jungen einen Sprung zu bekommen. Seine Antwort kam unerwartet heftig. »Mein Vater war ein böser Mann«, stieß er hervor. »Er hatte schon vor langer Zeit das Recht verwirkt zu leben.«

Wallander war von den Worten des Jungen unangenehm berührt. Wie konnte ein junger Mensch nur so voller Haß sein?

»So etwas kann man aber nicht sagen«, antwortete er. »Daß ein Mensch sein Recht zu leben verwirkt hat. Was er auch getan haben mag.«

Der Junge war wieder unberührt.

»Was hat er denn so Böses getan?« fuhr Wallander fort. »Viele Menschen sind Diebe. Viele handeln mit Diebesgut. Deshalb sind sie noch lange keine Monster.«

»Er hat uns in Schrecken versetzt.«

»Wie denn?«

»Alle hatten Angst vor ihm.«

»Du auch?«

»Ja. Aber im letzten Jahr nicht mehr.«

»Warum nicht?«

»Die Angst verschwand.«

»Deine Mutter?«

»Sie hatte Angst.«

»Dein Bruder?«

»Er lief weg und versteckte sich, wenn er glaubte, daß mein Vater käme.«

»Deine Schwester?«

»Sie hatte am meisten Angst von uns allen.«

Wallander nahm eine fast unmerkliche Veränderung in der Stimme des Jungen wahr. Einen Augenblick lang hatte er gezögert, da war er sicher. »Und warum?« fragte er vorsichtig.

»Sie war am empfindlichsten.«

Wallander beschloß rasch, ein Risiko einzugehen. »Hat dein Vater sie berührt?«

»Wie?«

»Ich glaube, du verstehst, was ich meine.«

»Ja. Aber berührt hat er sie nie.«

Da war es, dachte Wallander und versuchte, sich keine Reaktion anmerken zu lassen. Er hat möglicherweise seine eigene Tochter mißbraucht. Vielleicht auch den kleinen Jungen. Vielleicht auch den, mit dem ich gerade spreche. Der Gedanke an den denkbaren Übergriff empörte ihn.

»Hatte dein Vater einen guten Freund?« fragte er.

»Er hatte viele Bekannte. Aber ob einer sein Freund war, weiß ich nicht.«

»Wenn du jemanden vorschlagen solltest, der deinen Vater wirklich gut kannte – mit wem, meinst du, sollte ich dann am besten sprechen?«

Ein unfreiwilliges Lächeln trat auf das Gesicht des Jungen, aber er gewann sogleich die Kontrolle zurück. »Peter Hjelm«, antwortete er.

Wallander schrieb den Namen auf.

»Warum hast du gelächelt?«

»Ich weiß nicht.«

»Kennst du Peter Hjelm?«

»Ich bin ihm natürlich begegnet.«

»Wo kann ich ihn erreichen?«

»Er steht im Telefonbuch unter Gelegenheitsarbeiter. Er wohnt in der Kungsgatan.«

»Und auf welche Weise kannten sie sich?«

»Sie soffen zusammen. Was sie sonst noch machten, kann ich nicht sagen.«

Wallander blickte sich im Zimmer um. »Hatte dein Vater noch irgendwelche Dinge hier in der Wohnung?«

»Nein.«

»Nichts?«

»Kein Stück.«

Wallander steckte den Zettel in die Hosentasche. Er wußte nichts mehr zu sagen.

»Wie ist es, Polizist zu sein?« fragte der Junge plötzlich.

Wallander hatte den Eindruck, daß der Junge sich wirklich dafür interessierte. Es funkelte in seinen wachsamen Augen.

»Mal so und mal so«, antwortete Wallander, plötzlich unsicher, was er im Moment eigentlich von seinem Beruf hielt.

»Wie ist es, wenn man einen Mörder faßt?«

»Kalt und grau und erbärmlich«, antwortete Wallander und dachte mit Abscheu an all die verlogenen Fernsehserien, die der Junge gesehen haben mußte.

»Was werden Sie tun, wenn Sie den kriegen, der meinen Vater getötet hat?«

»Ich weiß nicht«, erwiderte Wallander. »Das kommt darauf an.«

»Er muß gefährlich sein. Wenn er schon andere Personen getötet hat?«

Wallander war von der Neugier des Jungen peinlich berührt. »Wir fassen ihn«, sagte er bestimmt, um das Gespräch zu beenden. »Früher oder später fassen wir ihn.«

Er stand auf und fragte nach der Toilette. Der Junge zeigte auf eine Tür im Flur. Wallander schloß hinter sich ab. Er betrachtete sein Gesicht im Spiegel. Er brauchte unbedingt Sonne. Als er fertig gepinkelt hatte, öffnete er vorsichtig das Badezimmerschränkchen. Darin lagen ein paar Tablettenpackungen. Auf einer von ihnen stand der Name Louise Fredman. Er sah, daß sie am neunten November geboren war. Er prägte sich den Namen des Medikaments und des verschreibenden Arztes ein. *Saroten.* Er hatte noch nie von dem Medikament gehört. Zu Hause in Ystad würde er in der Liste der zugelassenen pharmazeutischen Mittel nachschlagen.

Als er ins Wohnzimmer zurückkam, saß der Junge noch in der gleichen Stellung da wie zuvor. Wallander fuhr plötzlich der Gedanke durch den Kopf, ob der Junge eigentlich ganz normal war. Sein frühreifes Wesen und seine Selbstbeherrschung machten einen sonderbaren Eindruck.

Der Junge sah ihn an und lächelte. Einen Moment lang schien die Wachsamkeit in seinen Augen verschwunden zu sein. Wallander verwarf den Gedanken und nahm seine Jacke. »Ich lasse wieder von mir hören«, sagte er. »Vergiß nicht, deiner Mutter zu erzählen, daß ich hiergewesen bin. Es wäre gut, wenn du ihr erzähltest, worüber wir gesprochen haben.«

»Kann ich Sie einmal besuchen?« fragte der Junge.

Wallander war von der Frage überrascht. Als wäre ihm ein Ball zugeworfen worden, den er nicht fangen konnte. »Du meinst, du willst einmal ins Polizeipräsidium nach Ystad kommen?«

»Ja.«

»Natürlich kannst du das«, sagte Wallander. »Aber ruf vorher an. Ich bin viel unterwegs. Und es paßt auch nicht immer.«

Wallander trat ins Treppenhaus und drückte auf den Fahrstuhlknopf. Sie nickten einander zu. Der Junge schloß die Tür. Wallander fuhr nach unten und ging in den Sonnenschein hinaus. Es war der bisher wärmste Tag dieses Sommers. Einen Moment lang blieb er stehen und genoß die Wärme. Gleichzeitig versuchte er zu entscheiden, was er jetzt tun wollte. Die Entscheidung fiel ihm leicht. Er fuhr zum Polizeipräsidium. Forsfält war in seinem Zimmer. Wallander berichtete über das Gespräch mit dem Jungen. Er gab Forsfält den Namen des Arztes, *Gunnar Bergdahl*, und bat ihn, möglichst bald mit ihm zu sprechen. Dann erzählte er von seinem Verdacht, daß Björn Fredman sich vielleicht an seiner Tochter und eventuell auch an den beiden Jungen vergriffen hatte. Forsfält war sicher, daß ein Verdacht dieser Art nie gegen Fredman gerichtet worden war, doch er versprach, der Sache so schnell wie möglich auf den Grund zu gehen. Wallander kam auf Peter Hjelm zu sprechen. Forsfält konnte ihn darüber aufklären, daß Hjelm in vieler Hinsicht an Björn Fredman erinnerte. Er hatte in vielen Gefängnissen gesessen. Einmal war er mit Fredman wegen gemeinsamer Hehlerei verurteilt worden. Forsfält war der Meinung, daß Hjelm in vielen Fällen die Ware beschaffte, die Fredman dann weiterverkaufte. Wallander fragte, ob Forsfält etwas dagegen habe, wenn er allein mit Hjelm spreche.

»Ich bin froh, wenn mir das erspart bleibt«, antwortete Forsfält.

»Ich brauche dich als Nachhut«, gab Wallander zurück.

Wallander schlug Hjelms Adresse im Telefonbuch nach. Er gab Forsfält auch seine Handynummer. Sie verabredeten sich zum Mittagessen. Forsfält hoffte, dann bereits Kopien des gesamten Materials über Björn Fredman zu haben, das die Polizei in Malmö im Lauf der Jahre gesammelt hatte. Wallander ließ seinen Wagen beim Polizeipräsidium stehen und ging zu Fuß zur Kungsgatan. In einem Bekleidungsgeschäft kaufte er ein neues Hemd und zog es gleich an. Das mit dem Tintenfleck warf er nach einigem Zögern fort. Immerhin hatte Baiba es ihm geschenkt. Er trat wieder in den Sonnenschein hinaus. Einige Minuten saß er auf einer Bank, schloß die Augen und wandte sein Gesicht der Sonne zu. Dann ging er zu dem Haus, in dem Hjelm wohnte. Die Haustür war nur mit einem Zahlencode zu öffnen. Doch er hatte Glück. Nach wenigen Minuten kam ein älterer Mann mit seinem Hund heraus. Wallander nickte ihm freundlich zu und trat ins Haus. Er las auf der Namenstafel, daß Hjelm im zweiten Stock wohnte. Als er die Fahrstuhltür öffnen wollte, summte sein Handy. Es war Forsfält.

»Wo bist du?« fragte er.

»Ich stehe vor dem Aufzug im Haus, wo Hjelm wohnt.«

»Das hatte ich gehofft. Daß du noch nicht da wärst.«

»Ist etwas passiert?«

»Ich habe den Arzt erreicht. Es stellte sich heraus, daß wir uns kennen. Das hatte ich völlig vergessen.«

»Was hat er gesagt?«

»Etwas, was er eigentlich nicht hätte preisgeben dürfen. Aber ich habe ihm versprochen, ihn nicht zu nennen. Das darfst du mit anderen Worten auch nicht tun.«

»Versprochen.«

»Er meinte, die Person, deren Namen wir hier am Mobiltelefon nicht aussprechen, befinde sich in einer psychiatrischen Klinik.«

Wallander hielt den Atem an. »Deshalb ist sie also verreist«, sagte er.

»Nein«, sagte Forsfält. »Im Gegenteil. Sie befindet sich seit drei Jahren in der Klinik.«

Wallander schwieg. Jemand im Haus hatte den Fahrstuhl angefordert, der mit einem Scheppern nach oben entschwand.

»Wir reden nachher weiter«, sagte er.

»Viel Glück bei Hjelm.«

Das Gespräch war beendet.

Wallander dachte lange nach über das, was er gerade gehört hatte.

Dann stieg er die Treppe in den zweiten Stock hinauf.

## 25

Wallander hatte die Musik, die aus Hjelms Wohnung drang, schon früher einmal gehört. Er lauschte mit einem Ohr dicht an der Tür. Da fiel ihm ein, daß Linda das Stück eine Zeitlang gespielt hatte. Wallander erinnerte sich vage. Die Band hieß »Grateful Dead«. Er drückte auf die Türklingel und trat einen Schritt zurück. Die Musik war sehr laut. Er klingelte noch einmal, doch es kam keine Reaktion. Erst als er kräftig an die Tür bollerte, wurde die Musik ausgemacht. Er hörte Schritte, und dann wurde die Tür geöffnet. Aus irgendeinem Grund hatte Wallander erwartet, die Tür würde nur einen Spaltbreit geöffnet werden. Als sie weit aufgestoßen wurde, mußte er einen Schritt zurücktreten, um sie nicht ins Gesicht zu bekommen. Der Mann dahinter war splitternackt. Außerdem stand er augenscheinlich unter Drogen. Eine fast unmerkliche, schwankende Bewegung ging durch den schweren Körper. Wallander stellte sich vor und zeigte seinen Ausweis. Der Mann sah gar nicht hin. Er starrte Wallander nur an.

»Dich hab ich schon gesehen«, sagte er. »Im Fernsehen. Und in den Zeitungen. Ich lese nie Zeitungen. Deshalb muß es auf einer Titelseite gewesen sein. Oder einem Aushänger. Der gesuchte Bulle. Der Leute erschießt, ohne erst um Erlaubnis zu bitten. Wie heißt du, hast du gesagt? Wahlgren?«

»Wallander. Bist du Peter Hjelm?«

»Yes.«

»Ich will mit dir reden.«

Der nackte Mann machte eine vielsagende Geste in Richtung Wohnungsinneres. Wallander nahm an, er wolle andeuten, er habe Damenbesuch.

»Es ist nicht zu ändern«, sagte Wallander. »Möglicherweise dauert es auch nicht lange.«

Hjelm ließ ihn unwillig in den Flur treten.

»Zieh dir was an«, sagte Wallander im Befehlston.

Hjelm zuckte die Schultern, riß einen Mantel von einem Kleiderbügel und zog ihn über. Als habe Wallander darum gebeten, zog er sich auch einen alten Hut bis über die Ohren.

Wallander folgte ihm durch einen langen Flur. Es war eine altmodische und geräumige Wohnung, in der Hjelm wohnte. Wallander hatte manchmal davon geträumt, eine solche Wohnung in Ystad zu finden. Bei einer Gelegenheit hatte er sich nach einer der großen Wohnungen in dem roten Haus am Markt erkundigt, in dem die Buchhandlung lag. Aber er war entsetzt gewesen, als er den Preis hörte. Als sie ins Wohnzimmer kamen, sah Wallander zu seiner Verblüffung einen nackten Mann, der sich ein Laken umgewickelt hatte. In Wallanders vereinfachter und zuweilen vorurteilsbeladener Weltsicht mußte ein nackter Mann, der eine Tür öffnete und mit vielsagender Geste ins Wohnungsinnere deutete, eine nackte Frau bei sich haben, aber keinen nackten Mann. Um seine Verlegenheit zu verbergen, schlug Wallander einen barschen, behördlichen Ton an. Er zog sich einen Stuhl heran und machte Hjelm ein Zeichen, sich ihm gegenüberzusetzen.

»Wer sind Sie?« fragte er dann den anderen Mann, der bedeutend jünger war als Hjelm.

»Geert versteht kein Schwedisch«, sagte Hjelm. »Er kommt aus Amsterdam und ist nur vorübergehend auf Besuch, sozusagen.«

»Sag ihm, ich will seinen Ausweis sehen«, sagte Wallander. »Sofort.«

Hjelm sprach ein sehr schlechtes Englisch, bedeutend schlechter als Wallander. Der Mann im Laken verschwand und kam mit einem holländischen Führerschein zurück. Wie üblich hatte Wallander nichts zum Schreiben bei sich. Er merkte sich den Nachnamen des Mannes, van Loenen, und reichte ihm den Führerschein zurück. Dann stellte er ein paar kurze Fragen. Van Loenen behauptete, er sei Kellner in einem Café in Amsterdam, und dort habe er auch Peter Hjelm getroffen. Er sei das dritte Mal in Malmö. Er wolle zwei Tage später mit dem Zug nach Amsterdam zurückfahren. Danach bat Wallander ihn, den Raum zu verlassen. Hjelm hatte sich in seinem Mantel auf den Fußboden gesetzt und den Hut tief in die Stirn gezogen. Wallander wurde wütend. »Nimm den Hut ab!« schnauzte er Hjelm an. »Und setz dich auf einen Stuhl. Sonst lasse ich einen Wagen kommen und nehme dich mit ins Präsidium.«

Hjelm tat, was ihm gesagt wurde. Er warf den Hut in hohem Bogen von sich, so daß er zwischen zwei Blumentöpfen in einer Fensternische landete. Wallander war noch immer wütend, als er seine Fragen stellte. So wütend, daß ihm der Schweiß ausbrach.

»Björn Fredman ist tot«, sagte er brutal. »Aber das weißt du vielleicht schon?«

Hjelm wurde still. Er hatte es nicht gewußt.

»Er ist ermordet worden«, fuhr Wallander fort. »Jemand hat ihm außerdem Säure in die Augen gegossen. Und ihm ein Stück seiner Kopfhaut abgeschnitten. Das ist vor drei Tagen passiert. Jetzt suchen wir nach der Person, die das getan hat. Der Täter hat vorher schon zwei Personen getötet. Einen ehemaligen Politiker mit Namen Wetterstedt und einen Kunsthändler, der Arne Carlman hieß. Aber das hast du vielleicht mitbekommen?«

Hjelm nickte langsam. Wallander versuchte, seine Reaktion zu deuten, aber ohne Erfolg.

»Jetzt ist mir klar, warum Björn nicht ans Telefon gegangen ist«, sagte Hjelm nach einer Weile. »Ich habe gestern den ganzen Tag versucht, ihn anzurufen. Und heute morgen auch.«

»Was wolltest du von ihm?«

»Ich wollte ihn zum Essen einladen.«

Wallander war klar, daß Hjelm log. Weil er immer noch wütend war über Hjelms arrogante Haltung, fiel es ihm leicht, ihn härter anzufassen. Nur zweimal in seinen vielen Jahren als Polizist hatte er die Beherrschung verloren und Personen, die er verhörte, geschlagen. Meistens konnte er seine Wut beherrschen.

»Lüg mich nicht an«, sagte er. »Deine einzige Chance, mich in absehbarer Zeit durch diese Tür hinausgehen zu sehen, ist, daß du klar und deutlich und vor allem wahrheitsgemäß meine Fragen beantwortest. Andernfalls gibt es hier ein Höllenspektakel. Wir haben es mit einem wahnsinnigen Serienmörder zu tun. Und das heißt, daß die Polizei über spezielle Befugnisse verfügt.«

Das letzte stimmte natürlich nicht. Aber Wallander sah, daß es auf Hjelm einen gewissen Eindruck machte.

»Ich habe ihn angerufen, um mit ihm über eine Sache zu reden, die wir am Laufen hatten.«

»Was für eine Sache?«

»Ein bißchen Import und Export. Er schuldete mir ein wenig Geld.«

»Wie wenig?«

»Wenig. Ungefähr hunderttausend Kronen. Mehr nicht.«

Für Wallander entsprach diese kleine Summe vielen Monatsgehältern. Das machte ihn noch wütender. »Deine Geschäfte mit Fredman lassen wir erst einmal außen vor. Das ist Sache der Polizei in Malmö. Ich will wissen, ob du dir denken kannst, wer Fredman möglicherweise getötet hat.«

»Ich jedenfalls nicht.«

»Das glaube ich auch nicht. Gibt es sonst jemand?«

Wallander sah, daß Hjelm sich wirklich anstrengte nachzudenken. »Ich weiß nicht«, antwortete er schließlich.

»Du hast gezögert?«

»Björn hat vieles gemacht, wovon ich nichts weiß.«

»Was zum Beispiel?«

»Ich weiß nicht.«

»Ich will eine vernünftige Antwort!«

»Aber verdammich. Ich *weiß* es nicht. Wir haben einen Teil Geschäfte zusammen gemacht. Was Fredman in der übrigen Zeit getrieben hat, kann ich doch nicht wissen. In dieser Branche soll man nicht zuviel wissen. Man soll auch nicht zuwenig wissen. Aber das ist eine andere Sache.«

»Gib mir einen Tip, was er gemacht haben könnte!«

»Ich glaube, er hat Inkasso-Sachen gemacht.«

»Er war also, was man einen Torpedo nennt?«

»Ungefähr.«

»Wer waren seine Auftraggeber?«

»Weiß nicht.«

»Lüg nicht!«

»Ich lüge nicht. Ich weiß es wirklich nicht.«

Wallander glaubte ihm fast. »Und was noch?«

»Er tat ziemlich geheimnisvoll. War viel auf Reisen. Und wenn er zurückkam, war er braun. Und hatte Souvenirs dabei.«

»Wohin ist er gefahren?«

»Das hat er nie gesagt. Aber nach den Reisen war er immer gut bei Kasse.«

Björn Fredmans Paß, dachte Wallander. Den haben wir nicht gefunden.

»Wer außer dir kannte Björn Fredman noch?«

»Das müssen viele sein.«

»Wer kannte ihn so gut wie du?«

»Keiner.«

»Hatte er eine Frau?«

»Was für eine Frage! Klar hatte er Frauen!«

»Gab es eine besondere?«

»Er wechselte häufig.«

»Warum wechselte er?«

»Warum wechselt man? Warum wechsle ich? Warum trifft man sich den einen Tag mit einem aus Amsterdam und den nächsten mit einem aus Bjärred?«

»Bjärred?«

»Nur als Beispiel, verdammich! Halmstad von mir aus, wenn dir das lieber ist!«

Wallander hielt inne und betrachtete Hjelm stirnrunzelnd. Er empfand einen instinktiven Widerwillen gegen ihn. Gegen einen Dieb, der hunderttausend Kronen als wenig Geld ansah.

»Gustaf Wetterstedt«, sagte er dann. »Und Arne Carlman. Ich habe dir angesehen, daß du von ihrem Tod gewußt hast.«

»Ich lese keine Zeitungen. Aber ich sehe fern.«

»Kannst du dich erinnern, ob Björn Fredman jemals ihre Namen genannt hat?«

»Hat er nicht.«

»Kannst du es vergessen haben? Kann es sein, daß er sie trotz allem kannte?«

Hjelm saß über eine Minute schweigend da. Wallander wartete.

»Ich bin mir ziemlich sicher«, sagte er dann. »Aber möglicherweise kannte er sie ja, ohne daß ich davon wußte.«

»Dieser Mann, der noch frei herumläuft, ist gefährlich«, sagte Wallander. »Er ist eiskalt und berechnend. Und wahnsinnig. Er hat

Fredman Säure in die Augen gegossen. Das muß unvorstellbar qualvoll gewesen sein. Verstehst du, was ich meine?«

»Ja.«

»Ich will, daß du ein bißchen Beinarbeit für mich leistest. Verbreite, daß die Polizei eine Verbindung zwischen diesen drei Männern sucht. Ich nehme an, du bist mit mir einig, daß wir diesen Wahnsinnigen aus dem Verkehr ziehen müssen. Der deinem Kumpel Säure in die Augen gießt.«

Hjelm schnitt eine Grimasse des Ekels. »Klar.«

Wallander stand auf. »Ruf Kommissar Forsfält an«, sagte er. »Oder melde dich bei mir. In Ystad. Alles, was dir einfällt, ist wichtig.«

»Björn hatte eine Freundin, die Marianne heißt«, sagte Hjelm. »Sie wohnt drüben am Triangel.«

»Wie heißt sie weiter?«

»Eriksson, glaube ich.«

»Was macht sie?«

»Ich weiß nicht.«

»Hast du ihre Telefonnummer?«

»Ich kann sie raussuchen.«

»Mach schon.«

Wallander wartete, während Hjelm das Zimmer verließ. Er konnte flüsternde Stimmen hören, von denen zumindest eine gereizt klang. Hjelm kam zurück und reichte Wallander einen Zettel. Dann begleitete er ihn in den Flur.

Hjelm machte den Eindruck, als sei er nach seinem anfänglichen Höhenflug wieder nüchtern geworden. Dennoch schien er von dem, was seinem Freund zugestoßen war, vollkommen unberührt zu sein. Wallander empfand starken Widerwillen angesichts dieser Gefühlskälte. Sie war ihm unbegreiflich.

»Dieser Irre ... «, begann Hjelm, ohne den Satz zu beenden. Wallander verstand die Frage auch so.

»Er hat es auf bestimmte Menschen abgesehen. Wenn du dich nicht selbst in einem Zusammenhang mit Wetterstedt, Carlman und Fredman sehen kannst, brauchst du dir wohl kaum Sorgen zu machen.«

»Warum habt ihr ihn noch nicht gefaßt?«

Wallander starrte Hjelm an. Seine Wut kehrte zurück. »Unter anderem deshalb nicht, weil solche wie du so unglaubliche Schwierigkeiten damit haben, Fragen zu beantworten«, sagte er.

Er ließ Hjelm stehen und wartete nicht auf den Aufzug. Als er auf die Straße kam, stellte er sich wieder mit dem Gesicht zur Sonne und schloß die Augen. Er rekapitulierte noch einmal das Gespräch mit Hjelm und wurde das Gefühl nicht los, auf der falschen Fährte zu sein. Er machte die Augen wieder auf und trat in den Schatten an die Hauswand. Die Vorstellung, daß er im Begriff war, die ganze Ermittlung in eine Sackgasse zu steuern, wollte nicht weichen. Wieder kam ihm die vage Empfindung, daß irgend jemand irgend etwas gesagt hatte, was von Bedeutung war. Da ist etwas, was ich nicht sehe, dachte er. Es besteht ein Zusammenhang zwischen Wetterstedt und Carlman und Fredman. Ich stolpere darüber, ohne es zu merken. Er spürte, wie die Unruhe sich in seinem Magen einnistete. Der Mann, nach dem sie suchten, konnte wieder zuschlagen, und der Stand ihrer Ermittlungen war ganz einfach der, daß sie keine Ahnung hatten, wer dieser Mann war. Ebensowenig wußten sie, wo sie suchen sollten. Er trat aus dem Schatten der Hauswand und winkte ein freies Taxi heran.

Es war nach halb zwölf, als er vor dem Präsidium bezahlte und ausstieg. Als er zu Forsfält ins Zimmer trat, richtete dieser ihm aus, er solle in Ystad anrufen. Sofort befiel ihn wieder die Angst, etwas Ernstes könne geschehen sein. Ebba war am Apparat. Sie konnte ihn als erstes beruhigen und stellte ihn dann zu Nyberg durch. Forsfält hatte Wallander seinen Schreibtischstuhl überlassen. Wallander zog ein Stück Papier heran und schrieb mit. Sie hatten auf Fredmans linkem Augenlid einen Fingerabdruck gefunden. Er war undeutlich, aber es war ihnen dennoch gelungen, ihn als den gleichen Abdruck zu identifizieren, den sie an den zwei vorherigen Tatorten gefunden hatten. Es konnte jetzt kein Zweifel mehr daran bestehen, daß sie ein und denselben Täter suchten. Die gerichtsmedizinische Untersuchung hatte ergeben, daß Fredman weniger als zehn Stunden tot war, als sein Körper gefunden wurde. Der Arzt war außerdem sicher, daß Fredman noch lebte, als ihm die Säure in die Augen gegossen wurde.

Nach dem Gespräch mit Nyberg stellte Ebba ihn zu Martinsson durch, der eine Bestätigung von Interpol bekommen hatte, daß der Vater von Dolores Maria Santana den Kettenanhänger identifiziert hatte. Martinsson berichtete außerdem, die Botschaft der Dominikanischen Republik in Schweden sei nicht gewillt, die Kosten für die Überführung des Sarges mit den sterblichen Überresten nach Santiago zu übernehmen. Wallander hörte nur noch mit halbem Ohr hin, und als Martinsson seine Klage über die mangelnde Hilfsbereitschaft der Botschaft beendet hatte, fragte er, was Svedberg und Ann-Britt Höglund gerade taten. Sie gruben, lautete Martinssons Antwort, waren aber noch nicht fündig geworden. Wallander sagte, er werde am Nachmittag wieder in Ystad sein, und beendete das Gespräch. Forsfält stand währenddessen im Flur und nieste.

»Allergie«, sagte er und schnaubte sich die Nase. »Im Sommer ist es am schlimmsten.«

Bei dem schönen Wetter gingen sie zu Fuß zu einem Restaurant, das Forsfält oft besuchte, und aßen Spaghetti. Nachdem Wallander von seinem Gespräch mit Hjelm berichtet hatte, erzählte Forsfält von seinem Sommerhäuschen in der Gegend von Älmhult. Wallander merkte, daß Forsfält das Mittagessen nicht verderben wollte, indem er über die laufende Ermittlung sprach. Im Normalfall wäre es Wallander schwergefallen, seine Ungeduld zu beherrschen, doch in Forsfälts Gesellschaft war es leicht. Wallander hörte mit wachsender Faszination zu, wie der alte Polizeibeamte ihm gegenüber von einer alten Schmiede erzählte, die er restaurierte. Erst zum Kaffee ließ er es zu, daß sie wieder auf die Ermittlung zurückkamen. Er versprach, noch am selben Tag Marianne Eriksson zu vernehmen. Interessanter aber war die Entdeckung, daß Louise Fredman seit drei Jahren in einer psychiatrischen Klinik war.

»Ich weiß es nicht«, sagte Forsfält. »Aber ich vermute, sie ist in Lund. Im St.-Lars-Krankenhaus. Da landen die schwereren Fälle, glaube ich.«

»Es ist schwierig, all die Barrieren zu überwinden, mit denen man konfrontiert wird, wenn es um Einsichtnahme in Krankengeschichten geht«, sagte Wallander. »Natürlich ist es gut so. Doch ich glaube, diese Sache mit Louise Fredman ist wirklich wichtig.

Nicht zuletzt in Anbetracht der Tatsache, daß ihre Familie nicht die Wahrheit gesagt hat.«

»Ist das nicht eher normal?« wandte Forsfält ein. »Psychische Krankheiten in der Familie erwähnt man nicht gerne. Ich hatte eine Tante, die immer wieder in Nervenheilanstalten eingeliefert wurde. Ich erinnere mich, daß im Beisein Außenstehender so gut wie nie über sie gesprochen wurde. Es galt als Schande.«

»Ich werde einen der Staatsanwälte in Ystad bitten, mit Malmö Kontakt aufzunehmen«, sagte Wallander. »Hier kommt man ohne alle möglichen Formalitäten nicht weiter.«

»Worauf willst du dich berufen?« fragte Forsfält.

Wallander dachte nach. »Ich weiß nicht. Ich habe den Verdacht, daß Björn Fredman sie vielleicht mißbraucht hat.«

»Das reicht nicht aus«, sagte Forsfält entschieden.

»Ich weiß«, erwiderte Wallander. »Irgendwie muß ich behaupten, daß es von äußerster Wichtigkeit für die ganze Mordermittlung ist, Informationen über Louise Fredman zu bekommen. Über sie und von ihr.«

»Inwiefern glaubst du, daß sie dir helfen kann?«

Wallander hob die Arme. »Ich weiß nicht«, sagte er. »Vielleicht wird überhaupt nichts klarer, wenn wir wissen, warum sie da in der geschlossenen Abteilung ist. Vielleicht ist sie gar nicht in der Lage, ein Gespräch mit einem anderen Menschen zu führen.«

Forsfält nickte nachdenklich. Wallander wußte, daß Forsfälts Einwände berechtigt waren. Er konnte jedoch nicht von seiner Intuition absehen, die ihm sagte, daß Louise Fredman in der Ermittlung eine wichtige Person war. Aber mit Forsfält führte man keine Gespräche über Intuitionen und Ahnungen.

Wallander bezahlte für sie beide. Als sie wieder ins Präsidium kamen, ging Forsfält in die Anmeldung und holte einen schwarzen Plastiksack. »Hier hast du ein paar Kilo Papier, auf dem Björn Fredmans unruhiges Leben ziemlich gut zusammengefaßt ist«, sagte er und lachte.

Dann wurde er plötzlich ernst, als sei sein Lachen unpassend gewesen. »Armes Schwein«, sagte er. »Er muß furchtbare Qualen ausgestanden haben. Was kann er nur getan haben, um das zu verdienen?«

»Genau das ist die Frage«, sagte Wallander. »Was hat er getan? Was hat Wetterstedt getan? Und Carlman? Und wem haben sie etwas getan?«

»Skalpe und Säure in die Augen. Wohin soll das eigentlich noch führen?«

»Laut Reichspolizeibehörde zu einer Gesellschaft, in der ein Polizeibezirk wie Ystad nicht unbedingt am Wochenende besetzt sein muß«, sagte Wallander.

Forsfält schwieg eine Weile, bevor er antwortete.

»Ich glaube kaum, daß das die angemessene Reaktion auf die Entwicklung ist.«

»Sag das unserem obersten Chef«, meinte Wallander.

»Was kann der schon machen?« wandte Forsfält ein. »Der untersteht einem Aufsichtsrat. Und dahinter stehen die Politiker.«

»Er kann auf jeden Fall sagen, was Sache ist«, sagte Wallander. »Und zurücktreten, wenn es zu weit geht.«

»Vielleicht«, meinte Forsfält zerstreut.

»Danke für die Hilfe«, sagte Wallander. »Und besonders für die Erzählung von deiner Schmiede.«

»Du solltest einmal raufkommen und mich besuchen«, sagte Forsfält. »Ob Schweden so phantastisch ist, wie man überall lesen kann, weiß ich nicht. Aber das Land ist noch immer groß. Und schön. Und erstaunlich unberührt. Wenn man nur richtig hinsieht.«

»Marianne Eriksson«, erinnerte Wallander.

»Ich sehe sofort zu, ob ich sie finde«, sagte Forsfält. »Ich rufe dich am Nachmittag an.«

Wallander schloß seinen Wagen auf und warf den Plastiksack hinein. Dann verließ er die Stadt und bog auf die E 65 ein. Er kurbelte die Scheibe herunter und ließ sich den Sommerwind ins Gesicht wehen. Als er nach Ystad kam, fuhr er zu einem der Supermärkte rechts von der Straße und kaufte ein. Er stand schon an der Kasse, als ihm einfiel, daß er Waschmittel vergessen hatte. Dann fuhr er nach Hause und trug die Einkaufstüten zu seiner Wohnung.

Als er aufschließen wollte, fand er seine Schlüssel nicht.

Er ging zurück und durchsuchte den ganzen Wagen, ohne sie

zu finden. Er rief bei Forsfält an, hörte aber, daß er außer Haus war. Einer seiner Kollegen ging in Forsfälts Zimmer und sah nach, ob Wallander den Schlüsselbund dort auf den Tisch gelegt hatte. Es war nicht da. Er rief Peter Hjelm an, der beim ersten Klingeln abnahm. Er kam nach ein paar Minuten zurück und sagte, er könne sie nicht finden. Wallander durchsuchte seine Taschen nach dem Zettel, auf dem er die Telefonnummer der Familie Fredman notiert hatte. Der Sohn nahm ab. Wallander wartete, während der Junge suchte. Doch auch er konnte die Schlüssel nicht finden. Wallander überlegte, ob er ihm sagen sollte, er wisse jetzt, daß Louise in einer psychiatrischen Klinik sei. Aber er sagte nichts. Er dachte nach. Er konnte die Schlüssel beim Mittagessen mit Forsfält verloren haben. Oder in dem Geschäft, in dem er ein neues Hemd gekauft hatte. Verärgert kehrte er zum Wagen zurück und fuhr ins Präsidium. Ebba hatte einen Reserveschlüssel. Er nannte ihr den Namen des Restaurants und des Bekleidungsgeschäfts in Malmö. Sie versprach, dort nachzufragen. Wallander verließ das Präsidium und fuhr wieder nach Hause, ohne mit einem seiner Kollegen gesprochen zu haben. Er hatte ein starkes Bedürfnis, die Ereignisse des Tages in Ruhe zu überdenken. Nicht zuletzt mußte er sein Gespräch mit Per Åkeson vorbereiten. Er trug die eingekauften Sachen in die Wohnung und verstaute sie in der Speisekammer und im Kühlschrank. Die Waschzeit, für die er sich eingetragen hatte, war schon vorbei. Er nahm das Paket mit dem Waschmittel und sammelte den großen Haufen zusammen, der auf dem Fußboden lag. Die Waschküche war noch frei. Er sortierte die Wäsche nach der Waschtemperatur, die er schätzen mußte. Mit einiger Mühe bekam er schließlich die beiden Maschinen in Gang. Nicht ohne Genugtuung kehrte er in seine Wohnung zurück.

Als er gerade die Tür hinter sich zugemacht hatte, klingelte das Telefon. Es war Forsfält, der ihm mitteilte, daß Marianne Eriksson sich in Spanien befand. Er wollte versuchen, sie in dem Hotel zu erreichen, das ihm vom Reisebüro genannt worden war. Wallander packte den Inhalt des schwarzen Plastiksacks aus, der seinen ganzen Küchentisch ausfüllte. Mit einem Gefühl plötzlichen Überdrusses nahm er ein Bier aus dem Kühlschrank und setzte sich ins Wohnzimmer. Er hörte eine Platte mit Jussi Björling. Nach einer Weile streckte er sich auf dem Sofa aus, die Bierdose in Reichweite auf dem Fußboden. Kurz darauf war er eingeschlafen.

Er erwachte mit einem Ruck, als die Musik aufhörte. Die Bierdose war noch halb voll. Er blieb auf dem Sofa liegen, trank das Bier und ließ seinen Gedanken freien Lauf. Das Telefon klingelte. Er ging ins Schlafzimmer und nahm ab. Es war Linda, die fragte, ob sie ein paar Tage bei ihm wohnen könne, weil die Eltern ihrer Freundin am selben Tag zurückkämen. Wallander verspürte plötzlich frische Energie. Er räumte alle Papiere vom Küchentisch und legte sie auf sein Bett. Danach machte er das Bett im Zimmer, in dem Linda zu schlafen pflegte. Er öffnete alle Fenster und ließ den lauen Abendwind durch die Wohnung wehen. Um neun Uhr war er schon zurück aus der Waschküche, wo er die beiden Maschinen geleert hatte. Zu seiner Verwunderung war nichts verfärbt. Jetzt hing die Wäsche im Trockenschrank. Linda hatte gesagt, daß sie nicht mehr essen wolle, wenn sie käme. So hatte er nur für sich Kartoffeln gekocht und ein Stück Fleisch gebraten. Beim Essen überlegte er, ob er Baiba anrufen sollte.

Ihm gingen auch seine verschwundenen Schlüssel durch den Kopf. Und Louise Fredman. Peter Hjelm. Die Papiere im Schlafzimmer.

Vor allem aber der Mann dort draußen in der Sommernacht.

Den sie greifen mußten, bevor er wieder zuschlug.


Er stand am offenen Fenster und sah sie unten auf der Straße kommen.

»Ich liebe dich«, sagte er laut zu sich selbst.

Dann warf er ihr seinen Schlüssel hinunter, und sie fing ihn auf.

## 26

Obwohl Wallander die halbe Nacht mit Linda aufgesessen und geredet hatte, zwang er sich, schon um sechs Uhr aufzustehen. Lange blieb er noch halb im Schlaf unter der Dusche, bis er die Müdigkeit aus seinem Körper vertrieben hatte. Er bewegte sich auf leisen Sohlen durch die Wohnung und dachte, daß er das Gefühl, wirklich bei sich zu Hause zu sein, nur hatte, wenn Baiba oder Linda bei ihm waren. Wenn er allein in seiner Wohnung war, hatte sie eher den Charakter eines Unterschlupfs, eines zufälligen und austauschbaren Dachs über dem Kopf. Er machte Kaffee, ging hinunter in die Waschküche und leerte die Trockenschränke. Eine Nachbarin, die gerade Wäsche in eine Maschine füllte, machte ihn darauf aufmerksam, daß er am Abend zuvor vergessen habe, sauberzumachen. Es war eine alleinstehende ältere Frau, der er zuzunicken pflegte, wenn er sie traf. Er wußte kaum, wie sie hieß. Sie zeigte auf eine Stelle auf dem Fußboden, wo ein kleines Häufchen verschüttetes Waschpulver lag. Wallander entschuldigte sich und versprach, sich in Zukunft zu bessern. Alte Ziege, knurrte er, als er wieder die Treppe hinaufging. Gleichzeitig war ihm bewußt, daß sie recht hatte. Er hatte geschlampt. Er legte die Wäsche aufs Bett und trug dann die Aktenordner, die Forsfält ihm mitgegeben hatte, in die Küche. Er hatte ein schlechtes Gewissen, weil er es nicht geschafft hatte, sie während der Nacht zu lesen. Aber das Gespräch mit Linda, das sich Stunde um Stunde hingezogen hatte, war in vieler Hinsicht notwendig gewesen. Es war eine warme Nacht gewesen. Sie hatten auf dem Balkon gesessen, und er hatte ihr zugehört und gedacht, einen Erwachsenen neben sich zu haben, mit einem Erwachsenen zu sprechen. Sie war kein Kind mehr, und das überraschte ihn. Es war etwas geschehen, was er nicht bemerkt hatte. Sie hatte ihm erzählt, daß Mona vielleicht wieder heiraten wolle. Es hatte Wallander unerwartet deprimiert. Er hatte den Eindruck, Mona habe sie beauftragt, ihn zu informieren. Die Neuigkeit, die ihn unangenehm berührte, ohne daß er eigentlich wußte, warum, hatte dazu geführt, daß er zum erstenmal ernsthaft mit Linda darüber sprach, wie er das Zerbrechen ihrer Ehe erlebt hatte. An Lindas Kommentaren konnte er erkennen, wie anders Monas Sichtweise war. Anschließend hatte Linda Fragen nach Baiba gestellt, und er hatte versucht, so ehrlich wie möglich zu antworten, obwohl auch ihm selbst noch vieles unklar war, was ihre Beziehung betraf. Als sie schließlich ins Bett gingen, meinte er jedoch, eine Bekräftigung dessen erhalten zu haben, was ihm am meisten am Herzen lag. Sie machte ihm keine Vorwürfe. Sie konnte inzwischen die Scheidung ihrer Eltern als etwas sehen, das notwendig gewesen war.

Er setzte sich an den Küchentisch und schlug die erste Seite des umfangreichen Materials über Björn Fredmans unruhiges und verkorkstes Leben auf. Er brauchte zwei Stunden, um alles durchzugehen, und dabei hatte er große Teile nur rasch überflogen. Hin und wieder machte er sich Notizen auf einem Kollegblock, den er aus einer Küchenschublade geholt hatte. Als er die letzte Mappe zur Seite schob, war es acht. Er goß sich noch eine Tasse Kaffee ein und trat ans offene Fenster. Es sah wieder nach einem schönen Sommertag aus. Wallander konnte sich nicht erinnern, wann es zuletzt geregnet hatte. In Gedanken versuchte er, das Gelesene zusammenzufassen. Björn Fredman war von Anfang an eine traurige Gestalt gewesen. Er war in schwierigen und unruhigen Familienverhältnissen aufgewachsen und bereits als Siebenjähriger wegen eines gestohlenen Fahrrads mit der Polizei in Kontakt gekommen. Danach hatte es eigentlich nie mehr aufgehört. Björn Fredman hatte von Anfang an zurückgeschlagen gegen ein Dasein, das mit Zuneigung zu betrachten er wirklich keinerlei Veranlassung hatte. Im Laufe seines Polizistenlebens war Wallander ständig gezwungen, diese grauen, farblosen Märchen zu lesen, bei denen man schon nach dem ersten Satz voraussagen konnte, daß es schlecht ausgehen würde. Schweden war teils aus eigener Kraft, teils dank glücklicher Umstände der Armut entwachsen. Wallander konnte sich aus seiner eigenen Kindheit noch an wirklich arme Menschen erinnern, auch wenn es schon damals nur noch wenige gewesen waren. Doch die andere Armut, dachte er, als er da mit seiner Kaffeetasse am Fenster stand, die haben wir nie in den Griff bekommen. Die überwinterte hinter allen Fassaden. Und jetzt, da die Zeit der Erfolge fürs erste vorbei zu sein scheint und von verschiedenen Seiten an der Wohlfahrt gezerrt und gezogen wird, da kommt auch die überwinternde Armut, die Familienmisere, wieder an die Oberfläche. Björn Fredman war kein Einzelfall. Es ist uns nie gelungen, eine Gesellschaft zu schaffen, in der Menschen wie er sich zu Hause fühlen konnten. Als wir die alte Gesellschaft, in der die Familien noch zusammenhielten, in die Luft gesprengt haben, vergaßen wir, etwas anderes an deren Stelle zu setzen. Der Preis, den wir dafür bezahlen mußten, ohne es uns klarzumachen, war die große Einsamkeit. Oder haben wir vielleicht nur so getan, als sähen wir sie nicht?

Er legte die Mappen in den schwarzen Sack zurück und lauschte noch einmal an Lindas Tür. Sie schlief. Er konnte der Versuchung nicht widerstehen, vorsichtig die Tür zu öffnen und sie anzusehen. Sie schlief zusammengerollt, mit dem Gesicht zur Wand. Er legte ihr einen Zettel auf den Küchentisch und überlegte, was er mit seinen Schlüsseln machen sollte. Er ging ins Schlafzimmer und rief im Präsidium an. Ebba sei zu Hause, erfuhr er von dem Mädchen in der Zentrale. Als er sie dort erreichte, konnte sie ihm jedoch nur einen negativen Bescheid geben. Weder im Restaurant noch im Bekleidungsgeschäft waren Schlüssel gefunden worden. Er fügte auf dem Zettel für Linda hinzu, sie solle den Schlüssel unter die Fußmatte legen. Dann verließ er die Wohnung und fuhr ins Präsidium. Kurz vor halb neun kam er an. Hansson saß in seinem Zimmer und wirkte grauer denn je. Wallander empfand plötzlich Mitleid mit ihm und fragte sich, wie lange er noch durchhalten würde. Sie gingen gemeinsam in den Eßraum und tranken Kaffee. Da es Samstag und außerdem Juli war, merkte man nicht viel davon, daß die größte Ermittlung in der Geschichte der Polizei in Ystad auf Hochtouren lief. Wallander wollte mit Hansson darüber sprechen, daß er jetzt auch der Meinung war, sie brauchten die Verstärkung, von der mehrfach die Rede gewesen war. Genauer gesagt, daß Hansson entlastet werden mußte. Wallander war weiterhin überzeugt, daß sie ausreichend Personal für die Arbeit draußen im Feld hatten. Aber Hansson mußte im Präsidium entlastet werden. Er versuchte zu protestieren, doch Wallander ließ nicht locker. Hanssons graues Gesicht und sein flackernder Blick sprachen für sich. Schließlich gab Hansson nach und versprach, am Montag mit dem Läns-Polizeidirektor zu sprechen. Sie mußten von irgendwo einen Intendenten ausleihen.

Um zehn Uhr war eine Besprechung der Ermittlungsgruppe angesetzt. Wallander verließ Hansson, der den Eindruck machte, als fühle er sich bereits erleichtert. Er ging in sein Büro und rief Forsfält an, konnte ihn aber nicht erreichen. Erst nach fünfzehn Minuten rief Forsfält zurück. Wallander fragte nach Björn Fredmans Paß.

»Er müßte in seiner Wohnung sein«, meinte Forsfält. »Komisch, daß wir ihn nicht gefunden haben.«

»Ich weiß nicht, ob es etwas bringt«, sagte Wallander. »Aber ich möchte doch ein bißchen mehr über diese Reisen wissen, von denen Peter Hjelm gesprochen hat.«

»In europäischen Ländern bekommt man ja kaum noch Ein- und Ausreisestempel«, sagte Forsfält.

»Ich hatte das Gefühl, daß Hjelm von Reisen nach Übersee sprach«, sagte Wallander. »Aber ich kann mich natürlich irren.«

Forsfält versicherte, unmittelbar nach Fredmans Paß suchen zu lassen.

»Ich habe gestern abend mit Marianne Eriksson gesprochen«, sagte er. »Ich wollte dich noch anrufen, aber es war schon so spät.«

»Und wo hast du sie erreicht?«

»In Málaga. Sie wußte nicht einmal, daß Björn Fredman tot war.«

»Und was hat sie gesagt?«

»Nicht viel, finde ich. Sie war natürlich erschüttert. Ich ersparte ihr leider auch keine Details. Sie hatten sich während des letzten halben Jahres dann und wann getroffen. Ich hatte stark den Eindruck, daß sie Björn Fredman gern hatte.«

»Dann ist sie die erste«, antwortete Wallander. »Wenn man von Peter Hjelm absieht.«

»Sie glaubte, er sei Geschäftsmann«, fuhr Forsfält fort. »Sie hatte keine Ahnung davon, daß er sein gesamtes Leben lang nur krumme Dinger gedreht hat. Sie wußte auch nichts davon, daß er verheiratet gewesen war und drei Kinder hatte. Ich glaube, sie war ziemlich erschüttert. Das Bild, das sie von Björn Fredman hatte, habe ich im Verlauf des Telefongesprächs wohl leider zerstört.«

»Woraus schließt du, daß sie ihn gern hatte?«

»Sie wurde traurig, als ihr klar wurde, daß er sie angelogen hat.«

»Und ist sonst noch etwas herausgekommen?«

»Eigentlich nicht. Aber sie ist auf dem Weg zurück nach Schweden. Am Freitag ist sie wieder da. Dann rede ich mit ihr.«

»Und anschließend gehst du in Urlaub?«

»Das habe ich jedenfalls vor. Wolltest du dann nicht auch in Urlaub fahren?«

»Im Augenblick möchte ich lieber nicht daran denken.«

»Es kann schnell gehen, wenn sich das Knäuel erst einmal entwirrt.«

Wallander kommentierte Forsfälts letzte Bemerkung nicht. Sie beendeten das Gespräch. Wallander nahm den Hörer sogleich wieder auf und bat die Vermittlung, Per Åkeson ausfindig zu machen. Nach weniger als einer Minute rief sie zurück und teilte ihm mit, Per Åkeson sei zu Hause. Wallander sah zur Uhr. Vier Minuten nach neun. Wallander entschied sich sofort und verließ sein Zimmer. Auf dem Flur stieß er mit Svedberg zusammen, der immer noch die komische Mütze trug.

»Was macht dein Sonnenbrand?« fragte Wallander.

»Es geht besser. Aber ich wage noch nicht, ohne Mütze zu gehen.«

»Glaubst du, daß samstags ein Schlüsseldienst geöffnet hat?« fragte Wallander.

»Das bezweifle ich. Aber wenn du dich ausgesperrt hast, gibt es doch Notdienste.«

»Ich muß nur einige Schlüssel nachmachen lassen.«

»Hast du dich ausgesperrt?«

»Ich habe meine Schlüssel verloren.«

»Standen dein Name und die Adresse darauf?«

»Natürlich nicht.«

»Dann brauchst du wenigstens das Schloß nicht auszuwechseln.«

Wallander sagte Svedberg, daß er vielleicht verspätet zu ihrer Besprechung kommen würde, weil er ein wichtiges Treffen mit Åkeson habe.

Per Åkeson wohnte in einem Villenviertel oberhalb des Krankenhauses. Wallander war früher schon in seinem Haus gewesen und kannte den Weg. Als er aus dem Wagen stieg, sah er Åkeson mit einem Rasenmäher im Garten. Åkeson schaltete ihn ab, als er Wallander sah.

»Ist etwas passiert?« fragte er, als sie sich am Gartentor begrüßten.

»Ja und nein«, antwortete Wallander. »Es passiert die ganze Zeit viel. Aber nichts Entscheidendes. Ich brauche deine Hilfe, um Nachforschungen nach einer Person anstellen zu können.«

Sie gingen in den Garten, der Wallander unangenehm an die meisten anderen Gärten erinnerte, die er kannte. Den Kaffee lehnte er dankend ab. Sie setzten sich in den Schatten in einen offenen Anbau, in dem ein gemauerter Grill stand.

»Vielleicht kommt meine Frau heraus«, sagte Per Åkeson. »Ich wäre dir dankbar, wenn du meine Reise nach Afrika im Herbst nicht erwähnen würdest. Das ist noch immer ein sehr heikles Thema.«

Wallander versprach es. Dann erzählte er in knappen Worten von Louise Fredman und von seinem Verdacht, ihr Vater könne sich an ihr vergangen haben. Er gab zu, daß es sich möglicherweise um eine weitere blinde Spur handelte, die sie nicht weiterbrachte. Aber er könne auch kein Risiko eingehen, falls es sich umgekehrt verhielt. Er legte Åkeson die neue Strategie dar, nach der sie die Ermittlung ausrichteten, seit feststand, daß Fredman, Wetterstedt und Carlman von ein und demselben Täter getötet worden waren. *Björn Fredman ist das schwarze Schaf in der skalpierten Familie,* sagte er und merkte sogleich, wie unglücklich die Formulierung war. Wie paßte Fredman ins Bild? Wie paßte er nicht hinein? Vielleicht konnten sie den Berührungspunkt finden, indem sie von Fredman ausgingen, bei dem er sich gerade nicht anbot. Åkeson hörte aufmerksam zu. Er machte keine Einwände.

»Ich habe mit Ekholm gesprochen«, sagte er, als Wallander schwieg. »Ein guter Mann, glaube ich. Beschlagen. Realistisch. Ich habe durch ihn den Eindruck gewonnen, daß der Mann, den wir suchen, noch einmal zuschlagen könnte.«

»Das befürchte ich die ganze Zeit.«

»Wie steht es mit Verstärkung?«

Wallander berichtete von seinem Gespräch mit Hansson. Per Åkeson reagierte mit Skepsis.

»Ich glaube, du irrst dich«, sagte er. »Es reicht nicht, daß Hansson Unterstützung bekommt. Ich glaube, du hast eine Tendenz, deine und die Arbeitskapazität deiner Kollegen zu überschätzen. Diese Ermittlung ist groß, sie ist *zu* groß. Ich will mehr Leute daran arbeiten sehen. Mehr Leute, das bedeutet zumindest, daß mehr Dinge zur gleichen Zeit geschafft werden können. Nicht eins nach dem anderen. Wir haben es mit einem Mann zu tun, der wieder töten kann. Wir dürfen absolut keine Zeit verlieren.«

»Ich weiß, was du meinst«, sagte Wallander. »Ich gehe die ganze Zeit mit dem schrecklichen Gefühl herum, daß wir schon zu spät dran sind.«

»Verstärkung«, wiederholte Per Åkeson. »Was sagst du?«

»Ich sage bis auf weiteres nein. Da liegt nicht unser Problem.«

Es entstand im Nu eine Spannung zwischen ihnen.

»Sagen wir einmal, daß ich als Leiter der Voruntersuchung das nicht akzeptieren kann«, sagte Per Åkeson. »Und du willst nicht mehr Personal. Wo landen wir da?«

»In einer schwierigen Situation.«

»Sehr schwierig. Und unangenehm. Wenn ich gegen den Willen der Polizei Verstärkung anfordere, kann ich das nur mit der Begründung tun, daß die gegenwärtige Ermittlungseinheit nicht den Anforderungen genügt. Ich muß euch für untauglich erklären, auch wenn das in wohlwollenden Formulierungen geschieht. Und das will ich nicht.«

»Ich nehme an, du tust es, wenn du mußt«, sagte Wallander. »Aber in dem Augenblick werde ich mein Abschiedsgesuch einreichen.«

»Verdammt noch mal, Kurt!«

»Du hast diese Diskussion angefangen. Nicht ich.«

»Du hast deine Dienstvorschriften. Ich habe meine. Ich bin also der Meinung, gegen meine Dienstvorschrift zu verstoßen, wenn ich nicht darauf bestehe, daß ihr weiteres Personal zur Verfügung gestellt bekommt.«

»Und Hunde«, sagte Wallander. »Ich will Polizeihunde und Helikopter.«

Das Gespräch stockte. Wallander bereute, den Bogen überspannt zu haben. Er war sich selbst nicht völlig im klaren über seine Motive, warum er so dagegen war, Verstärkung zu akzeptieren. Aus Erfahrung wußte er, wie leicht es zu Koordinationsproblemen kommen konnte, die einer Ermittlung nur schadeten und sie verzögerten. Aber Per Åkesons Argument, daß mehr Dinge gleichzeitig erledigt werden konnten, hatte er nichts entgegenzusetzen.

»Rede mit Hansson«, sagte er. »Er entscheidet.«

»Hansson tut nichts, ohne dich zu fragen. Und dann tut er, was du sagst.«

»Ich kann mich weigern, Stellung zu nehmen. Die Hilfe kannst du haben.«

Per Åkeson stand auf und drehte einen tropfenden Wasserhahn zu, an dem ein grüner Plastikschlauch angeschlossen war. Dann setzte er sich wieder. »Warten wir bis Montag«, sagte er.

»Gut«, antwortete Wallander. Dann kam er auf Louise Fredman zurück. Er betonte erneut, keinen direkten Hinweis darauf zu haben, daß Björn Fredman seine Tochter mißbraucht hatte. Aber er konnte es nicht ausschließen, er konnte überhaupt nichts ausschließen, und deshalb brauchte er jetzt Åkesons Hilfe, um die Tür zum Krankenzimmer von Louise Fredman zu öffnen.

»Möglicherweise liege ich vollkommen falsch«, schloß er. »Es wäre im übrigen nicht das erste Mal. Aber ich kann es mir nicht leisten, irgendwelche Möglichkeiten außer acht zu lassen. Ich muß wissen, warum Louise Fredman in der psychiatrischen Klinik ist. Und wenn ich das weiß, werde ich mit dir zusammen entscheiden, ob es angebracht ist, einen Schritt weiter zu gehen.«

»Und der wäre?«

»Mit ihr zu sprechen.«

Per Åkeson nickte. Wallander hatte das bestimmte Gefühl, mit Wohlwollen von seiner Seite rechnen zu können. Er kannte

Per Åkeson gut. Åkeson respektierte Wallanders intuitive Einschätzungen, auch wenn sie sich nicht auf handfeste Beweise stützten.

»Das kann ein kompliziertes Verfahren werden«, sagte Åkeson. »Aber ich will versuchen, schon jetzt am Wochenende etwas zu erreichen.«

»Dafür wäre ich dankbar«, antwortete Wallander. »Du kannst mich jederzeit im Präsidium oder zu Hause anrufen.«

Per Åkeson ging ins Haus, um zu kontrollieren, daß er sämtliche Telefonnummern Wallanders aufgeschrieben hatte.

Die Spannung zwischen ihnen schien sich aufgelöst zu haben. Per Åkeson begleitete ihn ans Gartentor. »Der Sommer hat gut angefangen«, sagte er. »Aber ich vermute, du hast keine Zeit, daran zu denken.«

Wallander hörte ein gewisses Mitgefühl aus seinen Worten. »Nicht viel«, räumte er ein. »Aber Ann-Britt Höglunds Großmutter hat prophezeit, daß es ein langer Sommer wird.«

»Kann sie nicht lieber prophezeien, wo wir den Täter finden?«

Wallander schüttelte resigniert den Kopf. »Es gehen ständig Hinweise ein. Unsere üblichen Weissager und einige der Leute, die sich für hellseherisch halten, haben auch schon von sich hören lassen. Wir haben ein paar Polizeianwärter darangesetzt, alles, was eingeht, zu sortieren. Und Ann-Britt Höglund und Svedberg gehen es durch. Aber bisher hat es nichts gebracht. Niemand hat etwas gesehen, weder vor Wetterstedts Haus noch bei Carlmans Hof. Was die Baugrube am Bahnhof und das Auto am Flugplatz angeht, sind erst wenige Hinweise eingegangen. Aber auch die scheinen nichts ergeben zu haben.«

»Der Mann, den du jagst, ist vorsichtig.«

»Vorsichtig, verschlagen und bar jeder menschlichen Rücksicht. Ich kann mir nicht vorstellen, wie sein Gehirn funktioniert. Selbst Ekholm scheint es die Sprache zu verschlagen. Zum erstenmal in meinem Leben habe ich das Gefühl, daß ein Monster losgelassen worden ist.«

Åkeson schien einen Augenblick über Wallanders Worte nachzudenken.

»Ekholm berichtete, er sei dabei, das gesamte Material mit

einem Computerprogramm zu bearbeiten, das vom FBI entwickelt wurde«, sagte er. »Vielleicht kommt dabei ja was heraus.«

»Hoffen wir es«, sagte Wallander und ließ die Fortsetzung des Satzes unausgesprochen, doch Åkeson verstand auch so: bevor er wieder zuschlägt.

Wallander fuhr zum Polizeipräsidium zurück und kam ein paar Minuten zu spät ins Sitzungszimmer. Um seine hart arbeitenden Kollegen aufzumuntern, war Hansson persönlich zu Fridolfs Konditorei hinuntergefahren und hatte Kopenhagener gekauft. Wallander setzte sich auf seinen gewohnten Platz und sah sich um. Martinsson trat zum erstenmal in diesem Jahr in kurzen Hosen auf. Ann-Britt Höglund ließ die ersten Anzeichen von Sommerbräune erkennen. Wallander fragte sich neidisch, wann sie Zeit fand, sich zu sonnen. Ekholm, der am unteren Ende des Tisches sein Hauptquartier aufgeschlagen hatte, war als einziger korrekt gekleidet.

»Ich habe gesehen, daß eine unserer Abendzeitungen den guten Geschmack bewiesen hat, ihren Lesern eine historische Übersicht über die Kunst des Skalpierens zu geben«, sagte Svedberg. »Hoffentlich wird das jetzt nicht zu einem makabren Modegag bei allen Irren, die frei herumlaufen.«

Wallander klopfte mit einem Bleistift auf den Tisch. »Laßt uns anfangen«, sagte er. »Wir suchen den schlimmsten Täter, mit dem wir es je zu tun hatten. Er hat schon drei brutale Morde begangen. Wir wissen, daß es derselbe Mann ist. Aber das ist auch alles. Abgesehen davon, daß die Gefahr, daß er wieder zuschlägt, denkbar und außerdem groß ist.«

Es wurde still in der Runde. Wallander hatte nicht beabsichtigt, eine bedrückte Atmosphäre zu schaffen. Er wußte aus Erfahrung, daß komplizierte Ermittlungen durch einen lockeren Gesprächston erleichtert wurden, auch wenn die Verbrechen, um die es ging, grausam und tragisch waren. Er sah, daß alle im Raum genauso bedrückt waren wie er selbst. Sie alle teilten das Gefühl, ein menschliches Monster zu jagen, dessen psychische Störung so schwerwiegend sein mußte, daß es ihr Begriffsvermögen fast überstieg.

Es wurde eine der schwierigsten Sitzungen, die Wallander in

den Jahren seiner Tätigkeit als Polizeibeamter je erlebt hatte. Vor dem Fenster ein fast unwirklich schöner Sommer, Hanssons Kopenhagener, die in der Hitze zerliefen und klebten, und sein eigener Ekel, der ihm Übelkeit verursachte. Obwohl er aufmerksam auf alles achtete, was um ihn her gesagt wurde, fragte er sich insgeheim, wie er es eigentlich immer noch aushielt, Kriminalbeamter zu sein. War er nicht an einem Punkt angelangt, wo er einsehen mußte, daß er sein Teil getan hatte? Das Leben mußte doch mehr sein. Aber er erkannte auch, woher seine Mutlosigkeit rührte: Sie sahen noch keine einzige Durchbruchsmöglichkeit, keinen Riß in der Mauer, den sie erweitern und durch den sie eindringen konnten. Sie hatten sich nicht festgefahren, sie hatten noch immer viele Ansatzmöglichkeiten. Was ihnen fehlte, war die selbstverständliche Wahl von Richtungen. Es gab in der Regel einen Navigationspunkt, nach dem sie ihren Kurs ausrichten konnten. Doch diesmal fehlte ihnen dieser feste Punkt. Es reichte nicht mehr aus, nach einem Berührungspunkt zu suchen. Die Überzeugung, daß ein solcher tatsächlich existierte, begann zu schwinden.

Als die Sitzung drei Stunden später zu Ende war, konnten sie nur eins tun. Weitermachen. Wallander sah die müden Gesichter um sich her und empfahl seinen Kollegen auszuspannen. Er strich alle Sitzungen am Sonntag. Am Montagmorgen würden sie wieder zusammenkommen. Die Einschränkung brauchte er nicht zu nennen. Falls etwas Ernstes eintraf. Falls der Mann dort draußen wieder zuschlug.

Als Wallander am Nachmittag nach Hause kam, lag ein Zettel von Linda auf dem Tisch. Sie wäre am Abend nicht da. Wallander war müde und schlief ein paar Stunden. Danach versuchte er zweimal, bei Baiba anzurufen, aber sie nahm nicht ab. Er telefonierte mit Gertrud, die erzählte, mit seinem Vater sei alles wie üblich. Der einzige Unterschied sei vielleicht, daß er oft von der Reise nach Italien sprach, die sie im September machen wollten. Wallander saugte die Wohnung und reparierte einen defekten Fensterhaken. Unentwegt rotierte der Gedanke an den unbekannten Täter in seinem Kopf. Um sieben bereitete er sich ein einfaches Abendessen, tiefgefrorenes Dorschfilet und Kartoffeln. Danach saß er mit einer Tasse Kaffee auf dem Balkon und blätterte zerstreut in einem alten Exemplar von Ystads *Allehanda*. Um Viertel nach sieben kam Linda dann doch nach Hause. Sie tranken Tee in der Küche. Am folgenden Tag sollte Wallander eine Probe der Theateraufführung ansehen, die sie mit Kajsa einübte. Sie gab sich sehr geheimnisvoll und wollte nicht verraten, wovon das Stück handelte. Um halb zwölf gingen sie ins Bett.

Wallander schlief fast sofort ein. Linda lag wach in ihrem Zimmer und lauschte den Nachtvögeln. Dann schlief auch sie ein. Ihre Tür hatte sie angelehnt gelassen.

Keiner von ihnen merkte, wie kurz nach zwei die Wohnungstür vorsichtig geöffnet wurde. Hoover war barfuß. Er blieb ganz still im Flur stehen und lauschte. Aus einem Zimmer links vom Wohnzimmer hörte er einen Mann schnarchen. Hoover bewegte sich vorsichtig ins Wohnungsinnere. Eine Zimmertür war angelehnt. Er sah, daß darin jemand lag und schlief. Es war ein Mädchen ungefähr im Alter seiner Schwester. Er konnte der Versuchung nicht widerstehen, hineinzugehen und sich ganz dicht neben sie zu stellen. Seine Macht über die Schlafende war vollkommen. Dann verließ er den Raum und ging weiter zu dem Zimmer, aus dem das Schnarchen kam. Der Polizeibeamte, der Wallander hieß, lag auf dem Rücken und hatte das Bettzeug bis auf einen Zipfel des Lakens von sich getreten. Er schlief tief. Der Brustkorb hob und senkte sich schwer.

Hoover stand vollkommen still und betrachtete ihn.

Er dachte an seine Schwester, die bald von allem Bösen befreit sein würde. Die bald wieder ins Leben zurückkehren würde.

Er sah den schlafenden Mann an. Dachte an das Mädchen im Zimmer nebenan, das seine Tochter sein mußte.

Er faßte seinen Entschluß.

In ein paar Tagen würde er wiederkommen.

Er verließ die Wohnung ebenso lautlos, wie er gekommen war. Verschloß die Tür mit den Schlüsseln, die er aus der Jacke des Polizisten entwendet hatte.

Kurz darauf wurde die Stille von einem Moped unterbrochen, das startete und verschwand.

Dann war alles wieder still.

Nur die Nachtvögel sangen.

## 27

Als Wallander am Sonntagmorgen erwachte, fühlte er sich zum erstenmal seit sehr langer Zeit ausgeschlafen. Es war schon nach acht. Durch den Spalt in der Gardine konnte er ein Stück blauen Himmel sehen. Das schöne Wetter hielt an. Er blieb im Bett liegen und horchte auf Geräusche. Dann stand er auf, zog seinen frisch gewaschenen Bademantel über und warf einen Blick durch den Türspalt in Lindas Zimmer. Sie schlief. Einen Moment lang fühlte er sich zurückversetzt in die Zeit, als sie noch ein Kind war. Er lächelte bei dieser Erinnerung, ging in die Küche und machte Kaffee. Das Thermometer vor dem Küchenfenster zeigte schon neunzehn Grad. Als der Kaffee fertig war, machte er ein Frühstückstablett für Linda zurecht. Er wußte noch, was sie gern mochte. Ein Drei-Minuten-Ei, Toast, ein paar Scheiben Käse und eine aufgeschnittene Tomate. Er trank seinen Kaffee und wartete bis Viertel vor neun. Dann weckte er sie. Sie schreckte aus dem Schlaf hoch, als er ihren Namen sagte. Als sie das Tablett in seinen Händen sah, lachte sie auf. Er setzte sich ans Fußende und sah ihr beim Essen zu. Nach der kurzen Reflexion im Moment des Aufwachens hatte er der Mordermittlung keinen Gedanken mehr gewidmet. Er hatte das schon früher erlebt, unter anderem, als sie vor einigen Jahren eine langwierige Ermittlung durchlitten, nachdem ein älteres Landwirtehepaar auf einem einsamen Hof in der Nähe von Knickarp getötet worden war. Jeden Morgen war die Ermittlung, zusammengedrängt in ein paar kurzen Sekunden, doch mit allen Einzelheiten und unbeantworteten Fragen, durch seinen Kopf gerast.

Sie schob das Tablett beiseite, lehnte sich ins Bett zurück und streckte sich.

»Warum warst du in der Nacht auf?« fragte sie. »Konntest du nicht schlafen?«

»Ich habe geschlafen wie ein Stein«, erwiderte Wallander. »Ich war nicht einmal auf der Toilette.«

»Dann muß ich geträumt haben«, sagte sie und gähnte. »Ich war mir eigentlich sicher, du hättest meine Tür aufgemacht und wärst ins Zimmer gekommen.«

»Du hast bestimmt geträumt«, meinte er. »Ausnahmsweise habe ich die ganze Nacht geschlafen, ohne einmal wach zu werden.«

Eine Stunde später verließ Linda die Wohnung. Sie hatten verabredet, sich um sieben Uhr am Abend am Österportstorg zu treffen. Linda und Kajsa durften ein leeres Ladenlokal benutzen, wo sie proben konnten. Linda hatte gefragt, ob er sich darüber im klaren sei, daß zur selben Zeit Schweden im Achtelfinale gegen Saudi-Arabien spielte. Wallander hatte erwidert, das sei ihm egal. Dagegen hatte er getippt, daß Schweden 3:1 gewinnen würde, und einen weiteren Hunderter an Martinsson gezahlt. Als Wallander allein war, holte er sein Bügelbrett heraus und bügelte die frisch gewaschenen Hemden. Nachdem er mehr schlecht als recht zwei geschafft hatte, verlor er die Lust und rief statt dessen Baiba in Riga an. Sie meldete sich sofort, und er hörte, daß sie sich über seinen Anruf freute. Er erzählte von Lindas Besuch und daß er sich zum erstenmal seit Wochen ausgeschlafen fühlte. Baiba schloß in diesen Tagen das Sommersemester an der Universität ab. Sie sprach mit fast kindlicher Erwartung von der Reise nach Skagen. Nach dem Gespräch ging Wallander ins Wohnzimmer, legte *Aida* auf und stellte den Ton laut. Er fühlte sich froh und voller Energie. Er setzte sich auf den Balkon und las gründlich die Zeitungen der letzten Tage durch. Die Berichte über die Mordermittlung übersprang er allerdings. Er hatte sich selbst bis zwölf Uhr frei gegeben und vollkommene Gedankenleere verordnet. Danach würde er wieder an die Arbeit gehen. Aber ganz so, wie er es sich gedacht hatte, kam es nicht, denn Per Åkeson rief bereits um Viertel nach elf an. Er hatte Kontakt mit dem Oberstaatsanwalt in Malmö aufgenommen und mit ihm über Wallanders Wunsch diskutiert. Er meinte, daß Wallander möglicherweise schon in den nächsten Tagen Auskunft über Louise Fredman erhalten würde. Er hatte jedoch noch eine Frage, die er Wallander stellen wollte. »Wäre es nicht einfacher, dir die Antworten auf deine Fragen direkt von der Mutter des Mädchens zu holen?«

»Ich weiß nicht«, antwortete Wallander und schaute nachdenklich. »Ich bin mir nicht sicher, ob ich die Wahrheit erfahre, die ich hören will.«

»Und welche ist das? Wenn es nun mehr als eine Wahrheit gibt?«

»Die Mutter schützt ihre Tochter«, sagte Wallander. »Das ist natürlich. Das würde ich auch tun. Auch wenn sie mir die Wahrheit erzählte, würde das, was sie sagt, davon geprägt sein, daß sie ihre Tochter schützt. Ärztliche Aufzeichnungen und ärztliche Aussagen sprechen eine andere Sprache.«

»Ich nehme an, du weißt am besten, was du tun mußt«, meinte Åkeson und versprach, sich im Laufe des Montags zu melden, sobald er mehr sagen konnte.

Das Gespräch mit Åkeson hatte Wallander wieder zur Ermittlung zurückgebracht. Er nahm einen Kollegblock mit auf den Balkon und ging die Ermittlungsschritte der kommenden Woche durch. Er begann sich hungrig zu fühlen und fand, er könne sich erlauben, sich an diesem Sonntag selbst zum Mittagessen einzuladen. Kurz vor zwölf verließ er die Wohnung, weiß gekleidet wie ein Tennisspieler und mit Sandalen an den Füßen. Er fuhr in Richtung Österlen mit dem Hintergedanken, nachher seinen Vater zu besuchen. Hätte er nicht den Kopf so voll gehabt mit seiner Ermittlung, hätte er Gertrud und seinen Vater irgendwohin zum Mittagessen einladen können. Aber so brauchte er die Zeit für sich selbst. Während der Woche war er ständig von Menschen umgeben, in Einzelgesprächen oder in Sitzungen. Jetzt wollte er allein sein. Ohne eigentlich darauf zu achten, fuhr er bis nach Simrishamn. Er hielt unten bei den Booten und machte einen Spaziergang. Dann ging er zum Essen in den Hamnkrog. Er setzte sich an einen Tisch in einer Ecke und betrachtete all die Urlauber, die das Restaurant füllten. Einer von denen, die hier sitzen, kann der Mann sein, den ich suche, dachte er. Wenn Ekholms Theorie stimmt und der Täter ein ganz normales Leben führt und keinerlei äußere Anzeichen einer psychischen Störung erkennen läßt, die ihn die denkbar schwersten Gewalttaten gegen andere Menschen verüben läßt, dann kann er einer von denen sein, die hier sitzen und essen.

In diesem Augenblick entglitt ihm der Sommertag. Er begann, alles, was geschehen war, von neuem zu durchdenken. Aus irgendeinem Grund, den er selbst nicht ganz verstand, begann sein Gedankengang bei dem Mädchen, das sich in Salomonssons Rapsfeld verbrannt hatte. Sie hatte mit den anderen Fällen nichts zu tun, es war Selbstmord, aus einem noch unbekannten Grund, und niemand hatte ihr eine Axt ins Rückgrat oder in den Kopf geschlagen. Dennoch fing Wallander bei ihr an. Das tat er jedesmal, wenn er in Gedanken den bisherigen Verlauf der Ermittlung rekapitulierte. Doch gerade an diesem Sonntag, hier im Hamnkrog in Simrishamn, begann etwas in seinem Unterbewußtsein zu rumoren. Er erinnerte sich unklar, daß jemand etwas im Zusammenhang mit dem toten Mädchen im Rapsfeld gesagt hatte. Er blieb mit der Gabel in der Hand sitzen und versuchte, den Gedanken an die Oberfläche zu holen. Wer hatte etwas gesagt? Was hatte er oder sie gesagt? Warum war es wichtig? Nach einer Weile gab er auf. Es würde ihm sicher früher oder später wieder einfallen. Sein Unterbewußtsein stellte seine Geduld stets auf eine harte Probe. Wie um zu beweisen, daß er wirklich über diese Geduld verfügte, bestellte er ausnahmsweise einen Nachtisch, bevor er Kaffee trank. Er konnte auch mit Genugtuung konstatieren, daß die Sommerhose, die er zum erstenmal in diesem Jahr trug, bedeutend weniger spannte als im Jahr zuvor. Er aß Apfelstrudel und bestellte anschließend den Kaffee. Während der folgenden Stunde rekapitulierte er die gesamte Ermittlung ein weiteres Mal. Er versuchte, seine Gedanken zu lesen, wie ein kritischer Schauspieler zum erstenmal seinen Text liest. Wo waren die Fallen und die Hohlräume? Wo waren die Gedanken unklar? Wo habe ich Tatsachen allzu lässig mit Umständen kombiniert und durch eine Vereinfachung eine falsche Schlußfolgerung gezogen? In Gedanken wanderte er noch einmal durch Wetterstedts Haus, durch den Garten, hinunter zum Strand, und er hatte Wetterstedt vor sich, er war selbst der Täter, der ihm wie ein lautloser Schatten folgte. Er kletterte auf das Garagendach und las ein zerfleddertes *Superman*-Heft, während er darauf wartete, daß Wetterstedt sich an seinen Schreibtisch setzte und vielleicht in einer Sammlung altertümlicher pornografischer Fotos blätterte. Dann spielte er das gleiche mit Carlman durch, stellte ein Motorrad hinter der Baracke des Straßenbauamts ab und ging den Feldweg zum Hügel hinauf, von wo er Carlmans Hof überblicken konnte. Dann und wann machte er sich Notizen. Das Garagendach. Was hofft er zu sehen? Carlmans Hügel. Fernglas? Methodisch ging er sämtliche Ereignisse durch, taub und blind für alles, was um ihn her geschah. Er machte erneut einen Besuch bei Hugo Sandin, führte das Gespräch mit Sara Björklund noch einmal und notierte sich, daß er jetzt noch einmal Kontakt zu ihr aufnehmen würde. Vielleicht würden die gleichen Fragen andere, durchdachtere Antworten ergeben? Und worin würde der Unterschied bestehen? Er dachte lange an Carlmans Tochter, die ihn ins Gesicht geschlagen hatte, er dachte an Louise Fredman. Und an ihren Bruder, der so wohlerzogen war. Die Rückschau beflügelte ihn. Er war ausgeruht, seine Müdigkeit war verschwunden, die Gedanken glitten leicht dahin, von inneren Aufwinden getragen. Als er schließlich den Kellner rief und seine Rechnung bezahlte, waren fast zwei Stunden vergangen. Die Zeit lag begraben in der Spur, die seine Rückschau gezogen hatte. Er warf einen Blick auf die Notizen, die er auf seinen Block gekritzelt hatte, als sei es eine magische Inschrift, und verließ den Hamnkrog. Er setzte sich auf eine der Parkbänke vor dem Hotel Svea und schaute aufs Meer hinaus. Der schwache Wind war lau. Die Besatzung eines dänischen Segelboots kämpfte einen hoffnungslosen Kampf mit ihrem launischen Spinnaker. Wallander las noch einmal seine Notizen durch. Dann legte er den Block unter einen Oberschenkel.

Der Berührungspunkt schien sich zu verlagern. Von den Eltern zu den Kindern. Er dachte an Carlmans Tochter und an Louise Fredman. War es wirklich reiner Zufall, daß eine von ihnen nach dem Tod ihres Vaters einen Selbstmordversuch unternahm und die andere sich seit langer Zeit in einer psychiatrischen Klinik befand? Es fiel ihm auf einmal schwer, das zu glauben. Wetterstedt war die Ausnahme. Da waren nur zwei erwachsene Kinder. Wallander erinnerte sich an etwas, das Rydberg einmal gesagt hatte. *Was zuerst geschieht, muß nicht der Anfang sein.* Konnte das in diesem Fall zutreffen? Er versuchte sich vorzustellen, der Täter, den sie suchten, wäre eine Frau. Doch der Gedanke war absurd. Die physische Kraft, deren Auswirkungen sie gesehen hatten, die Skalpe, die Schläge mit der Axt, die Säure in Fredmans Augen. Es mußte ein Mann sein, entschied er. Es ist ein Mann, der Männer tötet. Während die Frauen Selbstmord begehen oder psychisch krank sind. Er stand auf und ging zu einer anderen Bank, wie um zu demonstrieren, daß es auch andere denkbare Erklärungen gab. Gustaf Wetterstedt war in zwielichtige Affären verwickelt gewesen, Justizminister hin oder her. Es existierte eine schwache, aber doch nachweisbare Verbindung zwischen ihm und Carlman. Es ging um Kunst, Diebstähle, vielleicht Fälschungen. Vor allem aber um Geld. Es war nicht undenkbar, daß sie bei Björn Fredman auf dem gleichen Gebiet fündig wurden, wenn sie nur tief genug gruben. In dem Material, das er von Forsfält bekommen hatte, war nichts gewesen. Aber man brauchte es nicht abzuschreiben. Man brauchte überhaupt nichts abzuschreiben, und das war ihr Problem und ihre Chance zugleich.

Wallander blickte gedankenverloren zu dem dänischen Segelboot, dessen Besatzung jetzt den Spinnaker einholte. Dann nahm er den Block und sah auf das letzte Wort, das er geschrieben hatte. Die Mystik. Die Morde wiesen Züge eines Rituals auf. Er hatte selbst daran gedacht, und auch Ekholm hatte während des letzten Treffens der Ermittlungsgruppe darauf hingewiesen. Die Skalpe waren ein Ritual, wie es das Sammeln von Trophäen immer war. Die Skalpe hatten die gleiche Bedeutung wie der Elchkopf an der Wand des Jägers. Sie waren der Beweis. Der Beweis wofür? Für wen? Für den Täter allein oder auch für jemand anderen? Für einen Gott oder einen Teufel, der im Kopf eines kranken Menschen existierte? Für einen anderen Menschen, dessen undramatisches Äußeres ebenso unansehnlich und wenig aufsehenerregend war wie das des Täters? Wallander dachte an alles, was Ekholm über Beschwörungen und Initiationsriten gesagt hatte. Man brachte ein Opfer, damit einem anderen Gnade zuteil wurde. Reich werden, ein Vermögen erhalten, gesund werden? Die Möglichkeiten waren unzählig. Es gab Motorradbanden mit festen Regeln dafür, wie neue Mitglieder sich als würdig zu erweisen hatten. In den USA war es nicht ungewöhnlich, daß man einen Menschen töten mußte, einen zufällig oder bewußt gewählten, um in die Gemeinschaft aufgenommen zu werden. Diese makabre Sitte breitete sich langsam auch hierzulande aus. Wallander hielt bei den Motorradbanden inne, die es auch in Schonen gab, und dachte an die Baracke des Straßenbauamts unterhalb von Carlmans Hügel. Die Vorstellung, daß die Spur, oder genauer gesagt das Fehlen einer Spur, sie zu den Motorradbanden führen könnte, war schwindelerregend. Wallander verwarf den Gedanken, obwohl er wußte, daß sie nichts ausschließen durften.

Er stand auf und ging zurück zu der Bank, auf der er vorher gesessen hatte. Er befand sich wieder am Ausgangspunkt. Wohin hatte die Rückschau ihn geführt? Er kam nicht mehr weiter, ohne mit jemandem zu sprechen. Ann-Britt Höglund, dachte er. Konnte er es wagen, sie am Sonntagnachmittag zu stören? Er ging zu seinem Wagen und rief sie an. Sie war zu Hause. Er war willkommen. Mit einem schlechten Gewissen strich er den Besuch bei seinem Vater. Jetzt mußte er seine Gedanken mit denen eines anderen Menschen konfrontieren. Wenn er wartete, bestand die Gefahr, daß er zwischen seinen verschiedenen Gedankenketten die Orientierung verlor. Er fuhr nach Ystad zurück, die ganze Zeit ein bißchen schneller als erlaubt. Er hatte nichts von Verkehrskontrollen an diesem speziellen Sonntag gehört.

Um drei Uhr bremste er vor Ann-Britt Höglunds Haus. Sie empfing ihn in einem hellen Sommerkleid. Ihre beiden Kinder spielten auf einem der Nachbargrundstücke. Sie bot Wallander einen Platz in einer Hollywoodschaukel an und setzte sich selbst in einen Korbsessel.

»Ich wollte wirklich nicht stören«, sagte er. »Du hättest nein sagen können.«

»Gestern war ich müde«, erwiderte sie. »Wie wir alle. Heute geht es mir besser.«

»Das war wohl die Nacht der schlafenden Kriminalbeamten«, sagte Wallander. »Man kommt irgendwann an einen Punkt, an dem man nicht mehr kann. An dem nichts mehr herauskommt als leere und graue Erschöpfung. Und den Punkt hatten wir gestern erreicht.«

Er erzählte von seiner Fahrt nach Simrishamn, wie er zwischen den Parkbänken am Hafen hin und her gewandert war.

»Ich habe das Ganze noch einmal von Anfang an aufgerollt. Manchmal macht man unerwartete Entdeckungen. Aber das weißt du ja längst.«

»Ich hoffe sehr, daß Ekholms Arbeit uns weiterbringt«, sagte sie. »Computer, die richtig programmiert sind, können Ermittlungsmaterial miteinander vergleichen und ungeahnte Zusammenhänge aufzeigen. Sie denken zwar nicht. Aber kombinieren können sie besser als wir.«

»Meine Skepsis gegenüber Computern hängt sicher mit meinem Alter zusammen«, meinte Wallander. »Aber das soll nicht heißen, daß ich nicht wünschte, Ekholm hätte Erfolg mit seinem verhaltenswissenschaftlichen Ansatz bei der Jagd nach Mördern. Wenn es nur geschieht. Und zwar bald.«

Sie betrachtete ihn ernst. »Schlägt er wieder zu?«

»Ich glaube, ja. Ohne es richtig erklären zu können, kommt es mir so vor, als sei an diesem Mordbild etwas *Unfertiges*. Wenn du den Ausdruck erlaubst. Etwas, was fehlt. Das macht mir angst. Es deutet darauf hin, daß er wieder zuschlagen kann.«

»Wie finden wir die Stelle, an der Fredman ermordet worden ist?« fragte sie.

»Wir finden sie nicht«, antwortete Wallander. »Es sei denn, wir haben Glück, oder jemand hat etwas gehört.«

»Ich habe untersucht, ob Hinweise von jemandem eingegangen sind, der Schreie gehört hat. Aber ich habe nichts gefunden.«

Der unsichtbare Schrei blieb über ihren Köpfen hängen. Wallander schaukelte langsam in seiner mit Plastik bezogenen Schaukel.

»Eine Lösung kommt selten völlig unerwartet«, sagte er, als das Schweigen zu lang wurde. »Vorhin am Meer habe ich mich gefragt, ob ich den Gedanken, der die Lösung ergibt, vielleicht schon gedacht habe. Ich habe vielleicht richtig gedacht, aber es nicht gemerkt.«

Sie sann über seine Worte nach. Dann und wann warf sie einen Blick auf das Nachbargrundstück, wo ihre Kinder spielten.

»Über Männer, die Skalpe sammeln und ihren Opfern Säure in

die Augen gießen, haben wir auf der Polizeihochschule nichts gelernt«, sagte sie. »Die Wirklichkeit erweist sich als genau so unberechenbar, wie ich es schon damals geahnt habe.«

Wallander nickte. Dann nahm er Anlauf, ohne sicher zu sein, ob er es schaffen würde, und legte dar, was er während der Stunden in Simrishamn gedacht hatte. Aus Erfahrung wußte er, daß ein Problem klarer durchleuchtet wurde, wenn er es einem Zuhörer vortragen konnte, als wenn er auf sich allein angewiesen war. Als er Ann-Britt Höglund anrief, hatte er gehofft, er könnte entdecken, wo seine Gedanken eine Botschaft signalisierten, die ihm bis dahin nicht aufgegangen war. Doch obwohl sie aufmerksam, fast wie eine Schülerin zu den Füßen des Meisters, zuhörte, unterbrach sie ihn nicht ein einziges Mal, um ihn auf einen Irrtum oder einen Fehlschluß hinzuweisen. Als er geendet hatte, sagte sie lediglich, sie sei überwältigt von seiner Fähigkeit, den zumindest für sie so unüberschaubaren Ermittlungskomplex zu durchdringen und zusammenzufassen. Aber sie wollte weder etwas hinzufügen noch abziehen. Auch wenn Wallanders Gleichungen korrekt waren, fehlten die entscheidenden Komponenten. Ann-Britt Höglund konnte ihm nicht helfen. Sie ebensowenig wie sonst jemand.

Sie holte Tassen und eine Thermoskanne mit Kaffee. Ihr jüngstes Mädchen kam und kroch in die Hollywoodschaukel neben Wallander. Weil sie ihrer Mutter so unähnlich war, vermutete er, sie müsse ihrem Vater gleichen, der sich in Saudi-Arabien befand. Wallander hatte ihn immer noch nicht kennengelernt.

»Dein Mann ist ein lebendes Rätsel«, sagte er. »Ich fange an, mich zu fragen, ob er wirklich existiert. Oder ob du ihn nur erfunden hast.«

»Die Frage stelle ich mir auch manchmal«, erwiderte sie und lachte.

Das Mädchen verschwand im Haus.

»Carlmans Tochter?« fragte Wallander und blickte dem Mädchen nach. »Wie steht es um sie?«

»Svedberg hat gestern mit dem Krankenhaus gesprochen«, antwortete sie. »Die Krise war noch nicht vorüber. Aber ich hatte doch den Eindruck, daß die Ärzte etwas hoffnungsvoller waren.«

»Hatte sie keinen Brief hinterlassen?«

»Nichts.«

»Ich komme nicht von dem Gedanken los«, sagte Wallander, »daß sie auch eine Zeugin ist.«

»Zeugin wofür?«

»Für etwas, das mit dem Tod ihres Vaters zusammenhängt. Es fällt mir schwer zu glauben, daß der Zeitpunkt ihres Selbstmordversuchs zufällig gewählt war.«

»Warum kommt es mir so vor, als seist du selbst nicht besonders überzeugt von dem, was du sagst?«

»Ich bin auch nicht überzeugt«, sagte Wallander. »Ich taste und fühle mich voran. Es gibt in der ganzen Ermittlung nur ein unbestreitbares Faktum. Wir haben keine konkrete Spur.«

»Wir wissen also nicht, ob wir in die richtige oder in die falsche Richtung gehen?«

»Oder ob wir uns im Kreis drehen. Oder auf der Stelle treten. Während die Stelle sich bewegt. Nicht wir uns, obwohl wir das glauben.«

Sie zögerte, bis sie ihre nächste Frage stellte. »Vielleicht sind wir zu wenige?«

»Bisher habe ich mich gesträubt«, sagte Wallander. »Aber ich habe angefangen zu schwanken. Die Frage kommt morgen auf den Tisch.«

»Per Åkeson?«

Wallander nickte.

»Was haben wir eigentlich dabei zu verlieren?«

»Kleine Einheiten bewegen sich leichter als große. Dagegen läßt sich einwenden, daß mehr Köpfe mehr denken. Und dann Åkesons Argument, wir könnten auf breiterer Front vorgehen. Die Infanterie schwärmt aus und deckt eine größere Fläche ab.«

»Also wie bei einer Treibjagd.«

Wallander nickte. Ihr Bild war treffend. Es fehlte nur ein Zusatz, nämlich daß sie ihre Treibjagd in einem Terrain durchführten, in dem sie sich nur notdürftig orientieren konnten. Und daß sie gar nicht wußten, wen sie suchten.

»Da ist etwas, was wir nicht sehen«, sagte Wallander nach kurzem Schweigen. »Außerdem suche ich nach ein paar Worten, die jemand gesagt hat. Als Wetterstedt gerade ermordet worden war. Aber ich weiß nicht mehr, wer. Ich weiß nur, daß es wichtig war. Aber damals war es noch zu früh, um das einzusehen.«

»Du sagst doch immer, daß Polizeiarbeit meistens auf den Triumph der Geduld hinausläuft.«

»Das stimmt auch. Aber die Geduld hat Grenzen. Außerdem kann jeden Augenblick wieder etwas passieren. Ein Mensch kann getötet werden. Wir dürfen nie vergessen, daß es nicht nur darum geht, begangene Verbrechen aufzuklären. Im Moment kommt es mir eher so vor, als müßten wir weitere Morde verhindern.«

»Wir können doch nicht mehr machen, als wir so schon tun.«

»Woher weißt du das?« fragte Wallander. »Wie weiß man eigentlich, daß man sich wirklich bis zum Äußersten anstrengt?«

Sie wußte keine Antwort. Wallander konnte seine Frage selbst nicht beantworten.

Er blieb noch eine Weile sitzen. Um halb fünf lehnte er ihre Einladung zum Abendessen dankend ab und verließ ihren Garten.

»Danke, daß du gekommen bist«, sagte sie, als sie ihn zur Gartenpforte begleitete. »Willst du das Spiel sehen?«

»Nein. Ich treffe meine Tochter. Aber ich glaube, wir gewinnen 3:1.«

Sie sah ihn erstaunt an. »Das habe ich auch getippt.«

»Dann gewinnen oder verlieren wir beide«, sagte Wallander.

»Danke, daß du gekommen bist«, wiederholte sie.

»Wofür denn? Daß ich dir den Sonntag vermiest habe?«

»Dafür, daß du geglaubt hast, ich könnte etwas Vernünftiges beitragen.«

»Ich habe es dir schon früher gesagt, und ich sage es gern noch einmal«, antwortete er. »Ich halte dich für eine fähige Polizistin. Außerdem glaubst du an die Fähigkeit von Computern, unsere Arbeit nicht nur zu erleichtern, sondern auch zu verbessern. Das kann ich von mir kaum behaupten. Aber vielleicht kannst du mich eines Tages überzeugen.«

Wallander stieg in seinen Wagen und fuhr in die Stadt. In einem Laden mit Sonntagsöffnung kaufte er ein. Dann legte er sich in den Liegestuhl auf seinem Balkon und wartete darauf, daß es sieben wurde. Ohne es zu merken, nickte er ein. Sein Schlafbedarf war enorm. Um fünf vor sieben stand er jedoch auf dem Österportstorg. Linda holte ihn ab und nahm ihn mit zu dem leeren Ladenlokal ganz in der Nähe. Sie hatten ein paar Fotolampen aufgebaut und einen Stuhl für ihn bereitgestellt. Er wurde sofort unsicher und fürchtete, vielleicht nichts zu verstehen oder an den falschen Stellen zu lachen. Sie verschwanden in einem angrenzenden Raum. Wallander wartete. Mehr als eine Viertelstunde verging. Als sie endlich zurückkamen, hatten sie sich umgezogen und sahen vollkommen gleich aus. Nachdem sie die Lampen eingestellt und die einfache Dekoration zurechtgerückt hatten, fingen sie an. Die einstündige Vorstellung handelte von einem Zwillingspaar. Wallander fühlte sich angespannt, weil er der einzige Zuschauer war. Er war es gewohnt, unter vielen anderen im sicheren Dunkel zu sitzen, wenn er zuweilen in Malmö oder Kopenhagen in die Oper ging. Am meisten fürchtete er, Linda könnte nicht gut sein. Doch schon nach wenigen Minuten erkannte er, daß die beiden einen hintergründigen Text geschaffen hatten, der mit drastischem Humor ein kritisches Doppelbild von Schweden entwarf. Manchmal blieben sie stecken, manchmal spürte man Unsicherheit. Aber sie glaubten an das, was sie taten, und das machte ihn froh. Als das Stück zu Ende war und sie ihn nach seiner Meinung fragten, sagte er genau das, was er fühlte: Er sei überrascht, wie lustig es gewesen war und daß es gleichzeitig zum Nachdenken anregte. Linda beobachtete ihn genau, ob er auch die Wahrheit sagte. Als sie sah, daß er wirklich meinte, was er sagte, freute sie sich riesig. Sie brachte ihn auf die Straße, als er gehen wollte.

»Ich habe gar nicht gewußt, daß du so etwas kannst«, sagte er. »Ich dachte, du wolltest Dekorateurin werden.«

»Es ist noch nicht zu spät«, erwiderte sie. »Laß es mich versuchen.«

»Natürlich sollst du es versuchen«, sagte er. »Wenn man jung ist, hat man Zeit im Überfluß. Nicht, wenn man ein alter Polizist ist wie ich.«

Sie wollten noch ein paar Stunden proben. Er würde zu Hause auf sie warten.

Es war ein schöner Sommerabend. Langsam schlenderte er zur Mariagatan, noch ganz erfüllt von dem, was er gesehen hatte. Abwesend nahm er die hupenden Autos zur Kenntnis, die an ihm vorüberfuhren, bis er begriff, daß Schweden gewonnen hatte. Er fragte einen Passanten, der ihm entgegenkam, wie es ausgegangen war. Schweden hatte 3:1 gewonnen. Er mußte laut lachen. Dann kehrten seine Gedanken wieder zu seiner Tochter zurück. Er fragte sich, was er eigentlich von ihr wußte. Er hatte sie noch gar nicht gefragt, ob sie zur Zeit einen Freund hatte.

Um halb zehn öffnete er die Tür zu seiner Wohnung. Im selben Moment klingelte das Telefon. Sofort verkrampfte sich sein Magen. Als er abnahm und Gertrudes Stimme hörte, wurde er ruhiger. Doch er hatte sich zu früh gefreut. Gertrud war erregt. Zuerst konnte er kaum verstehen, was sie sagte. Er bat sie, sich zu beruhigen.

»Du mußt unbedingt herkommen«, sagte sie. »Sofort.«

»Was ist denn passiert?«

»Ich weiß nicht. Aber dein Vater verbrennt all seine Bilder. Er verbrennt alles, was im Atelier steht. Und die Tür hat er abgeschlossen. Du mußt kommen.«

Sie legte den Hörer auf, damit er keine Fragen mehr stellen konnte, sondern sich sofort in sein Auto setzte und losfuhr.

Er starrte auf das Telefon.

Dann schrieb er hastig eine Nachricht für Linda und legte sie auf die Fußmatte.

Ein paar Minuten später war er auf dem Weg nach Löderup.

## 28

In dieser Nacht blieb Wallander bei seinem Vater in Löderup. Als er nach einer Fahrt voller schlimmer Befürchtungen den kleinen Hof erreichte, kam Gertrud ihm vor dem Haus entgegen. Er sah, daß sie geweint hatte, obwohl sie inzwischen wieder gefaßt wirkte und seine Fragen ruhig beantwortete. Der Zusammenbruch seines Vaters, wenn es sich denn wirklich darum handelte, war völlig unerwartet gekommen. Sie hatten zu Abend gegessen, und alles hatte normal gewirkt. Sie hatten nichts getrunken. Nach dem Essen war er wie gewöhnlich in den umgebauten Stall hinausgegangen, um weiterzumalen. Plötzlich hatte sie Lärm gehört. Als sie auf die Haustreppe getreten war, sah sie, wie der Vater ein paar leere Farbdosen auf den Hof warf. Zuerst hatte sie gedacht, er räume sein chaotisches Atelier auf. Doch als er anfing, leere Rahmen hinauszuwerfen, reagierte sie. Als sie zu ihm trat und fragte, was er da tue, antwortete er nicht. Er machte auf sie den Eindruck, vollkommen abwesend zu sein, ohne zu hören, was sie sagte. Als sie ihn hinausführen wollte, riß er sich los und schloß sich ein. Durchs Fenster sah sie, wie er Feuer im Ofen machte, und als er anfing, seine Leinwände zu zerreißen und ins Feuer zu werfen, hatte sie Wallander angerufen. Während sie sprachen, waren sie über den Hofplatz gegangen. Wallander sah grauen Rauch aus dem Schornstein quellen. Er stellte sich ans Fenster und blickte ins Atelier. Sein Vater wirkte wild und wie von Sinnen. Sein Haar stand zu Berge, seine Brille schien er verloren zu haben, und das gesamte Atelier war nahezu verwüstet. Sein Vater tappte barfuß zwischen ausgelaufenen Farbdosen umher, Leinwände lagen zertrampelt auf dem Boden. Wallander meinte zu sehen, daß einer der Schuhe seines Vaters gerade im Ofen verbrannte. Sein Vater riß und zerrte an den Leinwänden und preßte die Fetzen in die Feuerluke. Wallander klopfte ans Fenster, doch sein Vater reagierte nicht. Die Tür war abgeschlossen. Er hämmerte dagegen und rief, daß er es sei. Aber es kam keine Antwort. Das Gepolter ging weiter. Wallander blickte sich nach etwas um, womit er die Tür aufbrechen konnte. Aber er wußte, daß der Vater alle Werkzeuge und Geräte in dem Raum aufbewahrte, in dem er sich jetzt eingeschlossen hatte. Wallander betrachtete grimmig die Tür, die er selbst mit eingebaut hatte. Er zog seine Jacke aus und gab sie Gertrud. Dann nahm er Anlauf und warf sich mit der einen Schulter so fest gegen die Tür, wie er konnte. Der Türrahmen brach heraus, Wallander taumelte ins Innere und schlug mit dem Kopf an eine Schubkarre. Sein Vater warf ihm nur einen abwesenden Blick zu. Dann fuhr er fort in seinem Zerstörungswerk. Gertrud wollte hereinkommen, doch Wallander hob abwehrend die Hand. Er hatte seinen Vater schon einmal in diesem Zustand erlebt, in dieser eigentümlichen Mischung von Abwesenheit und manischer Verwirrung. Da war er nur im Schlafanzug mit einer Tasche in der Hand auf einem lehmigen Acker unterwegs gewesen. Wallander trat zu ihm, faßte ihn an den Schultern und begann, beruhigend auf ihn einzureden. Er fragte, ob etwas nicht in Ordnung sei. Er sagte, die Bilder seien gut, die besten, die es gebe, und die Birkhähne seien schön getroffen. Alles sei in bester Ordnung. Jeder könne einmal durchdrehen. Jetzt würden sie mit dem sinnlosen Feuermachen aufhören, warum sollten sie mitten im Sommer heizen, und danach würden sie aufräumen und über ihre Reise nach Italien sprechen. Wallander redete ununterbrochen, er hielt die Schultern des Vaters mit festem Griff, nicht als wolle er ihn verhaften, sondern um ihn in der Wirklichkeit festzuhalten. Der Vater war ganz still geworden und sah ihn aus kurzsichtigen Augen an. Während Wallander weiter beruhigend auf ihn einredete, entdeckte er die Brille, zertreten auf dem Boden. Er fragte Gertrud, die im Hintergrund stand, ob der Vater eine Reservebrille habe. Sie lief ins Haus, um sie zu holen. Sie gab sie Wallander, der sie am Hemdärmel putzte und sie dann dem Vater auf die Nase setzte. Die ganze Zeit redete er beruhigend, wiederholte seine Worte, als spreche er die einzigen Worte eines Gebets, an die er sich erinnerte, und sein Vater betrachtete ihn zunächst unsicher und verwirrt, dann immer verwunderter, und schließlich hatte es den Anschein, als sei er wieder zu sich gekommen. Wallander lockerte den Griff um die Schultern seines Vaters, der sich vorsichtig in dem Tohuwabohu umblickte.

»Was ist passiert?« fragte er. Wallander verstand, daß er sich an nichts erinnerte. Was geschehen war, war eigentlich gar nicht gewesen. Er wußte von nichts mehr. Gertrud hatte angefangen zu weinen, doch Wallander sagte barsch, sie solle in die Küche gehen und Kaffee kochen. Sie würden gleich nachkommen.

»Habe ich das hier angerichtet?« fragte sein Vater und sah Wallander mit unruhigen Augen an, als fürchte er die Antwort.

»Jeder kann einmal alles satt bekommen«, entgegnete Wallander wie beiläufig. »Aber jetzt ist es vorbei. Das räumen wir schnell wieder auf.«

Der Vater betrachtete die aufgebrochene Tür.

»Wer braucht schon mitten im Sommer eine Tür«, sagte Wallander. »In Rom im September gibt es keine verschlossenen Türen. Du mußt dich jetzt schon daran gewöhnen.«

Sein Vater ging langsam in den Trümmern umher, die sein Ausbruch, den weder er noch jemand anders erklären konnte, hinterlassen hatte. Wallander sah, daß er überhaupt nicht verstehen konnte, was geschehen war. Er konnte nicht begreifen, daß er selbst dies alles getan hatte. Wallander spürte einen Kloß im Hals. Er wußte nicht, wie er sich zu der Hilflosigkeit und Verlassenheit verhalten sollte, die sein Vater jetzt ausstrahlte. Er hob die herausgebrochene Tür auf und lehnte sie an die Stallwand. Dann machte er sich ans Aufräumen und stellte fest, daß viele Bilder seines Vaters trotz allem heil geblieben waren. Sein Vater hatte sich auf einen Schemel an seinen Arbeitstisch gesetzt und verfolgte Wallanders Bewegungen. Gertrud kam und sagte, der Kaffee sei fertig. Wallander nickte ihr zu, den Vater am Arm zu nehmen und ihn ins Haus zu führen. Dann beseitigte er das schlimmste Durcheinander. Bevor er ins Haus ging, rief er vom Auto aus in seiner Wohnung an. Linda war schon zu Hause. Sie wollte wissen, ob etwas passiert sei, seine hastig hingekritzelte Nachricht hatte sie kaum entziffern können. Da Wallander sie nicht beunruhigen wollte, sagte er nur, sein Vater habe sich nicht wohl gefühlt, doch jetzt gehe es ihm schon wieder besser. Sicherheitshalber wolle er jedoch über Nacht in Löderup bleiben. Danach ging er in die Küche. Sein Vater war erschöpft und ging bald zu Bett. Wallander blieb ein paar Stunden mit Gertrud am Küchentisch sitzen. Es gab keine andere Möglichkeit, als den Vorfall als ein Zeichen der schleichenden Krankheit des Vaters zu interpretieren. Aber als Gertrud meinte, damit sei eine Reise nach Italien im Herbst ausgeschlossen, protestierte Wallander. Er hatte keine Angst, die lange Reise mit ihm zu machen und die Verantwortung für seinen Vater zu übernehmen. Sie würden diese Reise machen, wenn der Vater es immer noch wollte und noch auf den Beinen stehen konnte.

Wallander schlief auf einem Klappbett im Wohnzimmer. Er lag lange wach und schaute in die helle Sommernacht hinaus, bevor er einschlief.

Als er am nächsten Morgen mit seinem Vater Kaffee trank, schien dieser alles vergessen zu haben. Er konnte überhaupt nicht verstehen, was mit der Tür passiert war. Wallander sagte, er habe sie ausgehängt. Das Atelier brauche eine neue Tür, und er werde sie selbst anfertigen.

»Wann willst du denn dafür Zeit haben?« fragte sein Vater. »Du hast ja noch nicht einmal Zeit, vorher anzurufen, wenn du zu Besuch kommst.«

In diesem Augenblick wußte Wallander, daß alles wieder beim alten war. Um kurz nach sieben verließ er Löderup und fuhr nach Ystad. Vorfälle dieser Art würden sich wohl wiederholen. Mit Schaudern dachte er daran, wie es geendet haben könnte, wenn Gertrud nicht dagewesen wäre.

Um Viertel nach sieben betrat Wallander das Polizeipräsidium. Das schöne Wetter hielt unvermindert an. Alle redeten vom Fußball. Er war von Polizeipersonal in sommerlicher Kleidung umgeben. Nur die Kollegen mit Uniformpflicht sahen aus wie Polizisten. Wallander fand, er selbst könnte in seinem weißen Anzug einer der italienischen Opern entstiegen sein, die er in Kopenhagen gesehen hatte. Als er an der Anmeldung vorüberging, winkte Ebba ihm zu. Sie hatte ein Gespräch für ihn. Es war Forsfält, der ihm trotz der frühen Stunde mitteilen konnte, daß sie Björn Fredmans Paß gefunden hatten. Er hatte gut versteckt, zusammen mit einer größeren Summe in ausländischer Währung, in seiner Wohnung gelegen. Wallander fragte nach den Stempeln.

»Ich muß dich enttäuschen«, sagte Forsfält. »Sein Paß ist vier Jahre alt. In dieser Zeit hat er Stempel aus der Türkei, Marokko und Brasilien. Das ist alles.«

Wallander war tatsächlich enttäuscht, ohne allerdings zu wissen, was er eigentlich erwartet hatte. Forsfält versprach, alle Details bezüglich des Passes und der Stempel per Fax zu schicken. Dann hatte er noch etwas zu berichten, das nicht direkt mit der Ermittlung zu tun hatte, Wallander aber trotzdem zu neuen Gedanken anregte.

»Wir haben ein paar Schlüssel zu einem Bodenraum gefunden, als wir nach dem Paß suchten«, sagte Forsfält. »Zwischen dem ganzen Gerümpel, das dort lag, entdeckten wir eine Kiste mit antiken Ikonen. Wir konnten ziemlich schnell feststellen, daß sie aus einem Einbruch stammen. Rate mal, von wo?«

Wallander dachte nach, kam aber nicht gleich auf eine Antwort.

»Aus einem Einbruch in einem Haus in der Nähe von Ystad«, sagte Forsfält. »Vor gut einem Jahr. Ein Haus, das der Verwaltung des Nachlaßgerichts unterstellt war. Es gehörte einem Anwalt namens Gustaf Torstensson.«

Wallander erinnerte sich. Der eine der beiden Anwälte, die im Jahr zuvor ermordet worden waren. Wallander hatte die Ikonensammlung im Keller des älteren der beiden Anwälte gesehen. Eine davon hing sogar an seiner Schlafzimmerwand. Er hatte sie von der Sekretärin des ermordeten Anwalts geschenkt bekommen. Jetzt erinnerte er sich auch wieder an den Einbruch, Svedberg hatte damals in dem Fall ermittelt.

»Dann wissen wir das«, sagte Wallander. »Ich nehme an, daß der Fall nie aufgeklärt wurde?«

»Du bekommst die Fortsetzung«, antwortete Forsfält.

»Nicht ich. Svedberg.«

Forsfält fragte, ob er in der Angelegenheit Louise Fredman etwas erreicht habe. Wallander berichtete ihm kurz über sein letztes Telefonat mit Per Åkeson. »Wenn wir Glück haben, erfahren wir schon heute etwas«, schloß Wallander.

»Ich hoffe, du hältst mich auf dem laufenden.«

Wallander versprach es. Als er aufgelegt hatte, kontrollierte er die Liste unbeantworteter Fragen, die er ständig führte. Einige von ihnen konnte er streichen, andere würde er in der Besprechung der Ermittlungsgruppe aufgreifen, die bald beginnen sollte. Vorher fand er noch Zeit, in dem Zimmer vorbeizuschauen, in dem zwei Polizeiaspiranten die Hinweise aus der Öffentlichkeit bearbeiteten. Er fragte, ob etwas hereingekommen sei, das darauf schließen ließe, wo genau Björn Fredman ermordet worden war. Es konnte beträchtliche Folgen für die weitere Ermittlung haben, wenn sie den Ort, an dem der Mord begangen worden war, bestimmen konnten.

Der eine der beiden hatte kurzgeschorene Haare und hieß Tyrén. Er hatte intelligente Augen und galt als tüchtig. Wallander kannte ihn nicht näher. Er erklärte ihm kurz, worauf er aus war.

»Jemand, der Schreie gehört hat?« wiederholte Tyrén. »Und einen Ford Kastenwagen? Am Montag, den 27. Juni?«

»Ja.«

Tyrén schüttelte den Kopf. »Daran würde ich mich erinnern«, meinte er. »Eine Frau hat in einer Wohnung in Rydsgård geschrien. Aber das war am Dienstag. Und sie war betrunken.«

»Ich will sofort informiert werden, wenn etwas reinkommt«, sagte Wallander.

Er verließ Tyrén und ging ins Sitzungszimmer. Hansson stand an der Anmeldung und sprach mit einem Journalisten. Wallander erinnerte sich, ihn schon einmal gesehen zu haben. Er vertrat eine der beiden großen Abendzeitungen, aber Wallander wußte nicht mehr, welche. Sie warteten ein paar Minuten, bis Hansson den Journalisten abgewimmelt hatte, und schlossen die Tür. Hansson setzte sich und erteilte Wallander sogleich das Wort. Als er anfangen wollte, trat Per Åkeson ein und setzte sich an die untere Schmalseite des Tischs neben Ekholm. Wallander hob fragend die Augenbrauen. Åkeson nickte. Das bedeutete: Neuigkeiten über Louise Fredman. Obwohl es Wallander schwerfiel, seine Neugier zu zügeln, ließ er zunächst Ann-Britt Höglund über den Gesundheitszustand von Carlmans Tochter berichten. Den letzten Nachrichten aus dem Krankenhaus zufolge waren die Ärzte der Ansicht, die lebensbedrohliche Krise sei überstanden. Es würde möglich sein, innerhalb der nächsten vierundzwanzig Stunden mit ihr zu sprechen. Keiner hatte etwas dagegen einzuwenden, daß sie und Wallander sie im Krankenhaus aufsuchten. Dann ging Wallander rasch die Liste der unbeantworteten Fragen durch. Nyberg war wie üblich gut vorbereitet und konnte viele der Lücken füllen, für die inzwischen die Laborergebnisse vorlagen. Nichts war jedoch so aufsehenerregend, daß es längere Diskussionen hervorrief. In der Mehrzahl handelte es sich um die Bekräftigung von Schlußfolgerungen, die sie bereits gezogen hatten. Lediglich die Entdeckung von Spuren von Seetang an Björn Fredmans Kleidung ließ die Runde aufhorchen. Wallander überlegte. »Wo waren die Spuren?« fragte er.

Nyberg zog seine Notizen zu Rate. »Auf der Rückenpartie seiner Anzugjacke.«

»Er kann irgendwo am Meer getötet worden sein«, sagte Wallander. »Soweit ich weiß, wehte an dem Abend ein leichter Wind. Das könnte erklären, warum niemand etwas gehört hat.«

»Wenn es am Strand gewesen wäre, hätten wir Spuren von Sand gefunden«, sagte Nyberg.

»Vielleicht war es ein Bootsdeck«, schlug Svedberg vor.

»Oder ein Steg«, sagte Ann-Britt Höglund.

Die Frage blieb in der Luft hängen. Tausende von Stegen und Anlegern zu untersuchen war nicht möglich. Wallander bat lediglich darum, Hinweise von Personen, die an der Küste wohnten, besonders aufmerksam zu prüfen.

Dann erteilte er Per Åkeson das Wort.

»Es ist mir gelungen, ein paar Informationen über Louise Fredman zu bekommen«, sagte er. »Ich brauche wohl kaum zu betonen, daß dies äußerst vertraulich ist und also auf gar keinen Fall außerhalb dieser Ermittlungsgruppe erwähnt werden darf.«

»Wir werden still sein wie die Mäuse«, sagte Wallander.

»Louise Fredman befindet sich in der geschlossenen Abteilung des St.-Lars-Krankenhauses in Lund«, fuhr Åkeson fort. »Und zwar seit über drei Jahren. Die Diagnose lautet: schwere Psychose. Sie hat aufgehört zu sprechen, muß zeitweilig zwangsernährt werden und zeigt keinerlei Anzeichen einer Besserung. Sie ist siebzehn Jahre alt. Einer Fotografie zufolge, die ich gesehen habe, ist sie sehr hübsch.«

Es wurde still im Raum. Wallander spürte die Beklemmung, die Åkesons Worte bei seinen Kollegen hervorgerufen hatten. Er teilte sie ganz und gar.

»Eine Psychose wird aber von etwas ausgelöst«, warf Ekholm ein.

»Sie wurde am Freitag, dem 9. Januar 1991, eingeliefert«, sagte Per Åkeson, nachdem er in seinen Papieren geblättert hatte. »Wenn ich es richtig verstanden habe, kam ihre Krankheit wie der berühmte Blitz aus heiterem Himmel. Sie war eine Woche von zu Hause verschwunden. Sie soll zu diesem Zeitpunkt große Probleme in der Schule gehabt und meistens gefehlt haben. Es ist von Drogenmißbrauch die Rede. Aber sie soll keine harten Drogen genommen haben, hauptsächlich Amphetamine. Vielleicht Kokain. Sie wurde im Pildammspark aufgegriffen. Sie war völlig verwirrt.«

»Hatte sie äußere Verletzungen?« fragte Wallander, der aufmerksam zugehört hatte.

»Das Material, das mir bisher zur Verfügung steht, sagt darüber nichts.«

Wallander dachte nach. »Wir können also nicht mit ihr sprechen. Aber ich will wissen, ob sie Verletzungen aufwies. Und ich will mit denen reden, die sie aufgegriffen haben.«

»Das ist drei Jahre her«, meinte Per Åkeson. »Aber ich nehme an, man kann die Personen ausfindig machen.«

»Ich werde mit Forsfält bei der Kripo in Malmö reden«, sagte Wallander. »Wenn sie verwirrt im Pildammspark aufgegriffen wurde, muß eine Streife beteiligt gewesen sein. Es muß irgendwo ein Bericht vorliegen.«

»Warum willst du wissen, ob sie Verletzungen hatte?« fragte Hansson.

»Nur, damit das Bild so vollständig wie möglich wird.«

Sie gingen weiter. Weil Ekholm noch darauf wartete, daß die Computer mit der vergleichenden Bearbeitung des gesamten Ermittlungsmaterials fertig wurden und sich eventuell unerwartete Berührungspunkte oder Parallelen zeigten, konnte Wallander den

Punkt Verstärkung ansprechen. Hansson hatte bereits eine positive Antwort vom Läns-Polizeidirektor erhalten. Sie konnten über einen Polizeiintendenten aus Malmö verfügen. Er würde gegen Mittag in Ystad eintreffen.

»Wer ist es?« fragte Martinsson, der bisher geschwiegen hatte.

»Er heißt Sture Holmström«, sagte Hansson.

»Kenne ich nicht«, meinte Martinsson.

Keiner kannte ihn. Wallander versprach, Forsfält anzurufen, um internen Klatsch zu erfahren.

Dann wandte er sich an Per Åkeson.

»Die Frage ist jetzt, ob wir weitere Verstärkung anfordern sollen«, begann er. »Was denken wir darüber? Ich möchte, daß alle sich äußern. Ich verspreche, mich der Mehrheit zu beugen. Auch wenn ich weiterhin skeptisch bin, ob personelle Verstärkung die Qualität unserer Arbeit verbessern kann. Ich befürchte, daß wir, zumindest auf kurze Sicht, unser Arbeitstempo verlieren. Aber ich will hören, was ihr denkt.«

Martinsson und Svedberg waren dafür, Verstärkung anzufordern. Ann-Britt Höglund dagegen stimmte Wallander zu, während Ekholm und Hansson es vorzogen, keine Meinung zu haben. Wallander spürte, daß ein weiterer, unsichtbarer, aber schwerer Mantel der Verantwortung um seine Schultern gehängt wurde. Per Åkeson schlug vor, die Entscheidung noch ein paar Tage aufzuschieben.

»Noch ein Mord, und es wird unausweichlich«, sagte er. »Aber machen wir erst einmal so weiter.«

Sie brachen kurz vor zehn Uhr auf. Wallander ging in sein Zimmer. Die bleierne Müdigkeit, die er am Samstag gespürt hatte, war verschwunden. Es war eine gute Besprechung gewesen, auch wenn sie eigentlich nicht weitergekommen waren. Doch sie hatten einander gezeigt, daß ihre Energie und ihr Wille ungebrochen waren.

Wallander wollte gerade Forsfält anrufen, als Martinsson in seiner Tür auftauchte. »Nur etwas, das mir durch den Kopf gegangen ist«, sagte er und lehnte sich an den Türpfosten.

Wallander wartete auf die Fortsetzung.

»Louise Fredman ist in einem Park umhergeirrt«, sagte Martinsson. »Ich sehe da eine Parallele zu dem Mädchen, das im Rapsfeld umherlief.«

Martinsson hatte recht. Es war eine Parallele, wenn auch eine entfernte.

»Ich stimme dir zu«, sagte Wallander. »Schade nur, daß sie nichts miteinander zu tun haben.«

»Trotzdem ist es merkwürdig«, fand Martinsson.

Er blieb in der Tür stehen. »Diesmal hast du richtig getippt.«

Wallander nickte. »Ich weiß«, sagte er. »Und Ann-Britt auch.«

»Ihr könnt euch einen Tausender teilen.«

»Wann ist das nächste Spiel?«

»Ich melde mich rechtzeitig«, sagte Martinsson und ging.

Wallander rief in Malmö an.

Während er wartete, schaute er durch das offene Fenster. Das schöne Wetter hielt an.

Dann hörte er Forsfälts Stimme am anderen Ende und schob jeden Gedanken an das Wetter beiseite.


Hoover verließ den Keller kurz nach einundzwanzig Uhr. Er hatte lange gebraucht, um zwischen den Äxten zu wählen, die auf dem schwarzen Seidentuch lagen. Schließlich hatte er sich für die kleinste entschieden, die er bisher noch nicht benutzt hatte. Er schob sie in den breiten Ledergürtel und setzte den Helm auf. Wie früher war er barfuß, als er den Raum verließ und die Tür verschloß.

Der Abend war sehr warm. Er fuhr auf kleinen Nebenstraßen, die er auf der Karte genau ausgesucht hatte. Er würde fast zwei Stunden brauchen und rechnete damit, kurz nach elf am Ziel zu sein.

Am Tag davor hatte er seine Pläne ändern müssen. Der Mann war plötzlich von seiner Auslandsreise zurückgekehrt. Da hatte Hoover sogleich beschlossen, nicht das Risiko einzugehen, ihn noch einmal entwischen zu lassen. Er hatte Geronimos Herz gelauscht. Das rhythmische Schlagen der Trommeln in seiner Brust hatte ihm Geronimos Botschaft übermittelt. Er sollte nicht warten, sondern die Gelegenheit nutzen.

Die Sommerlandschaft bekam durch das Visier seines Helms eine blaue Färbung. Zu seiner Linken erkannte er das Meer, die Lichter von Schiffen und die vom dänischen Festland. Er fühlte sich froh und heiter. Jetzt würde es nicht mehr lange dauern, bis er seiner Schwester das letzte Opfer darbringen konnte, das ihr aus dem Nebel, der sie umgab, heraushelfen würde. Sie würde mitten im schönsten Sommer ins Leben zurückkehren.

Er erreichte die Stadt kurz nach elf. Fünfzehn Minuten später stand er auf einer Straße neben der großen Villa, die, von hohen und schützenden Bäumen umgeben, tief in einem alten Garten lag. Er stellte das Moped an einen Laternenmast und schloß es mit einer Kette an. Auf dem Bürgersteig auf der anderen Straßenseite ging ein älteres Ehepaar mit seinem Hund Gassi. Er wartete, bis sie verschwunden waren, bevor er den Helm abnahm und im Rucksack verstaute. Im Schutz der Schatten lief er auf die Rückseite des alten Gartens, der an einen Fußballplatz grenzte. Er versteckte den Rucksack im Gras und kroch dann durch die Hecke, in der er schon lange einen Durchschlupf vorbereitet hatte. Es kratzte und stach an seinen bloßen Armen und Beinen, aber er machte sich unempfindlich gegen alle Schmerzen. Geronimo würde es nicht dulden, wenn er Schwäche zeigte. Er hatte einen heiligen Auftrag, der in dem Buch geschrieben stand, das er von seiner Schwester erhalten hatte. Der Auftrag erforderte seine ganze Kraft, und er war bereit, das Opfer darzubringen.

Er befand sich in der Mitte des Gartens, so nah war er dem Untier noch nie gewesen. Im Obergeschoß brannte Licht, während im Untergeschoß alles dunkel war. Zorn stieg in ihm auf, als er daran dachte, daß seine Schwester vor ihm hiergewesen war. Sie hatte das Haus beschrieben, und er dachte daran, es eines Tages bis auf den Grund niederzubrennen. Aber heute noch nicht. Vorsichtig lief er zur Hauswand und öffnete behutsam das Kellerfenster, von dem er vorher schon die Haken abgeschraubt hatte. Es war kein Problem hineinzuklettern. Hoover befand sich in einem Apfelkeller. Der schwache Duft säuerlicher Äpfel, die schon früher dort gelagert hatten, umgab ihn. Er lauschte. Alles war still. Lautlos schlich er die Kellertreppe hinauf. Er erreichte die große Küche. Immer noch alles still. Das einzige Geräusch war ein schwaches Rauschen in ein paar Wasserrohren. Er stellte den Herd an und öffnete die Backofentür. Dann schlich er zur Treppe, die nach oben führte. Er hatte die Axt jetzt aus dem Gürtel gezogen. Er war vollkommen ruhig.

Die Tür zum Badezimmer war angelehnt. Aus seinem Dunkel im Flur erkannte er den Mann, den er töten würde. Er stand vor dem Badezimmerspiegel und schmierte sein Gesicht mit Creme ein. Hoover glitt hinter der Badezimmertür herein. Wartete. Als der Mann das Licht löschte, hob er die Axt. Er schlug nur einmal zu. Der Mann fiel lautlos auf den Teppich. Mit der Axt trennte er ein Stück der Kopfhaut vom Schädel. Den Skalp stopfte er in die Tasche. Dann zog er den Mann die Treppe hinunter. Er war im Schlafanzug. Die Hose glitt von seinem Körper und schleifte an einem Fuß hinterher. Hoover vermied es, ihn anzusehen.

Als er den Mann in die Küche geschleift hatte, lehnte er ihn über die Backofenluke. Dann schob er seinen Kopf in die Hitze. Fast unmittelbar nahm er den Geruch der schmelzenden Gesichtscreme wahr. Er verließ das Haus auf dem gleichen Weg, den er gekommen war.


Im Morgengrauen vergrub er den Skalp unter dem Fenster seiner Schwester. Jetzt fehlte nur noch das zusätzliche Opfer, das er ihr bringen wollte. Einen letzten Skalp würde er noch vergraben. Dann würde alles vorbei sein.


Er dachte an das, was auf ihn wartete. Der Mann, dessen Brustkorb sich in tiefen Wellenbewegungen gehoben hatte. Der Mann, der ihm gegenüber gesessen und nichts von dem heiligen Auftrag verstanden hatte, der Hoover aufgegeben war.

Noch hatte er nicht entschieden, ob er auch das Mädchen, das im Zimmer nebenan gelegen hatte, mitnehmen sollte.

Jetzt würde er sich ausruhen. Die Dämmerung war nahe.

Morgen würde er seine letzte Entscheidung fällen.

# Schonen

*5.–8. Juli 1994*

## 29

Waldemar Sjösten war Kriminalbeamter in mittleren Jahren in Helsingborg. Im Sommerhalbjahr widmete er seine gesamte Freizeit einem alten Mahagoniboot aus den dreißiger Jahren, das er durch einen Zufall erstanden hatte. Er hatte auch an diesem Dienstagmorgen, dem 5. Juli, nicht die Absicht, mit seiner Gewohnheit zu brechen, als er um kurz vor sechs das Rouleau vor seinem Schlafzimmerfenster mit einem Knall hochschnappen ließ. Er wohnte in einem renovierten Mietshaus im Stadtzentrum. Nur eine Straße, die Bahnschienen und das Hafengelände trennten ihn vom Sund. Das Wetter war so schön, wie es die Zeitungen am Vortag versprochen hatten. Sein Urlaub sollte erst Ende Juli beginnen. Bis dahin widmete er seinem Boot, das nur eine kurze Strecke mit dem Fahrrad entfernt im Yachthafen lag, jeden Tag einige frühe Morgenstunden. Waldemar Sjösten würde im Herbst fünfzig werden. Er war dreimal verheiratet gewesen und hatte sechs Kinder. Jetzt plante er eine vierte Ehe. Er hatte eine Frau getroffen, die sein Interesse für das alte Mahagoniboot teilte, dem er den imposanten Namen *Havskung* 2 gegeben hatte, *Meereskönig*. Den Namen hatte er nach der wunderschönen Yacht gewählt, auf der er zusammen mit seinen Eltern die Sommer seiner Kindheit verbracht hatte. Sie hatte *Havskung* 1 geheißen. Als er gerade zehn Jahre alt geworden war, hatte sein Vater sie zu seinem großen Kummer nach Norwegen verkauft. Er hatte sie nie vergessen können. Er fragte sich oft, ob sie noch existierte, ob sie gesunken oder verrottet war.


Er trank rasch eine Tasse Kaffee und machte sich fertig. Da klingelte sein Telefon. Erstaunt über den frühen Anruf, griff er nach dem Hörer, der an der Küchenwand hing.

»Waldemar?« fragte eine Stimme, die er als die des Polizeidirektors Birgersson erkannte.

»Ja, ich bin es.«

»Ich hoffe, ich habe dich nicht geweckt.«

»Ich wollte gerade aus dem Haus gehen.«

»Ein Glück, daß ich dich noch erwischt habe. Du kommst am besten sofort her.«

Waldemar Sjösten wußte, daß Birgersson nie angerufen hätte, wenn nicht etwas sehr Ernstes geschehen wäre.

»Ich komme«, antwortete er. »Was ist denn passiert?«

»Rauchentwicklung in einer der alten Villen oben in Tägaborg. Als die Feuerwehr sich Zugang zu dem Haus verschaffte, entdeckte sie einen Mann in der Küche.«

»Tot?«

»Ermordet. Wenn du ihn siehst, wirst du verstehen, warum ich dich angerufen habe.«

Waldemar Sjösten sah seine Morgenstunden mit dem Boot dahinschwinden. Als pflichtbewußter Polizeibeamter, der zudem noch nicht jedes Gefühl für die Spannung verloren hatte, die ein unerwarteter Todesfall entstehen ließ, fiel es ihm nicht schwer, sich umzustellen. Statt nach dem Fahrradschlüssel griff er nach seinem Wagenschlüssel und verließ die Wohnung. Er brauchte nur ein paar Minuten bis zum Polizeipräsidium. Birgersson wartete auf der Treppe. Er setzte sich zu ihm in den Wagen und sagte ihm, wohin er fahren mußte.

»Wer ist der Tote?« fragte Sjösten.

»Åke Liljegren.«

Sjösten gab ein Pfeifen von sich. Åke Liljegren war eine bekannte Persönlichkeit, nicht nur in der Stadt, sondern im ganzen Land. Er nannte sich Revisor und hatte sich seinen Ruf als graue Eminenz hinter einer Reihe von Scheinfirmenaffären in den achtziger Jahren erworben. Abgesehen von einer sechsmonatigen Bewährungsstrafe war es der Polizei und den Gerichten nie gelungen, Verurteilungen wegen der offensichtlich gesetzeswidrigen Tätigkeit, die er betrieb, zu erreichen. Åke Liljegren war zum Symbol für die schlimmste Form von Wirtschaftskriminalität geworden, während gleichzeitig die Tatsache, daß er sich immer noch auf freiem Fuß befand, die schwache Abwehrbereitschaft des Rechtsstaates gegen Leute wie ihn verdeutlichte. Er stammte aus Båstad, hatte aber in den letzten Jahren in Helsingborg gewohnt, wenn er sich in Schweden aufhielt. Sjösten erinnerte sich an eine Reportage in einer Zeitung, die zu klären versuchte, wie viele Wohnungen Liljegren eigentlich besaß. Sie waren über die ganze Welt verstreut.

»Hast du einen Zeitplan?« fragte Sjösten.

»Ein früher Jogger entdeckte, daß Rauch aus dem Haus drang, und schlug Alarm. Die Feuerwehr traf um Viertel nach fünf ein. Als sie ins Haus kamen, fanden sie ihn in der Küche.«

»Wo brannte es?«

»Nirgendwo.«

Sjösten warf Birgersson einen fragenden Blick zu.

»Liljegren lag über der aufgeklappten Backofentür«, fuhr Birgersson fort. »Sein Kopf steckte im Backofen, der auf der höchsten Stufe eingeschaltet war. Er wurde buchstäblich gebraten.«

Sjösten schnitt eine Grimasse. Er begann zu ahnen, welcher Anblick ihm bevorstand.

»War es Selbstmord?«

»Nein. Jemand hat ihm eine Axt in den Kopf geschlagen.«

Sjösten trat unwillkürlich auf die Bremse. Es sah Birgersson an, der nickte.

»Das Gesicht und das Haar waren fast ganz verbrannt. Aber der Arzt meinte, trotzdem sagen zu können, jemand hätte ihm ein Stück des Skalps abgeschnitten.«

Sjösten schwieg. Er dachte an das, was in Ystad passiert war. Es war in diesem Sommer die große Neuigkeit. Ein wahnsinniger Mörder, der Menschen erschlug und sie skalpierte.

Sie kamen zu Liljegrens Villa in der Aschebergsgatan. Ein Feuerwehrwagen, Streifenwagen und ein Krankenwagen standen vor den Toren. Der ganze Garten war mit Markierungsband und Schildern abgesperrt. Sjösten stieg aus dem Wagen und machte eine abweisende Geste zu einem Journalisten hin, der auf ihn zueilte. Zusammen mit Birgersson stieg er über die Absperrung und ging zum Haus hinauf. Als sie eintraten, schlug ihnen ein merkwürdiger Geruch entgegen. Sjösten begriff, daß er von Liljegrens Körper ausging. Er bekam ein Taschentuch von Birgersson, das er sich vor Mund und Nase hielt. Birgersson nickte zur Küche hin. Ein sehr bleicher Streifenpolizist hielt Wache vor der Küchentür. Sjösten blickte in die Küche. Der Anblick war grotesk. Der halbnackte Mann kniete vor der Backofenluke. Der Hals und der Kopf verschwanden im Backofen. Sjösten dachte mit Ekel an das Märchen von Hänsel und Gretel. Der Arzt kniete neben dem Körper und leuchtete mit einer Taschenlampe in den Backofen. Sjösten versuchte, ohne Taschentuch vor dem Gesicht zu atmen. Er atmete durch den Mund. Der Arzt nickte ihm zu. Sjösten beugte sich nieder und blickte in den Backofen. Er dachte an einen verbrannten Braten. »Jesses«, sagte er. »Das ist nicht schön.«

»Er hat einen Schlag in den Hinterkopf bekommen«, erklärte der Arzt.

»Hier in der Küche?«

»Im ersten Stock«, sagte Birgersson, der hinter ihm stand.

Sjösten richtete sich auf. »Nehmt ihn da raus«, sagte er. »Ist der Fotograf fertig?«

Birgersson nickte. Sjösten folgte ihm ins Obergeschoß. Sie gingen vorsichtig, weil die Treppe voller Blutspuren war. Birgersson blieb vor der Badezimmertür stehen. »Wie du gesehen hast, war er im Schlafanzug«, sagte er. »Es ist denkbar, daß Liljegren sich im Badezimmer aufhielt. Als er herauskam, wartete der Mörder auf ihn. Er schlug ihm mit einer Axt in den Hinterkopf und schleppte den Körper in die Küche. Das erklärt, warum die Schlafanzughose an dem einen Bein hängt. Dann hat er den Körper am Herd arrangiert, den Backofen voll aufgedreht und sich davongemacht. Wie er herein- und hinausgekommen ist, wissen wir noch nicht. Ich dachte, das könntest du übernehmen.«

Sjösten sagte nichts. Er sammelte sich. Dann kehrte er in die Küche zurück. Der Körper lag jetzt auf einer Plastikfolie auf dem Fußboden.

»Ist er das?« fragte Sjösten.

»Ja sicher, das ist Liljegren«, antwortete der Arzt. »Auch wenn er kein Gesicht mehr hat.«

»Das habe ich nicht gemeint. Ist das der Mann, der Skalpe nimmt?«

Der Arzt schlug eine Ecke der Plastikfolie zurück, die das schwarzgebrannte Gesicht verdeckte. »Ich bin ziemlich überzeugt, daß er das Haar ganz vorn am Schädel abgeschlagen oder abgerissen hat.«

Sjösten nickte. Dann wandte er sich zu Birgersson um.

»Ruf die Kollegen in Ystad an«, sagte er. »Kurt Wallander. Ich will mit ihm sprechen. Sofort.«


Wallander hatte sich ausnahmsweise an diesem Dienstagmorgen ein ordentliches Frühstück zubereitet. Er hatte Spiegeleier gebraten und sich eben mit der Zeitung an den Tisch gesetzt, als das Telefon klingelte. Sofort stellte sich das nur allzu bekannte Gefühl wieder ein. Als er hörte, daß es die Polizei in Helsingborg war, ein Polizeidirektor namens Sture Birgersson, nahm seine Unruhe noch zu.

Er begriff sofort. Was er befürchtet hatte, war eingetreten. Der Unbekannte hatte erneut zugeschlagen. Er fluchte innerlich, ein Fluch, der ebensoviel Angst enthielt wie Wut.

Waldemar Sjösten kam ans Telefon. Sie kannten sich von früher. Anfang der achtziger Jahre hatten sie bei einer Ermittlung über eine Drogenbande zusammengearbeitet, die sich über ganz Schonen ausgebreitet hatte. Trotz ihrer unterschiedlichen Charaktere hatten sie problemlos zusammengearbeitet und ein Verhältnis entwickelt, das vielleicht der Beginn einer Freundschaft war.

»Kurt?«

»Ja.«

»Wir haben lange nichts voneinander gehört.«

»Was ist passiert? Stimmt es, was ich gehört habe?«

»Leider ja. Der Täter, den du suchst, ist hier in Helsingborg aufgetaucht.«

»Bist du dir sicher?«

»Es gibt nichts, was dagegen spricht. Ein Axthieb in den Kopf. Dann hat er dem Opfer den Skalp abgeschnitten.«

»Wer ist es?«

»Åke Liljegren. Sagt dir der Name etwas?«

Wallander dachte nach. »Ist das nicht der Reichsrevisor?«

»Genau. Ein ehemaliger Justizminister, ein Kunsthändler, und jetzt ein Revisor.«

»Dazwischen ein Hehler«, sagte Wallander. »Vergiß den nicht.«

»Ich rufe an, weil ich meine, du solltest herkommen. Unsere Chefs können die formale Seite klären, was die Grenzüberschreitung angeht.«

»Ich komme«, sagte Wallander. »Ich frage mich, ob es nicht klug wäre, unseren Techniker mitzubringen, Sven Nyberg.«

»Bring mit, wen du willst. Ich lege euch keine Hindernisse in den Weg. Ich bin nicht gerade begeistert darüber, daß er zu uns gekommen ist.«

»In zwei Stunden bin ich in Helsingborg«, versprach Wallander. »Wenn du bis dahin herausfinden kannst, ob es zwischen Liljegren und den anderen Ermordeten eine Verbindung gibt, wären wir schon ein gutes Stück weiter. Hat er Spuren hinterlassen?«

»Nicht direkt. Aber wir wissen, wie es abgelaufen ist. Nur hat er diesmal dem Opfer keine Säure in die Augen gegossen. Er hat ihn gebraten. Zumindest seinen Kopf und den halben Hals.«

»Gebraten?«

»In einem Backofen. Sei froh, daß du es nicht zu sehen brauchst.«

»Was weißt du noch?«

»Ich bin gerade erst hergekommen. Ich kann dir eigentlich noch gar keine Antwort geben.«

Als Wallander den Hörer aufgelegt hatte, schaute er auf seine Armbanduhr. Zehn nach sechs. Was er gefürchtet hatte, war eingetreten. Er suchte Nybergs Telefonnummer und rief ihn an. Nyberg meldete sich sofort. Wallander erklärte ihm kurz, was geschehen war. Nyberg versprach, in fünfzehn Minuten vor Wallanders Haus in der Mariagatan zu sein. Dann wählte Wallander Hanssons Nummer. Aber er überlegte es sich anders, legte auf, nahm wieder ab und rief Martinsson an. Wie immer war Martinssons Frau am Apparat. Es dauerte mehrere Minuten, bis ihr Mann ans Telefon kam.

»Er hat wieder zugeschlagen«, sagte Wallander. »In Helsingborg. Ein Revisor namens Åke Liljegren.«

»Der Firmenschlachter?« fragte Martinsson.

»Genau der.«

»Der Mörder hat Urteilsvermögen.«

»Red keinen Scheiß«, sagte Wallander irritiert. »Ich fahre mit Nyberg hin. Sie haben angerufen und uns gebeten zu kommen. Ich will, daß du es Hansson sagst. Ich melde mich, sobald ich mehr weiß.«

»Das bedeutet, daß jetzt das Reichskriminalamt ins Spiel kommt«, überlegte Martinsson. »Vielleicht ist das noch nicht einmal das Schlechteste.«

»Das Beste wäre, wir bekämen diesen Wahnsinnigen bald«, erwiderte Wallander. »Ich fahre jetzt. Ich melde mich später.«

Er stand schon auf dem Bürgersteig und wartete, als Nyberg mit seinem alten Amazon in die Mariagatan einbog. Er setzte sich neben ihn. Sie fuhren aus der Stadt. Der Morgen war wunderschön. Nyberg fuhr schnell. Bei Sturup bogen sie nach Lund ab und gelangten dann auf die Hauptstraße nach Helsingborg. Wallander nannte ihm die wenigen Details, die er wußte. Hinter Lund rief Hansson über das Mobiltelefon an. Wallander hörte, wie atemlos er war. Hansson hat das hier sicher noch mehr gefürchtet als ich, dachte er.

»Furchtbar, daß es wieder passiert ist«, sagte Hansson. »Das verändert alles.«

»Bis auf weiteres verändert es nichts«, erwiderte Wallander. »Es kommt ganz darauf an, was eigentlich passiert ist.«

»Jetzt ist es Zeit, das Reichskriminalamt die Sache übernehmen zu lassen«, sagte Hansson. Wallander konnte an Hanssons Stimme hören, daß er sich nichts sehnlicher wünschte, als von seiner Verantwortung befreit zu werden. Es irritierte Wallander. Er konnte nicht anders, als in Hanssons Worten eine Art von Abwertung ihrer bisherigen gemeinsamen Ermittlungsarbeit zu sehen.

»Was weiter geschieht, fällt unter deine und Per Åkesons Verantwortung«, sagte er. »Was in Helsingborg passiert, ist deren Sache. Aber sie haben mich gebeten zu kommen. Was dann wird, darüber können wir reden, wenn es aktuell ist.«

Nyberg sagte nichts. Aber Wallander war klar, daß er zugehört hatte.

Bei der Einfahrt nach Helsingborg wartete ein Streifenwagen auf sie. Hier ungefähr mußte Sven Andersson aus Lunnarp angehalten und Dolores Maria Santana ein Stück mitgenommen haben auf der Reise, die ihre letzte sein sollte, dachte Wallander. Sie folgten dem Streifenwagen nach Tågaborg und hielten vor Liljegrens großem Garten. Wallander und Nyberg überstiegen die Absperrung und wurden von Sjösten am Fuß der Treppe zu der großen Villa in Empfang genommen, die nach Wallanders Vermutung aus der Zeit um die Jahrhundertwende stammen mußte. Sie begrüßten sich und wechselten ein paar Worte darüber, wann sie sich zuletzt getroffen hatten. Dann machte Sjösten Nyberg mit dem Kriminaltechniker aus Helsingborg bekannt, der für die Tatortuntersuchung zuständig war. Sie verschwanden im Haus.

Sjösten trat seine Zigarette aus und begrub sie mit dem Absatz im Kies. »Das ist dein Mann, der hierhergekommen ist«, sagte er. »Gar keine Frage.«

»Was weißt du über den Toten?«

»Åke Liljegren war ein berühmter Mann.«

»Berüchtigt, würde ich eher sagen.«

Sjösten nickte. »Den Mann haben bestimmt nicht wenige in ihren Träumen umgebracht«, sagte er. »Mit einem besser funktionierenden Rechtswesen und weniger und schwerer zugänglichen Schlupflöchern in den Gesetzen, die angeblich die Wirtschaftskriminalität kontrollieren, hätte das hier nie einzutreffen brauchen. Dann hätte er nämlich hinter Gittern gesessen. Und noch sind schwedische Gefängnisse weder mit Badezimmern noch mit Backöfen ausgestattet.«

Sjösten nahm Wallander mit ins Haus. Der Gestank verbrannter Haut lag noch immer in der Luft. Sjösten reichte Wallander einen Mundschutz, den er zögernd anlegte. Sie gingen in die Küche, wo der Körper des Toten unter einer Plastikfolie lag. Wallander gab Sjösten durch ein Kopfnicken zu verstehen, ihn den Körper sehen zu lassen. Es war am besten, das Unangenehme gleich hinter sich zu bringen. Was er erwartet hatte, wußte er selbst nicht. Aber er zuckte doch zusammen, als er Liljegrens Kopf sah.

Ein Gesicht war nicht mehr vorhanden. Die Haut war verbrannt, große Teile des Schädels traten deutlich hervor. Die Augen waren nur noch zwei Löcher. Das Haar und die Ohren waren ebenfalls verbrannt. Wallander nickte Sjösten zu, die Folie wieder zurückzulegen. Sjösten beschrieb kurz, wie Liljegren über der Backofenklappe gelegen hatte. Von dem Fotografen, der gerade die Küche verlassen wollte, um im Obergeschoß weiterzuarbeiten, bekam Wallander ein paar Polaroidbilder. Es war fast noch schlimmer, das Ganze im Bild zu sehen. Wallander schüttelte angewidert den Kopf und reichte die Fotos zurück. Sjösten nahm ihn mit ins Obergeschoß, zeigte ihm die Blutspuren auf der Treppe und beschrieb gleichzeitig, wie die Tat sich vermutlich abgespielt hatte. Wallander fragte dann und wann nach einem Detail. Aber von Anfang an wirkte Sjöstens Beschreibung überzeugend.

»Gibt es irgendwelche Zeugen?« fragte Wallander. »Hat der Mörder Spuren hinterlassen? Wie ist er ins Haus gekommen?«

»Durch ein Kellerfenster.«

Sie gingen zurück in die Küche und von da in den geräumigen Keller, der sich unter dem gesamten Haus erstreckte. In einem Raum, in dem Wallander noch den Duft gelagerter Winteräpfel wahrnahm, war ein Fenster nur angelehnt.

»Wir glauben, daß er hier hereingekommen und auf demselben Weg wieder verschwunden ist«, sagte Sjösten. »Auch wenn er direkt durch die Haustür hätte spazieren können. Åke Liljegren wohnte allein.«

»Hat er irgend etwas hinterlassen?« fragte Wallander. »Bisher hat er sich sehr große Mühe gegeben, uns mit keinerlei Anhaltspunkten zu versehen. Aber auf der anderen Seite war er auch nicht übertrieben vorsichtig. Wir haben einen ganzen Satz Fingerabdrücke. Nyberg zufolge fehlt nur der linke kleine Finger.«

»Fingerabdrücke, von denen er weiß, daß die Polizei sie nicht in ihren Registern hat«, sagte Sjösten.

Wallander nickte. Sjöstens Kommentar war richtig. Er selbst hatte den Gedanken nur noch nicht so formuliert.

»In der Küche am Herd haben wir einen Fußabdruck gefunden«, sagte Sjösten.

»Also war er wieder barfuß«, stellte Wallander fest.

»Barfuß?«

Wallander erzählte ihm von dem Fußabdruck in Björn Fredmans blutverschmiertem Wagen. Sjösten und seinen Kollegen mußte als erstes das gesamte Ermittlungsmaterial über die drei früheren Morde zugänglich gemacht werden.

Wallander untersuchte das Kellerfenster. Er meinte, schwache Kratzspuren an der Stelle erkennen zu können, wo ein Haken aus seiner Verankerung gerissen worden war. Als er sich bückte, fand er ihn, obwohl er auf dem dunklen Boden schwer zu sehen war. Er faßte ihn nicht an. »Es wirkt so, als sei er schon vorher losgemacht worden.«

»Du meinst, er hat sein Kommen vorbereitet?«

»Nicht undenkbar. Es paßt zu seinem bisherigen Vorgehen. Er überwacht seine Opfer. Späht sie aus. Warum und wie lange, wissen wir nicht. Unser verhaltenswissenschaftlicher Spezialist, Mats Ekholm, behauptet, das sei charakteristisch für Personen mit psychotischen Zügen.«

Sie gingen in einen angrenzenden Raum, in dem die Fenster von der gleichen Art waren. Die Fensterhaken waren intakt.

»Man sollte vielleicht vor dem anderen Fenster nach Fußabdrücken suchen«, sagte Wallander.

Dann bereute er, was er gesagt hatte. Er hatte keine Veranlassung, einem so erfahrenen Kriminalisten wie Waldemar Sjösten Ratschläge zu erteilen.

Sie kehrten in die Küche zurück. Liljegrens Körper wurde gerade fortgebracht.

»Ich habe die ganze Zeit nach dem Berührungspunkt gesucht«, sagte Wallander. »Zuerst zwischen Gustaf Wetterstedt und Arne Carlman. Den habe ich am Ende gefunden. Dann suchte ich den zwischen Björn Fredman und den beiden anderen. Den suchen wir noch immer. Dennoch bin ich überzeugt, daß er existiert. Jetzt, glaube ich, müssen wir ihn hier als erstes suchen. Ist es möglich, einen Zusammenhang zwischen Åke Liljegren und den drei anderen herzustellen? Am besten zwischen allen, zumindest aber zu einem von ihnen.«

»In gewisser Weise gibt es ja schon einen sehr klaren Berührungspunkt«, erwiderte Sjösten bedächtig.

Wallander betrachtete ihn fragend.

»Ich meine, der Täter an sich ist ja ein identifizierbarer Berührungspunkt«, fuhr Sjösten fort. »Auch wenn wir nicht wissen, wer er ist.«

Sjösten wies mit einer Kopfbewegung zur Haustür, um anzudeuten, daß er ungestört mit Wallander sprechen wollte. Als sie in den Garten kamen, blinzelten sie in die Sonne. Sjösten zündete sich eine Zigarette an und zog Wallander zu einer Gruppe von Gartenstühlen, ein Stück vom Haus entfernt. Sie rückten die Stühle in den Schatten.

»Es sind viele Gerüchte über Åke Liljegren in Umlauf«, sagte Sjösten. »Seine Geschäfte mit Briefkastenfirmen sind wohl nur ein Teil seiner Aktivitäten. Wir hier in Helsingborg haben viele andere Dinge gehört. Niedrig fliegende Cessnas, die Kokainlasten abwerfen. Heroin, Marihuana. Ebenso schwer zu beweisen wie zu entkräften. Mir persönlich fällt es nicht leicht, diese Art von Gewerbe mit Liljegren zu verbinden. Aber das kann natürlich an meiner begrenzten Phantasie liegen. Man stellt sich vor, daß es immer noch möglich wäre, Verbrecher verschiedenen Kategorien zuzuordnen. Gewisse Arten von Verbrechen könnten in Gruppen eingeteilt werden. Die Verbrecher sollten sich dann an die entsprechenden Grenzen halten. Nicht in andere Bereiche eindringen und unsere Einteilungen durcheinanderbringen.«

»Ich habe manchmal in den gleichen Bahnen gedacht«, räumte Wallander ein. »Aber die Zeiten sind wohl endgültig vorbei. Die Welt, in der wir leben, ist im Begriff, viel übersichtlicher und zugleich viel chaotischer zu werden.«

Sjösten wedelte mit der Zigarette zu der großen Villa hin. »Es hat auch andere Gerüchte gegeben«, sagte er. »Handfestere. Von wüsten Gelagen in diesem Haus. Frauen, Prostitution.«

»Wüst?« fragte Wallander. »Mußtet ihr ausrücken?«

»Nie«, antwortete Sjösten. »Ich weiß eigentlich auch nicht, warum ich die Feste wüst nenne. Aber hier sind manchmal Menschen zusammengekommen, die dann ebensoschnell wieder verschwunden waren.«

Wallander sagte nichts. Er dachte darüber nach, was Sjösten gerade gesagt hatte. Ein schwindelerregender Gedanke schoß ihm plötzlich durch den Kopf. Er sah Dolores Maria Santana an der südlichen Ausfahrt von Helsingborg stehen. Konnte ein Zusammenhang bestehen mit dem, was Sjösten erwähnt hatte? Prostitution? Er verwarf den Gedanken wieder. Er war nicht nur unbegründet, er war auch ein Ausdruck dessen, daß er verschiedene Ermittlungen in seinem Kopf vermischte.

»Wir werden zusammenarbeiten müssen«, sagte Sjösten. »Deine Kollegen und du, ihr habt ein paar Wochen Vorsprung. Und nun legen wir Liljegren dazu. Wie sieht das Bild jetzt aus? Was verändert sich? Was wird deutlicher?«

»Ich halte es für ausgeschlossen, daß das Reichskriminalamt jetzt nicht einsteigt«, sagte Wallander. »Das ist natürlich gut so. Aber ich befürchte immer, daß es Probleme mit der Zusammenarbeit gibt und die Informationen nicht dahin gelangen, wo sie hinsollen.«

»Die gleiche Sorge habe ich«, antwortete Sjösten. »Deshalb schlage ich vor, du und ich bilden eine informelle Einheit, die ein bißchen ihre eigenen Wege gehen kann, wenn es uns paßt.«

»Gerne«, erwiderte Wallander.

»Wir erinnern uns beide noch an die Zeit der alten Reichsmordkommission«, fuhr Sjösten fort. »Etwas, was gut funktionierte, wurde auseinandergebrochen. Und ist danach eigentlich nie wieder so gut geworden wie damals.«

»Die Zeiten waren andere«, sagte Wallander. »Die Gewalt sah anders aus, und außerdem gab es weniger Morde. Die richtigen Schwerverbrecher bewegten sich in Bahnen, die wir ganz anders überschauen konnten als heute. Du hast recht, die Reichsmordkommission war gut. Aber ob sie heute noch ebenso schlagkräftig wäre, da bin ich mir weniger sicher.«

Sjösten stand auf. »Aber wir sind uns einig?« fragte er.

»Natürlich«, antwortete Wallander. »Wenn wir es für nötig halten, ziehen wir uns zurück und beratschlagen uns miteinander.«

»Du kannst bei mir wohnen«, bot Sjösten an. »Wenn du übernachten mußt. Es kann schön sein, nicht im Hotel wohnen zu müssen.«

»Gern«, dankte Wallander. Doch insgeheim hatte er nichts dagegen, im Hotel zu wohnen, wenn es nötig wurde. Sein Bedürfnis, wenigstens ein paar Stunden am Tag allein zu sein, war sehr ausgeprägt.

Sie gingen zum Haus zurück. Links lag eine große Garage mit zwei Toren. Während Sjösten ins Haus ging, beschloß Wallander, einen Blick in die Garage zu werfen. Er zog mit Mühe eines der Tore auf. In der Garage stand ein schwarzer Mercedes. Wallander ging hinein und betrachtete den Wagen von der Seite. Dabei entdeckte er die dunkel getönten Fenster, die eine Einsicht von außen unmöglich machten. Er blieb stehen und grübelte.

Dann ging er ins Haus und lieh sich Nybergs Handy. Er rief in Ystad an und verlangte Ann-Britt Höglund. In kurzen Worten erzählte er, was geschehen war. Dann kam er auf sein eigentliches Anliegen zu sprechen. »Ich möchte, daß du Sara Björklund anrufst«, sagte er. »Du erinnerst dich an sie?«

»Wetterstedts Haushilfe?«

»Ja, genau. Ich möchte, daß du sie anrufst und mit hierher nach Helsingborg bringst. Und zwar gleich.«

»Warum?«

»Ich möchte, daß sie sich ein Auto ansieht. Und ich werde neben ihr stehen und mit allen Kräften hoffen, daß sie es wiedererkennt.«

Ann-Britt Höglund fragte nichts mehr.

## 30

Sara Björklund stand lange da und sah den schwarzen Wagen an.

Wallander blieb in ihrer Nähe, aber doch im Hintergrund. Er wollte ihr durch seine Anwesenheit Sicherheit geben, ihr aber nicht so nahe sein, daß es sie in ihrer Konzentration störte. Er merkte, wie sie sich bis zum äußersten anstrengte, um zu einer Überzeugung zu gelangen. Hatte sie diesen Wagen an jenem Freitagmorgen gesehen, als sie zu Wetterstedts Haus kam, im Glauben, es sei Donnerstag? Hatte der Wagen so ausgesehen, konnte es vielleicht sogar genau dieser und kein anderer sein, den sie vom Haus des ehemaligen Ministers hatte fortfahren sehen?

Sjösten stimmte Wallander zu, als dieser ihm seinen Gedankengang erklärte. Auch wenn Sara Björklund, von Wetterstedt so verächtlich als Putze bezeichnet, zu dem Ergebnis kam, daß es sich um einen Wagen der gleichen Marke handelte wie der, den sie gesehen hatte, würde das nichts beweisen. Es wäre lediglich ein Indiz, eine Möglichkeit. Dennoch fanden es beide wichtig.

Sara Björklund zögerte. Weil die Schlüssel steckten, bat er Sjösten, eine Runde damit auf dem Hof zu drehen. Wenn sie die Augen schloß und lauschte, konnte sie das Motorgeräusch erkennen? Autos hörten sich unterschiedlich an. Sie tat, was er sagte. Sie lauschte.

»Vielleicht«, sagte sie anschließend. »Es sieht aus wie das Auto an jenem Morgen. Aber ob es genau dieses war, kann ich nicht sagen. Auf die Nummernschilder habe ich nicht geachtet.«

Wallander nickte.

»Das verlange ich auch nicht«, sagte er. »Es tut mir leid, daß ich Sie bitten mußte, herzukommen.«

Ann-Britt Höglund hatte vorsichtshalber Norén mitgebracht, der jetzt den Auftrag bekam, Sara Björklund nach Ystad zurückzufahren. Sie selbst wollte bleiben.

Es war noch früh am Morgen. Dennoch schien bereits das ganze Land zu wissen, was geschehen war. Sjösten hielt auf der Straße eine improvisierte Pressekonferenz ab, während Wallander und Ann-Britt Höglund zum Fährterminal hinunterfuhren und frühstückten.

Er gab ihr einen knappen Überblick über das, was geschehen war.

»Åke Liljegren tauchte damals in unseren Ermittlungen im Fall Alfred Harderberg auf«, sagte sie anschließend. »Erinnerst du dich?«

Wallander versetzte sich in Gedanken in das letzte Jahr zurück. Er dachte mit Unbehagen an den berühmten Geschäftsmann und Kunstmäzen, der hinter den Mauern von Farnholms Schloß gelebt hatte und den sie am Ende in einer dramatischen Aktion auf dem Flugplatz Sturup am Verlassen des Landes hindern konnten. Åke Liljegrens Name war im Verlauf der Ermittlung aufgetaucht, allerdings nur am Rande. Es war nicht einmal zu einer Vernehmung gekommen.

Wallander saß vor seiner dritten Tasse Kaffee und schaute auf den Sund hinaus, auf dem es an diesem Sommermorgen von Segelbooten und Fähren nur so wimmelte. »Wir wollten es nicht, aber jetzt haben wir es doch bekommen«, sagte er. »Noch einen toten und skalpierten Mann. Ekholm zufolge sind wir jetzt an der magischen Grenze angelangt, wo unsere Möglichkeiten, den Täter zu identifizieren, entscheidend zugenommen haben. Alles laut Modellen des FBI, die mit Sicherheit von großer Bedeutung sind. Jetzt sollten wir noch klarer aufzeigen können, was ähnlich ist und was sich unterscheidet.«

»Mir kommt es so vor, als sei er etwas grober geworden«, sagte sie zögernd. »Wenn man bei Axthieben und Skalpieren überhaupt eine Gradeinteilung vornehmen kann.«

Wallander wartete gespannt auf eine Fortsetzung. Ihr Zögern war häufig ein Anzeichen dafür, daß sie einem wichtigen Gedanken auf die Spur gekommen war.

»Wetterstedt lag unter einem Ruderboot«, fuhr sie fort. »Sein Skalp war abgeschnitten. Als habe unser Mann sich Zeit genommen, sorgfältig zu sein. Oder war es vielleicht Unsicherheit? Es war schließlich der erste Skalp. Carlman wurde direkt von vorne getötet. Er muß den Mann gesehen haben. Sein Haar wurde abgerissen, nicht abgeschnitten. Man kann sich Wut vorstellen oder Verachtung, oder vielleicht eine fast unkontrollierte Raserei. Dann kommt Björn Fredman. Er lag wahrscheinlich auf dem Rücken. Vermutlich gefesselt. Sonst hätte er Widerstand geleistet. Er bekam Säure in die Augen. Der Täter muß ihm mit Gewalt die Augen aufgesperrt haben. Der Schlag auf den Kopf wurde mit ungeheurer Wucht geführt. Und jetzt Liljegren. Sein Kopf wird in den Backofen gesteckt. Ich sehe da eine Steigerung von etwas. Ist es Haß? Oder die unbegreifliche Lust eines Kranken, seine Macht zu demonstrieren?«

»Geh zu Ekholm und wiederhole, was du jetzt gesagt hast. Er soll das in seinen Computer eingeben. Ich stimme dir zu. Es sind gewisse Veränderungen in seinem Verhalten zu erkennen. Etwas ist in Bewegung gekommen. Aber was sagt uns das? Es kommt mir manchmal so vor, als versuchten wir, Fußspuren zu deuten, die Millionen Jahre alt sind. Wie in vulkanischer Asche erstarrte Fußabdrücke ausgestorbener Tiere. Am meisten grübele ich über die Chronologie nach. Sie beruht darauf, daß wir die Opfer in einer bestimmten Reihenfolge gefunden haben, weil sie in einer bestimmten Reihenfolge getötet wurden. Da entsteht für uns eine natürliche Chronologie. Die Frage ist nur, ob es noch eine andere Ordnung zwischen ihnen gibt, die wir nicht verstehen. Ist einer von ihnen vielleicht wichtiger als die anderen?«

Sie dachte nach. »Stand einer von ihnen ihm näher als die anderen?«

»Genau«, sagte Wallander. »Befindet sich Liljegren näher an einem Zentrum als Carlman? Und wer befindet sich an der Peripherie? Oder haben alle das gleiche Verhältnis zum Täter?«

»Ein Verhältnis, das außerdem vielleicht nur in seinem verwirrten Bewußtsein existiert?«

Wallander schob seine leere Kaffeetasse von sich. »Das einzige, was wir mit Sicherheit sagen können, ist, daß diese Männer nicht nach dem Zufallsprinzip ausgewählt wurden.«

»Björn Fredman fällt aus dem Rahmen«, überlegte sie, als sie aufstanden.

»Ja«, stimmte Wallander zu. »Das tut er. Aber wenn man es umdreht, sind vielleicht die drei anderen die Ausnahme.«

Sie kehrten nach Tågaborg zurück, wo sie erfuhren, daß Hansson auf dem Weg nach Helsingborg sei, um mit dem Polizeidirektor zu konferieren.

»Morgen haben wir das Reichskriminalamt hier«, sagte Sjösten.

»Hat jemand mit Ekholm gesprochen?« fragte Wallander. »Er sollte so schnell wie möglich herkommen.«

Ann-Britt Höglund wollte das erledigen. Währenddessen ging Wallander gemeinsam mit Sjösten noch einmal durchs Haus. Nyberg kniete mit den anderen Technikern in der Küche. Auf der Treppe zum Obergeschoß holte Ann-Britt Höglund sie ein und informierte sie, daß Ekholm mit Hansson im selben Wagen komme. Zusammen setzten sie die Hausbesichtigung fort. Keiner von ihnen sprach ein Wort. Jeder folgte seinem eigenen unsichtbaren Jagdpfad. Wallander versuchte, die Anwesenheit des Mörders im Haus zu fühlen, genauso wie er ihn in der Dunkelheit in Wetterstedts Haus oder in der hellen Laube in Carlmans Garten gesucht hatte. Vor weniger als zwölf Stunden hatte der Mörder dieselbe Treppe benutzt. Der unsichtbare Abdruck seiner Anwesenheit lag noch über dem Haus. Wallander bewegte sich langsamer als die anderen. Er blieb häufig stehen und sah mit leerem Blick vor sich hin. Oder er setzte sich auf einen Stuhl und betrachtete eine Wand oder einen Teppich oder eine Tür, als befinde er sich in einer Kunstgalerie und sei tief versunken in die Betrachtung der ausgestellten Stücke. Dann und wann kehrte er um und ging eine kurze Strecke noch einmal. Ann-Britt Höglund, die ihn sah, bekam den Eindruck, als bewege er sich auf einer äußerst dünnen Eisdecke. Wallander hätte ihr darin sicher recht gegeben. Jeder Schritt beinhaltete ein Risiko, eine neue Stellungnahme, die Zwiesprache mit sich selbst über einen gerade gedachten Gedanken. Er bewegte sich gleichermaßen in seinem Kopf wie an dem Tatort, an dem er sich befand. Gustaf Wetterstedts Haus war eigentümlich leer gewesen. Er hatte zu keinem Zeitpunkt die Anwesenheit des Mannes, den er suchte, gespürt. Das veranlaßte ihn am Ende zu der Annahme, daß der Mann, der Wetterstedt getötet hatte, nie in dessen Haus gewesen war. Er war ihm nicht näher gekommen als auf dem Garagendach, wo er sich die Zeit damit vertrieb, in einem *Superman*-Heft zu lesen und es dann zu zerreißen. Doch hier, in Liljegrens Haus, war es anders. Wallander kehrte zur Treppe zurück und blickte zum Badezimmer. Von hier aus hatte er den Mann sehen können, den er töten wollte. Falls die Badezimmertür geöffnet gewesen war. Und warum sollte sie das nicht, Liljegren war ja allein im Haus. Dann trat er ins Badezimmer und übernahm für einen Augenblick die Rolle Liljegrens in dem Einmannstück, das er aufführte. Er ging durch die Tür hinaus, stellte sich den Schlag vor, der entschlossen und mit großer Kraft schräg von hinten ausgeführt wurde. Er sah sich selbst auf den Teppich im Flur fallen. Danach übernahm er wieder die Rolle des Mannes mit der Axt in der Hand. In der rechten, nicht der linken, das hatten sie schon bei Wetterstedt festgestellt. Der Mann war Rechtshänder. Wallander ging langsam die Treppe hinunter und zog die unsichtbare Leiche hinter sich her. In die Küche, zum Herd. Er ging weiter in den Keller und blieb vor dem Fenster stehen, das zu schmal war, als daß er hätte hindurchklettern können. Der Mann, der dieses Fenster als Eingang zu Liljegrens Haus benutzt hatte, konnte keine überflüssigen Pfunde mit sich herumschleppen. Er mußte mager sein. Wallander kehrte wieder in die Küche zurück und ging anschließend in den Garten. Vor dem Kellerfenster versuchten die Techniker, Fußabdrücke zu sichern. Er wußte im voraus, daß sie keine finden würden. Der Mann war barfuß gewesen, wie bei allen früheren Gelegenheiten. Er blickte zur Hecke. Dies war der kürzeste Abstand zwischen Kellerfenster und Straße. Er grübelte darüber nach, warum der Mörder barfuß gewesen war. Auch Ekholm, dem er die Frage schon mehrfach gestellt hatte, war eine plausible Antwort schuldig geblieben. Barfuß zu gehen bedeutete, ein Verletzungsrisiko in Kauf zu nehmen. Auszurutschen, sich zu schneiden oder zu stechen. Trotzdem ging er ohne Schuhe. Warum? Das war auch einer der Punkte, die er festhalten mußte. Er skalpierte. Er benutzte eine Axt. Er lief barfuß. Wallander blieb reglos stehen. Der Gedanke überfiel ihn gleichsam. Sein Unterbewußtsein hatte eine Schlußfolgerung gezogen und die Meldung weitergesandt. Jetzt war sie angekommen.

Ein Indianer, dachte er. Ein Krieger eines Naturvolks.

Plötzlich war er überzeugt davon, daß der Mann, den sie suchten, ein einsamer Krieger war, der einem unsichtbaren Pfad folgte, den er sich ausgesucht hatte. Er imitierte. Tötete mit der Axt, schnitt Skalpe ab, bewegte sich barfuß. Warum lief ein Indianer im schwedischen Sommer umher und tötete Menschen? Wer beging eigentlich die Morde? Der Indianer oder der, der die Rolle spielte?

Wallander hielt seine Gedanken fest, damit sie sich nicht wieder verflüchtigten, bevor er sie ganz zu Ende gedacht hatte. Er überwindet große Abstände. Er muß ein Pferd haben. Ein Motorrad. Das hinter der Baracke des Straßenbauamts gestanden hatte. Ein Wagen, in dem man fährt, ein Motorrad, auf dem man reitet.

Zum erstenmal glaubte er, das Bild des Mannes, den sie suchten, erahnen zu können. Angesichts dieser Einsicht nahm seine Anspannung augenblicklich zu. Seine Wachsamkeit war geschärft. Doch noch wollte er seine Gedanken für sich behalten.

Im Obergeschoß wurde ein Fenster geöffnet. Sjösten beugte sich heraus. »Komm mal hoch«, rief er.

Wallander ging ins Haus und fragte sich, was sie wohl gefunden hatten. In einem Zimmer, das Liljegrens Büro gewesen sein mußte, standen Sjösten und Ann-Britt Höglund vor einem Bücherregal. Sjösten hielt einen Plastikbeutel in der Hand. »Ich tippe auf Kokain«, sagte er. »Kann natürlich auch Heroin sein.«

»Wo lag es?«

Sjösten zeigte auf eine geöffnete Schublade.

»Vielleicht ist noch mehr da«, meinte Wallander.

»Ich lasse einen Drogenspürhund kommen«, gab Sjösten zurück.

»Ich glaube, du solltest auch ein paar Leute zu den Nachbarn schicken. Laß sie fragen, ob ihnen ein Mann auf einem Motorrad aufgefallen ist. Nicht nur gestern abend oder heute nacht. Auch früher. Die letzten Wochen.«

»Ist er mit dem Motorrad gekommen?«

»Ich glaube, ja. Es würde dazu passen, wie er sich in den anderen Fällen fortbewegt hat. Du findest es in den Ermittlungsunterlagen.«

Sjösten verließ das Zimmer.

»Von einem Motorrad steht aber nichts im Ermittlungsmaterial«, bemerkte Ann-Britt Höglund erstaunt.

»Das sollte es aber«, erwiderte Wallander geistesabwesend. »Wir haben doch festgestellt, daß an dem Weg in der Nähe von Carlmans Haus ein Motorrad gestanden hat. Oder nicht?«

Durchs Fenster sah er im selben Augenblick Ekholm und Hansson den Kiesweg zum Haus heraufkommen, der von Rosenbüschen gesäumt war. Sie hatten noch einen Mann bei sich. Wallander nahm an, daß es sich um den Polizeidirektor von Helsingborg handelte. Birgersson ging ihnen entgegen und traf sie auf halbem Weg.

»Vielleicht ist es besser, wir gehen hinunter«, sagte er. »Hast du etwas gefunden?«

»Das Haus erinnert an das von Wetterstedt«, sagte sie. »Die gleiche düstere Bürgerlichkeit. Aber hier gibt es auf jeden Fall Familienfotos. Ob sie sonderlich erbaulich sind, weiß ich nicht. Liljegren scheint Kavalleristen in der Familie gehabt zu haben. Schonische Dragoner. Den Fotos nach zu urteilen.«

»Ich habe sie nicht gesehen«, entschuldigte sich Wallander. »Aber ich glaube dir gern. Seine Scheinfirmengeschäfte hatten zweifellos manche Ähnlichkeit mit einer primitiven Form von Kriegführung.«

»Da ist auch ein Foto von einem alten Ehepaar vor einer Kate«, sagte sie. »Wenn ich die Rückseite richtig entziffert habe, sind es seine Großeltern auf Öland.«

Sie gingen ins Erdgeschoß. Die Treppe war zur Hälfte abgesperrt, um die Blutspuren zu sichern.

»Ältere alleinstehende Herren«, überlegte Wallander. »Ihre Häuser ähneln sich, vielleicht weil sich die beiden Männer ähnlich waren. Wie alt war Åke Liljegren eigentlich? War er schon siebzig?«

Die Frage blieb unbeantwortet, weil Ann-Britt Höglund es nicht wußte.

Liljegrens Eßzimmer wurde kurzerhand zum Sitzungszimmer umfunktioniert. Ekholm, der nicht dabeizusein brauchte, bekam einen Polizisten zugeteilt, der ihm die Informationen gab, die er haben wollte. Als alle sich vorgestellt und gesetzt hatten, überraschte Hansson Wallander damit, daß er bezüglich des weiteren Vorgehens sehr entschiedene Ansichten äußerte. Während der Fahrt von Ystad nach Helsingborg hatte er auch bereits telefonisch mit Per Åkeson und mit dem Reichskriminalamt in Stockholm konferiert.

»Es wäre falsch zu behaupten, die Lage hätte sich aufgrund dessen, was hier in diesem Haus passiert ist, ernstlich verändert«, begann er. »Sie war schon dramatisch genug, als wir einsehen mußten, daß wir es mit einem Serienmörder zu tun haben. Möglicherweise kann man aber sagen, daß wir eine Art Grenze passiert haben. Es deutet nichts mehr darauf hin, daß diese Mordserie abbricht. Wir können es höchstens hoffen. Das Reichskriminalamt ist bereit, uns die Unterstützung zu geben, die wir benötigen und anfordern. Die formale Seite dessen, daß wir jetzt eine Ermittlungsgruppe bilden müssen, die teils über die Grenzen verschiedener Polizeibezirke hinausgeht, teils Personal aus Stockholm umfaßt, dürfte eigentlich auch keine größeren Probleme aufwerfen. Ich nehme an, keiner hier hat etwas dagegen einzuwenden, daß Kurt die Leitung der neuen Ermittlungsgruppe übernimmt?«

Keiner erhob Einwände. Sjösten nickte zustimmend von seiner Seite des Eßtischs.

»Kurt genießt einen gewissen Ruf«, fuhr Hansson fort ohne die geringste Andeutung, eine Zweideutigkeit auszusprechen. »Der Chef des Reichskriminalamts hielt es für selbstverständlich, Kurt weiterhin die Ermittlung leiten zu lassen.«

»Ich stimme dem zu«, sagte der Polizeidirektor von Helsingborg. Es blieben seine einzigen Worte während der gesamten Besprechung.

»Es gibt klare Richtlinien, wie eine solche Zusammenarbeit in der kürzestmöglichen Zeit beginnen kann«, erklärte Hansson weiter. »Die Staatsanwälte haben ihre eigenen Bereitschaftsprozeduren für solche Fälle. Das Wichtigste im Augenblick ist zu präzisieren, welche Art von Hilfe wir eigentlich von Stockholm benötigen.«

Wallander hatte Hanssons Worten mit einem Gemisch aus Stolz und Unruhe zugehört. Sein Selbstbewußtsein sagte ihm gleichzeitig, daß kaum ein anderer als er selbst geeigneter sein konnte, die Ermittlung zu leiten.

»Ist etwas mit dieser Mordserie Vergleichbares in Schweden eigentlich schon einmal vorgekommen?« fragte Sjösten.

»Ekholm zufolge nicht«, antwortete Wallander.

»Es wäre natürlich gut, Kollegen dabei zu haben, die sich mit diesem Typ von Verbrechen auskennen«, meinte Sjösten.

»Die müßten wir schon vom Kontinent oder aus den USA holen«, erwiderte Wallander. »Und daran glaube ich nicht so recht. Wir brauchen aber natürlich einen erfahrenen Mordermittler, der unsere allgemeine Kapazität erhöhen kann.«

Nach weniger als zwanzig Minuten hatten sie die nötigen Beschlüsse gefaßt. Danach verließ Wallander eilig den Raum und suchte Ekholm. Er fand ihn im Obergeschoß vor dem Badezimmer. Wallander zog ihn mit sich in ein Gästezimmer, das den Eindruck machte, als sei es lange nicht benutzt worden. Wallander öffnete das Fenster, um die abgestandene Luft hinauszulassen. Dann setzte er sich auf die Bettkante und erzählte Ekholm von den Gedanken, die er sich zuvor gemacht hatte.

»Natürlich könntest du recht haben«, sagte Ekholm. »Ein psychisch gestörter Mensch, der in die Rolle eines einsamen Kriegers schlüpft. Dafür gibt es in der Kriminalgeschichte zahlreiche Beispiele. Allerdings nicht in Schweden. Solche Menschen verwandeln sich in einen anderen, bevor sie ausziehen, um Rache zu üben, was das gewöhnlichste Motiv ist. Die Verkleidung befreit sie von Schuld. Ein Schauspieler kennt keine Gewissensbisse wegen der Handlungen, die seine Rollenfigur begeht. Aber man darf auch nicht die Kategorie von Psychopathen vergessen, die aus keinem anderen Motiv töten als aus reiner Lust.«

»Das ist in diesem Fall aber nicht sehr wahrscheinlich«, sagte Wallander.

»Die Schwierigkeit liegt darin, daß die Rolle, die sich ein Mörder aussucht, wenn wir uns zum Beispiel einen Indianer vorstellen, nicht notwendigerweise etwas über sein Motiv aussagt. Es braucht nicht einmal eine äußere Übereinstimmung zu existieren. Stellen wir uns vor, du hast recht mit deinem barfüßigen Krieger. Er hat seine Rolle aus uns unbekannten Gründen gewählt. Ebensogut hätte er sich in einen japanischen Samurai oder einen *tonton macoute* aus Haiti verwandeln können. Die Gründe für die Wahl kennt allein er selbst.«

Wallander erinnerte sich an eines der ersten Gespräche, das er mit Ekholm geführt hatte.

»Dann hätten uns die Skalpe möglicherweise auf eine falsche Fährte gelockt«, sagte er. »Sie wären nur ritueller Bestandteil der von ihm gewählten Rolle. Das Trophäensammeln dient gar keinem Zweck, der die Ursache für alle diese Morde ist.«

»Das ist möglich.«

»Was heißen würde, wir ständen wieder ganz am Anfang.«

»Die Kombinationen müssen immer wieder neu durchprobiert werden. Wir kommen nie an den Ausgangspunkt zurück, wenn wir ihn einmal verlassen haben. Wir müssen uns genauso bewegen wie der Täter. Er bleibt nicht stehen. Was hier heute nacht passiert ist, bestätigt meine Meinung.«

»Und welche Meinung hast du dir gebildet?«

»Der Backofen ist interessant.«

Wallander stieß sich an Ekholms Ausdrucksweise. Aber er sagte nichts.

»Inwiefern?«

»Der Unterschied zwischen Säure und Backofen ist auffällig. Im einen Fall verwendet er ein chemisches Mittel, um einen noch lebenden Menschen zu quälen. Es ist ein Bestandteil des Tötungsaktes. Im zweiten Fall dient es eher als ein Gruß an uns.«

Wallander betrachtete Ekholm aufmerksam. Er versuchte zu verstehen. »Ein Gruß an die Polizei?«

»Im Grunde wundert mich das nicht. Der Mörder bleibt nicht unbeeinflußt von seinen eigenen Handlungen. Sein Bild von sich selbst nimmt ein neues Ausmaß an. Häufig erreicht es einen Punkt, an dem er einen Kontakt außerhalb seiner selbst suchen muß. Er birst beinah vor Größenwahn. Die Bestätigung seiner Größe muß er von außen erhalten. Da die Opfer schließlich nicht wieder von den Toten auferstehen und ihm applaudieren können, wendet er sich der Polizei zu. Seinen Verfolgern. Die ihn daran hindern wollen weiterzumachen. Das kann auf verschiedene Weise zum Ausdruck kommen. Anonyme Anrufe oder Briefe. Oder warum nicht in der Form, daß er einen Toten in einer grotesken Stellung arrangiert?«

»Er fordert uns also heraus?«

»Ich glaube nicht, daß er so denkt. Er sieht sich selbst als unverwundbar an. Wenn es zutrifft, und er hat die Rolle eines barfüßigen Kriegers gewählt, kann die Unverwundbarkeit eine der Ursachen dafür sein. Es gibt viele Beispiele für Kriegervölker, die sich einsalben, um sich unverwundbar zu machen gegen Schwerter oder Pfeile. In unserer Zeit kann die Polizei ein solches Schwert darstellen.«

Wallander saß eine Weile schweigend da. »Was wird der nächste Schritt sein?« fragte er dann. »Er fordert uns heraus, indem er Liljegrens Kopf in den Backofen steckt. Und beim nächsten Mal? Wenn es ein nächstes Mal geben sollte?«

»Es gibt viele denkbare Möglichkeiten. Eine nicht völlig unbekannte ist die, daß psychopathische Mörder den Kontakt mit einzelnen Polizisten suchen.«

»Und warum?«

Ekholm gelang es nicht ganz, sein Zögern zu verbergen, bevor er antwortete. »Es ist vorgekommen, daß Polizisten getötet wurden.«

»Du meinst, dieser Wahnsinnige beobachtet uns?«

»Das ist gut möglich. Ohne daß wir es ahnen, kann er sich einen Spaß daraus machen, in unserer unmittelbaren Nähe aufzutauchen. Und wieder zu verschwinden. Eines Tages genügt ihm das vielleicht nicht mehr.«

Wallander dachte an die Empfindung, die ihn an der Absperrung bei Carlmans Hof befallen hatte. Das Gefühl, ein Gesicht unter den Schaulustigen wiederzuerkennen, die die Arbeit der Polizei beobachteten. Jemand, der auch am Strand außerhalb der Absperrung gestanden hatte, als sie den toten Justizminister unter dem Boot hervorzogen.

Ekholm sah ihn ernst an. »Ich glaube, vor allem du solltest dir dessen bewußt sein«, sagte er. »Ganz unabhängig von diesem Gespräch hatte ich vor, mit dir darüber zu sprechen.«

»Warum gerade ich?«

»Du bist derjenige, der am sichtbarsten ist. An der Ermittlung sind viele Personen beteiligt. Aber der einzige Name, der auftaucht, ist deiner, und das einzige Gesicht, das regelmäßig da ist, ist deins.«

Wallander schnitt eine Grimasse. »Soll ich das wirklich ernst nehmen?«

»Das mußt du selbst entscheiden.«

Als ihr Gespräch beendet war und Ekholm das Zimmer verlassen hatte, blieb Wallander sitzen. Er versuchte, sich darüber klarzuwerden, was er eigentlich angesichts der von Ekholm ausgesprochenen Warnung empfand.

Es war wie ein kalter Wind, der durchs Zimmer wehte, dachte er.

Und das war alles.


Kurz nach drei am Nachmittag kehrten Wallander und die anderen nach Ystad zurück. Sie hatten sich darauf geeinigt, die Ermittlung weiter von dort aus zu leiten. Wallander saß während der ganzen Fahrt schweigend da und antwortete nur wortkarg auf Hanssons gelegentliche Fragen. Als sie ankamen, trafen sie sich zu einem kurzen Informationsaustausch mit Svedberg, Martinsson und Per Åkeson. Svedberg konnte ihnen mitteilen, daß es jetzt möglich war, mit Carlmans Tochter zu sprechen, die sich nach ihrem Selbstmordversuch erholt hatte. Sie beschlossen, daß Wallander und Ann-Britt Höglund sie am nächsten Morgen im Krankenhaus besuchen sollten. Um sechs Uhr rief Wallander seinen Vater an. Gertrud nahm das Gespräch entgegen. Sein Vater wirkte wieder völlig normal. Er schien den Vorfall vor einigen Tagen vollständig vergessen zu haben. Wallander rief auch zu Hause an. Niemand nahm ab. Linda war also nicht da. Als er das Präsidium verließ, fragte er Ebba, ob sie noch etwas von seinen Schlüsseln gehört habe. Nichts. Er fuhr zum Hafen und machte einen Spaziergang auf der Pier. Dann setzte er sich ins Hafencafé und trank ein Bier. Plötzlich merkte er, daß er die Menschen, die ein und aus gingen, beobachtete. Unangenehm berührt stand er auf und ging auf die Pier hinaus zu der Bank neben der roten Baracke der Seenotrettung.

Der Sommerabend war warm und windstill. Auf einem Boot spielte jemand Ziehharmonika. Jenseits der Pier lief eine der Polenfähren ein. Ohne sich dessen eigentlich ganz bewußt zu sein, erkannte er plötzlich einen Zusammenhang. Er saß ganz still und ließ seine Gedanken arbeiten. Er begann die Konturen eines Dramas zu erahnen, das schlimmer war als alles, was er sich je hatte vorstellen können. Es gab noch immer viele Lücken. Doch er meinte jetzt, sehen zu können, worauf sie ihre Nachforschungen konzentrieren mußten.

Der Fehler lag nicht in der Ermittlungsstrategie, nach der sie sich bisher gerichtet hatten.

Der Fehler lag in den Gedanken, die er sich gemacht, und in den Schlußfolgerungen, die er gezogen hatte.

Er fuhr nach Hause, setzte sich an den Küchentisch und schrieb eine Zusammenfassung.

Kurz vor Mitternacht kam Linda. Sie hatte in der Zeitung gelesen, was geschehen war.

»Wer tut so etwas?« fragte sie. »Wie kann so ein Mensch beschaffen sein?«

Wallander dachte nach, bevor er antwortete. »Wie du und ich«, sagte er dann. »Im großen und ganzen genau wie du und ich.«

# 31

Wallander schrak aus dem Schlaf hoch.

Er öffnete die Augen und blieb regungslos liegen. Das Licht der Sommernacht war noch grau. Jemand bewegte sich in der Wohnung. Er warf einen Blick zur Uhr auf dem Nachttisch. Viertel nach zwei. Die Angst kam augenblicklich. Linda war es bestimmt nicht. Wenn sie am Abend eingeschlafen war, rührte sie sich bis zum Morgen nicht aus dem Bett. Er hielt den Atem an und horchte. Das Geräusch war sehr leise.

Jemand bewegte sich barfuß.

Wallander richtete sich vorsichtig im Bett auf. Er sah sich nach etwas um, womit er sich verteidigen konnte. Seine Dienstwaffe lag eingeschlossen in seinem Schreibtisch im Polizeipräsidium. Im Schlafzimmer gab es nichts außer der hölzernen Rückenlehne eines kaputten Stuhls. Er machte sie vorsichtig los und lauschte wieder. Die Schritte schienen aus der Küche zu kommen. Er ließ den Morgenmantel liegen, weil der nur seine Bewegungsfreiheit einschränkte. Er verließ das Schlafzimmer und sah zum Wohnzimmer hinüber. Er ging an Lindas Tür vorbei. Sie war geschlossen. Sie schlief. Er hatte jetzt große Angst. Die Geräusche kamen aus der Küche. Er stand in der Türöffnung des Wohnzimmers und lauschte. Ekholm hatte also recht gehabt. Er bereitete sich darauf vor, jemandem entgegenzutreten, der sehr stark war. Die hölzerne Rückenlehne, die er in der Hand hielt, war keine große Hilfe. Ihm fiel ein, daß in einer Schublade unter dem Bücherregal Kopien einiger altertümlicher Schlagringe lagen. Er hatte das idiotische Zeug einmal bei einer Polizeilotterie gewonnen. Seine Fäuste würden ein besserer Schutz sein als die Holzlehne. Immer noch hörte er die Geräusche aus der Küche. Lautlos bewegte er sich über den Parkettboden und öffnete die Schublade. Die Schlagringe lagen unter seiner letzten Steuererklärung. Er zog einen davon über die Knöchel der rechten Hand. Im selben Augenblick hörten die Geräusche in der Küche auf. Er drehte sich hastig um und hob die Fäuste.

Linda stand in der Tür und sah ihn mit einer Mischung aus Angst und Verblüffung an. Er starrte zurück. »Was tust du?« fragte sie. »Was hast du da an der Hand?«

»Ich dachte, es wäre ein Einbrecher in der Wohnung«, sagte er und nahm den Schlagring ab.

Sie sah, wie aufgewühlt er war. »Das bin nur ich. Ich kann nicht schlafen.«

»Aber deine Tür war zu.«

»Dann habe ich sie wohl zugemacht. Ich wollte nicht, daß sie vom Luftzug zugeschlagen würde. Ich habe Wasser getrunken.«

»Ich dachte, du wachst nachts nie auf?«

»Die Zeiten sind vorbei. Ich schlafe manchmal schlecht. Wenn mir viel im Kopf herumgeht.«

Eigentlich sollte er sich blöd vorkommen, dachte Wallander. Aber seine Erleichterung war stärker. Seine Reaktion hatte ihm vor Augen geführt, daß er Ekholms Worte bedeutend ernster nahm, als ihm selbst bewußt war. Er setzte sich aufs Sofa. Sie blieb stehen und sah ihn an.

»Ich habe mich oft gefragt, wie du so gut schlafen kannst«, sagte sie. »Wenn ich daran denke, was du alles mit ansehen mußt. Was du alles mitkriegst.«

»Das wird zur Gewohnheit«, antwortete Wallander und wußte, daß es nicht der Wahrheit entsprach.

Sie setzte sich neben ihn. »Ich habe gestern in einer Abendzeitung geblättert, als Kajsa Zigaretten kaufte. Da stand viel über das, was in Helsingborg passiert ist. Ich begreife nicht, wie du das aushältst.«

»Die Zeitungen übertreiben.«

»Kann man übertreiben, wenn jemandem der Kopf in den Backofen gesteckt wird?«

Wallander versuchte, ihren Fragen zu entkommen. Er wußte nicht, ob um seinetwillen oder um ihretwillen. »Das ist eine Sache für den Gerichtsmediziner«, erwiderte er. »Ich untersuche nur den Tatort und versuche zu verstehen, was passiert ist.«

Sie schüttelte abwehrend den Kopf. »Mich hast du nie belügen können. Mama vielleicht, aber mich nie.«

»Ich habe doch Mona nie belogen?«

»Du hast ihr nie gesagt, wie sehr du sie mochtest. Wenn man etwas nicht ausspricht, kann das auch auf eine nicht wahrheitsgemäße Aussage hinauslaufen.«

Er blickte sie überrascht an. Ihre Wortwahl kam unerwartet.

»Als ich klein war, habe ich immer heimlich in den Papieren gelesen, die du abends mit nach Hause gebracht hast. Manchmal, wenn du mit Fällen zu tun hattest, die wir spannend fanden, habe ich meine Freundinnen mitgebracht. Wir haben in meinem Zimmer gesessen und Zeugenvernehmungen gelesen. Damals habe ich viele solche Wörter gelernt.«

»Davon habe ich nie etwas geahnt.«

»Das solltest du ja auch nicht. Sag mir lieber, wer deiner Meinung nach eben in der Wohnung gewesen sein könnte.«

Sie wechselte das Gesprächsthema sehr schnell. Er beschloß ebenso rasch, zumindest teilweise die Wahrheit zu sagen. Es komme vor, erklärte er ihr, wenn auch äußerst selten, daß Polizeibeamte in seiner Position, vor allem diejenigen, die oft in den Zeitungen oder im Fernsehen in Erscheinung traten, die Aufmerksamkeit von Verbrechern auf sich zogen, die sich dann auf sie fixierten. Normalerweise war das kein Grund zur Besorgnis. Aber man konnte nie vorhersagen, was eigentlich noch normal war. Es konnte jedenfalls von Vorteil sein, sich des Phänomens bewußt zu sein. Trotzdem war es noch ein sehr großer Schritt dahin, sich Sorgen zu machen.

Sie glaubte ihm kein Wort.

»Der Mensch, der da eben mit dem Schlagring stand, war sich aber nicht eines Phänomens bewußt«, sagte sie. »Was ich gesehen habe, war mein Vater, der Polizist ist. Und er hatte Angst.«

»Vielleicht hatte ich einen Alptraum«, sagte er zögernd. »Und jetzt erzähle du mir, warum du nicht schlafen kannst.«

»Ich mache mir Gedanken darüber, was ich mit meinem Leben anfangen soll.«

»Was Kajsa und du mir vorgeführt habt, war doch gut.«

»Ja, aber nicht so gut, wie wir eigentlich wollen.«

»Du hast noch Zeit, es weiter zu probieren.«

»Eigentlich will ich vielleicht etwas ganz anderes machen.«

»Was denn?«

»Darüber denke ich nach, wenn ich nachts aufwache. Ich schlage die Augen auf und denke, daß ich es noch immer nicht weiß.«

»Du kannst mich jederzeit wecken«, sagte er. »Als Polizist habe ich jedenfalls gelernt zuzuhören. Die Antworten mußt du dir wohl eher von anderen holen.«

Sie lehnte ihren Kopf an seine Schulter. »Ich weiß«, sagte sie. »Du kannst gut zuhören. Besser als Mama. Aber die Antworten kann doch nur ich selbst mir geben.«

Sie blieben noch lange sitzen. Erst um vier Uhr, als es schon ganz hell war, gingen sie wieder ins Bett. Lindas Bemerkung, er könne besser zuhören als Mona, bereitete Wallander Genugtuung.

In einem zukünftigen Leben würde er nichts dagegen haben, alles besser zu machen als sie. Jetzt, wo es Baiba gab.


Wallander stand kurz vor sieben auf. Linda schlief. Er trank nur hastig eine Tasse Kaffee, bevor er aus dem Haus ging. Das Wetter war noch immer schön, doch es war windiger geworden. Als er im Präsidium eintraf, stieß er mit einem wütenden Martinsson zusammen, der von einem totalen Urlaubschaos zu erzählen wußte, weil so viele Kollegen wegen der langwierigen Ermittlung ihren Urlaub auf unbestimmte Zeit verschieben mußten.

»Es kommt noch so weit, daß ich erst im September Urlaub nehmen kann«, knurrte er bissig. »Wer zum Teufel will dann in Urlaub gehen?«

»Ich«, sagte Wallander. »Im September fahre ich mit meinem Vater nach Italien.«

Als Wallander in sein Zimmer kam, sah er auf dem Kalender, daß es schon Mittwoch, der 6. Juli war. Am Samstagmorgen, in drei Tagen, sollte er in Kastrup sein und Baiba abholen.

Erst jetzt gestand er sich ernstlich ein, ihre Ferienreise absagen, zumindest aber auf unbestimmte Zeit verschieben zu müssen. In der Hektik der vergangenen Wochen hatte er den Gedanken daran von sich geschoben. Jetzt konnte es so nicht weitergehen. Er mußte die Reise- und Hotelbuchungen stornieren. Ihm graute bei dem Gedanken, wie Baiba reagieren würde. Er blieb sitzen und spürte, wie er Magenschmerzen bekam. Es muß eine Alternative geben, dachte er. Baiba kann herkommen. Vielleicht gelingt es uns sogar, den verfluchten Kerl zu fassen, der Menschen tötet und ihnen die Kopfhaut abschneidet.

Er fürchtete sich vor ihrer Enttäuschung. Obwohl sie früher mit einem Polizisten verheiratet gewesen war, hatte Wallander den Eindruck, sie sei der Meinung, in einem Land wie Schweden wäre alles anders. Doch er konnte sie nicht länger darüber im unklaren lassen, daß sie nicht wie geplant nach Skagen fahren würden. Er sollte den Hörer abnehmen und auf der Stelle in Riga anrufen. Aber er schob das unangenehme Gespräch weiter vor sich her. Er war noch nicht bereit. Schließlich zog er einen Kollegblock heran und notierte die Abbestellungen und Umbuchungen, die vorgenommen werden mußten.

Dann wurde er wieder Polizist.

Er durchdachte noch einmal alles, was ihm am Abend zuvor wie eine Offenbarung erschienen war, als er auf der Bank der Seenotrettung saß. Er zog die Seiten hervor, auf denen er seine Zusammenfassung niedergeschrieben hatte, legte sie vor sich auf den Tisch und las sie durch. Er fand es noch immer plausibel. Er nahm den Telefonhörer ab und bat Ebba, ihn mit Waldemar Sjösten in Helsingborg zu verbinden. Wenige Minuten später rief sie zurück.

»Er scheint seine frühen Morgenstunden damit zu verbringen, an einem Boot herumzukratzen«, sagte sie. »Aber er war schon unterwegs. Er ruft dich sicher in den nächsten zehn Minuten an.«

Es dauerte fast eine Viertelstunde, bis Sjösten sich meldete. Wallander hörte sich an, was er über den Fortgang der Ermittlung zu berichten hatte. Sie hatten zwei Zeugen ausfindig gemacht, ein älteres Ehepaar, das behauptete, an dem Abend, bevor Liljegren ermordet wurde, ein Motorrad in der Aschebergsgatan gesehen zu haben.

»Untersucht das genau«, sagte Wallander. »Es kann sehr wichtig sein.«

»Ich habe mir vorgenommen, das selbst zu tun.«

Wallander beugte sich über den Tisch nach vorn, als müsse er sich abstoßen, um seine nächste Frage zu stellen. »Ich möchte dich um etwas bitten«, sagte er. »Eine Sache, der höchste Priorität zukommt. Ich möchte, daß du eine der Frauen ausfindig machst, die an den Festen in Liljegrens Haus teilgenommen haben.«

»Warum das?«

»Ich glaube, es ist wichtig. Ich muß mir ein Bild davon machen, wer bei diesen Festen anwesend war. Sozusagen im nachhinein teilnehmen. Du verstehst es schon, wenn du das Ermittlungsmaterial durchsiehst.«

Wallander wußte sehr wohl, daß das Ermittlungsmaterial über die drei anderen Morde keine Erklärung für seine Frage bereithielt. Doch im Augenblick wollte er sich nicht auf eine Diskussion über diesen Punkt einlassen. Er mußte noch eine Zeitlang allein jagen.

»Du willst also, daß ich eine Hure herschaffe«, sagte Sjösten.

»Ja, wenn es Huren waren, die dabeigewesen sind.«

»Das munkelt man.«

»Ich möchte, daß du so schnell wie möglich von dir hören läßt. Ich komme dann nach Helsingborg.«

»Wenn ich nun eine finde, soll ich sie festnehmen?«

»Festnehmen wegen was?«

»Das weiß ich doch nicht.«

»Es handelt sich um ein Gespräch. Nichts anderes. Im Gegenteil, du sollst ihr klarmachen, daß sie ganz unbesorgt sein kann. Mir nützt keine, die Angst hat und nur das sagt, wovon sie glaubt, ich wollte es hören.«

»Ich werde es versuchen«, sagte Sjösten. »Interessanter Auftrag jetzt im Hochsommer.«

Sie legten auf. Wallander wandte sich wieder seinen Aufzeichnungen vom Vorabend zu. Um kurz nach acht rief Ann-Britt Höglund an und fragte, ob er fertig sei. Er stand auf, nahm seine Jacke und traf sie in der Anmeldung. Auf seinen Vorschlag hin gingen sie zu Fuß, um Zeit zu finden, sich auf das Gespräch mit Carlmans Tochter vorzubereiten. Wallander wußte nicht einmal, wie die junge Frau hieß, die ihn geohrfeigt hatte.

»Erika«, sagte Ann-Britt Höglund. »Ein Name, der schlecht zu ihr paßt.«

»Wieso?« fragte Wallander erstaunt.

»Ich stelle mir zumindest eine robuste Person vor, wenn ich den Namen Erika höre«, sagte sie. »Eine Kaltmamsell in einem Hotel, eine Kranfahrerin.«

»Paßt Kurt zu mir?« fragte er.

Sie nickte fröhlich. »Es ist natürlich Unsinn, eine Persönlichkeit mit einem Namen zu verbinden«, sagte sie. »Aber es macht mir Spaß, so als Spiel ohne tieferen Sinn. Andrerseits kann man sich nur schwer vorstellen, daß eine Katze Fido heißt. Oder ein Hund Missan.«

»Gibt es aber bestimmt«, sagte Wallander. »Was wissen wir jetzt von Erika Carlman?«

Auf ihrem Weg zum Krankenhaus hatten sie den Wind im Rücken und die Sonne schräg von der Seite. Ann-Britt Höglund konnte berichten, daß Erika Carlman siebenundzwanzig Jahre alt war. Sie hatte für kurze Zeit als Stewardeß bei einer kleineren englischen Charterfluggesellschaft im Inlandverkehr gearbeitet. Außerdem hatte sie viele verschiedene Jobs gehabt, ohne jemals lange zu bleiben oder größeres Engagement zu zeigen. Mit finanzieller Unterstützung ihres Vaters hatte sie die ganze Welt bereist. Eine Ehe mit einem peruanischen Fußballspieler war nach kurzer Zeit aufgelöst worden.

»Das hört sich für mich nach einer ganz gewöhnlichen höheren Tochter an«, meinte Wallander. »Der von Anfang an das meiste in den Schoß gefallen ist.«

»Ihrer Mutter zufolge hat sie schon als Teenager hysterische Tendenzen gezeigt. Das hat sie gesagt, hysterisch. Richtiger wäre es vermutlich, von neurotischen Anlagen zu sprechen.«

»Hat sie früher schon einmal einen Selbstmordversuch unternommen?«

»Nein. Jedenfalls wußte niemand etwas davon. Ich hatte nicht das Gefühl, daß ihre Mutter mich anlog.«

Wallander dachte nach.

»Sie muß es ernst gemeint haben«, sagte er. »Sie wollte wirklich sterben.«

»Das ist auch mein Eindruck.«

Sie gingen weiter. Wallander konnte Ann-Britt Höglund nicht länger verschweigen, daß Erika Carlman ihn geschlagen hatte. Es bestand die Möglichkeit, daß sie den Vorfall erwähnte. Dann gäbe es keine Erklärung mehr dafür, warum er es nicht erzählt hatte, außer seiner männlichen Eitelkeit.

Bei der Einfahrt zum Krankenhaus blieb Wallander stehen und erzählte ihr alles.

Sie war verblüfft.

»Ich glaube kaum, daß es etwas anderes war als ein Anflug dieser hysterischen Anlage, von der ihre Mutter gesprochen hat«, sagte er.

Sie gingen weiter. Dann blieb Ann-Britt Höglund wieder stehen.

»Das kann problematisch werden«, sagte sie. »Sie ist vermutlich in sehr schlechter Verfassung. Sicher ist ihr bewußt, sich während einiger Tage an der Schwelle des Todes befunden zu haben. Wir wissen nicht einmal, ob sie es bedauert oder sogar verflucht, daß es ihr nicht gelungen ist, sich das Leben zu nehmen. Wenn du ins Zimmer kommst, kann das ihrem eh schon schlechten Gewissen einen endgültigen Knacks geben. Oder sie aggressiv, ängstlich und verschlossen machen.«

Wallander sah ein, daß sie recht hatte. »Dann sprichst du am besten allein mit ihr. Ich setze mich in die Cafeteria.«

»Dann müssen wir zuerst einmal besprechen, was wir eigentlich von ihr wissen wollen.«

Wallander wies auf eine Bank am Taxistand des Krankenhauses. Sie setzten sich.

»In einer Ermittlung wie dieser hofft man ständig, daß die Antworten interessanter sind als die Fragen«, begann er. »Auf welche Weise hatte ihr versuchter Selbstmord mit dem Tod ihres Vaters zu tun? Das sollte dein Ausgangspunkt sein. Wie du dahin gelangst, kann ich dir nicht raten. Die Karte mußt du selbst zeichnen. Ihre Antwort wird die Fragen hervorbringen, die du brauchst.«

»Nehmen wir an, sie sagt ja. Sie war so überwältigt von ihrer Trauer, daß sie nicht mehr leben wollte.«

»Dann wissen wir das.«

»Aber was wissen wir damit eigentlich?«

»Du mußt Anschlußfragen stellen, die wir jetzt nicht voraussagen können. War es ein liebevolles Vater-Tochter-Verhältnis? Oder war es etwas anderes?«

»Und wenn sie nein sagt?«

»Dann sollst du ihr zunächst einmal nicht glauben. Ohne ihr das zu sagen. Aber ich weigere mich zu glauben, daß sie aus anderen Gründen die Gelegenheit ergriffen hat, für ein Doppelbegräbnis zu sorgen.«

»Bei einem Nein sollte ich mich mit anderen Worten dafür interessieren, welche Gründe sie haben könnte, nicht die Wahrheit zu sagen?«

»So ungefähr. Natürlich gibt es noch eine dritte Möglichkeit. Sie hat versucht, Selbstmord zu begehen, weil sie etwas über den Tod ihres Vaters wußte, mit dem sie nichts anderes anzufangen wußte, als es mit ins Grab zu nehmen.«

»Kann sie den Mörder gesehen haben?«

»Denkbar.«

»Und sie will nicht, daß er entlarvt wird?«

»Auch denkbar.«

»Warum will sie das nicht?«

»Es gibt wieder zwei Möglichkeiten. Entweder will sie ihn oder das Angedenken an ihren Vater schützen.«

Sie seufzte bedrückt. »Ich bin mir nicht sicher, ob ich das hinbekomme.«

»Natürlich tust du das. Ich warte auf dich in der Cafeteria. Oder hier draußen. Nimm dir Zeit.«

Wallander begleitete sie in die Anmeldung. Ihm kam plötzlich die Situation in den Sinn, als er vor ein paar Wochen an der gleichen Stelle gestanden und erfahren hatte, daß Salomonsson gestorben war. Damals hatte er noch nichts von dem geahnt, was ihnen bevorstand. Sie fragte bei der Anmeldung nach dem Weg und verschwand im Korridor. Wallander ging zur Cafeteria, überlegte es sich jedoch anders und kehrte zur Bank am Taxistand zurück. Mit einem Fuß versuchte er, einen kleinen Haufen Kies zusammenzuscharren, womit Ann-Britt Höglund begonnen hatte. Erneut drehte und wendete er seine Gedanken vom Vorabend. Er wurde vom Piepen des Handys in seiner Jackentasche unterbrochen. Es war Hansson, dessen Stimme gehetzt klang. »Heute nachmittag kommen zwei Kollegen vom Reichskriminalamt in Sturup an. Ludwigsson und Hamrén. Kennst du die beiden?«

»Nur dem Namen nach. Es sollen gute Leute sein. War Hamrén nicht an der Lösung des Falles mit dem Lasermann beteiligt?«

»Kannst du sie abholen?«

»Nein«, sagte Wallander nach kurzem Überlegen. »Ich fahre wahrscheinlich zurück nach Helsingborg.«

»Davon hat Birgersson nichts erwähnt. Ich habe gerade mit ihm telefoniert.«

»Die haben wahrscheinlich die gleichen internen Kommunikationsprobleme wie wir«, erklärte Wallander geduldig. »Ich finde, es wäre eine gute Geste, wenn du hinführest und sie abholtest.«

»Geste von was denn?«

»Respekt. Als ich vor ein paar Jahren in Riga war, wurde ich mit einer Limousine abgeholt. Russisch und alt. Aber immerhin. Es ist wichtig, sich willkommen und umsorgt zu fühlen.«

»Gut«, meinte Hansson. »Dann machen wir es so. Wo bist du jetzt?«

»Im Krankenhaus.«

»Fehlt dir etwas?«

»Nein. Carlmans Tochter. Hast du sie vergessen?«

»Wenn ich ehrlich sein soll, ja.«

»Solange wir nicht alle gleichzeitig dieselben Dinge vergessen, geht es ja noch«, sagte Wallander.

Hinterher war ihm nicht klar, ob Hansson seinen Versuch, ironisch zu sein, überhaupt registriert hatte. Er legte das Telefon neben sich auf die Bank und betrachtete einen Spatz, der auf der Kante eines kommunalen Abfallbehälters balancierte. Ann-Britt Höglund war bereits eine knappe halbe Stunde weg. Er schloß die Augen und hob sein Gesicht zur Sonne. Versuchte, sich zurechtzulegen, was er Baiba sagen wollte. Ein Mann mit einem Gipsbein ließ sich auf die Bank plumpsen. Wallander blinzelte in die Sonne. Nach fünf Minuten kam ein Taxi. Der Mann mit dem Gips am Bein verschwand. Wallander schlenderte ein paarmal vor dem

Eingang auf und ab. Dann setzte er sich wieder. Eine Stunde war vergangen.

Nach weiteren fünf Minuten kam sie aus dem Krankenhaus und setzte sich neben ihn. Er konnte ihrem Gesichtsausdruck nicht entnehmen, wie es gelaufen war.

»Ich glaube, wir haben noch einen Grund übersehen, warum jemand versuchen kann, sich das Leben zu nehmen«, sagte sie. »Lebensüberdruß.«

»War das ihre Antwort?«

»Ich brauchte sie nicht einmal zu fragen. Sie saß auf einem Stuhl in einem weißen Zimmer, in einem Krankenhausbademantel. Ungekämmt, bleich, abwesend. Sicher immer noch tief in ihrer Krise und unter Medikamenteneinfluß. ›Warum soll man leben?‹ Das waren ihre Begrüßungsworte. Wenn ich ehrlich sein soll, glaube ich, sie wird wieder versuchen, sich das Leben zu nehmen. Aus Überdruß.«

Wallander sah seinen Irrtum ein. Er hatte das gewöhnlichste Selbstmordmotiv übersehen: Ganz einfach nicht mehr leben zu wollen.

»Du hast vermutlich trotzdem von ihrem Vater gesprochen.«

»Sie hat ihn verabscheut. Aber ich bin mir ziemlich sicher, daß sie nie von ihm mißbraucht worden ist.«

»Hat sie das gesagt?«

»Gewisse Dinge braucht man kaum auszusprechen.«

»Und der Mord?«

»Sie war merkwürdig desinteressiert.«

»Und wirkte sie glaubwürdig?«

»Ich denke, sie hat genau das gesagt, was sie fühlte. Sie wollte wissen, warum ich gekommen sei. Ich habe es ihr gesagt. Wir suchen einen Täter. Sie sagte, es gäbe bestimmt viele, die ihrem Vater den Tod gewünscht hätten. Wegen seiner Rücksichtslosigkeit in Geschäftsangelegenheiten. Wegen seiner ganzen Art.«

»Deutete sie etwas an, daß ihr Vater eine andere Frau gehabt haben könnte?«

»Nichts.«

Wallander betrachtete mürrisch den Spatz, der zu dem Abfallbehälter zurückgekehrt war.

»Dann wissen wir das«, sagte er. »Wir wissen, daß wir nicht mehr wissen.«

Sie gingen zum Präsidium zurück. Es war halb elf. Der Wind, der jetzt von vorn kam, hatte zugenommen. Auf halber Strecke piepte Wallanders Telefon. Er drehte sich mit dem Rücken gegen den Wind und meldete sich. Es war Svedberg. »Wir glauben, wir haben die Stelle gefunden, wo Björn Fredman getötet wurde«, sagte er. »Ein Bootssteg unmittelbar westlich der Stadt.«

Wallanders Mißmut nach dem unergiebigen Besuch im Krankenhaus verschwand auf der Stelle. »Gut«, sagte er.

»Ein Hinweis«, fuhr Svedberg fort. »Der Anrufer sprach von Blutflecken. Es kann ja jemand sein, der dort Fische ausgenommen hat. Aber das glaube ich kaum. Der Anrufer war Laborant. Er arbeitet seit über fünfunddreißig Jahren mit Blutproben. Außerdem behauptete er, es seien Wagenspuren in unmittelbarer Nähe. Wo normalerweise keine sind. Dort hat ein Auto gestanden. Warum nicht ein Ford Baujahr 1967?«

»In fünf Minuten können wir hinfahren und es uns ansehen«, sagte Wallander.

Sie gingen die Anhöhe hinauf. Jetzt bedeutend schneller. Wallander berichtete ihr.

Keiner von beiden dachte noch an Erika Carlman.

*

Um elf Uhr drei stieg Hoover in Ystad aus dem Zug. Er hatte beschlossen, sein Moped an diesem Tag zu Hause zu lassen. Als er den Bahnhof auf der Rückseite verließ und sah, daß die Absperrbänder der Polizei um die Grube, in die er seinen Vater gelegt hatte, verschwunden waren, spürte er einen Anflug von Enttäuschung und Zorn. Die Polizisten, die ihn verfolgten, waren viel zu schwach. Sie würden nicht einmal die einfachsten Aufnahmeprüfungen für die FBI-Akademie schaffen. Er spürte, wie Geronimos Herz wieder in ihm zu trommeln begann. Er verstand die Botschaft klar und deutlich. Er sollte das, was er schon beschlossen hatte, endgültig in die Tat umsetzen. Bevor seine Schwester ins Leben zurückkehrte, würde er ihr seine zwei letzten Opfer darbringen. Zwei Skalpe unter ihrem Fenster. Und das Herz des Mädchens. Als Geschenk. Danach würde er ins Krankenhaus gehen, um sie zu holen, und sie würden es miteinander verlassen. Das Leben würde vollkommen anders werden. Eines Tages würden sie vielleicht gemeinsam in ihrem Tagebuch lesen. Sich an die Ereignisse erinnern, die sie aus dem Dunkel zurückgeführt hatten.

Er spazierte ins Stadtzentrum. Um keine Aufmerksamkeit zu erregen, hatte er Schuhe angezogen. Seine Füße mochten das nicht. Am Marktplatz bog er nach rechts ab und ging zu dem Haus, in dem der Polizist mit dem Mädchen, das seine Tochter sein mußte, wohnte. Er war an diesem Tag hergekommen, um mehr in Erfahrung zu bringen. Die Handlung selbst sollte am nächsten Abend stattfinden. Oder höchstens noch einen Tag später. Nicht mehr. Seine Schwester würde nicht länger im Krankenhaus bleiben müssen. Er setzte sich auf die Treppe eines der Nachbarhäuser. Er übte sich darin, die Zeit zu vergessen. Nur dazusitzen, ohne zu denken, bis er seine Aufgabe wieder anpackte. Noch hatte er viel zu lernen, ehe er die Kunst bis zur Vollendung beherrschte. Doch er zweifelte nicht daran, eines Tages so weit zu kommen.

Nach zwei Stunden hatte sein Warten ein Ende. Da trat sie aus der Haustür. Sie schien es eilig zu haben und lief fast in die Stadt.

Er folgte ihr und ließ sie nicht aus den Augen.

## 32

Als sie zu dem Bootssteg kamen, war Wallander sogleich sicher, die richtige Stelle gefunden zu haben. Die Realität hier draußen am Meer, ungefähr zehn Kilometer von Ystad entfernt, entsprach genau dem Bild, das er sich vorgestellt hatte. Sie waren der Küstenstraße gefolgt und hielten an, als ein Mann in kurzen Hosen und einem Pulli mit dem Reklameaufdruck eines Golfclubs am Straßenrand stand und winkte. Er lotste sie zu einem fast nicht erkennbaren Seitenweg, und dort entdeckten sie den Steg, der von der Hauptstraße aus nicht zu sehen war. Sie hielten an, um die Reifenspuren, die dort sein sollten, nicht zu zerstören. Der Laborant hieß Erik Wiberg und war in den Fünfzigern. Er erzählte, er wohne im Sommer in einer Hütte nördlich der Straße und gehe häufig zum Steg hinunter, um seine Morgenzeitung zu lesen. Auch am Morgen des 29. Juni war er wie gewohnt zum Steg gegangen. Dabei waren ihm die Wagenspuren und die dunklen Flecken auf dem braunen Holz aufgefallen, doch hatte er ihnen keine Beachtung geschenkt. Am selben Tag war er mit seiner Familie nach Deutschland gefahren, und erst als er zurückkam und in einer Zeitung las, daß die Polizei nach dem Tatort eines Mordes suchte, der vermutlich am Meer lag, waren ihm die dunklen Flecken wieder eingefallen. Da er in einem Labor arbeitete, in dem sie häufig Rinderblut analysierten, meinte er sagen zu können, daß die dunklen Flecken auf dem Steg zumindest Blut ähnelten. Nyberg war in einem Wagen gleich nach Wallander eingetroffen und kniete jetzt mit den anderen neben den Reifenspuren. Er hatte Zahnschmerzen und war gereizter denn je. Wallander war der einzige, mit dem zu reden er sich überwinden konnte.

»Es kann tatsächlich Fredmans Ford sein«, sagte er. »Aber das müssen wir natürlich erst genauer untersuchen.«

Zusammen betraten sie den Steg. Wallander sagte sich, daß sie Glück gehabt hatten. Das trockene Sommerwetter half ihnen. Wenn es geregnet hätte, wären kaum noch Spuren dagewesen. Er suchte Bestätigung bei Martinsson, der das beste Wettergedächtnis hatte.

»Hat es nach dem 28. Juni noch geregnet?«

Martinssons Antwort kam prompt. »Am Morgen des Mittsommertags hat es ein bißchen genieselt. Seitdem ist es trocken gewesen.«

»Dann sperren wir hier ab«, sagte Wallander und nickte Ann-Britt Höglund zu, die anrief, um die Absperrung des Geländes zu veranlassen.

»Paßt auf, wohin ihr tretet«, sagte Wallander.

Er stellte sich an den Anfang des Stegs auf der Landseite und betrachtete die Blutflecken, die sich ungefähr auf die Mitte des vier Meter langen Stegs konzentrierten. Er wandte sich um und schaute zur Straße hinauf. Er hörte den Verkehr, aber er sah keine Autos. Nur das Dach eines hohen Lastwagens glitt schnell vorüber. Da kam ihm ein Einfall. Ann-Britt Höglund telefonierte noch immer mit Ystad.

»Sag ihnen, sie sollen eine Karte mitbringen, die Ystad, Malmö und Helsingborg umfaßt«, bat er. Dann ging er ans äußerste Ende des Stegs und schaute ins Wasser. Der Grund war steinig. Erik Wiberg stand ein paar Meter entfernt am Strand.

»Wo liegt das nächste Haus?« fragte Wallander.

»Ein paar hundert Meter von hier«, antwortete Wiberg. »Auf der anderen Straßenseite in westlicher Richtung.«

Nyberg war auf den Steg getreten. »Sollen wir tauchen?«

»Ja«, sagte Wallander. »Wir untersuchen zunächst einen Radius von 25 Metern um den Steg.«

Dann zeigte er auf die Eisenringe, die in das Holz eingelassen waren. »Fingerabdrücke«, sagte er. »Wenn Björn Fredman hier getötet worden ist, muß er ihn hier festgebunden haben. Unser Täter läuft barfuß und benutzt keine Handschuhe.«

»Wonach sollen die Taucher suchen?«

Wallander überlegte. »Ich weiß nicht«, sagte er. »Warten wir ab, ob sie etwas rausholen. Aber ich glaube, daß du auf dem Hang zwischen der Stelle, wo die Reifenspuren enden, und dem Steg Spuren von Seetang finden wirst.«

»Der Wagen hat nicht gewendet«, meinte Nyberg. »Er ist rückwärts wieder zur Straße hochgefahren. Er kann nicht gesehen haben, ob Autos gekommen sind. Da gibt es nur zwei Möglichkeiten, wenn er nicht total verrückt ist.«

Wallander hob die Augenbrauen. »Er ist verrückt«, sagte er.

»Ich meine nicht so«, sagte Nyberg.

Wallander verstand, was er meinte. Er hätte nicht zur Straße zurücksetzen können ohne einen Helfer, der ihm winkte, als die Straße leer war. Es sei denn, es war Nacht. Und er konnte an den Autolichtern erkennen, daß es ungefährlich war zurückzusetzen.

»Er hat keinen Helfer gehabt«, sagte Wallander. »Und es muß Nacht gewesen sein. Fragt sich nur noch, warum er Fredmans Leiche zu der Grube vor dem Bahnhof von Ystad gefahren hat.«

»Er ist verrückt«, erinnerte Nyberg. »Das hast du selbst gesagt.«

Nach wenigen Minuten kam der Wagen mit der Karte. Wallander bat Martinsson um einen Bleistift und setzte sich auf einen Stein neben den Steg. Er machte Kreise um Ystad, Bjäresjö und Helsingborg. Als letztes markierte er den Steg, der nicht weit von der Abfahrt nach Charlottenlund lag. Er schrieb Nummern neben seine Kreise. Dann winkte er Ann-Britt Höglund, Martinsson und Svedberg zu sich. Svedberg hatte an diesem Tag sein Käppi gegen einen schmutzigen Sonnenhut getauscht.

»Hier haben wir seine Bewegungen«, erklärte er. »Und die Tatorte. Wie alles andere auch, bilden sie ein Muster.«

»Eine Straße«, sagte Svedberg. »Ystad und Helsingborg sind die Endpunkte. Der Skalpmörder von Söderslätt.«

»Das finde ich überhaupt nicht witzig«, sagte Martinsson.

»Ich versuche nicht, witzig zu sein«, protestierte Svedberg. »Ich sage nur, wie es ist.«

»Im großen und ganzen stimmt es auch«, gab Wallander zu. Das Gebiet ist begrenzt. Ein Mord in Ystad. Ein Mord vielleicht hier, wir sind noch nicht sicher, und der Körper wird nach Ystad gebracht. Ein Mord nicht weit von Ystad, in Bjäresjö, wo auch der Körper gefunden wird. Und dann zum Schluß Helsingborg.«

»Das meiste konzentriert sich auf Ystad«, faßte Ann-Britt Höglund zusammen. »Heißt das, daß der Mann, den wir suchen, da wohnt?«

»Mit Ausnahme von Björn Fredman sind die Opfer in der Nähe ihrer Häuser oder direkt in ihnen gefunden worden«, sagte Wallander. »Dies hier ist die Karte der Opfer, nicht die des Mörders.«

»Dann müßte auch Malmö markiert werden«, wandte Martinsson ein. »Da wohnte Björn Fredman.«

Wallander zog einen Kreis um Malmö. Der Wind zerrte an der Karte.

»Jetzt ändert sich das Bild«, sagte Ann-Britt Höglund. »Wir bekommen einen Winkel statt einer Straße. Malmö liegt in der Mitte.«

»Die ganze Zeit ist es Björn Fredman, der sich vom Rest unterscheidet«, meinte Wallander.

»Wir sollten vielleicht noch einen Kreis um den Flugplatz ziehen«, sagte Martinsson. »Was bekommen wir dann?«

»Eine Bewegung«, sagte Wallander. »Um den Mord an Fredman.«

Er hatte das Gefühl, daß sie sich einer entscheidenden Schlußfolgerung näherten. »Sagt mir, wenn ich mich irre«, fuhr er fort. »Björn Fredman wohnt in Malmö. Zusammen mit dem, der ihn tötet, als Gefangener oder nicht, fährt er im Ford nach Osten. Sie kommen hierher. Hier stirbt Björn Fredman. Die Fahrt geht weiter nach Ystad. Da wird der Körper in eine Baugrube geworfen. Dann fährt der Wagen nach Westen. Er wird am Flugplatz abgestellt, ungefähr in der Mitte zwischen Malmö und Ystad. Ab da hören alle Spuren auf.«

»Von Sturup gibt es viele Möglichkeiten wegzukommen«, sagte Svedberg. »Taxen, Flughafenbusse, Mietwagen. Ein anderes Fahrzeug, das man vorher dort abgestellt hat.«

»Das bedeutet mit anderen Worten, daß der Mörder wohl kaum in Ystad wohnt«, sagte Wallander. »Es kann für Malmö sprechen. Aber ebensogut kann es Lund sein. Oder Helsingborg. Oder warum nicht Kopenhagen?«

»Falls er uns nicht auf eine falsche Fährte lockt«, sagte Ann-

Britt Höglund. »Und doch in Ystad wohnt. Aber nicht will, daß wir dahinterkommen.«

»Das kann natürlich sein«, sagte Wallander zögernd. »Aber es fällt mir schwer, das zu glauben.«

»Wir sollten uns mit anderen Worten stärker als bisher auf Sturup konzentrieren«, sagte Martinsson.

Wallander nickte. »Ich glaube, unser Mann fährt mit dem Motorrad«, sagte er. »Darüber haben wir schon gesprochen. Ein Motorrad ist vielleicht auch vor Liljegrens Haus gesehen worden. Es gibt Zeugen, die etwas bemerkt haben wollen. Sjösten ist an der Sache dran. Da wir heute nachmittag Verstärkung bekommen, finde ich, wir können es uns leisten, eine ordentliche Untersuchung der Fahrmöglichkeiten von Sturup vorzunehmen. Wir suchen nach einem Mann, der in der Nacht vom 28. auf den 29. Juni dort den Ford abgestellt hat. Irgendwie muß er von da wieder weggekommen sein. Es sei denn, er arbeitet dort.«

»Auf die Frage können wir überhaupt nicht antworten«, sagte Svedberg. »Wie sieht dieses Monster aus?«

»Wir kennen sein Gesicht nicht«, meinte Wallander. »Aber wir wissen zum Beispiel, daß er stark ist. Außerdem erzählt uns ein Kellerfenster in Helsingborg, daß er schlank ist. Die Summe dieser beiden Dinge ergibt folglich: Wir haben es mit einer gut trainierten Person zu tun. Die außerdem möglicherweise barfuß herumläuft.«

»Du hast eben Kopenhagen erwähnt«, sagte Martinsson. »Heißt das, er ist Ausländer?«

»Kaum«, erwiderte Wallander. »Ich glaube, wir haben es mit einem echten schwedischen Serienmörder zu tun.«

»Wir haben nicht gerade viele Anhaltspunkte«, meinte Svedberg. »Haben wir kein einziges Haar von ihm gefunden? Ist er blond oder dunkel?«

»Wir wissen es nicht«, sagte Wallander. »Ekholm zufolge ist es auch nicht wahrscheinlich, daß er versucht, Aufsehen zu erregen. Wie er gekleidet ist, wenn er seine Morde begeht, wissen wir genausowenig.«

»Von welchem Alter gehen wir eigentlich aus?« fragte Ann-Britt Höglund.

»Von keinem«, antwortete Wallander. »Seine Opfer waren älter Männer. Abgesehen von Björn Fredman. Die Vorstellung, daß er gut trainiert ist, barfuß herumläuft und vielleicht ein Motorrad fährt, spricht nicht gerade für einen älteren Mann. Wir können sein Alter nicht einfach raten.«

»Über achtzehn«, sagte Svedberg. »Falls er Motorrad fährt.«

»Oder sechzehn«, wandte Martinsson ein. »Leichtes Motorrad.«

»Und wenn wir von Björn Fredman ausgehen?« fragte Ann-Britt Höglund. »Er unterscheidet sich von den übrigen, bedeutend älteren Männern. Vielleicht läßt sich ja eine altersmäßige Übereinstimmung zwischen Björn Fredman und seinem Mörder herstellen? Dann reden wir von einem Mann unter fünfzig. Und bei denen gibt es ja eine Menge, die gut trainiert sind.«

Wallander blickte düster auf seine Kollegen. Sie waren alle unter fünfzig, Martinsson mit seinen gut dreißig am jüngsten. Aber keiner von ihnen wirkte besonders gut trainiert.

»Ekholm sitzt gerade an seinen Skizzen zu dem psychologischen Profil des Mannes«, sagte er. »Es ist wichtig, daß wir es alle täglich lesen. Das kann uns auf Ideen bringen.«


Norén kam Wallander mit einem Mobiltelefon in der Hand entgegen. Wallander hockte sich mit dem Rücken gegen den Wind. Es war Sjösten. »Ich glaube, ich habe jemanden für dich gefunden«, sagte er. »Eine Frau, die dreimal an Festen in Liljegrens Villa teilgenommen hat.«

»Gut. Wann kann ich sie treffen?«

»Jederzeit.«

Wallander blickte auf seine Uhr. Sie zeigte zwanzig nach zwölf.

»Spätestens um drei bin ich bei dir«, sagte er. »Wir haben übrigens die Stelle gefunden, wo Björn Fredman gestorben ist.«

»Ich habe schon davon gehört«, sagte Sjösten. »Außerdem habe ich läuten hören, daß Ludwigsson und Hamrén auf dem Weg zu euch sind. Die sind in Ordnung, alle beide.«

»Was ist mit den Zeugen, die einen Mann auf einem Motorrad gesehen haben?«

»Einen Mann haben sie nicht gesehen, wohl aber ein Motorrad. Wir sind dabei herauszufinden, was für einen Typ. Aber das ist gar nicht so einfach. Beide Zeugen sind alt. Außerdem sind sie leidenschaftliche Freiluftsportler, die jedes benzinbetriebene Fahrzeug verabscheuen. Würde mich nicht wundern, wenn sie am Ende nur eine Schubkarre gesehen haben.«

Es rauschte im Telefon. Das Gespräch verlor sich im Wind. Nyberg stand am Steg und massierte seine geschwollene Backe.

»Wie kommt ihr voran?« fragte Wallander aufmunternd.

»Ich warte auf die Taucher«, antwortete Nyberg.

»Hast du starke Schmerzen?«

»Es ist ein Weisheitszahn.«

»Laß ihn dir ziehen.«

»Will ich auch. Aber erst müssen die Taucher hier sein.«

»Meinst du, es ist Blut, was wir da sehen?«

»Mit ziemlich großer Sicherheit. Spätestens heute abend wirst du erfahren, ob es auch in Björn Fredmans Adern geflossen ist.«

Wallander kehrte zu den anderen zurück und teilte ihnen mit, er werde jetzt nach Helsingborg fahren. Auf halbem Weg zum Auto fiel ihm noch etwas ein, das er fast vergessen hätte. Er ging noch einmal zurück. »Louise Fredman«, sagte er zu Svedberg. »Hat Per Åkeson noch etwas herausgefunden?«

Svedberg wußte es nicht, versprach jedoch, mit Åkeson zu sprechen.

Wallander bog bei Charlottenlund auf die Hauptstraße ein und dachte, daß derjenige, der die Stelle für den Mord an Fredman ausgewählt hatte, sehr umsichtig gewesen war. Das nächste Haus lag so weit entfernt, daß Fredmans Schreie nicht gehört werden konnten. Wallander nahm die E 65 in Richtung Malmö. Der Wind rüttelte an seinem Wagen. Aber der Himmel war immer noch ganz klar. Er dachte an ihr Gespräch über die Straßenkarte. Es sprach vieles dafür, daß der Täter in Malmö wohnte. Zumindest wohnte er nicht in Ystad. Aber warum hatte er sich dann die Mühe gemacht, den Körper in die Baugrube in Ystad zu werfen? Hatte Ekholm recht, wenn er sagte, der Täter fordere die Polizei heraus? Wallander bog nach Sturup ab und überlegte, ob er zum Flugplatz fahren sollte. Aber was konnte er dort eigentlich ausrichten?

Wichtiger war das Gespräch, das ihn in Helsingborg erwartete. Er bog in Richtung Lund ab und fragte sich, was es wohl für eine Frau sein mochte, die Sjösten für ihn gefunden hatte.

Sie hieß Elisabeth Carlén. Sie saß Wallander in dem Zimmer im Polizeipräsidium von Helsingborg gegenüber, das normalerweise von Kriminalinspektor Waldemar Sjösten benutzt wurde. Es war vier Uhr geworden, und die Frau, die Anfang Dreißig war, hatte eben das Zimmer betreten. Wallander hatte ihr die Hand gegeben und sich insgeheim an die Pastorin erinnert gefühlt, die er eine Woche vorher in Smedstorp kennengelernt hatte. Vielleicht nur, weil sie in Schwarz gekleidet und stark geschminkt war? Er hatte sie gebeten, sich zu setzen, und gleichzeitig gedacht, wie ausgesprochen treffend Sjösten sie beschrieben hatte. Sjösten hatte gesagt, sie sei gerade deshalb attraktiv, weil sie ihre Umwelt stets mit einem kalten und abweisenden Gesichtsausdruck betrachtete. Wallander kam es vor, als habe sie beschlossen, alle Männer, die in ihre Nähe kamen, herauszufordern. Er hatte noch nie einen Blick wie den ihren gesehen. Er drückte zur gleichen Zeit Verachtung und Interesse aus. Während sie sich eine Zigarette anzündete, repetierte Wallander insgeheim rasch noch einmal ihre Geschichte. Sjösten war vorbildlich knapp und präzise gewesen.

»Elisabeth Carlén ist eine Hure«, hatte er gesagt. »Es ist fraglich, ob sie seit ihrem zwanzigsten Lebensjahr je etwas anderes war. Sie hat die Grundschule besucht und danach auf einer der Öresund-Fähren als Kellnerin gearbeitet. Als sie das satt bekam, versuchte sie, zusammen mit einer Freundin einen Laden aufzumachen. Das war ein Reinfall. Sie hatte geliehenes Geld investiert, für das ihre Eltern gebürgt hatten. Sie überwarf sich mit ihren Eltern und führte eine Zeitlang ein ziemlich unstetes Leben. Eine Zeitlang Kopenhagen, dann Amsterdam. Mit siebzehn wurde sie als Kurier mit einer Partie Amphetamin erwischt. Sie hat es wohl auch selbst benutzt, schien es aber unter Kontrolle zu haben. Damals habe ich sie zum erstenmal getroffen. Danach verschwand sie für ein paar Jahre von der Bildfläche, schwarze Löcher, über die ich nichts Näheres weiß. Aber plötzlich taucht sie wieder in Mal-

mö auf, und zwar in einem sehr geschickt getarnten Bordellge-
filz.«

An diesem Punkt hatte Wallander Sjöstens Darlegung unterbrochen. »Gibt es immer noch Bordelle?« fragte er verblüfft.

»Dann eben Hurenhäuser«, sagte Sjösten. »Nenn sie, wie du
willst. Aber klar gibt es die. Habt ihr keine in Ystad? Warte nur ab,
das kommt.«

Wallander fragte nicht weiter nach. Sjösten nahm seinen Faden
wieder auf.

»Natürlich war sie nie auf der Straße. Sie etablierte sich zu
Hause. Schuf sich einen Kreis exklusiver Kunden. Sie hatte offenbar etwas, das sie attraktiv machte und ihren Marktwert in
schwindelnde Höhen trieb. Sie tauchte nicht einmal in den Klein-
anzeigen gewisser pornografischer Zeitschriften auf. Du kannst
sie ja fragen, was sie so speziell macht. Wäre ja interessant zu wissen. In diesen letzten Jahren verkehrt sie in Kreisen, die auch Åke
Liljegren dann und wann tangierten. Sie wird mit einigen seiner
Direktoren in Restaurants gesehen. Stockholm wird auf sie aufmerksam, weil sie bei einer Reihe nicht besonders erfreulicher
Anlässe ins Bild kommt, als die Polizei Gründe hat, sich für den
Mann oder die Männer zu interessieren, an deren Arm sie gerade
geht. Das ist in aller Kürze Elisabeth Carlén. Eine recht erfolgrei-
che schwedische Prostituierte.«

»Warum hast du sie ausgewählt?«

»Sie ist in Ordnung. Ich habe mich oft mit ihr unterhalten. Sie
ist nicht ängstlich. Wenn ich ihr sage, daß kein Verdacht gegen sie
besteht, glaubt sie mir. Außerdem hat sie den Selbsterhaltungstrieb einer Hure. Damit meine ich, sie hat die Augen offen, sieht
dies und das. Polizisten mag sie nicht. Und eine gute Methode, von
uns unbehelligt zu bleiben, ist, sich mit Leuten wie dir und mir gut
zu stellen.«


Wallander hatte seine Jacke aufgehängt und ein paar Aktenstapel
auf dem Tisch beiseite geschoben. Elisabeth Carlén rauchte. Sie
verfolgte jede seiner Bewegungen. Wallander dachte an einen
wachsamen Vogel.

»Sie wissen ja schon, daß Sie nicht unter irgendeinem Verdacht stehen«, begann er.

»Åke Liljegren ist in seiner Küche gebraten worden«, sagte sie. »Ich habe seinen Herd gesehen. Ein ziemlich aufwendiges Stück. Aber ich habe ihn nicht angestellt.«

»Das glauben wir auch nicht«, sagte Wallander. »Was ich brauche, sind Informationen. Ich versuche, mir ein Bild zu machen. Ich habe einen leeren Rahmen. Dahinein würde ich gern ein Foto hängen. Das bei einem Fest in Liljegrens Villa aufgenommen worden ist. Ich möchte, daß Sie mir seine Gäste nennen.«

»Nein«, erwiderte sie. »Sie wollen nichts dergleichen. Sie wollen, daß ich ihnen sage, wer ihn getötet hat. Aber das kann ich nicht.«

»Was haben Sie gedacht, als Sie hörten, daß Liljegren tot war?«

»Gedacht habe ich gar nichts. Ich habe einen Lachanfall bekommen.«

»Warum? Der Tod eines Menschen reizt im allgemeinen nicht zum Lachen.«

»Sie wissen offenbar nicht, daß er andere Pläne hatte, als in seinem eigenen Backofen zu landen? Das Mausoleum auf dem Friedhof bei Madrid? Dort wollte er begraben werden. Skanska hat es nach seinen eigenen Entwürfen gebaut. In Marmor aus Italien. Und er mußte in seinem eigenen Backofen sterben. Ich glaube, er hätte selbst gelacht.«

»Seine Feste«, sagte Wallander. »Kehren wir zu denen zurück. Es wird behauptet, sie seien wild gewesen.«

»Das waren sie auch.«

»In welcher Hinsicht?«

»In jeder Hinsicht.«

»Könnten Sie ein bißchen ausführlicher werden?«

Sie nahm ein paar tiefe Züge aus ihrer Zigarette, während sie nachdachte. Die ganze Zeit über blickte sie Wallander in die Augen. »Åke Liljegren liebte es, Menschen zusammenzubringen, die es verstanden, sich richtig gehenzulassen. Sagen wir, unersättliche Menschen. Unersättlich, also gierig nach Macht, nach Reichtum, nach Sex. Außerdem stand Åke Liljegren in dem Ruf, zuverlässig zu sein. Er schuf eine Sicherheitszone um seine Gäste. Keine versteckten Kameras, keine Spione. Über seine Feste drang nichts jemals an die Öffentlichkeit. Er wußte auch, welche Frauen er einladen konnte.«

»Solche wie Sie?«

»Solche wie mich.«

»Und weiter?«

Sie schien zuerst seine Frage nicht zu verstehen.

»Was für andere Frauen waren da?«

»Das kam auf die jeweiligen Wünsche an.«

»Wessen Wünsche?«

»Der Gäste. Der Männer.«

»Und was konnte das sein?«

»Es gab welche, die wollten, daß ich dabei war.«

»Das habe ich verstanden. Wer sonst?«

»Ich nenne Ihnen keine Namen.«

»Was für andere Frauen?«

»Junge, noch jüngere, blonde, braune, schwarze. Manchmal ältere, auch dann und wann sehr beleibte. Es wechselte.«

»Kannten Sie sie?«

»Nicht immer. Nicht oft.«

»Woher bekam er sie?«

Sie drückte ihre Zigarette aus und zündete sich eine neue an, bevor sie antwortete. Nicht einmal beim Ausdrücken der Zigarette wandte sie ihren Blick von ihm ab.

»Wie bekommt ein Mensch wie Åke Liljegren das, was er will. Er hatte Geld in Hülle und Fülle. Er hatte Helfer. Er hatte Kontakte. Er konnte ein Mädchen aus Florida kommen lassen, damit es bei einem Fest dabei war. Es ahnte vermutlich nicht einmal, daß es gerade in Schweden war. Von Helsingborg ganz zu schweigen.«

»Er hatte Helfer, sagen Sie. Wer waren diese Helfer?«

»Seine Chauffeure. Sein Assistent. Er hatte häufig einen gemieteten Butler bei sich. Natürlich Engländer. Aber die wechselten.«

»Wie hieß er?«

»Keine Namen.«

»Die finden wir auch so heraus.«

»Das tun Sie sicher. Aber das bedeutet nicht, daß die Namen von mir kommen.«

»Was könnte passieren, wenn Sie mir Namen nennen würden?«

Sie wirkte vollständig ungerührt, als sie antwortete. »Dann könnte ich sterben. Vielleicht nicht mit dem Kopf in einem Backofen. Aber bestimmt auf eine ähnlich unangenehme Art und Weise.«

Wallander dachte nach, bevor er weiterfragte. Er sah ein, daß er aus Elisabeth Carlén keine Namen herausbekommen würde. »Wie viele seiner Gäste waren Prominente?«

»Viele.«

»Politiker?«

»Ja.«

»Der frühere Justizminister Gustaf Wetterstedt?«

»Ich habe doch gesagt, daß ich keine Namen nenne.«

Plötzlich merkte er, daß sie ihm etwas mitteilte. Ihre Worte hatten einen Untertext. Sie wußte, wer Gustaf Wetterstedt war. Aber er war nie auf einem der Feste gewesen.

»Geschäftsleute?«

»Ja.«

»Der Kunsthändler Arne Carlman?«

»Hieß er fast so wie ich?«

»Ja.«

»Sie bekommen keine Namen. Ich sage das nicht noch einmal. Sonst stehe ich auf und gehe.«

Er also auch nicht, dachte Wallander. Ihre Signale waren sehr deutlich.

»Künstler? Sogenannte Stars?«

»Vereinzelt. Aber selten. Ich glaube nicht, daß Åke ihnen traute. Vermutlich mit Recht.«

»Sie haben von jungen Mädchen gesprochen. Braunen Mädchen. Sie meinen keine Brünetten, sondern Mädchen mit dunkler Hautfarbe?«

»Ja.«

»Können Sie sich erinnern, jemals ein Mädchen mit dem Namen Dolores Maria getroffen zu haben?«

»Nein.«

»Ein Mädchen aus der Dominikanischen Republik?«

»Ich weiß nicht einmal, wo das liegt.«

»Ist Ihnen ein Mädchen namens Louise Fredman begegnet? Siebzehn Jahre? Vielleicht jünger? Blond?«

»Nein.«

Wallander lenkte das Gespräch in eine andere Richtung. Sie schien noch nicht genervt zu sein. »Die Feste waren wild?«

»Ja.«

»Erzählen Sie!«

»Wollen Sie Einzelheiten?«

»Gerne.«

»Beschreibungen nackter Körper?«

»Nicht unbedingt.«

»Es waren Orgien. Den Rest können Sie sich vorstellen.«

»Kann ich?« fragte Wallander. »Da bin ich mir nicht so sicher.«

»Wenn ich mich auszöge und mich auf ihren Schreibtisch legte, käme das ziemlich unerwartet. Ungefähr so.«

»Unerwartete Ereignisse?«

»So etwas passiert, wenn unersättliche Menschen zusammenkommen.«

»Unersättliche Männer?«

»Genau.«

Wallander faßte das Gehörte in Gedanken rasch zusammen. Er kratzte noch immer nur an der Oberfläche. »Ich mache Ihnen einen Vorschlag«, sagte er. »Und stelle eine letzte Frage.«

»Noch sitze ich hier.«

»Mein Vorschlag ist, daß Sie mir die Möglichkeit geben, Sie noch einmal zu treffen. Bald. Innerhalb der nächsten Tage.«

Sie nickte zustimmend. Wallander hatte das unangenehme Gefühl, eine Art von Absprache einzugehen. Er erinnerte sich vage an die schreckliche Zeit, die er vor ein paar Jahren in Westindien zugebracht hatte. »Meine Frage ist einfach«, sagte er. »Sie haben Liljegrens Chauffeure erwähnt. Und seine wechselnden persönlichen Diener. Aber Sie sagten, er habe einen Assistenten gehabt. Sie haben nicht die Mehrzahl benutzt. Stimmt das?«

Er nahm eine vage Veränderung in ihrem Gesicht wahr. Sie sah ein, daß sie sich verplappert hatte, auch ohne einen Namen zu nennen.

»Dieses Gespräch landet nur in meinen persönlichen Notizen«, sagte Wallander. »Habe ich richtig oder falsch gehört?«

»Sie haben falsch gehört«, sagte sie. »Natürlich hatte er mehr als einen Assistenten.«

Also richtig, dachte Wallander. »Das reicht für diesmal«, sagte er und stand auf.

»Ich gehe, wenn ich aufgeraucht habe«, sagte sie. Zum erstenmal während des gesamten Gesprächs ließ ihr Blick ihn los.

Wallander öffnete die Tür zum Flur. Sjösten saß auf einem Stuhl und las in einer Bootszeitschrift. Wallander nickte. Sie drückte ihre Zigarette aus und gab ihm die Hand. Als Sjösten sie zum Ausgang begleitet hatte und zurückkam, stand Wallander am Fenster und sah sie in ihren Wagen steigen.

»Ging es gut?« fragte Sjösten.

»Vielleicht«, sagte Wallander. »Sie hat sich einverstanden erklärt, mich noch einmal zu treffen.«

»Und was hat sie gesagt?«

»Eigentlich nichts.«

»Und das nennst du gut?«

»Mich hat interessiert, was sie nicht wußte«, sagte Wallander. »Ich will, daß Liljegrens Haus rund um die Uhr überwacht wird. Ich will auch, daß du Elisabeth Carlén beschatten läßt. Früher oder später wird jemand auftauchen, mit dem wir zu reden haben.«

»Das hört sich nach einer reichlich schwach untermauerten Begründung für eine Überwachung an«, sagte Sjösten.

»Das entscheide ich«, entgegnete Wallander freundlich. »Ich bin einstimmig zum Ermittlungsleiter ernannt worden.«

»Ich bin froh, daß ich es nicht bin«, antwortete Sjösten. »Bleibst du über Nacht?«

»Nein. Ich fahre nach Hause.«

Sie gingen die Treppe ins Untergeschoß hinunter.

»Hast du von dem Mädchen gehört, das sich in einem Rapsfeld verbrannt hat?« fragte Wallander, als sie sich trennen wollten.

»Ich habe es gelesen. Schreckliche Geschichte.«

»Sie ist per Anhalter gefahren und von Helsingborg von jemandem mitgenommen worden«, fuhr Wallander fort. »Und sie hatte Angst. Ich frage mich, ob es mit dieser Sache hier zu tun haben kann. Obwohl es vollkommen unwahrscheinlich wirkt.«

»Es kursierten Gerüchte über Liljegren und Mädchenhandel«, sagte Sjösten. »Unter tausend anderen.«

Wallander betrachtete ihn gespannt. »Mädchenhandel?«

»Es gab Gerüchte, daß Schweden als Transitland für arme Mädchen aus Südamerika benutzt wurde. Auf dem Weg in Bordelle in Südeuropa. In die ehemaligen Oststaaten. Wir haben tatsächlich dann und wann ein paar Mädchen gefunden, die fliehen konnten. Aber die Hintermänner in diesem Handel haben wir nie gefaßt. Wir haben auch nie etwas beweisen können. Aber wir glauben, was wir glauben.«

Wallander starrte ihn an. »Und das sagst du mir erst jetzt?«

Sjösten schüttelte verständnislos den Kopf. »Du hast doch bis jetzt nie danach gefragt.«

Wallander stand reglos. Das brennende Mädchen lief wieder durch seinen Kopf.

»Ich habe es mir anders überlegt«, sagte er. »Ich bleibe über Nacht hier.«

Es war fünf Uhr. Noch immer Mittwoch, der 6. Juli.

Sie nahmen den Aufzug zurück in Sjöstens Büro.

## 33

Um kurz nach sieben nahmen Wallander und Sjösten die Fähre und fuhren durch den warmen Sommerabend hinüber nach Helsingör, wo sie in einem Restaurant, das Sjösten kannte, zu Abend aßen. Als bestände eine stillschweigende Übereinkunft zwischen ihnen, erzählte Sjösten Wallander während des Essens Geschichten von dem Boot, das er wieder herrichtete, von seinen zahlreichen Ehen und noch zahlreicheren Kindern. Erst beim Kaffee sprachen sie wieder über die Ermittlung. Dankbar hatte Wallander Sjösten zugehört, der mitreißend erzählen konnte. Er war sehr müde, und nach dem reichhaltigen Abendessen fühlte er sich schläfrig. Doch sein Kopf war ausgeruht. Sjösten hatte ein paar Schnäpse und Bier getrunken, während Wallander sich an Mineralwasser hielt. Als der Kaffee kam, tauschten sie die Rollen. Sjösten hörte zu, Wallander redete. Er rollte die ganze Geschichte noch einmal auf, und zum erstenmal wählte er die Geschichte von dem Mädchen, das sich im Rapsfeld verbrannt hatte, als Einleitung zu der Serie von Morden, von der sie noch nicht wußten, ob sie abgeschlossen war. Seine Art und Weise, Sjösten die Geschichte zu erzählen, zwang ihn dazu, auch für sich selbst Dinge zu klären. Hatte er es bisher für vollkommen unwahrscheinlich gehalten, daß der Tod von Dolores Maria Santana in einem Zusammenhang stand mit dem, was nachher geschehen war, so sah er jetzt ein, daß es sich um eine falsche Schlußfolgerung handelte, oder wahrscheinlich nicht einmal um eine Schlußfolgerung, sondern lediglich um unverantwortliche Denkfaulheit. Sjösten war ein aufmerksamer Zuhörer, der sofort nachhakte, wenn er undeutlich wurde.

Später sollte er sich an den Abend in Helsingör als an den Wendepunkt der ganzen Ermittlung erinnern. Das Muster, das er auf der Bank der Seenotrettung entdeckt zu haben glaubte, wurde bestätigt. Lücken wurden ausgefüllt, Fragen beantwortet oder zumindest deutlicher formuliert und in einen Zusammenhang eingeordnet. Er marschierte durch die Landschaft ihrer Ermittlung vor und zurück und hatte zum erstenmal das Gefühl, sie wirklich zu überschauen. Doch gleichzeitig spürte er ein nagendes Schuldgefühl, dies alles nicht schon viel früher erkannt zu haben; er war mit unbegreiflicher Zielbewußtheit einer falschen Fährte gefolgt, statt einzusehen, daß er eine ganz andere Richtung einschlagen mußte. Er sprach die Frage nicht aus, aber sie rumorte in seinem Inneren. Hätte einer der Morde, zumindest der letzte, der an Liljegren, verhindert werden können? Die Frage war nicht zu beantworten, und er wußte, sie würde ihn noch lange verfolgen, vielleicht ohne daß er jemals eine Antwort bekam, die er verstehen und mit der er leben konnte.

Aber dem Täter waren sie dennoch nicht näher gekommen, es gab keine direkten Spuren, die in eine bestimmte Richtung wiesen. Es gab keinen Verdächtigen, nicht einmal eine Gruppe von Menschen, in die sie ihren Kescher versenken konnten in der Hoffnung, den Gesuchten herauszufischen.

Am Nachmittag, als Elisabeth Carlén sie verlassen und Sjösten auf der Treppe des Polizeipräsidiums in einem Nebensatz die Gerüchte erwähnt hatte, denen zufolge Schweden, und speziell Helsingborg, als Drehscheibe für den Mädchenhandel von Südamerika in südeuropäische Länder diente, hatte Wallander unverzüglich reagiert. Sie waren in Sjöstens Büro zurückgekehrt, in dem noch der Geruch von Elisabeth Carléns Zigaretten hing, obwohl das Fenster geöffnet war. Sjösten war verblüfft gewesen über Wallanders plötzlichen Energieschub, und ohne daß sie darüber nachdachten, hatte sich Wallander auf Sjöstens Stuhl gesetzt, während dieser sich damit abfinden mußte, in seinem eigenen Zimmer zu Besuch zu sein. Als Wallander ihm danach alles erzählte, was er über Dolores Maria Santana wußte, daß sie sich offenbar auf der Flucht befand, als sie per Anhalter Helsingborg verließ, hatte Sjösten Wallanders Interesse zu verstehen begonnen.

»Einmal die Woche kam ein schwarzer Wagen zu Wetterstedts Haus«, sagte Wallander. »Die Haushilfe entdeckte es rein zufällig. Sie ist hiergewesen und meinte, wie du schon weißt, den Wagen in Liljegrens Garage eventuell wiedererkennen zu können. Was folgerst du daraus?«

»Gar nichts«, sagte Sjösten. »Ein schwarzer Mercedes mit dunkel getönten Scheiben ist keine Seltenheit.«

»Aber nimm die Gerüchte hinzu, die Liljegren umgaben. Gerüchte über Mädchenhandel. Was spricht dagegen, daß er nicht nur Feste im eigenen Haus feierte? Warum sollte er nicht auch Mädchen ins Haus geliefert haben?«

»Nichts spricht dagegen«, sagte Sjösten. »Aber es kommt mir reichlich weit hergeholt vor.«

»Ich will wissen, ob dieser Wagen donnerstags Liljegrens Haus verlassen hat und freitags zurückkam.«

»Wie soll es möglich sein, das herauszufinden?«

»Es gibt Nachbarn, die etwas gesehen haben können. Wer fuhr den Wagen? Es kommt mir so eigentümlich leer vor um Liljegren. Er hatte doch Leute angestellt. Er hatte einen Assistenten. Wo stecken all diese Leute?«

»Wir arbeiten daran«, sagte Sjösten.

»Laß uns Prioritäten setzen. Das Motorrad ist wichtig. Ebenso Liljegrens Assistent. Und der Wagen an den Donnerstagen. Fang damit an. Setz dein gesamtes Personal auf diese Punkte an.«

Sjösten war hinausgegangen, um das Nötige zu veranlassen. Er konnte danach auch bestätigen, daß Elisabeth Carlén bereits beschattet wurde.

»Was tut sie?« fragte Wallander.

»Sie ist in ihrer Wohnung«, antwortete Sjösten. »Allein.«

Danach hatte Wallander in Ystad angerufen und mit Per Åkeson gesprochen. »Ich glaube, ich komme nicht daran vorbei, mit Louise Fredman zu sprechen«, sagte er.

»Dann mußt du sehr starke ermittlungstechnische Gründe auf den Tisch legen«, antwortete Åkeson. »Sonst kann ich dir nicht helfen.«

»Ich weiß, daß es wichtig sein kann.«

»Es muß handfest sein, Kurt.«

»Es gibt immer einen Weg, der an allen bürokratischen Scherereien vorbeiführt.«

»Worauf soll sie dir eigentlich Antwort geben können?«

»Ob ihr mit einem Messer in die Fußsohlen geschnitten worden ist. Zum Beispiel.«

»Herrgott! Warum sollte es das?«

Wallander machte sich nicht die Mühe zu antworten. Statt dessen fragte er: »Kann nicht Louises Mutter ihre Einwilligung geben, Fredmans Witwe?«

»Genau daran denke ich auch gerade«, erwiderte Per Åkeson. »Auf dem Weg müßte es gehen.«

»Dann fahre ich morgen nach Malmö«, sagte Wallander. »Brauche ich ein Papier von dir?«

»Nicht wenn sie die Einwilligung gibt«, sagte Åkeson. »Aber du darfst sie nicht bedrängen.«

»Pflege ich Leute zu bedrohen?« fragte Wallander überrascht. »Das wußte ich noch nicht.«

»Ich sage lediglich, wonach du dich zu richten hast. Nichts anderes.«

Nach dem Gespräch hatte Sjösten Wallander vorgeschlagen, über den Sund zu fahren, zu Abend zu essen und sich einmal ganz in Ruhe zu unterhalten. Wallander hatte nichts einzuwenden. Noch war es zu früh, Baiba anzurufen. Oder vielleicht war es nur zu früh für ihn. Einen kurzen Augenblick dachte er, Sjösten mit seinen reichen Eheerfahrungen würde ihm vielleicht einen Rat geben können, wie er Baiba, die sich freute, erklären sollte, daß ihre Reise abgesagt oder auf unbestimmte Zeit verschoben werden mußte. Sie fuhren über den Sund, und Wallander hätte sich gewünscht, daß die Seereise länger gedauert hätte. Sjösten hatte darauf bestanden, ihn zu dem anschließenden Abendessen einzuladen. Ungefähr um halb zehn spazierten sie durch die Stadt zurück zur Fähre. Sjösten blieb vor einem Hauseingang stehen. »Hier wohnt ein Mann, der etwas für die Schweden übrig hat«, sagte er und lachte.

Wallander las auf einem Schild neben der Tür, daß es sich um eine Arztpraxis handelte.

»Er verschreibt Schlankheitsmittel, die in Schweden verboten sind«, fuhr Sjösten fort. »Hier stehen jeden Tag übergewichtige Schweden Schlange.«

»Und wohin fahren die Dänen?« fragte Wallander, als sie weitergingen.

Das wußte Sjösten nicht.

Als sie auf der Treppe zur Abfahrtshalle waren, summte Sjöstens Mobiltelefon. Sjösten ging weiter, während er zuhörte. »Ein Kollege namens Larsson scheint auf eine richtige Goldader gestoßen zu sein«, sagte er, nachdem das Gespräch vorüber war. »Ein Mann in der Nähe von Liljegrens Haus, der dies und das beobachtet hat.«

»Was denn?«

»Schwarze Autos, Motorräder. Wir reden morgen mit ihm.«

»Wir reden heute abend mit ihm«, sagte Wallander. »Es ist erst zehn Uhr, wenn wir in Helsingborg ankommen.«

Sjösten nickte, sagte aber nichts. Er rief wieder im Präsidium an und bat Larsson, sie am Terminal zu treffen.


Der jüngere Polizist, der sie nach der Überfahrt erwartete, erinnerte Wallander an Martinsson. Sie setzten sich in seinen Wagen und fuhren nach Tågaborg. Während der Fahrt informierte er sie über den Mann, den sie besuchen wollten. Wallander registrierte eine Flagge des Helsingborger Fußballclubs, die am Rückspiegel hing.

»Er heißt Lennart Heineman und ist Botschaftsrat gewesen«, erklärte Larsson in einem so breiten Schonisch, daß Wallander sich anstrengen mußte, um ihn zu verstehen. »Er ist fast achtzig. Aber sehr jugendlich. Seine Frau lebt auch noch, ist aber anscheinend verreist. Heinemans Garten liegt schräg gegenüber der Haupteinfahrt zu Liljegrens Haus. Er hat eine ganze Menge beobachtet und erinnert sich auch noch daran.«

»Weiß er, daß wir kommen?« fragte Sjösten.

»Ich habe ihn angerufen. Er sagte, es sei kein Problem, weil er selten vor drei ins Bett gehe. Er behauptete, er schreibe an einer kritischen Untersuchung über die Verwaltung der schwedischen Auslandsvertretungen. Was immer das bedeuten mag.«

Wallander erinnerte sich mit Unbehagen an eine geschäftige Frau aus dem Außenministerium, die sie vor ein paar Jahren in Ystad besucht hatte, im Zusammenhang mit der Ermittlung, die dazu geführt hatte, daß er Baiba kennenlernte. Er versuchte, sich ihren Namen in Erinnerung zu rufen, aber ohne Erfolg. Er hatte etwas mit Rosen zu tun, das wußte er noch. Er schob den Gedanken von sich, als sie vor Heinemans Villa bremsten. Auf der anderen Straßenseite vor Liljegrens Villa stand ein Polizeiauto. Ein stattlicher Mann mit kurzgeschnittenem Haar kam ihnen an der Gartenpforte entgegen. Er hatte einen kräftigen Händedruck. Wallander faßte sogleich Vertrauen zu ihm. Die große Villa, in die er sie einzutreten bat, schien zur gleichen Zeit erbaut zu sein wie Liljegrens. Dennoch war der Unterschied beträchtlich. Das Haus strahlte etwas Lebendiges aus, Ausdruck des energischen alten Mannes, der es bewohnte. Er bat sie, sich zu setzen, und fragte, ob er ihnen etwas zu trinken anbieten könne. Wallander spürte, daß er gewohnt war zu repräsentieren, Menschen zu empfangen, die er nicht kannte. Sie lehnten alle dankend ab.

»Schreckliche Dinge, die man da hört«, sagte er, nachdem er sich gesetzt hatte.

Sjösten nickte Wallander fast unmerklich zu, das Ganze in die Hand zu nehmen.

»Deshalb können wir dieses Gespräch auch nicht bis morgen aufschieben«, erklärte Wallander.

»Warum sollte es aufgeschoben werden?« fragte Heineman. »Ich habe nie verstanden, warum die Schweden so unsinnig früh am Abend ins Bett gehen. Die kontinentale Sitte mit einer Siesta ist bedeutend gesünder. Wenn ich mich immer früh am Abend hingelegt hätte, wäre ich schon lange tot.«

Wallander bedachte einen Augenblick Heinemans herbe Kritik der schwedischen Schlafgewohnheiten. »Wir interessieren uns für alle Beobachtungen, die Sie gemacht haben«, begann er. »In bezug auf den Verkehr von und zu Liljegrens Haus. Es gibt jedoch ein paar Fragen, die uns mehr interessieren als andere. Fangen wir mit Liljegrens schwarzem Mercedes an.«

»Er muß mindestens zwei gehabt haben«, sagte Heineman.

Die Antwort überraschte Wallander. Er hatte nie an mehr als einen Wagen gedacht, obwohl Liljegrens große Garage Platz für zwei, wenn nicht drei Wagen hatte.

»Wieso glauben Sie, daß es mehr als ein Wagen war?«

»Ich glaube es nicht nur. Ich weiß es. Zwei Wagen konnten

gleichzeitig das Haus verlassen. Oder gleichzeitig zurückkommen. Wenn Liljegren fort war, blieben die Wagen hier stehen. Von meinem Fenster im ersten Stock kann ich ein Stück seines Gartens sehen. Da standen zwei Wagen.«

Das heißt, einer fehlt, dachte Wallander. Wo ist der gerade jetzt?

Sjösten hatte einen Notizblock hervorgeholt. Wallander sah ihn mitschreiben. »Mich interessieren die Donnerstage«, fuhr Wallander fort. »Können Sie sich erinnern, ob einer oder beide Wagen Liljegrens Villa regelmäßig am späten Donnerstagnachmittag oder -abend verließen? Und in der Nacht oder am Morgen danach zurückkamen?«

»Ich bin kein Mensch, der aufs Datum achtet«, antwortete Heineman. »Aber eines der Autos pflegte die Villa abends zu verlassen und kam erst am Morgen danach zurück.«

»Es ist sehr wichtig, wenn wir fest davon ausgehen könnten, daß es sich um Donnerstage gehandelt hat.«

»Meine Frau und ich haben uns nie an die idiotische Eßtradition gehalten, nach der es gerade donnerstags Erbsensuppe gab«, erwiderte Heineman.

Wallander ließ Heineman Zeit zum Nachdenken. Larsson saß da und guckte an die Decke, Sjösten schlug sich leicht mit dem Notizblock ans Knie.

»Möglicherweise«, sagte Heineman plötzlich. »Möglicherweise kann ich eine Antwort zusammenkombinieren. Ich weiß nämlich noch ganz sicher, daß die Schwester meiner Frau einmal im letzten Jahr hier war, als der Wagen zu einer seiner regelmäßigen Touren losfuhr. Warum ich das so genau weiß, kann ich nicht sagen. Aber ich irre mich nicht. Sie lebt in Bonn und besucht uns nur sehr selten. Deshalb weiß ich es noch.«

»Warum glauben Sie, daß es ein Donnerstag war?« fragte Wallander. »Haben Sie es in einem Kalender notiert?«

»Ich habe mich nie mit Kalendern abgegeben«, erwiderte Heineman in abschätzigem Tonfall. »In allen meinen Jahren im Außenministerium habe ich mir nie eine einzige Sitzung notiert. Aber ich habe in vierzig Dienstjahren auch nie etwas verpaßt. Was hingegen sehr häufig denjenigen passierte, die ständig alles in ihre Kalender schrieben.«

»Warum ein Donnerstag?« wiederholte Wallander.

»Ich weiß nicht, ob es ein Donnerstag war. Aber es war der Namenstag der Schwester meiner Frau. Das weiß ich sicher. Sie heißt Frida.«

»Welcher Monat?«

»Februar oder März.«

Wallander klopfte an seine Jackentasche. In seinem Taschenkalender war das Vorjahr nicht enthalten. Auch Sjösten schüttelte den Kopf. Larsson besaß überhaupt keinen Taschenkalender.

»Haben Sie möglicherweise einen alten Kalender im Haus?« fragte Wallander.

»Vielleicht liegt ein Weihnachtskalender eines meiner Enkelkinder auf dem Dachboden«, sagte Heineman. »Es ist eine Unsitte meiner Frau, eine Menge alten Krams aufzuheben. Ich werfe regelmäßig weg. Auch eine Erfahrung aus dem Außenministerium. Am ersten Tag des Monats habe ich gnadenlos alles weggeworfen, was nicht unbedingt vom Vormonat aufgehoben werden mußte. Mein Grundsatz war, lieber zuviel als zuwenig wegzuwerfen. Ich habe nie etwas vermißt, was ich weggeworfen hatte.«

Wallander nickte Larsson zu. »Ruf einmal an und finde heraus, wann Frida Namenstag hat«, sagte er. »Und welcher Wochentag es 1993 war.«

»Wer weiß so was denn?« fragte Larsson.

»Verdammt«, fuhr Sjösten ihn gereizt an. »Ruf im Präsidium an. Du hast genau fünf Minuten Zeit, um mit der Antwort zu kommen.«

»Das Telefon steht im Flur«, sagte Heineman.

Larsson verschwand.

»Ich muß sagen, daß ich eine klare Befehlserteilung schätze«, erklärte Heineman angetan. »Auch diese Fähigkeit scheint in den letzten Jahren abhanden gekommen zu sein.«

Wallander hatte Schwierigkeiten weiterzumachen, während sie auf die Antwort warteten. Um die Wartezeit zu verkürzen, fragte Sjösten, wo im Ausland Heineman Dienst getan habe. Es zeigte sich, daß er an einer ganzen Reihe von Botschaften tätig gewesen war.

»In der letzten Zeit ist es besser geworden«, erzählte er. »Aber als ich meine Laufbahn begann, hatten die Personen, die unser Land in fremden Kontinenten vertraten, häufig ein erschreckend niedriges Niveau.«

Als Larsson zurückkehrte, waren fast zehn Minuten vergangen. Er hielt einen Zettel in der Hand.

»Frida hat am 17. Februar Namenstag«, sagte er. »Der 17. Februar 1993 war ein Donnerstag.«

»Wie ich vermutet habe«, sagte Wallander.

Dann dachte er, daß polizeiliche Ermittlungstätigkeit im Grunde nichts anderes war, als nicht locker zu lassen, bevor nicht ein entscheidendes Detail auf einem Zettel festgehalten und bestätigt war.

Alle übrigen Fragen, die Wallander Heineman hatte stellen wollen, schienen zunächst einmal warten zu können. Der Form halber stellte er jedoch noch einige Fragen, zum Beispiel ob Heineman irgendwelche Beobachtungen hinsichtlich eines eventuellen Mädchenverkehrs gemacht habe, wie Wallander sich unklar ausdrückte.

»Allerdings haben da Feste stattgefunden«, sagte Heineman stramm. »Von meinem Obergeschoß aus ließ es sich kaum vermeiden, gewisse Interieurs wahrzunehmen. Natürlich waren Frauen beteiligt.«

»Sind Sie Åke Liljegren jemals begegnet?«

»Ja. Ich traf ihn bei einer Gelegenheit in Madrid. Es war in einem meiner letzten aktiven Jahre im Außenministerium. Er hatte um einen Termin gebeten, um unter anderem Unterstützung bei der Kontaktaufnahme mit einigen großen spanischen Bauunternehmen zu erhalten. Wir wußten natürlich sehr wohl, wer Liljegren war. Die Scheinfirmengeschäfte waren in vollem Gang. Wir behandelten ihn so höflich wie möglich. Aber er war kein angenehmer Mensch.«

»Warum nicht?«

Heineman dachte nach, bevor er antwortete. »Er war ganz einfach unangenehm«, erklärte er dann. »Er betrachtete seine Umwelt mit vollkommen unverhohlener und kalter Verachtung.«

Wallander machte ein Zeichen, daß er für sein Teil ihr Gespräch nicht verlängern wollte.

»Meine Kollegen werden noch einmal mit Ihnen in Verbindung treten«, sagte er und stand auf.

Heineman begleitete sie zur Gartenpforte. Das Polizeiauto stand noch vor Liljegrens Einfahrt. Das Haus war dunkel. Wallander ging hinüber auf die andere Straßenseite, nachdem er sich von Heineman verabschiedet hatte. Einer der Polizisten stieg aus und stand stramm. Wallander hob abwehrend die Hand als Antwort auf die übertriebene Begrüßung.

»Ist was los gewesen?«

»Hier ist alles ruhig. Ein paar Neugierige sind stehengeblieben. Sonst nichts.«

Sie fuhren zum Polizeipräsidium zurück, wo Larsson sie absetzte, um selbst nach Hause zu fahren und sich schlafen zu legen. Während Wallander ein paar Telefonate führte, widmete sich Sjösten wieder seiner Bootszeitschrift. Als erstes rief Wallander Hansson an, der mitzuteilen wußte, daß Ludwigsson und Hamrén vom Reichskriminalamt eingetroffen waren. Er hatte sie im Hotel Sekelgården einquartiert.

»Sie scheinen in Ordnung zu sein«, sagte Hansson. »Überhaupt nicht so hochnäsig, wie ich befürchtet hatte.«

»Warum sollten sie auch?«

»Stockholmer«, antwortete Hansson. »Man weiß doch, wie die sind. Erinnerst du dich noch an diese Staatsanwältin, die damals Per Åkeson vertreten hat? Wie hieß sie noch? Bodin?«

»Brolin«, erwiderte Wallander. »Aber ich kann mich nicht mehr erinnern.«

Wallander konnte sich sehr wohl erinnern. Ihn überlief jedesmal ein Schauder der Beklemmung, wenn er daran dachte, wie er einmal vollkommen die Besinnung verloren und sich in betrunkenem Zustand auf sie gestürzt hatte. Es war eine der Episoden in seinem Leben, deren er sich am meisten schämte. Daran änderte auch die Tatsache nichts, daß er und Anette Brolin bei einer späteren Gelegenheit unter bedeutend angenehmeren Umständen eine Nacht in Kopenhagen verbracht hatten.

»Sie werden morgen Sturup bearbeiten«, sagte Hansson.

Wallander berichtete in knappen Worten über das Gespräch mit Heineman.

»Das bedeutet also, daß wir einen Ansatzpunkt haben«, sagte Hansson. »Du glaubst demnach, daß Liljegren Wetterstedt einmal die Woche eine Prostituierte geschickt hat?«

»Ja.«

»Kann das auch bei Carlman so gewesen sein?«

»Vielleicht nicht auf die exakt gleiche Art und Weise. Aber wir müssen unbedingt davon ausgehen, daß die Kreise von Carlman und Liljegren sich ebenfalls berührt haben. Wir wissen nur noch nicht, wo.«

»Und Björn Fredman?«

»Er bleibt die große Ausnahme. Er paßt nirgendwo hinein. Schon gar nicht in Liljegrens Kreise. Wenn er nicht sein Torpedo war. Ich werde morgen nach Malmö fahren und noch einmal mit seiner Familie reden. Vor allem will ich die Tochter treffen, die im Krankenhaus liegt.«

»Per Åkeson hat mir von eurem Gespräch erzählt. Du bist dir natürlich im klaren darüber, daß das Ergebnis genauso negativ ausfallen kann wie euer Gespräch mit Carlmans Tochter?«

»Natürlich.«

»Ich rufe noch heute abend Ann-Britt und Svedberg an«, sagte Hansson. »Du hast doch immerhin gute Neuigkeiten.«

»Vergiß Ludwigsson und Hamrén nicht«, meinte Wallander. »Sie gehören von jetzt an auch zur Gruppe.«

Wallander legte auf. Sjösten war draußen und holte Kaffee. Wallander wählte seine eigene Nummer in Ystad. Zu seiner Verwunderung meldete sich Linda sofort. »Ich bin gerade nach Hause gekommen«, erklärte sie. »Wo bist du?«

»In Helsingborg. Ich bleibe über Nacht hier.«

»Ist etwas passiert?«

»Ich war in Helsingör und habe zu Abend gegessen.«

»Das habe ich nicht gemeint.«

»Wir arbeiten.«

»Das tun wir auch«, sagte Linda. »Wir haben heute abend alles noch einmal geprobt. Und wir hatten wieder Publikum.«

»Wen denn?«

»Einen Jungen, der fragte, ob er zusehen dürfe. Er stand draußen auf der Straße und sagte, er hätte gehört, daß wir Theater spielen. Wir haben ihn zusehen lassen. Wahrscheinlich hatten die in der Würstchenbude es ihm erzählt.«

»Und ihr kanntet ihn nicht?«

»Er war wohl nur ein Tourist. Er hat mich hinterher nach Hause gebracht.«

Wallander spürte einen Stich von Eifersucht. »Ist er jetzt in der Wohnung?«

»Er hat mich nach Hause begleitet. Es war ein Spaziergang von fünf Minuten. Wenn man langsam geht. Dann ist er heimgefahren.«

»Ich frage ja nur.«

»Er hatte einen komischen Namen. Er hieß Hoover. Aber er war richtig nett. Ich glaube, unser Stück hat ihm gefallen. Wenn er Zeit hat, will er morgen wiederkommen.«

»Das tut er bestimmt«, sagte Wallander.

Sjösten kam mit zwei Kaffeebechern ins Zimmer. Wallander fragte ihn nach seiner privaten Telefonnummer und gab sie Linda.

»Meine Tochter«, sagte er, nachdem er aufgelegt hatte. »Im Unterschied zu dir habe ich nur ein Kind. Sie fährt am Samstag nach Visby auf einen Theaterkurs.«

»Kinder geben einem immerhin eine Ahnung, daß das Leben einen Sinn hat«, sagte Sjösten und reichte Wallander einen Becher.

Sie gingen das Gespräch mit Heineman noch einmal durch. Sjösten bezweifelte allerdings, ob die Tatsache, daß Wetterstedt von Liljegren mit Prostituierten versorgt worden war, sie bei der Einkreisung des Täters einen Schritt weiter gebracht hatte.

»Ich möchte, daß du morgen alles Material über diesen Mädchenhandel mit Helsingborg als Zwischenstation heraussuchst. Warum gerade hier? Wie sind sie hierhergekommen? Dafür muß es doch eine Erklärung geben. Außerdem ist mir dieses Vakuum um Liljegren unbegreiflich. Ich verstehe das nicht.«

»Das mit den Mädchen sind hauptsächlich Spekulationen«, sagte Sjösten. »Wir haben es nie untersucht. Wir hatten ganz einfach keine Veranlassung dazu. Birgersson hat bei einer Gelegenheit mit einem der Staatsanwälte gesprochen. Der hat eine Ermittlung sofort abgelehnt und gesagt, wir hätten wichtigere Dinge zu tun. Womit er natürlich recht hatte.«

»Ich will trotzdem, daß du es durchsiehst. Mach mir morgen im Laufe des Tages eine Zusammenfassung. Schick sie per Fax nach Ystad, so schnell du kannst.«

Es war fast halb zwölf, als sie zu Sjöstens Wohnung fuhren. Wallander dachte, daß er Baiba jetzt anrufen mußte. Es gab kein Zurück mehr. Bald war Donnerstag. Sie hatte bestimmt schon angefangen zu packen. Er konnte sie nicht länger im unklaren lassen. »Ich muß einmal in Lettland anrufen«, sagte er. »Nur ein paar Minuten.«

Sjösten zeigte ihm das Telefon. Erst als Sjösten im Badezimmer verschwunden war, griff Wallander nach dem Hörer.

Er wählte die Nummer. Nach dem ersten Tuten legte er den Hörer schnell wieder auf. Er wußte überhaupt nicht, was er sagen sollte. Ihm fehlte der Mut. Er nahm sich vor, bis zum nächsten Abend zu warten und ihr dann eine Unwahrheit zu sagen, etwa in der Art, daß alles ganz plötzlich gekommen sei und daß sie ihn statt dessen in Ystad besuchen solle.

Er hielt das für die beste Lösung, zumindest für sich selbst.

Sie plauderten noch eine halbe Stunde bei einem Glas Whisky. Sjösten führte noch ein Telefongespräch, um zu kontrollieren, ob Elisabeth Carlén weiterhin beschattet wurde. »Sie schläft«, sagte er. »Das sollten wir vielleicht auch tun.«

Wallander machte sein Bett mit den Laken, die Sjösten ihm gegeben hatte, in einem Zimmer mit Kinderzeichnungen an den Wänden. Er löschte das Licht und schlief auf der Stelle ein.


Er erwachte schweißgebadet. Er mußte einen Alptraum gehabt haben, obwohl er sich an nichts erinnern konnte. Seine Armbanduhr zeigte halb drei. Er hatte nur zwei Stunden geschlafen. Er fragte sich, was ihn geweckt hatte. Drehte sich auf die Seite, um weiterzuschlafen. Aber plötzlich war er hellwach. Woher das Gefühl kam, wußte er nicht. Dennoch wurde er von Panik ergriffen.

Er hatte Linda allein in Ystad gelassen. Sie durfte dort nicht allein sein. Er mußte nach Hause.

Ohne lange zu überlegen, stand er auf, zog sich an und kritzelte eine Nachricht für Sjösten. Um Viertel vor drei saß er in seinem Wagen und fuhr aus der Stadt. Er fragte sich, ob er sie anrufen sollte. Aber was sollte er sagen? Er würde sie nur erschrecken. Er fuhr durch die helle Sommernacht. Er begriff nicht, woher seine Panik gekommen war. Aber sie war da und ließ ihn nicht mehr los.

Kurz vor vier hielt er in der Mariagatan. Als er zu seiner Wohnung kam, schloß er vorsichtig auf. Seine Angst vor etwas, das ihm nicht klar war, hielt unvermindert an. Erst als er vorsichtig ihre Tür aufstieß, die angelehnt war, ihren Kopf auf dem Kissen sah und sie atmen hörte, wurde er wieder ruhig.

Er setzte sich aufs Sofa. Seine Angst war jetzt einem Gefühl der Peinlichkeit gewichen. Er schüttelte den Kopf über sich selbst, schrieb einen Zettel für sie, daß seine Pläne sich geändert hatten und er noch in der Nacht nach Hause gekommen war, und legte ihn auf den Couchtisch. Bevor er sich ins Bett legte, stellte er seinen Wecker auf fünf Uhr. Sjösten stand früh auf, um in den Morgenstunden an seinem Boot zu werkeln. Wie er ihm seinen nächtlichen Aufbruch erklären sollte, wußte er nicht.

Er lag im Bett und fragte sich, warum er plötzlich in Panik geraten war. Aber er fand keine Antwort.

Es dauerte lange, bis er einschlief.

# 34

Als es an der Tür klingelte, wußte er sofort, daß es niemand anders als Baiba sein konnte. Sonderbarerweise beunruhigte ihn das überhaupt nicht, obwohl es ihm sehr schwerfallen würde, ihr zu erklären, warum er ihr nicht gesagt hatte, daß ihre Reise verschoben werden mußte. Doch als er zusammenschrak und sich im Bett aufsetzte, war sie natürlich nicht da. Sein Wecker hatte nur geklingelt, und die Zeiger standen wie ein aufgesperrter Rachen auf drei nach fünf. Nach einem kurzen Moment der Verwirrung schlug er auf den Ausknopf. Dann blieb er vollkommen reglos im Bett sitzen und lauschte in die Stille. Langsam kehrte er in die Realität zurück. Die Stadt war noch nicht erwacht. Außer dem Gezwitscher der Vögel drang kaum ein Laut zu ihm herein und in sein Bewußtsein. Er konnte sich nicht einmal erinnern, ob er von Baiba geträumt hatte oder nicht. Die überstürzte Flucht aus dem Kinderzimmer in Sjöstens Wohnung kam ihm jetzt wie ein unbegreiflicher und peinlicher Aussetzer vor, ein Versagen seiner gewohnten Fähigkeit, überlegt zu handeln. Mit einem geräuschvollen Gähnen stand er auf und ging in die Küche. Linda schlief. Auf dem Küchentisch lag ein Zettel von ihr. Wenn meine Tochter schon einmal einen ihrer seltenen Besuche bei mir macht, verkehre ich schriftlich mit ihr, auf einer endlosen Anzahl von Zetteln, dachte er. Er las den Zettel und erkannte, daß der Traum von Baiba, sein Erwachen in dem Glauben, sie stehe vor der Tür, trotz allem eine Warnung gewesen war. Als er in der Nacht nach Hause gekommen war, hatte er den Zettel nicht bemerkt. Jetzt sah er, daß Baiba angerufen und Linda aufgetragen hatte, ihm zu sagen, er möchte umgehend anrufen. Er spürte ihre Verärgerung noch in Lindas Mitteilung. Sie war kaum wahrnehmbar, aber sie war da. Er konnte sie nicht anrufen. Noch nicht. Erst spät am Abend oder vielleicht am nächsten Tag würde er anrufen. Oder sollte er Martinsson anrufen lassen? Er würde die bedauerliche Nachricht übermitteln müssen, daß der Mann, mit dem sie nach Skagen fahren wollte, der Mann, der sie in zwei Tagen auf dem Flughafen Kastrup in Empfang nehmen sollte, gerade von der Jagd nach einem Verrückten gejagt wurde, der seinen Mitmenschen Äxte in den Schädel schlug und außerdem noch ihre Skalpe nahm. Was er Martinsson sagen lassen würde, war wahr und zugleich unwahr. Es war eine Lüge mit angeklebten falschen Flügeln, glich einer Wahrheit, konnte verstanden werden. Aber es würde nie erklären oder rechtfertigen können, daß er so feige war, sich nicht wie ein erwachsener Mensch zu benehmen und sie selbst anzurufen.

Um halb sechs griff er zum Telefon, nicht um Baiba, sondern Sjösten in Helsingborg anzurufen, dem er eine notdürftige Erklärung für sein nächtliches Verschwinden geben wollte. Was konnte er eigentlich sagen? Die Wahrheit am besten. Die Wahrheit über die plötzliche Angst um seine Tochter, die alle Eltern kennen, ohne sich erklären zu können, woher die plötzliche Panik kommt. Doch als Sjösten sich meldete, sagte er etwas ganz anderes, er habe etwas vergessen, eine Verabredung mit seinem Vater am frühen Morgen. Etwas, das Sjösten nie würde kontrollieren können, falls er die Absicht hätte. Oder etwas, das unmöglich durch einen Zufall herauskommen würde, weil die Wege Sjöstens und seines Vaters sich vermutlich nie kreuzen würden. Sie verabredeten, wieder miteinander zu telefonieren, wenn Wallander in Malmö gewesen war.

Nachher ging es ihm schon viel besser. Nicht das erste Mal in seinem Leben begann er seinen Tag mit einer Anzahl kleiner Lügen, Ausflüchte und Selbsttäuschungen. Er duschte, trank Kaffee, schrieb einen neuen Zettel für Linda und verließ kurz nach halb sieben die Wohnung. Im Polizeipräsidium war noch alles still. Am frühen Morgen, wenn die übermüdeten Kollegen vom Nachtdienst sich auf den Weg nach Hause machten, es für die der Tagesschicht aber noch zu früh war, ging er am liebsten durch den Flur zu seinem Büro. Das Leben hatte in dieser einsamen Morgenstunde eine ganz besondere Bedeutung. Er hatte nie verstanden, warum. Aber in seiner Erinnerung konnte er dieses Gefühl weit in seine private Vergangenheit zurückverfolgen, vielleicht zwanzig Jahre zurück. Seinem alten Mentor und Freund Rydberg war es ebenso gegangen. *Alle Menschen haben kleine, aber besonders persönliche, heilige Augenblicke*, hatte Rydberg bei einer der seltenen Gelegenheiten gesagt, als sie in seinem oder Wallanders Büro saßen und hinter gut verschlossener Tür eine kleine Flasche Whisky leerten. Im Polizeipräsidium wurde kein Alkohol getrunken. Aber vielleicht hatten sie einen Grund zum Feiern gehabt? Oder zum Trauern, wer weiß? Wallander wußte es nicht mehr. Aber die kurzen und seltenen philosophischen Stunden mit Rydberg fehlten ihm sehr. Es waren Augenblicke der Freundschaft, der vollkommen einzigartigen Vertrautheit gewesen. Wallander setzte sich an seinen Schreibtisch und blätterte rasch den Stapel von Papieren durch, der darauf lag. Eins der Papiere enthielt die Mitteilung, daß Dolores Maria Santanas Leiche zur Bestattung freigegeben worden war und jetzt in einem Grab auf demselben Friedhof lag wie Rydberg. Das brachte ihn wieder zu seiner Ermittlung zurück, er krempelte die Ärmel auf, als müsse er sich in die Welt hinausbegeben, um zu kämpfen, und las in rasantem Tempo die Kopien der Berichte durch, die seine Kollegen erstellt hatten. Darunter fanden sich Papiere von Nyberg, verschiedene Laborberichte, die Nyberg am Rand mit Fragezeichen und Kommentaren versehen hatte, und eine Aufstellung über die aus der Bevölkerung eingegangenen Hinweise, die zwar mehr geworden waren, aber immer noch an Zahl weit unter dem Üblichen lagen, ein typisch sommerliches Phänomen. Tyrén mußte ein außerordentlich emsiger junger Mann sein, dachte Wallander, ohne allerdings entscheiden zu können, ob dies auf einen zukünftigen guten Polizisten für die Feldarbeit oder auf einen schon jetzt in den Jagdgründen der Bürokratie heimischen Schreibtischbeamten schließen ließ. Er las schnell, aber aufmerksam. Nichts Wesentliches entging ihm. Besonders wichtig war die rasche Bestätigung, daß Fredman tatsächlich auf dem Steg bei der Abfahrt nach Charlottenlund ermordet worden war. Wallander schob die Papierhaufen beiseite, lehnte sich zurück und verfiel ins Grübeln. Was hatten diese Männer gemeinsam? Fredman paßt nicht ins Bild. Aber er gehört trotzdem dieser Gruppe an. Ein früherer Justizminister, ein Kunsthändler, ein Wirtschaftsprüfer und ein kleiner Gauner. Wir finden sie in der Reihenfolge, in der sie ermordet worden sind.

Wetterstedt, der erste, wird kaum versteckt, aber gut beiseite geräumt. Carlman, der zweite, wird in seiner eigenen Gartenlaube mitten in einem Sommerfest getötet. Björn Fredman wird gefangengenommen, zu einem einsam gelegenen Bootssteg gebracht und anschließend mitten in Ystad abgelegt, als solle er ausgestellt werden. Er liegt in einer Baugrube unter einer Plane. Wie eine Skulptur, die auf ihre Enthüllung wartet. Schließlich taucht der Täter in Helsingborg auf und tötet Åke Liljegren. Wir stellen fast sofort einen Zusammenhang zwischen Wetterstedt und Liljegren fest. Wenn wir erst exakt wissen, was sie miteinander verband, können wir auch weiterfragen: Wer kann einen Grund gehabt haben, sie zu töten? Und warum die Skalpe? Wer ist der einsame Krieger?

Wallander grübelte lange über Björn Fredman und Åke Liljegren nach. Da war eine neue Dimension zu beobachten. Die Entführung und die verätzten Augen bei Fredman, Liljegrens Kopf im Backofen. Dem Täter hatte es nicht mehr genügt, sie zu erschlagen und ihre Skalpe zu nehmen. Warum? Er tat noch einen Schritt. Das Wasser um ihn herum wurde tiefer. Der Untergrund schlüpfrig. Glatt. Der Unterschied zwischen Fredman und Liljegren. Sehr deutlich. Björn Fredman war Salzsäure in die Augen geschüttet worden, als er noch lebte. Liljegren war tot, als er vor den Backofen geschleppt wurde. Wallander versuchte, den Täter vor sich zu sehen. Mager, durchtrainiert, barfuß, wahnsinnig. Wenn er böse Männer jagt, muß Fredman der schlimmste gewesen sein. Danach Liljegren, Carlman und Wetterstedt in ungefähr der gleichen Kategorie. Wallander stand auf und trat ans Fenster. Björn Fredman war der dritte gewesen. Warum nicht der erste oder der vorerst letzte? Die Wurzel des Bösen, als erstes oder als letztes herauszuziehen, von einem Täter, der geistesgestört, aber auch vorsichtig und gut organisiert war. Der Steg mußte ausgewählt worden sein, weil er sich so gut eignete. *Wie viele Stege hat er sich angesehen, bevor er seine Wahl traf? Ist es ein Mann, der sich ständig am Meer befindet? Ein freundlicher Mann, Fi-*

scher oder Angestellter der Küstenwache? Oder warum nicht einer von der Seenotrettung, die über die beste Bank in der ganzen Stadt verfügt, wenn man seine Ruhe haben und nachdenken will? Es gelingt ihm außerdem, Björn Fredman zu entführen, in dessen eigenem Wagen. Warum macht er sich die ganze Mühe? Weil es seine einzige Möglichkeit ist, an ihn heranzukommen? Sie haben sich irgendwo getroffen. Sie kannten sich. Peter Hjelm hatte es klar gesagt. Björn Fredman machte Reisen und hatte hinterher viel Geld. Gerüchten zufolge war er ein Torpedo. Wallander kannte nur Bruchteile von Björn Fredmans Leben. Der Rest war unbekannt und mußte von der Polizei noch durchleuchtet werden.

Wallander setzte sich wieder. Die Reihenfolge stimmte nicht. Welche Erklärung gab es dafür? Er ging hinaus und holte sich Kaffee. Svedberg und Ann-Britt Höglund waren inzwischen gekommen. Svedberg hatte wieder die Mütze gewechselt, seine Wangen waren rot und abgepellt. Ann-Britt Höglund immer brauner, Wallander immer blasser. Kurz danach kam Hansson mit Mats Ekholm im Schlepptau. Auch Ekholm hatte inzwischen Farbe bekommen. Hanssons Augen waren blutunterlaufen vor Müdigkeit.

Er betrachtete Wallander verwundert, während er gleichzeitig seinen Kopf nach einem Mißverständnis durchsuchte. Hatte Wallander nicht gesagt, er bleibe in Helsingborg? Es war erst halb acht. War etwas passiert, daß er schon so früh nach Ystad zurückgekommen war? Wallander ahnte Hanssons Gedanken und schüttelte fast unmerklich den Kopf. Es war alles in seiner Ordnung, keiner hatte etwas mißverstanden und vermutlich auch keiner etwas verstanden. Sie hatten keine Besprechung angesetzt. Ludwigsson und Hamrén waren bereits nach Sturup hinausgefahren, Ann-Britt Höglund wollte hinterherfahren, während Svedberg und Hansson liegengebliebene Details der Fälle Wetterstedt und Carlman aufarbeiteten. Jemand steckte den Kopf durch die Tür und sagte, Wallander werde aus Helsingborg am Telefon verlangt. Wallander nahm das Gespräch an einem Apparat neben dem Kaffeeautomaten an. Es war Sjösten, der berichten konnte, daß Elisabeth Carlén noch schlief. Niemand hatte sie besucht, und bei Liljegrens Haus hatte sich außer ein paar Neugierigen keiner blicken lassen.

»Hatte Åke Liljegren keine Familie?« fragte Martinsson mit beinah vorwurfsvoller Stimme, so als habe Liljegren sich eines Vergehens gegen die guten Sitten schuldig gemacht, weil er nicht verheiratet war.

»In seiner Spur gab es nur eine Anzahl trauernder, auseinandergenommener Unternehmen«, sagte Svedberg.

»Sie arbeiten in Helsingborg noch mit Liljegren«, meinte Wallander. »Wir können nur abwarten.«

Hansson hatte die anderen gut informiert, stellte Wallander fest. Alle waren überzeugt, daß Liljegren Wetterstedt in regelmäßigen Abständen Frauen geliefert haben mußte.

»Er wurde also seinem früheren Ruf gerecht«, sagte Svedberg.

»Wir müssen eine ähnliche Verbindung zu Carlman finden«, fuhr Wallander fort. »Ich bin überzeugt, daß sie existiert. Laßt Wetterstedt bis auf weiteres auf sich beruhen. Carlman ist im Moment wichtiger.«

Alle hatten es eilig. Die Entdeckung des Berührungspunkts hatte der Ermittlungsgruppe neue Energie zugeführt. Wallander nahm Ekholm mit in sein Zimmer. Er legte ihm die Gedanken dar, die er sich zuvor gemacht hatte. Ekholm war wie immer ein aufmerksamer Zuhörer.

»Die Salzsäure und der Backofen«, sagte Wallander. »Ich versuche, seine Sprache zu verstehen. Er spricht zu sich selbst und er spricht zu den Opfern. Was sagt er eigentlich?«

»Dein Gedanke über die Reihenfolge ist interessant«, gab Ekholm zurück. »Psychopathische Mörder weisen bei ihrem blutigen Handwerk oft einen Zug von Pedanterie auf. Vielleicht hat irgend etwas seine Pläne durcheinandergebracht.«

»Was?«

»Darauf kann nur er selbst eine Antwort geben.«

»Aber wir müssen es wenigstens versuchen.«

Ekholm antwortete nicht. Wallander hatte das Gefühl, daß Ekholm gerade nicht sehr viel zu sagen hatte.

»Wir numerieren sie«, sagte Wallander. »Wetterstedt ist die Nummer eins. Was passiert, wenn wir sie vertauschen?«

»Fredman erster oder letzter«, meinte Ekholm. »Liljegren unmittelbar davor oder dahinter, je nachdem, welche Variante zutrifft. Wetterstedt und Carlman haben Positionen, die zu den anderen in einem Verhältnis stehen.«

»Können wir annehmen, daß er fertig ist?«

»Ich weiß es nicht«, sagte Ekholm. »Er bewegt sich in seiner eigenen Spur.«

»Und was sagen deine Computer? Haben sie irgendwelche Kombinationen ausgeworfen?«

»Eigentlich nichts.«

Ekholm schien selbst verwundert zu sein über seine Antwort.

»Und was schließt du daraus?«

»Daß wir es mit einem Serienmörder zu tun haben, der sich in entscheidenden Punkten von seinen Vorgängern unterscheidet.«

»Und was bedeutet das?«

»Daß wir eine völlig neue Erfahrung machen. Falls wir ihn kriegen.«

»Und das müssen wir«, sagte Wallander und merkte selbst, wie wenig überzeugend er klang.

Er stand auf und verließ zusammen mit Ekholm das Zimmer.

»Verhaltensforscher des FBI und von Scotland Yard haben sich bei uns gemeldet«, sagte Ekholm. »Sie verfolgen unsere Arbeit mit großem Interesse.«

»Haben sie keine Vorschläge? Wir sind für jeden Tip dankbar.«

»Ich lasse es dich wissen, sobald etwas Brauchbares hereinkommt.«

Sie trennten sich vor der Anmeldung. Wallander nahm sich Zeit, ein paar Worte mit Ebba zu wechseln, deren Handgelenk wieder aus dem Gips war. Dann fuhr er auf direktem Weg nach Sturup. Er fand Ludwigsson und Hamrén im Büro der Flughafenpolizei. Wallander spürte ein großes Unbehagen beim Anblick eines jungen Polizisten, der im Jahr zuvor vor seinen Augen in Ohnmacht gefallen war, als sie einen Mann festgenommen hatten, der im Begriff war, außer Landes zu fliehen. Er gab ihm die Hand und heuchelte Bedauern über den Vorfall von damals.

Ludwigsson war Wallander bei einem früheren Besuch in Stockholm bereits begegnet, stellte er fest. Er war ein großgewachsener, kräftiger Mann, der allem Anschein nach an überhöhtem Blutdruck litt. Sein Gesicht war gerötet, doch nicht von der Sonne. Hamrén war der genaue Gegensatz, klein und drahtig, mit einer starken Brille. Wallander hieß sie etwas lässig willkommen und fragte, wie sie zurechtkämen. Ludwigsson führte das Wort.

»Es gibt ziemlich viel Streit zwischen den verschiedenen Taxigesellschaften hier draußen«, begann er. »Genau wie in Arlanda. Wir kommen einfach nicht weiter bei der Klärung der Möglichkeiten, die er in den fraglichen Stunden hatte, um von hier wegzukommen. Ein Motorrad hat auch niemand bemerkt. Aber wir sind noch nicht weit gekommen.«

Wallander trank eine Tasse Kaffee und beantwortete den beiden Kollegen aus Stockholm eine Reihe von Fragen. Dann verließ er sie und fuhr nach Malmö. Um zehn parkte er vor dem Haus in Rosengård. Es war sehr warm und wieder windstill. Er nahm den Aufzug in den dritten Stock und klingelte an der Tür. Diesmal öffnete nicht der Sohn, sondern Fredmans geschiedene Frau. Wallander roch sofort, daß sie Wein getrunken hatte. Zu ihren Füßen kauerte ein drei oder vier Jahre alter Junge. Er wirkte sehr scheu oder eher verängstigt. Als Wallander sich zu ihm hinunterbeugte, wurde der Junge von panischem Entsetzen gepackt. Im selben Augenblick schoß ein Erinnerungsbild durch Wallanders Kopf. Er konnte es nicht festhalten, aber er merkte sich die Situation. Etwas, das passiert war oder das jemand gesagt hatte, etwas, das wichtig war, stieg aus seinem Unterbewußtsein hoch. Früher oder später würde es ihm gelingen, das flüchtige Bild festzuhalten. Anita Fredman bat ihn einzutreten. Der Junge hing an ihren Beinen. Sie war ungekämmt und ungeschminkt. Die Wolldecke auf dem Sofa verriet ihm, wo sie die Nacht verbracht haben mußte. Sie setzten sich, Wallander auf denselben Stuhl, auf dem er schon früher gesessen hatte. In diesem Augenblick kam der Junge ins Zimmer, Stefan Fredman. Seine Augen waren ebenso wachsam wie beim letzten Mal. Er gab Wallander die Hand. Das gleiche frühreife Verhalten. Dann setzte er sich neben seine Mutter aufs Sofa. Alles wiederholte sich. Der einzige Unterschied war der jüngste Bruder, der auf ihren Schoß gekrochen war und sich an sie klammerte. Irgend etwas an ihm wirkte nicht richtig normal. Er nahm den Blick nicht von Wallander, der sich an Elisabeth Carlén erinnert fühlte. Wir leben in einer Zeit, in der die Menschen sich mit Wachsamkeit beobachten, dachte er. Ob es eine Hure ist, ein vierjähriger Junge oder ein älterer Bruder. Ständig diese Furcht, dieser Mangel an Vertrauen, diese ruhelose Wachsamkeit.

»Ich komme wegen Louise«, sagte Wallander. »Es ist natürlich schwer, über ein Familienmitglied zu sprechen, das sich in einer psychiatrischen Anstalt befindet. Trotzdem ist es notwendig.«

»Warum läßt man sie nicht in Frieden?« fragte die Frau.

Ihre Stimme klang gequält und unsicher, als bezweifle sie schon im voraus, ihre Tochter verteidigen zu können.

Wallander war beklommen zumute. Am liebsten wäre er um dieses Gespräch herumgekommen. Er war auch unsicher, wie er vorgehen sollte.

»Natürlich soll sie ihren Frieden haben«, sagte er. »Aber es gehört zu den betrüblichen Aufgaben der Polizei, jede denkbare Information einzuholen, um ein schweres Verbrechen aufklären zu können.«

»Sie ist ihrem Vater viele Jahre nicht begegnet«, erwiderte sie. »Sie kann Ihnen nichts Wichtiges erzählen.«

Plötzlich hatte er eine Idee.

»Weiß Louise davon, daß ihr Vater tot ist?«

»Warum sollte sie das?«

»Es ist doch nicht völlig undenkbar?«

Wallander sah, daß die Frau auf dem Sofa kurz davor war zusammenzubrechen. Mit jeder Frage und Antwort wuchs seine Beklemmung. Ohne dies zu beabsichtigen, hatte er sie einem Druck ausgesetzt, dem sie kaum gewachsen war. Der Junge neben ihr sagte nichts.

»Sie müssen wissen, daß Louise kein Verhältnis zur Wirklichkeit mehr hat«, sagte sie mit so leiser Stimme, daß Wallander sich vorbeugen mußte, um sie zu verstehen. »Louise hat alles hinter sich gelassen. Sie lebt in ihrer eigenen Welt. Sie spricht nicht, sie hört nicht zu, sie spielt ein Spiel, daß es sie nicht gibt.«

Wallander dachte genau nach, bevor er fortfuhr.

»Trotzdem kann es für uns wichtig sein zu wissen, warum sie krank geworden ist. Ich wollte Sie eigentlich um Ihre Einwilligung bitten, Ihre Tochter zu besuchen und mit ihr zu sprechen. Jetzt sehe ich, daß das wohl nicht geht. Aber dann müssen Sie auf meine Fragen antworten.«

»Ich weiß nicht, was ich antworten soll. Sie wurde krank. Es kam aus heiterem Himmel.«

»Sie ist im Pildammspark gefunden worden«, sagte Wallander.

Mutter und Sohn erstarrten. Auch der kleine Junge auf ihrem Schoß schien zu reagieren, wie von ihnen angesteckt.

»Woher wissen Sie das?« fragte sie.

»Es gibt einen Bericht darüber, wie und wann sie ins Krankenhaus gebracht wurde«, sagte Wallander. »Doch das ist auch alles, was ich weiß. Alles, was ihre Krankheit betrifft, ist ein Geheimnis zwischen ihr und ihrem Arzt. Und Ihnen. Und dann habe ich gehört, daß sie Schwierigkeiten in der Schule hatte, bevor sie krank wurde.«

»Sie hatte nie Schwierigkeiten. Aber sie war immer sehr sensibel.«

»Das war sie bestimmt. Dennoch pflegen psychische Krankheiten durch bestimmte Ereignisse ausgelöst zu werden.«

»Woher wollen Sie das wissen? Sind Sie Arzt?«

»Ich bin Polizeibeamter. Aber ich weiß, was ich sage.«

»Es war nichts passiert.«

»Aber Sie müssen sich doch Tag und Nacht Gedanken darüber gemacht haben?«

»Ich habe seit dem Tag nichts anderes getan.«

Wallander empfand die Stimmung als dermaßen unerträglich, daß er wünschte, er könnte aufstehen und gehen. Die Antworten, die er bekam, brachten ihn nicht weiter, auch wenn er glaubte, daß sie der Wahrheit entsprachen oder zumindest einem Teil der Wahrheit.

»Haben Sie vielleicht ein Foto von ihr, das ich mir ansehen kann?«

»Möchten Sie das?«

»Gerne.«

Wallander bemerkte, daß der Junge neben ihr ansetzte, etwas

zu sagen, aber schwieg. Es ging sehr plötzlich, doch Wallander nahm es wahr. Er fragte sich, warum. Wollte der Junge nicht, daß er seine Schwester sah? Und wenn, warum nicht?

Die Mutter stand auf und nahm den Kleinen, der sich an sie klammerte, auf den Arm. Sie öffnete eine Schublade und kam mit zwei Bildern zurück. Wallander legte sie vor sich auf den Tisch. Das Mädchen namens Louise lächelte. Sie war blond und glich ihrem Bruder Stefan. In ihren Augen konnte er nichts von der Wachsamkeit erkennen, von der er sich umgeben fühlte. Sie lächelte dem Fotografen offen und vertrauenerweckend entgegen. Sie war sehr süß.

»Ein hübsches Mädchen«, sagte er. »Wir wollen hoffen, daß sie eines Tages gesund wird.«

»Ich habe die Hoffnung aufgegeben«, sagte sie. »Ich sehe keinen Grund dafür.«

»Die Ärzte sind tüchtig«, erwiderte Wallander zögernd.

»Eines Tages wird Louise dieses Krankenhaus verlassen«, sagte der Junge plötzlich. Seine Stimme war sehr energisch. Er lächelte Wallander an.

»Vor allem ist es wichtig, daß ihre Familie ihr eine Stütze ist«, sagte Wallander und war sich seiner gestelzten Ausdrucksweise peinlich bewußt.

»Wir stützen sie in jeder Hinsicht«, fuhr der Junge fort. »Die Polizei soll den Mann suchen, der unseren Vater getötet hat. Nicht sie stören.«

»Wenn ich sie im Krankenhaus besuche, dann nicht, um sie zu stören«, sagte Wallander. »Dann geht es gerade um die Aufklärung, an der wir arbeiten.«

»Wir möchten, daß sie auf jeden Fall ihren Frieden hat«, beharrte der Junge.

Wallander nickte.

»Wenn der Staatsanwalt, der die Voruntersuchung leitet, es bestimmt, dann muß ich sie aufsuchen«, sagte Wallander. »Und wahrscheinlich wird es so kommen. Sehr bald. Schon heute oder morgen. Aber ich verspreche, nichts vom Tod ihres Vaters zu sagen.«

»Was wollen Sie denn dann bei ihr?«

»Sie sehen«, sagte Wallander. »Eine Fotografie ist eben doch nur eine Fotografie. Aber ich muß sie mitnehmen.«

»Warum denn?«

Die Frage des Jungen kam sehr plötzlich. Wallander war überrascht von der heftigen Ablehnung, die in der Stimme des Jungen mitschwang.

»Ich muß einigen Personen dieses Bild zeigen«, sagte er. »Nur so kann ich herausfinden, ob sie deine Schwester kennen. Das ist alles.«

»Sie werden es Journalisten geben«, sagte der Junge. »Ihr Gesicht wird auf jedem Aushänger zu sehen sein.«

»Warum sollte ich das tun?« fragte Wallander.

Der Junge sprang aus dem Sofa hoch, beugte sich über den Tisch und raffte die beiden Bilder an sich. Wallander konnte nicht reagieren, so schnell ging es. Doch er faßte sich rasch und spürte, wie er ärgerlich wurde.

»Jetzt bin ich gezwungen, mit einem gerichtlichen Beschluß wiederzukommen, daß Sie mir die Bilder aushändigen müssen«, sagte er, ohne sich an die Wahrheit zu halten. »Dann besteht die Gefahr, daß Journalisten davon erfahren und mir hierher folgen. Ich kann sie nicht daran hindern. Wenn ich jetzt eins der Bilder ausleihen und kopieren kann, braucht das nicht zu geschehen.«

Der Junge betrachtete Wallander mit starrendem Blick. Die Wachsamkeit von vorhin hatte sich in etwas anderes verwandelt. Wortlos reichte er Wallander eins der Bilder zurück.

»Ich habe nur noch einige wenige Fragen«, sagte Wallander. »Wissen Sie, ob Louise jemals einen Mann namens Gustaf Wetterstedt getroffen hat?«

Die Mutter sah ihn verständnislos an. Der Junge war aufgestanden und blickte durch die offene Balkontür hinaus. Er wandte ihnen den Rücken zu.

»Nein«, sagte sie.

»Sagt Ihnen der Name Arne Carlman etwas?«

Sie schüttelte den Kopf.

»Åke Liljegren?«

»Nein.«

Sie liest keine Zeitungen, dachte Wallander. Unter der Wolldecke liegt vermutlich eine Weinflasche. Und in der Flasche befindet sich ihr Leben.

Er stand auf. Der Junge an der Balkontür wandte sich um.

»Werden Sie Louise besuchen?« fragte er noch einmal.

»Das ist nicht ausgeschlossen«, entgegnete Wallander.

Er verabschiedete sich und verließ die Wohnung. Als er aus dem Haus trat, spürte er Erleichterung. Der Junge stand an einem Fenster und sah ihm nach. Wallander stieg in seinen Wagen und beschloß, den Besuch bei Louise Fredman bis auf weiteres auf sich beruhen zu lassen. Dagegen wollte er so schnell wie möglich wissen, ob Elisabeth Carlén sie auf dem Foto erkannte. Er kurbelte das Seitenfenster herunter und drückte am Autotelefon Sjöstens Nummer. Der Junge an dem Fenster im dritten Stock war jetzt verschwunden. Während er wartete, suchte er in seiner Erinnerung nach einer Erklärung dafür, warum er beim Anblick des kleinen verängstigten Jungen eine derartige Unruhe verspürt hatte. Doch er kam immer noch nicht darauf, was es war. Sjösten meldete sich. Wallander sagte, er sei jetzt auf dem Weg nach Helsingborg und habe ein Foto bei sich, das Elisabeth Carlén sich ansehen solle.

»Dem letzten Bericht zufolge lag sie auf ihrem Balkon und sonnte sich«, sagte Sjösten.

»Wie kommt ihr mit Liljegrens Mitarbeiter weiter?«

»Wir sind gerade dabei, den Mann zu lokalisieren, der zuletzt seine rechte Hand gewesen sein dürfte. Sein Name ist Hans Logård.«

»Hatte Liljegren keine Familie?«

»Es hat nicht den Anschein. Wir haben mit einer Anwaltskanzlei gesprochen, die einen Teil seiner privatesten Geschäfte abwickelt. Es existiert seltsamerweise kein Testament. Aber sie hatten auch keine Informationen über irgendwelche Leibeserben. Liljegren scheint in einem ganz eigenen Universum gelebt zu haben.«

»Gut«, sagte Wallander. »Ich bin in etwa einer Stunde in Helsingborg.«

»Soll ich Elisabeth Carlén kommen lassen?«

»Ja, tu das. Aber behandle sie freundlich. Hol sie nicht in einem Streifenwagen. Ich habe das Gefühl, wir brauchen sie noch eine Weile. Sie kann sich querstellen, wenn es ihr nicht mehr paßt.«

»Ich hole sie selbst«, sagte Sjösten. »Wie ging es deinem Vater?«

Wallander hatte die Ausrede vergessen, die er gebraucht hatte, um sich für den plötzlichen Aufbruch in der vergangenen Nacht zu entschuldigen.

»Meinem Vater?«

»Wolltest du ihn nicht heute früh treffen?«

»Es ging ihm gut«, antwortete Wallander. »Aber es war wirklich sehr wichtig, daß ich da war.«

Er hängte den Hörer ein und warf einen Blick hinauf zum dritten Stock. Niemand stand am Fenster.

Als er losfuhr, sah er auf die Uhr. Er würde vor zwölf in Helsingborg sein.

*

Hoover kam kurz nach eins in seinen Keller. Er verschloß die Tür hinter sich und zog die Schuhe aus. Die Kälte des Steinbodens drang von unten in seinen Körper. Durch ein paar Risse in der Farbe, die er über die Scheiben des Kellerfensters gestrichen hatte, fiel schwaches Sonnenlicht herein. Er setzte sich auf den Stuhl und betrachtete sein Gesicht in den Spiegeln.

Er konnte nicht zulassen, daß der Polizist seine Schwester besuchte. Sie waren jetzt so dicht am Ziel, dem heiligen Augenblick, in dem die bösen Geister für immer aus ihrem Kopf vertrieben werden würden. Er durfte nicht zulassen, daß jemand sie bedrängte.

Er sah, daß er richtig gedacht hatte. Der Besuch des Polizisten hatte ihm zu verstehen gegeben, daß er nicht länger warten konnte. Sicherheitshalber sollte auch seine Schwester nicht länger als nötig an ihrem jetzigen Aufenthaltsort bleiben. Was noch zu tun war, mußte er jetzt tun.

Er dachte an das Mädchen, mit dem er so leicht in Kontakt gekommen war. Auf eine Weise hatte sie seiner Schwester geglichen.

Auch das war ein gutes Zeichen. Seine Schwester würde alle Kräfte brauchen, die er ihr geben konnte.

Er zog seine Jacke aus und blickte sich um. Alles, was er brauchte, war da. Nichts war vergessen. Die Äxte und die Messer glänzten auf dem schwarzen Tuch.

Dann nahm er einen der breiten Pinsel und zog sich einen einzigen Strich über die Stirn.

Die Zeit, wenn es sie je gegeben hatte, war nun zu Ende gegangen.

## 35

Wallander legte das Foto von Louise Fredman mit der Bildseite nach unten.

Elisabeth Carlén beobachtete ihn. Sie trug ein weißes und, wie Wallander vermutete, sehr teures Sommerkleid. Sie saßen in Sjöstens Büro. Wallander am Schreibtisch, Sjösten im Hintergrund, an den Türrahmen gelehnt, Elisabeth Carlén auf dem Besucherstuhl. Es war zehn nach zwölf. Durch das offene Fenster schlug die Hitze herein. Wallander schwitzte. »Ich zeige Ihnen jetzt ein Foto«, sagte er. »Und Sie sollen ganz einfach die Frage beantworten, ob Sie die Person darauf kennen.«

»Warum müssen Polizisten immer so übertrieben dramatisch sein?« fragte sie.

Ihre herablassende Ungerührtheit machte Wallander wütend, doch er beherrschte sich.

»Wir versuchen, einen Mann zu fassen, der vier Personen getötet hat«, sagte er. »Der ihnen außerdem die Kopfhaut abschneidet. Ihnen Salzsäure in die Augen gießt und ihre Köpfe in Backöfen steckt.«

»So ein Verrückter darf natürlich nicht frei herumlaufen«, erwiderte sie ruhig. »Also sehen wir uns jetzt das Bild an?«

Wallander schob es zu ihr hinüber und nickte. Sie beugte sich vor und drehte es um. Louise Fredmans Lächeln in Großaufnahme. Wallander beobachtete Elisabeth Carléns Gesicht. Sie nahm das Foto in die Hand und schien nachzudenken. Es dauerte fast eine halbe Minute. Dann schüttelte sie den Kopf.

»Nein. Ich habe sie noch nie gesehen. Auf jeden Fall nicht, soweit ich mich erinnern kann.«

»Es ist sehr wichtig«, sagte Wallander, der seine Enttäuschung nur schwer verbergen konnte.

»Ich habe ein gutes Gedächtnis für Gesichter«, sagte sie.

»Aber ich bin mir sicher. Ich habe sie noch nie gesehen. Wer ist das?«

»Das lassen wir erst einmal beiseite«, sagte Wallander. »Denken Sie nach.«

»Was möchten Sie denn am liebsten, wo ich sie gesehen haben soll? Zu Hause bei Åke Liljegren?«

»Ja.«

»Sie kann natürlich einmal dort gewesen sein, wenn ich nicht dabei war.«

»Kam das häufig vor?«

»Nicht in den letzten Jahren.«

»Wie viele Jahre meinen Sie?«

»Ungefähr vier.«

»Aber sie könnte dagewesen sein?«

»Junge Mädchen sind bei manchen Männern sehr beliebt. Den richtig armen Schweinen.«

»Welchen armen Schweinen?«

»Denen, die wahrscheinlich nur einen einzigen Traum im Kopf haben. Mit ihren eigenen Töchtern ins Bett zu gehen.«

Wallander begann wieder, wütend zu werden. Sie hatte natürlich recht, aber ihre Ungerührtheit empörte ihn. Sie war ein Teil dieses ganzen Marktes, der immer mehr unschuldige Kinder aufsog und ihr Leben zerstörte.

»Wenn Sie nicht sagen können, ob dieses Mädchen jemals auf einem von Wetterstedts Festen war, wer dann?«

»Jemand anders.«

»Antworten Sie mir richtig. Wer? Ich will den Namen und die Anschrift.«

»Das Ganze ging immer sehr anonym zu«, antwortete Elisabeth Carlén geduldig. »Das war eine der Voraussetzungen für die Feste. Man kannte das eine oder andere Gesicht. Aber man tauschte keine Visitenkarten aus.«

»Woher kamen die Mädchen?«

»Ganz verschieden. Dänemark, Stockholm, Belgien, Rußland.«

»Sie kamen und verschwanden wieder?«

»Ja, so ungefähr.«

»Aber Sie wohnen in Helsingborg?«

»Ich war die einzige.«

Wallander blickte Sjösten an, als suche er nach einer Bestätigung, daß das Gespräch noch nicht ganz aus dem Ruder gelaufen war, bevor er fortfuhr.

»Das Mädchen auf dem Bild heißt Louise Fredman. Sagt Ihnen der Name etwas?«

Sie hob die Augenbrauen.

»War das nicht der? Der ermordet wurde? Fredman?«

Wallander nickte. Sie schaute noch einmal auf das Bild. Einen Moment lang schien der Zusammenhang sie zu empören.

»Ist das seine Tochter?«

»Ja.«

Sie schüttelte erneut den Kopf.

»Ich habe sie nie gesehen.«

Wallander wußte, daß sie die Wahrheit sagte. Wenn aus keinem anderen Grund, dann dem, daß sie nichts dabei gewinnen konnte, wenn sie log. Er zog das Foto an sich und drehte es wieder um, als wolle er Louise Fredman die weitere Teilnahme ersparen.

»Waren Sie jemals bei einem Mann zu Hause, der Gustaf Wetterstedt hieß?« fragte er. »In Ystad?«

»Was hätte ich da tun sollen?«

»Dasselbe, wovon Sie normalerweise leben. War er Ihr Kunde?«

»Nein.«

»Sicher?«

»Ja.«

»Ganz sicher?«

»Ja.«

»Waren Sie jemals bei einem Kunsthändler namens Arne Carlman?«

»Nein.«

Wallander hatte eine Idee. Vielleicht galt es auch hier, daß nie Namen genannt wurden, dachte er.

»Ich zeige Ihnen gleich noch einige Bilder«, sagte er und stand auf. Er nahm Sjösten mit nach draußen.

»Was glaubst du?« fragte er.

Sjösten zuckte mit den Schultern. »Sie lügt nicht«, gab er zurück.

»Wir brauchen Fotos von Wetterstedt und Carlman«, sagte Wallander. »Fredman auch. Sie liegen beim Material.«

»Das hat Birgersson«, sagte Sjösten. »Ich hole es.«

Wallander ging zurück ins Zimmer und fragte, ob sie Kaffee wolle.

»Ein Gin Tonic wäre mir lieber«, antwortete sie.

»Die Bar hat noch nicht geöffnet«, gab Wallander zurück. Sie lächelte. Seine Antwort hatte ihr gefallen. Wallander ging zurück auf den Flur. Elisabeth Carlén war sehr schön. Ihr Körper zeichnete sich durch das dünne Kleid ab. Er dachte daran, daß Baiba wahrscheinlich stocksauer war, weil er nicht anrief. Sjösten kam mit einer Plastikmappe in der Hand aus Birgerssons Zimmer. Sie kehrten in sein Büro zurück. Elisabeth Carlén rauchte. Wallander legte ein Foto von Wetterstedt vor ihr auf den Tisch.

»Den kenne ich aus dem Fernsehen«, sagte sie. »War das nicht der, der es in Stockholm mit Huren trieb?«

»Möglicherweise hat er damit weitergemacht.«

»Nicht mit mir«, antwortete sie, immer noch völlig ungerührt.

»Aber Sie sind nie bei ihm zu Hause in Ystad gewesen?«

»Nie.«

»Kennen Sie eine andere, die dagewesen ist?«

»Nein.«

Wallander wechselte das Foto. Legte Carlman hin. Er stand neben einer abstrakten Skulptur. Wetterstedt war ernst gewesen auf dem Foto, Carlman lachte mit offenem Mund in die Kamera. Diesmal schüttelte sie nicht den Kopf.

»Den habe ich gesehen«, sagte sie bestimmt.

»Bei Liljegren?«

»Ja.«

»Wann war das?«

Wallander sah, daß Sjösten einen Notizblock aus der Tasche zog. Elisabeth Carlén dachte nach. Wallander betrachtete verstohlen ihren Körper.

»Vor ungefähr einem Jahr«, sagte sie.

»Sind Sie sicher?«

»Ja.«

Wallander nickte. Etwas in ihm kochte hoch. Noch einer, dachte er. Jetzt brauchen wir nur noch Fredman in das Muster einzufügen.

Er zeigte ihr Björn Fredman. Es war ein Gefängnisbild. Björn Fredman spielte Gitarre. Das Bild mußte alt sein. Fredman hatte lange Haare, weite Hosenbeine, die Farben waren verblaßt.

Wieder schüttelte sie den Kopf. Sie hatte ihn nie gesehen.

Wallander ließ seine Hände geräuschvoll auf die Tischplatte fallen.

»Das war alles, was ich im Moment wissen wollte«, sagte er. »Jetzt tausche ich den Platz mit Sjösten.«

Er nahm Sjöstens Platz am Türpfosten ein und übernahm auch dessen Notizblock.

»Wie zum Teufel kann man so ein Leben führen wie Sie?« begann Sjösten völlig überraschend. Er stellte die Frage mit einem breiten Lächeln und hörte sich sehr freundlich an. Elisabeth Carlén fiel nicht einen Augenblick lang aus ihrer Rolle.

»Was geht Sie das an?«

»Nichts. Es ist die reine Neugier. Wie halten Sie es aus, sich jeden Morgen im Spiegel zu sehen?«

»Was denken Sie selbst, wenn Sie sich im Spiegel sehen?«

»Daß ich jedenfalls nicht davon lebe, mich für irgendwen für eine Anzahl Kronen auf den Rücken zu legen. Nehmen Sie auch Kreditkarten an?«

»Leck mich am Arsch!«

Sie machte Anstalten, aufzustehen und zu gehen. Wallander war sauer über Sjöstens Art und Weise, sie zu reizen. Sie konnte ihnen noch von großem Nutzen sein.

»Ich bitte um Entschuldigung«, sagte Sjösten, immer noch genauso überzeugend und freundlich. »Lassen wir Ihr Privatleben aus dem Spiel. Hans Logård? Sagt Ihnen der Name etwas?«

Sie sah ihn an und schwieg. Dann wandte sie sich zu Wallander um.

»Ich habe Sie etwas gefragt«, wiederholte Sjösten.

Wallander hatte ihren Blick verstanden. Sie würde die Frage nur Wallander beantworten. Er ging hinaus auf den Flur und gab

Sjösten ein Zeichen, ihm zu folgen. Draußen erklärte er ihm, daß Sjösten sein Vertrauen bei ihr verspielt hatte.

»Dann nehmen wir sie fest«, sagte Sjösten. »Ich habe verdammt noch mal nicht die Absicht, mir von einer Hure dumm kommen zu lassen.«

»Für was denn festnehmen?« sagte Wallander. »Du wartest hier, und ich gehe rein und hole mir die Antwort. Jetzt reg dich mal ab, verdammt noch mal!«

Sjösten zuckte die Schultern. Wallander ging wieder ins Zimmer zurück.

Er setzte sich hinter den Schreibtisch.

»Hans Logård hat mit Liljegren verkehrt«, sagte sie.

»Wissen Sie, wo er wohnt?«

»Irgendwo auf dem Land.«

»Was heißt das?«

»Daß er nicht in der Stadt wohnt.«

»Aber Sie wissen nicht, wo?«

»Nein.«

»Was macht er beruflich?«

»Das weiß ich auch nicht.«

»Aber er war bei den Festen dabei?«

»Ja.«

»Als Gast oder als Gastgeber?«

»Als Gastgeber. Und als Gast.«

»Sie wissen nicht, wo wir ihn erreichen können?«

»Nein.«

Immer noch hatte Wallander den Eindruck, daß sie die Wahrheit sagte. Mit ihrer Hilfe würden sie Logård wahrscheinlich nicht finden.

»Was für ein Verhältnis hatten sie? Liljegren und Logård?«

»Hans Logård verfügte immer über viel Geld. Was er auch für Liljegren tat, so wurde er gut dafür bezahlt.«

Sie drückte ihre Zigarette aus. Wallander bekam das Gefühl, daß sie ihm eine Audienz bewilligt hatte, nicht umgekehrt.

»Jetzt gehe ich«, sagte sie und stand auf.

»Ich bringe Sie hinaus«, sagte Wallander.

Sjösten ging im Flur auf und ab. Als sie an ihm vorbeiging, sah sie glatt durch ihn hindurch. Wallander sah ihr nach, als sie zu ihrem Auto ging, einem Nissan mit Sonnendach. Als sie losfuhr, wartete Wallander auf der Treppe, bis er sah, daß jemand ihr folgte. Sie wurde noch immer beschattet. Noch war die Kette nicht gebrochen. Wallander kehrte zu Sjöstens Büro zurück.

»Was ist denn in dich gefahren, sie so anzumachen?« fragte Wallander.

»Sie steht für etwas, das ich verabscheue«, erwiderte Sjösten. »Tust du das denn nicht?«

»Wir brauchen sie«, erwiderte Wallander ausweichend. »Verabscheuen können wir sie nachher.«

Sie holten sich Kaffee und faßten zusammen. Sjösten holte Birgersson als Beisitzer hinzu.

»Das Problem ist Björn Fredman«, sagte Wallander. »Er paßt nicht ins Bild. Ansonsten haben wir eine Anzahl von Indizien, die trotz allem zusammenzugehören scheinen. Eine Anzahl vager Berührungspunkte.«

»Vielleicht entspricht das genau dem Sachverhalt«, sagte Sjösten nachdenklich.

Wallander horchte instinktiv auf. Er wartete auf eine Fortsetzung, die jedoch ausblieb.

»Woran denkst du?«

Sjösten starrte weiter aus dem Fenster.

»Warum kann es nicht so sein?« meinte er. »Daß Björn Fredman nicht ins Bild paßt. Wir können davon ausgehen, daß er von demselben Mann getötet wurde, aber aus einem völlig anderen Motiv.«

»Das klingt nicht einleuchtend«, meinte Birgersson.

»Was ist schon einleuchtend in dieser ganzen Geschichte?« fuhr Sjösten fort. »Nichts.«

»Wir sollten mit anderen Worten nach zwei ganz unterschiedlichen Motiven suchen«, sagte Wallander. »Meinst du das so?«

»Ungefähr so. Aber ich kann mich natürlich irren. Mir kam nur plötzlich der Gedanke. Das ist alles.«

Wallander nickte.

»Du kannst recht haben«, meinte er. »Wir sollten die Möglichkeit nicht außer acht lassen.«

»Die falsche Fährte«, sagte Birgersson. »Ein totes Gleis, eine Sackgasse. Es ist ganz einfach nicht glaubhaft.«

»Wir vergessen es nicht«, sagte Wallander. »Wie wir auch anderes nicht vergessen. Aber jetzt müssen wir diesen Hans Logård auftreiben. Das ist jetzt das wichtigste.«

»Liljegrens Haus ist sehr sonderbar«, sagte Sjösten. »Es gibt überhaupt keine Papiere dort. Keine Adreßbücher, nichts. Weil er so früh am Morgen gefunden wurde und die Villa seitdem unter Bewachung steht, kann auch niemand hineingekommen sein und Dinge beseitigt haben.«

»Was bedeutet, daß wir nicht ordentlich gesucht haben«, sagte Wallander. »Ohne diesen Logård kommen wir keinen Schritt weiter.«

Sjösten und Wallander aßen in einem Restaurant gleich neben dem Polizeipräsidium in aller Hast zu Mittag. Um kurz nach zwei hielten sie vor Liljegrens Villa. Die Absperrung war noch nicht aufgehoben. Ein Polizist öffnete das Gartentor und ließ sie hinein. Durch das Laub der Bäume fielen Sonnenstrahlen. Wallander empfand alles auf einmal als ganz unwirklich. Monster gehörten in Dunkelheit und Kälte. Nicht in einen Sommer, wie sie ihn bisher in diesem Jahr erlebten. Er erinnerte sich an etwas, das Rydberg einmal ironisch und im Scherz gesagt hatte. *Geisteskranke Mörder jagt man am besten im Herbst. Im Sommer bevorzugen wir den einen oder anderen altmodischen Sprengstoffattentäter.* Er lächelte, als er daran dachte. Sjösten blickte ihn verwundert an, sagte jedoch nichts. Sie betraten die große Villa. Die Polizeitechniker hatten ihre Arbeit abgeschlossen. Wallander warf angewidert einen Blick in die Küche. Die Backofenklappe war geschlossen. Er dachte an Sjöstens Gedanken von vorhin. Björn Fredman, der nicht ins Bild paßte und damit vielleicht seinen richtigen Platz in ihrer Ermittlung einnahm. Ein Täter mit zwei Motiven. Gab es solche Vögel? Auf dem Tisch sah er ein Telefon stehen, nahm den Hörer ab. Es war noch angeschlossen. Er rief in Ystad an und bat Ebba, ihm Ekholm an den Apparat zu holen. Es dauerte fast fünf Minuten, bis Ekholm sich meldete. Währenddessen hatte Wallander zugesehen, wie Sjösten durch die großen Räume im Erdgeschoß ging und sämtliche Gardinen zurückzog. Starkes Sonnenlicht flutete plötzlich herein. Der Geruch der Chemikalien, die die Kriminaltechniker benutzt hatten, hing noch im Raum. Als Ekholm sich endlich meldete, stellte Wallander ihm ohne große Einleitung seine Frage. Sie war eigentlich für Ekholms Computer gedacht, ein etwas geänderter Ausgangspunkt: Serienmörder, die verschiedene Motive in der gleichen Serie miteinander verknüpften. Hatte man damit schon Erfahrungen gemacht? Konnten die vereinigten verhaltenspsychologischen Kriminologen der Welt dazu etwas sagen? Wie immer fand Ekholm Wallanders Gedanken interessant. Wallander selbst hatte inzwischen angefangen, sich zu fragen, ob Ekholm es ernst meinte, oder ob er wirklich so naiv begeistert war über alles, was Wallander ihm erzählte. Wallander fühlte sich an all die Schmähgesänge über die absurde Inkompetenz der schwedischen Sicherheitspolizei erinnert, die sich in den letzten Jahren immer mehr auf verschiedene Spezialisten verließ, ohne daß jemand dafür irgendeinen Grund nennen konnte.

Andrerseits wollte Wallander Ekholm nicht unrecht tun. Dieser hatte sich in seinen Tagen in Ystad als ein guter Zuhörer erwiesen und damit unter Beweis gestellt, daß er einen Grundsatz polizeilicher Arbeit begriffen hatte. Polizisten mußten zuhören können, und zwar mindestens ebenso gut, wie sie nach allgemeiner Auffassung die schwere Kunst des Fragens beherrschten. Polizisten sollten immer ein offenes Ohr haben, für verborgene, unterschwellige Bedeutungen und Motive, die nicht gleich offenkundig waren. Sie mußten auch den unsichtbaren Abdruck eines Täters wahrnehmen können. Wie in diesem Haus. Es blieb stets etwas zurück nach einem Verbrechen, was nicht sichtbar war und was die Techniker mit ihren Pinseln nicht zutage fördern konnten. Ein erfahrener Kriminalbeamter mußte die Hellhörigkeit besitzen, diesem Etwas auf die Spur zu kommen. Der Täter hatte vielleicht nicht gerade seine Schuhe vergessen. Aber seine Gedanken.

Wallander beendete das Gespräch und ging zu Sjösten hinein, der sich an einen Schreibtisch gesetzt hatte. Wallander sagte nichts. Sjösten auch nicht. Das Haus lud zum Schweigen ein. Wallander ging ins Obergeschoß und öffnete die Türen aller Räume. Nirgendwo Papiere. Liljegren hatte in einem Haus gelebt, dessen hervorstechendstes Merkmal die Leere war. Wallander dachte an die Geschäfte, die Liljegren berühmt und berüchtigt gemacht hatten, Briefkastenfirmen, Unternehmensliquidationen. Er war in die Welt hinausgezogen und hatte sein Geld versteckt. War er mit seinem eigenen Leben ebenso verfahren? Er hatte Wohnungen in vielen verschiedenen Ländern. Diese Villa war eins seiner zahlreichen Verstecke. Wallander blieb an einer Tür stehen, die zum Dachboden zu führen schien. Als Kind hatte er sich in dem Haus, in dem sie damals wohnten, ein Versteck auf dem Dachboden eingerichtet. Er öffnete die Tür. Die Treppe war schmal und steil. Er drehte den altertümlichen Lichtschalter. Der Speicher mit dem Dachstuhlgebälk war nahezu leer. Skier standen da, ein paar Möbel. Wallander bemerkte den gleichen Geruch wie unten im Haus. Die Kriminaltechniker waren auch hier oben gewesen.

Keine geheimen Türen zu ebenso geheimen Räumen. Es war heiß unter den Dachpfannen. Er ging wieder nach unten und begann noch einmal, systematisch zu suchen. Schaute hinter die Kleidung in Liljegrens großen Kleiderschränken. Auch hier nichts. Wallander setzte sich auf die Bettkante und versuchte nachzudenken. Es war undenkbar, daß Liljegren alles im Kopf gehabt hatte. Irgendwo mußte es zumindest ein Adreßbuch geben. Aber es war keins da. Es fehlte auch noch etwas anderes. Zuerst kam er nicht darauf, was es war. Er kehrte noch einmal an den Anfang zurück und stellte von neuem eine grundlegende Frage: Wer war Åke Liljegren? Den man den Reichsrevisor genannt hatte. Ein Reisender war Liljegren gewesen. Aber im ganzen Haus gab es keinen Koffer. Nicht einmal eine Aktentasche. Wallander stand auf und ging zu Sjösten hinunter.

»Liljegren muß noch ein Haus gehabt haben«, sagte er. »Oder zumindest ein Büro.«

»Er hatte in der ganzen Welt Häuser«, antwortete Sjösten abwesend.

»Ich meine hier in Helsingborg. Hier ist es so leer, daß es unnatürlich ist.«

»Ich glaube nicht, daß er das hatte«, sagte Sjösten. »Dann wüßten wir davon.«

Wallander nickte, sagte aber nichts mehr. Er war sich seiner Sache trotzdem sicher. Dann nahm er seinen Rundgang wieder auf.

Noch verbissener. Ging in den Keller. In einem Raum mit einem Heimtrainer und ein paar Hanteln stand noch ein Kleiderschrank. Darin hingen verschiedene Trainingsanzüge und Regenzeug. Wallander betrachtete die Sachen grübelnd. Dann ging er wieder zu Sjösten hinauf.

»Hatte Liljegren ein Boot?«

»Das hatte er bestimmt. Aber nicht hier. Dann wüßte ich davon.«

Wallander nickte stumm. Er wollte gerade wieder gehen, als ihm ein Gedanke kam.

»Vielleicht lief es unter einem anderen Namen?«

»Was?«

»Ein Boot. Vielleicht war es auf einen anderen Namen eingetragen. Warum nicht auf den von Logård?«

Sjösten begriff, daß Wallander es ernst meinte.

»Warum glaubst du, daß er ein Boot hatte?«

»Im Keller hängen Sachen, die zumindest mir nach Segelkleidung aussehen.«

Sjösten folgte Wallander in den Keller. »Du kannst recht haben«, meinte er, als sie vor dem offenen Schrank standen.

»Auf jeden Fall könnte es sich lohnen, das einmal zu untersuchen«, sagte Wallander. »Hier im Haus ist es dermaßen leer, das ist nicht normal.«

Sie verließen den Keller. Sjösten setzte sich ans Telefon. Wallander öffnete die Terrassentür und trat in den Sonnenschein hinaus. Er dachte an Baiba. Im Nu spürte er die Faust im Magen. Warum rief er sie nicht an? Hielt er es immer noch für möglich, sie am Samstagvormittag in Kastrup zu treffen? In weniger als achtundvierzig Stunden? Ihm war auch die Vorstellung zuwider, Martinsson darum zu bitten, für ihn am Telefon zu lügen. Jetzt kam er nicht einmal mehr darum herum. Alles war zu spät. Mit einem Gefühl äußerster Selbstverachtung kehrte er ins Haus und in den Schatten zurück. Sjösten sprach mit jemandem am Telefon. Wallander fragte sich, wann der Täter das nächste Mal zuschlagen würde. Er ging in die Küche, trank Wasser und versuchte dabei, nicht in Richtung des Herds zu sehen. Als er zurückkam, legte Sjösten mit einem Knall den Hörer auf.

»Du hattest recht«, sagte er. »Auf Logårds Namen ist unten im Segelverein ein Boot registriert. In dem Verein, in dem ich auch Mitglied bin.«

»Dann fahren wir hin«, sagte Wallander und fühlte die Spannung steigen.

Als sie zum Hafen hinunterkamen, wurden sie vom Hafenmeister in Empfang genommen, der ihnen zeigen konnte, wo Logårds Boot vertäut war. Es war ein schönes, gut gepflegtes Kunststoffboot mit einem Teakdeck.

»Eine Komfortina«, sagte Sjösten. »Schönes Schiff. Außerdem ein guter Segler.«

Er stieg mit geübten Bewegungen an Bord und stellte fest, daß der Kajüteingang verschlossen war.

»Sie kennen Hans Logård natürlich?« fragte Wallander den Hafenmeister. Er hatte ein wettergegerbtes Gesicht und trug einen Pulli mit einem Reklameaufdruck für norwegische Fischbällchen.

»Er ist nicht besonders gesprächig. Aber natürlich grüßen wir uns, wenn er herkommt.«

»Wann war er zuletzt hier?«

Der Mann überlegte. »Vorige Woche. Aber jetzt im Hochsommer kann man sich leicht irren.«

Sjösten hatte inzwischen das Schiebeluk aufbekommen und öffnete von innen die beiden Türhälften. Wallander kletterte ungeschickt an Bord. Ein Bootsdeck war für ihn das gleiche wie neues Glatteis. Er krabbelte in die Plicht und weiter in die Kajüte. Sjösten hatte in weiser Voraussicht eine Taschenlampe mitgenommen. Sie durchsuchten rasch die Kabine, ohne etwas zu finden.

»Ich begreife das nicht«, sagte Wallander, als sie wieder auf dem Steg standen. »Von irgendwo muß Liljegren doch seine Geschäfte gelenkt haben.«

»Wir sind dabei, seine Mobiltelefone zu untersuchen«, sagte Sjösten. »Vielleicht bringt das etwas.«

Sie gingen zurück an Land. Der Mann mit dem Fischbällchen-Pulli ging mit ihnen.

»Vielleicht wollen Sie auch sein anderes Boot sehen«, sagte er, als sie am Ende des langen Stegs angelangt waren. Wallander und Sjösten reagierten gleichzeitig.

»Hat Logård noch ein Boot?« fragte Wallander.

Der Hafenmeister zeigte zur äußersten Pier.

»Das weiße da draußen. Eine Storö. Sie heißt *Rosmarin.*«

»Klar wollen wir sie sehen«, sagte Wallander.

Sie hatten einen langen und wuchtigen, aber gleichzeitig schlanken Motorsegler vor sich.

»Die Dinger kosten Geld«, sagte Sjösten. »Und zwar nicht zu knapp.«

Sie stiegen an Bord. Die Kabinentür war verschlossen. Der Mann auf der Pier sah ihnen zu.

»Er weiß, daß ich Polizist bin«, sagte Sjösten.

»Wir haben keine Zeit, lange zu warten«, sagte Wallander. »Brich die Tür auf. Aber mach es billig.«

Es gelang Sjösten, die Tür aufzubrechen, ohne mehr als ein kleines Stück der Türleiste zu beschädigen. Sie betraten die Kajüte. Wallander sah sofort, daß sie fündig geworden waren. Längs der einen Wand lief ein Regal mit einer Anzahl von Aktenordnern und Kunststoffmappen.

»Hauptsache ist, wir finden eine Adresse von Logård«, sagte Wallander. »Den Rest sehen wir uns später an.«

Sie brauchten zehn Minuten, bis sie einen Mitgliedsausweis eines Golfclubs in der Nähe von Ängelholm fanden, auf dem Logårds Anschrift stand.

»Er wohnt in Bjuv«, sagte Sjösten. »Das ist nicht weit von hier.«

Bevor sie das Boot verließen, öffnete Wallander, einem Instinkt folgend, ein Kleiderschapp. Zu seiner Verwunderung hingen Frauenkleider darin.

»Vielleicht haben sie auch hier an Bord Feste gefeiert«, meinte Sjösten.

»Vielleicht«, erwiderte Wallander nachdenklich. »Aber ich bin mir nicht so sicher.«

Sie verließen das Boot und stiegen wieder auf die Pier.

»Ich möchte, daß du mich anrufst, wenn Logård auftaucht«, sagte Sjösten zu dem Hafenmeister und gab ihm eine Karte mit seiner Telefonnummer.

»Aber das soll natürlich heimlich geschehen«, sagte der Mann komplizenhaft.

Sjösten lachte.

»Du hast es erfaßt«, antwortete er. »Du tust, als ob nichts wäre. Und dann rufst du mich an. Egal zu welcher Tageszeit.«

»Nachts ist hier niemand.«

»Dann hoffen wir, daß er am Tage auftaucht.«

»Darf man fragen, was er verbrochen hat?«

»Fragen darf man«, sagte Sjösten. »Aber man bekommt keine Antwort.«

Sie verließen den Segelclub. Es war drei Uhr.

»Wollen wir mehr Leute mitnehmen?« meinte Sjösten.

»Noch nicht«, erwiderte Wallander. »Zuerst müssen wir sein Haus finden und feststellen, ob er da ist.«

Sie verließen Helsingborg und fuhren in Richtung Bjuv. Dies war ein Teil von Schonen, den Wallander nicht kannte. Es war schwül geworden. Wallander ahnte, daß es gegen Abend ein Gewitter geben würde.

»Wann hat es zuletzt geregnet?« fragte er.

»Im Juni um Mittsommer herum«, antwortete Sjösten nach kurzem Nachdenken. »Und das war auch nicht viel.«

Als sie von der Hauptstraße nach Bjuv abbogen, begann Sjöstens Mobiltelefon zu summen. Er verlangsamte das Tempo und nahm den Hörer ab.

»Für dich«, sagte er dann und reichte Wallander den Hörer hinüber.

Es war Ann-Britt Höglund, die aus Ystad anrief. Sie kam direkt zur Sache.

»Louise Fredman ist aus dem Krankenhaus geflohen.«

Wallander brauchte einen Moment, um zu begreifen.

»Kannst du das noch einmal sagen?«

»Louise Fredman ist aus dem Krankenhaus geflohen.«

»Wann?«

»Vor gut einer Stunde.«

»Wie hast du davon erfahren?«

»Jemand hat Per Åkeson angerufen. Und er rief mich an.«

Wallander dachte nach.

»Und wie ist das vor sich gegangen?«

»Jemand kam und hat sie abgeholt.«

»Wer?«

»Das weiß ich nicht. Niemand hat es gesehen. Plötzlich war sie verschwunden.«

»Scheiße!«

Sjösten fuhr noch langsamer, als ihm klar wurde, daß etwas Ernstes geschehen sein mußte.

»Ich melde mich in Kürze wieder. Versuche inzwischen, alles in Erfahrung zu bringen, was passiert ist. Vor allem, wer sie abgeholt hat.«

»Louise Fredman ist aus dem Krankenhaus geflohen«, sagte er zu Sjösten.

»Warum denn das?«

»Ich weiß es nicht«, antwortete Wallander. »Aber das hat mit unserem Täter zu tun. Da bin ich ganz sicher.«

»Sollen wir umdrehen?«

»Nein. Wir fahren weiter. Jetzt ist es wichtiger denn je, daß wir Logård erwischen.«

Sie fuhren ins Dorf und hielten an. Sjösten kurbelte das Fenster herunter und fragte nach dem Weg zu der Straße, in der Hans Logård wohnen sollte.

Sie fragten drei Personen und bekamen jedesmal die gleiche Antwort.

Keiner hatte je von der Adresse gehört, die sie suchten.

# 36

Sie wollten schon aufgeben und zusätzliches Personal hinzurufen, als sie schließlich doch noch Hans Logårds Haus ausfindig machten. Zu diesem Zeitpunkt fielen über Bjuv ein paar einsame Regentropfen. Das Gewitter zog weiter im Westen vorüber. Das trockene Wetter würde anhalten.

Sie hatten die Adresse Hördestigen gesucht, die die gleiche Postleitzahl hatte wie Bjuv. Aber in Bjuv gab es keinen Hördestigen. Wallander ging selbst in die Post und kontrollierte es. Hans Logård hatte auch kein Postfach, zumindest nicht in Bjuv. Schließlich konnten sie sich keine andere Möglichkeit mehr vorstellen, als daß die Anschrift falsch war. Doch da war Wallander mit entschlossenen Schritten in die Konditorei von Bjuv marschiert und hatte ein freundliches Gespräch mit den beiden Damen hinter der Theke angefangen, während er eine Tüte Zimtschnecken kaufte. Eine von ihnen wußte die Antwort. Hördestigen war kein Weg. Es war der Name eines Hofs, nördlich der Stadt, schwer zu finden, wenn man nicht genau wußte, wohin man wollte.

»Da wohnt ein Mann namens Hans Logård«, hatte Wallander gesagt. »Kennen Sie ihn?«

Die beiden Frauen hatten einander angesehen, als befragten sie ihr kollektives Gedächtnis, und danach unisono mit dem Kopf geschüttelt.

»Als ich Kind war, wohnte ein entfernter Verwandter von mir auf Hördestigen«, sagte eine der Frauen, die schlankere von beiden. »Aber als er starb, wurde der Hof an Fremde verkauft. Und so ist es wohl weitergegangen. Aber der Hof heißt Hördestigen, das weiß ich. Die Postanschrift lautet ganz anders.«

Wallander bat sie um eine Skizze. Sie riß eine Brötchentüte entzwei und zeichnete den Weg auf. Sjösten saß währenddessen draußen im Wagen. Es war inzwischen fast sechs. Ihre Suche nach dem Hördestigen hatte sie bereits mehrere Stunden gekostet. Weil Wallander fast ununterbrochen telefoniert hatte, um weitere Einzelheiten über das Verschwinden von Louise Fredman in Erfahrung zu bringen, hatte Sjösten allein nach Logårds Haus suchen müssen. Sie hatten wie gesagt schon beinahe aufgegeben, als Wallander die Idee mit der Konditorei gekommen war, dem klassischen Klatschzentrum. Und sie hatten also Glück gehabt. Wallander schwenkte die zerrissene Brötchentüte wie eine Trophäe, als er wieder auf die Straße trat. Sie verließen die Ortschaft und folgten der Straße nach Höganäs. Wallander dirigierte Sjösten nach der Skizze auf der Brötchentüte. Nach einer Weile wurden die Höfe weniger. Da verfuhren sie sich zum erstenmal. Sie kamen in einen zauberhaft schönen Buchenwald. Aber eben falsch. Wallander dirigierte Sjösten zurück zur Hauptstraße, und sie fingen noch einmal von vorn an. Die nächste Seitenstraße nach links, dann nach rechts und wieder nach links. Die Straße endete an einem Acker. Wallander fluchte insgeheim, stieg aus und sah sich um. Er suchte nach einem Kirchturm, von dem die Damen in der Konditorei gesprochen hatten. Hier draußen auf dem Acker kam er sich vor wie jemand, der frei auf dem Meer trieb und nach einem Leuchtturm Ausschau hielt. Schließlich fand er den Kirchturm und begriff nach einem erneuten Blick auf die Brötchentüte, warum sie falsch gefahren waren. Beim dritten Anlauf kamen sie ans Ziel. Hördestigen war ein alter Hof, dem Carlmans nicht unähnlich, einsam gelegen, ohne Nachbarn, auf zwei Seiten von Buchenwald und den beiden anderen von leicht abfallenden Äckern umgeben. Der Weg endete beim Hof. Wallander registrierte, daß kein Briefkasten da war. Ein Landbriefträger besuchte Logård hier sicher nie. Seine Post mußte woanders hingehen. Sjösten wollte gerade aussteigen, wurde aber von Wallander zurückgehalten.

»Was erwarten wir hier eigentlich?« sagte er. »Hans Logård? Wer ist der Mann?«

»Du meinst, ob er gefährlich ist?«

»Wir wissen nicht, ob er Liljegren erschlagen hat«, sagte Wallander. »Und die anderen. Wir wissen überhaupt nichts von ihm.«

Sjöstens Antwort überraschte Wallander.

»Ich habe eine Schrotflinte im Kofferraum. Und Munition. Die kannst du nehmen. Ich habe meine Dienstwaffe.«

Er streckte den Arm aus und langte unter den Sitz, wo die Pistole lag.

»Vorschriftswidrig«, meinte er lachend. »Aber wenn man sämtliche geltenden Bestimmungen einhalten wollte, wäre Polizeiarbeit von denen, die die Einhaltung der Arbeitsschutzbestimmungen kontrollieren, schon längst verboten.«

»Wir vergessen die Schrotflinte«, sagte Wallander. »Hast du überhaupt eine Lizenz dafür?«

»Klar habe ich eine Lizenz«, sagte Sjösten. »Was denkst du denn?«

Sie stiegen aus. Sjösten hatte seine Pistole in die Jackentasche gesteckt. Sie standen still und horchten. Donnergrollen in der Ferne. Um sie herum Stille, außerdem drückende Schwüle. Nirgendwo Anzeichen eines Autos oder einer lebenden Person. Der ganze Hof wirkte verlassen. Sie begannen, zum Haus hinaufzugehen, das die Form eines langgezogenen L hatte.

»Der eine Flügel muß abgebrannt sein«, sagte Sjösten. »Oder ist abgerissen worden. Aber ein schönes Haus. Gut in Schuß. Genau wie das Segelboot.«

Wallander klopfte an die Tür. Er bekam keine Antwort. Dann schlug er mit der Faust dagegen. Immer noch keine Reaktion. Er blickte durch ein Fenster ins Innere. Sjösten stand mit einer Hand in der Jackentasche hinter ihm. Wallander war diese Nähe zu Waffen nicht angenehm. Sie gingen ums Haus herum. Keine Menschenseele zu sehen. Wallander blieb stehen, sehr nachdenklich.

»Hier sind überall Aufkleber, daß Türen und Fenster alarmgesichert sind«, sagte Sjösten. »Aber es dauert bestimmt verdammt lange, bis jemand kommt, wenn der Alarm ausgelöst wird. Wir schaffen es, reinzugehen und wieder abzuhauen.«

»Irgend etwas stimmt hier nicht«, sagte Wallander und schien Sjöstens Bemerkung gänzlich überhört zu haben.

»Wieso?«

»Ich weiß nicht.«

Sie gingen zum Seitenflügel, der als Schuppen diente. Die Tür war mit starken Vorhängeschlössern gesichert. Durch die Fenster konnten sie alles mögliche Gerümpel erkennen.

»Hier ist niemand«, sagte Sjösten kurz und bündig. »Wir stellen den Hof unter Bewachung.«

Wallander schaute sich um. Irgend etwas stimmte nicht, da war er sicher. Doch er konnte nicht sagen, was. Er ging noch einmal um das ganze Haus, sah durch verschiedene Fenster hinein, horchte. Sjösten folgte ihm mit kurzem Abstand. Wallander blieb bei ein paar Müllsäcken stehen, die an die Hauswand gelehnt waren. Sie waren nachlässig verschnürt. Fliegen surrten darum. Er öffnete einen der Säcke. Essensreste, Pappteller. Mit Daumen und Zeigefinger nahm er eine Kunststoffverpackung von Scan heraus. Sjösten stand neben ihm und sah zu. Wallander betrachtete die verschiedenen Verfallsdaten, die Verpackung roch noch nach rohem Fleisch. Sie konnte noch nicht lange hier gelegen haben. Nicht in dieser Hitze. Er öffnete den anderen Sack. Auch der war voller Verpackungen von Fertiggerichten. Hier war in wenigen Tagen viel gegessen worden.

Sjösten schaute in die Säcke.

»Er muß ein Fest gefeiert haben.«

Wallander versuchte nachzudenken. Die drückende Hitze machte ihm den Kopf schwer. Binnen kurzem würde er Kopfschmerzen bekommen.

»Wir gehen rein«, sagte er. »Ich will mich da drinnen umsehen. Gibt es keine Möglichkeit, die Alarmanlage zu überlisten?«

»Höchstens durch den Schornstein«, erwiderte Sjösten.

»Dann hilft es nichts«, sagte Wallander.

»Ich habe einen Kuhfuß im Wagen«, sagte Sjösten.

Er holte ihn. Wallander untersuchte die Tür auf der Vorderseite des Hauses. Er dachte an die Tür, die er kürzlich bei seinem Vater in Löderup aufgebrochen hatte. Es schickte sich an, der Sommer der Türen für ihn zu werden. Zusammen mit Sjösten ging er auf die Rückseite des Hauses. Die Tür dort wirkte weniger robust. Wallander entschloß sich, sie an den Angeln aufzubrechen. Er klemmte den Kuhfuß zwischen den beiden Türangeln in den Spalt zwischen Tür und Fassung. Dann sah er Sjösten an, der einen Blick auf seine Armbanduhr warf.

»Klar«, sagte er.

Wallander stemmte mit allen Kräften und dem Druck seines ganzen Gewichts. Die Türangeln brachen heraus, zusammen mit Putz und brüchigem Ziegelstein. Er sprang zur Seite, um nicht unter die Tür zu geraten.

Sie gingen hinein. Das Innere des Hauses erinnerte womöglich noch stärker an Carlmans Haus. Zwischenwände waren herausgerissen und offene Flächen geschaffen worden. Moderne Möbel, neue Parkettböden. Sie horchten wieder. Alles war still. Zu still, dachte Wallander. Als hielte ein ganzes Haus den Atem an. Sjösten zeigte auf ein Faxgerät mit integriertem Telefon auf einem Tisch. Die Anzeige des Anrufbeantworters blinkte. Wallander nickte. Sjösten drückte auf die Abspieltaste. Es knisterte und klickte. Dann hörte man eine Stimme. Wallander sah Sjösten zusammenzucken. Eine Männerstimme bat Logård um schnellstmöglichen Rückruf. Dann war es wieder still. Das Band stoppte.

»Das war Liljegren«, sagte Sjösten, offenbar erschüttert. »Pfui Teufel.«

»Dann wissen wir, daß diese Mitteilung ziemlich alt ist«, sagte Wallander.

»Und daß Logård seitdem nicht hiergewesen ist«, ergänzte Sjösten.

»Das muß nicht unbedingt so sein«, meinte Wallander. »Er kann es abgehört, aber anschließend nicht gelöscht haben. Wenn dann zwischenzeitlich der Strom ausfällt, beginnt die Anzeige wieder zu blinken. Hier in der Nähe kann ein Blitz eingeschlagen sein. Das wissen wir nicht.«

Sie gingen durch das Haus. Ein schmaler Gang führte zu dem Teil des Hauses, der genau im Winkel des L lag. Dort war die Tür verschlossen. Wallander hob plötzlich die Hand. Sjösten hinter ihm blieb wie angewurzelt stehen. Wallander hörte ein Geräusch. Zuerst konnte er nicht ausmachen, was es war. Dann hörte es sich an wie ein scharrendes Tier. Dann wie ein leises Murmeln. Er sah Sjösten an. Als er an die Tür faßte, bemerkte er, daß sie aus Stahl war. Sie war verschlossen. Das Murmeln hatte aufgehört. Sjösten hatte es inzwischen auch gehört.

»Was ist hier eigentlich los, Mensch?« flüsterte er.

»Ich weiß nicht«, gab Wallander zurück. »Diese Tür schaffe ich mit dem Kuhfuß nicht.«

»Ich tippe mal, in einer Viertelstunde haben wir einen Wagen der Wachgesellschaft hier.«

Wallander dachte nach. Er wußte nicht, was hinter der Tür war, außer daß da mindestens ein Mensch sein mußte, wenn nicht mehr. Er verspürte Übelkeit. Er mußte die Tür aufbekommen.

»Gib mir die Pistole«, sagte er.

Sjösten nahm sie aus der Tasche.

»Gehen Sie von der Tür weg«, rief Wallander laut. »Ich schieße die Tür auf.«

Er betrachtete das Schloß, trat einen Schritt zurück, entsicherte und schoß. Der Knall war ohrenbetäubend. Er schoß noch einmal und ein drittes Mal. Die Querschläger pfiffen durch den hinteren Teil des Ganges. Dann gab er Sjösten die Pistole zurück und trat die Tür auf. Seine Ohren dröhnten von den Knallen.

Es war ein großer Raum ohne Fenster. Darin eine Reihe von Betten, ein Holzverschlag mit einer Toilette, ein Kühlschrank, Gläser, Tassen, Thermoskannen. In einer Ecke des Raums saßen dicht zusammengedrängt und von den Schüssen verängstigt vier junge Mädchen und klammerten sich aneinander. Mindestens zwei von ihnen erinnerten Wallander an das Mädchen, das er in Salomonssons Rapsfeld gesehen hatte. Einen Moment lang, während das Knallen der Schüsse noch in seinen Ohren dröhnte, glaubte Wallander, alles vor sich sehen zu können, das eine Ereignis nach dem anderen, alles hing zusammen, und nichts war mehr unklar. Doch in Wirklichkeit sah er überhaupt nichts, es war lediglich ein Gefühl, das geradewegs durch ihn hindurchrauschte. Es war auch gar keine Zeit, derlei Gedanken nachzuhängen. Die in der Ecke zusammengekauerten Mädchen waren wirklich, genauso wirklich war ihre Angst, und sie bedurften seiner und Sjöstens unmittelbarer Hilfe.

»Was ist hier eigentlich los, Mensch?« sagte Sjösten zum zweitenmal.

»Wir brauchen dringend Personal aus Helsingborg«, antwortete Wallander. »Und zwar verdammt schnell.«

Er kniete nieder, Sjösten tat das gleiche, als wollten sie ein gemeinsames Gebet sprechen, und Wallander versuchte, die verschreckten Mädchen auf englisch anzusprechen. Doch sie schienen nichts zu verstehen, zumindest verstanden sie sein Englisch sehr schlecht. Mehrere von ihnen waren bestimmt nicht älter als Dolores Maria Santana, dachte er.

»Kannst du Spanisch?« fragte er Sjösten. »Ich kann kein Wort.«

»Was soll ich denn sagen?«

»Kannst du Spanisch oder nicht?«

»Ich kann nicht Spanisch sprechen! Verdammt! Wer kann schon Spanisch? Ein paar Worte kriege ich hin. Was soll ich denn sagen?«

»Irgendwas! Damit sie sich beruhigen.«

»Soll ich sagen, daß ich Polizist bin?«

»Nein! Sag irgendwas. Aber das nicht!«

»*Buenos días*«, sagte Sjösten unsicher.

»Du mußt lächeln«, zischte Wallander. »Siehst du nicht, was sie für eine Angst haben?«

»Ich tu doch, was ich kann«, klagte Sjösten.

»Noch einmal«, sagte Wallander. »Aber jetzt freundlich.«

»*Buenos días*«, wiederholte Sjösten.

Eins der Mädchen antwortete. Ihre Stimme war kaum hörbar, doch für Wallander war es, als bekomme er jetzt die Antwort, auf die er damals gewartet hatte, als das Mädchen im Rapsfeld stand und ihn mit angsterfüllten Augen anstarrte.

Im selben Augenblick hörten sie hinter sich im Haus ein Geräusch, vielleicht von einer Tür, die geöffnet wurde. Auch die Mädchen hörten es und krochen wieder eng zusammen.

»Das müssen die Männer der Wachgesellschaft sein«, sagte Sjösten. »Wir gehen ihnen am besten entgegen. Sonst wundern sie sich noch, was hier los ist, und machen Spektakel.«

Wallander machte den Mädchen Zeichen zu bleiben, wo sie waren. Sie gingen durch den engen Gang zurück, diesmal Sjösten vorneweg.

Es hätte ihn beinah das Leben gekostet. Denn als sie in den großen offenen Raum traten, aus dem die alten Zwischenwände entfernt worden waren, knallten mehrere Schüsse. Sie mußten aus einer halbautomatischen Waffe abgefeuert worden sein, so schnell nacheinander kamen sie. Die erste Kugel traf Sjösten in die linke Achsel und zerschmetterte sein Schlüsselbein. Von der Wucht wurde er zurückgeworfen und landete wie ein lebender Schutzschild vor Wallander. Der zweite, dritte und vielleicht auch vierte Schuß schlug irgendwo über ihren Köpfen ein.

»Nicht schießen! Polizei!« brüllte Wallander.

Der Schütze, den er nicht sehen konnte, feuerte eine neue Salve ab. Sjösten wurde wieder getroffen, diesmal am rechten Ohr. Wallander warf sich hinter einen der vorstehenden Wandreste, die als Dekoration stehengeblieben waren. Er zog Sjösten mit sich, der aufschrie und dann das Bewußtsein verlor.

Wallander suchte Sjöstens Pistole und schoß in den Raum. Er dachte unklar, daß jetzt noch zwei oder drei Schüsse im Magazin sein mußten.

Die Antwort blieb aus. Er wartete mit hämmerndem Herzen, die Pistole im Anschlag. Dann hörte er das Geräusch eines startenden Wagens. Erst da ließ er Sjösten los und lief geduckt zu einem der Fenster. Er sah das Heck eines schwarzen Mercedes auf dem schmalen Weg in den Schutz des Buchenwalds verschwinden. Er kehrte zu Sjösten zurück, der blutig und bewußtlos am Boden lag. Er suchte seinen Puls an dem blutverschmierten Hals. Sein Puls schlug schnell. Gut, dachte Wallander. Besser das als das Gegenteil. Noch immer mit der Pistole in der Hand nahm er den Telefonhörer des Faxgeräts auf und wählte 90 000.

»Kollege verletzt«, rief er, als am anderen Ende abgenommen wurde. Dann gelang es ihm, sich zu beruhigen. Er sagte, wer er war, was passiert war und wo sie sich befanden. Danach kehrte er zu Sjösten zurück, der aus seiner Bewußtlosigkeit aufgewacht war.

»Es wird schon gut«, sagte Wallander. Immer wieder. »Es ist schon Hilfe unterwegs.«

»Was war denn los?« fragte Sjösten.

»Nicht sprechen«, sagte Wallander. »Es geht schon alles in Ordnung.«

Fieberhaft suchte er nach den Einschußstellen. Er glaubte, Sjösten sei von mindestens drei Kugeln getroffen worden. Dann sah er, daß es nur zwei waren, die eine hatte die Achsel, die zweite das Ohr getroffen. Er legte zwei einfache Druckverbände an und fragte sich, wo die Wachgesellschaft blieb und warum die Hilfe noch nicht da war. Er dachte auch an den Mercedes, der davongefahren war, und schwor sich, den Mann zu fassen, der auf Sjösten geschossen und ihm eigentlich überhaupt keine Chance gegeben hatte.

Endlich hörte er die Sirenen. Er stand auf und ging nach draußen. Als erstes kam der Krankenwagen, danach Birgersson und zwei weitere Streifenwagen, als letztes die Feuerwehr. Alle erschraken, als sie ihn erblickten. Er hatte gar nicht bemerkt, wie blutverschmiert er war. Außerdem hatte er noch immer Sjöstens Pistole in der Hand.

»Was ist mit ihm?« fragte Birgersson.

»Er ist da drinnen. Ich glaube, es ist nicht lebensgefährlich.«

»Was ist denn überhaupt passiert hier?«

»Da drinnen waren vier Mädchen eingeschlossen«, sagte Wallander. »Vermutlich solche, die über Helsingborg eingeschleust und in südeuropäische Bordelle gebracht werden.«

»Und wer hat geschossen?«

»Ich habe ihn überhaupt nicht gesehen. Aber ich nehme an, es war Hans Logård. Das hier ist sein Haus.«

»Da unten bei der Ausfahrt auf die Hauptstraße ist ein Mercedes mit dem Wagen einer Wachgesellschaft zusammengestoßen«, sagte Birgersson. »Keine Verletzten. Aber der Fahrer des Mercedes hat den Wachen ihr Auto weggenommen.«

»Dann haben sie ihn gesehen«, sagte Wallander. »Das muß er sein. Die Wachmänner waren auf dem Weg hierher. Der Alarm ist ausgelöst worden, als wir hier eingebrochen sind.«

»Eingebrochen?«

»Scheiß drauf jetzt. Laß nach dem Wagen der Wachgesellschaft fahnden. Und sieh zu, daß die Techniker herkommen. Ich will, daß sie hier eine verdammte Menge Fingerabdrücke nehmen. Und die sollen sie mit denen vergleichen, die wir bei den anderen gefunden haben. Wetterstedt, Carlman, bei allen.«

Birgersson wurde plötzlich ganz blaß. Der Zusammenhang schien ihm erst jetzt aufzugehen.

»War er es?«

»Vermutlich. Aber wir wissen es nicht. Jetzt mach schon. Und vergiß die Mädchen nicht. Bringt sie alle rein. Behandelt sie freundlich. Und besorgt ihnen Dolmetscher. Spanische Dolmetscher.«

»Du weißt aber jetzt schon verdammt viel«, sagte Birgersson. Wallander starrte ihn an.

»Ich weiß gar nichts«, sagte er. »Aber jetzt mach endlich.«

Im selben Augenblick wurde Sjösten herausgetragen. Wallander fuhr im Krankenwagen mit ihm nach Helsingborg. Einer der Fahrer hatte ihm ein Handtuch gegeben, und er versuchte, sich, so gut es ging, abzuwischen. Dann benutzte er das Telefon des Krankenwagens, um in Ystad anzurufen. Es war kurz nach sieben. Er bekam Svedberg an den Apparat. Erklärte ihm, was passiert war.

»Wer ist denn dieser Logård?« fragte Svedberg.

»Das müssen wir jetzt rausfinden. Ist Louise Fredman immer noch verschwunden?«

»Ja.«

Wallander merkte, daß er nachdenken mußte. Was ihm vor kurzem in seinem Kopf noch so deutlich gewesen war, hing auf einmal nicht mehr zusammen.

»Ich melde mich wieder«, sagte er. »Aber du mußt die Gruppe über das hier informieren.«

»Ludwigsson und Hamrén haben draußen in Sturup einen interessanten Zeugen aufgetan«, sagte Svedberg. »Einen Wachmann. Er hat einen Mann auf einem Moped gesehen. Die Zeit stimmt.«

»Moped?«

»Ja.«

»Das glaubst du doch wohl selbst nicht, Mensch, daß unser Mann auf einem Moped herumfährt? Das tun doch nur Jugendliche.«

Wallander fühlte, daß er wütend wurde. Das wollte er nicht. Und schon gar nicht auf Svedberg. Er beendete rasch das Gespräch.

Sjösten blickte von seiner Bahre zu ihm auf. Wallander lächelte.

»Du wirst schon wieder«, sagte er.

»Es war, wie von einem Pferd getreten zu werden«, stöhnte Sjösten. »Zweimal.«

»Sprich jetzt nicht mehr«, sagte Wallander. »Gleich sind wir im Krankenhaus.«


Dieser Abend und die Nacht auf Freitag, den 8. Juli, wurde zu einer der chaotischsten, die Wallander in seinem ganzen Polizistenleben je erlebt hatte. Alles, was geschah, hatte einen Anstrich von Unwirklichkeit. Er würde diese Nacht nie vergessen, aber er würde auch nie sicher sein, ob er sich wirklich richtig erinnerte. Nachdem Sjösten im Krankenhaus untersucht worden war und die Ärzte Wallander die beruhigende Nachricht brachten, daß keine Lebensgefahr bestand, war Wallander von einem Streifenwagen ins Polizeipräsidium gefahren worden. Intendent Birgersson hatte sich als guter Organisator erwiesen und schien auch alles beherzigt zu haben, was Wallander ihm draußen auf Logårds Hof gesagt hatte. Er war vorausschauend genug gewesen, einen äußeren Bereich abzuteilen, in den alle Journalisten, die sich binnen kurzer Zeit versammelten, eingelassen wurden. Doch zu dem inneren Bereich, von wo die eigentliche Ermittlung geleitet wurde, hatten die Journalisten keinen Zutritt. Es war zehn Uhr, als Wallander aus dem Krankenhaus kam. Ein Kollege hatte ihm ein sauberes Hemd und eine Hose geliehen. Sie spannte allerdings um die Hüften, so daß er den Schlitz nicht zuziehen konnte. Birgersson schaltete sofort, rief den Inhaber eines der elegantesten Herrenbekleidungsgeschäfte der Stadt an und holte Wallander an den Apparat. Es war ein sonderbares Erlebnis, inmitten des ganzen Trubels zu stehen und zu versuchen, sich an seine Bundweite zu erinnern. Aber schließlich brachte ein Bote ein paar Hosen ins Präsidium, und eine davon paßte. Als Wallander aus dem Krankenhaus kam, waren Ann-Britt Höglund, Svedberg, Ludwigsson und Hamrén bereits aus Ystad eingetroffen und in die laufenden Arbeiten einbezogen worden. Die Fahndung nach dem Auto der Wachgesellschaft war angelaufen, aber bisher ergebnislos geblieben. Außerdem fanden in getrennten Zimmern zahlreiche Vernehmungen statt. Den vier Mädchen waren spanische Dolmetscher zugeteilt worden. Ann-Britt Höglund sprach mit einem der Mädchen, während drei Polizistinnen aus Helsingborg sich der anderen annahmen. Die zwei Wachmänner, die von dem fliehenden Mann angefahren worden waren, wurden ebenfalls verhört, während die Kriminaltechniker Fingerabdrücke in Logårds Haus sicherten. Schließlich waren noch mehrere Polizisten an ihren Computern mit dem Herausfiltern allen zugänglichen Materials über Hans Logård beschäftigt. Trotz der vielfältigen Aktivitäten herrschte Ruhe. Birgersson machte unentwegt die Runde und hielt Ordnung, damit der Ringelreigen nicht aus dem Takt geriet. Nachdem Wallander sich über den Stand der Ermittlungen informiert hatte, zog er sich mit seinen Kollegen aus Ystad in ein Zimmer zurück und machte die Tür hinter sich zu. Er hatte mit Birgersson gesprochen und dessen Einverständnis erhalten. Wallander gewann den Eindruck, daß Birgersson als Polizeiintendent vorbildlich auftrat, eine der wirklich seltenen Ausnahmen. Er hatte so gut wie nichts von dem eifersüchtigen Gruppengeist, der so häufig in den Reihen der Polizei spukte und die Qualität ihrer Arbeit minderte. Birgersson schien sich nur für das zu interessieren, was seine vordringliche Aufgabe war: den Mann, der auf Sjösten geschossen hatte, festzunehmen, das Gesamtbild übersichtlicher zu machen und so weit zu klären, daß sie am Ende wissen würden, was geschehen und wer der Täter war.

Sie hatten Kaffee mitgenommen, die Tür war geschlossen. Hansson war per Telefon mit ihnen verbunden und binnen Sekunden erreichbar.

Wallander gab ihnen seine Version des Vorgefallenen. Doch vor allem wollte er zu einem Verständnis seiner eigenen Unruhe kommen. Es gab zu viel, das er nicht miteinander verknüpfen konnte. Der Mann, der auf Sjösten geschossen hatte, der Liljegrens Mitarbeiter gewesen war und die Mädchen versteckt gehalten hatte – war das wirklich der Mann, der in die Rolle des einsamen Kriegers geschlüpft war? Er konnte es nicht glauben. Aber die Zeit war zu knapp gewesen, um alles durchdenken zu können, dafür war es um ihn her zu chaotisch gewesen. Das Denken mußte also jetzt geleistet werden, in der Gruppe, während sie alle zusammen waren, nur durch eine dünne Tür von der Außenwelt getrennt, in der die Fahndung lief, und wo keine Zeit zum Nachdenken blieb. Wallander hatte seine Kollegen beiseite genommen – und Sjösten hätte bei ihnen sein sollen, wenn er nicht im Krankenhaus gelegen hätte –, damit sie die Funktion eines Senkbleis am Boden der Ermittlungsarbeit übernahmen, die jetzt gefordert wurde. Es bestand immer die Gefahr, daß eine Ermittlung in einem akuten Stadium zu galoppieren begann, um dann durchzugehen. Wallander blickte in die Runde und wollte wissen, warum Ekholm nicht dabei war.

»Er ist heute morgen nach Stockholm gefahren«, sagte Svedberg.

»Aber jetzt brauchen wir ihn«, sagte Wallander verwundert.

»Er wollte morgen früh zurückkommen«, erklärte Ann-Britt Höglund. »Ich glaube, eins seiner Kinder ist von einem Auto angefahren worden. Nicht schwer. Aber trotzdem.«

Wallander nickte. Als er fortfahren wollte, klingelte das Telefon. Hansson wollte mit ihm sprechen.

»Baiba Liepa aus Riga hat mehrere Male angerufen«, sagte er. »Sie will, daß du dich umgehend mit ihr in Verbindung setzt.«

»Ich kann jetzt nicht«, erwiderte Wallander. »Erklär du es ihr, falls sie wieder anruft.«

»Wenn ich sie richtig verstanden habe, solltest du sie am Samstag in Kastrup treffen, um gemeinsam mit ihr in Urlaub zu fahren. Wie hast du dir das eigentlich vorgestellt?«

»Jetzt nicht«, sagte Wallander. »Ich rufe wieder an.«

Keiner außer Ann-Britt Höglund schien bemerkt zu haben, daß das Gespräch mit Hansson privaten Inhalts war. Wallander fing ihren Blick auf. Sie lächelte. Aber sie sagte nichts.

»Machen wir weiter«, sagte er. »Wir suchen nach einem Mann, der einen Mordversuch an Sjösten und mir unternommen hat. Wir finden ein paar Mädchen eingeschlossen auf einem Hof in der Nähe von Bjuv. Wir können davon ausgehen, daß auch Dolores Maria Santana einmal bei einer solchen Gruppe war, die durch Schweden in Bordelle und weiß der Teufel was in andere Länder geschleust werden. Mädchen, die hierher gelockt werden von Männern, die mit Liljegren in Verbindung stehen. Und vor allem einem Mann namens Hans Logård, vorausgesetzt, es ist sein wirklicher Name. Wir glauben, daß er der Mann war, der auf uns geschossen hat. Aber wir wissen es nicht. Wir haben nicht einmal ein Foto von ihm. Möglicherweise können die Wachmänner, denen er das Auto weggenommen hat, eine brauchbare Personenbeschreibung liefern. Aber sie wirken reichlich konfus. Sie haben bestimmt nur seine Pistole gesehen. Jetzt jagen wir ihn. Aber jagen wir wirklich den Täter? Den Mann, der Wetterstedt, Carlman, Fredman und Liljegren getötet hat? Wir wissen es nicht. Und ich sage ganz offen, daß ich meine Zweifel habe. Wir können nur hoffen, daß der Mann in dem Auto der Wachgesellschaft so schnell wie möglich gefaßt wird. Bis dahin müssen wir weiterarbeiten, als sei diese Geschichte nur ein Ereignis an der Peripherie. Mir ist es genauso wichtig zu erfahren, was mit Louise Fredman passiert ist. Und was in Sturup herausgekommen ist. Aber zuerst möchte ich wissen, ob ihr irgendwelche Einwände gegen meine jetzige Sicht der Dinge habt.«

Es blieb still im Raum. Keiner sagte etwas.

»Ich komme von außerhalb und brauche keine Angst zu haben, jemandem auf die Zehen zu treten, weil ich bestimmt ständig allen auf die Zehen trete, und ich halte das ganze für die richtige Verhaltensweise. Polizisten haben manchmal die Tendenz, nur einen Gedanken zur Zeit zu denken. Während die Täter, hinter denen sie her sind, zehn denken.«

Es war Hamrén, der das Wort ergriffen hatte. Wallander hörte ihm mit Genugtuung zu, auch wenn er sich nicht sicher war, ob Hamrén wirklich meinte, was er sagte.

»Louise Fredman ist spurlos verschwunden«, sagte Ann-Britt Höglund. »Sie bekam Besuch. Sie begleitete den Besuch hinaus. Das Personal hat den Besucher überhaupt nicht gesehen. Der Name, der im Besucherbuch stand, war vollkommen unleserlich. Weil dort zur Zeit nur Sommervertretungen arbeiten, ist das normale Kontrollsystem vollständig zusammengebrochen.«

»Jemand muß doch die Person gesehen haben, die sie geholt hat«, wandte Wallander ein.

»Ja«, sagte Ann-Britt Höglund. »Eine Helferin mit Namen Sara Pettersson.«

»Hat jemand mit ihr gesprochen?«

»Sie ist verreist.«

»Und wohin?«

»Sie ist mit einem Interrailticket unterwegs. Sie kann so ziemlich überall sein.«

»Scheiße.«

»Wir können sie durch Interpol suchen lassen«, sagte Ludwigsson lässig. »Warum nicht?«

»Ja«, sagte Wallander. »Ich denke, das machen wir. Und diesmal warten wir nicht. Ich will, daß noch heute abend jemand Per Åkeson anruft.«

»Dies hier ist aber Malmös Gebiet«, wandte Svedberg ein.

»Im Moment scheiß ich darauf, in welchem Polizeibezirk wir uns gerade befinden«, knurrte Wallander. »Veranlaßt das. Es muß über Per Åkesons Tisch gehen.«

Ann-Britt Höglund versprach, sich der Sache anzunehmen. Wallander wandte sich an Ludwigsson und Hamrén.

»Ich habe etwas von einem Moped läuten hören. Ein Zeuge am Flugplatz soll etwas Interessantes gesehen haben.«

»Ja«, sagte Ludwigsson. »Es paßt in den Zeitplan. Ein Moped verschwand in der aktuellen Nacht in Richtung E 65.«

»Und warum ist das interessant?«

»Weil der Wachmann ganz sicher war, daß das Moped ungefähr zur gleichen Zeit wegfuhr, als dieser Lieferwagen dort ankam.«

Wallander sah ein, daß Ludwigsson wirklich etwas Wichtiges gesagt hatte.

»Es geht um eine Zeit in der Nacht, zu der der Flugplatz geschlossen ist«, fuhr Ludwigsson fort. »Nichts ist los. Keine Taxis, kein Verkehr. Alles ist still. Ein Lieferwagen kommt und stellt sich auf den Parkplatz. Kurz darauf fährt ein Moped weg.«

Es wurde still im Raum.

Alle sahen ein, daß sie zum erstenmal dem Täter, den sie suchten, ganz nahe waren. Wenn es in einer komplizierten Verbrechensermittlung magische Augenblicke gab, so war dies einer.

»Ein Mann auf einem Moped«, sagte Svedberg. »Kann das wirklich stimmen?«

»Gibt es eine Personenbeschreibung?« fragte Ann-Britt Höglund.

»Dem Wachmann zufolge trug der Mopedfahrer einen geschlossenen Helm. Er hat also sein Gesicht nicht gesehen. Er arbeitet schon seit vielen Jahren in Sturup. Es war das erste Mal, daß er in der Nacht ein Moped hat wegfahren sehen.«

»Wie kann er sicher sein, daß er in Richtung Malmö fuhr?«

»Das war er nicht. Das habe ich auch nicht gesagt.«

Wallander hatte das Gefühl, den Atem anhalten zu müssen. Die Stimmen der anderen waren weit weg, fast wie ein entferntes und schwer wahrnehmbares Brausen im Äther.

Er wußte noch immer nicht, was er sah.

Aber ihm war klar, daß sie jetzt sehr, sehr dicht am Ziel waren.

# 37

In der Ferne konnte Hoover den Donner hören.

Schweigend, um seine Schwester nicht zu wecken, zählte er die Sekunden zwischen den Blitzen und dem langgezogenen Krachen des Donners. Das Gewitter zog in einiger Entfernung vorüber und würde Malmö nicht erreichen. Er betrachtete seine Schwester, die auf der Matratze lag und schlief. Er hatte ihr etwas ganz anderes bieten wollen. Aber alles war so schnell gegangen. Der Polizist, den er jetzt haßte, der Kavallerieoberst mit den blauen Hosen, dem er jetzt den Namen Perkins gegeben hatte, Perkins, weil er fand, daß der Name paßte, und der Mann mit der großen Neugier, als er in der Stille seine Botschaften an Geronimo trommelte, war gekommen und hatte verlangt, Fotos von Louise zu sehen. Er hatte auch damit gedroht, sie zu besuchen. In diesem Augenblick war ihm klargeworden, daß er sofort seine Pläne ändern mußte. Er würde Louise schon holen, bevor die Reihe mit den Skalpen und seine letzte Gabe an sie, das Herz des Mädchens, in der Erde vor ihrem Fenster vergraben waren. Alles mußte plötzlich so schnell gehen. Deshalb hatte er nur eine Matratze und eine Wolldecke in den Keller schaffen können. Er hatte sich etwas ganz anderes für sie vorgestellt. In Limhamn stand ein großes Haus leer. Die Frau, die dort allein wohnte, fuhr jeden Sommer nach Kanada zu ihren Verwandten. Sie war einmal seine Lehrerin gewesen. Später hatte er sie manchmal besucht und Besorgungen für sie gemacht. Deshalb wußte er, daß sie verreist war. Er besaß schon seit langem eine Kopie ihres Haustürschlüssels. In ihrem Haus hätten sie wohnen können, während er ihre Zukunft plante. Doch jetzt war der neugierige Polizist dazwischengekommen. Bis er tot war, und das würde sehr bald sein, mußten sie sich mit der Matratze und dem Keller begnügen.

Sie schlief. Er hatte Medikamente aus einem Schrank im Krankenhaus mitgenommen, als er sie holte. Er war ohne Bemalung gegangen, doch er hatte sowohl eine Axt als auch einige Messer bei sich für den Fall, jemand würde ihn hindern wollen, sie mitzunehmen. Im Krankenhaus hatte eine eigentümliche Stille geherrscht, fast kein Personal. Alles war viel leichter gegangen, als er es sich vorgestellt hatte. Louise hatte ihn zunächst nicht erkannt, oder hatte zumindest gezögert. Aber als sie seine Stimme hörte, leistete sie keinen Widerstand mehr. Er hatte Kleider für sie mitgebracht. Sie waren durch den Krankenhauspark gegangen, hatten danach ein Taxi genommen, und nichts war schwer gewesen. Sie sagte nichts, sie fragte nicht, warum sie auf einer Matratze liegen sollte, sondern hatte sich hingelegt und war fast auf der Stelle eingeschlafen. Er war selbst müde geworden, hatte sich hinter ihrem Rücken auf die Matratze gelegt und war eingeschlafen. Sie waren der Zukunft jetzt näher als je zuvor, hatte er vor dem Einschlafen noch gedacht. Die Kraft der vergrabenen Skalpe fing bereits an zu wirken. Sie war auf dem Weg zurück ins Leben. Bald würde alles verändert sein.

Er sah sie an. Es war Abend. Zehn Uhr vorbei. Er hatte jetzt seinen Entschluß gefaßt. Im Morgengrauen des kommenden Tages würde er zum letztenmal nach Ystad zurückkehren.

\*

In Helsingborg ging die Uhr auf Mitternacht zu. Eine große Anzahl von Journalisten belagerte den äußeren Ring, den Intendent Birgersson hatte errichten lassen. Der Polizeidirektor war zur Stelle, die Fahndung nach dem Auto der Wachgesellschaft lief jetzt landesweit, doch es war noch immer nicht entdeckt worden. Auf Wallanders hartnäckiges und wiederholtes Verlangen wurde die junge Sara Pettersson, die per Interrail mit einer Freundin unterwegs war, über Interpol gesucht. Mit Hilfe ihrer Eltern waren sie dabei, einen denkbaren Reiseplan der Mädchen zu konstruieren. Die Nacht im Polizeipräsidium war hektisch. In Ystad saßen Hansson und Martinsson und nahmen die ganze Zeit die laufenden Informationen entgegen. Dafür sandten sie Teile des Ermittlungsmaterials herüber, die Wallander plötzlich zu brauchen meinte. Per Åkeson befand sich in seiner Wohnung, war aber jederzeit erreichbar. Obwohl es spät war, hatte Wallander Ann-Britt Höglund nach Malmö geschickt, um die Familie Fredman zu besuchen. Er wollte sich vergewissern, daß es nicht sie waren, die Louise aus dem Krankenhaus geholt hatten. Am liebsten wäre er selbst gefahren. Aber er konnte nicht an zwei Stellen gleichzeitig sein. Sie war schon um halb elf losgefahren, nachdem Wallander selbst mit Anita Fredman gesprochen hatte, und er erwartete sie gegen ein Uhr zurück.

»Wer kümmert sich eigentlich um deine Kinder, während du hier bist?« hatte er sie kurz vor ihrer Abfahrt nach Malmö gefragt.

»Ich habe eine phantastische Nachbarin«, erwiderte sie. »Sonst wäre es unmöglich.«

Kurz danach rief Wallander bei sich zu Hause an.

Linda war da. Er erklärte ihr, so gut er konnte, was geschehen war. Er wußte nicht, wann er nach Hause kommen würde, vielleicht in der Nacht, vielleicht erst am frühen Morgen. Es kam darauf an.

»Kommst du, bevor ich abfahre?« fragte sie.

»Abfahre?«

»Hast du vergessen, daß ich nach Gotland wollte? Kajsa und ich fahren jetzt am Samstag, wenn du nach Skagen fährst.«

»Natürlich habe ich das nicht vergessen«, sagte er ausweichend. »Bis dahin bin ich natürlich wieder zu Hause.«

»Hast du mit Baiba gesprochen?«

»Ja«, antwortete Wallander und hoffte, sie würde nicht hören, daß er die Unwahrheit sagte.

Er gab ihr die Telefonnummer in Helsingborg. Einen Augenblick lang überlegte er, ob er auch seinen Vater anrufen sollte. Doch es war schon spät. Sie waren sicher bereits im Bett.

Er ging in die Operationszentrale, wo Birgersson die Fäden der Ermittlung in der Hand hielt. Es waren jetzt fünf Stunden vergangen, und niemand hatte das gestohlene Auto der Wachgesellschaft gesehen. Birgersson und Wallander waren sich einig: Das konnte nur bedeuten, daß Logård, wenn er es denn war, nicht mit dem Wagen unterwegs war.

»Er hatte zwei Boote«, sagte Wallander. »Und ein Haus bei

Bjuv, das wir kaum finden konnten. Aller Wahrscheinlichkeit nach hat er noch weitere Verstecke.«

»Ein paar von unseren Männern durchsuchen seine Boote«, sagte Birgersson. »Und Hördestigen. Ich habe ihnen gesagt, daß sie nach möglichen Adressen anderer Verstecke suchen sollen.«

»Wer ist dieser verdammte Logård?« fragte Wallander.

»Sie sind schon dabei, seine Fingerabdrücke durchlaufen zu lassen«, erwiderte Birgersson. »Wenn er jemals mit der Polizei zu tun gehabt hat, haben wir ihn bald gefunden.«

Wallander ging weiter zu den Zimmern, in denen die vier Mädchen verhört wurden. Es ging nur langsam, weil alles gedolmetscht werden mußte. Außerdem hatten die Mädchen Angst. Wallander hatte die Beamten angewiesen, den Mädchen als erstes klarzumachen, daß sie nichts zu befürchten hatten. Aber er fragte sich selbst, wie tief ihre Angst eigentlich saß. Er dachte an Dolores Maria Santana und ihre Angst, die größte, die er je erlebt hatte. Doch jetzt, gegen Mitternacht, begann sich trotz allem ein Bild abzuzeichnen. Sämtliche Mädchen stammten aus der Dominikanischen Republik. Sie hatten sich unabhängig voneinander vom Land in eine der größeren Städte begeben, um Arbeit als Haushilfe oder in einer Fabrik zu finden. Verschiedene Männer, alle sehr freundlich, hatten Kontakt mit ihnen aufgenommen und ihnen Angebote gemacht, in Europa als Haushilfe zu arbeiten. Sie hatten Bilder schöner großer Häuser am Mittelmeer gesehen, ihre Löhne sollten fast das Zehnfache dessen betragen, was sie in ihrer Heimat zu verdienen hoffen konnten, wenn sie überhaupt eine Arbeit fanden. Einige von ihnen hatten gezögert, andere nicht, aber schließlich hatten sie alle ja gesagt. Man hatte ihnen Pässe ausgehändigt, die sie jedoch nicht behalten durften. Danach waren sie nach Amsterdam geflogen worden, zumindest glaubten zwei der Mädchen, daß die Stadt, in der sie gelandet waren, so hieß. Von dort waren sie in einem Kleinbus nach Dänemark gefahren worden. Vor ungefähr einer Woche waren sie mit einem Boot in der Nacht nach Schweden gekommen. Die ganze Zeit waren sie von neuen Männern umgeben, deren Freundlichkeit abnahm, je weiter die Mädchen sich von ihrer Heimat entfernt hatten. Wirkliche Angst aber hatten sie bekommen, als sie in dem

einsam gelegenen Hof eingeschlossen wurden. Sie waren ver-
pflegt worden, und ein Mann hatte ihnen in schlechtem Spanisch
erklärt, sie würden bald weiterfahren, die letzte Strecke. Doch da
hatten sie zu ahnen begonnen, daß nichts so war, wie man ihnen
versprochen hatte. Ihre Angst war in maßlosen Schrecken über-
gegangen.

Wallander hatte die Polizisten, die die Verhöre führten, gebeten, sehr genau nach den Männern zu fragen, die sie in den Tagen
ihrer Gefangenschaft getroffen hatten. Waren es mehr als einer
gewesen? Konnten sie das Boot beschreiben, das sie nach Schweden gebracht hatte? Wie hatte der Kapitän ausgesehen? War eine
Besatzung an Bord gewesen? Er veranlaßte, daß eins der Mädchen
zum Segelclub gebracht wurde, um herauszufinden, ob sie die Kajüte von Logårds Motorsegler wiedererkannte. Viele Fragen blieben offen, doch ein Muster zeichnete sich ab. Die ganze Zeit ging
Wallander herum und suchte ein Zimmer, das gerade leer war, in
dem er sich einschließen und seine eigenen Gedanken denken
konnte.

Ungeduldig wartete er auf Ann-Britt Höglunds Rückkehr. Und
vor allem auf die Identifizierung Hans Logårds. Er versuchte,
einen Zusammenhang herzustellen zwischen einem Moped auf
dem Flugplatz Sturup, einem Mann, der mit der Axt tötete und
skalpierte, und einem anderen Mann, der mit einer halbautomatischen Waffe schoß. Die gesamte Ermittlung rauschte unablässig
durch seinen Kopf, vorwärts und rückwärts. Die Kopfschmerzen,
die am späten Nachmittag absehbar gewesen waren, hatten sich
eingestellt, und er versuchte, sie mit Dispril zu bekämpfen, ohne
daß sie ganz verschwanden. Sie grummelten weiter. Die Luft war
stickig. Auf der dänischen Seite des Sundes gewitterte es. In weniger als achtundvierzig Stunden sollte er eigentlich in Kastrup
sein.

Um fünf vor halb eins in der Nacht stand Wallander an einem
Fenster, schaute hinaus in die Sommernacht und dachte, daß die
Welt sich in einem ungeheuren Chaos befand. In diesem Augenblick kam Birgersson den Korridor entlanggestampft und wedelte
triumphierend mit einem Stück Papier.

»Weißt du, wer Erik Sturesson ist?« fragte er.

»Nein.«

»Weißt du denn, wer Sture Eriksson ist?«

»Nein.«

»Dieselbe Person. Die später noch einmal den Namen gewechselt hat. Diesmal hat er sich nicht damit begnügt, Vor- und Nachnamen umzudrehen. Jetzt hat er sich einen Namen zugelegt, der den Duft feinerer Familien atmet. Hans Logård.«

Wallander vergaß sofort das Chaos, das ihn umgab, Birgersson brachte ihm die Klarheit, die er brauchte.

»Gut«, sagte er. »Was wissen wir von ihm?«

»Die Fingerabdrücke vom Hördestigen und von den Booten waren in unseren Registern. Sie gehören Erik Sturesson und Sture Eriksson. Also keiner Person mit Namen Hans Logård. Erik Sturesson, gehen wir von dem Namen aus, weil er Hans Logårds Taufname ist, ist siebenundvierzig Jahre alt. Geboren in Skövde. Vater Berufssoldat, Mutter Hausfrau. Beide Ende der sechziger Jahre gestorben, der Vater außerdem Alkoholiker. Erik landet schnell in schlechter Gesellschaft. Mit vierzehn zum erstenmal straffällig. Von da an geht es Schlag auf Schlag. Um mich kurz zu fassen: Er hat in Österåker, Kumla und Hall gesessen. Außerdem eine kürzere Runde in Norrköping. Bei seiner Entlassung aus Österåker hat er übrigens zum erstenmal den Namen gewechselt.«

»Welche Art von Straftaten?«

»Von einfachen Gelegenheitsjobs bis zu Spezialaufträgen, könnte man sagen. Anfangs Diebstahl und Betrug. Die eine oder andere Körperverletzung. Dann immer gröbere Verbrechen. Drogen natürlich. Harte Sachen. Er scheint die Feldarbeit für türkische und pakistanische Banden zu machen. Dies hier ist nur die Zusammenfassung. Wir bekommen im Laufe der Nacht noch mehr herein. Wir ziehen alles aus den Registern, was wir finden können.«

»Wir brauchen ein Bild von ihm«, sagte Wallander. »Und die Fingerabdrücke müssen mit denen bei Wetterstedt und Carlman verglichen werden. Auch Fredman.«

»Nyberg in Ystad sitzt schon daran. Aber der wirkt die ganze Zeit so verbiestert.«

»So ist er nun mal«, sagte Wallander. »Aber er kann was.«

Sie hatten sich an einen mit leeren Kaffeebechern übersäten Tisch gesetzt. Ständig klingelten Telefone. Sie errichteten eine unsichtbare Mauer um sich. Ließen nur Svedberg hinein, der sich ans Kopfende setzte.

»Interessanterweise hört Hans Logård ganz plötzlich auf, unsere Gefängnisse zu besuchen«, sagte Birgersson. »Zum letztenmal sitzt er 1989. Danach nichts mehr. Als sei er bekehrt worden.«

»Wenn ich mich nicht irre, ist das ungefähr die gleiche Zeit, in der sich Åke Liljegren hier in Helsingborg niederläßt?«

Birgersson nickte.

»Wir sind noch nicht ganz klar damit«, fuhr er fort. »Aber es hat den Anschein, als habe Logård seine Grundbucheintragung für Hördestigen 1991 bekommen. Da ist eine Lücke von zwei Jahren. Aber er kann ja die zwei Jahre woanders gewohnt haben.«

»Das werden wir sofort klären«, sagte Wallander und zog ein Telefon zu sich her. Wie ist Elisabeth Carléns Telefonnummer? Sie liegt auf Sjöstens Tisch. Beschatten wir sie noch?«

Birgersson nickte wieder. Wallander faßte einen schnellen Entschluß.

»Zieh die Leute ein«, sagte er.

Jemand legte einen Zettel vor ihm auf den Tisch. Er wählte die Nummer und wartete. Sie meldete sich fast unmittelbar.

»Hier ist Kurt Wallander.«

»Um diese Zeit komme ich nicht ins Präsidium«, antwortete sie.

»Das ist auch nicht nötig. Ich habe nur eine Frage: War Hans Logård schon 1989 in Åke Liljegrens Gesellschaft? Oder 1990?«

Er hörte, wie sie sich eine Zigarette anzündete. Rauch direkt in den Hörer blies.

»Ja«, sagte sie. »Ich glaube, da war er schon dabei. Spätestens 1990.«

»Gut«, sagte Wallander.

»Warum lassen Sie mich überwachen?« fragte sie.

»Gute Frage«, sagte Wallander. »Weil wir nicht wollen, daß Ihnen etwas passiert. Doch wie dem auch sei, so stellen wir die Überwachung jetzt ein. Aber verreisen Sie nicht, ohne uns Bescheid zu sagen. Sonst kann ich böse werden.«

»Ja. Ich glaube Ihnen, daß Sie böse werden können.«

Sie legte auf.

»Hans Logård ist also dabeigewesen«, sagte Wallander. »Es hat den Anschein, als tauche er im Zusammenhang mit Liljegrens Umzug nach Helsingborg auf. Ein, zwei Jahre später kauft er Hördestigen. Offenbar hat Liljegren Hans Logårds Bekehrung bewirkt.«

Wallander versuchte, die Puzzleteile zusammenzusetzen.

»Die Gerüchte von Mädchenhandel kamen ungefähr zu der Zeit auf. Stimmt das?«

Birgersson nickte. Beide schwiegen eine Weile.

»Hat Logård schwere Gewaltverbrechen auf seinem Konto?« fragte Wallander.

»Ein paar schwere Körperverletzungen. Aber geschossen hat er nie. Jedenfalls nicht, soweit wir wissen.«

»Keine Äxte?«

»Nichts dergleichen.«

»Auf jeden Fall müssen wir ihn finden«, sagte Wallander und stand auf. »Wo versteckt sich der verfluchte Kerl?«

»Wir finden ihn«, sagte Birgersson. »Früher oder später kriecht er aus seinem Loch.«

»Warum hat er geschossen?« fragte Wallander.

»Danach mußt du ihn schon selbst fragen«, gab Birgersson zurück und verließ das Zimmer.

Svedberg hatte seine Mütze abgenommen.

»Ist es wirklich derselbe Mann, den wir suchen?«

»Ich weiß es nicht«, sagte Wallander. »Aber ich bezweifle es. Obwohl ich mich natürlich irren kann. Hoffen wir das letztere.«

Svedberg ging hinaus. Wallander war wieder allein. Mehr denn je vermißte er Rydberg. *Es gibt immer noch eine weitere Frage, die du stellen kannst.* Rydbergs Worte, häufig wiederholt. Welche Frage hatte er sich noch nicht gestellt? Er suchte danach. Fand nichts. Die Fragen waren gestellt. Nur die Antworten fehlten.

Deshalb war er erleichtert, als Ann-Britt Höglund ins Zimmer trat. Es war drei Minuten vor eins. Er beneidete sie wieder um ihre Bräune. Sie setzten sich.

»Louise war nicht da«, sagte sie. »Ihre Mutter war betrunken.

Aber sie schien sich wirklich Sorgen um ihre Tochter zu machen. Sie konnte überhaupt nicht begreifen, was passiert war. Ich glaube, sie hat die Wahrheit gesagt. Sie tat mir schrecklich leid.«

»Hatte sie überhaupt keine Idee?«

»Nichts. Und sie hatte lange darüber gegrübelt.«

»War das schon früher einmal vorgekommen?«

»Nie.«

»Und der Sohn?«

»Der ältere oder der jüngere?«

»Der ältere. Stefan.«

»Er war nicht zu Hause.«

»War er unterwegs, um seine Schwester zu suchen?«

»Wenn ich die Mutter richtig verstanden habe, bleibt er dann und wann weg. Aber eines ist mir aufgefallen. Ich habe darum gebeten, mich umsehen zu dürfen. Für den Fall, daß Louise doch da wäre. Ich ging in Stefans Zimmer. Die Matratze in seinem Bett fehlte. Da war nur ein einfacher Überwurf. Die Matratze weg und weder ein Kissen noch eine Decke.«

»Hast du sie gefragt, wo er sein könnte?«

»Leider nicht. Aber ich vermute, sie hätte eh nicht antworten können.«

»Sagte sie, wie lange er schon weg war?«

Sie dachte nach und schaute in ihre Notizen.

»Seit gestern nachmittag.«

»Also die gleiche Zeit, in der Louise verschwand.«

Sie sah ihn verwundert an.

»Du meinst, er könnte sie geholt haben? Wo sind sie dann?«

»Zwei Fragen, eine Antwort. Ich weiß es nicht.«

Wallander spürte ein schleichendes Unbehagen, das sich in seinem Körper ausbreitete. Er konnte es nicht näher definieren, aber es war da.

»Du hast nicht zufällig die Mutter gefragt, ob Stefan ein Moped hat?«

Er sah ihr an, daß sie verstand, was er andeutete.

»Nein«, sagte sie.

»Ruf sie an. Frag sie. Sie trinkt nachts. Du weckst sie nicht.«

Sie tat, was er sagte. Es dauerte lange, bis Anette Fredman sich meldete. Das Gespräch war sehr kurz. Ann-Britt Höglund legte den Hörer auf. Wallander konnte ihr ihre Erleichterung ansehen.

»Er hat kein Moped«, sagte sie. »Jedenfalls nicht, soweit ihr bekannt ist. Außerdem ist Stefan wohl noch nicht fünfzehn?«

»Es war nur ein Gedanke«, sagte Wallander. »Wir müssen es wissen. Im übrigen ist es eher fraglich, ob Jugendliche sich heute darum kümmern, was erlaubt ist und was nicht.«

»Der kleine Junge wurde wach, als ich gehen wollte«, sagte sie. »Er schlief auf dem Sofa neben der Mutter. Ich glaube, das hat mich am unangenehmsten berührt.«

»Daß er wach wurde?«

»Nein. Als er mich sah. Ich glaube, ich habe noch nie bei einem Kind so angsterfüllte Augen gesehen.«

Wallander schlug mit der geballten Faust auf den Tisch. Sie zuckte zusammen.

»Jetzt weiß ich es«, sagte er. »Was mir die ganze Zeit nicht einfallen wollte. Verdammt!«

»Was?«

»Warte mal. Warte einen Moment ...«

Wallander massierte sich die Schläfen, um die Erinnerung hervorzuzwingen, die so lange in seinem Unbewußten Unruhe gestiftet hatte. Jetzt war es da.

»Erinnerst du dich an die Ärztin in Malmö, die Dolores Maria Santana obduziert hat?«

Sie dachte nach.

»Wie hieß sie noch?« fragte Wallander. »Etwas mit Malm-?«

»Svedberg hat ein gutes Gedächtnis. Ich hole ihn.«

»Nicht mehr nötig. Ich hab's. Sie hieß Malmström. Die brauche ich. Und zwar auf der Stelle. Ich will, daß du das machst. Jetzt, sofort.«

»Warum denn?«

»Das erklär ich dir später.«

Sie stand auf und verließ den Raum. Wallander konnte kaum fassen, was er jetzt ernsthaft zu glauben begann. Konnte wirklich Stefan Fredman in das Ganze verwickelt sein? Er griff zum Telefonhörer und rief Per Åkeson an. Åkeson meldete sich sofort. Obwohl Wallander eigentlich keine Zeit hatte, schilderte er ihm in knappen Sätzen die Lage. Dann kam er auf sein eigentliches Anliegen zu sprechen.

»Ich will, daß du mir einen Gefallen tust«, sagte er. »Jetzt, mitten in der Nacht. Daß du in dem Krankenhaus anrufst, wo Louise Fredman war, und sie bittest, die Seite im Besucherbuch zu kopieren, auf der sich derjenige, der sie abholte, eingetragen hat. Und daß sie die Seite nach Helsingborg faxen.«

»Mensch. Wie stellst du dir vor, soll das gehen?«

»Keine Ahnung«, sagte Wallander. »Aber es kann wichtig sein. Sie können alle anderen Namen auf der Seite streichen. Ich will nur diese eine Unterschrift sehen.«

»Die unleserlich war?«

»Genau. Ich will die unleserliche Unterschrift sehen.«

Wallander legte seine ganze Überzeugungskraft in diese Worte. Per Åkeson begriff, daß es ihm wirklich ernst war.

»Gib mir die Faxnummer«, sagte er. »Ich versuche es.«

Wallander gab ihm die Nummer und legte auf. Eine Wanduhr zeigte auf fünf Minuten vor zwei. Es war immer noch schwül und stickig. Wallander schwitzte in seinem neuen Hemd. Geistesabwesend fragte er sich, ob das Hemd und die neue Hose wohl auf Staatskosten gingen. Um drei Minuten nach zwei kam Ann-Britt Höglund zurück und sagte, Agneta Malmström sei mit ihrer Familie auf einem Segeltörn irgendwo zwischen Landsort und Oxelösund.

»Wie heißt das Boot?«

»Es soll eine Maxi sein. Sie heißt *Sanborombon*. Das Boot hat auch eine Nummer.«

»Ruf Radio Stockholm an«, fuhr Wallander fort. »Sie haben doch sicher Sprechfunk an Bord. Bitte sie, das Boot anzurufen. Und mach ihnen klar, daß es sich um eine dringliche polizeiliche Ermittlung handelt. Sprich mit Birgersson. Ich will sie sprechen, und zwar jetzt.«

Er merkte, daß er in einer Verfassung war, in der er anfing, Befehle zu erteilen. Sie ging, um mit Birgersson zu sprechen. Svedberg stieß beinah mit ihr in der Tür zusammen, als er mit einem Protokoll von der Vernehmung der Wachmänner hereinkam, denen das Auto weggenommen worden war.

»Du hattest recht«, sagte er. »Sie haben im Grunde nur die Pistole gesehen. Es ging außerdem alles sehr schnell. Aber er hatte helles Haar, blaue Augen und trug eine Art Trainingsanzug. Normalgröße, redete Stockholm-Dialekt. Machte den Eindruck, unter Drogen zu stehen.«

»Wie kamen sie darauf?«

»Seine Augen.«

»Ich nehme an, die Personenbeschreibung ist rausgegangen?«

»Ich kontrolliere es.«

Svedberg verließ den Raum so eilig, wie er ihn betreten hatte. Vom Korridor hörte man erregte Stimmen. Wallander nahm an, daß ein Journalist versucht hatte, die von Birgersson gezogene Grenzlinie zu überschreiten. Er suchte einen Schreibblock und machte hastig ein paar Notizen. Sie hatten keinen inneren Zusammenhang, wurden nur in der Reihenfolge aufs Papier gekritzelt, in der sie ihm einfielen. Sein Schweiß rann, ständig sah er zur Wanduhr, und in seinem Kopf saß Baiba in ihrer spartanischen Wohnung in Riga am Telefon und wartete auf das Gespräch, das er seit langem mit ihr hätte führen sollen. Es ging auf drei in der Nacht. Der Wagen der Wachmänner blieb verschwunden. Hans Logård versteckte sich irgendwo. Das Mädchen, das aus dem Hafen zurückkam, hatte nicht mit Sicherheit das Boot identifizieren können. Vielleicht war es das Boot gewesen, vielleicht nicht. Der Mann am Steuerruder hatte die ganze Zeit im Schatten gestanden. An eine Besatzung erinnerte sie sich nicht. Wallander sprach mit Birgersson darüber, daß die Mädchen jetzt schlafen mußten. Hotelzimmer wurden organisiert. Eins der Mädchen lächelte Wallander schüchtern an, als sie sich im Korridor begegneten. Das Lächeln machte ihn froh, für einen Augenblick fast heiter. In regelmäßigen Abständen kam Birgersson in das Zimmer, in dem Wallander sich gerade befand, und brachte ihm weitere Informationen über Hans Logård. Um Viertel nach drei erfuhr Wallander, daß er zweimal verheiratet gewesen war und drei minderjährige Kinder hatte. Das eine, ein Mädchen, lebte bei seiner Mutter in Hagfors, das zweite, ein Junge von neun Jahren, in Stockholm. Sieben Minuten später kam Birgersson mit der Mitteilung, Logård habe vermutlich ein weiteres Kind, doch diese Information sei noch unbestätigt.

Um halb vier kam ein übermüdeter Polizist in das Zimmer, in dem Wallander mit einer Tasse Kaffee in der Hand und den Füßen auf dem Tisch saß, und sagte, Radio Stockholm sei es gelungen, Kontakt mit der Maxi-Segelyacht aufzunehmen, auf der sich die Familie Malmström befand, sieben Distanzminuten südsüdwestlich von Landsort, auf dem Weg nach Arkösund. Wallander sprang auf und folgte ihm in die Telefonzentrale, wo Birgersson stand und in einen Telefonhörer rief. Dann reichte er ihn an Wallander weiter.

»Sie befinden sich irgendwo genau zwischen zwei Leuchtfeuern, die Hävringe und Gustaf Dalén heißen«, sagte er. »Du sprichst mit einem Mann namens Karl Malmström.«

»Ich will mit ihr sprechen. Er ist mir scheißegal.«

»Ich hoffe, du bist dir darüber im klaren, daß da draußen Hunderte von Booten liegen und das Gespräch über das Küstenradio mithören?«

Daran hatte Wallander in der Eile nicht gedacht.

»Ein Mobiltelefon wäre besser. Frag ihn, ob sie eins an Bord haben.«

»Das habe ich schon getan. Es handelt sich offenbar um Menschen, die der Meinung sind, man sollte ohne Mobiltelefon Urlaub machen.«

»Dann sollen sie an Land gehen, und von dort aus anrufen.«

»Was stellst du dir vor, wie lange das dauert?« sagte Birgersson. »Weißt du, wo Hävringe liegt? Es ist mitten in der Nacht. Sollen sie etwa jetzt Segel setzen?«

»Mir ist scheißegal, wo Hävringe liegt«, sagte Wallander. »Außerdem segeln sie vielleicht die Nacht durch und liegen gar nicht vor Anker. Vielleicht hat jemand auf einem Boot in der Nähe ein Mobiltelefon. Sag nur, daß ich innerhalb einer Stunde mit ihnen Kontakt haben will. Mit ihr. Nicht mit ihm.«

Birgersson schüttelte den Kopf. Dann begann er wieder, ins Telefon zu rufen.

Genau dreißig Minuten später rief Agneta Malmström von einem Mobiltelefon aus an, das sie von einem entgegenkommenden Boot geliehen hatten. Wallander vergeudete keine Zeit mit Entschuldigungen für die Störung. Er kam direkt zur Sache.

»Erinnerst du dich an das Mädchen, das sich verbrannt hat?«
fragte er. »In einem Rapsfeld vor ein paar Wochen?«

»Natürlich erinnere ich mich.«

»Weißt du noch, daß wir uns damals am Telefon unterhalten
haben? Ich habe dich gefragt, wie junge Menschen sich selbst so
etwas antun könnten. Welche Worte ich genau benutzt habe, weiß
ich nicht mehr.«

»Ich erinnere mich vage«, sagte sie.

»Du hast mir damals mit einem Beispiel geantwortet, das du
gerade vorher erlebt hattest. Du sprachst von einem Jungen,
einem kleinen Jungen, der solche Angst vor seinem Vater hatte,
daß er versuchte, sich selbst die Augen auszustechen.«

»Ja. Daran kann ich mich erinnern. Aber das hatte ich nicht
selbst erlebt. Das hat mir ein Kollege erzählt.«

»Wer denn?«

»Mein Mann. Er ist auch Arzt.«

»Dann muß ich mit ihm sprechen. Hol ihn ans Telefon.«

»Das wird dauern. Ich muß mit der Jolle hinüberrudern und
ihn holen. Wir liegen ein Stück von hier vor Treibanker.«

Erst jetzt entschuldigte sich Wallander für die Störung.

»Es dauert eine Weile«, sagte sie.

»Wo zum Teufel liegt eigentlich Hävringe?« fragte Wallander.

»Mitten im Meer«, erwiderte sie. »Es ist wunderschön da. Aber
wir machen gerade einen Nachttörn nach Süden. Allerdings haben wir wenig Wind.«

Es dauerte zwanzig Minuten, bis es wieder klingelte. Karl
Malmström war am Telefon. In der Zwischenzeit hatte Wallander
herausgefunden, daß er Kinderarzt in Malmö war. Wallander
kehrte zu dem Gespräch zurück, das er mit Malmströms Frau geführt hatte.

»Ich erinnere mich an den Fall«, sagte Malmström.

»Können Sie sich so auf Anhieb an den Namen dieses Jungen
erinnern?«

»Ja. Aber ich kann ihn nicht so einfach in ein Mobiltelefon rufen.«

Wallander sah das ein. Er dachte fieberhaft nach. »Wir machen
es so«, sagte er schließlich. »Ich stelle Ihnen eine Frage, auf die Sie

mit ja oder nein antworten können, ohne einen Namen zu nennen.«

»Wir können es ja versuchen«, antwortete Karl Malmström.

»Hat der Name mit Bellman zu tun?« fragte Wallander.

Karl Malmström verstand. Seine Antwort kam ohne Zögern.

»Ja«, sagte er. »Allerdings.«*

»Dann danke ich für die Hilfe«, sagte Wallander. »Ich hoffe, ich brauche Sie nicht mehr zu stören. Schönen Sommer noch.«

Karl Malmström schien nicht verärgert zu sein.

»Man fühlt sich sicher, wenn Polizisten hart arbeiten«, sagte er nur.

Das Gespräch war zu Ende. Wallander reichte Birgersson den Hörer zurück.

»Wir machen in einer Viertelstunde eine Besprechung«, sagte er. »Ich brauche nur ein paar Minuten zum Nachdenken.«

»Setz dich in mein Zimmer«, sagte Birgersson. »Das ist gerade frei.«

Wallander fühlte sich auf einmal sehr müde. Der Widerwille lag ihm wie ein bohrender Schmerz im ganzen Körper. Er wollte noch immer nicht wahrhaben, daß es sich tatsächlich so verhielt, wie er dachte. Lange hatte er gegen seine Einsicht gekämpft. Jetzt ging es nicht mehr. Das Bild, das sich abzeichnete, war unerträglich. Die schreckliche Angst eines kleinen Jungen vor seinem Vater. Ein großer Bruder in der Nähe. Der aus Rache dem Vater Salzsäure in die Augen schüttet. Der sich auf einen wahnsinnigen Vergeltungszug für seine Schwester begibt, die in der einen oder anderen Weise mißbraucht worden ist. Alles war plötzlich ganz klar. Das Ganze hing zusammen, und das Resultat war entsetzlich. In seinem Unterbewußtsein hatte er es schon lange gesehen. Aber er hatte sich dagegen gewehrt und statt dessen andere Spuren verfolgt, die ihn vom Ziel fortgeführt hatten.

Ein Polizist klopfte an die Tür.

»Es ist ein Fax aus Lund gekommen«, sagte er. »Aus einem Krankenhaus.«

---

* Das Hauptwerk des in Schweden noch heute sehr populären Rokokodichters Carl Michael Bellman trägt den Titel »Fredmans epistlar«. [A. d. Ü.]

Wallander nahm es ihm ab. Per Åkeson hatte schnell reagiert. Es war eine Kopie der Besucherliste der psychiatrischen Abteilung, in der Louise Fredman gelegen hatte. Alle Namen bis auf einen waren durchgestrichen. Der Namenszug war wirklich unleserlich. Wallander nahm ein Vergrößerungsglas von Birgerssons Schreibtisch und versuchte, ihn zu entziffern. Er blieb unleserlich. Er legte das Papier auf den Tisch. Der Polizist stand noch an der Tür.

»Hol Birgersson her«, sagte Wallander. »Und meine Kollegen aus Ystad. Wie geht es Sjösten übrigens?«

»Er schläft«, sagte der Polizist. »Sie haben die Kugel aus seiner Achsel entfernt.«

Ein paar Minuten später waren sie versammelt. Es war fast halb fünf. Alle waren am Rande der Erschöpfung. Hans Logård war weiter unauffindbar. Noch keine Spur von dem Wagen der Wachgesellschaft. Wallander nickte ihnen zu, sich zu setzen.

Der Augenblick der Wahrheit, dachte er. Jetzt ist er gekommen.

»Wir suchen nach einem Mann namens Hans Logård«, begann er. »Natürlich suchen wir weiter. Er hat Sjösten in die Schulter geschossen. Er ist in Menschenschmuggel verwickelt. Aber Hans Logård hat die anderen nicht getötet. Er hat keine Skalpe genommen. Das ist eine ganz andere Person.«

Er machte eine Pause, als müsse er noch ein letztes Mal mit sich zu Rate gehen. Doch sein Widerwille behielt die Oberhand. Er wußte jetzt, daß er recht hatte.

»Stefan Fredman hat dies alles getan«, sagte er. »Wir suchen mit anderen Worten nach einem Vierzehnjährigen. Der unter anderem seinen eigenen Vater getötet hat.«

Es wurde still im Raum. Keiner rührte sich. Alle starrten ihn an.

Wallander brauchte eine halbe Stunde, um seine Sicht der Dinge zu erklären. Danach bestand kein Zweifel mehr. Sie beschlossen, nach Ystad zurückzufahren. Es wurde absolutes Stillschweigen vereinbart. Wallander konnte später nicht mehr sagen, welches Gefühl bei seinen Kollegen vorherrschend gewesen war, Bestürzung oder Erleichterung.

Sie machten sich fertig für die Abreise nach Ystad.

Während Wallander mit Per Åkeson telefonierte, stand Svedberg mit dem Fax aus Lund in der Hand da und betrachtete es.

»Eigenartig«, sagte er.

Wallander wandte sich zu ihm um.

»Was ist eigenartig?«

»Dieser Namenszug. Es sieht fast aus, als hätte er sich unter dem Namen Geronimo eingetragen.«

Wallander nahm Svedberg das Fax aus der Hand.

Es war zehn Minuten vor fünf.

Er sah, daß Svedberg recht hatte.

## 38

Sie trennten sich im Morgengrauen vor dem Polizeipräsidium in Helsingborg. Alle waren ermattet und hohläugig, doch vor allem erschüttert von der Erkenntnis, wer der Täter war, den sie so lange gesucht hatten. Um acht Uhr wollten sie sich im Präsidium in Ystad treffen. Es reichte gerade, um nach Hause zu fahren und zu duschen. Danach mußten sie weitermachen. Wallander war zwar der Meinung, der Junge habe alles um der kranken Schwester willen getan. Doch sie konnten nicht sicher sein. Auch sie befand sich möglicherweise in großer Gefahr. Sie mußten das denkbar Schlimmste befürchten. Svedberg fuhr in Wallanders Wagen mit. Der Tag würde schön werden. Keiner von beiden erinnerte sich, wann es zuletzt in Schonen ordentlich geregnet hatte. Sie schwiegen fast während der ganzen Fahrt. Bei der Einfahrt nach Ystad entdeckte Svedberg, daß er sein Schlüsselbund irgendwo verlegt haben mußte. Das erinnerte Wallander an seine eigenen Schlüssel, die nie wieder aufgetaucht waren. Er lud Svedberg ein, mit zu ihm zu kommen. Kurz vor sieben erreichten sie die Mariagatan. Linda schlief. Nachdem sie geduscht hatten und Wallander Svedberg ein Hemd geliehen hatte, setzten sie sich ins Wohnzimmer und tranken Kaffee. Keiner von beiden hatte bemerkt, daß die Tür der Kleiderkammer neben Lindas Zimmer, die geschlossen gewesen war, als sie kamen, jetzt nur angelehnt war.

*

Hoover war um zehn Minuten vor sieben in die Wohnung gekommen. Er war mit der Axt in der Hand auf dem Weg in Wallanders Schlafzimmer, als er hörte, wie ein Schlüssel ins Schloß der Wohnungstür gesteckt wurde. Er schlüpfte rasch in die Kleiderkammer. Er hörte zwei Stimmen. Als er erkannte, daß sie sich im

Wohnzimmer befanden, öffnete er vorsichtig die Tür einen Spalt breit. Er hörte Wallander den anderen Mann mit dem Namen Svedberg anreden. Hoover nahm an, daß auch er Polizist war. Die ganze Zeit hielt er seine Axt in der Hand. Er belauschte ihr Gespräch. Anfangs verstand er nicht, worüber sie sprachen. Ein Name, Hans Logård, wurde immer wieder genannt. Wallander versuchte offenbar, dem Mann, der Svedberg hieß, etwas zu erklären. Hoover lauschte immer aufmerksamer, bis ihm klar wurde, daß die göttliche Vorsehung, die Kraft Geronimos, wieder zu wirken begonnen hatte. Der Mann mit dem Namen Hans Logård war Åke Liljegrens rechte Hand gewesen. Er hatte Mädchen aus der Dominikanischen Republik und vielleicht auch aus anderen Ländern der Karibik ins Land geschmuggelt. Außerdem war er es gewesen, der mit großer Wahrscheinlichkeit Wetterstedt und vermutlich auch Carlman mit Mädchen versorgt hatte. Hoover hörte auch, wie Wallander die Vermutung aussprach, Hans Logård könne auf der Todesliste stehen, die in Stefan Fredmans Kopf existierte.

Kurz darauf endete ihr Gespräch, und wenige Minuten später verließen Wallander und der Mann, den er Svedberg nannte, die Wohnung.

Hoover trat aus der Kleiderkammer und stand vollkommen reglos da.

Dann verließ er lautlos die Wohnung.

Er ging zu dem leerstehenden Ladenlokal, in dem Linda und Kajsa ihre Proben gehabt hatten. Er wußte, daß sie nicht wieder dorthin zurückkommen würden. Deshalb hatte er Louise dort zurückgelassen, während er sich zu der Wohnung in der Mariagatan begeben hatte, um den Kavallerieoberst Perkins und seine Tochter zu töten. Doch als er mit der Axt in der Hand in der Kleiderkammer stand und das Gespräch hörte, waren ihm Zweifel gekommen. Es gab also noch einen Mann, den er töten mußte. Einen, den er übersehen hatte. Ein Mann mit Namen Hans Logård. Als sie ihn beschrieben, war ihm aufgegangen, daß es dieser Mann sein mußte, der seine Schwester vergewaltigt und schwer mißhandelt hatte. Das war, bevor sie drogenabhängig gemacht und zu Wetterstedt und Carlman gebracht worden war, also vor den Ereignissen, die sie am Ende in das Dunkel geführt hatten, aus dem er sie jetzt befreite. Alles war ganz genau in dem Buch aufgeführt, das er von ihr übernommen hatte und in dem die Botschaft aufgezeichnet war, die sein Handeln lenkte. Er hatte geglaubt, Hans Logård lebe nicht in Schweden, sondern sei ein fremder Reisender und böser Mann gewesen. Jetzt sah er seinen Irrtum ein.

Es war leicht gewesen, sich Zugang zu dem leeren Laden zu verschaffen, denn er hatte gesehen, wie Kajsa den Schlüssel unter eine vorstehende Türleiste gelegt hatte. Weil er sich jetzt offen am Tage bewegte, hatte er sein Gesicht nicht bemalt. Er wollte auch Louise nicht erschrecken. Als er zurückkam, saß sie auf einem Stuhl und sah mit leerem Blick vor sich hin. Er hatte bereits beschlossen, sie an einen anderen Ort zu bringen. Er wußte auch schon, wohin. Bevor er in die Mariagatan gegangen war, hatte er das Moped genommen und festgestellt, daß die Voraussetzungen, wie er angenommen hatte, gegeben waren. Das Haus stand leer. Aber sie würden erst am Abend dorthin umziehen. Er setzte sich neben sie auf den Fußboden. Versuchte darüber nachzudenken, wie er Hans Logård finden konnte, bevor die Polizei es tat. Er horchte in sich hinein und bat Geronimo um Rat. Doch sein Herz war an diesem Morgen eigentümlich still. Die Trommeln waren so schwach, daß er ihre Botschaft nicht verstehen konnte.

*

Um acht Uhr versammelten sie sich im Konferenzraum. Per Åkeson war da, außerdem ein ranghoher Polizeibeamter aus Malmö. Birgersson in Helsingborg war ihnen über ein Lautsprechertelefon zugeschaltet. Alle waren bleich, aber gefaßt. Wallander blickte sich am Tisch um und schlug eine einleitende Informationsrunde vor.

Die Polizei in Malmö suchte unauffällig nach Stefan Fredmans Versteck. Man nahm an, daß er über einen Unterschlupf verfügte, hatte ihn aber noch nicht gefunden. Dagegen hatte einer der Nachbarn ausgesagt, daß Stefan Fredman mehrfach ein Moped gehabt hatte, auch wenn seine Mutter nichts davon wußte. Der Polizei zufolge war der Zeuge zuverlässig. Das Haus, in dem die Familie Fredman wohnte, stand unter Bewachung. Aus Helsingborg konnte Birgersson über Lautsprecher mitteilen, daß es Sjösten gutging. Aber leider würde sein rechtes Ohr stark verunziert sein.

»Die plastische Chirurgie vollbringt heutzutage Wunderwerke«, rief Wallander aufmunternd. »Grüß ihn von uns allen.«

Birgersson sprach weiter. Die noch nicht ganz abgeschlossene Kontrolle der Fingerabdrücke hatte ergeben, daß die Abdrücke auf dem zerrissenen *Superman*-Heft, auf der blutigen Papiertüte hinter der Baracke des Straßenbauamts, auf Liljegrens Herd und auf Fredmans Augenlid nicht die des Hans Logård waren. Diese Bestätigung war ausschlaggebend. Die Polizei in Malmö war gerade damit beschäftigt, Stefan Fredmans Fingerabdrücke auf Gegenständen aus seinem Zimmer zu bestimmen. Niemand bezweifelte mehr, daß sie da paßten, wo Logårds abgeschrieben werden konnten.

Danach sprachen sie über Hans Logård. Der Wagen der Wachgesellschaft war noch nicht gefunden worden. Weil er geschossen hatte und Sjösten und Wallander sehr wohl hätten getötet werden können, mußte die Jagd auf ihn weitergehen. Man mußte davon ausgehen, daß er gefährlich war. An diesem Punkt meinte Wallander, auf einen anderen Sachverhalt hinweisen zu müssen, den sie nicht außer acht lassen durften.

»Auch wenn Stefan Fredman erst vierzehn ist, ist er gefährlich«, sagte er. »Ich habe ihn ein paarmal getroffen. Er ist zwar geistesgestört, aber er ist nicht dumm. Außerdem ist er sehr stark und reagiert schnell und entschlossen. Wir müssen also äußerst vorsichtig sein.«

»Das ist alles so verdammt widerwärtig!« platzte Hansson heraus. »Ich kann das immer noch nicht glauben.«

»Das kann wohl keiner von uns«, sagte Per Åkeson. »Aber Kurt hat recht. Alle richten sich danach.«

»Stefan Fredman hat seine Schwester aus dem Krankenhaus geholt«, fuhr Wallander fort. »Wir lassen nach diesem Interrail-Mädchen suchen, das ihn identifizieren kann. Wir wissen nicht, ob er die Absicht hat, seiner Schwester etwas anzutun. Das einzig Wichtige ist jetzt, sie zu finden. Wir müssen ihn fassen, damit er ihr nichts antun kann. Die Frage ist nur, wo er sich aufhält. Er hat ein Moped und fährt mit ihr hintendrauf durch die Gegend. Sie können nicht weit kommen. Außerdem ist das Mädchen krank.«

»Ein Wahnsinniger auf einem Moped mit einem psychisch kranken Mädchen hintendrauf«, sagte Svedberg. »Das ist wirklich makaber.«

»Er kann Auto fahren«, warf Ludwigsson ein. »Also kann er ein Auto gestohlen haben.«

Wallander wandte sich an den Kollegen aus Malmö. »Gestohlene Autos«, sagte er. »In den letzten Tagen. Vor allem in Rosengård. Oder in der Nähe des Krankenhauses.«

Der Mann aus Malmö stand auf und ging zu einem Telefon, das auf einem Rolltisch vor einem der Fenster stand.

»Stefan Fredman begeht seine Taten nach sorgfältiger Planung«, fuhr Wallander fort. »Wir können natürlich nicht wissen, ob die Entführung seiner Schwester auch im voraus geplant war, jetzt müssen wir versuchen, uns vorzustellen, wie er denkt und was er weiter plant. Wohin sind sie unterwegs? Es ist beknackt, daß Ekholm nicht hier ist, wenn wir ihn am dringendsten brauchen.«

»Er kommt in einer knappen Stunde«, sagte Hansson nach einem Blick auf seine Armbanduhr. »Er wird natürlich abgeholt.«

»Wie geht es denn seiner Tochter?« fragte Ann-Britt Höglund.

Wallander war sofort beschämt, weil er den Grund für Ekholms Abwesenheit vergessen hatte.

»Gut«, antwortete Svedberg. »Ein Fuß gebrochen. Aber sie hat großes Glück gehabt.«

»Im Herbst starten wir eine große Verkehrssicherheitskampagne in den Schulen«, sagte Hansson. »Es sterben zu viele Kinder im Straßenverkehr.«

Der Polizist aus Malmö beendete sein Telefongespräch und kehrte an den Tisch zurück.

»Ich setze voraus, daß ihr Stefan auch in der Wohnung seines Vaters gesucht habt«, sagte Wallander.

»Wir haben dort und an allen anderen Stellen gesucht, wo sein Vater sich aufzuhalten pflegte. Außerdem haben wir einen Mann namens Peter Hjelm aufgetrieben und ihn dazu gebracht, sich über andere denkbare Verstecke den Kopf zu zerbrechen, zu denen

Björn Fredman Zugang gehabt hat und die sein Sohn eventuell kannte. Forsfält hat die Sache in der Hand.«

»Dann wird es garantiert gründlich gemacht«, sagte Wallander.

Die Sitzung ging weiter. Aber eigentlich warteten sie nur noch darauf, daß etwas passierte. Irgendwo befand sich Stefan Fredman mit seiner Schwester Louise. Irgendwo befand sich Hans Logård. Eine große Anzahl von Polizisten war an der Suche nach ihnen beteiligt. Sie gingen im Konferenzraum ein und aus, holten Kaffee, schickten nach belegten Broten, nickten auf ihren Stühlen ein, tranken noch mehr Kaffee. Dann und wann tat sich auch etwas. Die deutsche Polizei fand Sara Pettersson auf dem Hamburger Hauptbahnhof. Sie hatte Stefan Fredman auf der Stelle identifiziert. Um Viertel vor zehn kam Ekholm vom Flugplatz. Alle beglückwünschten ihn dazu, daß es mit seiner Tochter so glimpflich abgegangen war. Er war noch immer bedrückt und sehr blaß.

Wallander bat Ann-Britt Höglund, ihn mit in ihr Zimmer zu nehmen und ihm in Ruhe noch einmal die Details zu nennen, über die er noch nicht ausreichend informiert war. Kurz vor elf kam die Bestätigung, auf die sie alle gewartet hatten. Es waren Stefan Fredmans Fingerabdrücke, die auf dem Augenlid seines Vaters, auf den *Superman*-Seiten, dem blutigen Papier von der Baracke des Straßenbauamts und auf Liljegrens Herd gefunden worden waren. Danach war es im Konferenzraum sehr still geworden. Man hörte nur das schwache Rauschen des Lautsprechers, über den Birgersson in Helsingborg mit ihnen verbunden war. Jetzt gab es kein Zurück mehr. Alle falschen Fährten, nicht zuletzt jene, die sie in sich selbst gefunden hatten, existierten nicht mehr. Zurück blieb nur die Einsicht in eine Wahrheit, die entsetzlicher nicht sein konnte. Sie suchten nach einem vierzehnjährigen Jungen, der vier kaltblütig geplante Morde begangen hatte. Schließlich brach Wallander das Schweigen. Er sagte etwas, das viele von ihnen nie vergessen würden. »Jetzt haben wir also die Gewißheit, von der wir gehofft haben, sie bliebe uns erspart.«

Die kurze Stille war vorüber. Die Ermittlungsgruppe arbeitete und wartete weiter. Die Zeit des Nachdenkens würde später kommen. Wallander wandte sich an Ekholm. »Was wird er tun?« fragte er. »Wie denkt er?«

»Ich weiß, daß dies eine riskante Behauptung sein kann«, antwortete Ekholm. »Aber ich glaube, er ist nicht darauf aus, seiner Schwester zu schaden. Sein Verhalten folgt einem Muster, nennt es von mir aus Logik. Die Rache für seinen kleinen Bruder und auch für seine Schwester ist das eigentliche Ziel. Wenn er davon abweicht, bricht alles in sich zusammen, was er so mühsam aufgebaut hat.«

»Warum hat er sie aus der Klinik geholt?« wollte Wallander wissen.

»Vielleicht befürchtete er, du könntest sie in irgendeiner Weise beeinflussen.«

»Wieso?« fragte Wallander verwundert.

»Wir stellen uns einen verwirrten Jungen vor, der in die Rolle eines einsamen Kriegers geschlüpft ist. Es gibt so viele Männer, die seiner Schwester etwas angetan haben können. Das treibt ihn an. Wenn wir annehmen, unsere Theorie stimmt. Also will er Männer von ihr fernhalten. Er selbst ist die Ausnahme. Außerdem kann man nicht davon absehen, daß er wohl Verdacht geschöpft hat, du könntest ihm auf der Spur sein. Er weiß sicher, daß du die Ermittlungen leitest.«

Wallander fiel etwas ein, woran er lange nicht gedacht hatte. »Die Bilder, die Norén gemacht hat«, sagte er. »Von den Schaulustigen vor der Absperrung. Wo sind die?«

Sven Nyberg, der die meiste Zeit schweigend und in sich gekehrt am Tisch gesessen hatte, stand auf und holte sie. Wallander breitete sie vor sich auf dem Tisch aus. Jemand holte ein Vergrößerungsglas. Sie sammelten sich um die Bilder. Ann-Britt Höglund entdeckte ihn.

»Da«, sagte sie und deutete auf den Jungen.

Er war beinah ganz von anderen Schaulustigen verdeckt. Aber ein Stück seines Mopeds war erkennbar, und sein Kopf.

»Unglaublich«, sagte Hamrén.

»Man kann das Moped identifizieren«, meinte Nyberg. »Wenn man eine Detailvergrößerung macht.«

»Mach das«, sagte Wallander. »Alles ist wichtig.«

Wallander war jetzt klar, daß auch das andere Gefühl, das in seinem Unterbewußtsein genagt hatte, einen realen Anlaß gehabt hatte. Er verzog das Gesicht bei dem Gedanken, jetzt wenigstens den Fall seiner inneren Unruhe als erledigt betrachten zu können.

Außer in einem Punkt. Baiba. Es war inzwischen zwölf Uhr. Svedberg war auf seinem Stuhl eingeschlafen, Per Åkeson führte unentwegt Telefonate mit so vielen verschiedenen Personen, daß niemand mehr die Übersicht hatte. Wallander gab Ann-Britt Höglund ein Zeichen, mit ihm zu kommen. Sie setzten sich in sein Zimmer und machten die Tür zu. Dann erzählte er ihr ohne Umschweife, ganz einfach, in welche Situation er sich gebracht hatte. Er tat dies unter größter Selbstüberwindung und sollte später nie begreifen, wie er mit seinem eisernen Prinzip hatte brechen können, nie einem Kollegen eine private Angelegenheit anzuvertrauen. Damit hatte er nach Rydbergs Tod aufgehört. Jetzt geschah es wieder. Aber er war sich noch nicht sicher, ob er zu Ann-Britt Höglund das gleiche Vertrauensverhältnis entwickeln konnte, wie er es mit Rydberg gehabt hatte. Seine Skepsis beruhte nicht zuletzt auf dem Umstand, daß sie eine Frau war. Aber das sagte er ihr natürlich nicht. Sie hörte ihm aufmerksam zu.

»Was soll ich tun, verdammt?« fragte er zum Schluß.

»Nichts«, erwiderte sie. »Wie du selbst sagst, ist es schon zu spät. Aber ich kann mit ihr reden, wenn du willst. Ich nehme an, sie spricht Englisch. Gib mir ihre Telefonnummer.«

Wallander schrieb sie auf einen Merkzettel. Aber als sie sich nach seinem Telefon streckte, bat er sie, noch zu warten. »Noch ein paar Stunden«, sagte er.

»Es geschehen sehr selten Wunder«, antwortete sie.

Im selben Augenblick riß Hansson die Tür auf. »Sie haben sein Versteck gefunden«, rief er. »Einen Keller in einem Schulgebäude, das abgerissen werden soll. Ganz in der Nähe von seiner Wohnung.«

»Sind sie da?« fragte Wallander. Er war aufgestanden.

»Nein. Aber sie waren da.«

Sie kehrten zum Konferenzraum zurück. Ein zweiter Lautsprecher wurde zugeschaltet. Wallander hörte plötzlich Forsfälts freundliche Stimme. Er beschrieb, was sie gefunden hatten. Spiegel, Pinsel, Schminke. Ein Tonbandgerät mit Trommeln. Er spielte ein Stück des Bandes ab. Es gab ein gespenstisches Echo im Besprechungszimmer. Kriegsbemalung, dachte Wallander. Was hatte der Junge in das Besucherbuch im Krankenhaus geschrieben? Geronimo? Auf einem Stück Stoff lagen zwei Äxte, außerdem Messer. Trotz des unpersönlichen Lautsprechers konnten sie an Forsfälts Stimme hören, wie unangenehm berührt er war. Als letztes sagte er etwas, was auch keiner von ihnen vergessen sollte.

»Wir finden nur keine Skalpe. Wir suchen aber weiter.«

»Wo zum Teufel sind die?« fragte Wallander.

»Die Skalpe«, meinte Ekholm, »die dürfte er wohl bei sich haben. Oder er hat sie irgendwo als Opfer dargebracht.«

»Wo? Hat er vielleicht einen eigenen Opferhain?«

»Das ist anzunehmen.«

Sie warteten weiter. Wallander legte sich in seinem Büro auf den Fußboden und schaffte es, fast eine halbe Stunde zu schlafen. Als er aufwachte, fühlte er sich noch zerschlagener als vorher. Sein ganzer Körper schmerzte. Dann und wann warf Ann-Britt Höglund ihm einen auffordernden Blick zu. Doch er schüttelte den Kopf und fühlte seine Selbstverachtung wachsen.

Es wurde sechs Uhr am Abend, und von Hans Logård oder Stefan Fredman und seiner Schwester gab es noch immer keine Spur. Sie hatten lange darüber diskutiert, ob sie auch nach Stefan Fredman und seiner Schwester eine landesweite Fahndung auslösen sollten. Doch fast alle waren skeptisch. Die Befürchtung, daß Louise Fredman etwas zustoßen konnte, überwog alles andere. Per Åkeson teilte diese Meinung. Die Phasen des Schweigens wurden immer länger.

»Heute abend gibt es Regen«, sagte Martinsson plötzlich. »Es liegt in der Luft.«

Keiner antwortete, aber alle versuchten zu fühlen, ob er recht hatte.

*

Um kurz nach sechs nahm Hoover seine Schwester mit zu dem leerstehenden Haus, das er ausgewählt hatte. Das Moped stellte er auf der Strandseite des Gartens ab. Mit einem Dietrich öffnete er die Gartenpforte. Gustaf Wetterstedts Haus war verlassen. Sie gingen den Kiesweg zum Haupteingang hinauf. Plötzlich blieb Hoover wie angewurzelt stehen und hielt Louise zurück. In der Garage stand ein Auto, das am frühen Morgen nicht dagewesen war, als er kontrollierte, ob das Haus leer war. Er zwang Louise behutsam auf einen Stein hinter der Garagenwand. Er zog die Axt aus dem Gürtel und lauschte. Alles war still. Dann trat er zu dem Auto und betrachtete es. Es gehörte einer Wachgesellschaft. Ein Seitenfenster stand offen. Auf dem Sitz lagen ein paar Papiere. Er nahm sie heraus und sah, daß eine Quittung dabei war, ausgestellt auf den Namen Hans Logård. Er legte die Papiere zurück und stand ganz still. Hielt den Atem an. Die Trommeln begannen zu dröhnen. Er dachte an das Gespräch, das er am Morgen belauscht hatte. Hans Logård war auch auf der Flucht gewesen.

Er hatte also den gleichen Gedanken gehabt wie Hoover. Irgendwo da drinnen mußte er sein. Geronimo hatte ihn nicht im Stich gelassen. Er hatte ihm geholfen, das Untier in seiner Höhle aufzuspüren. Er brauchte nicht weiter zu suchen. Das kalte Dunkel, das in das Bewußtsein seiner Schwester eingedrungen war, würde bald verschwunden sein. Er ging zu ihr zurück und sagte ihr, sie solle eine Weile dort sitzen bleiben, ganz still und leise. Er würde bald wieder bei ihr sein. Danach ging er in die Garage. Dort standen ein paar Farbdosen. Vorsichtig öffnete er zwei davon. Mit der Fingerspitze zog er einen Strich über seine Stirn. Einen roten Strich, danach einen schwarzen. Die Axt hatte er bei sich. Dann zog er die Schuhe aus. Als er gehen wollte, kam ihm ein Gedanke. Er hielt wieder den Atem an. Das hatte er von Geronimo gelernt. Wenn man Luft in die Lungen preßte, wurden die Gedanken klarer. Er fand seinen Gedanken gut. Es würde alles erleichtern. Schon heute nacht würde er die letzten Skalpe vor dem Krankenhausfenster vergraben, wo die anderen bereits lagen. Als letztes würde er ein Herz vergraben. Dann würde alles vorüber sein. In die letzte Grube würde er seine Waffen legen. Er schloß die Hand fest um die Axt und ging zu dem Haus, in dem sich der Mann befand, den er jetzt töten würde.

*

Um halb sieben machte Wallander Hansson, der gemeinsam mit Per Åkeson offiziell die Verantwortung trug, den Vorschlag, Leute nach Hause zu schicken. Alle waren erschöpft. Warten konnten sie ebensogut zu Hause. Aber sie sollten den Abend und die Nacht über erreichbar sein.

»Wer soll bleiben?« fragte Hansson.

»Ekholm und Ann-Britt«, sagte Wallander. »Und noch einer. Such den aus, der noch am frischesten ist.«

»Wer sollte das wohl sein?« gab Hansson verblüfft zurück.

Wallander antwortete nicht. Schließlich blieben sowohl Ludwigsson als auch Hamrén.

Sie rückten an einer Ecke des Tischs zusammen, statt sich, wie es zu erwarten gewesen wäre, zu zerstreuen.

»Verstecke«, sagte Wallander. »Welche Anforderungen muß man an eine geheime und möglichst uneinnehmbare Festung haben? Welche Forderungen stellt ein Geisteskranker, der sich in einen einsamen Krieger verwandelt hat?«

»Ich glaube in diesem Fall, daß seine Planung geplatzt ist«, meinte Ekholm. »Sonst wären sie wohl in dem Keller geblieben.«

»Kluge Tiere graben mehrere Ausgänge«, sagte Ludwigsson nachdenklich.

»Du meinst, er hat vielleicht ein Versteck in Reserve?«

»Vielleicht. Und vermutlich liegt das auch irgendwo in Malmö.«

Die Diskussion verebbte. Keiner sagte etwas. Hamrén gähnte. Irgendwo klingelte ein Telefon. Kurz darauf stand jemand in der Tür und sagte, Wallander werde verlangt. Er erhob sich langsam, viel zu müde, um nachzufragen, wer es war. Der Gedanke, es könnte Baiba sein, kam ihm erst, als er bereits mit dem Hörer in der Hand in seinem Zimmer saß, aber da war es zu spät. Es war nicht Baiba, sondern ein Mann, der mit undeutlicher Stimme sprach.

»Wer ist denn da?« fragte Wallander entnervt.

»Hans Logård.«

Wallander fiel fast der Hörer aus der Hand.

»Ich muß Sie treffen. Sofort.«

Seine Stimme klang eigentümlich gepreßt, als forme er die

Worte mit äußerster Mühe. Wallander fragte sich, ob er wohl unter Drogen stand. »Wo sind Sie?«

»Erst will ich eine Garantie, daß Sie kommen. Allein.«

»Die kriegen Sie nicht. Sie haben versucht, Sjösten und mich zu töten.«

»Sie müssen kommen, verdammt!«

Die letzten Worte klangen fast wie ein Schrei. Wallander kamen Bedenken. »Was wollen Sie?«

»Ich kann Ihnen sagen, wo Stefan Fredman sich befindet. Und seine Schwester.«

»Und wie kann ich sicher sein, daß das stimmt?«

»Das können Sie nicht. Aber Sie sollten mir glauben.«

»Ich komme. Sie erzählen mir, was Sie wissen. Und dann nehmen wir Sie fest.«

»Ja.«

»Wo sind Sie?«

»Kommen Sie?«

»Ja.«

»In Gustaf Wetterstedts Haus.«

Auf diese Möglichkeit hätte er kommen können, schoß es Wallander durch den Kopf. »Sie sind bewaffnet«, sagte er.

»Das Auto steht in der Garage. Die Pistole liegt im Handschuhfach. Ich lasse die Tür zum Haus offen. Sie sehen mich, wenn Sie ins Haus kommen. Ich halte meine Hände so, daß Sie sie sehen können.«

»Ich komme.«

»Allein?«

»Ja.«

Wallander legte auf. Überlegte fieberhaft. Er hatte keineswegs die Absicht, allein zu gehen. Aber er wollte auch nicht, daß Hansson anfing, eine riesige Einsatztruppe zu mobilisieren. Ann-Britt und Svedberg, dachte er. Aber Svedberg war zu Hause. Er rief ihn an. Sagte ihm, er solle in fünf Minuten vor dem Krankenhaus sein. Mit seiner Dienstwaffe. Hatte er die zu Hause? Er hatte. Wallander sagte nur kurz, daß sie Hans Logård festnehmen würden. Als Svedberg Fragen stellen wollte, unterbrach ihn Wallander. In fünf Minuten vor dem Krankenhaus. Bis dahin Telefonstille. Er schloß seine Schreibtischschublade auf und nahm seine Pistole heraus. Es war ihm zuwider, sie in der Hand zu halten. Er lud sie und steckte sie in die Jackentasche. Ging zum Konferenzraum und winkte Ann-Britt Höglund zu sich. Nahm sie mit in sein Zimmer und informierte sie. Sie würden sich in wenigen Minuten vor dem Präsidium treffen. Wallander sagte ihr, sie solle ihre Waffe mitnehmen. Sie fuhren in Wallanders Wagen. Zu Hansson sagte er, er wolle nur kurz nach Hause fahren und duschen. Hansson nickte und gähnte. Svedberg wartete beim Krankenhaus. Er setzte sich auf die Rückbank.

»Was ist eigentlich los?« fragte er.

Wallander gab das Telefongespräch wieder. Wenn die Pistole nicht im Wagen läge, würden sie die Aktion abbrechen. Das gleiche galt für den Fall, daß die Tür nicht geöffnet war. Oder wenn Wallander fand, daß etwas an der Sache faul war. Sie sollten sich unsichtbar, aber bereit halten.

»Du bist dir hoffentlich darüber im klaren, daß der Kerl eine zweite Pistole haben kann«, sagte Svedberg. »Er kann versuchen, dich als Geisel zu nehmen. Mir gefällt das alles nicht. Woher weiß er, wo Stefan Fredman sich befindet? Was will er von dir?«

»Vielleicht ist er dumm genug zu glauben, er könne sich Strafmilderung verschaffen. Die Leute glauben, hier in Schweden sei es wie in Amerika. Aber ganz soweit sind wir noch nicht.«

Wallander dachte an Hans Logårds Stimme. Etwas sagte ihm, daß er tatsächlich wußte, wo Stefan Fredman sich aufhielt.

Sie stellten den Wagen außer Sichtweite des Hauses ab. Svedberg sollte die Strandseite bewachen. Als er dorthin kam, war er vollkommen allein. Außer einem Mädchen, das auf dem Ruderboot saß, unter dem sie Wetterstedt gefunden hatten. Sie schien ganz in die Betrachtung des Meeres und der schwarzen Regenwolken versunken zu sein, die rasch heranzogen. Ann-Britt Höglund stellte sich an die Außenseite der Garage. Wallander sah, daß die Haustür offen war. Er bewegte sich sehr langsam. In der Garage stand das Auto der Wachgesellschaft. Die Pistole lag im Handschuhfach. Er nahm seine eigene Pistole, entsicherte sie und bewegte sich vorsichtig zum offenen Hauseingang. Horchte. Alles war sehr still. Er schlich zur Tür. Dort drinnen im Dunkeln stand

Hans Logård. Er hatte die Hände auf dem Kopf. Wallander spürte ein plötzliches Unbehagen. Er wußte nicht, woher es kam. Instinktiv ahnte er eine Gefahr. Aber er ging hinein. Hans Logård sah ihn an. Dann ging alles rasend schnell. Logårds eine Hand glitt von seinem Kopf. Wallander erblickte ein klaffendes Loch von einem Axthieb. Logårds Körper fiel zu Boden. Hinter ihm stand die Person, die ihn aufrecht gehalten hatte. Stefan Fredman. Sein Gesicht war bemalt. Mit ungeheurer Schnelligkeit warf er sich Wallander entgegen. Mit erhobener Axt. Wallander hob die Pistole, um zu schießen. Doch zu spät. Instinktiv duckte er sich und rutschte auf einem Teppich aus. Die Axt verfehlte seinen Kopf, streifte jedoch mit der Seite der Schneide seine Schulter. Der Schuß ging los und traf ein Ölgemälde an der Wand. Im selben Augenblick tauchte Ann-Britt Höglund in der Tür auf, die Pistole im Anschlag. Stefan Fredman entdeckte sie, gerade als er wieder ausholte, um Wallander die Axt in den Kopf zu schlagen. Er warf sich zur Seite. Wallander lag in der Schußlinie. Stefan Fredman verschwand in Richtung der offenen Terrassentür. Svedberg, dachte Wallander. Der langsame Svedberg. Er schrie ihr zu, sie solle auf Stefan Fredman schießen.

Aber er war bereits fort. Svedberg wußte nicht, was er tun sollte, als er den ersten Schuß hörte. Er schrie dem Mädchen auf dem Ruderboot zu, sie solle in Deckung gehen. Doch sie rührte sich nicht. Dann lief er zur Gartenpforte. Sie flog plötzlich auf und traf ihn am Kopf. Seine Pistole fiel zu Boden. Er sah ein Gesicht, das er sein ganzes Leben nicht vergessen würde. Der Mann hatte eine Axt in der Hand. Svedberg tat das einzige, was ihm übrigblieb. Er rannte davon und schrie um Hilfe. Stefan Fredman holte seine Schwester, die reglos auf dem Ruderboot saß. Er startete das Moped. Sie verschwanden in dem Moment, als Wallander und Ann-Britt Höglund gerannt kamen.

»Gib Alarm!« schrie Wallander. »Wo ist Svedberg, verdammt? Ich versuche, ihnen mit dem Wagen zu folgen.«

Im selben Augenblick setzte der Regen ein, und binnen einer Minute prasselte ein Wolkenbruch auf sie nieder. Wallander lief zu seinem Auto und versuchte gleichzeitig zu überlegen, welchen Weg sie genommen haben konnten. Die Sicht war schlecht, obwohl die Scheibenwischer mit der schnellsten Stufe arbeiteten. Er glaubte schon, er habe sie verloren, als er sie plötzlich entdeckte. Sie fuhren auf der Straße in Richtung des Saltsjöbad-Hotels. Wallander hielt sich in angemessenem Abstand. Er wollte sie nicht in Panik versetzen. Außerdem fuhr das Moped sehr schnell. Er überlegte fieberhaft, wie er das Ganze stoppen könnte. Als er gerade über Telefon mitteilen wollte, wo er sich befand, passierte es. Vielleicht war es das viele Wasser, das sich schon auf der Fahrbahn gesammelt hatte. Wallander sah, wie das Moped schlingerte. Er bremste. Das Moped raste frontal gegen einen Baum. Das Mädchen wurde direkt gegen den Baum geschleudert. Stefan Fredman landete irgendwo neben ihr.

Scheiße, dachte Wallander. Er hielt mitten auf der Straße und lief zu dem Moped.

Er erkannte sofort, daß das Mädchen tot war. Er vermutete, daß ihr Genick gebrochen war. Ihr weißes Kleid war eigentümlich hell gegen das ganze Blut, das über ihr Gesicht rann. Stefan Fredman war fast unverletzt geblieben. Wallander konnte nicht erkennen, was auf seinem Gesicht Farbe und was Blut war. Dagegen sah er jetzt einen vierzehnjährigen Jungen vor sich. Er sagte nichts. Sah nur zu, wie Stefan Fredman neben seiner Schwester auf die Knie fiel. Es goß in Strömen. Der Junge begann zu weinen. In Wallanders Ohren klang es wie ein Heulen. Er hockte sich neben den Jungen.

»Sie ist tot«, sagte er. »Wir können nichts mehr tun.«

Stefan Fredman sah ihn mit seinem verzerrten Gesicht an. Wallander stand schnell auf, weil er befürchtete, der Junge könne sich auf ihn stürzen. Aber nichts geschah. Der Junge heulte nur.

Irgendwo hinter ihnen im Regen hörte er die Bereitschaftswagen. Erst als Hansson neben ihm stand, merkte er, daß er selbst angefangen hatte zu weinen.

Wallander überließ alle Arbeit den anderen. Er erzählte nur Ann-Britt Höglund kurz, was geschehen war. Als er Per Åkeson erblickte, nahm er ihn mit zu seinem Wagen. Der Regen trommelte aufs Dach. »Es ist vorbei«, sagte Wallander.

»Ja«, sagte Per Åkeson. »Es ist vorbei.«

»Ich fahre morgen in Urlaub«, sagte Wallander. »Ich sehe zwar ein, daß eine Menge Berichte zu schreiben sind. Aber ich fahre auf jeden Fall.«

Per Åkesons Antwort kam ohne Zögern. »Tu das«, sagte er. »Fahr.«

Per Åkeson stieg aus dem Wagen. Wallander dachte, er hätte ihn fragen müssen, wie es mit seiner Reise in den Sudan stände. Oder war es Uganda?

Er fuhr nach Hause. Linda war nicht da. Er legte sich in die Badewanne. Als er sich abtrocknete, hörte er sie kommen und die Tür zuschlagen.

An diesem Abend erzählte er, was eigentlich geschehen war. Und wie er sich fühlte.

Dann rief er Baiba an.

»Ich dachte schon, du würdest nie mehr anrufen«, sagte sie und machte keinen Hehl aus ihrer Verärgerung.

»Es tut mir leid«, sagte Wallander. »Ich hatte so schrecklich viel zu tun.«

»Mit Verlaub, ich finde, das ist eine sehr schlechte Entschuldigung.«

»Ich weiß. Aber ich habe keine andere.«

Keiner von ihnen sagte noch etwas. Schweigen wanderte zwischen Riga und Ystad hin und her.

»Wir sehen uns morgen«, sagte Wallander schließlich.

»Ja«, erwiderte sie. »Vielleicht.«

Dann legten sie auf. Wallander spürte wieder die Faust im Magen. Vielleicht würde sie nicht kommen?

Hinterher packten Linda und er ihre Koffer.

Kurz nach Mitternacht hörte es auf zu regnen.

Es duftete frisch, als sie auf den Balkon traten.

»Der Sommer ist so schön«, sagte sie.

»Ja«, antwortete Wallander. »Er ist schön.«


Am folgenden Tag fuhren sie gemeinsam nach Malmö. Dort trennten sie sich und winkten einander nach.

Er schaute auf das Wasser, das am Rumpf des Schiffes entlangrauschte. Wie abwesend bestellte er Kaffee und Kognak.

In zwei Stunden würde die Maschine mit Baiba an Bord landen.

Eine Art Panik ergriff ihn.

Er wünschte plötzlich, die Überfahrt nach Kopenhagen könnte noch viel länger dauern.

Aber als sie kam, stand er doch da.

Erst in diesem Augenblick verschwand Louise Fredmans Bild aus seinem Kopf.

# Schonen

*16.–17. September 1994*

# Epilog

Am Freitag, dem 16. September, hielt der Herbst überraschend Einkehr im südlichen Schonen. Er kam unerwartet, weil die Menschen noch immer nicht vom Sommer Abschied nehmen mochten, dem heißesten und trockensten, an den man sich erinnern konnte.

Kurt Wallander war an diesem Morgen sehr früh aufgewacht. Er schlug im Dunkeln die Augen auf, ruckhaft, als sei er gewaltsam aus einem Traum gerissen worden. Er blieb still liegen und versuchte, sich zu erinnern. Doch er vernahm nur das brausende Echo von etwas, das schon verschwunden war und nicht wiederkehren würde. Er drehte den Kopf und blickte zur Uhr neben dem Bett. Die Zeiger leuchteten im Dunkeln. Viertel vor fünf. Er drehte sich auf die Seite, um wieder einzuschlafen. Doch das Bewußtsein, welcher Tag es war, hielt ihn wach. Er stand auf und ging in die Küche. Die Straßenlampe vor seinem Fenster schaukelte verlassen im Wind. Das Thermometer war gefallen. Nur sieben Grad plus. Er mußte lächeln bei dem Gedanken, daß er in weniger als achtundvierzig Stunden in Rom sein würde. Dort war es immer noch warm. Er setzte sich an den Küchentisch und trank Kaffee. In Gedanken ging er sämtliche Reisevorbereitungen noch einmal durch. Ein paar Tage zuvor war er in Löderup bei seinem Vater gewesen und hatte endlich die Tür wieder eingesetzt, die er im Sommer aufgebrochen hatte, als sein Vater sich in einem Anfall von Sinnesverwirrung eingeschlossen und begonnen hatte, seine Schuhe und Bilder zu verbrennen. Er hatte den neuen Paß des Vaters bewundert. Auf der Sparbank hatte er italienische Lire eingetauscht und Reiseschecks besorgt. Die Flugscheine würde er am Nachmittag im Reisebüro abholen.

Jetzt hatte er den letzten Arbeitstag vor sich, bevor sein Urlaub begann. Die unendliche Ermittlung über die Autoschieberbande verfolgte ihn immer noch. Jetzt saß er schon fast ein Jahr daran und konnte immer noch kein Ende absehen. Die Polizei in Göteborg hatte vor kurzem eine der Werkstätten ausgehoben, wo die gestohlenen Wagen ein neues Aussehen und eine neue Identität erhielten, bevor sie über verschiedene Fährrouten außer Landes gebracht wurden. Aber noch immer blieben viele Fragen offen. Er würde die trostlose Arbeit wieder aufnehmen müssen, wenn er aus Italien zurückgekehrt war.

Von den Autodiebstählen abgesehen war der letzte Monat im Polizeibezirk Ystad ruhig gewesen. Wallander und seine Kollegen fanden Zeit, die Papierberge auf ihren Schreibtischen abzuarbeiten. Die ungeheure Anspannung, die die Jagd nach Stefan Fredman hervorgerufen hatte, begann endlich nachzulassen. Auf Mats Ekholms Vorschlag hin hatten mehrere Psychologen eine Untersuchung darüber durchgeführt, wie die Polizeibeamten in Ystad auf den gewaltigen Streß reagierten, dem sie im Verlauf der Ermittlung ausgesetzt waren. Wallander war mehrfach interviewt worden und dabei gezwungen gewesen, sich seiner Erinnerung erneut zu stellen. Lange Zeit litt er unter schwerer Niedergeschlagenheit. Er erinnerte sich noch an eine Nacht gegen Ende August, als er nicht schlafen konnte und mit seinem Wagen zum Strand von Mossby gefahren war. Er war am Strand entlanggewandert und hatte düstere Gedanken gewälzt über die Zeit und die Welt, in der er lebte. Konnte man sie überhaupt verstehen? Arme Mädchen wurden unter falschen Vorspiegelungen in europäische Bordelle geschleust. Der Handel mit kleinen Mädchen führte in die geheimen Räume der obersten Paradewohnungen der Gesellschaft. Wo die Geheimnisse gehütet und in Archiven vergraben wurden, um nie veröffentlicht zu werden. Das Porträt Gustaf Wetterstedts würde weiterhin in den Korridoren der Gebäude hängen, in denen die oberste Polizeiführung ihre Direktiven erhielt. In diesen Augenblicken am Strand von Mossby meinte Wallander, das Regime der Herren durchschauen zu können, von dem er einmal geglaubt hatte, es sei überwunden, das er aber jetzt zurückkehren sah. Der Gedanke hatte ihm Übelkeit bereitet. Ebensowenig ließ ihn die Erschütterung los über das, was er von Stefan Fredman erfahren hatte. Daß er seine Schlüssel entwendet hatte und mehrmals in Wallanders Wohnung gewesen war mit der Absicht, ihn und Linda zu töten. Seit jenem Tag konnte Wallander die Welt nie mehr so betrachten wie früher.

In jener Nacht am Strand war er mehrfach stehengeblieben und hatte dem Rauschen von Tausenden unsichtbarer Zugvögel gelauscht, die bereits die Reise nach Süden angetreten hatten. Es war ein Augenblick von großer Einsamkeit, aber auch von großer Schönheit und einer grundlegenden Gewißheit gewesen, daß etwas vorbei war und etwas anderes folgen würde. Er hatte in diesem Moment erlebt, daß er immer noch die Fähigkeit besaß, sich selbst zu fühlen.

Er erinnerte sich auch an eins seiner letzten Gespräche mit Mats Ekholm zu einem Zeitpunkt, als die Suche nach dem Mörder schon lange beendet war.

Ekholm war Mitte August nach Ystad gekommen, um noch einmal das gesamte Ermittlungsmaterial durchzugehen. Wallander hatte ihn am Abend, bevor Ekholm endgültig nach Stockholm zurückkehrte, zu einem einfachen Spaghettiessen bei sich zu Hause eingeladen. Sie hatten bis vier Uhr morgens aufgesessen und sich unterhalten. Wallander hatte Whisky gekauft, sie wurden beide betrunken, und Wallander stellte immer wieder die gleiche Frage, wie es kam, daß junge Menschen, die kaum den Kinderschuhen entwachsen waren, derartige Grausamkeiten begehen konnten. Ekholms Kommentare irritierten ihn, weil sie Wallanders Ansicht nach ausschließlich die menschliche Psyche als Erklärung heranzogen. Wallander hielt dagegen, daß das Umfeld, die unbegreifliche Welt, der unausweichliche Deformierungsprozeß, dem alle Menschen unterworfen waren, eine noch größere Schuld trugen. Ekholm beharrte jedoch auf seiner Auffassung, die Gegenwart sei nicht schlechter als irgendeine andere Zeit. Auch wenn die schwedische Gesellschaft ins Wanken geraten war, auch wenn es in ihren Fugen knackte, war das noch keine Erklärung für das Auftreten einer Person wie Stefan Fredman. Die schwedische Gesellschaft war noch immer eine der sichersten, geordnetsten und – Wallander erinnerte sich, daß Ekholm immer wieder auf das Wort zurückgekommen war – *saubersten* in der Welt. Stefan Fredman war eine Ausnahme, die nichts bewies, nur ihre eigene

Existenz. Er war eine Ausnahme, die wohl kaum jemals eine Wiederholung erfahren würde. Wallander hatte in jener Augustnacht versucht, von all den Kindern zu sprechen, denen Schlechtes widerfuhr. Doch er hatte zu Ekholm gesprochen, als habe er eigentlich gar keinen Gesprächspartner. Seine Gedanken waren ungeordnet. Aber dem Gefühl, das ihn beunruhigte, konnte er nicht entkommen. Er machte sich Sorgen. Für die Zukunft. Er fürchtete die Kräfte, die sich zu sammeln und zum Kampf zu rüsten schienen, jenseits aller Möglichkeiten der Kontrolle.

Er hatte oft an Stefan Fredman gedacht. Hatte darüber nachgegrübelt, warum er selbst so hartnäckig einer falschen Fährte gefolgt war. Die Vorstellung, ein vierzehnjähriger Junge könnte für die Morde verantwortlich sein, war ihm so unmöglich erschienen, daß er sich geweigert hatte, an sie zu glauben. Doch in seinem Innersten hatte er geahnt – vielleicht schon an jenem ersten Morgen, als er ihm in der Wohnung in Rosengård begegnete –, daß er sich sehr nahe an der grauenhaften Wahrheit über die Geschehnisse befand, die ihn verfolgten. Er hatte es geahnt, sich aber dennoch für die falsche Fährte entschieden, weil es ihm unmöglich war, die Wahrheit zu akzeptieren.

Um Viertel nach sieben verließ er die Wohnung und ging zu seinem Auto. Die Luft war kalt. Er zog den Reißverschluß seiner Jacke zu und setzte sich fröstelnd ans Steuer. Unterwegs dachte er an die Besprechung, die er an diesem Morgen haben sollte.

Um Punkt acht Uhr klopfte er an Lisa Holgerssons Tür. Als er ihre Stimme hörte, trat er ein. Sie nickte ihm zu und bat ihn, sich zu setzen. Wallander dachte flüchtig, daß sie erst seit drei Wochen als ihre neue Chefin Dienst tat, nachdem Björk eine Sprosse auf der Karriereleiter nach oben gestiegen war. Dennoch hatte sie der Arbeit und der Atmosphäre bereits in vieler Hinsicht ihren Stempel aufgedrückt.

Viele hatten der Frau, die aus einem Polizeibezirk in Småland kam, Skepsis entgegengebracht. Wallander war außerdem von Kollegen umgeben, die in der althergebrachten Vorstellung lebten, Frauen eigneten sich grundsätzlich nicht für die praktische Polizeiarbeit. Wie sollten sie da ihre Vorgesetzten sein können? Doch Lisa Holgersson hatte sehr schnell ihre Fähigkeiten unter

Beweis gestellt. Wallander war beeindruckt von ihrer Integrität, ihrer Unerschrockenheit und ihrer Fähigkeit, vorbildlich klare Sachdarstellungen zu liefern, egal, um welches Thema es sich handelte.

Am Tag zuvor hatte sie ihn zu diesem Gespräch gebeten. Als Wallander jetzt auf ihrem Besucherstuhl Platz nahm, wußte er noch immer nicht, was sie von ihm wollte.

»Du machst nächste Woche Urlaub«, sagte sie. »Ich habe gehört, du willst mit deinem Vater nach Italien fahren.«

»Das ist sein Traum«, antwortete Wallander. »Vermutlich ist es unsere letzte Gelegenheit. Er ist fast achtzig.«

»Mein Vater ist fünfundachtzig«, gab sie zurück. »Manchmal ist er vollkommen klar im Kopf. Und an anderen Tagen erkennt er mich nicht wieder. Aber ich habe eingesehen, daß man von seinen Eltern nicht loskommt. Plötzlich sind die Rollen vertauscht. Kinder werden die Eltern ihrer Eltern.«

»Das habe ich so ähnlich auch schon gedacht«, sagte Wallander.

Sie verschob ein paar Papiere auf ihrem Schreibtisch. »Eigentlich habe ich kein besonderes Anliegen«, sagte sie. »Aber mir ist plötzlich aufgegangen, daß ich noch gar keine richtige Gelegenheit gehabt habe, dir für deinen Einsatz im Sommer zu danken. Deine Ermittlungsarbeit war in vieler Hinsicht vorbildlich.«

Wallander sah sie fragend an. War das ihr Ernst?

»So sehe ich das aber nicht«, sagte er. »Ich habe viele Fehler gemacht und die ganze Ermittlung in eine falsche Richtung gelenkt. Es hätte auch schiefgehen können.«

»Die Fähigkeit, eine Ermittlung gut zu leiten, beruht häufig darauf, daß man weiß, wann man das Standbein wechseln muß«, erwiderte sie. »Daß man in eine Richtung schaut, die man gerade erst abgeschrieben hat. Die Ermittlung war in vieler Hinsicht vorbildlich. Nicht zuletzt aufgrund eurer Ausdauer. Die Fähigkeit, unkonventionell zu denken. Ich möchte, daß du das weißt. Ich habe läuten hören, daß der Reichspolizeichef bei verschiedenen Gelegenheiten seine Zufriedenheit zum Ausdruck gebracht hat. Vermutlich wirst du eingeladen, an der Polizeihochschule Vorlesungen über diese Ermittlung zu halten.«

Wallander bäumte sich sofort auf. »Das kann ich nicht. Frage einen anderen. Ich kann nicht vor Menschen sprechen, die ich nicht kenne.«

»Darüber reden wir noch einmal, wenn du wieder zurück bist«, sagte sie lächelnd. »Mir war es jetzt nur wichtig, dir zu sagen, was ich von deiner Arbeit denke.«

Sie stand auf zum Zeichen, daß die kurze Besprechung beendet war.

Auf dem Flur dachte Wallander, daß sie es tatsächlich ernst gemeint hatte. Auch wenn er versuchte, ihr Lob von sich zu weisen, machte es ihn froh. Er würde in Zukunft keine Probleme haben, mit ihr zusammenzuarbeiten.

Er holte sich im Eßraum Kaffee und wechselte ein paar Worte mit Martinsson, dessen eine Tochter Mandelentzündung hatte. Wieder in seinem Büro, rief er beim Friseur an und machte einen Termin ab. Vor ihm auf dem Tisch lag eine Liste notwendiger Besorgungen, die er am Tag zuvor geschrieben hatte. Er wollte das Präsidium schon um zwölf Uhr verlassen, um die noch ausstehenden Dinge zu erledigen.

Er hatte gerade ein paar Papiere unterschrieben, die auf seinem Schreibtisch lagen, als sein Telefon klingelte. Es war Ebba in der Anmeldung. »Du hast Besuch«, sagte sie. »Jedenfalls glaube ich, daß er für dich ist.«

Er runzelte die Stirn.

»Du glaubst?«

»Hier steht ein Mann, der kein Wort Schwedisch spricht. Er hat einen Brief bei sich. Auf englisch. Darauf steht Kurt Wallander.«

Wallander seufzte. Eigentlich hatte er keine Zeit. »Ich komme«, sagte er und stand auf.

Der Mann, der in der Anmeldung auf ihn wartete, war untersetzt. Er hatte dunkle Haare und kräftige Bartstoppeln. Seine Kleidung war sehr einfach. Wallander trat auf ihn zu und begrüßte ihn. Der Mann antwortete auf spanisch oder vielleicht portugiesisch und reichte ihm den Brief.

Wallander las ihn durch. Er wurde von einem Gefühl der Ohnmacht gepackt. Er sah den Mann an, der vor ihm stand. Dann gab er ihm noch einmal die Hand und bat ihn mitzukommen. Er holte Kaffee und nahm ihn mit in sein Büro.

Der Brief war von einem Priester namens Estefano geschrieben.

Der Priester bat Kurt Wallander, dessen Namen er von Interpol erfahren hatte, Pedro Santana, dessen Tochter vor einigen Monaten in dem fernen Land im Norden auf so traurige Weise ums Leben gekommen war, ein wenig von seiner kostbaren Zeit zu widmen.

Der Brief schilderte die ergreifende Geschichte eines einfachen Mannes, der das Grab seiner Tochter in einem fremden Land sehen wollte. Er hatte den größten Teil seiner Habe verkauft, um die weite Reise bezahlen zu können. Leider sprach er kein Englisch. Aber sie würden einander sicher trotzdem verstehen.

Schweigend tranken sie ihren Kaffee. Wallander war sehr beklommen zumute.

Als sie das Präsidium verließen, hatte es zu regnen begonnen. Dolores Marias Vater fror, als er da neben Wallander ging, dem er kaum bis zu den Achseln reichte. In Wallanders Wagen fuhren sie zum Friedhof. Sie gingen zwischen den niedrigen Grabsteinen hindurch und blieben vor dem Erdhügel stehen, unter dem Dolores Maria begraben lag. Er war mit einem Holzkreuz versehen, auf dem eine Nummer stand. Wallander nickte und trat einen Schritt zurück.

Der Mann fiel vor dem Grab auf die Knie. Dann begann er zu weinen. Er neigte das Gesicht zu der nassen Erde, schluchzte und sprach Worte, die Wallander nicht verstand. Wallander spürte, wie auch ihm Tränen in die Augen traten. Er sah den Mann an, der die weite Reise unternommen hatte, und dachte an das Mädchen, das in dem Rapsfeld vor ihm davongelaufen war und dann wie eine Fackel gebrannt hatte. Ein gewaltiger Zorn erfüllte ihn.

Die Barbarei trägt immer menschliche Züge, dachte er.

Und das macht die Barbarei so unmenschlich. Er hatte das irgendwo gelesen. Jetzt wußte er, daß es stimmte.

Er hatte bald fünfzig Jahre gelebt. In dieser Zeit hatte er gesehen, wie sich die Gesellschaft um ihn her veränderte, und er war ein Teil dieser Veränderung gewesen. Aber erst jetzt erkannte er, daß nur ein Teil dieser dramatischen Veränderung sichtbar gewesen war. Etwas war auch darunter vor sich gegangen, im verbor-

genen. Der Aufbau hatte einen Schatten in Form der unsichtbaren Zerstörung, die gleichzeitig stattgefunden hatte. Wie eine Vi-
rusinfektion mit langer und symptomfreier Inkubationszeit. Früher, als er ein junger Polizist war, galt es als selbstverständlich,
daß alle Probleme ohne Gewaltanwendung gelöst werden konnten, es sei denn in äußersten Notfällen. Dann hatte eine gradwei-
se Verschiebung eingesetzt zu einem Punkt hin, wo man nie ausschließen konnte, daß Gewalt notwendig sein konnte, um
gewisse Probleme zu lösen. Und heute war diese Verschiebung
abgeschlossen.

Konnte man noch Probleme lösen, ohne zu Gewalt zu greifen?

Wenn es sich so verhielt, wie er immer stärker zu fürchten
begann, dann machte die Zukunft ihm angst. Dann hatte die Gesellschaft sich einmal um sich selbst gedreht und war als ein Un-
geheuer wieder zum Vorschein gekommen.

Nach einer halben Stunde erhob sich der Mann von dem Grab.
Er schlug ein Kreuz und wandte sich dann um. Wallander senkte
den Blick. Er konnte den Anblick dieses Gesichts kaum ertragen.

Er nahm den Mann mit in die Mariagatan. Ließ ihn ein warmes
Bad nehmen.

Den Friseurtermin sagte er ab. Während Pedro Santana in der
Badewanne lag, ging Wallander seine Taschen durch und fand seinen Paß und den Flugschein. Pedro Santana würde schon am
Sonntag in die Dominikanische Republik zurückkehren. Wallander rief im Polizeipräsidium an und bat Ebba, Ann-Britt Höglund
für ihn zu suchen. Er erklärte ihr, was geschehen war. Sie hörte
ihm zu, ohne Fragen zu stellen. Danach versprach sie ihm zu tun,
worum er sie bat.

Eine halbe Stunde später kam sie in seine Wohnung. Im Flur
gab sie Wallander das, worauf er wartete.

»Was wir tun, ist natürlich ungesetzlich«, sagte sie.

»Natürlich«, gab er zurück. »Aber ich nehme das auf meine
Kappe.«

Sie begrüßte Pedro Santana, der aufrecht und steif auf Wallanders Sofa saß. Sie suchte ihr weniges Spanisch zusammen.

Dann gab Wallander ihm den Kettenanhänger mit dem Madonnenbild, den sie im Rapsfeld gefunden hatten.

Er saß lange da und betrachtete ihn. Dann wandte er ihnen den Blick zu und lächelte.

Sie trennten sich im Flur. Er sollte bei Ann-Britt Höglund wohnen.

Sie würde sich darum kümmern, daß er am Sonntag sein Flugzeug erreichte.

Wallander stand am Küchenfenster und sah ihn in ihr Auto steigen. Sein Zorn war groß.

Gleichzeitig hatte er das Gefühl, daß die lange Ermittlung genau in diesem Augenblick zu Ende ging. Stefan Fredman befand sich irgendwo in Gewahrsam. Er würde leben. Seine Schwester Louise war tot. Wie Dolores Maria Santana lag sie in ihrem Grab. Die Ermittlung war beendet.

Was blieb, war Wallanders Zorn.


Er kehrte an diesem Tag nicht mehr ins Polizeipräsidium zurück. Die Begegnung mit Pedro Santana hatte ihn das ganze Geschehen noch einmal durchleben lassen. Er packte seinen Koffer, ohne sich dessen, was er tat, richtig bewußt zu sein. Mehrmals trat er ans Fenster und blickte geistesabwesend auf die Straße und in den Regen hinaus, der zunahm. Erst spät am Nachmittag gelang es ihm, seine Beklommenheit abzuschütteln. Aber sein Zorn wich nicht. Er würde ihn nicht verlassen. Um Viertel nach vier ging er zum Reisebüro und holte die Flugscheine ab. Auf dem Rückweg kaufte er im Systembolaget eine kleine Flasche Whisky. Als er wieder nach Hause kam, rief er Linda an. Er versprach, ihr aus Rom eine Karte zu schicken. Sie hatte es eilig, doch er wollte nicht fragen, warum.

Er versuchte, sie so lange wie möglich im Gespräch festzuhalten. Erzählte ihr von Pedro Santana und seiner langen Reise. Aber sie schien nicht zu verstehen oder hatte keine Zeit zuzuhören. Das Gespräch war schneller beendet, als ihm lieb war. Um sechs Uhr rief er in Löderup an und fragte Gertrud, ob alles in Ordnung sei. Sie erzählte ihm, sein Vater habe so großes Reisefieber, daß er kaum stillsitzen könne. Ein wenig von der Freude, die Wallander vorher empfunden hatte, kehrte zurück. Er ging ins Zentrum und aß in einer Pizzeria zu Abend. Als er wieder zu Hause war, rief er Ann-Britt Höglund an.

»Er ist ein sehr lieber Mann«, sagte sie. »Meine Kinder und er verstehen sich prächtig. Sie brauchen keine Sprache, um miteinander auszukommen. Er hat ihnen Lieder vorgesungen. Und getanzt. Er findet wohl, daß er in ein sehr komisches Land gekommen ist.«

»Hat er etwas von seiner Tochter erzählt?«

»Sie war sein einziges Kind. Ihre Mutter starb kurz nach der Geburt.«

»Erzähle ihm nicht alles«, sagte Wallander. »Erspare ihm das Schlimmste.«

»Daran habe ich auch schon gedacht«, sagte sie. »Ich erzähle so wenig wie möglich.«

»Das ist gut.«

»Schöne Reise.«

»Danke. Mein Vater freut sich wie ein Kind.«

»Das tust du doch sicher auch.«

Wallander antwortete nicht. Aber hinterher, als ihr Gespräch beendet war, dachte er, daß sie recht hatte. Pedro Santanas Besuch hatte schlafende Schatten zum Leben erweckt. Jetzt mußten sie wieder zur Ruhe kommen. Er hatte Erholung verdient. Dann goß er sich ein Glas Whisky ein und breitete eine Karte von Rom vor sich aus. Er war noch nie in Rom gewesen. Er konnte kein Wort Italienisch. Aber wir sind zu zweit, dachte er. Mein Vater war auch noch nie da, außer in seinen Träumen. Er kann auch kein Italienisch. Wir steigen gemeinsam in diesen Traum ein und müssen uns gegenseitig als Reiseleiter dienen.

Einem plötzlichen Impuls nachgebend, rief er im Tower in Sturup an und fragte einen Fluglotsen, den er von früher her kannte, ob er wüßte, wie in Rom das Wetter war.

»In Rom ist es warm«, sagte der Fluglotse. »Im Augenblick, das heißt um zehn nach acht, sind einundzwanzig Grad. Südwestlicher Wind, ein Meter pro Sekunde, also praktisch Windstille. Außerdem leichter Dunst. Die Prognose für die nächsten vierundzwanzig Stunden ist gut, keine Wetteränderung.«

Wallander dankte für die Auskunft.

»Willst du verreisen?« fragte der Fluglotse.

»Ich mache mit meinem alten Vater zusammen Urlaub«, antwortete Wallander.

»Das hört sich gut an«, sagte der Fluglotse. »Ich werde die Kollegen in Kopenhagen bitten, euch sicher auf eure Flugroute zu lotsen. Fliegst du mit Alitalia?«

»Ja. Um 10.45.«

»Ich werde an dich denken. Gute Reise.«

Wallander ging noch einmal sein Gepäck durch, kontrollierte das Geld und die Reiseunterlagen. Um elf rief er Baiba an. Dann fiel ihm ein, daß sie sich schon am Abend vorher verabschiedet hatten. Heute war sie bei Verwandten zu Besuch, die kein Telefon hatten.

Er setzte sich mit einem Glas Whisky aufs Sofa und hörte *La Traviata*. Zimmerlautstärke. Er dachte an seine Reise mit Baiba nach Skagen. Müde und abgespannt hatte er sie in Kopenhagen erwartet. Wie ein unrasiertes und verlebtes Gespenst hatte er auf dem Flughafen Kastrup gestanden. Er wußte, daß sie enttäuscht war, obwohl sie nichts sagte. Erst als sie in Skagen waren und er ein paar Nächte geschlafen hatte, erzählte er ihr, was geschehen war. Danach hatte ihr gemeinsamer Urlaub erst richtig angefangen.

An einem der letzten Tage hatte er sie gefragt, ob sie ihn heiraten wolle.

Sie hatte nein gesagt. Auf jeden Fall noch nicht. Nicht im Augenblick. Die Vergangenheit war noch immer zu nah. Ihr Mann, der Polizeihauptmann Karlis, den Wallander auch getroffen hatte, lebte noch in ihrem Bewußtsein. Sein gewaltsamer Tod verfolgte sie noch immer wie ein Schatten. Vor allem zweifelte sie, ob sie sich überhaupt vorstellen konnte, noch einmal mit einem Polizisten verheiratet zu sein. Er verstand sie. Aber es hatte den Anschein, als käme er nicht mehr ohne eine Sicherheit aus. Wie lange brauchte sie, um es sich zu überlegen?

Er wußte, daß sie ihn gern hatte. Das hatte er gespürt.

Aber reichte das? Wo stand er selbst? Wollte er eigentlich mit einem anderen Menschen zusammenleben? Er wußte es nicht. Durch Baiba war er der Einsamkeit entkommen, die ihn nach der

Scheidung von Mona gequält hatte. Es war ein großer Schritt gewesen, eine beträchtliche Linderung. Vielleicht sollte er sich damit begnügen? Zumindest bis auf weiteres?

Es war schon nach ein Uhr, als er ins Bett ging. In seinem Kopf schwirrten die Fragen.

Er hätte gern gewußt, ob Pedro Santana wohl schlief.

Gertrud holte ihn um sieben Uhr am Morgen ab, es war der 17. September. Es regnete immer noch. Sein Vater saß steif auf dem Beifahrersitz, in seinem besten Anzug. Wallander sah, daß Gertrud ihm die Haare geschnitten hatte.

»Jetzt fahren wir nach Rom«, sagte sein Vater fröhlich. »Stell dir vor, wir haben es doch noch geschafft.«

Gertrud setzte sie vor dem Bahnhof in Malmö ab, wo sie den Flughafenbus über Limhamn und Dragör nahmen. Auf der Fähre bestand sein Vater darauf, auf das windige Deck hinauszustolpern. Er zeigte zum schwedischen Festland hinüber, auf einen Punkt südlich von Malmö.

»Da bist du aufgewachsen. Erinnerst du dich noch?«

»Wie sollte ich das vergessen können«, gab Wallander zurück.

»Du hattest eine sehr glückliche Kindheit.«

»Ich weiß.«

»Dir hat nie etwas gefehlt.«

»Nein, nichts.«

Wallander dachte an Stefan Fredman. An Louise. An ihren kleinen Bruder, der versucht hatte, sich die Augen auszustechen. An all das, was ihnen gefehlt hatte oder ihnen geraubt worden war. Doch er schob die Gedanken beiseite. Sie würden bleiben und wiederkommen. Im Augenblick unternahm er eine Reise mit seinem Vater. Das war das Wichtigste. Alles andere mußte warten.

Die Maschine hob pünktlich um 10.45 ab. Der Vater saß auf einem Fensterplatz, Wallander auf dem Mittelsitz.

Sein Vater flog zum erstenmal.

Wallander betrachtete ihn, als das Flugzeug auf der Startbahn losschoß und sich langsam von der Erde löste. Er hatte das Gesicht zum Fenster geneigt, um sehen zu können.

Wallander sah ihn lächeln.

Das Lächeln eines alten Mannes.

Der es erleben durfte, noch einmal glücklich wie ein Kind zu sein.

# Nachwort

Dies ist ein Roman. Das bedeutet vor allem, daß keine der Personen, die darin vorkommen, in der Wirklichkeit existiert. Dennoch ist es nicht immer möglich und auch nicht notwendig, jede Ähnlichkeit mit lebenden Personen zu vermeiden.

Im übrigen danke ich allen, die mir bei der Arbeit an diesem Buch geholfen haben.

*Henning Mankell, Paderne, im Juli 1995*

# Bücher von Henning Mankell

## Kurt-Wallander-Romane

1. FALL *Mörder ohne Gesicht*
(Original 1991: *Mördare utan ansikte*)
Paul Zsolnay Verlag 2001
dtv 20232

2. FALL *Hunde von Riga*
(Original 1992: *Hundarna i Riga*)
Paul Zsolnay Verlag 2000
dtv 20294

3. FALL *Die weiße Löwin*
(Original 1993: *Den vita lejonninan*)
Paul Zsolnay Verlag 2002
dtv 20150

4. FALL *Der Mann, der lächelte*
(Original 1994: *Mannen som log*)
Paul Zsolnay Verlag 2001
dtv 20590

5. FALL *Die falsche Fährte*
(Original 1995: *Villospår*)
Paul Zsolnay Verlag 1999
dtv 20420

6. FALL *Die fünfte Frau*
(Original 1996: *Den femte kvinnan*)
Paul Zsolnay Verlag 1998
dtv 20366

7. FALL *Mittsommermord*
(Original 1997: *Steget efter*)
Paul Zsolnay Verlag 2000
dtv 20520

8. FALL *Die Brandmauer*
(Original 1998: *Brandvägg*)
Paul Zsolnay Verlag 2001
dtv 20661

## Kriminalromane und Erzählungen

*Wallanders erster Fall. Erzählungen*
(Original 1999: *Pyramiden*)
Paul Zsolnay Verlag 2002

*Die Rückkehr des Tanzlehrers*
(Original 2000: *Danslärarens återkomst*)
Paul Zsolnay Verlag 2002

*Vor dem Frost*
(Original 2002: *Innan frosten*)
Paul Zsolnay Verlag 2003

## Afrika-Romane

*Der Chronist der Winde*
(Original 1995: *Comédia infantil*)
Paul Zsolnay Verlag 2000
dtv 12964

*Die rote Antilope*
(Original 2000: *Vindens son*)
Paul Zsolnay Verlag 2001
dtv 13075

*Tea-Bag*
(Original 2001: *Tea-Bag*)
Paul Zsolnay Verlag 2003

## Theaterstück

*Butterfly Blues*
Paul Zsolnay Verlag 2003

Mankell-Websites:
www.wallander-web.de
www.wallander.ch